Christian Heinrich Schmid

Theorie der Poesie

Christian Heinrich Schmid

Theorie der Poesie

ISBN/EAN: 9783741187438

Manufactured in Europe, USA, Canada, Australia, Japa

Cover: Foto ©Andreas Hilbeck / pixelio.de

Manufactured and distributed by brebook publishing software
(www.brebook.com)

Christian Heinrich Schmid

Theorie der Poesie

Theorie

der

Poesie

nach den neuesten Grundsätzen

und

Nachricht von den besten Dichtern

nach den angenommenen Urtheilen

von

M. Christian Heinrich Schmid.

Leipzig, 1767.
bey Siegfried Lebrecht Crusius.

Euch zu verkennen ist Schande.

Geßner.

Sendschreiben

an

Sr. Hochedl.

Hr. M. C. A. B**.
in E**.

Werthester Freund!

Erschrecken Sie nicht! Dadurch, daß ich meine Vorrede ein Send-schreiben an Sie nenne, will ich Sie nicht nöthigen, eine Vorrede zu lesen, die Sie sonst, wie gewöhnlich, über-schlagen würden; ich wollte mir selbst das Amt eines Vorredners angeneh-mer machen, wenn ich Sie anredete. Ueberdem haben Sie mich auch schon so oft an eine Schuld erinnert, die Sie vielleicht längstens verloren gege-ben haben, und die ich nun vielleicht

auch

auch lieber entrichte, da es nicht mehr
eine Schuld des Ceremoniels ist. Ih=
nen zu einer wichtigen Veränderung
Ihrer Lebensart nicht auf einigen ge=
druckten Bogen Glück zu wünschen,
war zwar keine geringe Uebertretung
des Ceremoniels, das Sie sogar in
Schriften verfechten: aber ich wollte
lieber das Ceremoniel, als Ihren Ge=
schmack beleidigen; und in so fern ha=
be ich mir vielleicht noch zu wenig Zeit
genommen. Die Menge von Compen=
dien und Skiagraphien hat zwar einen
mit Geschmack geschriebenen kurzen
Abriß fast zu einem Widerspruche ge=
macht; Ihr Widerwillen gegen die=
selbe ist auch so groß, daß Sie schon
bey dem Anblick des Titels wünschen
werden, ich möchte meinen wenigen
Geschmack in etwas anderm, als in
einem Abrisse von der Theorie und Lit=
teratur der Poesie, haben zeigen wollen.

Denn

Denn Ihnen, als einem gebornen Liebhaber der Poeterey, müßte auch das
schönste Skelet davon so angenehm seyn,
als das Gerippe Ihrer Doris von
einer anatomischen Meisterhand zusammengesetzt. Aber, erinnern Sie sich
nur an einen ähnlichen Plan, den Sie
ehemals selbst entwarfen, und wie sehr
Sie ihn ausgeführt zu sehen wünschten Sie wünschten, die auf eine gesunde Philosophie gebauten Lehren der
Poesie, die, so sehr sie bisher von den
größten Genies bearbeitet worden,
doch einzeln zerstreut sind, gesammelt,
ein Gebäude aufgeführt zu sehen, wozu es nicht an den vortrefflichsten Materialien, nur an einem geschickten Ar-
chitekte mangelt. Nicht aus Zuversicht auf meine eignen Kräfte habe ich
einen Versuch gemacht, wo nicht ein
schönes Gebäude zu errichten, doch jene Materialien auf irgend eine Art zu
X 4

ver-

verbinden, und Sie vielleicht durch
den Verdruß über meine schlechte Mäu-
rerarbeit zu einem beſſern Verſuche zu
ermuntern. Meine Wahl unter den
Materialien wußte ich nicht anders vor
vielen Einwürfen zu ſichern, als wenn
ich mich auf die Mehrheit der Stimmen berufte, und unter den Sekten, die
mit der Philoſophie zugleich in die Poetik gekommen ſind, mich allemal zu der
herrſchenden hielte. Dieſen gewöhnlichen Schlupfwinkel aller Compilatoren vergönnen Sie mir doch?

Die Hauptabſicht Ihres Plans
gieng auf die Litteratur. Ich habe es
zwar niemals vor einen großen Lob-
ſpruch gehalten, wenn Sie, oder Hr.
W *. mich vor andern für geſchickt
erklärten, dieſem Theile Ihres
Plans ein Gnüge zu leiſten; aber ich
halte es immer noch vor eine kleine Un-
billigkeit, den nicht ganz unnützen Fleiß
derer-

dererjenigen zu verspotten, welche lit-
teralische Nachrichten sammeln, und
mit ihrem Fleiße nützlich zu werden suchen, da sie es mit ihrem Genie nicht
werden können. Denn mir ist es ein
so großes Vergnügen, den Etat present der Wissenschaften in einem kurzen
Abrisse, wie auf einer Charte, übersehen zu können, daß mich auch lange,
trockne Namenverzeichnisse berühmter
Gelehrten nicht ermüden. Verlangte
Ihr Plan nur ein solches Namenver-
zeichniß; wie leicht wäre es zusammenge-
schrieben! Aber er befiehlt, es mit Kritik
zu begleiten; und dieses ist auch noch alsdann schwer, wenn Leute, wie ich, die
niemand für Beysitzer der poetischen Gerichte erkennen würde, eine Sammlung
von rechtskräftigen Urtheilssprüchen
machen. Ein übel gewähltes, Ein
falsch verstandenes, Ein ungeschickt an-
gebrachtes, Ein schlecht gesagtes Urtheil

theil erzürnet leicht die schwer zu befrie-
digenden Leser so sehr wider die Sammler, daß sie ihnen das fürchterliche Axio-
ma aus den **Briefen die neueste Litteratur betreffend,** entgegen rufen:
„In der gelehrten Republik tau-
„gen geistlose Köpfe auch nicht ein-
„mal zu bloßen Tagelöhnern.„
Wollten sich die armen Scribenten, die
nicht gern ihre gewiß saure Arbeit —
und jedes Wort wird ihnen sauer — vergebens möchten gemacht haben, sich damit trösten; machten es doch die **Stru-
ve,** die **Formeys,** oder **Nemrofs,** die
Stockhausens ꝛc. nicht besser: eine
schlechte Beruhigung für den Autor und
für den Leser! Eine eben so schlechte,
als jene, das Werkchen könne noch immer so viel Dienste leisten als gebunde-
ne Zeitungen oder französische Diction-
nairs, einen Namen oder eine Zahl zu
finden, die man eben suchte.

Alles

Alles dieses sagten Sie mir ungefähr von einem Plane, nach dessen Ausführung Sie vielleicht Ihr Exilium,
wie Sie meine Vaterstadt zu nennen
pflegen, noch begieriger gemacht hat.
Ich habe Sie daran erinnern wollen,
um wenigstens ein nicht ganz untreues
Gedächtniß und einige Kenntniß von
den Pflichten meines Unternehmens zu
zeigen, so nachtheilig mir auch die Vergleichung seyn wird, die Sie nun zwischen meinen Pflichten und meiner Erfüllung derselben mit Bequemlichkeit anstellen können.   Aber Sie wissen auch
schon, daß ich die Ueberredung, als
wenn ich sie vollkommen erfüllt hätte,
niemals von Ihnen als eine Probe Ihrer Gütigkeit verlangen werde. Lieber
Verdammung, als Verzeihung! —
Wie froh bin ich, dies wesentliche Wort
in einer Vorrede angebracht zu haben! —
Die Dedication soll kein Kniff seyn,

Ihnen

Ihnen die Freyheit aus den Händen
zu winden, die Sie sonst mit dem Buche gekauft hätten.   Sie läßt Ihnen
völlige Freiheit, mein Werkchen, wie
es da ist, zu vernichten und zu vergessen, nicht aber die Freundschaft, mit der
ich allezeit bin

Euer Hochedl.

Leipzig,
den 21. May 1767.

ganz geeigneter
M. Christian Heinrich
Schmid.

Theo

Theorie der Poesie

nach den

neueſten Grundſätzen,

und

Nachricht

von den beſten Dichtern, nach den
angenommenen Urtheilen.

Erſtes Kapitel.

Allgemeine Anmerkungen.

I. Theoretiſche.

Schon ſo viele haben bey dem Eingange ihrer
Lehrbücher gefragt, was die Poeſie ſey?
und dieſe Frage iſt von ihnen ſo mancherley
beantwortet worden, daß wir gar ſehr wenig
Dichter haben würden, wenn dieſe eine allgemein ange-

nom-

nommene Erklärung ihrer Kunst erwarten wollten. Die
Definition, welche jetzo mit Recht den meisten Beyfall
findet, begreift vielleicht auch die Ursachen, woher eine solche Menge verschiedener Erklärungen entstanden seyn
mag. Denn, wenn die Poesie eine sinnlich vollkommne Rede ist: so hat eben das Sinnliche derselben ihre
Definition so schwer, als die Definitionen in der Natur-
lehre, gemacht. Vielleicht sind auch wenige von denen,
die neue Erklärungen gewagt, so große Philosophen gewesen, als der Erfinder jener nun herrschenden, wenigstens die nicht, welche die seinige damit anfochten, daß sie
sinnnlich und thierisch für einerley erklärten, und nicht ein-
sehen wollten, daß sinnlich reden eben so viel heiße, als die
Dinge so durch die Rede ausdrücken, wie sie sich den Sinnen, den innern und den äußerlichen darstellen; oder
die das Wort perfecte für omnino annahmen, und nicht
glauben wollten, daß es auf die Regeln des Ausdrucks
ziele; auch die nicht, die das Wesen der Poesie in eine redende Malerey (aurium picturam) — dies war der
witzige Ausdruck des Simonides, des griechischen Voltairens, wie ihn Leßing nennt — in die Fiktion, wobey man
gute Gelegenheit hat, eine auf Schulen gelernte Ethy-
mologie anzubringen, oder gar mit dem Pöbel in die Versifikation gesetzt haben.

    Jene Erklärung überzeugt uns, wenn wir so un-
glücklich seyn sollten, aus Mangel der Erfahrung die
Ueberzeugung durch eine Erklärung nöthig zu haben, daß
die Poesie unser Vergnügen zum Endzwecke habe, und
unsre Sinnlichkeit zu dem edlern Gebrauch erhöhen, zu
dem sie uns von der Natur gegeben worden. Nur die
Undankbaren, welche keine Sache anders, als mit Harpa-
gone

gantz Augen ansehen, und die Vereblung ihres Vergnügens für eben so unnütz halten, als das Vergnügen selbst,
möchten gern alle Platonen seyn, um die Poesie als die
broblofeste Kunst aus ihrer Republik zu verbannen. Nur
diese werden sich nicht bedenken, der Beredsamkeit darum den
Vorzug vor der Poesie einzuräumen, weil sie den Nutzen
zu ihrem Hauptendzweck, und alle ihre Schönheiten nur zu
Mitteln desselben macht. Freylich haben z. E. die Lobreden einen zwiefachen Nutzen, zuerst sind sie dem Panegyristen einträglich, dann setzen sie auch die ohnedem offenbaren Fehler der gepriesenen Mäcenaten in ein noch helleres
Licht. So erklären auch viele die Poesie nur deswegen
für jünger, als die Beredsamkeit, weil sie nicht glauben
können, daß die Empfindungen älter, als der Eigennutz,
seyn sollten.

Aber wie oft hat sich nicht die Dichtkunst unwider-
sprechlich nützlich bewiesen, und auch die Sittenlehrer be-
friedigt, die mit Recht jedes Vergnügen für unschmack-
haft erklären, über dessen Moralität wir nicht ruhig seyn
können! Und auch, wo sie nur für das Vergnügen arbeitet, läßt sie sich meistens — Hallern, Hagedornen,
Klopstocken, Cramern, Gellerten, Weißen rc. steht nur
ein Rost, ein Wieland gegen über — die Tugend zur
Seite gehn.

> Sie läßt die Unschuld fleißig wachen,
> Daß sie kein freyer Scherz entweiht,
> Ihn, will ihr einer ja entfliehn,
> Muß gleich der Ernst zur Strafe stehn!
> Der legt ihm Blumenfesseln an,
> Daß er nicht mehr entrinnen kann.

Die Poesie macht sich doppelt um unser Vergnügen ver-

dient,

dient, theils durch das schöne Kleid, das sie an sich reizenden Gegenständen giebt, theils dadurch, daß sie Objecte,
welche so, wie sie ihrer Natur nach in die Sinne fallen,
unangenehme Empfindungen erregen, unsern Sinnen
auf eine Art zuführt, mit der sie gefallen müssen. Doch
schützet dieses jene Afterdichter nicht, die, weil sie gemeiniglich nur mit ekelhaften Gegenständen vertraut und zu
kurzsichtig sind, die Menge der noch unbearbeiteten wahr-
zunehmen, ihre Kunst an die Schilderung widriger und
abscheulicher Objecte verschwenden. Sie, sammt ihren
Objecten zu verabscheuen, brauchen wir nicht erst zu untersuchen, ob uns der Ekel wegen seines gewaltsamen Ein-
druckes *), oder nach der Natur unsrer Sinne **), oder
aus angebohrner Liebe zur Vollkommenheit ***) unerträglich sey, und auf was für Art die Nachahmung des Ekels
in wirklichen Ekel übergehe: unsre Empfindung lehrt uns
den Brokes wegzuwerfen, wenn wir an sein allzu getreu-
es Gemälde eines alten Weibes kommen; ob wir gleich
nicht die Delicatesse des Herrn Geheimbenrath Klotzens
in den homerischen Briefen nachahmen dürfen, welcher den
Homer wegen der schönen Abschilderung des häßlichen
Thersites tadelt. Denn diesen Vorzug hat die Poesie
vor der Malerey, daß es ihr erlaubt ist, sich auch zur Häß-
lichkeit herabzulassen, und Furien Grazien zu geben ****).

Aber wie viel Vorzüge müssen sich nicht in einer Person vereinigen, um andre vergnügen zu können, um den
Ma-

---

*) Schlegels Anmerkung zum Batteur S. 71.
**) Br. d. N. L. Th. V. S. 98.
***) Wolf Psychol. Emp §. 518.
****) Leßings Laokoon XXXIII und XXIV.

Namen eines Poeten zu verdienen! Die Ehrlichkeit, zumal die unphilosophische, kann gekauft werden, dies ist bekannt; aber Dichter kann heutzutage weder der Kaiser noch seine Pfalzgrafen schaffen.

O glaube mir, nicht der Besitz
Der Goldharf ists, der Dichter macht.
Erhebe dich, entzünde deinen Witz
Mit Bragars edler Glut,
Fach auf dein träges Blut,
Streb himmelan zu bringen,
So wirst du besser singen.

Die Anwendung aller erkennenden Seelenvermögen z.e. der Einbildungskraft, und ihres Feuers des Enthusiasmus, der Beurtheilungskraft, welche hier Geschmack heißt, der Scharfsinnigkeit ꝛc. zu dem Endzwecke der Dichtkunst ist zu der Vollkommenheit des Dichters noch nicht hinreichend; man verlangt auch, daß sie in einem gewissen Grade geschähe, dessen Bestimmung viele Untersuchungen veranlaßt hat. Die Proportion der erkennenden Seelenvermögen, durch die sie dahin übereinstimmen, ihrem Besitzer zu gewissen Verrichtungen in ausnehmendem Grade geschickt zu machen, hat man mit einem ausländischen Worte Genie genannt, und mit teutscher Gründlichkeit seit einiger Zeit zu entwickeln angefangen. Die Würkungen des Genies leuchten unwiderstehlich in die Augen; aber bey der Selbstprüfung, ob sich dieser innre Beruf in uns hören lasse, können wir uns so sehr betrügen, als die Quaker bey ihren Erscheinungen; und die Funken des Genies in noch schlummernden Seelen zu erkennen, dazu gehören so geübte Augen, als das Alter einer Eiche bey dem ersten Anblick zu bestimmen. Wie oft haben

haben daher blödsichtige Aristarchen mächtige Ausbrüche
des Genies da zu sehn gemeint, wo der scharfsichtigere
aufs höchste nur Meteoren erblickt.

Die Zunft der Aristarchen scheint nicht viel jüngern
Ursprungs, als die Werke der Künste selbst zu seyn.
Eigenliebe, Stolz und Neid sind nicht seit gestern unser
Erbtheil. Diesen unrühmlichen Ursprung der Kritik
machte aber bald ihr vielfacher Nutzen vergessen; und
wenn es gleich noch immer nicht an solchen fehlt, von denen es heißt:

> Des Beyfalls Kraft begeistert den Verstand,
> Mit allem Witz der Neuern und der Alten,
> Wird zum Beruf, heißt jeden, der ihn fand,
> Das Richteramt auf dem Parnaß verwalten,
> Und macht den Mann, den Muth und Glück erhöhn,
> Oft zum Virgil, noch öfter zum Mäcen.
> Sein Haß entehrt. Warum? Weil seine Gunst
> Kaum weniger, als mancher Pfalzgraf, adelt,
> Nur er versteht, wie meisterliche Kunst
> In Zeilen lobt, in ganzen Blättern tadelt.
> Sein Ausspruch nur, der stets die Regel trift,
> Entscheidet schnell den Werth von jeder Schrift.

so haben doch viele wohlgesinnte der Kritik beßre Absichten und eine beßre Gestalt gegeben. Den Händen der
Kunstrichter ist nun die Sorge für den Geschmack anver-
trauet, den man bey ihnen in seiner Vollkommenheit vor-
aussetzt, und den sie unter das Publikum der Autoren und
der Leser verbreiten sollen. So leicht es ist, sich in der
Poesie den falschen Geschmack, statt des wahren zu erwerben — ungeprüft angenommene Grundsätze und Vertraulichkeit mit einer Menge Schriften, die oft selbst unter

ter

ter dem äußerlichen Anschein eines guten Geschmacks ihre
Schädlichkeit verbergen, führen sehr leicht zu dem falschen Geschmack, von dem man nur schwer zurück
kommt — so schwer ist es dem guten Geschmack in
der Poesie viele Anhänger zu verschaffen.   Denn wie
viele weigern sich, in der Beurtheilung der Versemache-
rey, als etwas sehr überflüßigen, Unterricht anzunehmen,
und werfen sich wohl gar zu blinden Leitern der blinden
Menge auf! Es ist schon oft gesagt, daß die Kunstrichter weit mehr gutes stiften würden, wenn sie unter sich
einiger wären, und sie könnten es vielleicht seyn, wenn
nicht so oft Vorurtheile und zu Vorurtheilen gewordne
Grundsätze die gefärbten Gläser wären, durch die sie nach
der Wahrheit sehen; wenn sie sich nicht durch Eigensinn in
unzähligen Grübeleyen gegen die Kritik der Empfindung
verhärteten; wenn sie die Verdienste der Poeten nicht
nach mathematischen Maaßstäben abmessen wollten, wie
der witzige Erfinder der Ballance of Poets, (s. Berliner vermisch. Schr. B. III.) der folgende Tabelle
entworfen:

	Kritische Anordnung.	Pathetische Anordnung	Dramatischer Ausdruck	Zufälliger Ausdruck.	Geschmack.	Colorit.	Versification.	Sitten.	Werth im Ganzen.
Ariosto.	0	15	10	15	14	15	16	10	13
Boileau.	18	16	12	14	17	14	13	16	12
Cervantes.	17	17	15	17	12	16	—	16	14
Corneille.	15	16	16	16	16	14	12	16	14
Dantes.	12	15	8	17	12	15	14	14	13
Euripides.	15	16	14	17	13	14	—	15	12
Homer.	18	17	18	15	16	16	18	17	18
Horaz.	12	12	10	16	17	17	16	14	13
Lucretius.	14	5	—	17	17	14	16	0	10
Milton.	17	15	15	17	18	18	17	18	17
Moliere.	15	17	17	17	15	16	—	6	14
Pindar.	10	10	—	17	17	16	—	17	13
Pope.	16	17	12	17	16	15	15	17	13
Racine.	17	16	15	15	17	13	12	15	13
Shakespear.	0	18	18	18	10	17	10	16	18
Sophocles.	18	16	15	15	16	—	—	16	13
Spenser.	8	15	10	16	17	17	17	17	14
Tasso.	17	14	14	13	12	13	16	13	12
Terenz.	18	12	10	12	17	14	—	16	10
Virgil.	17	16	10	17	18	17	17	17	16

oder wie der Verfasser des Versuchs über die deutsche Dichtkunst in dem Journal etranger, der vielleicht dem Engländer die Ehre der Erfindung streitig macht, und Klopstocks Verdienste folgendermaßen calculirt:

	Grad.
In der Kunst zu malen	18
In der Harmonie des Hexameters	17
In jambischenn Versen	7
Im lyrischen Versen	15
In der heroischen Einfalt	17
In der tragischen Kunst	8
Im Epigramm	17

Etwas natürlicher sind die gewöhnlichen vier Classen, in welchen die unsterblichen Werke der Nachwelt empfohlen, die guten gebilligt, die mittelmäßigen in Hofnung guter Besserung vorbey gelassen oder gezüchtigt, die schlechten und elenden an den Pranger gestellt werden.

Durch Lesung kritischer Werke, noch mehr durch die Aufmerksamkeit auf das Schöne selbst — auf einem Blatte vom Virgil ist nach Klopstocks Ausspruch mehr wahre Critik, als bey zwanzig Lehrern der Kunst — wird der Geschmack des Liebhabers gewiß, seine Empfindungen so verfeinert, daß er sich auf sein Gefühl in Erkenntniß des Guten und des Bösen mehr, als auf alle Speculationen verlassen kann. So verläßt sich der Cardinal Albani auf das Gefühl seiner Hände, durch das er sogleich wissen kann, was für eines Kaisers Bildniß eine Münze führe *). Es zeigt sehr wenig Selbstliebe an, wenn man das Vergnügen, das uns die Dichtkunst ge-

A 5

währt,

*) Winkelmann v. d. Empfind. d. Schönen. S. 12.

währt, so wenig schätzt, daß man unbemüht ist, es mit
Geschmack, das ist, wahrhaftig zu genießen.   Der
Dichtkunst selbst ist eine Menge blinder Liebhaber nach-
theiliger, als die gänzliche Verachtung.   Die Menge
der Liebhaber heißt das Publikum, diese Geißel und dieser Ball der Schriftsteller *).   Zu den Pflichten des Liebhabers, des Kunstrichters, des Poeten rechnet man auch
mit Recht — denn warum sollte man von ihnen weniger
Vollkommenheit fordern, als Cicero von seinem Redner? —
daß sie sich einige Kenntniß von den verschwisterten schönen Künsten und Wissenschaften erwerben nicht allein,
weil sie alsdann tiefer in die Poesie eindringen können,
so wie der ein vollkommner Staatskundiger ist, der nächst
dem innern Baue des Staats auch alle seine auswärtigen
Verhältnisse übersieht, sondern auch weil die Empfindungen des Schönen durch die Betrachtung des mannichfal-
tigen Schönen in den verschiednen schönen Künsten und
Wissenschaften und Vergleichung des einen mit dem andern beredelt wird.   Das Band, welches die Poesie mit
der Beredsamkeit, der Musik, den bildenden Künsten,
und der Tanzkunst verknüpft, ist nicht die Entdeckung unserer Tage.   Denn sie haben einander so sichtbar die Hände gebothen, daß ihre Verwandschaft nicht lange unbekannt bleiben können; und der Streit, den sie zuweilen
unter einander über dem Vorrang gehabt, hat sie deswegen niemals entzweyen können, weil er nie zu entscheiden gewesen. **)

Aber

*) Klopstock über d. Publikum. Nord. Auff. St. 49.
   Funkens heilsame Regeln mit Geschmack zu lesen,
   ebendaselbst. St. 87.

**) Klopstocks Allegorie. Nord. Auff. St. 43.

Aber die eigentliche Beschaffenheit dieses Bandes blieb lange Zeit so unsichtbar, als der Anfang und das Ende der homerischen Kette. In unsern Tagen hat man es gewagt, den allgemeinen Regeln aller schönen Künste und Wissenschaften tiefer nachzuforschen. Die Philoso= phen haben es am fleißigsten gethan, und sich zu Gesetz= gebern des Geschmacks aufgeworfen, oft auch ohne die ih= nen natürliche Geschmacklosigkeit ganz zu verläugnen. Den Inbegrif dieser allgemeinen Regeln, die Logik der schö= nen Künste und Wissenschaften, haben sie Aesthetik ge= nannt. Ob man gleich aus der bloßen Anzeige der Haupt= materien und Materien einer Wissenschaft sehr un= fruchtbare Begriffe von ihr bekommt: so wird doch das durch der allgemeine Begriff derselben etwas deutlicher, als durch eine bloße Erklärung gemacht; und so würden vielleicht viele schon durch das Verzeichniß der Kapitel in der Aesthetik, von ihren Vorurtheilen wider sie zurückge= bracht werden können, wenn sie nicht sogleich vor ihren Namen zurückbebten. Die Objecte der schönen Künste und Wissenschaften, ihre Beschaffenheit und die unter ih= nen anzustellende Wahl, machen natürlicher Weise das er= ste Hauptstück der Aesthetik die Heuristik aus. Die Ei= genschaften der Objecte, der wesentlichen und der zufälligen, sind unzählig; hier ist nur von denen die Rede, welche Einfluß in die schönen Künste und Wissenschaften haben. Die lehren von den Empfindungen, der angenehmen und unangenehmen, wie sie entstehn, und wie sie auf einan= der folgen, von den Ideen, von den Leidenschaften, vor= nehmlich wie sie unser Vergnügen befördern, und wie sie erregt werden, (aesthetische Thaumaturgie) von der Be= wegung der Körper, von der Schönheit, von dem Großen

und

und Erhabnen, Lächerlichen und Belachenswerthen, von
der Aehnlichkeit und dem Contraste, Simplicität und
Reichthum, dem Schicklichen und der Würde rc. alle diese gehören in die Heuristik. Das zweyte Hauptstück,
die Methodologie, lehret dann die Art, diese Objecte zu
bearbeiten, und handelt also z. E. von der Stellung der
Materie, von Licht und Schatten, von der Wahrscheinlichkeit oder den aesthetischen Illusionen, vom Natürlichen und Unnatürlichen, vom Witze rc. Die Zeichen,
welcher sich die schönen Künste und Wissenschaften zu ihrem Ausdrucke bedienen, die materiellen, natürlichen und
willkürlich angenommen, werden im letzten Hauptstücke
in der Semiotik untersucht. Wären auch alle diese wichtige und schwere Materien nach ihrem ganzen Umfange
in das helleste Licht gesetzt, zu welcher Vollkommenheit
die theoretische Aesthetick doch so leicht nicht gelangen wird,
so bliebe noch allemal ein Socrates zu wünschen, der sie
durch eine practische Anwendung gemeinnütziger machte.

Ein Lob der Poesie aus dem Munde eines Laien
wird niemand im Eingange dieses Kapitels erwartet haben; auch bey dem Beschlusse des theoretischen Theils will ich niemandes Geschmack damit beleidigen: oder statt einer Probe, wie angenehm eine Chrestomathie von poetischen Lobsprüchen auf die Poesie seyn
müßte, zumal wenn sie alle auch eben so schön wären,
mag folgende Stelle aus Duschens Lehrgedichte von den
Wissenschaften seyn:

Die zauberische Kunst gebiethet den Entschlüssen:
Die Seele außer sich, folgt ihr, mit fortgerissen,
Durch tausend Leidenschaften: Betrübniß oder Wuth,
Verzweiflung, oder Freude, hemmt oder jagt das Blut.

So

So kühn, als die Natur, von ihr selbst unterrichtet,
So reich, so schön, so stark, erschafft sie, was sie dichtet;
Raft Welten und Naturen, die nirgend sind, ins Seyn,
Und hauchet ihnen Leben, Gedank' und Seelen ein.
Die Herzenskundige spricht, jeder Denkart Meister,
Die Sprachen aller Zeit, Gedanken aller Geister.
Nichts hat der hohe Himmel vor ihres Angesichts
Allgegenwart verborgen; die tiefe Höhle nichts:
Die Welt, mit deren Staub der Hauch der Winde spielet,
Die Welt, die künftig wird, ist da, wenn sie befiehlet.

Bald singet sie die Schöpfung, die ährenschwangre
Flur,
Bald, Berg, und Thal; und preiset den Schöpfer der
Natur:
Der stille Hayn merkt auf, der Bach vergißt, zu rauschen;
Der Vogel schweigt, die Wind' in allen Büschen lauschen.
Das güldne Alter kehret, auf ihren Wink, zurück,
Und Könige beneiden des Hirtenstandes Glück
In dem, gleich unbekannt dem Ueberfluß und Neide,
Die Einfalt, an der Hand der Unschuld und der Freude,
Umdüftet von Gerüchen des jungen May, ergötzt
Von lachenden Gefilden, den Fuß auf Blumen setzt.

Im angenehmen Thal, wo frohe Heerden grasen,
Bedeckt vom Rosenbusch, auf einen Sitz von Rasen,
Im leichten Schäferkleide, sitzt heiter, denkend, still,
Voll ihres Dichtergeistes, die blühende Idill,
Des Thales Sängerinn, die zärtlichste der Musen:
Ein Strauß von Veilchen hängt am halb verhüllten Bu-
sen.
Mit ihren Locken spielet der West: schön, ohne Zwang,
Süß, wie des Bachs Gemurmel, rinnt kunstloß ihr Ge-
sang
Durch sanfte Töne fort, gestimmt nach ihrem Herzen,
Und athmet ihr Gefühl von Unschuld, süßen Schmerzen,
Der

Der Liebe, von Vergnügen, und Freuden, welche nur
Die Tugend schmeckt, im Schooße der reizenden Natur?

Bald bebt ihr schweres Lied durch schauervolle Töne,
Durch Klag und Seufzer hin: des Mitleids edle Thräne,
Entlockt aus Männeraugen, trieft nieder und benetzt
Das Reiß, so Freundes Hände aufs Grab des Freunds
gesetzt.

Bald schwingt sie sich ins Feld, wo auf gebirgten Leichen
Die wilde Zwietracht steht, und giebt zum Mord das
Zeichen:
Weil unter Gluth der Höllen, die Furie der Schlacht
Mit hunderttausend Händen zerstöhrend niedermacht;
Beschämten Hengsten nach, auf Leichen von Geschwädern,
Der Siegeswagen fliegt, und Blut trieft von den Rädern.
Singt hier mit Donnertönen in der Trompeten Klang
Das hohe Lob des Siegers, den wilden Schlachtgesang;
Und heiliget den Ort, wo Heldenblut geflossen,
Blut, so des Landes war, und ward fürs Land vergossen.

Dann spottet sie der Thorheit, und reißt dem Bösewichte
In heiligem Gewande die Larve vom Gesicht.
Ihr freyer Satyr straft die Laster selbst des Götzen,
Den Groß und Stärke schützt vor Richtern und Gesetzen;
Der Macht, zu deren Füßen die bange Themis liegt,
Die Wahrheit schamroth schweiget, im Staub der Pöbel
kriecht,
Und, wie des Niles Volk dem Krokodil, den Sünden
Der Fürsten sich bequemt, ein Rauchwerk anzuzünden.
Ihr scharfer Spott verrichtet, was nicht Lycurgs Gebot,
Lacht alte Thoren weise, und Schaamvergeßne roth!

Den Wütrich lehret sie die eigne Schuld empfinden,
Und straft sein hartes Herz in Strafen andrer Sünden;
Wenn sie in Trauerspielen die Todten auferweckt,
Und ihn in fremden Bildern mit seinem eignen schreckt;

Wenn

Wenn er bey fremdem Fall, von Ahndungen ergriffen,
Den Stahl der Gusmanns trifft, sieht auf sich selbst
geschliffen:
Wenn er von jedem Dolche, der Cäsars Brust durch-
wühlt,
Den Stoß in Todesängsten an seinem Herzen fühlt.

O Herzensschmerinn! wer kann dir widerstehen?
Wer ohne Seufzer kann Oedipens Elend sehen?
Wer fühlt nicht Würd' im Herzen, wenn Roms Drakel
spricht?
Wer, wenn Alzire seufzet, nicht Thränen im Gesicht?
Wenn in Seidens Hand der Dolch des Opfers blinket,
Und am Altar erwürgt, sein grauer Vater sinket;
Haucht jede Brust Entsetzen; allmächtigs Mitleid faßt
Die bebende Versammlung, und jede Wang' erblaßt.
Mit süßer Bangigkeit, mit angenehmen Schmerzen,
Vergnügend fürchterlich erschüttert sie die Herzen:
Wenn Hofnung, oder Schrecken durch alle Scenen irrt,
Die Seele, wie die Bühne, Tumult und Aufruhr wird,
Und glühend, außer sich, so, wie die Kunst gebiethet,
Mit Wollust Thränen weint, und mit Verstande wüthet.
Hinweg den kalten Dichter, der ohne Feur correct,
Nicht unsre Zähren fordert, nicht rühret, noch erschreckt!
Zu großer Denkungsart den Geist empor zu heben,
Die Herzen mit Gefühl der Tugend zu beleben,
Zu zeigen, wie sie immer sich gleich, in sich vergnügt,
Erhaben ist im Glücke, und groß, wenn sie erliegt:
Das menschliche Geschlecht im Beyspiel sie verehren,
Dann, was es fühlt und sieht, auch thun und werden
lehren;
Die Herzen zu erweichen, durch Schauer des Gefühls,
Das war der Musen Absicht, der Zweck des Trauerspiels.

Dann singt die Epopee, im Klange der Posaunen;
Aus allen Tönen haucht Verwundrung und Erstaunen.
Von

Von ihrem Geiſt beſeelet, wird alles, was nicht war,
Gleich einer neuen Schöpfung, lebendig, wunderbar.
Vor ihren Winken ſtehn geſtorbene Geſchichten
Aus alten Gräbern auf, und leben in Gedichten.
Begeiſtert von der Dichtung, ſingt izo ihr Geſang
Den Urſprung eines Reiches, jetzt ſeinen Untergang:
Wie Troja, zehen Jahr vertheidigt, und bekrieget,
Zuletzt der Feinde Raub, in ſeiner Aſche lieget:
Wie der erboßte Grieche, des Priamus Geſchlecht
Im letzten Sohn vertilgend, des Paris Schandthat rächt.
Dann führet ſie den Sohn der Venus mit den Göttern
Der Stadt, die Troja war, umſonſt verfolgt von Wet-
　　　　　　tern
Der Juno, durch Gefahr an ſeiner Mutter Hand,
Nach Latiens Geſtaden, ins neue Vaterland.

　Bald ſinget ſie den Held, der alle Schaaren hemmte,
Womit ganz Aſien der Perſer überſchwemmte:
Singt, wie, gleich einem Felſen, geruhig, unbewegt,
Von hunderttauſend Wellen, womit das Meer ihn ſchlägt,
Der große Feldherr ſtand, und ſahe, wie die Wogen
Des Kriegs von ſeiner Bruſt gebrochen rückwärts flogen,
Bis er mit wenig Edlen den Lohn der Helden fand,
Den beſten Tod zu ſterben, den Tod fürs Vaterland!

　Bald fliegt ſie Himmel an, ſingt, wie ein Heer Rebel-
　　　　　　len,
Bewafnet wider Gott, hinabgeſtürzt zur Höllen,
Und obgleich überwunden, ohnmächtig, tief verſtrikt
In Qual von Scham und Reue, doch noch auf Rache denkt;
Voll ſeiner Rachbegier, ſich durch die Schöpfung ſchwingt,
Und einer jungen Welt die neue Sünde bringt:
Singt, wie der Tod die Menſchen erwürget' und ein Fluch,
Um ihrer Sünde willen, den bangen Erdkreis ſchlng.

　Bald wieder, wie von Gott zu der verfluchten Erde
Ein zweytes Schöpfungswort herunterrief: Es werde!
　　　　　　　　　　　　　　Wie

Wie der, der aus dem Busen der Nacht die Sonne schlug,
Itzt sterblich, als Erlöser die Schuld der Menschen trug,
Verfolgt vom Priesterstolz, verkauft vom schnöden Geitze,
Geschmäht, gegeißelt, blaß und blutend hieng am Kreuze;
Wie Gott mit Richterblicken, gefühlt auf Golgatha
Vom leidenden Versöhner, vom Thron heruntersah;
Wie da des Todes Schaur den Sterbenden erschüttern,
Licht wird zu Finsterniß, und alle Welten zittern!

2. Litterarische.

Alexander Gottlieb Baumgarten gab die Definition der Poesie, die ich oben angenommen, zuerst in seiner Abhandlung de nonnullis ad Poema pertinentibus Wider den vielen Widerspruch, den sie fand, vertheidigte sie Meier in einem eignen Aufsatze. Nunmehro ist Baumgarten, der nichts mehr haßte, als Sectireres, das Haupt einer großen Schule geworden, deren Ehre jetzt Moses Mendelssohn ist.

Curtius in der Abhandlung von dem Wesen und und wahren Begriffe der Dichtkunst, die seiner Uebersetzung von des Aristoteles Poetik angehängt ist, sammelt die vornehmsten Gründe für die Baumgartensche Erklärung.

Die Basedowsche Definition im Lehrbuche prosaischer und poetischer Wohlredenheit ist in der That nur eine Paraphrase der Baumgartenschen. Ein Gedicht ist ihm eine Rede oder Ausarbeitung, worinnen die Mittel zu gefallen oder zu vergnügen offenbar herrschen, oder eine Rede, deren Innhalt, Gedanken und Ausdruck so wohl an sich selbst, als nach einer vernünftigen Absicht

des

des Verfassers entweder gesangmäßig, oder versmäßig oder beydes zugleich sind.

Schon Aristoteles nennt ein Gedicht eine Nachahmung. Batteux machte durch seine Einschränkung der schönen Künste auf einen einzigen Grundsatz diese Beschreibung wieder Mode, bestimmte sie näher, und dehnte sie zu einem allgemeinen Grundsatze aller schönen Künste und Wissenschaften aus. Nach ihm ist also die Poesie eine gute Nachahmung der schönen Natur durch eine abgemessene Rede.

Baco, Scaliger und Voßius, der erstere de augmentis scientiarum, die beyden letztern in ihren Anweisungen zur Dichtkunst, reden auf eine andere Art auch von der Nachahmung. Baco nennt ein Gedicht eine Nachahmung wirklich geschehener Dinge; Scaliger und Voßius eine Nachahmung der Wahrheit durch Erdichtung.

Noch vor Batteux sagte Breitinger in der kritischen Dichtkunst viel über Aristoteles Meynung; und auch noch vor Batteux schrieb Johann Elias Schlegel die beyden Aufsätze von der Nachahmung und von der Unähnlichkeit in der Nachahmung, die jetzt im vierten Theile seiner Werke stehen, hauptsächlich wider die damalige Menge allzunatürlicher Poeten.

Die Gewalt, welche Batteux den Lehrgedichten und Satyren anthun muß, die er lieber gar nicht für Poesie erkennen möchte, (er beruft sich unter andern auf den Plutarch de audiendis poetis, der den Sittensprüchen des Theognis den Namen der Poesien abspricht; vom Theognis ist es mehr als zu wahr) die eigenen Empfindungen, die oft der Poet in der Ode ausdrückt, die

Noth-

Nothwendigkeit, in der sich Batteur sieht, die gute Nachahmung der häßlichen Natur zu verwerfen, überhaupt die oft schlechten oder blendenden Gründe, womit er sein System vertheidigen muß, bewogen Johann Adolph Schlegeln die Unzulänglichkeit des batteurischen Grundsatzes in seinen Anmerkungen und in der angehängten Abhandlung von dem höchsten und allgemeinsten Grundsatze der Poesie zu zeigen. Er selbst hat folgende neue nicht ganz glückliche Erklärung gewagt. Die Poesie ist der sinnlichste und angenehmste Ausdruck des Schönen oder des Guten, oder des Schönen und des Guten zugleich durch die Sprache.

Abbt *) erklärt den Grundsatz der Nachahmung auf eine Art, wie er sich mit der Wahrheit und mit der Baumgartenschen Definition vereinigen läßt, bey ihm nämlich heißt nachahmen, nicht die Sachen in der Natur durch willkührliche Zeichen nachbilden, sondern die Eindrücke, welche die Gegenstände in der Natur auf unsre Sinnen machen, durch Eindrücke der Phantasey nachahmen, oder kurz, mit den Kunstwörtern zu reden, die er annimmt, die Empfindungen durch Erweckung der Empfindnisse nachahmen.

Ludwig Racine sagt mit seiner Beschreibung, da er die Poesie die Sprache der Empfindungen und Leidenschaften nennt, *) in einer Metapher eben das, was Baumgarten philosophischer ausdrückt.

B 2

Das

---

*) Vom Verdienst S. 163.

*) Sur l'Esence de la Poesie Mem. de l'acad. des inscript.

Das 105 St. des nordischen Aufsehers ist durch Klopstock's Abhandlung über die Poesie merkwürdig. Ob er gleich nicht systematisch davon handelt, so giebt er doch eine Erklärung, und setzt das Wesen der Poesie darein, daß sie durch Hülfe der Sprache eine gewisse Anzahl von Gegenständen, die wir kennen, oder deren Daseyn wir vermuthen, von einer Seite zeigt, welche die vornehmsten Kräfte unserer Seele in so hohen Grade beschäftigt, daß eine auf die andre würkt, und dadurch die ganze Seele in Bewegung setzt.

Cramer ist in der Abhandlung von dem Wesen der biblischen Poesie *) mit Racinen im Grunde einerley Meynung. Denn die Begeistrung, welche ihm zufolge, das Wesen der Poesie ist, erklärt er durch die Sprache der Leidenschaften.

So schwer ist es in den Wissenschaften über ihrem Hauptgrundsatz einig zu werden, und gleichwohl hat nur der den wahren Begriff von einer Wissenschaft, der in Festsetzung ihres ersten Grundsatzes die Wahrheit nicht verfehlt. Denn so wit soll uns der Verdruß über die Verschiedenheit der Meynungen nicht treiben, daß wir nach dem Exempel vieler Naturrechtslehrer einen allgemeinen Grundsatz der Poesie für eine Unmöglichkeit erklärten, und mit Johann Heinrich Schlegeln **) von Schwierigkeiten redeten, in die man sich verwickele, wenn man aus Liebe zur Einheit einen allgemeinen Grundsatz ausschließungsweise herrschen lassen wollte.

Wer

*) Poetische Uebersetzung der Psalmen Th. 1.
**) Vorbericht zu seines Bruders Abhandlung v. d. Nachahmung.

Wer uns ein Vergnügen untersagen will, welches
ein Theil unserer Bestimmung ist, und das Ver gnügen,
das uns die schönen Künste und Wissenschaften gewähren, schließt Spalding von der Bestimmung des Menschen nicht aus, ist der nicht ein Feind des menschlichen
Geschlechts? Der Genfer Bürger, jetziger Bergschotte,
hat es mit seiner Abhandlung von der Schädlichkeit der Wissenschaften zwar nicht verdient, daß sein Name zum Schmucke jeder Schulübung geworden; aber die Ehre war auch
zu groß, daß ihn ein König widerlegte *), noch hätte Abbt
seine Kuchenbäckergedanken im Aemil einiger Aufmerksamkeit würdigen sollen. Die Wahrheit, sagt Meinhard, **) daß eine richtige Cultur der schönen Wissenschaften das Herz bessere, war bisher oft wiederholt worden: ***) aber hatte noch nie so viel Licht bekommen,
als der eigensinnige und beredte Rousseau dem entgegengesetzten paradoxen Irrthume gegeben. Home nämlich bemüht sich nicht allein in der Einleitung, sondern in dem
ganzen Laufe seiner Untersuchungen, die reitzende Verbindung der Kritik mit der Moral, des guten Geschmacks
mit der Tugend sichtbar zu machen. Die vornehmsten
Gründe aus der Einleitung sind: Der Geschmack ist ein
mächtiges Gegenmittel wider die Gährung der Leidenschaften, die geselligen Neigungen werden durch ihn verfeinert, die Liebe zum Anständigen und zur Tugend selbst
verstärkt.

B 3

Dubos

*) Reponse au discours qui a remporté le prix de l'Acad.
de Dijon. Oevr. du Philof. Bienfaif. T. IV.

**) Vorrede zu Homens Kritik.

***) S. unzählige Schulhandlungen.

Dübos eröfnet seine Betrachtungen über die Poesie und Malerey mit Recht mit einer Abhandlung von der Nothwendigkeit beschäftigt zu seyn.

In einem Buche vom Verdienst werden diejenigen die Dichter nicht zu finden meynen, die sie sonst für unschädlich halten; aber Abbt weist auch den Dichtern einen Gang in dem Labyrinthe an, in dem er die Schriftsteller als Sclaven zum gemeinen Besten arbeiten läßt, und beweist ihren Nutzen aus folgenden Exempeln: In so weit die Dichtkunst zur gemeinen Erbauung angewandt wird, hat ihr Verdienst neben dem Verdienst der Erbauungsschriften seinen Platz, die Talente ungerechnet, die sie dazu anwendet. Bey den Alten war die Tragödie eine Schule der Könige. Noch in unsern Zeiten fällt ein: Soyons amis Cinna in die Ohren der Prinzen und oft in ihr Herz, und bringt manchmal Früchte. Wenn Gleim es hätte dahin bringen können, daß seine Kriegslieder in des gemeinen Soldaten Hände gekommen wären: so müßte er in den preußischen Staaten, unter den Dichtern, den ersten Rang nach den erbaulichen erhalten. Aber für ganz Deutschland ist es ohne Widerspruch Gellert, dessen Fabeln wirklich dem Geschmacke der ganzen Nation eine neue Hülfe gegeben. Sie haben sich nach und nach in Häuser, wo sonst nie gelesen wird, eingeschlichen. Dadurch ist das Gute in der Dichtkunst in Exempeln, und nicht in Regeln bekannt, und das schlechte verächtlich gemacht worden. Es ist hier nur von seinen Fabeln die Rede:

Fama hominum merces sit versibus aequa profanis:
Mercedem poscunt carmina sacra Deum.

Ueber

Ueberhaupt arbeiten alle moralische Dichter für einen ansehnlichen Theil der Nation, dessen Geschmack und dessen Sitten wenigstens nicht sinken sollen. Ob sie es zum Verbessern bringen, ist eine andere Frage. Doch haben sie oft im verborgenen gutes gestiftet. Wer will ihnen jede tugendhafte Empfindung, die sie erreget, jeden rechtschaffenen Entschluß, den sie veranlasset, jede ernsthafte Reue, die sie erweckt, wer will es ihnen nachrechnen? Den anakreontischen Liedern kommt zu gute, daß alles angebauet werden muß, wenn man sich einmal zum Anbau verstanden hat. Alle schöne Schriften haben wenigstens das Verdienst, daß sie einmal den Geschmack einer Nation in allen Arten ausbilden, verbessern oder festhalten, hernach, daß sie der Verschönerung der feinen Empfindungen und der Ruchlosigkeit der Sitten Einhalt thun, indem sie das Gute unter neuen Einkleidungen angenehmer machen. *)

Gellert hat es außer seinem Exempel auch in einer Rede gelehrt, wie groß der Einfluß der schönen Wissenschaften auf das Herz und Sitten seyn könne. **)

Für die allzu halsstarrigen sind die Anmerkungen am Beschluß der Rhapsodien von Moses Mendelssohn und die Ausschweifung in der allgemeinen deutschen Bibliothek, bey der Beurtheilung der Moserschen Schriften; wie denn die allzugroße Menge giftiger Scribenten leicht zu tilgen wäre, wenn man an ihnen die Cur versuchte, die Moser in den Reliquien, Artikel, Bücherpolizey, vorschlägt. Der Einfluß der schönen Wissen-

B 4

schaf-

---

*) Wieland von Bestimmung des poetischen Genies.
**) (Ebelings) Poetick des Herzens, s. Unterhalt.

schaften auf den sittlichen Character erhellt auch aus der
den umgekehrten Satz beweisenden Abhandlung 'eines
Ernesti pectus esse, quod disertos saciat, und eines
Heyne de morum vi ad sensum pulchritudinis.

Nach Baumgarten scheinen die Philosophen sich
die Untersuchung über das Genie zur Lieblingsbetrach-
tung gemacht zu haben, um auch in der Philosophie
über dasselbe den Franzosen weiter keine Ehre zu lassen,
als, daß sie diese seltene Gabe der Natur mit einem un-
übersetzlichen Namen belegen. Denn auch, der noch
das beste unter den Franzosen darüber geschrieben, der
Abbé Dubos, weis aus vielen Bemerkungen, die er
macht, keine andre Definition zu folgern, als, daß das
Genie eine Geschicklichkeit sey, die ein Mensch von Natur besitzt, gewisse Dinge gut und leicht zu verrichten,
welche andere mit vieler Mühe schlecht machen. Trü-
blets Gedanken darüber sind gewiß nichts mehr, als artig.

So sehr scheint der Schöpfer der schönen Natur
die größten Köpfe Frankreichs, wie Jupiter ehemals die
Cyclopen zur Schmiede der Strahlen und Schwärmer
verdammt zu haben, die er zum tauben Wetterleuchten
nöthig hat. *) Unter den Deutschen ist allerdings
Sulzer
der erste, welcher die Psychologie mit einer Untersuchung
über das Genie bereichern wollen. In einer Abhandlung unter den Schriften der Berliner Akademie, die
in dem V Bande der Berliner Sammlung vermischter
Schriften übersetzt steht, definirt er das Genie, als das
Vermögen, sich aller erkennenden Seelenkräfte mit Leichtigkeit und Geschicklichkeit zu einer Sache bedienen zu
können,

*) Hamann.

können, und giebt, als untrügliche Kennzeichen desſel-
ben, die unwiderſtehliche Luſt, den Witz, (Eſprit), eine
ſcharfe Beurtheilungskraft, Kontenanz oder Gegenwart
des Geiſtes *), und endlich Stärke der Seele, und des
Körpers an. In dem zweiten und britten Bande derſelben
vermiſchten Schriften, ſteht noch eines Ungenannten Verſuch, in welchem nach Sokratiſcher Lehrart von den Redensarten zu den Unterſuchungen fortgegangen wird.
Aber das größte Geschenk der Natur, das Genie, wird
darinnen ohne Zweifel zu ſehr erniedrigt, wenn man es
auf die Fähigkeit zur anſchauenden Erkenntniß ein-
ſchränkt.   Auch ein Ungenannter hat die Breßlauer
vermiſchten Beyträge zu der Philoſophie und ben ſchönen
Wiſſenſchaften, von denen ſich niemand durch den Beynamen Beyträge abſchrecken laſſen darf, ſehr würdig
mit einer Abhandlung über das Genie eröfnet, deren
Reſultat dieſe neue Definition iſt: Genie iſt die merkli-
che Größe einer herrſchenden Fähigkeit.   Dieſen innern
Ruf zum Verdienſte durfte freylich auch Abbt nicht vergeſſen, und allerdings ſind es eben die Verdienſte des
Genies, die durch die Begeiſterung, in die ſie uns hinreißen, an ihrer nähern Betrachtung hindern, und uns
auf dem einzigen Wege eine richtige Kenntniß von der
Beſchaffenheit des Genies zu erlangen, auf dem Wege
der Erfahrung zurückhalten. Genie und Größe des Geiſtes iſt ihm einerley.   Merkmale der Geiſtesgröße aber
ſind ihm die Größe der behandelten Sachen, die Spe-
culation, die Ausbreitung der Seelenkräfte und ihre
Intenſion, und ein vorzüglich gutes natürliches Gefühl.

B 5   Der

*) Klopſtock von der Gegenwart des Geiſtes 41. St. des
   Nord. Auff.

Der Wahrheit am nächsten scheint der Recensent der Breßlauer Beyträge (im XXII Theil der Briefe d. Neuern Literatur) gekommen zu seyn, der das Genie als die Thätigkeit der herrschenden Erkenntnißvermögens und Zustimmung des übrigen Fähigkeiten und Empfindungen der Seele zu derselben beschreibt. Der vortreffliche Zimmermann hat in seinen Erfahrungen einige schöne Beobachtungen über das Genie angestellt, er denkt als Arzt darüber, aber das gereicht ihm eben so wenig zum Vorwurf, als daß er im Buch vom Nationalstolze, als Arzt von Staatsachen gedacht hat. Cramer in der Abhandlung vom Wesen der Poesie hat vermuthlich keine Erklärung des Genies zur Absicht gehabt, wenn er S. 262. fragt: was ist es anders, als mit einem Worte, ein hoher Grad der Empfindlichkeit des Herzens?

Von der Kunst vortreffliche Bücher mit dem Geiste ihrer Verfasser lesen zu können, von dem schwer zu erlangenden Geschmack, wie viel mag nicht von ihm, in allen den Geschmack befördernden Tage = Monats = und Quartalsschriften gesagt worden seyn! gesagt und ungelesen geblieben seyn! Was die Franzosen davon gesagt, ist freylich so, wie es von einer Nation kommen kann, die nur kostet:

Montesquiou, D'Alembert, Voltaire, große Namen vor kleinen unbedeutenden Aufsätzen; der Voltairische ist darunter der unwichtigste; kein Wunder; denn er steht in der Encyclopädie, und ist gar nicht unterhaltend. *)

Des

*) S. dessen Uebersetzung in 1sten Th. d. Unterhaltungen.

Des Kardinal
Bernis
Gedanken darüber sind eine Satyre auf seine Landsleute.
Von der Kritik der Empfindung hat
Dübos
das beste gesagt, wozu im VIII Band der Bibliothek
der schönen Wissenschaften ein schönes Supplement steht.
Der Zuschauer, welcher einen Kunstrichter bilden kann,
so wie er seine ganze Nation gebildet, redet vom Geschmack im 469 Stück.
David Hume,
ein größrer Zweifler, als Bayle, aber weniger seichte,
er, der keine Wahrheit für unveränderlich halten will, beweist in einer Abhandlung von der Regel des Geschmacks,
daß diese nie eine Veränderung leide. *)

Sehr allgemein und philosophisch ist
Alexander Gerards
Preißschrift über den Geschmack **) worinnen er von den
Objecten des Geschmacks nach allen Theilen desselben, von
seinem Wesen, Erwerbung, Eigenschaften und Anwendung sehr gut handelt. ***)
Joh. Ad. Schlegels
beyde Abhandlungen von der Nothwendigkeit des Geschmacks und seiner frühzeitigen Bildung können jeden
entschädigen, der alle vorher angeführten nicht sollte gelesen haben, oder das 25ste Kapitel in Homens Grundsätzen

*) S. eine deutsche Uebersetzung, in Duschens vermisch-
ten und satyrischen Schriften.

**) Essay on taste. Lond. 1759.

***) Deutsche Uebersetzung, Breßlau 1766.

sätzen der Kritik nicht lesen wollte. Der größte Theil
seiner Beweise für die Nothwendigkeit des Geschmacks,
ist von seinem Nutzen in Ansehung der Sitten hergenommen, und in so fern hätte ich dieser Abhandlung schon
oben gedenken sollen. Das Gespräch über den Geschmack
in den schon angeführten Breßlauer Beyträgen will die
Ursachen erforschen, warum die gewöhnliche Erziehung
uns zu sehr in Absicht des Geschmacks verwahrlose.
Aber weder diese sind gründlich genug angegeben, —
denn was von der falschen Richtung der Seele gesagt
wird, wird niemanden befriedigen, — noch, welches
die Mode der Tadler ist, Mittel, dem Verderben zu
steuern, angezeigt.

Etwas mehr Gnüge thut uns der Königsbergische
Philosoph, Herr Kant, in der Abhandlung vom Gefühle
der Schönheit.

Ueberhaupt ist von dem Geschmack der Poesie insbesondere noch nichts so gutes geschrieben, als von dem
allgemeinen, oder auch von einer Anwendung auf einige
andere schöne Künste. Wer kennt nicht

**Winkelmanns Abhandlung von der Fähigkeit
der Empfindung des Schönen in der
Kunst,**

und wer wollte nicht die Art, jene Fähigkeit zu erwerben,
am liebsten von ihm erlernen? von einem Manne, dessen Unterricht selbst die Römer annehmen, die, wenn
auch nicht das Blut der alten Römer in ihnen wallet,
doch durch den beständigen Anblick der Anticken einen angebohrnen Geschmack haben sollten.

Und

Und welcher Patriot sollte nicht des Ritter

Mengsens

Gedanken über die Schönheit und über den Geschmack in
der Malerey gelesen haben, wenn er auch unter keine
der Klassen von Lesern gehörte, von welchen allein Mengs
seine Schrift gelesen wissen will. Wider die Fehler, welche in der Baukunst aus Mangel des Geschmacks entstehen können, eifert

Krubsacius

in den Gedanken vom Ursprung, Wachsthum und Verfall der Verzierungen in der Bau- Schnitz- Maler und
Kupferstecherkunst, durch welche er den Wunsch des
Journals Etrangers erfüllt hat, daß die deutschen Künstler die Kunst mit den Augen der deutschen Poeten ansehen möchten.

Von dem Geschmack in der Musik steht eine Abhandlung in den Unterhaltungen, und damit ich allen
meinen Citationen über den Geschmack noch zuletzt ein
Ansehen gebe, so führe ich zum Beschluß zwey lateinische
Dissertationen an, des J. A. Fabricius und J. D. Heil-
manns de gustatu bono.

Durch die Erfindung der Aesthetik ist der Frank-
furtische Weltweise

A. G. Baumgarten

den Liebhaber der schönen Wissenschaften, so merkwürdig, als den Philosophen geworden. 1750 gab er den
ersten Theil davon heraus, und seine Krankheit hat ihm
nicht erlaubt der Welt mehr, als noch einen Theil zu
hinterlassen. Ueberhaupt aber hat er nur das erste
Hauptstück vom ersten Theil seines Plans recht ausgeführt. Sein Werk ist eine Reliquie geblieben, zu der

unzäh-

unzählige Wallfahrten geschehn, ohne, daß die meisten
Pilgrimme etwas mehr, als ein Stückgen mitbringen
sollten. Jedermann weis, was an Erfindern zu loben
und zu tadeln ist; es ist gar keine Kunst, einzusehen,
daß die Baumgartenschen Grundsätze sich zuweilen nicht
dießseits der Poesie und Beredsamkeit ausdehnen lassen,
daß der Philosoph zu sehr für seine Zuhörer schrieb, den
laconischen Styl zu sehr liebte, die Beyspiele nicht genug
aus den Quellen schöpfte, die Distinctionen und Kunst-
wörter zu sehr häufte: aber sein Lob kann nur ein Abbt
schreiben, und vielleicht hätte er bey längern Leben eben
so eine Geschichte von den Baumgartenschen Entdeckungen entworfen, als er uns von Baumgartens Leben gegeben. Ehe noch einmal der zweite Theil der Baumgartenschen Aesthetick erschienen war, wagte es

G. E. Meier,

ein so mittelmäßiger Schriftsteller, als guter Philosoph,
in seinen Anfangsgründen aller schönen Künste und Wissenschaften dasjenige zu ergänzen, was noch zu dem theoretischen Theile fehlte und über das vorhandene zu kom-
mentiren, aus welchen er nachher kraft seines Amtes,
auch einen Auszug zum Gebrauch öffentlicher Vorlesungen heraus gegeben. In Absicht des Theils, wo er nur
Kommentator ist, kann er denen nützlich seyn, welche
Baumgartens Höhe nicht erreichen können, und das,
was Baumgarten nachher selbst supplirt hat, zeige, daß
es keine leichte Unternehmung sey, sich in eine andre
Denkungsart zu versetzen.

Eine vollständige Aesthetick hat

Moses Mendelsohn

nicht geschrieben, aber nur seine Abhandlung über die

Haupt=

Hauptgrundsätze der schönen Künste und Wissenschaften *) wird der Aesthetick unendlich mehr Liebhaber erwerben, als alle ästhetische Lehrbücher und Programmen,
die auf Akademien erschienen und vergangen sind.   Und
welche Beyträge zu einzeln Theilen der Aesthetick sind
nicht die Briefe über die Empfindungen nebst ihren Zusätzen, und die Abhandlungen vom Naiven und Erha-
habenen in den schönen Wissenschaften! Durch ihn, unsern
Plato, ward zuerst die dürftige Philosophie, die bey aller
ihrer Gründlichkeit sich immer noch nicht aus den Schulen in die feinere Welt wagen durfte, mit dem Ueber-
fluße der schönen Wissenschaften vermählt.   Wie viele
Entdeckungen der deutschen Philosophie, die er in ein
helleres und angenehmeres Licht gestellt, sind vor neu gehalten worden,   weil man sie unter der Eleganz verkannte!

Was für ästhetische Unterredungen im gemeinen
Leben würden wir aber nicht erst zu hören haben, —
gewiß so häufige, als ehemals über prästabilirte Harmonie und Monaden — wenn Sulzers Handbuch der
schönen Wissenschaften ans Licht gekommen wäre, und
man in demselben mit Bequemlichkeit den Artikel nach-
schlagen könnte, von dem man die Gesellschaft zu unterhalten dächte **).   Da er in demselben alle Theile der
Aesthetick und das wichtigste aus der Geschichte aller
schönen Künste und Wissenschaften zu concentriren verspricht — Niemand, als er, kann so viel versprechen,
und nur wenige mit ihm würden sobiel halten können —
so

---

*) Zweyter Theil philof. Schrift. Berlin 1761.
**) Briefe d. N. Litt. Th. V. p. 86.

so werden uns die zehen Jahre, die wir schon vergeben
gehoft haben, nicht so sehr kränken: wir müßten denn
unverschämt genug seyn, von einem Sulzer zu verlangen
er solle nach Klotzens Beschreibung in den moribus Eru
ditorum das Werk fördern, und eilen, wie Gottscheb
oder ich. Ueberdem würde es meinen Verdiensten nach
theilig seyn, wenn es schon in jedermanns Händen wäre
zuerst dürfte ich meine Mühe nicht so hoch anrechnen
weil ich mit mehrerer Bequemlichkeit abschreiben können
und alsdann würde mein ganzes Buch vor einer Seite
im Sulzer verschwinden, wie die Schatten vor der
Morgensonne.

Lord Heinrich Home

hat durch seine Elements of Criticisme seiner Nation den
Vorzug vor allen übrigen gegeben, daß sie jede andere
auffordern kann, eine so gründliche, vollständige, brauchbare, wohlgeschriebene Aesthetick aufzuweisen, ob wir
gleich den Engländern auch durch die Meinhardtische
Uebersetzung beweisen könnten, daß auch ein Deutscher
ein solches Werk unternehmen könnte. Denn es wie
Meinhardt zu übersetzen, dazu gehörte ein Geist, der
fähig wäre, es zu schreiben. Nur werden wir freylich
dem Lord kaum einen Herrn von seinem Stande entge-
gensetzen können, der ein so großer Philosoph, ein so
schöner Geist wäre; und England hat noch mehrere solche Lords; Und Home ward mit eben dem Geiste, mit
dem er den Kunstrichtern ewige Gesetze gab, ein Lehrer
des Lord Großkanzlers in seinem Principles of Equity,
und in seinem Historical Law-Tracts hat England eine
solche Geschichte seiner Gesetze, dergleichen sich noch kein
Staat rühmen kann.

Sollten

Solten wohl die Franzosen eine wo nicht gründliche
und vollständige, doch schön geschriebene Aesthetick haben,
wenn ihnen gleich der Name unbekannt ist? Für etwas
dergleichen geben sie des

P. Andre

Essai sur le beau *) aus.   Aber dem Philosoph leistet
er keine Genüge, dem es gleichgültig ist, wie der heilige
Augustin die Schönheit erklärt hat; vollständig ist er
gar nicht.   Denn nachdem er das natürliche und moralische Schöne untersucht, bleibt er unter den Werken der
schönen Künste und Wissenschaften nur bey den Werken
des Witzes und der Tonkünstler stehn.   Die Schreibart
wird niemand vortrefflich nennen.

Doch verdient jener noch eher gelesen zu werden,
als des Polygraphen

Crousaz

Schrift unter eben dem Titel.

Die Wissenschaften würden unendlich viel gewinnen, wenn alle ihre einzelnen Haupt = und kleinen Theile
sorgfältig untersucht würden, ehe man noch an ein Lehr-
gebäude dächte.   Geschicht es nachher, so lobt man zwar
die Geschicklichkeit derer, welche die Wissenschaften zu er-
weitern bemüht sind, aber man lobt sie mit kaltem Blute, weil sich ihre Entdeckungen selten in die Fugen des
Systems einpassen lassen.   Dieses Schicksal wird vermuthlich das vortreffliche Werk:

a philosophical enquiry in to the Origin of our
   Ideas of the Sublime and beautiful Lond.
   1757. 8.

erfah-

*) Nouv. Ed. Paris 1763.

C

erfahren, wenn nur auch Leßing seine so lang gehoffte
Uebersetzung uns nicht länger vorenthielte. Ohne eben
allemal die Philosophie des tiefsinnigen Verfassers zu
billigen, wie könnte man nicht viele seiner Beobachtungen nutzen! Er hat ganz sein eignes System; erhaben
nennt er z. E. dasjenige, welches die heftige Bewegun-
gen hervorbringen kann, deren unser Gemüth fähig ist, die
Schönheit ist ihm eine gesellschaftliche Leidenschaft u. s. w.

A. Smiths

Werk über die moralischen Empfindungen *) handelt
zwar nur von den moralischen Empfindungen, aber
wie nützlich kann es nicht dem Aesthicker in der Lehre vor
den Leidenschaften seyn! zumal da dem Verfasser die
schönen Wissenschaften nicht fremd gewesen sind. Der
erste Grundsatz seines Systems ist die Symphatie, freylich
kein allzuglücklicher. Aber warum vergaß er, daß nichts
betrüglicher sey, als allgemeine Gesetze für unsere Empfindungen? Ihr Gewebe ist so fein und verwickelt, daß es
auch der behutsamsten Spekulation kaum vermögend ist
einen einzelnen Faden rein aufzufassen, und durch alle
Kreutzfäden zu verfolgen. Gelingt es ihr auch schon
was für Nutzen hat es? Es giebt in der Natur kein
einzelne reine Empfindung, mit einer jeden entstehen tausend andere zugleich, deren geringste die Grundempfin-
dung gänzlich ändert, so, daß Ausnahmen über Ausnahmen erwachsen, die das vermeintliche allgemeine Gesetz auf eine bloße Erfahrung in wenig einzelnen Fälle
einschränken. **)

Damie

*) London 1761,
**) Leßing im Laokoon S. 42.

Pamier

in seiner Theorie des sentimens agreables nimmt ein sehr sinnliches Principium an, und beschreibt eine angenehme Empfindung, als eine Bewegung der Nerven, die sie thätig erhält, ohne sie zu ermüden.

Von gleichem Werthe ist des

Pouilly

Theorie des sentimens.

Sulzers

Theorie der angenehmen und unangenehmen Empfindungen *) kann uns so lange statt aller andern seyn, bis dieser große Weltweise seine Entwicklung aller ersten Grundtriebe der Seele wird vollendet haben. Den Ursprung aller Empfindungen leitet er von dem angebohrnen Bestreben der Seele her, sich immer thätig zu erhalten. Die Gegenstände, welche in ihrer Zusammensetzung keine Ordnung haben, stöhren ihm zufolge dieses Bestreben; die aber, von denen die Seele einsieht, daß sie jenes Bestreben durch die Ordnung, die sie in ihrer Zusammensetzung haben, mehr reitzen, in schnelle Bewegung setzen werden, diese erregen angenehme Empfindungen.

Der Verfasser des

Versuchs über die Empfindungen

in den Breßlauer Beyträgen **) beschäftigt sich hauptsächlich damit, die Empfindungen von den bloßen Vorstellungen zu unterscheiden, und erklärt die Empfindung

C 2 durch

*) Die deutsche Uebersetzung im V Bande d. Verf. verm. Schriften.

**) 1 Abtheil. d. I Band.

durch Eindrücke in der Seele von völlig bestimmten Dingen in ihrem Verhältnisse.

Shaftesbury

*) The generous Ashley, the friend of Man,
Who scann'd his Nature with a brothers eye
His weakness prompt to shade, to raise his aim,
To touch the fines movements of the mind,
And with the moral beauty charm the heart.

Ich mußte den Shaftesbury mit einem englischen Lob-
spruche anführen, da man ihn in Deutschland meistens
nur von der schlimmen Seite kennt. Eine gute deutsche
Uebersetzung seiner sämmtlichen Werke würde das Publikum mit seinen guten Beobachtungen und seiner entzückenden Schreibart bekannter und dasjenige gemeinnütziger machen, was aus seinen Characteristicks in die Fä-
cher der Aesthetick gebracht werden kann.

Die ungenommenen Urtheile von

Helvetius

Schriften sind bekannt genug; aber nicht so sehr ihr
ästhetischer Nutzen.

Die wichtigsten Bücher zur Aesthetik sind die, welche zwey oder mehrere von den schönen Künsten und Wissenschaften zugleich betrachten, und bey dieser Gelegenheit ihre Aehnlichkeit und Unähnlichkeit zeigen. So
begrei-

*) Der edelmüthige Ashley, der Menschenfreund, der die
Natur des Menschen mit dem Auge eines Bruders un-
tersuchte, glückich geschickt, seine Schwachheit zu bedecken, seinen Endzweck zu erheben, die feinen Triebfedern der Seele zu treffen, und mit der moralischen
Schönheit das Herz zu entzücken.

begreifen viele Poesie und Beredsamkeit zugleich, unter welchen von den Alten

Longin

vom Erhabenen merkwürdig ist.   Seine Methode ist
zwar keine philosophische; er geht von gewählten Exempeln zu vortrefflichen Beobachtungen; aber wer wollte
auch von jedem Kunstrichter von Geschmack Philosophie
verlangen? Er setzt keinen Begriff vom Erhabnen feste;
denn er beruft sich in Absicht dessen auf eine Abhandlung
eines gewissen Cäcils; er giebt nur einige Kennzeichen des
Erhabenen für den Leser an; was nämlich in den Werken des Witzes viel Nachdenken erfobere, nicht besser
gegeben werden könne und sich leicht im Gedächtniß behalten lasse: (auch nach der strengern Philosophie lassen
sich diese Kennzeichen rechtfertigen) denn seine Hauptab-
sicht war theils den Leser auf die erhabenen Stellen auf-
merksamer zu machen, theils die Quellen und Mittel
zum Erhabnen anzuzeigen.   Zu Quellen macht er die
edle Kühnheit, ungemeine Gedanken glücklich hervorzubringen, eine natürliche Heftigkeit der Leidenschaften, die
Figuren, den Ausdruck, und die Wortfügung; zu Mitteln empfiehlt er die Wahl der Umstände, die Erweiterung, die Nachahmung guter Schriftsteller, und die
Einbildungskraft.   Seine Schreibart ist seiner Materie angemessen, nach dem Plato gebildet *), zuweilen zu
geschmückt, und durch Lakunen unverständlich.   Ein so
großer Kunstrichter, als Longin ist, mußte nothwendig
erst verächtlich gemacht werden, wenn man das Ueber-
gewicht der neuern Kritik begreiflich machen wollte.

E 3

Sil-

---

*) S. Geddes von der Schreibart der Alten. Berl. ver-
mischte Schrift. B. III.

Silvain schrieb ein weitläuftiges Gewäsche unter dem
Titel: Nouveau traité du Sublime, Longinens Fehler
aufzudecken, und wie fürchterlich dieser Feind seyn müsse,
könnte ich aus der Menge seiner seichten Gründe zeigen,
aber schon das mag genug seyn, daß er es für unnütze
hält, gewisse Regeln von Erhabenen festzusetzen. Auch
durch die Uebersetzung des Boileau ließen sich Silvain,
La Motte, und seines gleichen nicht zurechte weisen:
Noch unbedeutender sind Longins deutsche Tadler, Tho-
masius, Heineccius und Curtius; aber nicht zu
verachten sein deutscher Wertheidiger L. H. Heinicke,
der seine glückliche Uebersetzung mit brauchbaren Anmerkungen und dem griechischen Texte begleitet hat *).
Berger hat seiner Schrift de naturali pulchritudine ora-
tionis eine Chrestomathie aus dem Longin angehängt,
wo er auch untersucht, in wie fern des Hermogenes
Gedanken über das Erhabene von Longins Meynung abgehen.

　　　Ich nenne auch hier den
　　　　　Quintilian,
nicht, um seinen Namen nur anzubringen, sondern weil
er in seinem ganzen Werke und besonders in dem berühmten zehntem Buche zeigt, in wie fern der Redner die
Dichter nutzen könne; er bezeichnet also die Grenzen zwischen der Poesie und Beredsamkeit, die den heutigen
Rednern so wenig heilig sind, daß wir noch täglich Predigten aus dem Young oder Herbey hören.

　　　　　　　　　　　Batteux

*) Des Tollius lateinische, Gori italienische, Clericus
holländische, und die beyden englischen Uebersetzungen
von Wettstelt und A. Smith, J. Pearcens Edition.

Batteux

bedient neben dem Quintilian zu stehen, wegen der schönen Schreibart, woran die Fehler nur wegen der Schönheit des Ganzen sichtbar, und Modefehler seiner Zeiten sind. Er gehört in die Classe ästhetischer Schriftsteller, die ich jetzt betrachte, weil er auch in seinem größern Werke — das kleine würde, gegen jenes gehalten, vielleicht ganz zu vergessen seyn, wenn ihm nicht J. A. Schlegels Uebersetzung und beygefügte Abhandlungen einen neuen Werth gegeben hätten — der Poesie und der Beredsamkeit den größten Theil seines Buches widmet. Bey allem Schmucke des Styls sind seine Einsichten weniger superficiell, als man es von einem Franzosen in einer Materie vermuthen sollte, in der er weniger Vorgänger gehabt. Denn die verführerische Liebe zum System, die ihn, wie ich schon oben gedacht, auf Abwege führt, hat auch die gründlichsten Deutschen verleitet. Daß er in der Wahl des Beyspiele sich zu sehr auf die Nation einschränkt, für die er schrieb, ist freylich Nationalstolz, aber den Franzosen hat ihn Zimmermann erlaubt. Aber seinen Verdiensten lassen die Deutschen vielleicht mehr Gerechtigkeit widerfahren, als seine eigene Landsleute, von welchen noch neulich einer eine französische Dichtkunst hat schreiben können, ohne des Batteux auch nur mit einem Worte zu gedenken. Denn auch die Batteuxische Gründlichkeit scheint erstorben zu seyn, und seichtere Gedanken in eine noch geziertere Schreibart gekleidet, Feuerwerke, die einen plötzlichen Glanz und Knall von sich geben, und nichts als Rauch hinterlassen *), beschäftigen jetzo die Pariserbey der Toilette. Unter uns ist

C 4

Bat

*) Zimmermann.

Batteux mit Recht das Handbuch der Jünglinge gewor:
den, und ihm würde ich zeitlebens die ersten Keime des
Geschmacks verdanken, wenn ich nicht als Patriot ver:
pflichtet wäre, meinen Dank an Herr Rammlern zu
richten, der durch seine Uebersetzung ein Beyspiel der
Uebersetzer, aber nur derer geworden ist, welche ein Ge:
nie, wie er haben, fremde Arbeiten sich eigen zu machen.
Der Geist in Uebertragung der Schönheiten; die Har:
monie und Delicatesse, die er aus seiner poetischen Spra:
che auch in die Prosa gebracht, Untersuchungen über die
deutsche Sprache, welche noch nicht übertroffen worden,
die Beurtheilungen deutscher Dichter überzeugten sogleich
das Publikum, daß Rammler ein gebohrner guter Kunst:
richter sey, ohne daß ihn vorhero einige kleine Versuche
angekündigt hätten. Der Verfasser der Fragmente über
die neue deutsche Litteratur würde künftig, wenn er an die
Parallel zwischen den Franzosen und Deutschen kommt,
mit Grunde bemerken können, durch die Bearbeitung
zweyer solcher Männer, als Rammler und Schlegel, sey
Batteux das Handbuch so vieler schönen Geister unter
uns geworden, daß wir den französtrenden Theil unse:
serer guten Schriftsteller ihm eben so zu danken haben,
als dem Young von Eberten die, welche sich den En:
gländern nahen.

Rollins,

eines Schulmanns, aber, den Voltaire in den Tempel des
Geschmacks eingelassen, Maniere d'enseigner & d'etu-
dier les belles Lettres macht uns zwar nur mit der
Poesie und Beredsamkeit der Alten vertrauter, aber wer
sich schämt bey Rollinen in die Schule zu gehen, der ist

ein

ein Verächter der Alten und der — den muß man in
die Schule schicken.

Poeten und Redner, möchten sie doch alle aus
Youngs
Gedanken über die Originalwerke weiser werden, die ihr
ehrwürdiger Verfasser zu den Thorheiten seines Alters
rechnet! Möchten sie sich aus ihm vor dem Feuer fürchten lernen *), wodurch die gelehrte Welt einer Residenz
in Flammen ähnlich seyn würde, wo nur noch wenige
unverbrennliche Gebäude, ein Schloß, ein Tempel, oder
ein Thurm ihre Häupter erheben in melancholischer Gröf-
se mitten unter der allgemeinen Verwüstung!

Im Lehrbuch prosaischer und poetischer Wohlredenheit von
J. B. Basedow
werden wir den Philosophen Basedow weniger vermis-
sen, wenn es nicht zu akademischen Vorlesungen geschrieben wäre. Den Philosophen siehet man darinnen nur hin
und wieder, den Polygraph desto deutlicher, und den
Mann von Geschmack fast gar nicht. Der erste und
Haupttheil seines Werks, wegen dessen, wenn er ihn
würdig behandelt hätte, er sich die erste Stelle unter den
bisher angeführten Scribenten hätte erwerben können,
wird mit zehn magern Seiten abgefertigt.

Das vt pictura poesis ist lange ein unverstandnes
Sprichwort, und malerischer Poet, ein leerer Lobspruch
gewesen; bis
Leßing
den Faden gefunden, dem man folgen muß, wenn man
zwischen Poesie und Malerey mitten inne stehen bleiben,

C 5

und

*) S. 20.

und ihre Eigenschaften einzeln gegen einander abwä
will.   „Das Werk, welches das gütige Schicksal a
„Welt zum Wunder aus den besten Zeiten der K
„bey den Griechen erhalten, zum Beweis von der Wa
„heit der Geschichte von der Herrlichkeit so vieler M
„sterstücke, Laocoon *), eine Natur im höchsten Schn
„ze, nach dem Bilde eines Mannes gemacht, der
„bewuste Stärke des Geistes gegen denselben zu samm
„sucht." Indem sein Leiden die Muskeln aufgeschwo
„und die Nerven anzieht; tritt der mit der Stärke
„waffnete Geist in der aufgeriebenen Stirne herv
„und die Brust erhebt sich durch den beklemmten O
„und durch Zurückhaltung des Ausbruchs der Empf
„dung, um den Schmerz in sich zu fassen, und zu v
„schließen.   Das bange Seufzen, welches er in si
„und den Othem an sich zieht, erschöpfet den Unterl
„und machet die Seiten hohl, welches uns gleichsam v
„der Bewegung seiner Eingeweide urtheilen läßt.   S
„eignes Leiden scheint ihn aber weniger zu beängstige
„als die Pein seiner Kinder, die ihr Angesicht zu ihre
„Vater wenden, und um Hülfe schreien.   Denn b
„väterliche Herz offenbart sich in den wehmüthigen Aug
„und das Mitleiden scheint in einem trüben Dufte auf i
„nen zu schwimmen. Sein Gesicht ist klagend, aber nic
„schreyend, seine Augen sind nach der höhern Hülfe be
„wandt. Der Mund ist voll von Wehmuth, und die gesenk
„Unterlippe schwer von derselben, in der überwerts gezogne
„Oberlippe aber ist dieselbe mit Schmerz vermischt, welch
„mit einer Regung voll Unmuth, wie über ein unverdiente
„unwürdiges Leiden in die Nase hinauftritt, dieselbe schwü
                                                      „ist

*) Winkelmann.

„ßig macht, und sich in den erweiterten, und aufwärts
„gezogenen Nüstern offenbaret. Unter der Stirn ist der
„Streit zwischen Schmerze und Widerstand, wie in ei-
„nem Puncte vereinigt, mit großer Weisheit gebildet:
„denn indem der Schmerz die Augenbraunen in die Hö-
„he treibet, so drücket das Sträuben wider denselben
„das obere Augenfleisch niederwärts und gegen das an-
„dere Augenlied zu, so daß dasselbe durch das übergetre-
„tene Fleisch beynahe ganz bedeckt wird. Die linke Seite,
„in welche die Schlange mit dem wütenden Bisse ihren
„Gift ausgießt, ist diejenige, welche durch die nächste
„Empfindung zum Herzen am heftigsten zu leiden scheint,
„und dieser Theil des Körpers kann ein Wunder der
„Kunst genennet werden. Seine Beine wollen sich er-
„heben, um seinem Uebel zu entrinnen; kein Theil ist in
„Ruhe; ja die Meißelstriche selbst helfen zur Bedeu-
„tung einer erstarrten Haut," und jene schreckliche Stelle Virgils, im zweyten Buche der Aeneis, verdienten,
daß von ihn n die Gelegenheit zur Vergleichung der Poesie und Malerey hergenommen ward, zumal in einem
Buche, welches die Schätze des Alterthums zu seinen
eignen macht. Aus jenem Gesichtspuncte sind in dem
jetzigen ersten Theil diese Unterscheidungszeichen festgesetzt.
Die Materie, welche der Ausdruck des bildenden Künstlers ist, verursacht, daß die Schönheit verlohren geht,
wenn er den Affekt in aller seiner Heftigkeit ausdrücken
will; es würden Verzerrungen entstehn: dies fällt bey
dem Dichter hinweg; der Ausdruck der heftigen Leidenschaft wird bey dem Künstler Natur; bey dem Dichter
bleibt es Nachahmung; im Ausdruck des Künstlers bekommen vorübergehende Handlungen einen festen Augenblick

blick; die Theile vom dichterischen Ausdruck können
so auf einander folgen, als die Theile der Handl
die Allegorien der Maler und der Dichter sind b
unterschieden, daß sie jener durch Sinnbilder, dieser l
Namen und Handlungen kenntlich macht; Handlun
deren einzelne Theile mit der Folge der Zeit in glei
Schritte gehen, gehören für die Dichtkunst, weil
kulirte Töne die Zeichen ihres Ausdrucks sind; die H
lungen aber, deren einzelne Theile im Raum einge fc
sen sind, und deren Folge also eine Folge des Ra
berursacht, sind die Beschäftigungen des Malers;
Coexistirende gehört der Poesie, das Consecutive
Malerey; doch läßt sich in Absicht dessen bey der Häß
keit eine Ausnahme zum Besten des Dichters mad
Wie in einem Inventarium über einen königlichen Hc
rath und Schatz weder die gewöhnlichen Klassen fol
Verzeichnisse hinreichend seyn würden, um alles darur
zu bringen, noch die gewöhnliche bloße Anzeige jeman
einen Begriff von Seltenheiten machen könnte: so w
jeder, welcher mit geblendeten Augen von diesem Sch
neuer Entdeckungen und Bemerkungen zurückkommt,
leu Recensenten einen ewigen Haß schwören, die, we
sie auch die geübtesten Taucher wären, niemals alle P
len auffischen können.   Der Weise findet darinnen
forschen, und der Künstler unaufhörlich zu lernen, u
beyde können überzeugt werden, daß mehr in denselb
verborgen liegt, als wie das Auge entdeckt, und daß t
Verstand des Meisters viel höher noch, als sein We
sey. *)

Z

*) Winkelmann.

Zur Ehre der Deutschen nenne ich hier auch einen
Hagedorn,

der in dem Eingange seiner Betrachtungen über die Malerey den Unterschied zwischen der Malerey und Poesie
nicht vergessen hat. „Hagedorn *) hat der Göttinn der
„Gemälde einen Altar von weißen Marmor errichtet, und
„mit vieler Annehmlichkeit um ihn Blumen zu streuen ge-
„wußt: das ganze Werk zeiget vielen Geschmack des
„Künstlers, noch mehr Kenntniß des Werkmeisters und
„die feinste Kritick des Costume: das Bildniß der Göt-
„tinn selbst aber ist, dem Fleiß, der Mühsamkeit und
„Dauer nach, eine ächte Mosaische Arbeit.„ —

Der Abbé

Dûbos, **)

in seinen kritischen Betrachtungen über Poesie und Malerey hat auch hin und wieder — denn ein zusammen-
hängendes Werk war nicht sein Plan — die Parallele
zwischen beyden gezogen. Wenn wir Leßingen glauben,
daß sein Laokoon mehr unordentliche Collectanien zu einem Buche, als ein Buch sey: so verdienen des Dûbos
Betrachtungen noch weit mehr den Namen von Collectanien und Rhapsodien; aber zu mehr war er auch nicht,
als einer der Vierziger, verpflichtet, und da die französische Akademie noch niemals gemeinschaftliche Hand an
ein ordentliches Lehrbuch der Poesie gelegt hat, so beruft
sie sich noch immer auf den Dûbos, wenn man ihr vorwirft, daß sie hierinnen ihrer Bestimmung kein Gnüge
geleistet. Und mit Recht. Denn wenn sie viel so vor-
trefli-

<hr>

*) Fragmente über die neuere deutsche Litteratur.
**) Engl. Ueberf. von Nauget. London 1745.

treffliche Beobachter, und dann nur einen einzigen fleiß
gen Mann hätte; so könnte sie das schönste Gebäude au
führen. Die Scharfsinnigkeit ist es nicht allein, wa
man an dem Dubos rühmen muß; denn auch bey astr
nomischen Observationen ist es das geringste Verdienst
gute Augen oder gute Teleskopien zu haben, sondern da
Genie, mit dem er sie anstellte, und mit dem er sie vo
trug. Der erste Theil bestehe aus abgerißnen Anme
kungen über die Objecte, Regeln der Malerey und Po
sie und ihre Verbindung mit andern Künsten, der zwe
te untersucht den Einfluß des Genies, des Klimas, d
Zeit, des Publikums, der Kritick auf die Werke d
Maler und Dichter. Der dritte ist ein Anhang vc
der theatralischen Vorstellung der Alten. O. B. Jun
hat das ganze Werk gut übersetzt, nur wäre zu wü
schen, daß er auch so viel eigenthümliche Arbeit, a
Rammler, hätte anwenden wollen, um seine Uebersetzun
zu einem Originale zu erheben.

Spencens

*) Polymetis or an Enquiry concerning the Agreeme
between the works of the Roman Poets and el
Remains of antient Artists *) wäre das beste Buch, n
Exempeln die Aehnlichkeit der Poesie und Malerey zu b
legen, wenn ihn nicht, wie Lessing im Laokoon ausfüh
lich darthut, seine Hypothese, daß die alten Poeten u
Künstler nichts gethan, als einander ängstlich kopir
b

*) Polymetis oder Untersuchung über die Uebereinsti
mung der römischen Dichter mit den Ueberbleibseln v
alten Kunstwerken. Das Werk ist in Gesprächen c
gefaßt.

verfahre hätte, Uebereinstimmungen zu finden, wo andern keine sehen. Wenn doch von diesem nützlichen Werk wenigstens Tindals Auszug übersetzt wäre! *)

Der Künstler mag näher untersuchen, ob der große
Caylus
bey allen Stellen, die er aus der Iliade zu Gemälden vorgeschlagen, **) die rechte Art angezeigt, wie die Schönheiten der Poesie in Schönheiten der Malerey umgeschaffen werden können: wir bewundern den Homer., der ein solcher Schatz von Schönheiten ist, und den Grafen, der mit so viel Geschmack den Geschmack der Maler zu befördern sucht.

Auch eine Vorrede führe ich hier an, aber von
Dryden,
und vor des Dufresnoy Gedicht von der Malerey. Des
Harris
Gespräch über die Dichtkunst, Malerey, Musick nennt Warton, in dem Versuch über Popens Genie, ein ächtes Muster von der ächten Methode zu kritisiren.
Bodens
drey Abhandlungen vom Schatten in den Werken der Poesie sind vor dem leßingischen Laokoon geschrieben: aber sie betreffen auch nur eine Aehnlichkeit der Poesie mit der Malerey, welche leichter als ihre Unähnlichkeit bemerkt wird. Sie sind aber übrigens eine mit Geschmack gemachte Anwenduug der Hagebornischen Grundsätze von Licht und Schatten auf die Poesie. So
wendet

---

*) Tindal's Guide to classical learning, or Polymetis abrigd. Lond. 1765.

**) Tableaux tirés de l'Iliade.

wendet er in dem Programm artifex ea, quae sibi
conueniunt, fingens poetae monitor, die vielen gı
Malern schon von andern vorgeworfene Fehler wideı
Costume auf ähnliche Fehler in der Poesie an.

Malerey und Poesie ὑλη και τροποις μιμησεως
διφερει: Musick und Poesie sind mehr verwandt, iſ
Ursprung und ihrer Natur nach, und weichen meh
der Art ihres Ausdrucks, der bey der Poesie willkühr
bey der Musick natürlich ist, als in ihren Gegenstän
von einander ab.   Empfindungen und Leidenschaı
drücke die Musick, wie die Poesie aus, in jener aber ı
chen sie einen stärkern Eindruck, weil sie nicht allein
der Zeit nach auf einanderfolgende durch die Melodie a
gedrückt werden können,   sondern auch wie in der Mc
rey als coexistirend durch die Harmonie; daher die Pı
sie sie in dieser Absicht zu Hülfe nimmt.

Krausens

Schrift von der musikalischen Poesie hat zwar noch wen
große musikalische Dichter unter uns hervorgebrach:
aber sie wird auch vielleicht weniger gelesen, als sie ı
ihrer Vortrefflichkeit wegen verdiente. Auch wenige nac
ihm haben sich über einzelne Theile dieser Materie wein
ausgebreitet; weil wenige es so geschickt thun können, aı
der ungenannte Verfasser der Abhandlung vom Recita
tive. *)

Alle Beyspiele, die uns die Geschichte von der Ver
einigung der Poesie und Musick giebt (die ganze Geschich
te

---

*) Im 11ten Bande der Bibliothek der schönen Wiſ
senschaften.

te der Poesie ist eine fast ununterbrochne Reihe von solchen Beyspielen) hat der berühmte und berüchtigte

Brown

in seiner dissertation on the rise, vnion, and Power, the Progressions, Separations, and Corruption of Poetry and Music auf eine angenehme Art gesammelt; und die Fehler, die er noch hie und da begangen, können wir vermeiden, wenn wir eines ungenannten Somo observations on Brown's Dissertation dazu nehmen.

Eine ähnliche Geschichte macht den Anfang in einer merkwürdigen französischen Schrift:

Essai

sur l'vnion de la Poesie & de la Musique, Paris 1765. von der wir, wenn wir unsern Krause vergessen wollen, das Urtheil des Metastasio, des Musters, von dem der französische Verfasser seine Regeln abstrahirt, unterschreiben müssen: man könne aus diesem einzigen Versuche auf die Feinheit seines Verstandes; auf die Gründlichkeit seines Geschmacks und Tiefe seiner Kenntnisse in den schönen Künsten schließen.

Durch Vermittlung der Musik läßt sich auch die Tanzkunst mit der Poesie vermählen, und wer sich nicht aus der Theorie der Tanzkunst davon überzeugen will, der überzeuge sich wenigstens aus der Geschichte in

Cahusacs

Abhandlung von der Tanzkunst *), in welcher, außer der gezierten Schreibart viel schönes ist.

Da

---

*) Berliner verm. Schrift. I. B.

D

Da die Poesie mein Hauptgegenstand ist, so m
ste ich freylich so parthenisch seyn, und, indem ich t
ihrer Verbindung mit andern schönen Künsten und W
senschaften redete, alle übrigen als der Poesie unter
ordnet ansehen. Bey denen, von welchen ich bisher
handelt, war es sehr leicht. Wollte ich aber auch n
von der Baukunst etwas sagen; so würde ich wohl n
ne Königinn bis zur Magd erniedrigen müssen.
schränke mich also nur auf die Frage ein: Kann nicht
Baukunst der Poesie wenigstens so viel nützen, als
Bildhauerkunst, nach Leßings Meynung, den alten
publiken? Schöne Menschen erzeugten in diesen schö
Bildsäulen, und der Staat hatte schönen Bildsäul
schöne Menschen mit zu verdanken. So können ei
Menge schöne Gebäude, in denen der Dichter wohn
und unter denen er wandelt, seinem Ideal von der Schö
heit Nahrung geben. Und haben nicht überdem in jede
guten Perioden der Poesie auch meistens alle übrigen schö
nen Künste ihr Haupt empor gehoben:

> Wo mit dem Pinsel, und mit Saiten,
> In Farben und im Lorberkranz
> Die Musen sich bereiten
> Zum schönsten Reihentanz?

Zweytes Kapitel.
Etwas
von der Geschichte der Poesie.

1. Theorie.

Das angenehmste nächst der Lectür ist die Geschichte der Poesie, aber auch nächst der Theorie das schwerste. Ja selbst die Theorie ist bis jetzo besser bearbeitet, als die Geschichte, wir müßten denn Träume für historische Beweise, trockne Biographien für die Geschichte der Kunst, und Anzeigen von neuen Büchern für Anzeigen von neuen Sachen annehmen wollen. Den schönen Künsten bis zu ihrer Geburt nachspüren, ihren Wachsthum und ihren Fall, den verschiednen Styl ihrer verschiednen Perioden aus dem auf uns gekommenen Werken abziehen, den Charakter jeder Nation bestimmen, jedem Werke den verdienten Rang anweisen, und über dieses alles die Pflichten einer guten historischen Schreibart nicht vernachläßigen, sind Eigenschaften, deren jede einen großen Mann erfordern, und die sich nur in einem Winkelmanne vereinigen. Ich erhebe die einem Geschichtschreiber der Poesie nöthigen Talente, nicht um mir selbst ein großes Ansehen zu geben, wenn ich nun eine Arbeit unternähme, die man so lange vergebens gewünscht hat. Nein, ich wiederhohle selbst den Wunsch, welchen ich nicht erfüllen kann. Damit ich aber doch der Aufschrift des Kapitels in etwas Gnüge leiste, so

gedenke

gedenke ich mit wenig Worten der bekannten Zeitalter,
wie die Perioden in der Geschichte der Poesie heißen, und
unter ihnen besonders des sogenannten goldnen; welcher
unter den verschiedenen Nationen, nach den merkwürdigen Männern, die ihn befördert, verschiedene Namen
hat, und bey den Griechen der Sokratische, bey den
Lateinern der Augusteische; bey den Italiänern der
Mediceische, (auch Cinque-Cento), bey den Engländern der Carolinische, oder Elisabethische, bey den
Franzosen der Ludewigische genennt wird. Und daß
ich meine Deutschen nicht vergesse, so werden sie vielleicht
noch dahin übereinkommen, den Franzosen mit jenem
Dichter zuzurufen:

> Ihr aber stehet stumm,
> Und rühmt statt eures Ludewigs
> Nun Friedrichs Sekulum!

Die Zeitpuncte, in welche Herr Huber *) die deutsche
Dichtkunst theilt, sind die natürlichsten. Der erste ist
die Zeit der Minnesinger. Der zweyte fängt mit
Opitzen an, und schließt mit Hallern. Der dritte begreift alle Dichter von Hallern, bis jetzt. Die bürgerlichen Kriege mit den Schweizern sind in den beyden
letzten Zeitpuncten merkwürdig. Diese unglücklichen
Zwistigkeiten entsponnen sich in Leipzig, zogen sich nach
Berlin; jetzo scheinen sie etwas zu schlafen; beyde Theile
wett-

*) Aus welchem die Franzosen von der Geschichte der
deutschen Poesie mehr lernen werden, als aus des Hr.
v. Bielefeld Progres des Allemans, dessen Einsichten
in dieselbe man aus dem 3ten Stück des Eremiten beurtheilen kann.

wetteifern lieber mit vortreflichen Arbeiten, als mit
Schimpfen; die Schweizer werden geschmeidiger; und
wir lernen hingegen erkennen, daß die Schweiz, dies von
uns abgekommene Land, mehr Patrioten für den deutschen Witz enthalte, als viele der inkorporirten Lande.
Es heißt nicht mehr von der Schweiz *):

> Anitzo drehet sich die Schweiz im eignen Kreise,
> Und bindet sich nicht mehr an eines andern Weise;
> Sie macht den Mittelpunct von ihrer eignen Sphär,
> Und rollet, wie die Sonn, auf sich alleine her.

Sondern:

> Sie siehet sich nicht mehr dem deutschen Reich entbunden
> Dasselbige wie sonst mit sich in eins gewunden,
> In seinem Wirbel schleppt und dahinwärts verschlägt
> Wohin es die Gewalt des eignen Wirbels dreht,
> Nicht anders, als die Erd im Anbeginn es machte,
> Daß ihr des Mondes Ball, als ihr Trabante wachte,
> Dieweil er im Begriff von ihrem Wirbel stand.
> Und gänzlich in der Macht der Erden sich befand.

Griechen, Lateiner, Italiäner, Engländer, Franzosen,
Deutsche, sind die Nationen, von denen ein heutiger
Geschichtschreiber das meiste sagen würde: die übrigen
alten und neuern Völker würde er auf einer solchen allgemeinen Charte von dem Reiche der Poesie theils in enge Grenzen einschließen, theils als unbekannte Länder be-
zeichnen, weil die Entfernung der Zeiten, und der Or-
ter oder die Schwierigkeiten der Sprachen uns die Com-
munication vieler fremden Schönheiten abschneiden. Unter den Alten würde er freylich die Hebräer nicht vergessen, aber mit der Fackel, die er uns in ihrer Dicht-

D 3

kunst

*) Bodmers Lobgedichte.

kunst vortrüge, so geschwind gehen müssen, daß er uns
mehr blendete als erleuchtete. Von den Arabern und
Chinesern könnte er uns nur ihr abentheuerliches zeigen. Von der türkischen Poesie würde er ganz schweigen, oder höchstens sich auf einige Briefe der Lady Mon-
tague berufen. Von den Spaniern schriebe er das wenige zusammen, was hin und wieder einige Neugierige
unter unsern Landsleuten erforscht haben. Die alten
Schotten könnte er freylich nicht übergehen, wollte
er anders nicht eine gänzliche Unbekanntschaft mit den
neuesten Journalen verrathen, von der Poesie der nordischen Völker überhaupt wenigstens nicht die vortheil-
hafteste Seite zeigen. Vielleicht deckte er gar noch seine Unwissenheit mit den verschrienen Grundsätzen vom
Einfluß des Klima auf das Genie, den selbst Dübos in
Absicht auf die Poesie so heftig vertheidigt, als Montesquiou in der Politik.

Eine chronologische Tabelle von den berühmtesten
Dichtern mag die Theorie des Kapitels beschließen. Denn
ich will lieber nur Zahlen zusammenschreiben, als die Zahlen mit einigen Wörtern verbinden, und dann diese Tabelle Historie nennen. Der Fleiß und die Richtigkeit
sind freylich auch bey solchen Arbeiten die gewöhnlichsten
Forderungen. Aber die Leser mögen so viel fordern,
als sie wollen; die Schriftsteller thun so viel, als sie
können:

Jahre d. W.

2115. Des sterbenden Jakobs Weissagung.
2300. Hiob.
2513. Moses und Mirjam.

Jahre d. W.

2570. Orpheus, und Musäus.
2719. Debora.
2969. David, Assaph, Heman, Ethan.
3009. Salomon.
3190. Jesaias.
3220. Homer, Hesiodus.
3300. Tyrtäus.
3356. Jeremias.
3383. Sappho, Alcäus.
3412. Ezechiel, Aesop.
3436. Theognis.
3452. Anakreon.
3516. Simonides.
3517. Aeschylus.
3559. Pindar.
3580. Euripides.
3584. Sophokles.
3596. Aristophanes.
3691. Menander.
3700. Lycophron.
3706. Aratus.
3715. Theokrit.
3737. Callimachus, Apollonius,
3743. Livius Andronikus.
3800. Plautus.
3807. Bion und Moschus.
3814. Ennius.
3823. Terenz.
3843. Jesus, der Sohn Sirachs.
3865. Virgil.

Jahre d. W.

3880. Quell.

3931. Lukrez.

3935. Katull.

3958. Gallus.

3964. Tibull.

3968. Properz.

3975. Maria und Zacharias Lobgesänge. Barden. Horaz.

Jahre n. Ch. G.

9. Manilius.

16. Ovid, Sabinus, Pedo.

18. Germanikus.

31. Phädrus.

62. Persius.

65. Seneka und Lukan.

80. Die Offenbahrung Johannis.

89. Valerius Flaccus.

96. Statius.

100. Silius Italicus.

119. Juvenal.

160. Avian.

204. Oppian.

284. Nemesian, Calpurnius.

392. Apollinaris.

394. Ausonius.

396. Claudian.

405. Prudentius.

416. Rutilius.

430. Paulin.

Jahre n. Ch. G.

450. Sedulius.

570. Coripp.

870. Ottfried von Weißenburg.

1200. Sicilianische und schwäbische Dichter, Troubadours oder provenzalische Poeten, Minnesinger, Spiel zu Wartburg, Ministrels rc.

1230. Theobald, Graf von Champagne.

1321. Dante.

1336. Pistoia, der älteste Liederdichter der Italiäner.

1374. Petrarch.

1400. Chaucer.

1432. Pulci.

1494. Politian.

1500. Rinuccini, Rucelai, Bembo, Casa, Caro.

1520. Bibiena.

1529. Castiglione.

1530. Machiavell, Sannazar.

1533. Ariost.

1550. Trißino.

1554. Marot.

1559. Bernardino.

1561. Die erste englische Tragödie und Komödie.

1566. Vida.

1573. Jodelle, der erste französische Trauerspieldichter.

Jahre n. Ch. G.

1576. Hans Sachs *) und seine Meisterger.
1583. Ronsard, Ph. Sidney.
1584. Pibrac.
1590. Frischlin.
1595. Tasso, Chiabrera.
1596. Spenser.
1613. Reguier, Dorset.
1615. Beaumont.
1617. Shakespear.
1625. Malherbe, Fletcher, Marino.
1631. Drayton.
1637. Johnson.
1639. Opitz.
1640. Flemming.
1646. Mäynard.
1655. Logau.
1661. Brebeuf.
1664. A. Gryph.
1665. Davenant.
1667. Cowley, Scudery.
1670. Racan, Lee.
1672. Godeau.
1673. Moliere.
1674. Chapelain, Milton.
1675. Desmarets, Hedelin, P. Gerhard.
1677. Santeuil.
1680. Butler, Rochester.

Jahre

---

*) Ranitschens Leben von Hans Sachsen.

Jahre n. Ch. G.

1684. P. Corneille, Roscommon.
1685. Dewey.
1686. Chapelle.
1687. Rapin, Waller.
1688. Quinault, Denham.
1690. Poisson.
1691. Benserabe.
1692. Shadwell.
1694. Deshouliere.
1695. Fontaine.
1699. Joh. Racine.
1700. Boursault, Segrais, Dryden, Canitz.
1708. Philipps.
1709. Th. Corneille, Regnard.
1710. Lainetz, Wernicke.
1711. Boileau.
1715. Fenelon, Wicherley.
1718. Nik. Rowe.
1719. Abbison.
1720. Monnoye, Chaulieu, la Fare, Buckingham.
1721. Longepierre, Prior.
1726. Vanbrugh.
1728. Congreve, le Grand, Crescembini.
1729. Baron, Steele.
1730. Elisabeth Rowe.
1731. la Motte.
1732. Gay, Dennis.
1739. Lillo.

Jahre n. Ch. G.

        1741. Rousseau, Polignac.
        1744. Pope.
        1745. Swift, Southern.
        1747. le Sage.
        1748. Thomson, Pyra, Richer.
        1749. Hill, J. E. Schlegel.
        1750. Voisin, Gresset, Krüger, Mylius.
        1754. la Chausée, Hagedorn, Destouches,
               Fielding.
        1755. Guyot de Merville, Ed. Moore.
        1756. Collins, Fontenelle, Cibber.
        1758. L. Racine, Grafigny, Cronegk.
        1759. von Kleist.
        1760. Fagan, Boccage, Churchill, Drollinger.
        1761. Richardson, Mason.
        1762. Crebillon, Dyer, Gottschedinn.
        1763. Maribaux, Prevot.
        1764. Algarotti, Giesecke.
        1765. Young, Maller, Janotti, Rost.

2. Litteratur.

In einer allgemeinen Geschichte aller Erfindungen des menschlichen Verstandes, von der die jetzige Gelehrten Geschichte noch weit unterschieden ist, würde die
Poesie kein unwichtiges Kapitel seyn.   Der Marquis
d'Argens hat vor kurzen ein ähnliches Werk angefangen, aber d'Argens entwirft es, und der Marquis
schreibt es.

Goguets

Goguets

Untersuchungen von dem Ursprung der Gesetze, der Künste und Wissenschaften, die Hamberger übersetzt hat, gehen in die ältesten Zeiten zurück, und sind gute Wegweiser in diesem Labyrinthe.

Alle die Träume über die Erfindung der schönen Wissenschaften und Künste, die mehr von der Bemühung um schimmernden Witz, als um die Wahrheit, zeugen, die Batteux declamirt, und die noch neulich Dusch in den Briefen zur Bildung des Geschmacks wiederholt hat, widerlegt Johann Adolph Schlegel in der dritten Abhandlung am Batteux vom Ursprunge der Künste besonders der schönen.

Winkelmanns

Verdienste um die Geschichte der Kunst zu schildern, schreibe ich wieder eine Stelle aus den Fragmenten über die neuere deutsche Litteratur ab: „Winkelmann, „der Ruhm der Deutschen selbst unter dem römischen „Himmel, den die Muse des Alterthums und der Geschichte, die unsterbliche Clio hat lassen gebohren werden, „um, wie jener, der auf dem Cithäron gefunden wurde, die „Kunst der Alten zu erklären. Ich führe es nicht an, wie er „die besten Blüthen jener antiken Schönheit in seine Seele gesammelt; wie er hier unter Schriften, dort unter „Denkmälern sein Auge und seinen Geist gebildet; wie „er seine Werke, so wie Raphael seine Gemälde, mit „Feuer entwarf, und einem glücklichen Phlegma vollendete; wie er eine systematische Geschichte unter Ruinen „und Ueberbleibseln liefern konnte: sondern ich muß „mich hier bloß auf seine Schreibart einschränken. So „wie die Attischen Jünglinge an dem Altar der Pallas „Aglas

„Aglauros ihrem Vaterlande den Eid der Liebe ſchwu
„ren: ſo hat die Muſe auch auf ſeine Schriften ge
„ſchrieben: dem Vaterlande geweihet.   Wenn ich
„mir zum Gebäude des Körpers die weiſe Einfalt des So
„krates, des Lehrers der Gratie denke, wenn ich dieſem
„Körper das Gewand der Natur von dem einen Schüler
„des Sokrates, dem Xenophon und ihm von dem an
„dern, die Flügel hoher Ideen gebe; ſo ſtehet ein Bild
„vor mir, als wenn es die Muſe der Winkelmanniſchen
„Schriften wäre.   Einfältig im Vortrage: natürlich
„in der Ausführung, und erhaben in den Schilderun
„gen, ſind ſie Werke der Unſterblichkeit würdig, und
„der Name unſers Jahrhunderts.„

     Auch die Muſick iſt glücklicher, als die Poeſie,
nicht durch Bonners, Bourdelots, Bontemps, Prin
zens Arbeiten, ſondern Marpurgs kritiſche Einleitung
in die Geſchichte, und Lehrſätze der alten und neuen
Muſik.

Erſt vor kurzen hat der Abbt

Ceſarotti *)

verſprochen, der Poeſie ein würdig Denkmaal aufzurich
ten, und den Proſpekt von einer philoſophiſchen Geſchich
te der Dichtkunſt, den Conti in der Vorrede zu ſeinen
Werken eröfnet haben ſoll, in das entzückendſte Schau
ſpiel zu verwandeln.   Das Werk ſoll in zwey Bücher,
und das erſte Buch in zwey Theile getheilt werden.
Der erſte Theil fängt von dem Fall an, da noch
keine Poeſie, keine Poetik exiſtirte, und erforſcht die
Spur, auf welcher ein aufgeklärter Kopf die Möglich

keit

*) S. N. Bibl. d. ſch. W.

feit einer solchen Kunst hätte gewahr werden, und wie
er auf demselben Wege sie zur Vollkommenheit hätte bringen können. Der zweyte Theil untersucht unabhän-
gige von allem, was würklich geschehen, welche Bestim-
mungen die Poesie von den verschiedenen Religionen, den
verschiedenen moralischen und politischen Systemen verschiedener Völker bekommen muß. Das zweyte Buch
enthält die Geschichte der Poesie aller Nationen, und
eine Zergliederung der Werke der berühmtesten Dichter.
Das: es ist nicht unmöglich, daß ich mich nicht
noch einmal zur Ausführung dieses Plans ent-
schließe, muß wohl im currenten Styl so verstanden
werden: Nächstens, lieber Leser, wird es ans Licht treten! Bey diesem Werke aber ist es zu wünschen, daß
ich den Verfasser recht verstanden habe. Denn wer
kann eine Geschichte der Poesie nach so einem Plane und
von so einem Scribenten, als Cesarotti sich schon in der
Abhandlung vom Ursprunge und Fortgange der Poesie
zeigt, mit Gedult erwarten?

Von Cesarotti komme ich auf

Curtius;

und zwar durch den Gedanken, daß der Dichter selbst die
Schicksale seiner Kunst mit weniger Philosophie und Kritik, aber mit mehr Empfindung erzählen könnte. Von
etwas ähnlichen, von Addisons Account of Poets werde
ich unter den Gedichten selbst reden; aber Curtiussen
konnte ich nicht unter die Dichter zählen, und deswegen
nenne ich hier sein Gedicht von den Schicksalen der
Dichtkunst.

Und

Und nun die **Biographen**! Unter denen, welche nur die Leben der alten Dichter erzählen, sind werte merkwürdig. Zuerst

Voßius,

welcher mit viel Gelehrsamkeit die uns übrig gebliebenen Nachrichten gesammelt hat. Dann

Kennet,

welcher gute Lebensbeschreibungen von griechischen Dichtern geschrieben, und endlich

Crusius

der in seinen Leben römischer Dichter *) mehr den Geist derselben, als die Geschichte ihres Lebens kritisch untersucht.

Die Italiäner können sich des

Crescembini

und seiner Geschichte ihrer Dichtkunst rühmen, die in den Alterthümern voll Gelehrsamkeit, überhaupt vollständig und mit Geschmack geschrieben ist. Man muß damit verbinden die Commentarü intorno alla sua historia, ingleichen die Lebensbeschreibungen der Arcadier, deren Haupt und Stifter er war.

Die Poesie und Beredsamkeit zugleich umspannt das schöne Buch des gelehrten Erzbischofs

Fontanini

della eloquenza Italiana. **)

Der Deutschen Handbuch aber in der Geschichte der italiänischen Poesie sind allerdings

Meinhardts

Versuche über den Character und die Werke der besten italiäni-

*) London 1726. 4to.

**) Des Apostolo Zeno Anmerkungen.

italiänischen Dichter, und wenn sie vollendet seyn werden, (die jetzigen beyden Theile betreffen nur Dante und
Ariost,) so können wir uns damit begnügen, um destomehr, da uns darinnen nicht allein das nöthige, aus
Crescembini und Fontanini historischen Nachrichten, mit-
getheilt, sondern auch der Text von den schönsten Stellen selbst vorgelegt und die Geheimnisse der Kritik uns
so aufgeschlossen werden, wie sie ein Mann aufschließen
kann, dessen Geist sich durch Sprachenkenntniß und Reisen mit dem Schönen aller witzigen Völker genähret hat.
In der Rangordnung, welche die Franzosen jetzt unter
den poetischen Nationen machen, stehen die Deutschen
noch über den Italiänern. Vielleicht werden selbst die
Italiäner gezwungen, diese Rangordnung zu unterschreiben, wenn sie das Meinhardtische Werk lesen.

Winstaley und Cibber

haben Lebensbeschreibungen von englischen Dichtern geschrieben, an denen die Nachrichten das angenehmste
sind.

Interessanter, als alle brittische Biographien, und
Plutarche, sind Beschreibungen der Kirche, in welcher
die Engländer Dichter neben den Königen begraben.
Sie sind Denkmäler des brittischen Geschmacks und der
größten brittischen Dichter. Aus einer englischen großen
Beschreibung sind

Langers

Denkwürdigkeiten der Stiftskirche zu Westmünster *)
ein Auszug, der sich von Seiten der Schreibart eben
detwas

*) Lübeck 1769.

E

beswegen nicht empfiehlt, weil sich der Verfasser Mühe
gegeben, schön zu schreiben.

Sollte man es wohl glauben, daß der französische Parnaß keinen vortreflichen Geschichtschreiber gefunden hat? *) Auch der beste,

Lambert

in der Gelehrtengeschichte von dem Ludewigischen Jahrhundert, ist, nach der Gewohnheit seiner Landsleute, mehr
Panegyrist, als Geschichtschreiber oder Kunstrichter. Des

Titon du Tillet

französischer Parnaß, wovon schon der Titel unangenehm in
die Ohren fällt, enthält nichts als Zeitungsnachrichten. **)

Hardions

Geschichte ist kurz und mit wenigem Geiste geschrieben.

Der Streit über den Vorzug der Alten vor den
Neuern dürfte in einer Geschichte der Poesie nicht übergangen werden, so lächerlich er uns auch jetzt ist. Wäre man darüber uneinig gewesen, ob die Neuern, welche freylich zuerst durch die Werke der Alten wieder auf
die Spur des Schönen gekommen sind, auch nun nichts
als Nachahmer der Alten bleiben dürfen, oder unter
was vor Einschränkungen und auf was vor Art sie nachahmen sollen: ob der neuere Nachahmer jemals sein altes Original erreichen könne, ob man nicht in beyden Erfindungen gegen Erfindungen, Lokalschönheiten gegen
Lokalschönheiten abwägen müsse: hätten diese Fragen
Männer untersucht, die mit der Schönheit überhaupt und
ins-

*) Und doch hat Frankreich eine vortrefliche Geschichte
seiner Gelehrten, nämlich die von den Benedittinern.

**) Viel mehr enthält auch nicht des Moriubere Biblio-
theque poetique.

insbesondere in allen Werken der Alten, und der Neuern
vertraut gewesen waren; hätten sie sie untersucht, wie
Winkelmann in den Gedanken über die Nachahmung
griechischer Werke in der Malerey und Bildhauerkunst,
wie Klotz vom Studium des Alterthums, wie der Verfasser der Fragmente über die neuere deutsche Litteratur: ein solcher Zweykampf wäre den Kennern der
schönen Wissenschaften ein angenehmes Schauspiel gewesen.   Aber, statt solcher Untersuchungen verlohr man sich
im Wortstreit! Die Widersacher der Alten, Perrault,
Gedoyn, la Motte und Fontenelle waren zu sehr
Patrioten, als daß sie die Alten hätten lesen oder verstehen wollen; und die von der andern Partey, Longepierre,
Huet, Despreaux und Dacier, vertheidigten eine gute
Sache nicht allezeit gleichgut. Daß man aber nicht glaube,
nur in Frankreich habe ein solcher Streit entstehen, und auf
die Art geführt werden können: so muß ich anmerken, daß
er auch einst in England aufwachte; Orrery Temple,
und Wotton waren die Häupter der englischen Partheyen.   Den Deutschen hingegen muß ich zum Ruhme nachsagen, daß sie sich in diese Kriege nie haben ver-
wickeln lassen.   Denn die Seele der Deutschen Mi-
chel mag ich ihrer Vergessenheit nicht entreißen, noch
viel weniger sie denen entgegen stellen, welche die Beredsamkeit der Neuern für ein Unding erklären *).

    Die Dankbarkeit gegen die Empfindungen, in die
uns der Sänger der Psalmen hinreißt **), macht es
E 2
uns

---

*) Briefe der N. Litter. Th. XIII.

**) Auch der Einfluß, welchen die morgenländische Dicht-
kunst in unsre geistliche Poesie hat.

uns zur Pflicht, der hebräiſchen Poeſie auch tiefere
Unterſuchungen zu widmen. Dergleichen findet man in
Lowthens
Buche über die Poeſie der Hebräer, in dem der Verfaſſer bey aller Gelehrſamkeit ſeinen Geſchmack nicht verleugnet hat. *)   Herbelots orientaliſche Bibliothek
werde ich der Araber wegen nicht ausſchreiben; niemand
würde mir es Dank wiſſen, noch von einem Sadi,
Lockmann **) al Hamaſa, Montanabbi ꝛc. viel
plaudern.   Denn man würde es ohne mein Geſtänd-
niß ſehen, daß ich alles von ihnen nur vom Hörenſagen
weiß.

Was man von den Chineſern wiſſen will, muß
man, aus des Du Halde Reiſebeſchreibung, welche unter andern das bekannte Trauerſpiel; der Wayſe des
Hauſes von Chao enthält; aus des Freret Abhandlung über die Poeſie der Chineſer; aus Fourmonts
Verzeichniß chineſiſcher Poeten ***), aus den Miscella-
neous Pieces relating to the China, wo man alles ge-
ſammelt findet; aus dem ſchöpfen, was C. G. von Murr
bey ſeiner Ueberſetzung des vorgeblichen chineſiſchen Romans des Haoh Kjoeh zuſammengeſchrieben hat. Aber
wenn man auch alle dieſe Bücher aufſchlägt, wird man
ſich doch daraus keinen großen Begriff von der chineſiſchen

*) Unſern Michaelis ausgenommen, ſind die Menge
   Schriftſteller, die ſich ſeit Lowthen mit der hebräiſchen
   Poeſie beſchäftigt, entweder Nachbeter oder Widerſa-
   cher von ihm.

**) Deſſen Fabeln bekannt ſind.

***) S. Memoires de l'Academie de Paris.

 schen Dichtkunst gebildet haben, wenn man sie weglegt. Und was müssen die der Poesie der Chineser und übrigen Morgenländer für einen Werth beylegen, welche im Ernst alles, was die heutigen französischen Witzlinge an Briefen, Erzählungen, Romanen für orientalisch verkaufen, auf die Rechnung der unschuldigen Morgenländer schreiben? Wie in der Baukunst, so in den Werken des Witzes ist den Franzosen der chinesische, arabische, persische Geschmack ein Deckmantel des gigantischen und bizarren geworden.

In Ansehung des abentheuerlichen haben die Spanier mit den Chinesern einige Verwandschaft. Die Liebe zum Uebernatürlichen erhält sich unter ihnen mit dem maurischen Geblüte, und hat sogar auf die Sprache ihren Einfluß, deren prächtig rauschende Worte unsre Ohren beleidigen, und den spanischen so angenehm klingen, daß sie bey einer Reihe prächtiger Worte länger stehen bleiben, als bey einer Folge der erhabensten Gedanken. Die Trägheit, mit welcher wir uns sonst um den spanischen Witz bekümmerten, rührte vielleicht daher, weil wir glaubten, die spanischen Poeten würden ihren Landsleuten nur Gedichte singen müssen, die Siesta zu befördern. Hagedorn wagte es zuerst, sich auf spanische Dichter zu beziehen, aber damals rechnete man vermuthlich diese Beziehungen unter das Ueberflüßige, welches man Hagedornen in seinen Anmerkungen vorwarf. Cronegks spanische Litteratur hatte auch in seine Schriften einigen Einfluß, und bey einem längern Leben hätte er uns aus dem funfzehnhundert spanischen Büchern, die er besessen, noch viel unbekanntes entdecken können. Am begierigsten haben uns die Nachrichten in der Neuen

 Biblio-

Bibliothek der ſchönen Wiſſenſchaften gemacht. Clarks Briefe von Spanien betreffend ſind ſehr leer, ob ſie gleich aus Spanien ſelbſt datirt ſind. Velasquez Geſchichte der ſpaniſchen Dichtkunſt, wäre ſie doch überſetzt! Sollten einſt gar Conqueranten von Ueberſetzern ſich auch Spanien zinsbar machen: dann würde gewiß die bisher enge Straße in die Provinzen des ſpaniſchen Witzes bald zur Landſtraße werden, und wir Deutſchen als berufene Heighwaymen *) auch bey den Spaniern etwas zu plündern finden. (An dem Verfaſſer der Abentheuer des Don Sylvio haben wir bereits einen merkwürdigen Vorläufer.) Wollten gar Meinhardt oder Dietz ſich zu Wegweiſern aufwerfen, große Schaaren würden ihnen blindlings folgen. Wer Geduld hat, der leſe unterdeſſen nachſtehendes trockenes Verzeichniß von ſpaniſchen Namen, die uns bisher bekannt gemacht worden ſind.

Alonso de Ercilla
lebte zu Ende des ſechszehnden Jahrhunderts. Sein Heldengedicht Arancauna erhebt ihn zum ſpaniſchen Lukan; es iſt ohne Maſchinen.

Lopez de Vega Carpio
ein Zeitgenoſſe des Shakeſpear. Wegen ſeines eroberten Jeruſalems nennen ihn die Franzoſen den ſpaniſchen Homer. Der ſpaniſche Moliere **) war er gewiß. Außer einer Dichtkunſt fürs Theater hat er 483 Comödien und überſetzt 1800 Schauſpiele hinterlaſſen, in denen er freylich oft dem Pöbel zu gefallen wider ſeine eigene Regeln gehandelt hat: Corneille und Moliere ſchämten
ſich

---

*) Briefe der N. Litt.

**) S. Castera theatre Espagnol.

sich nicht Plane, *) und Situationen aus ihm zu entlehnen. Seine Arkadie ist ein Schäferroman. Die
Romane sind überhaupt bekanntermaßen in Spanien entsprungen.

Pedro Calderoni de la Barca

der Terenz der Spanier.

Jorge Manrique

ein Liederdichter.

Miguel de Cervantes Saavedra

lebte unter Philipp III. Seinen Don Quixote bewundert ganz Europa. Seine so großen Talente zur
Satyre zeigt er sowohl in dem Don Quixote, als in der
Reise auf den Parnaß. Seine moralischen Erzählungen sind die besten, welche die Spanier haben;
auch hat er einen Schäferroman Galathea geschrieben.

Guillen de Castro,

ein vortreflicher Tragödienschreiber, den Corneille in seinem Cid genützt.

Tirso de Molina,

ein komischer Poet. Sein steinerer Gast hat große
Aehnlichkeiten mit des Moliere Festin de Pierre; seine
auf sich selbst Eifersüchtige ist schön.

Juan Manuel

sang gute Lieder.

Juan Perez de Montaval,

ein guter theatralischer und Novellendichter.

Fr. de Roias Zarvilla,

ein guter Poet fürs Theater.

 Luis

*) An Intriguen sollen die dramatische Stücke der Spa-
nier nur allzureich seyn.

Luis Velez de Guevara

iſt auſſer ſeinen dramatiſchen Arbeiten, durch ſeinen
lahmen Teufel berühmt, der Quelle von des le Sage
Roman.

Auguſtino Moreto

ſchrieb gute Komödien.

Antonio de Solis

Er ſchrieb el amor al vſo und andere ſchöne Komödien.

Antonio de Mendoza

Verfaſſer guter Komödien, unter andern einer, die Moliere
bey ſeiner Männerſchule vor Augen gehabt.

Juan de Villegas, und Juan de Bandrz Gandamo

zwey dramatiſche Schriftſteller.

Gomez Manrique und Commendador Avila

Ihre Stärke war in der niebern lyriſchen Poeſie.

Boscan

im ſechszehnten Jahrhundert, ein vortreflicher Liederdichter nach Petrarchs Manier.

Garcilaſſo de Vega,

des vorigen Freund, ihm gleich in ſeinen Liedern und ſchön
in ſeinen Eklogen.

Auguſtino de Montiano y Lugando

gebohren 1697, lebt vielleicht noch, der größte tragiſche
Dichter unter den Spaniern. Virginia und Athaul-
pho ſind zwey Tragödien von ihm; beyden iſt eine Abhandlung über die Trauerſpiele der Spanier vorgeſetzt.
Die Virginia hat d'Hermilly auszugsweiſe ins franzö-
ſiſch überſetzt. Dieſer Auszug ſteht in Leßings theatra-
liſcher Bibliothek.

Fran-

Francisco de Boria,
ein Odenbichter von der höhern Gattung.
Luis de Gongora
In eben der Gattung glücklich, aber etwas dunkel, auch
der Erfinder der komischen Epopee durch sein Gedicht;
Pyramus und Thisbe.
Diego Hurtado de Mendoza,
ein höherer lyrischer Dichter und Verfasser des ersten
Theils von dem Roman Lazarillo de Tormes.
Lopez de Maldonado und Luperzio de Argensola
zwey lyrische Dichter der höhern Art.
Bartholomei Leonardo de Argensola
des vorigen Bruder, ein satyrischer Dichter.
Herman Perez de Guzmann und Luis Bevero
thaten sich in der niedern lyrischen Poesie hervor.
Hermann Mengia und Suarez
Ihre Lieder werden geschätzt.
Luis Galez de Montalvo und Castillejo
werden unter die besten Lieberdichter gerechnet.
Fr. Quevedo,
ein satyrischer Dichter und Verfasser des Romans la vida del gran Tacaro.
Montemajor,
seine Diana, ein Schäferroman, ist das erste und vornehmste Werk dieser Gattung.
Salmantino
des vorigen Fortsetzer.
Gilpolo,
auch ein Fortsetzer des Montemajor.

Donna

Donna Maria de Zagas,

ihre Novellen sind wenigstens der Sprache wegen anzupreisen.

Henrico de Luna,

Verfasser des zweyten Theils des Romans Lazarillo de Tormes.

Der Verfasser

des Guzmann de Alfarache.

Der Verfasser

des Lebens von Estanavillo Gonzales.

Der Verfasser

der Geschichte des Escudero Marcio de Obregon, welche le Sage im Gil-Blas genutzt.

Mazias

ein irischer Poet wegen seiner Liebe und seines unglücklichen Endes berühmt.

Camons

Lusiade ist das einzige berühmte portugisische Gedicht.

Einige meiner Leser sind vielleicht unzufrieden, daß ich von den Holländern nichts sage, als überhaupt, daß auch sie Poeten haben. Diese bitte ich, sich von einem Holländer ihre Neugierde befriedigen zu lassen. Er wird ihnen, wenn sie ihm ihre Unwissenheit in der holländischen Litteratur bekennen, mit solcher Grobheit die Fruchtbarkeit seines Vaterlandes an Originalgenies beweisen, daß sie weiter keinen Beweis verlangen werden.

Seitdem Schottland ein Theil von Brittannien geworden, hat der Engländer oft so fleißig, als der Schotte, die Geschichte der Zeiten untersucht, in denen Schottland noch seine eigne Könige hatte. Aber ob

Schott-

Schottland auch seine eigene Dichter gehabt, darnach
ist man erst vor kurzen neugierig geworden, und durch
viele Entdeckungen ist die schottische Poesie ein wichtiger
Theil in der Geschichte der Dichtkunst geworden.   An
Alterthum übertrift sie alle übrige neuere. Denn

Oßian,

der merkwürdigste der herfischen Poeten, lebte schon im
dritten Jahrhundert nach Christi Geburt.   Daß die
Schotten keiner einzigen witzigen Nation an Genie nach-
zusetzen sind, dies räumen nur diejenigen nicht ein, welche die Schönheiten in den beyden Heldengedichten Fin-
gal und Temora*) nicht zu empfinden fähig sind. Den
Homer der Schotten sollten aber die nur beurtheilen,
welche den griechischen verstehen.   Jene sowohl, als die,
welche vielleicht dem Macpherson die Ehre einer solchen
Entdeckung mißgönnen, hätten gern die Welt bereder,
der Herausgeber und Uebersetzer dieser vortreflichen Werke, J. Macpherson habe entweder die ganzen Gedichte
untergeschoben, oder sie Stellenweise verfälscht, oder die
Werke einer neuern Hand für ächt angenommen.   Ein
ungenannter Irrländer hat in den Memoires sur les
Poems de Macpherson viele Gelehrsamkeit angewandt,
dieses zu beweisen. Sie sind in den Unterhaltungen übersetzt.   Aber nun wäre zu wünschen, daß man auch daselbst des Blair Abhandlung übersetze, in welcher mit
tiefer Einsicht in die Kritik alle Regeln des epischen Gedichts auf des Oßians Werke angewandt werden, um
ihre Vollkommenheit zu zeigen.

Ja

---

*) Hamburger Uebersetzung, Cesarotti italiänische.

In wallischer Sprache, welche nur eine Mundart
der gallischen oder alten schottischen ist, sind des
Evan Evans
Probestücke von der wallischen Poesie, welche auch schon
ins zwölfte und dreyzehnte Jahrhundert gehören.

Einige schottische Balladen *) enthält auch des
Thomas Percy
merkwürdige Sammlung alter Balladen.   Wollte der
glückliche Uebersetzer zweyer Balladen aus dieser Samm=
lung, in der Neuen Bibliothek der schönen Wissenschaften,
diese heiligen Alterthümer der englischen Dichtkunst auch
deutschen Lesern aufschließen: so würden die ehrwürdigen
Barden ihre Gräber verlassen, wir würden ihren männ=
lichen Tönen voll heiligen Schauers zuhören; würden sie
uns aber auch die männliche Tapferkeit ihrer Zeiten ein=
flößen? Ich glaube nicht.   Wir würden die Engländer
um jene Schätze ihrer ältesten Poesie beneiden.   Wür=
den wir aber gleich schätzbare Alterthümer unsrer Dicht=
kunst aufsuchen, würden wir den alten Engländern so=
gar einige unserer neuen Poeten entgegen stellen können?
Ich glaube beydes.

Das letzte, was ich von der schottischen Poesie weiß,
sind

Allam Ramsens
Lieder, Fabeln und Erzählungen, von welchen Hage=
dorn in dem Vorbericht zu seinen Liedern urtheile, daß
sie mit Recht in dem Besitz eines allgemeinen Beyfalls
wären.

Sollte das Land, welches das zweyte Vaterland
der Klopstocke, der Schlegel, der Kramer geworden,
unfrucht=

*) Heldenlieder.

unfruchtbar an einheimischen Dichtern seyn? Aus Dankbarkeit sollten wir es nicht bloß wünschen, sondern uns
auch davon zu überzeugen suchen. Die ältere Geschichte
der dänischen Dichtkunst muß uns ohnedem interessiren, weil wir mit den Dänen einerley Vorfahren haben, und bey der neuern sollten wir neugierig seyn, ob
nicht das Volk, welches sich drey unsrer größten Dichter
zueignet, einst, wenn wir verblühen, den guten Geschmack von uns erben könne. Gerstenberg konnte in
seinem Gedicht eines Skalden Kramers Verdienste nicht
anders besingen, als daß er gleichsam beyder Völker
Sprache zugleich redete, um die sich Kramer verdient
gemacht. Die Dänen müssen deutsch verstehen, wenn
sie das Gerstenbergische Lob auf Kramern lesen wollen,
und wir etwas von den Alterthümern der dänischen Poesie wissen. In den Gerstenbergischen Briefen über
Merkwürdigkeiten der Litteratur finden wir so viel Nachricht davon, als wir brauchen. Die Dichter der nordischen Völker hiessen Skalden, Rimemeister, Grep-
par ꝛc. ihre Sprache die Runische, die Sammlung poetischer Traditionen Edda und Saga, zu deren Erläu-
terung man des Olaus Wormius, Bartholins und Biör-
ners Arbeiten nöthig hat. *) Wenn wir den Innhalt
jener alten Lieder wissen, welcher meistens nur kriegeri-
sche Thaten betrifft, wenn wir uns erinnern, daß Krie-
g das merkwürdigste der damaligen Geschichte betrafen:
so werden wir uns nicht wundern, daß Saxo Gramm-
matikus seine Geschichte auf solche Lieder gründete, von
denen

*) Siehe auch Monumens de la Mythologie & de la Poesie)
des Celtes & particulierement des anciens Scandi-
naues par Mr. Mallet.

denen er einige in einer lateinischen Uebersetzung aufbehalten. Eine Sammlung solcher alten lyrischen Gedichte
hat der Däne Vellejus unter dem Titel: Kiämpe-
Wiser gemacht, und verschiedene nach ihm haben sie vermehrt.

Freylich werden sehr wenige die Poesie bis zu diesen Spuren zu verfolgen Lust haben, und die sie haben,
werden sie oft verlieren, wenn sie das rauhe der Zeiten
oder der Sprache beleidigt. Denn die Etymologie des
Namens Skalde, da er so viel heissen soll, als einer,
der die Sprache polirter macht, werden sie oft in den
Liedern selbst nicht gegründet finden. Dennoch führe
ich ein noch hieher gehöriges Buch an, nämlich Five pieces of Runic poetry translated from the Islandic lan-
guage, welche unter andern den berühmten Sterbgesang
des Königs Regner Lodbrogs enthalten.

Die Ehre, ein Vater der eigentlich dänischen
Dichtkunst gewesen zu seyn, gehört, nach Schlegels
Ausspruch, *) dem
Aeroboe
einem Zeitgenossen unsers Opizens.

Nach dem Aeroboe zieht Schlegel den
Kingo
vor Gericht; der Heldendichter wird mit der Sentenz
entlassen; seiner Trompete, die er immer mit vollen Backen geblasen, wären auch genug unharmonische Nachte-
wächtertöne entwischt.

Die Gelegenheitsdichter sind allemal von der Seite
ehrwürdig, daß sie zu den Alterthümern der Poesie gehören,

*) Siehe den Fremden.

hören, aber die aus den ältern Zeiten sind auch meistens eine Satyre auf die Neuern.

Bording

scheint auch als Gelegenheitsdichter Schlegeln merkwürdig. Sein größtes Verdienst ist freylich die fliessende Schreibart. Aber damals hieß fliessend noch nicht so viel als wässericht.

Lariß Thura

war Bischof, und doch bestehe der Fehler seiner Poesie in der Wahl niedriger Gegenstände.

Philede

soll nicht unglücklich erzählt und geschildert haben.

Rose

hätte seine Talente zum Uebersetzen an etwas bessers, als Ovids Heroiden zeigen, noch besser selbst Original werden sollen.

Helt

wird gelobt und getadelt, beydes mit Grunde.

Falster

wagte sich glücklich an die Satyre.

Sorterup

wuste den Ton der alten Heldenlieder zu treffen, ihre Simplicität, und ihr männliches. An

Lucoppidans

Lobgedicht auf den Taback ist die Poesie nicht so schön, als die Gerstenbergische, und das Sujet eben so tadelhaft Ihren

Holberg

nennen die Dänen schon mit einer solchen Gleichgültigkeit, daß Rothe in der Schrift von der Liebe des Vaterlandes darwider eifern muß. Er eifert mit Recht, die

Holz

Hollbergiſchen Verdienſte um die Poeſie ausgenommen.
Zum Poeten ward er ſo zufälliger Weiſe, als zum Profeſ-
ſor der Metaphyſik.   Die Ausländer wiſſen ſeine Verdienſte beſſer zu ſchätzen; wir leſen immer noch ſeine Fabeln, und führen ſeine Luſtſpiele in ſchlechten Ueberſetzungen auf; die Franzoſen plündern ihn.   Seine Komödien
könnte vielleicht noch der Möſeriſche Harlekin vertheidigen, wenn ſie nicht ſo oft Bilder des Däniſchen gemeinen
Lebens wären.   Und doch ſchrieb er für eine Nation, die
in ihrem Character etwas geſetztes und gelaßnes haben
will; dahero auch die wenigen von ſeinen Stücken, die
ſich zu edlern Charactern, obgleich nicht im Ausdrucke,
erhoben, z. E. Melampe, die Maſkerade und die
honette Ambition, den meiſten Beyfall erhalten haben
ſollen.   Er könnte der Plautus der Dänen heißen, wenn
ſie ſchon einen Terenz hätten.   Bramarbas und der
politiſche Kannengieſſer ſind zu Sprüchwörtern worden, aber nicht der Eid.   Die Wochenſtube, und die
Weinachtsſtube, ſind die Vorgänger des Bocksbeutels.
Die Hexerey, das Leichenbegängniß, Heinrich
und Pernille, der Pfalzgraf, der eilfte Junius,
Empiricus, Dietrich von Menſchenſchreck ſind
ſchon dem Titel nach Farcen.   Die übrigen Lucretia,
der däniſche Franzoſe, der däniſche Menalkas, der
geſchäftige Müßiggänger, der treuloſe Stiefvater,
zwey ungleiche Brüder, Don Ranudo de Colibra-
dos, die Unſichtbaren ꝛc. haben nur zum Theil beßre
Aufſchriften.   Elende deutſche Ueberſetzungen hätten uns
längſt das Hollbergiſche Theater ekelhaft machen ſollen.
In Klimms unterirrdiſcher Reiſe beleidigt Holbergs
Hang zum burlesken weniger, theils weil er darinnen die

Feder

Feder eines Küsters führt, theils, weil er den Leser durch
vielen ächten Witz entschädigt. Der unterirdischen
Reise, Swifts Caklogallinien, und andern auf ähnliche
Art eingekleideten Satyren hat vielleicht ihre Unwahrscheinlichkeit so viel Leser erworben. Durch das Latein
darf sich auch niemand abschrecken lassen, seitdem sie von
Maubillon übersetzt und mit neuen Schönheiten vermeh-
ret worden ist. Und so wird nicht so leicht Hagedorns
Mezenvore unverständlich werden, dessen Wahrheit so unvergänglich, als seine Schönheit ist, und woraus ich
hier folgende Zeilen hersetzen muß:

> Die Birke straft die junge Welt,
> Der Lorber schlechte Reime:
> Und weil hier Frost und Nüchternheit
> Nur gar zu oft den Dichtern bräut,
> So heißen die den Reben
> Sich, und den Vers beleben.

Das komische Heldengedicht Peter Paars, eine Satyre auf die, die sehr geschäfftig sind, über Kleinigkeiten
ein Buch zu schreiben, und die das öffentlich ausposau-
nen, was doch lieber unterdrückt werden sollte, eine Reisebeschreibung und Liebesgeschichte eines Krämers von
acht tausend Versen, hat alle Fehler seiner Komödien und
ausserdem noch den Fehler der verdrüßlichen Länge. Und
für uns Deutsche ist auch in der Scheibischen Uebersei-
tung viel verlohren gegangen, welche sonst wegen der angehängten Lebensbeschreibung wenigstens die zur Hand
nehmen werden, die Holbergs Leben von ihm selbst geschrieben nicht kennen. Holbergs Verwandlungen
werden unter seinen Werken am wenigsten gelesen, und

ſie verdienen ihr Schickſal.   Kurz, die Morgenröthe des
Geſchmacks brach mit Holbergen an, aber auch dieſe noch
hinter trüben Wolken.   Er war ein Vormund der noch
lallenden Nation, laſſte ihr aber oft ſelbſt nach.   Und
wollte ja die Nation ſeine Verdienſte um ihren Geſchmack
einſt ganz vergeſſen, ſo würde ſie ihm immer noch andre
zum Exempel um ihre Geſchichte laſſen müſſen.   Denn
nicht blos deswegen, weil er Verſe machen konnte, will
ihm Rothe eine Ehrenſäule aufgerichtet wiſſen, mit der
Aufſchrift: der patriotiſche Gelehrte.

Schon Holberg unternahm es durch eine kritiſche
Geſellſchaft und Ausſetzung von Preiſen ſeinem Vaterlande Dichter zu erwecken.   Sein Unternehmen ſtarb
nicht mit ihm, ſondern ſogar mit Vorſchub des Königs
arbeitet jetzt eine Geſellſchaft für die Ausbreitung des Geſchmacks, und ihre Einrichtung ſowohl, als der Nutzen,
den ſie ſchon geſtiftet, beweiſt, daß ſie mit den deutſchen
Geſellſchaften nichts, als den Namen gemein hat.

Der erſte merkwürdige Dichter, den ihr Urtheil
ermunterte und der Nation ſchätzbar machte, war

Ch. B. Tullin

Rathsherr zu Chriſtiania, deſſen Maytag wir aus dem
nordiſchen Aufſeher, als eins der ſchönſten Hochzeitgedichte kennen; deſſen Gedicht auf die Seefahrt vortreffliche Gemälde mit glücklich eingeſtreuten Betrachtungen,
verbindet. Am meiſten zeigt ſein Gedicht, die Schönheit
der Schöpfung in Abſicht auf die Ordnung und den
Zuſammenhang der Geſchöpfe, wie viel die Dänen durch
ſeinen frühzeitigen Tod verlohren.   Tullin iſt maleriſch
und Meiſter in der Verſification, wie Pope, aber ſo in-
correct, als Young, er erlaubt ſich mehr Simplicität,

als

als dieser, fühlt aber mehr lyrisches Feuer, als jener, und hat also das wahre Mittel zwischen beyden getroffen. So urtheilt von ihm Gerstenberg in der Bibliothek der schönen Wissenschaften *), und den Briefen über Merkwürdigkeiten der Litteratur **), und niemand wird sich bedenken, das Urtheil eines Mannes zu unterschreiben, der in der Litteratur fast aller lebenden Sprachen zu Hause ist. So wollen wir es ihm auch glauben, wenn er seines Freundes Peter Kleens Uebersetzung von der Schöpfung der Ebertschen ohne Bedenken an die Seite setzt.

Einen Beytrag zu einem eigenthümlichen Theater, welches Schlegel den Dänen so sehr wünschte, hat neuerlich Mademoisell

Bießl

gemacht, mit ihren bekannten Stücken den zärtlichen Ehemann und den Sylbenstecher. Das erstere soll mehr moralisch, als theatralisch gut seyn, das andere mehr Handlung, mehr Kunst in den Characteren haben. Den zärtlichen Ehemann können wir von Scheiben deutsch lesen. Aber der Sylbenstecher, der, wenn ich nicht irre, in der Uebersetzung der Wortklauber heißt, ist unübersetzlich, und der grammatikalische Jütländer wird uns allemal so uninteressant bleiben, als die Nachkomödie das Tarockspiel denen, die niemals etwas vom Pachat gehört haben.

Unwichtiger sind der Frau

Paßow von Materne,

einer dänischen Actrize theatralische Arbeiten.

F 2   Bald

*) XII. Band.
**) Zwote Sammlung.

Bald werden vielleicht auch die Schweden sich nicht mehr bloß in Oekonomie, Mathematik und Physik vertiefen, sondern auch dem Geschmack einen Eingang verstatten, wenn sie weniger ängstlich für den Flor des Staats und eifriger für den Flor der schönen Wissenschaften werden arbeiten können; wenn noch viele Teßine und Dalins unter ihnen aufstehn. Dalin, der in den allerersten Zeiten des schwedischen Geschmacks eine Geschichte seines Vaterlandes geschrieben, prophezeiet der schwedischen Historie ein besseres Schicksal, als der deutschen wiederfährt; sein Trauerspiel Brunehilde hat zuerst dem schwedischen Theater die Form der Regeln gegeben: aber das vortrefflichste Trauerspiel kann uns nicht mehr rühren, als die Briefe eines alten Mannes an einen jungen Prinzen. Wenn alles dieses noch nicht hinreichend ist, uns einen Begriff von dem schwedischen Geschmacke zu machen, so bekommen wir ihn gewiß alsdenn, wenn wir hören, daß sie die deutsche Litteratur schätzen. In einem neuern Journal haben sie besonders die Briefe die Neueste Litteratur betreffend excerpirt.

Die Poesie der Pohlen, werden viele vermuthen, sey wie die Einrichtung ihrer Republik, wie ihre Clerisen, wie ihr Latein, nicht wie das Latein eines Sarblevius, eines Johannes Dantiscus, mit denen ich hier nichts zu thun habe, weil aus Pohlen gebürtige lateinische Dichter nicht Pohlnische Dichter sind, sondern wie das Latein der Reichstagsharanguen. Wenn man aber Janotzkys Gelehrtengeschichte von Pohlen, Trotzens Bibliothek pohlnischer Poeten glauben will, so ist Pohlen nichts weniger, als an Poeten unfruchtbar.

Die

Die Dainos der Litthauer gehören hieher, deren in den Briefen die Neueste Litteratur betreffend aus Ruhigs litthauischen Wörterbuche gedacht wird.

Die lettische Sprache ist eine Schwester der litthauischen; Stender in der lettischen Grammatik hat zwar einen eignen Abschnitt von der Poesie der Letten; aber er gedenkt nur alter Bauerlieder, die sich durch die Tradition erhalten, und muß zu Beyspielen aus dem Deutschen übersetzte Stücke nehmen. Aus Gellerts Fabeln hat er den Damöt, Phylax und die Gutthat übersetzt.

Von rußischen Trauerspielen habe ich oft gehört; und in der That sollte man vermuthen, daß Rußland reich an Trauerspielen seyn sollte, da seine Historie so voll davon ist. So erinnere ich mich in den Schriften der Leipziger deutschen Gesellschaft eines aus den Rußischen übersetzt gesehen zu haben und unter dem Titel: Schauspiele, hat man zu Breßlau den Triumph der guten Frauen mit einem rußischen Trauerspiele zusammengebracht. Die monatlichen Abhandlungen zum Nutzen und Vergnügen, ein rußisches Journal, das von 1755 bis 1764 unter Müllers Aufsicht herausgekommen, enthält außer vielen rußischen Gedichten, auch eine ganze Geschichte der rußischen Poesie. Ein gewisser Sumarolow hat rußische Fabeln geschrieben.

Kein tiefer Schnee, kein Sumpf, kein Thal, kein Hügel, hemmt das allgemeine Reich der Poesie, so wenig als die Herrschaft der Liebe.

Ich will im Wald auf hohe Bäume klimmen
Dich auszuspähn,
Und durch die Fluth der tiefsten Ströme schwimmen,
Um dich zu sehn.

Das

Das dürre Laub will ich vom Strauche pflücken,
Der dich verdeckt,
Und auf der Wies' ein jedes Rohr zerknicken,
Das dich versteckt.
Und solltest du weit übers Meer in Wüsten
Verbergen seyn,
So will ich bald an Grönlands weißen Küsten
Nach Zama schreyn.

singt Kleists Lappländer, und Scheffers Lapponia er-
weist, daß dem Innhalt nach ein Lappländer wirklich so
gesungen hat. Näher können wir es aus dem Zuschauer
wissen, daß es Vorurtheil wäre, wenn man von den
mitternächtlichen Ländern sagen wollte: Dort gefrieren
Genies.

Das dritte merkwürdige Stück in der Geschichte
der Poesie sind mir die Journale. Nicht als ob ich
meine Richter zu bestechen gedächte, wenn ich sie mir
Ruhm anführe — gegen Anfänger ist ihre Unpartheilichkeit unbestechlich — oder als wenn ich sie für die zu-
verläßigen Quellen hielte, aus welchen man eine Geschichte der Poesie compiliren könnte, sondern weil ich
nicht gerne einen Undank begehen möchte vor die Bücher,
zu denen sie mir Lust gemacht, vor den Fingerzeig, den
Sie mir auf das merkwürdigste in jedem Buche gegeben,
vor den Transport ausländischer Neuigkeiten ꝛc. und weil
ihre Richtersprüche einen allzugroßen Einfluß in die Geschichte der Poesie haben. Man mag sie immerhin Fuhr-
werke der Gelehrsamkeit schimpfen, sie sind immer keine
schlechtere Erfindung, als die Post, gewesen. Sie sollen zugleich Censoren seyn, durch den allgemeinen Zuruf
des Volks erwählt; das Genie, der Muth, und das An-
                                                          seyn

sen ihrer Verfasser soll, ohne zu tyrannisiren, die strenge
ste Aufsicht über den Geschmack haben; ihre Verfasser
sollen Kunstrichter seyn.   Dich

Bodmer,

der du mit Breitingern die Fackel der Kritik aufgesteckt
hast, denen Irrlichtern entgegen, die in Sümpfe oder
dürre Einöden verführen.*) Dich muß ich allerdings zuerst nennen.   Dein Muth ist zu preißwürdig, mit dem
du der Kritik, welcher Deutschland noch fremd war, die
Fackel aus der Hand wandest, alle Völker dies und jen-
seits der Alpen damit zu erhellen.   Zwar beleuchtetest du
oft damit Sachen, die du in ewger Nacht hättest schlafen lassen sollen; zwar brauchtest du in so vielen fürchterlichen Kriegen die zu bessern Endzwecken bestimmte
Fackel, dich damit wider alle deine Feinde zu wehren, und
die blinden Schaaren dadurch noch mehr zu verblenden,
daß du sie ihnen in das Gesicht warfst: zwar blendete
dich selbst zuweilen die Fackel so sehr, daß du noch manchen Sumpf austratest, und wie Don Sylvio im Frosch-
graben, ein Spott den Zuschauern wurdest; zwar sagest
du selbst: Meine besten Lebensjahre sind in den Isthmus
gefallen, der von dem bleyern Alter der schönen Wissenschaften in das silberne herüberführte, ich habe mich
schwindelnd, taumelnd, und gähnend durch jenes eiserne
Alter hindurch gearbeitet: Aber undankbar müssen unsre
Enkel genannt werden, wenn sie deine alten und neuen
kritischen Briefe, deinen Maler der Sitten, und
Discurse der Maler, und was sonst deine fruchtbare
Feder kritisches erzeugt hat, der Vergessenheit überlassen
wollten!

F 4

Denen

*) Geßner.

Denen Völkern dießseits der Alpen mangelte es immer noch am Licht. Einige waren zu blöde den Schimmer von der Schweitz her zu erkennen, einige löschten muthwillig die schweitzerische Fackel aus. Deutschland brauchte einen Promotheus. Nur im streitbaren Berlin konnte er aufstehen, im streitbaren.

> Denn alle, die den Kampf verlohren,
> Bestätigten durch einen Eid;
> Die Stadt sey nur gebohren
> Zum Waffen und zum Streit. *)

Er steht auf:

> Der Erdball ändert sich, das Meer entfliehet,
> Und deckt uns Wunder auf, der Fels sinkt ein,
> Und, o Berlin! dein dürrer Boden blühet.

Er trägt muthig die Fackel unbekümmert um den Zorn der Götter:

> Die Weisen alle bienen,
> Die Völker lernen schon.

Die Buchhändler an den Autoren zu rächen, welche, obgleich mit schwerem Solde gedungen, so oft die Buchhändler hintergehen, war es ein Buchhändler, der mit kritischer Freyheit und deutscher Gründlichkeit und Belesenheit, die Kritik auf den Thron setzte. Verbunden mit andern, sagte er seine freymüthigen und patriotischen Urtheile zuerst in den

Briefen

über den jetzigen Zustand der schönen Wissenschaften in
Deutsch-

*) Ramler.

Deutschland, aber jetzt nur noch über vergangene Zeiten; hauptsächlich über die Verdienste der Schweizer. Bald aber trat er mit einem Philosophen zusammen, und nahm eine Wage in die Hand, Innländer und Ausländer zu wägen, und wehe dem, den er zu leicht befand! Die

Bibliothek

der schönen Wissenschaften und freyen Künste ward das Aergerniß der schlechten Schriftsteller, die Bewunderung der Kenner, und ein Schatz inn= und ausländischer Urtheile. Die Preise, durch die er zugleich dem Mangel der Deutschen an tragischen Dichtern abzuhelfen wünschte, ermunterten einen Kronegk und einen von Brawe. Beyde starben zu früh, das zweytemal mußte er Barbarussa und Zephire krönen. Aus Verdruß sowohl darüber, als über das Geschrey der schlechten Schriftsteller ward er noch mehr aufgebracht. Sich desto empfindlicher an den letztern zu rächen, zog er die Hand von der Bibliothek der schönen Wissenschaften nur so ab, daß sie doch nicht ganz aufhörte und bauete zugleich auf den Grund der Bibliothek einen andern Richterstuhl, einen schrecklichern, als alle andre. Denn von diesem herab ward nicht mehr der ganze Innhalt eines Buchs, sondern oft nur seine Fehler ausgerufen. Nun zitterten auch mittelmäßige Scribenten vor den

Briefen

die neueste Litteratur betreffend; die Vorurtheile mußten sich beugen; denn, Philosophie, war die fürchterliche Losung, und Witz gieng voran, die von feinerm Geschmack anzulocken; zu täuschen aber, und abzuwehren, die, welche unwürdig waren, tiefer einzubringen. Dieses mei=

sters

sterhafte Gemälde einiger Biedermänner von der deutschen Litteratur hat der seiner Einsichten wegen *) beneidungs-würdige Verfasser der Beylagen zu den Briefen der neuesten Litteratur, oder

Fragmente
über die neuere deutsche Litteratur, gleichfalls ein Preuße, ins kleine zu bringen gewagt, und bis jetzo das Wachs-thum unsrer Sprache und die Vortheile abgewogen, die wir aus unsrer morgenländischen und griechischen Littera-tur zu ziehen gewußt.

Die allgemeine deutsche Bibliothek
ist eine neue Erweiterung, welche die Berliner Kritik von ihren Grenzen gemacht; in Absicht der schönen Wissen-schaften aber ist es eine Zurückkehr zu der vorigen Me-thode, die sie in den vier ersten Bänden der Bibliothek der schönen Wissenschaften beobachtete.

Man hätte es wohl nicht vermuthet, daß neben dem Berliner Kunstrichter ein andrer es wagen würde den kritischen Scepter zu ergreifen. Und doch haben es zweye gewagt, von denen der eine schon längst als Mitregent erkannt ist, ob er gleich in seiner Regierung friedferti-gern Grundsätzen zu folgen scheint. Die acht letzten Bände der

Bibliothek der schönen Wissenschaften
und die dreye von der

Neuen Bibliothek
unter Weissens Aufsicht, sind mit mehrerer Nachsicht geschrie-

*) Auch seiner Schreibart wegen, werden diejenigen hin-zusetzen, die, wie viele der heutigen Politiker, den Lu-xus als ein Zeichen des Reichthums erheben.

geschrieben; und so ist nun alle Hoffnung zur Besserung
mittelmäßiger und schlechter Scribenten verloren, wenn
sie sich weder durch Schärfe noch Gelindigkeit bessern
lassen. Ein größrer Reichthum an ausländischen Nachrichten ist ein Vorzug der Weißischen Bibliothek vor der
Nikolaischen.

Von der Unpartheilichkeit der Berliner Kuustrichter
steht zu hoffen, daß sie auch den zweyten nicht verachten
werden, ob er gleich sein Journal auch Briefe nennt,
und von den Briefen der Neuesten Litteratur so frey redet,
als wenn er in Feß gebohren wäre. Die

Briefe

über Merkwürdigkeiten der Litteratur sind Briefe, die
den Ton von guten Briefen weit weniger behaupten, als
die Briefe der Neuesten Litteratur,*) zuweilen gar zu ha-
mannistren scheinen, ihrer Ungleichheit aber dadurch
mehr Wahrscheinlichkeit, als jene, zu geben wissen, daß
sie sich mehr als von einem Orte datiren. Briefe über
Merkwürdigkeiten; sie heben, wie die Briefe der Neuesten Litteratur nur das aus, was ihnen bey einem Buche
merkwürdig scheint, aber die Philosophie haben sie nicht,
wie jene zum Wegweiser; wenigstens bis jetzt nicht, vielleicht läßt sich aber auch niemals die Dariesische Philosophie so gut zu einem solchen Wegweiser, als die Baumgartensche brauchen. Ueber Merkwürdigkeiten der Litteratur

*) Nachahmungen von den Briefen der Neuesten Litteratur
sind schon vorher erschienen. Einen guten Nachahmer erwartete niemand. Doch haben sich auch viele
mit Recht gewundert, warum ein Gerstenberg sich
dem Zwange der Nachahmung unterworfen, den man
ihm ungern anmerkt.

ratur weder der neuesten, noch deutschen allein; die aus-
ländische wird ihre glänzende Seite werden. Sollten sie
übrigens auch nicht Würgengel seyn, wie jene; so sind
sie doch Geißeln, die man fühlen kann. Zwar der kleinste Theil von

Müllers

brittischer Bibliothek gehört hieher, aber auch dieser kleinste Theil zeiget den einsichtsvollen Kunstrichter.

Kritik darf man freylich in den

Unterhaltungen

nicht suchen; aber als geschmackvolle Nachrichten gehören sie hieher. Wenige von den darinnen stehenden Poesien sind merkwürdig, und der wenigen gedenke ich an
einem andern Orte. Von der Wahl unter den zu über-
setzenden Stücken und von der Güte der Uebersetzungen selbst brauche ich nichts zu sagen. Die Mitarbeiter in Leipzig sind Herr Schiebler und Herr Eschenburg.

Wie froh bin ich, die Nachricht von den Journalen
schließen zu können. Latet anguis in herba!

Drit-

Drittes Kapitel.
Die Aesthetick auf die Poesie angewandt.

I. Theorie.

Alle Anweisungen zur Poesie, wenn sie etwas mehr, als ein Unterricht, Werke zu machen, seyn sollen, müssen in der Abhandlung der allgemeinen Regeln keine von den drey Theilen vergessen, weder den, welcher das sinnliche in der Poesie untersucht, noch den, welcher auf sie, als auf eine Rede, die Regeln der Rhethorick anwendet, noch endlich den, welcher von dem abgemeßnen in ihrer Rede handelt.

Aber ich selbst will lieber gleich bey dem Eingange gestehn, daß ich von allem dem, was die Rubrick des Kapitels verspricht, nichts werde sagen können, als viel plaudern, und endlich die Leser täuschen. Arbeiten, wobey ich nicht Schritt von Schritt meinen Vorgängern folgen kann, darf ich nie unternehmen.

II. Litteratur.

Noch keine Poetick hat hierinn ihren Pflichten ein Genüge gethan, unterdessen muß ich hier die vornehmsten Poeticken nennen, weil ich hier von den Regeln der Dichtkunst zu reden angefangen habe.

Aristo=

Aristoteles *)

hat in der Poesie noch länger, als in der Philosophie, ge-
herrscht, besonders in der Theorie des Dramas, und
der Epopee, als worüber sich das, was wir von seiner
Poetick übrig haben, am meisten ausbreitet. Als Philosoph zeigt er sich am meisten in der Lehre von den Leidenschaften. Die Quelle seiner Regeln ist vornämlich
Homer. Selbst um die Neuern zu verstehn, deren
Quelle gemeiniglich Aristoteles ist, darf man ihn nicht
ungelesen lassen, um desto weniger, da uns M. C.
Curtius eine gute Uebersetzung davon, mit Anmerkungen und Abhandlungen begleitet gegeben hat. Den Aristoteles nothdürftig zu verstehen ist diese Uebersetzung
hinreichend, wenigstens haben Ludwig Castelvetros
Italiänische ausgenommen, des Gonzalez von Sales spanische, Rymers englische, Daciers französische keine
Vorzüge vor der Deutschen, als etwa von Seiten der
antiquarischen Gelehrsamkeit.

J. C. Scaliger.

Die den Aristoteles vor nichts, als trocken halten, werden dem Scaliger gern die Stelle neben ihm einräumen. Denn seine Dichtkunst in sieben Büchern verräth weder einen Mann von Geschmack, noch einen Philosophen.

G. J. Vossius

Seine lateinischen Anweisungen zur Dichtkunst sind le-
sungswürdig, ob sie gleich eigentlich nur eine Einleitung
in die Poesie der Alten sind.

G. Jac

*) Di Valls Ausgabe der Werke, Heinsius Ed. der
Poetick.

G. Fabricius

Sein Buch de re poetica kommt den Vorigen nicht
gleich, aber als Patriot muste ich ihn anführen.

Joseph Trappens *)

Praelectiones poeticae, sind Vorlesungen, die keine
schlechtere Veranlassung haben, als die Praelectiones
Camdenianae, oder Derhams Physicotheologie, sonst
aber, wie sie bey den Engländern gewöhnlich sind, un-
zusammenhangend und kurz. Es sind ihrer neun und
zwanzig, de natura et origine Poetices, de Stylo poe-
tico, de conceptuum venustate et sublimitate, de epi-
grammate, elegia, poemate pastorali, poesi lyrica, sa-
tira, dramate, comoedia, tragoedia, poemate heroico.
Er beschäftigt sich weniger mit den Alterthümern, als
Vossius, beweist aber nur aus den Alten und nennt
wenig Neuere beyläufig. Neue Grundsätze stellt er eben
nicht fest, vor einen Philosophen giebt er sich nicht aus;
einzelne gute Anmerkungen sind das Verdienst seines
Buches. Seine Definition von der Poesie ist: Ars,
quidquid est, vel mente comprehendi potest, metricis
numeris imitans, vel illustrans, voluptatis hominum at-
que vtilitatis gratia. Den Unterschied der Malerey und
Poesie setzt er in die Verschiedenheit ihres Ausdrucks,
und in die Schwierigkeiten, welche der Maler findet,
geistige Gegenstände zu schildern, da hinwiederum die
Poesie zur Nachahmung der körperlichen unschicklich ist.
Poesie in Prosa ist ihm ein Unding. Die Religion, den
Hang der Menschen zur Nachahmung, und die Liebe
giebt

---

*) Aus seinen praelectionibus sollte man nicht vermuthen,
daß er auch der frostige Uebersetzer vom Virgil und
Milton wäre.

giebt er als die muthmaßlichen Ursachen von dem Urs
sprung der Poesie an.   Der lateinische Styl seiner Vor=
lesungen ist nicht der zierlichste.

          Joh. Vinc. Gravina *)

„ist der erste, sagt Cesarotti, der den Italiänern ein
„philosophisches Licht in der Poetick gegeben.   Er reinig=
„te sie von dem verderbten Geschmacke seiner Zeit, und
„befreyte sie von magern und willführlichen Regeln. Sein
„Werk ist voll scientifischer, heller und fruchtbarer Grund=
„sätze.   Ueberdem ist es beständig von einer solchen Hitze
„des Styls belebt, daß man mit Erstaunen den Autor,
„der in Versen prosaisch schrieb, in Prosa zu einem edlen
„Poeten werden sieht. Aber an verschiedenen Stellen
„hat sein Werk mehr einen prangenden philosophischen
„Anstrich, als wahre Philosophie, mehr Enthusiasmus,
„als Richtigkeit, mehr Heftigkeit, als Ordnung.   Er
„zerstört einige Vorurtheile, aber er befestigt andre, und
„macht sie so viel schädlicher, als sie von ihm durch philo=
„sophische Gründe verstärkt und mit poetischer Prache
„verziert einbringender werden.   In seinen Urtheilen
„wäre oft weniger Partheilichkeit und eine feinere Zer=
„gliederung zu wünschen.„

          Ludw. Ant. Muratori **)

„spürte, fährt Cesarotti fort, die Quellen des poetischen
„Schönen, mit einem mäßigern Vorrath von Kenntniß,
„aber mit vieler gesunder Vernunft auf, und entwickelte vor=
„trefflich die ganze Arbeit der Einbildungskraft und des Ver=
„standes in Theilen, wo der Poet sich ganz zeigen kann.

                                        Aber

*) Della ragione poetica. Franz. Uebersetzung von Requier
     Par. 1755.
**) Della perfetta poesia Italiana.

„Aber da er durch eine Wirkung seines Temperaments
„sowohl als seines Standes, die Leidenschaften mehr ver-
„stund als aus Erfahrung kannte; da ihm das feinere
„Gefühl fehlte: so wuste er wenig von der Poesie der
„Empfindung, ja er verwechselte oft die Sprache der Lei-
„denschaften mit der Sprache des Verstandes und der
„Einbildungskraft. Er liebte die Schönheiten des Stils,
„aber mehr die, welche an die Fehler gränzen, die leb-
„haften, die pragenden Farben desselben; sein Werk capitu-
„lirt oft mit dem übeln Geschmacke seiner Zeit.„

P. Fr. Fav. Quadrio.

Sein Buch della Storia e Regione d'ogni Poesia hat
dem Plan nach einige Aehnlichkeit mit dem meinigen.
Schon daraus wird man vermuthen, daß ich damit unzufrieden bin. Aber ich glaube auch Ursache dazu zu haben. In der Historie hat man bessere, deswegen habe
ich ihn oben nicht angeführt. In der Theorie ist er der
Schwätzer*), der er in der Historie ist.

P. Rapin.

Dieses großen französischen Kunstrichters Anmerkungen
über die Poesie sind es eigentlich, worauf sich sein Ruhm
gründet. Denn seine Gedichte und seine Parallelen haben zu demselben wenig beygetragen.

la Motte.

Sein Discurs über die Poesie ist ein Discurs, bey dem
man, wie bey allen seinen Aufsätzen, sich erinnern muß,
was Leßing von ihm sagt: Er durfte sich an mancherley
wagen, und überall erträglich zu bleiben hoffen.

Fonte-

---

*) Sein Werk ist in vier Quartbänden.

Fontenelle

will in seinen kurzen Betrachtungen über die Poesie phi-
losophiren, aber er philosophirt nach seiner Art.

Remond v. Saint Mard,

ein weder sehr schöner, noch sehr gründlicher Schriftsteller. Seine Raisonnemens in den Reflexions sur la
Poesie, die über alle Dichtungsarten, das Lehrgedicht,
Drama, die Epopee ausgenommen, sich erstrecken, sind
oft seltsam genug, weil sie auf keine Grundsätze gebaut
sind, zuweilen gut. Niemals aber fehlt es ihm an Scharfsinn. In der Poetique prise dans ses sources hat er vor
Batteux viel Batteurische Meynungen.

Cerceau

seine Betrachtungen über die französische Dichtkunst haben weder den Vorzug der Gründlichkeit, noch den Reiz
einer gefallenden Schreibart.

Marmontel

hat zuerst unter den Franzosen eingesehen, daß eine Poetick ein nach Regeln festgesetztes und vollständiges System seyn könne, wo alles einem einfachen Gesetze unterworfen wäre, und dessen besondere Regeln, die aus einem allgemeinen Grundsatze flößen, gleichsam die Aeste
davon wären. Aber sein System besteht nur darinn,
daß er die Meynungen der französischen Kunstrichter unter den gewöhnlichen Kapiteln einer Dichtkunst zusam-
mengetragen. Es gründet sich auf die Definition: die
Poesie ist eine Nachahmung in einen harmonischen Styl,
bald verschönert von dem, was die Natur sowohl in
Physischen, als Moralischen vermögend findet, nach
Gefallen des Dichters die Einbildung und Empfindung
zu rühren. Der deutsche Uebersetzer M. Schirach hat
zwar

zwar gewust, wie Rammler übersetzt, und ihn nachzu-
ahmen gesucht, aber nicht sehr glücklich.

Des Racine habe ich schon oben gedacht, und des
Lamy Reflexions bedeuten nicht viel.

Voltaire

Poetique de Voltaire ist ein Einfall des Buchhändlers,
Voltairens Aufsätze über verschiedene Gattungen der
Poesie zusammen zu drucken.

Gildon

schrieb schlechte Verse, wie man aus der Dunciabe wissen
kann, und eine mittelmäßige Dichtkunst.

Der Ritter Temple.

Dieser große Staatsmann hat sehr brauchbare Bemerkungen über die Poesie geschrieben.

Pembertons

Anmerkungen über die Poesie, besonders die epische, haben eine schöne Veranlassung, nämlich Glovers Leonidas, und sind selbst schön.

Theart of Poetry on a new plan. *)

Worinnen hier der neuen Plan zu suchen, weiß ich nicht;
denn daß darinnen mehr auf den Unterricht durch Beyspiele, als durch Untersuchungen gesehen wird, dies ist
ein so alter Plan, daß man schon oft einen neuen gewünscht hat. **)

Webbs

Anmerkungen über die Schönheiten der Dichtkunst sind
mit dem Geiste geschrieben, der in seinen Anmerkungen
über die Schönheiten in der Malerey gefallen hat.

G 2 Brels

*) London 1762.

**) Pope - Blount soll eine englische Poetick geschrieben
haben, die ich nicht habe zu sehen bekommen können.

Breitingers

kritische Dichtkunst muß einem künftigen Genie, welches die seit Breitingers Zeit noch aufgeklärtere Philosophie und Litteratur zum Besten der Poesie anwenden will,
das Muster seyn im Scharfsinn, in der Genauigkeit, in
der Methode, und in dem Vortrage.

Bodmers

Schriften von dem Wunderbaren in der Poesie, und von
den poetischen Gemälden; zwey nützliche Abhandlungen,
wenn sich auch wider den Hauptsatz in beyden Einwürfe machen liessen. Die erstere ist nur eine weitere Ausführung der Meynung, welche Breitinger in seiner kritischen Dichtkunst behauptet.

(Duschens)

Briefe zur Bildung des Geschmacks, sollten sie wieder
fortgesetzt, und über die ganze Poesie ausgedehnt werden, so würden sie Drapperie und Colorit zu meinem
Umrisse seyn. Neue Schritte in der Theorie wagen sie
nicht, desto lehrreicher sind ihre Zergliederungen der Autoren. Die beyden Bände, die davon heraus sind, gehen über das Lehrgedicht und über die komische Epopee. *)

Dommerichs

Entwurf einer deutschen Dichtkunst zum Gebrauch der
Schulen ist nur ein Entwurf und zum Gebrauch
der

---

*) Der beygefügte Text von den angeführten Stellen ist
diesem Buche eben nicht vortheilhaft. Denn er entdeckt dem aufmerksamen Leser die Schwäche des Ueber-
setzers, der selbst nicht allemal vor die Richtigkeit seiner Uebersetzung, vornämlich aus dem Englischen, aber
auch sogar aus dem Lateinischen gesorgt hat.

der Schulen, wozu er nicht einmal bequem genug ist.
Es sind wenige Bogen in der Absicht aufgesetzt, die
Gottschedischen Vorübungen aus den Schulen zu ver=
drängen, und sie haben Gutes genug gestiftet, wenn sie
nur dieses bewirkt haben.

Viertes Kapitel.

Gebrauch der rhethorischen Regeln in der Poesie.

I. Theorie.

Den Ausdruck in der Poesie bestimmt theils die
Aesthetick, welche lehrt, in wie fern er sinnlich
seyn muß, theils die Rhetorick, welche ihr, als
einer Rede Regeln giebt.

Wie weitläuftig könnte ich hier nicht seyn, da die
unzähligen Anweisungen zur Beredsamkeit und der Poe=
sie in diesem Abschnitt insgemein am fruchtbarsten sind.
Aber ich würde mit Recht in den Verdacht kommen, ich
wollte nur zeigen, daß ich etwas Rhetorick mit von Schu=
len gebracht, und die Regeln, welche den Leser wenig
unterhalten, nur anführen, um mein Werckchen auszu=
dehnen. Die hergebrachten Gesetze der Rhetorick, in
der Erfindung, in locis communibus, Sentenzen, Schluß=
arten, Beschreibungen, in der Ordnung und in dem

                    Plan=

Plan, in der Poeſie des Styls, in der Wahrheit, Richtigkeit, Deutlichkeit, in dem Natürlichen, Naiven, in der Leichtigkeit, Lebhaftigkeit, in dem Reichthume, Zierlichkeit ꝛc. deſſelben, in der Wahl und in der Sparſamkeit der Beywörter, in den poetiſchen Perioden, in den Bildern, Gleichniſſen, Tropen, Metaphern, Figuren, in den verſchiedenen Gattungen des Styls ꝛc. ſind allen Dichtern gegeben. Ohne ſie zu kennen, möge nie jemand Dichter werden wollen, und wer ſie beobachtet, niemals das Schickſal der Alten erfahren, daß man ſeine Schönheiten unter die Klaſſen der rhetoriſchen Kunſtwörter zwingt!

II. Litteratur.

Ich werde hier nicht eine Geſchichte der Rhetoriken vom Ariſtoteles an, bis auf Lawſon und Erneſti, ſchreiben;

Breitinger

von den poetiſchen Gleichniſſen, und

Curtius

von dem poetiſchen Gebrauche der Gleichniſſe und Metaphern, iſt alles, was ich hier anführe. In dem letztern herrſcht viele Pedanterey.

Fünf=

Fünftes Kapitel.

Grammaticalischer Theil der Poetick.

I. Theorie.

Der geringste Theil von der Herrschaft der Grammatick in der Dichtkunst besteht in dem, was die Sprachlehre jeder Rede und also auch der Poesie vorschreibt, der wichtigste sind die Regeln von der Harmonie. So viel räumt man sogleich ein, daß der Poesie, wenn sie das sinnliche Vergnügen befördern will, der Wohlklang noch nöthiger, als der Beredsamkeit sey; und daß daher dieser Wohlklang in dem einmal üblichen Sylbenmaße herrschen müsse. Aber die Nothwendigkeit dieses Sylbenmaßes ist nicht so leicht zu erweisen. Der stärkste Grund dafür, daß das abgemeßne desselben, die Art von Tackt, die dadurch in die Poesie kommt, eine Schönheit, ein sinnliches Vergnügen mehr sey, ist bald entkräftet, wenn man zeigt, wie oft wesentliche Schönheiten jener zufälligen aufgeopfert werden müssen; so wie der stärkste Grund der Gegner, daß das Sylbenmaß unnatürlich sey, über den Haufen fällt, wenn man sie darauf verweist, daß alle Zeichen des Ausdrucks willkührlich sind. Ist man aber einmal über die prosaische Poesie einig, so wird man sie auch leicht in allen Dichtungsarten gestatten, und nur in Ansehung der eigentlichen musikalischen eine Ausnahme machen.

Ein

Ein Zusatz zu den Schönheiten des Sylbenmaßes, welchen die Zeiten der Barbarey gemacht, der Reim, hat noch heftigere Streitigkeiten erregt. Als aller Rythmus der lateinischen Sprache verlohren gegangen war, fand das unmusikalische Gehör der Mönche ein Vergnügen an den leoninischen und politischen Versen, wovon die letztern, nach Heumanns Meinung, deswegen so heißen sollen, weil die Staatsleute der damaligen Zeit aus großer Unwissenheit keine andre machen konnten. Die ersten Dichter der neuern Völker, welche noch ungebildete Sprachen fanden, und selbst wenig Mühe anwendeten, sie zu bilden, nahmen zu dem Reime ihre Zuflucht, welcher den Mangel der Gedanken bey dem Dichter sowohl, als bey dem Zuhörer zu Hülfe kommen muste. Diese Zuflucht war so bequem, daß man sie endlich für unentbehrlich zu halten anfieng. Alle Gründe für ihre Unentbehrlichkeit hat Rabener sehr getreu gesammlet. So entsprungen ganze Geschlechter von Speronten, die, es mögen ihrer noch so viele in Sternschnuppen aufgelöst werden, doch bis auf den heutigen Tag nicht ausgetilgt sind. Endlich wagten es einige Freydenker, den Reim in seinen alten Rechten anzugreifen; seine Freunde schrien, und wollten sich die Quellen ihres Genies nicht verstopfen lassen; jene unwillig über die Sclaverey, unter die sie der Reim brachte, geriethen in Hitze; und Spielwerk, Geklingel, obotritisches Klappern, gothische Zierrath waren die gelindesten Namen, die sie dem Reime gaben. Ohnerachtet meiner großen Liebe zu electischen Meynungen, würde ich doch dem sehr wenig einräumen, der sich mit mir über den Werth der Reime in einen Streit einliesse. Der Ursprung des

Reims

Reims fällt in die Zeiten der Barbarey; dieß ist nicht
zu läugnen. Kann man aber jemand mit Recht seine
obscure und niedrige Herkunft zur Schande rechnen? Der
Vers der neuern Sprachen muß zuletzt auf einem Reime ruhn, weil er in lauter Sylben von unbestimmter
Quantität fortläuft. Soll aber der Lahme auch seine
Krücken wegwerfen? Wie kann man sich es doch als
eine Schönheit einbilden, wenn einerley Sylbe zu ge-
wissenmalen in die Ohren fällt? Aber ich frage die Philosophen, was wollt ihr aus den Menschen machen, wenn
ihr ihm alle Schönheiten und Güter seiner Einbildungskraft raubt? Wer kann an der verdrüßlichen Monotonie ein Vergnügen finden, die durch den Reim in ein
Gedicht kommt? Ich kann sie leiden und unzählige mit
mir. Jene Monotonie heißt bey mir Symmetrie, und
der die männlichen und weiblichen Reime kennt, der
weiß, daß auch der Reim seine Abwechselungen hat.
Legt nicht der Reim dem Genie Fesseln an? Ja. Sind
aber nicht die Dichter ein unbändiges Volk, dem man
die Zügel nicht schießen lassen darf? Ist es nicht den
größten Genies ein Anstoß gewesen? Den größten Genies selten. Ist es nicht mitleidungswürdig anzusehen,
wenn ein guter Dichter mit dem Reime kämpfen muß?
Ein desto angenehmer Schauspiel ist der Triumph über
alle Schwierigkeiten, und die Ehre des Triumphs kommt
oft denen zu statten, die sonst auf nichts stolz seyn könnten. Würde es auch dem besten Dichter ohne Reim
nicht noch besser geglückt seyn? Vielleicht, vielleicht aber
auch so, wie dem rostocker Kritikus, als er eine Geller-
tische Fabel in Hexameter übersetzen wollte; ja wenn
gleich der Reim nicht zu einen Erfindungsmittel gemacht

 werden

werden darf, so kann er doch der Anlaß zu Gedanken
seyn, auf die der Dichter sonst nie gefallen wäre. Ist
der Reim nicht eine Tändeley unter der Würde vieler Gedichte? Die Würde dieser Gedichte muß uns jene Tändeley ganz aus den Gedanken bringen. Aber die tän-
delnden Gedichte kleidet sie sehr wohl, und ist ihnen oft
unentbehrlich. Welcher Vortheil für die Declamation
würde es seyn, wenn aller Reim verbannt wäre? Aber
welche Pein für das Gedächtniß, wenn die Gedichte,
die es gern fassen will, das Lied, das Epigramm, die
Fabel in Hexametern geschrieben würden? Diente nicht
der Reim Boileauen zum Deckmantel der Bosheit in
dem bekanntem Verse:

La raison dit Virgile et le rime Quinault?

Aber eben so hindert der reimlose Hexameter Klotzen das
Verdienst eines großen Philosophen nach Würden zu erheben:

Attamen et nostrae Quinti praeconia haberent
Chartae ni versum vox philosophia retarder.

Die Reimregister lassen sich mit den gradibus ad Parnas-
sum aufheben. Die Streitigkeiten über den Reim sind
überhaupt immer mehr ermattet, seitdem er in vortrefflichen Gedichten sogar mit den schwersten lateinischen Syl-
benmaßen zusammen gebracht worden ist; so wie eben
dadurch die fremden Sylbenmaße selbst trotz allen Einwürfen in Ansehn gekommen sind.

Nicht die Prosodie, nicht der skandirende Grammatiker, den es entzückt, wenn er in einem Verse das
Rieseln des Bachs *) zu hören meint, der den Virgil

wegen

*) S. Schlegels, Batteux, und das 92 und 94 Stück des
Schwärmers.

wegen des procumbit humi bos bewundert, muß in dem Wohlklange des poetischen Styls entscheiden, sondern das fein empfindende Ohr.

II. Litteratur.

Keine deutsche Dichtkunst hat in Ansehung dieses Kapitels etwas mehr gethan, als ohne viele Mühe die Regeln der lateinischen Poesie, wie es hat gehen wollen, angewendet. Keine deutsche Grammatick von allen denen, die wenigstens diesen Titel führen, hat die deutsche Prosodie so bearbeitet, wie Olivet die französische. Aber wir könnten uns darüber trösten, wenn wir noch so viel einzelne Aufzüge bekämen, als:

J. A. Schlegels

Abhandlung von der Harmonie des Verses und

Ramlers

Arbeit in seinem Batteux sind.

Home,

hat im Kapitel von den Schönheiten der Sprache, im vierten Abschnitt so allgemeine und gute Regeln gegeben, daß es auch uns wegen jenes Mangels entschädigen kann, zumal da uns Meinhard auch mit einigen deutschen Exempeln nachhilft.

Prosaische Komödien schrieb schon Moliere, ohne einigen Widerspruch zu finden. Der seltsame la Motte machte prosaische Oden, und sein Trauerspiel Oedipus schrieb er doppelt, einmal in Prosa, und einmal in Versen, um zu zeigen, daß das Metrum kein allgemeines Gesetz der Poesie sey. Aber der poetische Oedipus ward ausgepfiffen, und der prosaische gar nicht aufgeführt.

Sette-

Fenelon warb auch unter andern deswegen angefeinde
weil sein Heldengedicht in Prosa geschrieben war; un
doch hatte man schon so viele prosaische Heldenromane g
lesen.   Dübos vergleicht die Gedichte in Prosa mit de
Kupferstichen. diese Vergleichung ist der prosaischen Po
sie nicht unrühmlich, aber er verkleinert sie wieder, wen
er sagt: es ist mit schönen Gedichten in ungebunden
Rede, wie mit wohlklingenden Versen ohne Poesie. Fr
guier *) bedienet sich eben der Vergleichung; im übrig
ist er ein heftiger Vertheidiger des Sylbenmaßes. E
will es zwar nicht mit denen halten, welche die Ver
fication für etwas wesentliches ansehen, und alle Ver
Poesie nennen; aber doch erklärt er das Sylbenmaß fi
unentbehrlich, und wenn er den Einwurf widerleg
will, daß Poesie Poesie bleibt, wenn sie auch in Pr
übersetzt wird, setzt er zum Voraus, daß in dem E
griffe der Poesie der Begriff des Sylbenmaßes lie
Seine übrigen Gründe sind theils aus der Geschichte
nommen, theils beruhen sie darauf, daß jederma
ein Dichter würde werden wollen, wenn man die prof
sche Poesie erlaubte.   Olivet nimmt des Fragu
Meynung an.

Bey dem Engländern sind erst in neuern Zei
prosaische Lustspiele etwas allgemeines geworden.

Vorzüglich aber haben die deutschen Kunstric
durch Aussprüche und durch Nachsicht das Metrum
ner Tyrannen über die Poeten beraubt. Schlechte
reimte Uebersetzungen und schlechte Acteurs erregten zu
in Leipzig den Zweifel, ob nicht die Komödien in Pr
geschrieben werden müssen.

                                                          J.

*) Mem. de l' Acad. Franc. T. VI.

J. E. Schlegel *)

widerlegte diejenigen, welche es besorgen verlangten, weil es unnatürlich sey, Leute aus dem gemeinen Leben in Versen redend einzuführen, und zeigte die Vorzüge der versificirten Komödie vor der prosaischen. Aber er folgte selbst seinen Lehren nicht, und die Erwägung der Natur unsrer Sprache, die Sorgfalt vor die Schönheiten des Dialogs, am meistens Gellerts, Leßings, Weisens Beyspiele, haben für die Komödie in Prosa entschieden. Die Vergleichung der metrischen und prosaischen Schauspiele in den Unterhaltungen **), legt jeder Art eigenthümliche Schönheiten bey, und entscheidet für keine. Für die metrischen Schauspiele führt sie an, daß von dem Sylbenmaße zuweilen unerwartete Gedanken veranlaßt, und dadurch die Affecten erhöht werden, daß zween oder mehr Gedanken, welche einander contrastiren sollen, in der Einfassung des Verses doppelt schön zu seyn scheinen, daß der Vers dem Drama einen gewissen Anstand giebt, daß die Einheit des Tons, die durch das Sylbenmaß hinein gebracht wird, eine Art von Accord formirt. Als eigenthümliche Schönheiten der prosaischen Schauspiele giebt sie an, daß die vergnügenden feinern, natürlichern, und satyrischen Gegenstände besser von ihnen ausgedrückt werden, daß sie nicht die Dichter zwingen, den verschiedenen Reden, so verschiedener Personen einerley Ton anzupassen, daß sie ihn weniger geniren, wenn er Menschen niedrigen Standes reden lassen, oder treffende Worte aus dem gemeinen Leben auf

---

*) Werke III Th.

**) II Band I Stück.

aufnehmen will.   Die Vergleichung des metrisch[en]
Schauspiels mit dem prosaischen, wird an einem Ort[e]
gesagt, ist wie die Vergleichung eines rechtschaffenen, ab[er]
nicht ausserordentlichen Mannes und eines Genies.

J. A. Schlegel

begreift unter der prosaischen Dichtkunst, die er von d[er]
poetischen Prosa unterschieden wissen will, die Werke d[er]
Beredsamkeit, in welchen der Endzweck zu vergnüge[n]
mehr in die Sinne fällt, als der Endzweck zu nützen
und macht daraus eine Zwischengattung zwischen der B[e]-
redsamkeit und Poesie, die sich mehr der Poesie der Sa[-]
chen, als der Schreibart befleißige.

Beyspiele vortreflicher Scribenten, haben in di[e]-
sem Streit den Ausschlag gegeben. Aus dem Ebertsche[n]
Young lernte die Nation zuerst, wie angemessen uns[e]-
rer Sprache eine poetische Prosa sey; Geßner ersetzte d[ie]
Schönheiten des Metrums durch die Harmonie, und de[n]
Numerus seiner Prosa; in dieser Absicht ward Gersten[-]
berg sein glücklicher Nachahmer; ein eben so glücklich[er]
Thümmel; Wielands Sympathien und Empfindu[n]-
gen eines Christen, haben mehr Feuer, als viele sein[er]
Poesien; und wenn ich Duschen weder wegen sein[er]
Schilderungen, noch seiner moralischen Briefe hieh[er]
rechnen darf; so darf ich es doch wegen seines Orests u[nd]
Hermione.

In der Geschichte des deutschen Hexameters m[uß]
man bis auf das Jahr 1617 zurückgehen, in welche[m]
zuerst Matthias Müller den 104 Psalm in deutsch[e]
Hexameter übersetzt *) hernach Huldrich Ellopsocl[e-]
rc

*) Biblioth. der schönen Wissenschaften, B. V.

ros (Fischart) der den Rabelias darein verkleidet *).
1620 hat Alsted in der Encyklopädie ein abermaliges
Beyspiel davon gegeben, dessen ohngeachtet der Hexameter wieder in Vergessenheit gerieth, bis Heräus sein
Andenken erneuerte. Selbst die Gottschedische Schule
verwarf ihn nicht, aber nur so lange, bis sich die Schweizer in ihn verliebten, die freylich nicht ganz ohne ihre
Schuld es dahin brachten, daß ein Hexametrist ein
Schimpfwort ward. Klopstock erregte sich auch dadurch eine Menge Feinde, daß er in Hexametern schrieb:
aber mit ihm sind nun die Hexameter zugleich zu einem
unvergänglichen Ansehn gelangt. Nicht der Tod des
Verfassers, von dem es heißt:

> La mort seule ici bas en terminant sa vie
> Peut calmer sur son nom l'injustice & l'envie.

sondern die Ohnmacht seiner Feinde, und das Uebergas
nicht seines Genies hat ihm den glorreichen Triumph gebracht. Kleist belehrte uns, daß auch das malerische
Gedicht den Hexameter vertrage, und setzte dem Hexameter selbst eine Vorschlagssylbe vor. Wieland hat
die Ehre der schweizerischen Hexameter gerettet, ob er
gleich selbst, z. E. von seinen Briefen der Verstorbenen
wünscht, daß sie nicht in Hexametern geschrieben seyn
möchten. An Zachariäs Tageszeiten, Uebersetzung
des Miltons ꝛc. hat man die Hexameter am fehlerhafte-
sten befunden.

Klopstoks

Abhandlung von der Nachahmung des griechischen Sylbenmaßes im Deutschen, ist die klaßische Schrift in dieser

*) Briefe der Neuesten Litteratur, Th. II.

ſer Materie, kein ſchlechter Fragment *), als der Meſ-
ſias ſelbſt; zu deſſen baldiger Ergänzung aber me[hr]
Hoffnung, als zu der Vollendung des Meßias iſt.

Ramler

im Batteux hat in der Kürze die einſichtsvolleſten Regeln für die deutſchen Hexametriſten gegeben.

Was die

Briefe

der Neueſten Litteratur hie und da nützliches zu dieſ[er]
Materie geſagt, findet man bey dem Verfaſſer des Buchs

Ueber d. N. deutſche Litteratur

beyſammen, der es auch mit einigen neuen Gründen be-
ſtätigt, daß unſre Hexameter niemals die Hexameter der
Alten werden können. Eben von ihm entlehne ich das
Urtheil über

Oeſts

Verſuch einer kritiſchen Proſodie, oder Anmerkung[en]
und Regeln über das Sylbenmaß der Alten nebſt ein[er]
Beurtheilung des deutſchen Hexameters ꝛc. Der Verfaſſer hat eine größere Kenntniß der deutſchen Sprach[e]
als alle Beurtheiler der Sylbenmaße vor ihm; ein ge-
naues Gefühl der Rhytmick der Alten; eine große Be-
leſenheit. Allein bey allen dieſen iſt ſein Buch wüſt,
Finſterniß auf der Tiefe, und Winde, die das Gewäſſ[er]
bewegen. Eine dunkle affectirte Schreibart, in der d[ie]
Ideen ſelbſt nicht im gehörigen Lichte erſcheinen; We[it]-
läuftigkeiten, wo Kürze zugereicht hätte. Unordnung [in]
den Stücken, und Stücke, die kein Ganzes ausmachen.

D[ie]

---

*) Briefe der Neueſten Litteratur.

Die lateinischen Sylbenmaße in der lyrischen
Poesie versuchte unter den Neuern zuerst jener Dichter,
der von sich sagt:

Vom Reim entfesselt eilt mein sichrer Fuß
Auf Flaccus Bahn. *)

Uz machte ähnliche und glücklichere Versuche. Klopstock fragt mit Recht: Wie können ohne die Sylbenmaße der alten Ode unsere Oden Horazisch oder Pindarisch seyn? und dies hat ihn bewogen viele seiner Oden
in Horazischen Sylbenmaße zu schreiben. So lange wir
noch keinen Horaz hatten, muste auch jene Frage immer
noch streitig bleiben. Aber seitdem wir Ramlerische
Oden haben, ist der Streit auf ewig entschieden.

Die fünffüßigen jambischen Verse der Engländer sind durch die Schlegelschen Uebersetzungen von
Thomsons Tragödien, und die Weißischen Muster in
unser Trauerspiel eingeführt. Herr Pfeffel hat im
zweyten Theil der theatralischen Belustigungen wieder
ein neues in Vorschlag gebracht.

Die Gründe für und wider den Reim habe ich
oben angeführt; hier muß ich seine Feinde und seine Vertheidiger nennen. Zu jenen gehören **) Voßius,
Saintmard, Dübos, Voltaire, Prevot ***), die
meisten

*) Lange.

**) In der Abhandlung vom Singen der Gedichte und
der Kraft des Rythmus. London 1673. (Berliner
verm. Schriften, B. I.)

***) Die Italiäner nennen die Ungereimten sciolti, die
Engländer blank.

H

meisten Engländer und Italiäner *), unter uns, Mei[-]
und Ramler, wovon aber der letztere seine Lehren dur[-]
sein Beyspiel widerlegt.　Gegenüber stehen Bouhier[-]
Batteux, Olivet, Desfontaines, Addison, H[-]
me, beyde Schlegel und Basedow, der in allem Er[-]
ste den Reim für ein gutes Erfindungsmittel ansieht u[-]
dem Poeten Hübners Reimregister als ein nützliche[-]
Buch empfiehlt.

Sechstes Kapitel.
Von den Eintheilungen der Poesie und von der Fabel.

I. Theorie.

Wollte man die Poesie eintheilen, so müste e[-]
theils nach der Verschiedenheit ihrer Gegen[-]
stände, theils nach den Arten geschehen, mi[-]
der sie sie behandelt.　Alle sinnliche und sinnlich gemach[-]
te Gegenstände machen durch die Sinne entweder mehr
Eindruck auf unsern Verstand; urd sind theils Wahr[-]
heiten,

*) Young in der Abhandlung von Originalwerken sagt:
In der epischen Poesie sind die Reime eine schwere
Krankheit, aber in der tragischen sind sie der völlige
Tod.　Die niedere Poesie ist genöthiget sie zu dulden,
so wie das Flittergold die Kinder putzt, aber die Er[-]
wachsenen lächerlich macht.

heiten, theils Handlungen; oder erregen mehr die Affecten; und sind theils Empfindungen, theils Handlungen.
Die drey Hauptgegenstände der Poesie würden also
Wahrheiten, Handlungen und Empfindungen seyn; und
sie kann sich mit einem allein, oder mit mehrern zugleich
beschäftigen. Aber, wie viel verschiedene Gewänder,
welche die Poesie diesen Gegenständen geben kann, überhaupt möglich sind; dies kann nie der Philosoph erweisen, oder, wenn er es erweisen will, werden ihn unzählige neue Erfindungen von Zeit zu Zeit widerlegen. *)
„Ausnahmen werden immer seyn. Die menschliche Na-
„tur liebt die Veränderung, und sollte sie auch etwas bes-
„sers für diese Veränderung hingeben. Der äsopische
„Fabeldichter wird müde, beständig Thiere reden zu hö-
„ren, er führt das Schilf und den Eichbaum ein, oder
„wohl gar den Demant und den Bergcrystall. Der
„bucolische Dichter versetzt die Scene von den grünenden
„Wiesen an das dürre Gestade des Oceans, und besingt
„anstatt des Wettgesangs zweyer junger Schäfer, das
„Tagewerk und die Vergnügsamkeit zweyer betagten Fi-
„scher. Bisweilen erhöht er die Gattung durch die Far-
„ben der Epopee, und erzählt dort, wie Simonides von
„den Göttern erhalten wird, und hier, wie drey jagende
„Prinzen, Cephalus, Adonis und Endymion von drey
„Göttinnen geliebt worden sind. Eben so führt er in
„der Komödie den Jupiter und Merkur ein, Rollen der
„Menschen zu spielen. Alles Gattungen, die die Liebe
„zur Veränderung erfindet, Gattungen, die der Poet zu
„seiner Zeit mit unterstreuen mag.

H 2

Selbst

*) Ramler in Batteux.

Selbst die vorhandnen Gattungen unter gewis
Hauptklassen zu bringen, ist von geringen Nutzen, un
oft schädlich, wenn man diese, oder jene besondre Ai
mit Gewalt unter eine Hauptgattung zwingt, welche
z. E. Batteuxen widerfährt, der die Poesie in die er
zählende, dramatische, lyrische und didactisch
eintheilet. Ich bin kein so eifriger Liebhaber des syste
matischen Vortrags, daß ich nicht, wo es nöthig ist
gar keine Ordnung einer gezwungnen vorziehen sollte, un
ich werde also weder jetzt, da ich mit der Fabel anfange
noch bey den übrigen Gattungen meinen Lesern einig
Rechenschaft geben, warum ich ihnen die eine eher, die
andre später vorlege. Also von der Fabel!

Die Leßingischen Grundsätze sind nicht allein die
neuesten, sondern auch die Regeln von dem Vortrag der
Fabel ausgenommen, die bewährtesten. Leßing also de
finiret die Fabel, als eine Erdichtung, da man einen
allgemeinen moralischen Satz auf einen besondern Fall
zurückführt, diesem besondern Fall die Wirklichkeit er
theilt, und eine Geschichte daraus dichtet, in welcher man
den allgemeinen Satz anschauend erkennt. In Anse
hung des besondern Falls, theilt er die Fabeln in ver
nünftige, die sich auf einen schlechterdings möglichen
Fall gründen, — dieses sind diejenigen, welche von
Menschen und Göttern erzählen — und in sittliche,
deren Fall nur unter gewissen Voraussetzungen möglich ist.
Diese Voraussetzungen können das Subject oder das
Prädikat betreffen. In Ansehung des Subjects wird
vorausgesetzt, daß es existire. Fabeln, welche auf diese
Hypothese sich gründen, giebt er den Namen der mythi
schen Wesen der Einbildungskraft, allegorische Perso
nen

zen werden in den mythischen Fabeln als handelnd eingeführt.   Bey dem Prädicate besteht die Voraussetzung
darinnen, daß dem Subjecte Eigenschaften beygelegt werden, die es seiner Natur nach nicht hat.   Fabeln, welche
solche Eigenschaften des Subjects voraussetzen, nennt er
mit einem fürchterlichen Namen, hyperphysische. Alles
Unvernünftige, Thiere, Pflanzen, leblose Geschöpfe,
wird in die hyperphysischen Fabel aufgenommen, und, wie
vernünftige Wesen, handelnd und redend vorgestellt.
Aus den vernünftigen, sittlichen, mythischen, hyperphysischen können, wie bey allen Eintheilungen, vermischte
Gattungen entstehen.

Die Fabel ist eine Geschichte; sie schildert eine
Handlung, sie nimmt also alle Formen der Geschichte an,
und läßt sich in die Erzählung, in das Gespräch, in eine
Reihe Gespräche, in das Drama, und in die Epopee
einkleiden.

Der moralische Satz, welchen die Fabel zur anschauenden Erkenntniß bringt, wird entweder ausdrück-
lich gesagt, oder den Leser zu errathen überlassen. Statt
der Moral setzt der Dichter oft einen wirklichen Fall,
der mit dem Fall der Fabel unter einen moralischen Satz
gehört.   Die Fabeln, in denen er dieses thut, könnte man zusammengesetzte; die andern einfache nennen.
Wird der moralische Satz durch einen einzelnen Fall seines Gegentheils zur anschauenden Erkenntniß gebracht,
so nennt Leßing die Fabeln, in denen es geschiehet, in-
directe

Die Regeln von dem Vortrag der Fabeln fließen
theils aus ihrer Absicht, ihren moralischen Satz an-
schaund und sinnlich zu machen; theils aus der Art,

mit der sie ihn zur anschauenden Erkenntniß bringen, a
der Form einer Geschichte, welche alle Fabeln anne
men. Wahrscheinlichkeit erfordert ihre Form, Deu
lichkeit, Kürze, lebhafte Beschreibungen, hervorsteche
de Gedanken, passende Anspielungen, gewählte We
dungen, körnigte Ausdrücke, eine leichte, natürlich
naive Schreibart, alles dieses braucht die Fabel, um z
ihrem Endzweck zu gelangen.

II. Litteratur.

Der älteste Apolog steht bey dem

Hesiodus;

seine Moral ist Gewalt geht vor Recht; die Geschichte
von der Lerche und dem Habicht. So wahr ist es, daß
die Fabel ihrer ersten Bestimmung nach ein Deckmantel
der politischen Freyheit war! Gleiche Absicht hatte jene
von der Wahl eines Königs der Bäume, die uns in
der heiligen Schrift aufbehalten worden *).

Aesop.

So wenig uns auch von seinen Fabeln und von seiner Le
bensgeschichte gewisses übrig geblieben, so gewiß ist es nach
allen Zeugnissen der Alten, daß er der Erfinder der so
kratischen Lehrart in der Poesie, der Fabel, gewesen ist.
Wie Sokrates, unterrichtete er das Volk nur mündlich;
wie Sokrates, war er unbekümmert seinem Vortrage
den Schmuck zu geben, in den ihn seine Nachahmer ge
kleidet; Kürze, Munterkeit, und Nachdruck waren die
einzigen Schönheiten, nach denen er strebte, oder viel
mehr;

*) Buch der Richter 9. Kap.

mehr, die ihm seine natürliche gute Empfindung eingab.
Seine freye Gesinnungen wurden, wenn wir dem Mönch
Planudes glauben wollen, von Leuten, denen, auch unter
der Hülle der Fabel, die Wahrheit noch zu nackend war,
so gewaltsam gerochen, als des Sokrates Liebe zur Wahrheit von den Sophisten. Können wir auch nicht die Fabeln, die aus des Planudes Gehirn gekommen zu seyn
scheinen, für ächte äsopische halten, so haben doch hin
und wieder alte Schriftsteller Fabeln vom Aesop aufbehalten, aus denen wir den Charakter des Fabeldichters
abziehen können, wenn auch gleich die alten Schriftsteller sie aus der Tradition gewust und mit ihren eigenen
Worten aufgezeichnet haben. *)

Chronologisch zu gehen, ist bey den Lateinern
Horazens
Fabel von der Stadt- und Feldmaus die älteste.
Phädrus **)

Die arme Tochter des Aesop,
Die Fabel reiste von Athen,
Entfernte Länder zu besehn.
Ihr Anzug war zwar schlecht; jedoch nicht grob,
Und sonsten sehr bequem;
Wohin sie kam da war sie angenehm.
Zu Rom gab ihr ein römisch Kleid
Ein Freygelaßner; es war ihr nicht zu weit,
Es lag recht an, es war gemacht
Nett, aber ohne Pracht.

H 4

Die

*) Die Hauptmannische und Heusingerische Ausgaben sind
die brauchbarsten, die letztere ist kritischer als jene.

**) Italiänische Uebersetzung von Malaspina 1765.

Die moralischen Schönheiten, welche Phädrus in die
Fabel brachte, sind nicht malerische Digreßionen; sie liegen oft in einem Worte. Der immer noch simple, und
allezeit angemeßne Ausdruck, vereint mit einer bearbeiteten Versification reden wider alle die, welche die Fabeln,
wie wir unter des Phädrus Namen haben, des Augu-
steischen Zeitalters nicht vor würdig erkennen. Wir wollen uns lieber vom Perottus hintergehn, als von Christen unterrichten lassen, wie ein Freygelaßner des Au-
gusts hätte schreiben sollen, und wir können über Christen lachen, ohne vom Funccius dazu angewiesen zu werden. Wie würden alle kritische Gespenster entfliehen,
wenn Leßing unter den vielen vortreflichen Arbeiten zu benen er sich dem Publikum anheischig gemacht, auch bald
die von einer neuen Ausgabe des Phädrus erfüllte! Unterdessen die beyden Burmannischen Editionen!

Avian, [*]

der von Avienus zu unterscheiden ist; weder so genau als
Aesop, noch so zierlich, als Phädrus; ist durch nichts
merkwürdig, als daß er zwey und vierzig Fabeln in elegischen Versen geschrieben.

Gabrias und Abstemius,

wovon der letzte im sechzehnten Jahrhundert lebte, sind
Namen, von denen ich nichts weiter zu sagen brauche.

Fr. Jos. Desbillons.

In Ansehung seiner mache ich eine Ausnahme von meiner
Regel, von neuern lateinischen Dichtern wenig zu sagen;
ein guter lateinischer Poet in unsern Tagen, unter den Jesuiten, unter den Franzosen, verdient eine Ausnahme.

Seinem

---

[*] Cannegieters Ausgabe.

Seinem Muster dem Phädrus folgt er meistens getreu, und wenn er nicht 350 Fabeln hätte schreiben wollen, so hätte er sich noch gleicher bleiben, und reicher an eignen Erfindungen seyn können.

La Fontaine

setzte sich selbst dem Phädrus nach. Aber ich mag ihn eben so wenig von sich selbst urtheilen hören, als vielleicht seine Freunde seine Urtheile von andern verlangt haben. Einem Menschen, dem niemand außer seinen Schriften viel Mutterwitz zutraute, traue ich auch wenig Selbst= erkenntniß zu. Wer des Phädrus Weg verläßt, einen ganz neuen wählt, ist der nur irgend mit dem Phädrus zu vergleichen? In der Erfindung läßt es sich gar nicht entscheiden, welchem der Vorzug gebühret, denn wir kön= nen nicht bestimmen, wie viel Phädrus den Aesopischen Traditionen zu danken hat. In dem Vortrag; wie kann es La Fontainen zum Vorwurf gereichen, daß er die Phä= drische Art zu erzählen nicht beybehielt? Schrieb er nicht für ein Volk, bey dem nach Patrus Prophezeiung die Fabel mit dem Anstande, den ihr Phädrus gegeben, ihr Glück nicht gemacht haben würde; dem der Ueber= gang von des Rabelais Possen zur bloß eleganten Fabel zu schwer geworden wäre? Für eine komische Nation muste er komische Fabeln schreiben, für eine geschwätzige, geschwätzige, für eine Nation, an der alles natürlich und naiv ist, natürliche und naive. Aber es war mehr Fontainens Temperament, das ihn zu einer solchen Ein= kleidung der Fabeln bewog, als die Absicht, der Regel nachzukommen, die Malherbe *) dem Racan gegeben:

.H 5

Con-

*) Siehe eine Fabel des Fontaine.

Contentés tout le Monde: so wie mehr das Genie, mi
dem er der Fabel eine neue Gestalt gab; als die Zierra
then an und für sich ihm einen so allgemeinen Beyfall er
worben haben.   Er ist, wie in Frankreich,*) also bey al
len erleuchteten Völkern das Spiel der Kindheit,   der
Mentor der Jugend, der Freund des männlichen Alters
dem Philosophen ein Schatz von Moral, dem witzigen
Kopf ein Muster des guten Geschmacks, dem Weltmann
ein Spiegel der menschlichen Gesellschaft.

A. Houdart de la Motte.

la Fontaine, sagt Batteux, war die Verzweiflung aller
seiner Nachahmer.   la Motte wollte Original seyn in
der Erfindung und Erzählung.   Bey jener aber sieht
man mehr Liebe zum Neuen, als Genie, und daß diese steif seyn, darinn kann man sich immer auf des Abra
be Pons kleinen Enkel berufen, der la Mottens Fabeln
nicht auswendig lernen konnte.

Heinrich Richer

neunt seine Fabeln neue; von der Seite der Erfindung
sind sie es nur zum Theil, und eben nicht allemal auf
eine rühmliche Art; in der Erzählung hat er freylich
das ungelenkige das la Motte gemildert; aber Richer ist
immer nicht la Fontaine.

Aubert

Des loix du gout interprêtes sublimes,
Vous qui comptez parmi cent noms fameux
L'auteur cheri dont j'ose dans mes rimes,
Quoiqu'en tremblant, reßusciter les jeux;
Que direz-vous de l'ardeur, qui m'anime?
En vain tâchant de ravir à l'estime

Ce

*) Batteux.

Ce que le goût pourra me refuser,
D'instruction j'ai semé mes ouvrages.
En instruisant ai-je eu l'art d'amuser?
Puis-je en faveur de quelques leçons sages
Après mon Maitre espérer d'etre lû?
Ce ton naif par lequel il a plu,
Cet heureux choix de brillantes images,
L'ai-je saisi? J'ai fait ce que j'ai pû.

Dieses werden ihm alle seine Leser glauben; aber es wäre besser, wenn sie glauben könnten, er habe mehr gethan, als er gekonnt hätte.

Ganeau

hat zwar den familiären Ton des Fontaine, nicht aber allemal die Naivität desselben getroffen; die Weitläufigkeiten und die Nachläßigkeiten in der Sprache kleiden ihn weniger als la Fontainen.

Bernardino Baedi

ist der einzige italiänische Fabeldichter, den ich kenne, und auch von diesem weiß ich nichts, als daß er hundert Fabeln geschrieben, die Crescembini versificirt hat.

Joh. Gay.

Wenn er der einzige Fabeldichter der Engländer wäre; könnte man seine Art des Vertrags aus dem Charakter der Nation herleiten; und überhaupt die Fabel dem Genie der Engländer für wenig angemessen halten. Statt munterer und naiver Züge findet man beym Gay eine Ernsthaftigkeit und Weitschweifigkeit in der Erzählung: feine satyrische Wendungen, eine männliche Moral, malerische Beschreibungen zeigen hingegen den Engländer und den Poeten von Genie. Er bedient sich meistens fremder Erfindungen; und die Moralen sind, wie man

es von einem Britten erwarten kann, in dem ersten Buche oft, und in dem zweyten alle aus der Politic. Wer
kennt nicht aus jenem die Berathschlagung der Pferde
aus Gleims Nachahmung und Verbesserung? Das
zweyte Buch ist erst nach seinem Tode herausgekommen,
und erzählt noch langweiliger als das erste. Hier ist aus
beyden Büchern eine Probe;

The Poet and the Rose **)

I hate the Man, who builds his name
On ruins of another's fame:
Thus prudes, by characters o'erthrown,
Imagine that they raise their own.
Thus Scriblers, couetous of praise,
Think slander can transplant the bays.
Beauties and bards have equal pride,
With both all rivals are decry'd.
Who praises LESBIA'S eyes and feature,
Must call her sister auckward creature;
For the kind flatt'ry's sure to charm,
When we some other nymph disarm.

   As in the cool of early day
A Poet sought, the sweets of May,
The garden's fragrant breath ascends,
And ev'ry stalk with odour bends.
A rose he pluck'd, he gaz'd, admir'd,
Thus singing as the Muse inspir'd.
Go, Rose, my CHLOE'S bosom grace;
   How happy should I prove,
Might I supply that envy'd place
   With never-fading love!

There

**) Vol. I. Fabl. XLV.

There, Phoenix like, beneath her eye,
Involv'd in fragrance, burn and die!
   Know, haplefs flower, that thou fhalt find
      More fragrant rofes there;
   I fee thy with'ring head reclin'd
      With envy and defpair!
One common fate we both muft prove;
You die with envy, I with love.

   Spare your comparisons, reply'd
An angry Rofe, who grew befide.
Of all mankind you fhould not flout us;
What can a Poet do whitout us!
In evr'y love-fong rofes bloom;
We lend you colour and perfume.
Does it to CHLOE'S charms conduce,
To found her praife on our abufe?
Muft we, to flatter her, be made
To wither, envy, pine and fade?

The Vulture, the Sparrow, and other Birds ?)

   Ere I begin, I muft premife,
Our miniftres are good and wife;
So tough malicious tongues apply,
Pray, what care they, or what care I?

   If I am free with courts; be't known,
I ne'er prefume tho mean our own.
If general morals feem to joke
On minifters, and fuch like folk,
A captious foal may take offence;
What then? He knows his own pretence.

                              I meddle

I meddle with no state-affairs,
But spare my jest to save my ears.
Our present schemes are too profound,
For Macchiavel himself to sound:
To cenfure'em I've no pretension;
I own they're past my comprehension.

You say your brother wants a place,
('Tis many a younger brother's cafe)
And that he very soon intends
To ply the court, and teaze his friends
If there his merits chance to find
A patriot of an open mind,
Whose constant actions prove him just
To both a king's and people's trust;
May he, with gratitude, attend,
And owe his rife to such a friend.

You praise his parts for bus'ness fit,
His learning, probity, and wit;
But those alone will never do,
Unless his patron have'em too.

I've heard of times (pray God defend us;
We're not so good but he can mend us)
When wicked ministers have trod
On kings and people, law and God;
With arrogance they girt the throne,
And knew no int'reft but their own.
Then virtue, from preferment barr'd
Gets nothing but its own reward.
A gang of petty knaves attend'em,
With proper parts to recommend' em,
Then if his patron burn with lust,
The first in favour's pimp the first,

Hir doors are never clos'd to spies,
Who cheer his heart with double lies;
They flatter him, his foes defame,
So lull the pangs of guilt and shame.
If schemes of lucre haunt his brain,
Projectors swell his greedy train;
Vile brokers ply his private ear
With jobs of plunder for the year;
All consciences must bend and ply;
You must vote on, and not know why;
Trough thick and thin you must go on;
One scruple, and your place is gone.

Since plagues like these have curs'd a land
And fav'rites cannot always stan'd;
Good courtiers should for change be ready;
And not have principles too steady:
For should a knave ingross the pow'r,
(God shield the realm from that sad hour)
He must have rogues, or slavish fools:
For what's a knave without his tools?

Where-ever those a people drain,
And strut with infamy and gain;
I envy not her guilt and state,
And scorn to share the publick hate.
Let their own servile creatures rise
By screening fraud, and venting lies:
Give me, kind heav'n, a private station,
A mind serene for contemplation:
Title and profit I resign;
The post of honour shall be mine.
My fable read, their merits view,
Then herd who will with such a crew.

In days of yore (my cautious rhimes
Always except the present times)
A greedy Vulture, skill'd in game,
Inur'd to guilt, unaw'd by shame,
Approach'd the throne in evil hour,.
And step by step intrudes to pow'r:
When at the royal eagl'es ear
He longs to ease the monarch's care.
The monarch grants. With pride elate,
Behold him ministre of state!
Around him throng the feather'd rout.
Friends must be serv'd, and some must out,
Each thinks his own the best pretension;
This asks a place, and that a pension;
The nightingale was set aside,

    A forward daw his room supply'd,
    This bird (says he) for bus'nefs fit,
Hath both sagacity and wit,
With all his turns, and shifts, and triks,
He's docile and at nothing stiks.
Then with his neighbours one so free
At al times will connive at me,
The hawk had due distinction shown,
For parts and talents like his own.
    Thousands of hireling coooks attend him,
As bluft'ring bullies to defend him.
    At once the ravens were discarded,
And magpies with their posts rewarded.
    Those folws of omen I deteft,
That pry into another's nest.
State lies must lofe all good intent;
For they forefee and croak th'event.

My friends ne'er think, but talk by rote,
Speak what they're taught, and so to vote.

When rogues like these (a Sparrow cries)
To honours and employments rise,
I court no favour, ask no place;
From such preferment is disgrace,
Within my thatch'd retreat I find
(What these ne'er feel) true peace of mind.

Die von ihm angeführten Fabeln habe ich unübersetzt gelassen, nicht weil ich den Herrn von Palthen zu übertreffen verzweifelte, sondern weil ich glaube, daß man zuviel wagt, wenn man Gays Fabeln in deutsche Prosa übersetzt.

Carl Denniß.

In Ansehung der Sprache setzen ihn die Engländer weit über den Gay; Fontaine ist sein Muster nicht allein in der Erfindung, sondern auch in allen Schönheiten der Erzählung, und in allen Fehlern.

Richardson *)

Wählte aus dem Lestrange, diesem großen englischen Compilator äsopischer Fabeln, die besten, erzählte sie zum Nutzen der Jugend kurz und gut in Prosa, und fügte einige Betrachtungen bey.

Eduard Moore **)

Seine Fabeln sind nicht bloß für die englischen Schönen geschrieben; sie verdienten auch in die Auszüge für
Töch-

*) Leßings Uebersetzung.

**) Weißens Uebersetzung.

J

Töchter zu kommen.   Uebrigens sind es mehr schöne
Gedichte, als gute Fabeln. *)

Francis Gentleman

Seinen sogenannten königlichen Fabeln räumen die Engländer eine Stelle neben des Gay seinen ein; vielleicht
auch deswegen, weil er den jetztlebenden Staatsleuten
die Wahrheit sagt.

Die Minnesinger

Unter den Kleinodien der deutschen Poesie aus dem schwä-
bischen Zeitalter, welche Bodmern einst von dem Erb-
männichen **) anvertraut wurden, und deren Naivität
und edle Einfalt der Vergessenheit wieder entrissen worden ist, in der sie seit Manessen geblieben waren, unter
diesen Kleinodien sind auch eine ziemliche Anzahl Fabeln.
Die Alterthümer der deutschen Fabel überhaupt lernen
wir im kurzen aus Gellerts Vorrede, weitläuftiger aus
Bodmers Vorrede zu L. M. v. K. elenden neuen Fabeln.

Burcard Waldis

war reich an Erfindung, und hatte komische Einfälle;
aber die Zeit, in der er lebte, ist Ursache, daß jene oft
abentheuerlich, und diese possenhaft sind.

Hagedorn

führte die Fabel zuerst förmlich in Deutschland ein; und
der Art, mit der er es gethan, haben wir es zu danken,

daß

---

*) Dieser Moore ist auch der Verfasser der vortrefflichen
bürgerlichen Tragödie der Spieler, welche Diderot
mit der Miß Sara zugleich übersetzen wird, ingleichen
des Wochenblatts: the World by Fiz Adam.

**) Neue kritische Briefe.   Brief 75.

daß sie bey uns so sehr ihr Glück gemacht hat. Der
Deutsche hört gern einem Mährchen zu; er hört mit vieler
Geduld zu; er verträgt viel Moral, die dreistere Satyre beleidigt ihn nicht. Und so sind die Hagedornischen
Fabeln für ihn geschrieben, welche voll ernster und naiver Satyre, voll körnichter Moral sind, in der Erzählung sich lange verweilen, und sie überdem durch die ver-
trautere Sprache und la Fontainischen Züge beleben.
Bey den meisten liegen fremde Erfindungen zum Grunde, in welche aber oft viel neue Nebenumstände eingeflochten werden, und wo dies auch nicht geschieht, so
weiß man doch:

> Der Lehren Kraft und Glück beruht
> Nur auf der Kunst sie vorzutragen.

Gellert.

Homer war das Schulbuch der Alten bey der Erziehung der Jugend, und durch ihn bekam, nach Wielands Meynung, Griechenland eine solche Menge von
Καλοκαγαθοις, als kein neuerer Staat aufweisen kann,
so viel tugendhafte und patriotische Bürger. Was sollte sich unser Vaterland nicht von einer Menge meiner
Zeitgenossen versprechen, denen von der zartesten Kindheit an Gellerts Fabeln in das Gedächtniß und in das
Herz geprägt worden? Die religiösen und edlen Gesinnungen, das zärtliche Gefühl, die Charaktere und Züge
aus dem gemeinen Leben; was kann mehr das Herz bilden? Die unschuldige Satyre, der nicht so komische, aber
eben so naive Scherz, als der la Fontainische; das leichte und natürliche der Erzählung: was läßt sich angeneh-

mer

mer behalten? Aus dem Gedächtniß sind sie schwer zu
vertilgen; und von ihnen ließe sich behaupten, daß sie
aus dem Gedächtnisse der Nation wiederhergestellt werden könnten, wenn sie verloren giengen: aber aus dem
Herzen sind ihre Eindrücke leichter zu verlöschen, und
daher ist noch kein Hospital für fromme Männer gebaut;
daher würden hundert Bücher nicht hinreichend seyn, die
Geschichte vom Hute zu endigen; daher greifen immer so
wenig Gönner nach der Thüre; daher giebt es immer
noch wenig Philete, Alceste, Eraste, Amynte, wenig fromme Generale, destomehr baronisirte Bürger,
Beaten, Welten, Inkles, Bewundrer des grünen Esels,
blaue Hechte, und Processe, wie sie Gellert beschreibt.
Den Franzosen ist Gellert bishero noch unübersetzlich gewesen. Wovon man sich z. E. aus der in Straßburg
herausgekommenen Uebersetzung überzeugen kann. Ri-
very hat aus Gellerten, Gay und Phädrus freye Nachahmungen versucht, und eine Einleitung in die deutsche
Litteratur vorangeschickt. Toussaints Uebersetzung ist noch
im Manuscripte.

Joh. Ab. Schlegel,
Giesecke *), Ebert.

In den Bremischen Beyträgen, besonders in
dem vierten Theile, stehen viele schöne Fabeln von diesen
drey Dichtern. Wenn alle moralische Wochenschriften
so viel Nutzen stifteten, als jenes merkwürdige Journal
in der deutschen Poesie gestiftet hat, wie groß wären ihre Verdienste? Aber da nicht einmal die Journale,
welche

---

*) Seine Poesien wird Gärtner in einer Sammlung her-
ausgeben.

welche zur Nachahmung der Beyträge geschrieben worden, den Vortheil gehabt, daß so viele Männer von
Genie mit so viel Kritik und Fleiß daran gearbeitet hätten: was kann man von den gewöhnlichen moralischen
Wochenschriften verlangen?

Lichtwehr.

Daß dieser große Dichter bey aller seiner la Fontainischen Drolligkeit, emphatischem Ausbrücke, senten-
zenförmiger Moral, Reichthume an Erfindungen lange
Zeit in unverdienter Vergessenheit geblieben, bis Moses
und Ramler ihn daraus entrissen, und die Nation auf
seine Schönheiten aufmerksam machten; daran war theils
seine Ungleichheit; theils das wenige Vergnügen schuld,
das die Deutschen an der Drolligkeit finden. Die sauere
Mühe, welche Ramler über sich genommen, den Dichter mit sich selbst zu vereinigen, hat ihm weder das Publikum noch der Verfasser verdankt. Doch wäre zu
wünschen, daß von diesem die Verminderung der Anzahl
von Fabeln mit Dank erkannt und beybehalten worden
wäre, wenn er auch mit einigen Veränderungen unzufrieden zu seyn Ursach gehabt hätte. Einiger wenigen
Unglaubigen wegen schreibe ich folgende Fabel ab:

Die Zauberinn.

„O Forts! lebe wohl! Ich sterbe!
„Mein Schatz ist dieses Zauberbuch;
„Das ist mein Gut, du bist der Erbe,
„Du bist es ohne Widerspruch.
„Nimm es und ließ: die Welt wird zittern,
„Der Abgrund fliehn, der Himmel wittern,„

J 3

„Sprach

Sprach Pamphile, die Zauberinn,
Zu ihrer Magd und fuhr dahin.

Die Fotis nahm die Zauberschriften,
Und ward dadurch bald fürchterlich,
Sie rief die Leichen aus den Grüften,
Sie trieb die Ströme hinter sich,
Durch ihren Spruch versetzt sie Berge,
Machte Stern aus Volk, aus Riesen Zwerge,
Thessalien sang ohne Scheu,
Daß Fotis eine Göttinn sey.

Der Ruf erhebt sie zur Sybille,
Man glaubt, vor ihr sey nichts versteckt,
Der Menschen Thun, der Götter Wille
Sey vor ihr klar und aufgedeckt.
Vom Nil und Ganges, von den Meeren
Kommt Volk, der Fotis Spruch zu hören,
Der Stuhl, darauf die Weise sprach
Gab Delphens Dreyfuß wenig nach.

Was ganze Völler göttlich nannten,
Schien einem einzgen Schäfer nichts,
Olint, den sieben Heerden kannten,
Hielt es vor Blendwerk des Gesichts.
Verwegner Schäfer bleib in Schranken,
Die Fotis straft auch die Gedanken,
Die ihrer Ehre schädlich sind,
Schlägst du der Zaubrer Zorn in Wind?

Umsonst, Olint ist nicht zu zwingen,
Der Fotis Langmuth macht ihn kühn;
Er will sie um die Ehre bringen,
Und es gelingt ihm sein Bemühn.
Es sey nun ein betrübt Geschicke,
Es sey daß dieses Schäfers Tücke

In Fotis Buch vergessen war,
Die Kunst ward endlich offenbar.

Dort, wo in Tempe Lustgehölzen
Zwölf Bäche sich in gleicher Eil
Von Belions Gebürgen wälzen,
Entdeckt sich einer Höhle Theil,
Die Felsen stützen sie wie Mauren,
Sie war des klügsten der Centauren,
Des weisen Chirons Aufenthalt,
Und viel Olympiaden alt.

Hier lag und schlief in dunkler Stille
Die allzu sichre Zauberinn,
Ihr Buch, das Leibbuch der Sybille
Warf sie unachtsam bey sich hin,
Sie schläft, Dlint wacht ihr zum Schaden,
Kommt im Gesicht der Dreaden,
Durchsucht der Fotis ödes Haus,
Und holt das Zauberbuch heraus,

Es sammlen sich der Hirten Töchter
Aus Neugier all' um den Dlint,
Und dieser zeigt mit Hohngelächter,
Wie eitel Fotis Künste sind.
Man machte mit dem Zauberbuche,
Sofort selbst allerley Versuche,
Und fand, daß es theils Gaukeley
Theils Wirkung der Naturkunst sey.

Die Wahrheit besser zu ergründen,
Wird Fotis endlich selbst besucht,
Man siehet sie die Hände winden,
Man hört, daß sie dem Glücke flucht.
Man lacht, und sie beschwört die Götter
Umsonst zu Tilgung ihrer Spötter,

J 4

Sie ward der Kinder Zeitvertreib,
Ein Spott des Volks, ein schwaches Weib.

Dies sag ich allen kleinen Geistern:
Auch ihr sucht durch gelehrten Dunst
Der Welt die Augen zu verkleistern,
Als wärt ihr Zaubrer in der Kunst,
Excerpta, Lexica, Register,
Die Konkordanz bey manchem Priester;
Das ist der Quell des großen Lichts,
Nimmt man euch die, so kömmt ihr nichts.

Gleim.

Seine Fabeln sind die einzigen Poesien, bey denen er
das Publikum um Nachsicht bittet. Er trägt darinnen die Einfalt der Minnesinger und seiner anakreontischen Lieder in die Fabel über. Denn, wie er statt der
letzten Fabel des ersten Buchs ein anakreontisches Gedicht
hat setzen können, so findet man den Schüler der Natur auch in der Fabel wieder, und vergißt gern einige
Mattigkeiten der Erzählung. Das erste Buch enthält
lauter eigne Erfindungen, das zweyte erzählt alte; die
eignen scheint er mehr bearbeitet zu haben, gegen die
Fremden ein Stiefvater, aber immer einer der besten
Stiefväter gewesen zu seyn.

Leßing *)

„In der einsamsten Tiefe jenes Waldes, wo ich schon
„manches redende Thier belauscht, lag ich an einem sanf-
„ten Wasserfalle, und war bemüht, einem meiner Mähr-

gen

---

*) Bodmers Parodie unter dem Titel: Leßingische Un-
äsopische Fabeln. Französische Uebersetzung von Am-
thelmp.

„gen den leichten poetischen Schmuck zu geben, in wel-
„chem am liebsten zu erscheinen, la Fontaine die Fabel
„fast verwöhnt hat. Ich sann, ich wählte, ich verwarf,
„die Stirne glühte — — Umsonst, es kam nichts
„auf das Blatt. Voll Unwill sprang ich auf; aber
„sieh! — auf einmal stand sie selbst, die fabelnde Mu-
„se vor mir.

„Und sie sprach lächelnd: Schüler, wozu diese
„undankbare Mühe? Die Wahrheit braucht die Anmuth
„der Fabel; aber wozu braucht die Fabel die Anmuth
„der Harmonie? Du willst das Gewürze würzen. Ge-
„nug, wenn die Erfindung des Dichters ist; der Vor-
„trag sey des ungekünstelten Geschichtschreibers, so wie
„der Sinn des Weltweisen.

„Ich wollte antworten, aber die Muse verschwand.
„Sie verschwand? höre ich einen Leser fragen. Wenn
„du uns nur wahrscheinlicher täuschen wolltest! Die seich-
„ten Schlüsse, auf die dein Unvermögen dich führte, der
„Muse in den Mund zu legen! Zwar ein gewöhnlicher
„Betrug. —

„Vortrefflich, meine Leser! Mir ist keine Muse er-
„schienen. Ich erzählte eine bloße Fabel, aus der du
„selbst die Lehre gezogen. Ich bin nicht der erste und
„werde nicht der letzte seyn, der seine Grillen zu Ora-
„kelsprüchen einer göttlichen Erscheinung macht.„

Ja wohl Grillen! Die großen Genies haben alle
ihre Grillen, sie sind alle „Erbfeinde von dem Zwang.„
Wenn Leßing, dem das Sylbenmaß die verächtlichste
Schwierigkeit ist, seine Fabeln in der vortrefflichsten poetischen Prosa erzählt, und dann die Welt bereden will,

J 5

daß

daß sie keine Poesien sind; wenn er deswegen einen gelehrten Beweiß ausführt, daß sie es auch nicht seyn
dürften; wenn er gegen Aesops Scharfsinn und Einfalt
alle Schönheiten der Neuern verachtet, und doch selbst
die geschmückteste, oft erhabene, zuweilen gar epigram-
matische Sprache redet: so hält es der Leser für eine
Grille, aber freuet sich zugleich, daß aus einer Grille
ein schönes Buch entstanden ist.   Einige Fabeln von denen, die in seinen Werken stehn, sind in Versen geschrieben, und denen hat er die Verse gelassen. Z. E.

Die Sonne.

Der Stern, durch den es bey uns tagt —
„Ach Dichter lerne deutlich sprechen;
„Muß man, wenn du erzehlst,
„Und uns mit albern Fabeln quälst
„Sich denkend noch den Kopf zerbrechen?
Nun gut die Sonne ward gefragt:
Ob sie es nicht verdröße,
Daß ihre unermeßne Größe
Die durch den Schein betrogne Welt,
Im Durchschnitt größer kaum, als eine Spanne hält?
Mich„ spricht sie, sollt es kränken,
Daß kleine Geister niedrig denken?
Nein, wenn mich jene Geister nur,
Die auf der Wahrheit dunkeln Spur,
Das Wesen von dem Scheine trennen,
Wenn diese mich nur besser kennen,
So acht ich jener Thorheit nicht,
Die von mir nach dem Sinnen spricht.

Ihr Dichter, welche Feur und Geist
Des Pöbels blödem Blick entreißt

Lernt,

lernt, will durch Tadel euch der Geister Pöbel kränt
ken,
Zufrieden mit euch selbst, stolz wie die Sonne denken.

Willamow.

Der Verfasser der Fragmente über die neuere deutsche
Litteratur verargt es seinen Landsmanne gar sehr, daß er
von der Höhe der Dithyramben in das Thal der Fabel
gestiegen sey, und nennt im Eifer seine dialogischen Fa=
beln mittelmäßig.   Die Worte auf dem Titel von dem
Verfasser der Dithyramben lege ich eben so aus, daß der
Verfasser damit sagen wollen, er sey beyden Dichtungs=
arten gleich gewachsen.   Die Form von Dialogen scheint
er nur seinen Fabeln mehr aus der ihm eignen Liebe zum
Besondern gegeben zu haben, als weil er sie am schick=
lichsten befunden.   Hingegen sind sie wegen des leichten,
natürlichen, naiven, charakteristischen, kurzen Dialogs
und selbst wegen der Erfindungen klaßisch unter den deut=
schen Fabeln.   Ich wähle folgende ganz willkührlich
aus:

Der Löwe.   Die Versammlung der Thiere.
Der Fuchs.

Löwe.

Ihr Stützen meines Reichs! Genossen meiner Macht!
Ihr Elephanten, Parder! Tieger!
Sehr weise Räthe! tapfre Krieger!—
Und alle die darauf bedacht,
Mein Ansehn so, wie ihren Ruhm, zu mehren!
Jetzt sollt ihr meinem Rath zum Wohl des Staates
hören!

Oft hab ich königlich die Sachen überlegt,
Die unſre Sicherheit betreffen.
Wie lange ſoll der Menſch, das ſchwache Thier uns
äffen,
Der nur durch Liſt die Macht zu Boden ſchlägt?
Die Liſt allein an ihm iſt unſer Schrecken,
Drum müſſen wir durch Macht uns decken,
Wir müſſen feſt vereint
Zuſammen uns zur Hülfe leben,
Das wird uns über ihn erheben.
Sprecht, was ihr hierzu meint.

Die Verſammlung.

Ja Herr! das ſchützet uns allein!
Wenn wir nur alle einig wären,
Wir würden leicht das Volk der Menſchen ganz ver-
heeren.

Der Fuchs.

O freylich, wenn wir einig wären!
Doch wenn wird dieſes möglich ſeyn!

Der junge Dichter. Der Maler.

Der junge Dichter. Wen ſtellt dies Bildniß vor, mein
Herr!
Der Maler.   Den Tartar Chan.
Der junge Dichter. Und dies?
Der Maler.   Das iſt der Großſultan.
Der junge Dichter. Und jenes dort?
Der Maler.   Das iſt ein Fürſt der Cherokeſen.
Der junge Dichter. Und wornach haben ſie die Herren
denn gemacht?
Sind ſie auf Reiſen je geweſen?

Der

Der Maler. Das thäte noth! ich hätte bald gelacht!
    Habe ich denn nicht Beschreibungen gelesen?—
    Wenn ein unbärthiger Poet,
    Der in dem Buch der Welt kaum anfängt zu
        studieren,
    Mit dreuster Faust ans Drama geht.
    Um Denkungsart und Sitten zu poliren,
    Wovon er doch noch nichts versteht:
    So ists auch mir erlaubt, in kühn erlognen
        Bildern,
    Das, was ich nie gesehn, zu schildern.

Sucro.

Mehr der Vollständigkeit wegen, als wegen der Güte
seiner sieben Fabeln muß ich hier seiner gedenken. Hier
ist eine von den sieben:

Die Hyacinthe, und die Tulipane.

    Der Zwang gehört für schlechte Seelen,
    Die nur verborgte Schönheit rührt,
    Wenn wohlgemachte Herzen wählen,
    So hat sie die Natur geführt.
    In Denken, Reden, Tracht und Sitten
    Heißt künstlichthun nur lächerlich!
    Die Großmuth hat es nie gelitten
    Denn wie die ist, so zeigt sie sich.

    Wie du, o Doris, sey mein Leben,
    Frey, unverstellt, und gänz Natur,
    Gefällig ohn ein matt Bestreben
    Und reizend durch sich selber nur;
    Gleich jenem Kuß sey mein Bezeigen,
    Den du in Spiel mir aufgedrückt;
    Sanft, sittsam, nicht geziert, und eigen,
    Von Herzen, doch nicht ungeschickt.

                 Des

Des Frühlings schönstes Kind
Ein junger Hyacinth,
Hob zu dem nahen Flor
Den zarten Hals empor,
Und trug sein erstes Blau
Schon halb entdeckt zur Schau
Das aus dem vollen Grün
Noch eins so reizend schien.

Und auf dem seichten Styl
Dir Doris schon gefiel.
Der West trug ihm in Ruh
Thau, Wärm und Wachsthum zu,
Und in dem lauen Schooß
Zog ihn die Erde groß.
Und in der ganzen Flur
Rühmt ihn das Auge nur.

Wie frisch, gesund und voll
Sich der einst zeigen soll,
Den schon die künftge Pracht
So liebenswürdig macht.
Wer wünschet, wünscht oft blind.
Das lehrt der Hyacinth.
In einer hellen Wand,
Sieht er ein künftig Land.

Ein nachgemachter May
Ruft jede Blum herbey
Die junge Rose blüht,
Die Zwang und Hitze zieht.
Und übereilte Frucht
Wird da am Ast gesucht,
Er siehts, und wünscht dabey
Daß so sein Schicksal sey.

Die Armuth der Natur
Berühret nicht die Flur.
Ihr Wirth ist still und matt,
Und giebt der Einfalt statt.
Ein anmuthsreiches Grün
Strahlt durch der Kunst Bemühn.
O daß noch nicht so wohl,
Ihr Finger bilden soll!

Man höret ihn zuletzt,
Die Kunst hat ihn versetzt
Und in dem heißen Bret
Den schnellen Wuchs erhöht,
Doch nicht die Anmuth mit,
Die floh mit leisen Schritt
Und ließ an ihrer Statt
Ein kränklich welkend Blatt,
Das auch noch im Verblühn
Den Zwang zu schelten schien.

Ein junger Tulipan,
Der oft sich aufgethan,
In dem mit frischer Pracht
Natur und Schönheit lacht,
Hat, sagt man was geschehn,
Mit Beyleid angesehn,
Und rief dem Freunde zu:
Wie thörigt wählest du.
Du warst natürlich schön
Der Zwang heißt dich vergehn.

Michaelis**)

Nicht für den lieben Schlummer, sondern für das
Vergnügen verdienet er Dank, das allezeit ein aufblü=
hendes

*) Fabeln, Lieder und Satyren, L. 1766.

henbes Genie erweckt; für die Selbsterkenntniß, zu der
er vielleicht viele seiner Mitbrüder gebracht, wie wahr es
von ihnen sey:

> Alles gab uns seinen Seegen,
> Aber niemand uns Genie.

Wozu nützt es bey einem Hoffnungsvollen Dichter, den
Leser zu warnen, daß er Poesie des Styls nicht für Poesie der Sachen annehme, daß Leichtigkeit der Erzählung
nicht hinreiche, den Dichter zu characterisiren, daß
man sich vieles Vergnügens beraube, wenn man sich der
mannigfaltigen Muster erinnert, die dem Dichter im Gedanken schwebt, oder alle jugendliche Nachläßigkeiten
rügt? Die Schwierigkeit, nach so vielen großen Männern selbst nur einen neuen Weg einzuschlagen, geschweige denn einen oder mehrern unter ihnen so zu folgen, daß
man doch noch Original bleibt, wird ihn vielleicht bewegen, sein Versprechen wieder zurück zu nehmen:

> Wohlan, denn, Leser sieh mich hier
> In meiner künftgen Sphäre!

Eine seiner besten Erzählungen ist folgende:

Das Zauberschloß.

> Als noch die liebe fromme Welt
> Viel von verwünschten Schlössern glaubte,
> Und Ritter Siegfried noch als Held
> Mit Geistern Lanzen brach und ihre Rüstung raubte,
> War auch ein altes Zauberschloß,
> Das jeden, der den Geist, der diesen Bau bewachte,
> Eh oft ein Jahr ins Land verfloß,
> Zum gründlichsten Gelehrten machte;

Wie

Wie mancher Candidat, der sich in kurzer Frist,
Um sein Examen zu bestreiten,
Zum halben Hypochonder ließt,
Beseufzt vielleicht mit mir, daß nicht zu unsern Zeiten,
Zu unsern aufgeklärten Zeiten,
Ein Zauberschloß gebräuchlich ist.

Kaum drang der Ruf davon durch die begiergen
                    Lande,
Als alt und jung, von hoch und mittlern Stande,
Den Weg zum Zauberschlosse nahm,
Und nach vollbrachter Pflicht gelehrter wiederkam.

Einst ward der Geist des Zuspruchs satt,
Verschloß sein Thor und ließ den Candidaten wissen:
„Wer ferner Weißheit nöthig hat,
„Wird selbst mein Thor sich öffnen müssen.„

So wie, wenn ein Entsatz der Festung näher
                    rückt,
Die jauchzende Trenchee erschrickt,
Und der Belagrer vor dem Verluste bebet;
Bald aber auch mit neuem Muth belebet,
Durch die verschwiegne Nacht die Pläne überdenkt,
Faschinen wirft, und Minen sprengt:
So zitterten erst alle Candidaten,
Der klügste weiß sich nicht zu rathen:
Bis ihr vereinter Arm das beste Mittel wählt,
Und Schlüssel feilt, und Bärte stählt.
Bald ward die Welt zu einer Schmiede.
Man maaß man hämmerte bis in die späteste Nacht;
Wie manch Modell ward ausgedacht,
Versucht und wiederum verlacht!
Doch unaufhörlich ward das Feuer angefacht,
Und niemand ward des Kleppens müde.

Nach mancher Zeit, die im Versuch verfloß,
Kam doch ein Schlüssel an, der schloß.
Nun magst du armer Geist dein Schloß bewachen!
Den Augenblick wird man Modelle machen,
Und allen wird der Eingang offen seyn.
Allein — nur wenge gehn hinein.
Die meisten künsteln sich an Schlüsseln fast zu Tode,
Poliren, hämmern, schmelzen ein;
Und endlich wirds zu einer Mode;
Fast niemand giebt aufs Schloß mehr acht,
Indem man ewig Schlüssel macht.

Fast niemand giebt auf dich, o Cicero mehr acht,
Indem man nichts als Wörterbücher macht.

Kästner.

Die Ehr-Sieben.

Nicht schlaue Füchse, wilde Stiere,
Nicht Menschen allzungleiche Thiere,
Nicht Mährchen, wie Aesop erfand,
Sind meines Dichtens Gegenstand;
Die Karten will ich jetzt beleben,
Und ihnen Witz und Denken geben.
Ihr Spötter, eh ihr den verlacht,
Der todte Karten redend macht:
So lernt, wie das, was ich erfinde,
Sich auf Natur und Wahrheit gründe.
Was macht, daß Chloris sinnt und schließt,
Und daß Silvander artig ist?
Die Karten müssen sie beleben,
Und ihnen Witz und Denken geben,
Wenn sie nun andern das verleihn:
So kann es wohl ihr eigen seyn.

In jenen streitbaren Papieren,
Damit die Schönen Kriege führen,
Und Stutzer selbst zu Felde ziehn,
Weicht alles vor dem schwarzen Sieger;
Stus würgt er zween berühmte Krieger;
Gemeines Volk läßt er entfliehn.

An Farbe gleicher, als an Stärke,
Doch stark zu manchem großen Werke,
Ist ihm der zweyte Kämpfer nah,
Auf dessen Schild, nie ohne Zittern,
Der kühnste von den bunten Rittern
Das schwarze Kreuze blinken sah.

Den dritten Platz hat er im Heere,
Der zweyten Stelle Macht und Ehre
Bleibt nicht stets einem ganz allein;
Weil zweymal zween gemeine Knechte
Auf diesem Rang mit gleichem Rechte
Sich einer um den andern freun.

Einst war ein Blatt dazu erhoben,
Das uns, als seiner Kühnheit Proben,
Sechs Herzen und noch eines zeigt,
Und bey der andern Blätter Neide,
Berauscht von stolzerfüllter Freude,
Nun seinem König übersteigt.

Die Basta selber muß mich ehren:
So ließ es sich voll Hochmuth hören,
Ein einzig Blatt ist über mir.
Die Basta, durch den Stolz verletzet,
Sprach: wenn dein Rang dich so ergötzet:
So glaube doch ich gönn ihn dir.

Beständig kann mein Beystand nützen;
Stets wünschet man mich zu besitzen:

Dich

Dich macht nur blinder Zufall werth:
So eile, recht dein Glück zu fühlen,
Eh durch dich in den nächsten Spielen
Verworfner Blätter Zahl sich mehrt.

Der Leser mag es selbst ergründen,
Worauf der Fabel Innhalt zielt.
Er braucht vielleicht, es auszufinden
Nicht halb den Witz, mit dem er Lombre spielt.

Siebendes Kapitel.
Von der Erzählung.

I. Theorie.

Die Schwester der Fabel *), die Erzählung besteht darinnen, daß sie nicht eben einen moralischen, sondern überhaupt einen, es sey durch Erregung einer Leidenschaft, oder durch Belustigung, intereßirenden Satz durch eine wahre oder erdichtete kleine Geschichte zur anschauenden Erkenntniß zu bringen sucht. Wie sie von dem historischen Gedichte unterschieden sey, erhellet von selbst. Ihr Vortrag hat mit der Fabel gemeinschaftliche Regeln: Ein überladener Putz steht ihr eben so wenig, als der Fabel an. Wahrscheinlichkeit und Gedulb kommen in Gefahr, wenn der Poet zu sehr ausmahlt, lange Sittenpredigten einstreuet, und durch weitschweifige Episoden seine Erzählung ausdehnt.

II. Litte=

*) Ramler nennt die Erzählungen vernünftige Fabeln.

II. Litteratur.

Ovid.

Seine Verwandlungen, dieser Schatz von Mythologie, dies Handbuch des Malers, die Schule des
schildernden Poeten; sie mögen Allegorien seyn, oder
keine; so scheinen sie mehr zur didactischen und historischen Poesie als unter die Erzählungen zu gehören; aber
weil nach jedermanns Geständniß ihre einzelnen Schönheiten größer, als ihre Schönheiten im Ganzen sind, so
mögen sie hierunter den Erzählungen oben an stehen; so
sehr auch die darinn angewandte Kunst in der Erzählung
wider die Regeln der Erzählung laufen mag. Unter
einer Menge französischen Uebersetzungen ragt die prosaische des Banier hervor, am meisten durch die beygefüg-
ten Erläuterungen. Die Italiäner rühmen des Anguil-
lara Uebersetzung vom ganzen Ovid. Die Engländer
haben eine Uebersetzung von Clarken, ingleichen eine,
woran Garth, Sewell und andre gemeinschaftlich gearbeitet. Unter den Deutschen hat Sebletzky den Ovid
travestirt, Lindner einen geschmacklosen Auszug, und
Saft eine leidliche Uebersetzung in Prosa gegeben,

Boccaz

hat mehr Verdienst um die italiänische Prosa, als um
die Poesie, oder um die Sitten. Sein Decamerone
ist eine Sammlung hundert unzüchtiger und weitschwei-
figer Erzählungen, und die Pandorenbüchse, aus der eine
Schaar unkeuscher Novellen ausgegangen. Boccazens
Leben stimmte mit seinen Schriften überein. Die Geschichte dieses Buchs hätte es wohl nicht verdienet von

D. M. Manni in einem ganzen Buche erzählt zu werden. Nouvelle & magnifique edition de Boccace en Italien & separement en François par Mason. Paris 1761. T. V. 8. ist ein Denkmal der französischen Kupferstecherkunst und der Liebe der Franzosen zum schlüpfrigen und zügellosen *)

Dryden.

Unter dem Titel: Fabeln, hat er aus dem Homer, Ovid, Boccaz und Chaucer die interessantesten Erzählungen theils übersetzt, theils neu eingekleidet.

Marot.

Ob er gleich wenig gelesen wird, so erhält sich doch sein Name durch seine Nachahmer, welche mehr seine veralteten Worte und seine pöbelhaften Scherze, als seine Naivität, in ihre Erzählungen verweben.

Rabelais.

Diesen bizarren Mann muß man wenigstens nennen; für seine Possen hat man nicht nöthig zu warnen; denn niemand wird sich es einfallen lassen, sie zu bechizfriren, und seine Zeiten waren einfältig genug über Scherze zu lachen, die sie nicht verstanden.

La Fontaine.

Schrieb seine Erzählungen vor seinen Fabeln, und daher haben diese alle das Schöne, das jene haben. Die feinen komischen Züge, die Lustigkeit, die Naivität, die kleinen Nachläßigkeiten, die Länge und die Monotonie sind in beyden dieselben. Hätte er sich nicht den Boccaz und Rabelais zu seinen Mustern gemacht, hätte er nicht allzu niedrige Handlungen oft auch von allzu niedrigen Personen

------

*) Leipziger Ausgabe von 1764 ist ein Nachdruck der Florenzer von 1761.

sonen erzählt; hätte er das groteske komische vermieden; dann könnte er auch der Unschuld und des ernsten Weisen Vergnügen seyn. *) La Fontaine konnte befehlen, ihn nach seinem Tode in einer lächerlichen Ceremonie, in einer Capucinerkutte und in einem Sarge herum zu schleppen. Er konnte aber der Nachwelt keine Sylbe mehr von seinen schlüpfrigen Erzählungen entreißen. La Fontainens Contes sind ein ewiges Denkmal von dem schlechten sittlichen Charakter der Nichte von dem Cardinal Mazarin: und alle die, welche nebst dem Johann den Hans la Fontaine gelesen haben, werden die Anecdote nicht glauben, daß der Sirach sein liebstes Buch gewesen ist.

Verville, Vergier, Grecourt,

haben la Fontainens Schmuzigkeit, nicht aber seinen Geist. Auf den Grecourt hat man diese Grabschrift gemacht.

Moitié grave, moitié bouffonne
Sa Muse assez ioyeusement
Le mena jusqu' à son Automne
Avec les plaisirs du printems,
Il s'etoit fait un caractere
D'aprez Verville & Rabelais;
Dans l'art de varier les faits
Il avoit saisi leur maniere.
Bon estomac, esprit très vif,
Il etoit un heros de table,
Plus libre en propos qu'inventif
Et bien plus plaisant qu'aimable.

R 4

*) Philosoph. und polit. Versuche.

Il est mort le pauvre Chretien,
Molina perd un Adverſaire,
Et l'Amour on Hiſtorien,
Si ie conſulte ſon Breviaire,
La religion n'y perd rien.

J. B. Roußeau.

Seine zwey Bücher Allegorien ſind komiſche Erzählungen in Marots Styl.

Voltaire

Wie gut iſt es, daß uns hier die Wahl frey ſtehr, zwiſchen dem großen Genie, und dem alten Schwätzer, dem Plato, und dem Diogenes, dem Zadig und den Contes de Vadé! Und die Wahl wird nicht ſchwer.

Marmontel.

Seine *) Erzählungen ſind ein Muſter in ihrer Art; ihr Styl iſt voll Anmuth und Preciſion; die Enfindun- gen glücklich; ſie ſind das Werk eines witzigen Sitten- lehrers; liebenswürdigen Philoſophens; feinen Welt- manns.

Saubigny **).

Die Welt hat ſich von Bacha Amob-Ben-Ma- homed mit Vergnügen Lehren geben laſſen, und wird auch immer die orientaliſche Moral lieber hören, als die franzöſiſche oder deutſche.

J. A. Schlegel

Ich nenne ihn hier wegen des vortreflichen Gedichts: der Unzufriedne, ***) einer Reihe ſchon erzählter Ver- wandlungen.

Hage-

*) Dorat.
**) Apologues orientaux.
***) Bremiſche Beyträge.

Hagedorn. Gellert.
Wer kennt sie nicht? Wer bewundert sie nicht?
Wieland.

Seine komischen Erzählungen muß ich als das Neueste zuerst nennen; aber ich werde wenig von ihnen sagen. Ich überlasse sie denen, auf die das Motto paßt:

Ex noto carnem fictum sequar,
Vt sibi quiuis speret idem.

Diese mögen sie vertheidigen; diese mögen sich in den wirklich reizenden Rosengarten so verlieben, daß sie die verwelkten Blumen, das Unkraut, die Nattern darinnen nicht bemerken. Wenn man die Vorrede zu seinen ernsthaften Erzählungen liest, worinnen er ihren Plagiarismus rechtfertigt, wenn man jede Zeile seiner andern Schriften dagegen hält, so findet man die Veränderlichkeit seines Gemüths bestätigt, deren er sich selbst anklagt, und bedauert ihn. Jene Erzählungen heißen: Balsora, Zemin und Gulhindy, der Unzufriedne, Melinde, Selim und Selima, Serena. Diese sechs Erzählungen betragen sechs enge Bogen und verdienen als schöne Poesien, nicht als Erzählungen, Bewunderung.

Löwen.

Diesen in vielen Dichtungsarten mittelmäßigen Poeten nenne ich hier zum erstenmal. Ein einziges Beyspiel würde hinreichend seyn, seine Mittelmäßigkeit auch in der Erzählung zu beweisen. Aber auch dieses erspare ich meinen Lesern, die, wenn sie Lust haben, sich aus seinen sämmtlichen Schriften die beschwerliche Erfahrung erwerben können, die ich mir erworben habe.

<table><tr><td>K 5</td><td>Achtes</td></tr></table>

Achtes Kapitel.
Von dem Lehrgedicht.

I. Theorie.

Ein Lehrgedicht ist eine poetisch vorgetragene Reihe von Wahrheiten. Diejenigen, welche es deß= wegen, weil es seiner Absicht nach weniger Schmuck verträgt, als andere Arten der Poesie, aus dem Gebiet der Dichtkunst verweisen wollen, verdienen keine Wider= legung, so wenig, als die, welche ein vortrefliches Lehr= gedicht nicht vor ein Kennzeichen eines großen Genies er= kennen, weil sich das dichterische Genie darinnen nicht in allen seinem Glanze äußern kann. O wie viel mehr ge= hört zu einem guten Lehrgedicht, als mit ängstlich metho= dischen Fleiß sich ein System weben, und seine Demon= strationen versificiren! *) Und warum sollten nur die zu andern Gattungen der Poesie untauglichen Köpfe zu dem Lehrgedicht verurtheilt werden, zu einer Dichtungsart, worinn die Poesie sich am geschäftigsten bezeigt, dem menschlichen Geschlechte nützlich zu werden? Wie rühm= lich ist es vielmehr, daß auch Sterne erster Größe nicht bloß in der Entfernung haben bewundert seyn wollen, son=

dern

---

*) Die dichterischen Digreßionen, die Abänderung in der Art des Vortrags, die Wahl unter den Arten und den Stellungen der Beweise sind Gelegenheiten genug, Ge= nie zu zeigen.

bern sich auch zuweilen dem gewöhnlichen Menschen ge-
nähert haben, um ihn zu bessern, oder zu erleuchten!

II. Litteratur.

Die Namen der Lehrdichter werde ich nach den
Wissenschaften ordnen, in welche ihre Gedichte einschlagen.

Duschens

Lehrgedicht: die Wissenschaften, muß daher den Anfang machen. Die Gespielinn Popens,

Entzückung im Gesicht und Flammen in dem Busen,

hat ihrem Schüler den blumenreichen Pfad zur Wahrheit bezeichnet. Dem Plane nach, wenn es anders einen
hat, gehörte es vielleicht mehr unter die moralischen Lehrgedichte. Denn sein Hauptsatz ist, daß die Wissenschaften von der Vorsehung zu Mitteln der menschlichen Glückseligkeit gebraucht werden. Da es aber mehr die einzelnen Vortheile der vornehmsten Wissenschaften schildert;
so glaube ich mit Recht es an die Spitze der Lehrgedichte
gestellt zu haben.

Lucrez. *)

Der älteste Dichter zur spekulativischen Poesie:
Aber mit seiner Philosophie sind unsre Weltweisen sehr
unzufrieden, und mit der Poesie die alten und neuern
Kunstrichter. Sein Epikurismus ward durch das Phil-
trum bestraft, das ihm den Verstand raubte, und seine
niedrige Poesie damit, daß er wenig Leser gefunden.
Als gute Uebersetzungen von seinen sechs Büchern de rerum

*) Haverkamps Edition.

rum natura werden gerühmt die französische von Coutu‐
res, die italiänische von Alexander Marchetti, die
englische von Creechen, der, wie bekannt, mit Lucrezen
ein gleich unphilosophisches Lebensende hatte.

Polignac.

In Absicht der Wahrheiten hat Voltaire Recht:
Lucrez müste sich schämen, wenn er des Kardinals Anti‐
lucrez lesen könnte; wäre es aber nicht noch besser, wenn
er auch alsdenn über seine Poesie erröthen müste?

Wieland

Ist der Lucrez der Deutschen nicht nur deswegen
so genannt worden, weil er auch ein Lehrgedicht unter
dem Titel: Natur der Dinge geschrieben; sondern
weil er gleich jenem ein seltsames System aufgeführt,
und der Poesie des Styls wenig Erhabenheit und Blu‐
men gegeben hat; jenes aus Liebe zu Platos Schriften,
dieses aus Mangel der Bekanntschaft mit Popen. Die
vollkommenste Welt, die er lehrt, besteht aus allen mög‐
lichen Verschiedenheiten, die aufs vollkommenste zu einem
Zwecke übereinstimmen. Gott ist der Mittelpunct, in
welchem sich alle Geschöpfe vereinigen. Die Welt ist das
Werk dieses unendlichen Geistes, und ist so ähnlich, als
möglich, nach seinem Muster gebildet. Gott ist der
Innbegriff aller Vollkommenheiten, die Welt enthält
also alle Realitäten, die sie fassen kann; hieraus leitet
er eine Menge wunderbarer Folgen ab, die ihm Stoff
zu neun Büchern geben.

Pope

Wäre er das Muster aller dialectischen Dichter,
wie er es seyn sollte, welchen Eindruck müste jedes Lehr‐
gedicht

gedicht machen, wenn jeder Vers darinnen Gedanken und Bilder voll mit majestätischer und sanfter Harmonie dahin rollte. Sein Versuch über den Menschen ist eine poetische Theodicee. *) Er ist in alle lebendige Sprachen übersetzt; ins Deutsche sehr gut und noch dazu in Versen von J. H. Kretschen. Die Uebersetzer der sämmtlichen Werke von Popen, du Resnel, Sillhouette, und Dusch machen uns nicht mit Popens Geiste bekannt, der letzte noch weniger, als die ersten.

Voltaire.

Sein Discours sur l'homme hält keine Vergleichung mit Popen aus.

Sucro.

Sein Gedicht über den Menschen ist dem Plan **) und der Güte nach, die Versification ausgenommen, von dem Popischen unterschieden.

Creuz.

Sein Versuch vom Menschen ist nur noch ein Fragment. Oft beklage ich das böse Geschick, das diesen Dichter verfolgt, und so viele seiner schönen Gedichte zu Fragmenten macht.

Akenside.

Seine Ergötzungen der Einbildungskraft, eine vortrefliche poetische Aesthetick! Seine Philosophie ist die Hutchinsonsche; seine Poesie glänzend und stark, und nur zuweilen zu weitschweifig. Man hüte sich vor einer gewissen Greifswalder Uebersetzung!

Beauty

---

*) Sein philosophischer Widersacher war Crousaz, der ein Examen de l'Essai sur l'homme geschrieben.

**) Dranes handelt von den Seelenvermögen.

Beauty, a poetical Essai. *)

Nur der erste Gesang davon ist erschienen, welcher gelobt wird.

Rozoi.

Ein neuer reizender Lehrer der Wollust in seinem Gedichte: Les sens.

Withof.

Der Innhalt des Lehrgedichts von den sinnlichen Ergötzungen, seines Meisterstücks, ist im ersten Versuche der Endzweck sinnlicher Begierden und ihre Wirkungen, im zweyten die sinnlichen Menschen und die, welche alle Empfindungen verleugnen, im dritten die sinnliche Ergötzungen, die dem Dichter ein Spaziergang an der Rhur gewähret; im vierten die Ergötzungen des Geschmacks und des Geruchs, im fünften Wein und Liebe, im sechsten die Ergötzung der Ohren und Augen, im siebenten allgemeine Betrachtungen über das Vergnügen. Ich setze statt einer Probe den ganzen sechsten Versuch her; mehr weil er mit meinem Buche die meiste Verwandschaft hat, als weil ich ihm den Vorzug vor den übrigen gebe.

Sinnliche Ergötzungen.

Sechster Versuch.

Nein! Weißheit, Kunst, Natur sind nicht das, was sie
sind,
Im Fall nicht Theil an Theil harmonisch sich verbindt:
Das Uebel tritt herein, wird dieses Band gebrochen.
Hat denn kein Weiser noch dies harte Wort gesprochen,
Daß,

*) Die Schönheit, ein poetischer Versuch.

Daß, wer die Tonkunst haßt, die klärste Harmonie,
Nichts gründlich lieben kann, so wenig als das Vieh?
Mir eckelt, muß ich oft in ärgerlichen Chören,
Ein gähnendes Geplerr zum Ruhm des Schöpfers hören,
Da *. *. *. so viel nur durch sein Chor gewann.
Man table, was man muß, und beßre, was man kann!
So wie die Wasserfluth die Sünden dort mit Haufen
Kann dieser Strom der Lust das Elend gar ersaufen.
Wenn der belebte Ton nun um die Ohren schwimmt,
Und die gepreßte Luft in dicke Wirbel krümmt,
Fühlt der erstaunte Geist ein brünstiges Erhöhen,
Er setzt den Trieben zu, mit Macht hervor zu gehen;
Die sammeln jeden Ton, ein jeder, seinen auf,
Und legen ihn ins Herz auf einen Zweck zu Hauf.
Die Neigung wird alsdann hier mit der Lust belehnet,
Die Neigung, die der Leib zum Haupt der andern krö-
                                         net.
So wird ein wilder Klang, zur frohen Ruh gelenkt
Bey jenem, der sich gern in stiller Lust verschenkt;
Es sey, daß Helden nur ein kriegrisch Wesen schätzen,
So wird der zartste Ton den Grimm in Feuer setzen.
Hingegen dem, der seufzt, geußt auch ein kriegrisch Lied
Zufriedne Bitterkeit, liebkosend, ins Gemüth.
Wars, oder wars nicht da, wo Jopas Punisch spielte,
Daß Didos ganzes Herz Aeneens Liebe fühlte?
Kein Trieb in ihrer Brust komt sich dem Held entziehn,
Verzweiflung, Muth und Gram, und alles sprach für
                                         ihn
Die Freude muß hier oft mit blutgem Harme strotzen;
So wie im Trauerspiel die Klagen Klagen trotzen.
Unmenschlich toben wir, wenn uns das Schicksal
                                         beugt,
Und lieben doch den Schmerz, den unser Witz erzeugt.
Schau, wie Lanzone sich so gern in Thränen bade.
Denn was ein Uebel ist, ist doch nicht immer Schade.
                                         Wir

Wir schwiegen, dachten wir, daß heutiger Verdruß
Oft künftges Glück auch so beym Schicksal weben muß.
So wirkt kein Nekromant, kein mächtiger Poete
Es sey Tyrtäus dann, als unsers Helden Flöte!
Dein Geist wird zum Gehör, dein ganzer Leib ein Geist,
Wenn nun sein großes Thun auch in die Töne fleußt.
Er, dem Gesostris sich, und Antonin verpaarten,
Ist immer königlich in ungeweiten Arten,
Ist König auf dem Thron und König auf dem Ball,
Und König in dem Feld, und König überall.
Forscht seines Zepters Ziel die Zwecke des Gefechtes,
Sie sind wie er, die Lust des meschlichen Geschlechtes.
Auch wenn er auf den Schnee, der noch vom Blute raucht,
Den Helm zum Trinkgeschirr, das Schild zum Tisch
               gebraucht,
Kann doch der Nachklang schon der stumpfgehauenen De-
               gen
Dem Feind die fernre Wut und uns den Kummer legen.
Doch wen durchronne nicht der Hoffnung schwangre
               Klang,
Womit der Thracier sich durch die Hölle sang?
Hier lernt der wahre Geist die Endlichkeit vergessen,
Und nach der Triebe Maaß das Glück des Himmels
               messen.
Auch das Orakel selbst verlangt ein kennend Ohr,
Und stellt den Himmel gar in Melodien vor.
Elise starb einst so, die glücklichste der Britten,
Als weiland sie der Tod, nach tapfrer Römer Sitten,
Im königlichen Schmuck, den Finger auf dem Mund,
Bey festlicher Musik, zur Reise willig fund.
Wie aber wird die Reu die späte Lust verhöhnen,
Wenn Frankreichs neunter Carl die Kuß mit falschen
               Tönen
Zu untertaufen sucht? Das Winseln jener Schaar,
Mit deren treuem Blut er tobend den Altar

                        Des

Des Christenthum bespritzt, erstickt den Klang der Saiten.
Wer wird bey Sünden froh, die nur zu Grabe läuten?
Nicht minder ist der Reiz, den das Gesicht erregt,
Wenn es der Schönheit Kraft in die Begierden legt.
Wie die Natur ihm winkt, an Menschen, Vieh und Büschen:
So ruft die Kunst es auch, mit ihr sich zu erfrischen.
Der Maler schildert dort Europens grösten Geist;
Was sich auf Hallers Stirn, in Hallers Thaten weist,
Was keine Gläser je uns zu entdecken taugen,
Und Hallers ganzer Geist, fährt in des Malers Augen,
Aus diesen in das Herz, von dahin zum Verstand,
Dann fließt es recht vertheilt durch die gelehrte Hand
Ja hohle Pinsel fort, gehorsam ihren Zügen,
Kommt alles so zuletzt am rechten Ort zu liegen.
Die Farbe, so vorhin ein todes Chaos war,
Stellt nun durchaus belebt, den ganzen Haller dar.
So giebt die Weisheit sich zu sehn, nicht nur zu lesen:
Sie schmückt kein Buch so sehr, als eines Mannes
    Wesen.
Erwünschlich ist die Lust, die Herkuls Bild erzielt,
Wenn er des Drachen lacht und mit dem Tode spielt:
Nicht mit Themistokles aus Mordsucht zu erwachen:
Nein: weil man Muth bedarf, und Beyspiel muthig
    machen.
Wenn aber feile Kunst leichtfertig das entdeckt,
Was die getreue Zucht, wie die Natur, versteckt;
So schämt kein Starker sich, bey ärgernden Tapeten
Auf seine Schwäche stolz natürlich zu erröthen.
Der Reichthum an sich selbst erfreuet das Gesicht;
So wenig als der Klang des Golds die Ohren, nicht.
Nur Blinden kann ein Berg beschimmelter Metallen
So schön, als wie ein Feld voll bunter Saat, gefal-
    len.
Wie Wasser, welches noch ein fauler Sumpf umschließt,
Erst, wenn die dünnre Fluth durch reine Kiesel fließt,

Und wann der Sonne Glanz auf klaren Wellen blitzet,
Des Dichters Aug ergötzt, dem durstgen Schäfer nützet:
So brauchbar und so schön wird auch verlegnes Geld,
Wofern es Lauf und Glanz in Titus Hand erhält.
Selbst sieht der dumme Geitz sein albernes Vergnügen
Im künftigen Gebrauch, nicht auf der Münze liegen.
So pflastert es den Gang zu mancher Frölichkeit,
Und giebt, was Armen fehlt, Muth und Gelegenheit.
Bequemlichkeit und Macht sind seine schönsten Gaben,
O könnten Weise doch die mehr beysammen haben!
Das kriegrische Metall, das Thurm und Wall zer-
        bricht,
Verlieret seine Kraft durch das Geprdge nicht,
Und schadet eben so bey denen, die verschwenden,
Als ein geschärftes Schwerd in eines Kindes Händen.
Hingegen kann dem Geist ein todter Kieselstein
Gleich nützlich, als ein Faß voll alter Thaler seyn.
Die Lust, die Frobisher an seiner Ladung funde,
Die, wie er dacht, aus Gold und Silberreitz bestunde,
Versüßte zwar den Gram, nach dem er ohne Frucht
Für England eine Fahrt im fernen West gesucht:
Was aber war der Schatz? Vielleicht ein Brunn der La-
        ster?
Nein: grober Kieselstein, und jetzt ein schlechtes Pflaster!
Soviel liegt denn daran, ob, wer sein Gut nicht nützt,
Gold oder Kieselstein, viel oder nichts besitzt.
So können Stückgen Glas ein armes Kind erfreuen,
Das bald den König spielt, bald wieder den Lakeyen.
Indessen klage nicht, daß dich die Vorsicht drückt,
Wenn sie dem Geitz dein Hab in das Gefängniß schickt.
Es kann dich (Armuth schützt) zum Raub der Laster ma-
        chen;
Der Geitz muß dir zu gut den listgen Feind bewachen.
Was ist ein prächtig Haus? Das, was ein schönes Feld,
Ein Bild der heilgen Kunst im Bau der ganzen Welt.

Ein

Ein köstlicher Pallast giebt den erregten Trieben
Den stärksten Gegenstand, am Großen sich zu üben:
Selbst die Geschichte nur, worinn Semiramis
So majestätisch baut, entpöbelt uns gewiß.
Der Irrthum wird in ihr, nicht sie durch ihn, ver-
       haßter.
Plagt große Tugenden nicht oft ein großes Laster?
Doch schränkt die Vorsicht dich in enge Hütten ein,
So soll die Wand doch nicht des Geistes Gränze seyn.
Macht doch auch Thorheit groß: der Glanz von goldnen
       Dächern,
Das stolze Vatikan, mit tausenden Gemächern,
Ist doch noch noch viel zu klein für Frevler eingericht:
Denn ach! die ganze Welt faßt ihren Kummer nicht.
O könntest du die Brust der Mächtigen durchschauen,
Die Schlösser auf der Noth der Unterthanen bauen!
Der Sorgen Furie, die noch kein Wall verdrung,
Jagt sie vom Schloß herab, bis zur Verzweifelung.
Das Elend ihres Volks verstopft der Freuden Quelle:
Denn wird die Lust zur Pflicht, der Pallast gar zur Hölle.
So weicht ein böses Herz von seinem künftigen Glück,
Von gegenwärtiger Lust, so wie von Gott zurück.
Der Tugend Winkelmaaß macht unsre Sinnen richtig,
Das Herz zur äußern Lust, den Geist zum Himmel tüchtig.

  Das Gedicht Sokrates, oder von der Schönheit
scheint mir die andern alle an Harmonie zu übertreffen:
Hier ist es ganz:

  Als jüngst der laue May mich in die Fluren brachte,
Und ich, voll von mir selbst, mein eigen Herz durchdachte;
Befiel mich Wachenden der Träume heilge Ruh.
Ich sahe Sokrates, als sah ich das Vergnügen,
In leiblicher Gestalt auf Phädons Schultern liegen.
Ihm warf ein Ahornbaum gekühlte Schatten zu,

Ein Bach floß vor ihm hin, der mit gebrochnen Güssen
Sich schlurfend durch den Wald verlohr,
Und stellte mir den murmelnden Ilißen
Des Achelous Quelle vor.
Er sange lächelnd froh, in wunderbaren Tönen,
Und Phädon hörte zu, vom allgemeinen Schönen.
Sein Ausdruck stieg so hoch, so tief die Lehre war.
Hier in der Dämmerung noch unbeneidter Buchen
Will ich sein göttlich Wort zu wiederholen suchen!
Dir Freundinn stellt es sich in neuen Arten dar.
Wem Würdiger, als dir, auf deren frischen Blicken
Des Geistes Schönheit sichtbar liegt?
Um jene schwebt ein wallendes Entzücken,
Wenn die Vernunft und Witz vergnügt.

    Gebüsche! rief er aus, mit Luft bethaute Fluren!
Holdseliger Aufenthalt ermüdeter Naturen,
Wie gut verbirgst du mich vor der unsinnigen Welt!
Die Stadt, der Tummelplatz erhitzter Leidenschaften,
Laß Habsucht, Harm und Stolz an schlechten Leuten
                              haften,
Worunter sich mein Geist in Tugend wirksam hält.
Sie fliehen vor sich selbst, und graben aus den Grüften
Das Gold hervor, die Ruh hinein.
Indessen bleibt in diesen höhern Lüften
Mein Herz von ihrem Unmuth rein.
Schon, als ich noch im Staub der zauberischen Sphäre,
Getrieben vom Gespenst der nimmer satten Ehre,
Von Lehrsucht ganz berauscht nach prächtger Thorheit lief,
Gefiel mir nichts so sehr, als diese stillen Gründe,
Es schien als, ob mein Geist hier was zu suchen fünde,
Und ein versteckter Freund mich flisternd zu sich rief.
Ich fühlte, daß ein Reiz, stark wie des Lebens Säfte,
Allmächtig meinen Geist durchfuhr;
Ach! rief ich oft: ihr hier verborgnen Kräfte,
Entdeckt euch, ach entdeckt euch nur!

                              Jun

Zum Irrthum alt genug, zur Wahrheit nun erst mündig,
Von Priestern irr gemacht, der Gottheit noch unkündig,
Rief ich die höchste Kraft, obwohl unwissend, an.
Mein Herz gefiel ihr gut, das, eh es sie noch kannte,
Schon gegen ihre Glut in Zärtlichkeit entbrannte.
Zuletzt ergab sie sich und wies nur ihre Bahn.
Ein sanfter Frühlingswest stieg von der nächsten Fichte,
Und lauschend schwankt er vor mir fort,
Auf einmal fuhr mir etwas bords Gesichte,
Ich sah — hier fehlen Klang und Wort.
   Nun schien mein alter Stand mir völlig unerträglich,
Seit ich die Schönheit sah, die seh ich jetzo täglich,
Die, wie Aurorens Glanz, sich überall erstreckt.
Hier steh ich bloß vor ihr und frey vom finstern Nebel,
Worinn der Haufe tappt, und der gelehrte Pöbel
Großsprechrisch, aber doch bis an den Scheitel steckt:
Dann steig ich göttlich kühn hoch über diese Tannen
Zur Schönheit ewigen Revier,
Und komm stets mehr in sie verliebt von dannen
Und Geist und Sehnsucht bleibt bey ihr.
Ach Phädon, siehst du nicht die hellen Bäche rinnen?
Entfessle deinen Geist von den zu groben Sinnen,
Und fleuch an meiner Hand der Quelle selber zu!
Getrost! du wirst da nichts von allem dem verlieren,
Was kleinre Lüste hier dir in die Sinne führen
Dort wallt ein Meer voll Lust voll Anmuth und voll Ruh,
Hier wirkt doch nichts so sehr zur Wollust, als zum Reizen
Da man dort zum Genusse geht.
Wer wird doch da nach einer kindisch geizen
Wo jede Fröhlichkeit entsteht?
Licht! Schönheit! höchster Plan! Natur! selbstständig Wesen!
Geist, oder was du dir für Namen sonst erlesen.
Beweger! Tugend! Kraft! du, die in allen lebt!
Wie stark bist du! wie groß! wie vielfach ausgegossen!
Auch ich bin deiner Art und aus dir hergeflossen,
Und fließ in dich zurück, wenn sich mein Geist erhebt.

Ach!

Ach! ich bescheide mich und decke meine Blöße;
Um dich allein gefall ich mir.
Nur bloß ein Theil der ungeheuern Größe,
Ein Theil, jedoch ein Theil von dir.
Ganz herrlich, ewig jung, nie fähig zum Veralten,
In täglich sterbenden, stets werdenden Gestalten,
Bleibst du das, was du warst, stets voll und immer
neu.
Hier treten Wesen auf, dort gehen Wesen unter,
Du tilgst und zeugest stets, stets wirkend und stets mun-
ter,
Sorgst du, daß jeder Tod ein Brunn des Lebens sey.
Dort schwindt die flüchtge Pracht der abgelebten Floren;
Doch Floren folgt Pomona nach:
Und jene wird von dieser neu gebohren,
Das Grabmahl wird ein Brautgemach.
Wie tritt sie da einher in der erhellten Ferne!
Zu Zeugen ihrer Pracht vergüldet sie die Sterne,
Und Sonnen sät sie da, wie leichte Körner hin.
Mein Geist verliert sich ganz in tausend Symphonien,
Wornach die Kugeln hier wie prächtge Heere ziehen.
O daß ich nicht vor Lust schon oft zerschmolzen bin!
Doch nein! dort in dem Thal stimmt meine heilge Leier
Zu ihren Klang nachahmend ein,
Und beyder Nacht muß mein geheimes Feuer
Ihr Opfer und ihr Abbild seyn.

Doch, Unerforschliche, darf dich dein Liebling fragen?
Woher ergeußt sich doch der Ocean der Plagen,
Der nur des Menschen Herz mit Elend überschwemmt?
Nein ewge Schönheit, nein, du kannst nichts Böses zeu-
gen!
Dir ist die Güte so, wie uns das Uebel eigen.
Ich weiß es, daß dein Haß nicht unsern Glückstand
hemmt.

Der

Der Theile innrer Bau, der Glieder äußre Hülle,
Der Geist, wie schön sind sie gemacht!
Nur unser Herz, der widerspenstge Wille
Verläßt dein Licht und sucht die Nacht.

Allein umsonst, umsonst hat er sein Herz verschworen!
Du Schönheit hast dein Recht nicht ganz auf ihn ver-
                                        lohren!
Er sucht und lobet dich auch wider Willen noch.
Kaum sieht er deine Glut auf jugendlichen Wangen,
Wie klopfend bleibt sein Herz an ihrem Purpur hangen!
Er wird ein Sklav um dich und rühmt sein ehern Joch.
Je mehr sein Innerstes der Schönheit Glanz verdrungen,
Je mehr geht er der äußern nach,
Er täuschet sie durch ihren Werth bezwungen
Von Jahren voll von Ungemach.

Von Thoren nie gesehn, die Nacht und Traum be-
                                        decken,
Wirfst du, sie gleichwohl noch zur Einsicht zu erwecken,
Dein Leben und dein Licht auf alle Wesen hin.
Sie zwingt Natur und Kunst verliebt sich zu verweilen,
Und wo nur Ordnung herrscht, auch in den kleinsten
                                        Theilen,
Da wirst du Schönheit selbst dem Trieb zur Lehrerinn.
So labst du noch den Geist an tausendfachen Bildern,
Denn Schönheit nährt die Geister ja.
Hört er denn auf sich ferner zu verwildern,
So sind noch Kraft und Leben da.
Der Reben holder Strom, der Minen zart Gespinste,
Der Kleidung sichre Macht, der Köder reifer Künste,
Des Pinsels Schöpfungskraft, der Wiesen Ueberzug,
Der Tempel dämmernd Gold, und was die Sinnen
                                        lieben
Gefällt durch das, was hier vom Schönen nach geblieben,
Nicht viel, doch zum Beweis der Herrschaft noch genug

Wen rührt der Eindruck nicht, wenn jetzt vom muntern
              Lenzen
Der Schäfer zierlich angeführt,
Mit lautem Ton, und bunten Reihetänzen
Arcadiens Gebürge ziert?
Laß aber sich nur erst ein starres Herz entschliessen,
Und dann die Weisheit sich auf seinen Geist ergiessen:
Wie saftig seh ich da auch äußre Zierden blühn?
Ein lasterhaftes Herz in wohlgemachten Gliedern,
Und Bachus großer Ton in anmuthreichen Liedern
Sind schwarzen Wolken gleich, die vor der Sonne ziehn.
Unendlich ist der Reiz, wenn Schönheit fromme Jugend,
So wie Dianens Bild, umringt.
Wie mächtig wirkt die Dichtkunst durch die Tugend
Wenn Orpheus spielt und Linus singt!

    Wenn unsre Geister sich mit reiner Tugend gatten,
Verschwindt der Lilien Glanz gleich überstralten Schatten
Und lüstern lauschen sie nach unsrer Herrlichkeit.
Die stille Majestät vollkommer guter Thaten,
Die mehr durch Tugend uns, als sich mit Stolz bera-
              then,
Ist gleich verehrungswerth an Pracht als Seltenheit.
Wie kann ein Geist doch so der Schönheit sich entwöh-
              nen?
Und jauchzt noch, wenn er sie verdrängt!
Das thut der Wahn, der sich in allen Scenen
Mit dummen Eigennutz vermengt.

    Rühmt, Unersättliche, des Reichthums schwere Bürde!
Was ist das Flittergold um Schimpf erkaufter Würde,
Was bringt die Wollust doch in falschen Ernbten ein?
Wie fällt es hier so schwer, nicht stets aus Furcht zu
              wachen?
Noch schwerer, durch Verdienst das Glück sich werth zu
              machen
Am schwersten, fromm im Glück, im Unglück froh zu seyn.
                    Wo

Wo so viel Böses schreckt, bleibt das geringe Schöne
Noch kaum der mindsten Mühe werth.
Schau, Phädon, schau, wie Griechenlandes Söhne
Ihr Fall, noch mehr ihr Glück beschwert.

    Ja, Phädon, wisse du, ein Geist, den Tugend
                    kleidet,
Kann nimmer schöner seyn, und wird mit Recht beneidet:
O Tugend ist ein Schatz der Kronen überwiegt.
Geuß, ewge Schönheit, doch, geuß du doch starke Flu-
                    ten
In meines Phädons Brust: sie sind ein Theil vom Guten,
Warum allein mein Geist sich betend vor dir schmiegt.
Wie Licht und Wärme nur aus jener Flammensphäre,
Quillt wahre Tugend nur aus dir:
Und kehrt zurück, wie Flüsse zu dem Meere,
Und fließt in dich, und ich mit ihr.

Die Parallel, welche Moses zwischen Akenside und
Withoffen zieht, zeigt, daß dieser, wie jener schöne Ausschweifungen unterzumischen weis, z. E. die von der Ruhr;
allegorische Erdichtungen aber gar nicht braucht; Akenside ist verschwenderisch in Beschreibungen, Beywörtern
und Nebenbegriffen, Withoff gedrängt und spruchreich,
er hat eine bilderreiche Sprache; aber er malt die Bilder nicht aus; Akenside hat das mechanische der Poesie
mehr, Withof weniger in der Gewalt.

Die Rettung der Vorsehung ein würdiger Gegenstand für ein Lehrgedicht.
                    Ogilvie
hat ihn in einem Gedichte von drey Büchern würdig *)
            L 5   bear-

*) Vielleicht mit allzuviel poetischem Schmucke. Unter an-
dern hat er auch Allegorien eingestreuet.

bearbeitet. Das erste widerlegt die Einwürfe, die von dem natürlichen Uebel in der Welt hergenommen werden, in dem zweyten werden die Vorzüge der christlichen Religion vor der heidnischen geschildert, das dritte rechtfertiget die Vorsehung in Ansehung des menschlichen Lebens.

J. Davies

Dieses Engländers, der unter der Elisabeth gelebet, Lehrgedicht, von der Unsterblichkeit der Seele *) ist wenig bekannt, aber es verdiente bekannter zu seyn.

Voltairens

Gedicht sur la religion Naturelle ist das beste seiner Lehrgedichte.

Dulard.

Ist in seinem Gedicht: La grandeur de Dieu dans les merveilles de la nature von seinem erhabenen Gegenstande wenig begeistert.

Haller.

Ihn, der die deutsche Poesie zuerst denken lehrte, so denken lehrte, daß ihm der Pöbel der Leser und der Nachahmer nicht nachdenken kann, ihn, der zuerst lehrte, der tiefsinnigsten Philosophie einen poetischen Körper zu geben, ihn kann nur ein Zimmermann loben. Und wenn er es nicht wagt, die Schönheiten seiner Gedichte zu entwickeln, so kann ich um desto mehr gestehn; daß ich lieber Tagelang Hallern lese und von ihm erbe, als eine Zeile von ihm schreibe. Ich habe allezeit mit Erstaunen

nen

*) Von eben dieser Materie wird des J. H. Browne Gedicht de animi immortalitate gerühmt, welches auch ins Englische übersetzt werden.

nen gelesen, daß die Gedichte vom Ursprung des Uebels,
und von der Ewigkeit, beym botanisiren und das über
Vernunft, Aberglauben und Unglauben im Ter-
tianfieber geschrieben sind. Die Franzosen sind bisher
die einzigen Ausländer, welche eine vollständige Uebersetzung von Hallers Gedichten haben; sie würden sie aber
gar nicht, oder nicht so schön haben, wenn nicht der
Uebersetzer ein Schweitzer der Herr von Tscharner wäre. Möchte es doch in Zukunft kein Franzose mehr dem
Premontval *) nachsprechen dürfen, daß er vielen Deutschen den Haller erst habe kennen lernen! Einzelne Poesien hat Castiglione ins Italiänische, und Robert Emet
ins Englische übersetzt.

Kaestner.

Newton **) schwung sich über die Wolken und
war zugleich Münzschreiber; Leibnitz schrieb eine Theodicee, aber auch allerhand gemeine Dinge. Kästner hat
vortrefliche mathematische Bücher, und zugleich nicht gemeine Dinge, sondern ein Bändchen schöner Gedichte
geschrieben, worunter ich hier das über dem Streit zwischen Vernunft und Glauben nennen muß.

Dusch.

Seine drey Versuche von der Zuverläßigkeit der
Vernunft, von ihren Schwächen in üppigen Erfindungen und in unnützen Untersuchungen gehören hieher.

von Creuß.

Seine Gräber, die niemand mit so vielen schwär-
merischen Gedichten der neuern in eine Classe setzen wird,

handeln

*) Sur la Gallicomania.
**) Reliquien.

handeln im ganzen vierten Gesange von der Unsterblichkeit der Seele, und also von einer Materie, wegen
welcher ich ihrer hier gedenken muß.

Die freundschaftlichen Poësien
eines Soldaten enthalten einen Versuch über die Seele
und ihrer Unsterblichkeit, der einen guten Dichter verspricht.

Empedokles.
Wenn er der wirkliche Verfasser des astronomischen Gedichts von der Himmelskugel in 168 jambischen
Versen ist, das unter seinem Namen edirt wird; so mag
der Verdacht von der Zauberey, in den er kam, eher von
seiner großen mathematischen Kenntniß, als von seinem
poetischen Genie hergekömmen seyn.

*) So wenig ist es wahr, was mancher denkt und
spricht,
Wer die Ellipsen kennt, den kenn Apollo nicht.
Selbst Leibnitz hielt für sich die Dichtkunst nicht zu klein,
Und pries den Phosphorus in prächtigen Latein.

Aratus
Dessen Phänomena zu übersetzen, Cicero Poet genug war. Aratus schrieb von der Astronomie, ohne sie
gelernt zu haben.

Germanikus **)
Der freye Uebersetzer des Aratus.

Daß

*) Schlegel.

**) Schwarzens Edition.

Manilius *)

Daß er zu des Augustus Zeiten gelebt, schließt man mehr aus einigen Stellen, in welchen er des Augustus gedenkt und aus der Reinigkeit seiner Sprache, als aus den Schönheiten seines astronomischen Gedichts. In Absicht auf die Poesie ist es völlig wahr, wenn er sagt:

Nostra loquar. Nulli vatum debebimus orsa,
Nec furtum sed opus veniet soloque volamus
In coelum curru: prius arte pellimus vndas.

Avienus.

Hat den Aratus in Hexameter übersetzt, er hatte einen solchen Hang zum Uebersetzen, daß er den Virgil in jambische Verse übertrug, welche Arbeit verlohren gegangen ist. Hier hat die Zeit einmal gerecht verfahren.

Palingenius **)

oder Majolli, ein neuer lateinischer Poet, dessen Zodiacus vitæ bekannt ist. Man darf durch den seltsamen Titel sich nicht abschrecken lassen, es zu lesen. Und eben der astronomische Titel ist Ursache, warum dieses satyrisch-moralische Gedicht hier seine Stelle bekommen hat.

Kaestner.

Sein Lied beschreibt den Stern, der weit von un-
          sern Kreisen,
Nur selten sich uns naht, und Kopf und Schweif zu
          weisen,
                              Und

*) Scaligers und Bentleys Ausgaben. Creechens englische Uebersetzung.
**) Franz. Ueberset. von Mr. de la Monnere.

Und wenn er sich so tief in unsre Welt verirrt,
Des Weisen Neugier reizt, des Pöbels Schrecken
wird. *)

Joh. El. Schlegel. **)

An niemand konnte er schicklicher seinen Beweis,
daß die Mathematik einem Dichter nützlich sey, richten,
als an Kästnern.

Ovid.

Dem Titel nach könnte ich seine remedia amoris
ohne Widerrede unter die moralischen Lehrgedichte setzen;
aber er schränkt nur darinnen die Lehren der Artis ama-
toriae dahin ein, daß man nicht bis zur Verzweiflung lieben solle. Beyde Gedichte ziehe ich durch das Sophisma
hieher, daß sie doch in den Gedanken des Dichters moralisch richtig waren.

Wieland.

Obgleich sein Antiovid nicht sein bestes Gedicht
ist; so ist es doch allezeit als Gegengift, besonders wider
einige Schriften des Verfassers gut zu gebrauchen. Wie
wahr ist es, wenn er darinnen sagt:

Vielleicht wär das Geschlecht, das wir so gern belachen,
Der Zärtlichkeit der Edlen werth,
Bemühten wir uns mehr, das was die Geister ehrt,
Den ächten Schmuck der schönen Jugend,
Verstand und Witz, Geschmack und Tugend
Mit ihm vertraulicher zu machen.

Sorg-

*) In den Belustigungen steht ein Lehrgedicht von den
Bewohnern der Kometen, von dem unglücklichen Christ-
lob Mylius. S. auch seine von Leßingen gesam-
lete Schriften.

**) Werke Th. IV.

Sorgfältig sollte man in ihrer jungen Brust,
Noch eh sie sich recht fühlt, noch eh sich Seufzer heben,
Den angebohrnen Zug zur Lust
Zum ächten Gut die Richtung geben.
Von Jugend auf mit Gellert wohl bekannt,
Durch die Empfindungen, mit Klopstocks Lied beleben;
Von Kindheit aus gebildt, mit dankendem Verstand,
Den Fontenell und Kramer unterhalten,
Wie reizend wäret ihr! Ihr würdet nie veralten!

Withof.

Noch immer gräbet man nach einem Glückssystem,
Man fand auch manches schon, doch keines recht bequem,
Der macht die Phantasey, der die Vernunft zur Quelle,
Der findt in Sinnen-Lust den Himmel und die Hölle.
Sieh den dreyfachen Gott, dem man sich anvertraut!
O Muse, die so gern am Wohl der Menschen baut,
O singe du ihm vor, was seine Künste taugen,
Und zieh doch dem Betrug die Larve von den Augen!

Dies ist der Innhalt seiner moralischen Ketzer, aus
denen ich folgende Stellen anführe.

Zwar, wenn ein Spinozist die Vorurtheile dämpft,
Des Wahnes Abentheur mit Herkuls Muth bekämpft,
Der Tugend Tempel baut, und ihr sein Opfer schlachtet,
Da macht ein heitrer Blick den holden Liebreiz kund.
Die Sanftmuth schmückt sein Herz und Weisheit seinen
                    Mund,
Er ehrt, und untersucht ein mächtiges Vermögen,
Wodurch dem Zweck gemäß die Körper sich bewegen,
Er sieht die ganze Welt als einen Kreislauf an;
Kaum hat ein Wesen erst sein Tagwerk abgethan.

                                        Und

Und sucht und findt des alten Undings Schwelle:
So eilt ein andres schon, und tritt an seine Stelle!
Das einzle wechsele stets: es ändern Ort und Zeit,
Die Welt verändert nie; zog doch die Ewigkeit
Sie selbst als Mutter auf, sie nährt ihr gleiche Töchter;
Nie selig war der Mensch, sein Loos ward immer schlech-
        ter.
Er weis, daß die Natur doch nichts verwandeln wird,
Wenn gleich ein schnöder Schmerz durch alle Glieder irrt,
Den Muth unbrauchbar macht, und die Vernunft ver-
        senket;
Mit Kummer Seufzer speist, mit Seufzern Kummer
        tränket.
Was andern dunkel ist, erheitert sein Gesicht.
Allein den vollen Tag der Gottheit merkt er nicht.
So gehts Gefangnen auch, wenn ihre durstge Augen,
Um aus der Finsterniß noch etwas Licht zu saugen,
Des Apfels engen Kreis zu heftig ausgedehnt.
Hat erst das Auge sich zur Finsterniß gewöhnt,
Da wird ihm Nacht zum Tag, die Sonne wird ihn blenden,
Und der Gefangne tappt und stolpert an den Wänden,
Indessen glaubt ers nicht, daß sich das Auge krümmt,
Eh ihn das Stralenmeer des Lichtes überschwemmt:
So wird ein Spinozist, den finstre Schlüße schwächen,
In seiner Dunkelheit doch nur von Klarheit sprechen.
Er steht, wo mancher stürzt, und fällt, wo alle gehn,
Die Wahrheit forscht er aus, dem Irrthum beyzustehn.

      ✝   ✝   ✝

   Drum nein! wir werden hier den Engeln immer gleich,
Die Erd ist unsre Welt, nicht unser Himmelreich.
Wir sind, das Herz empfindts, zu einen höhern Orden,
Den erst der Tod erhellt, aus Gott geathmet worden.
Er wiegt den Menschen hier nach ächter Tugend ab,
Wo er die Mängel ihm zu scharfen Wächtern gab.
                             Das

Das Uebel ist nicht bloß ein nöthger Schmuck der Welten,
Im Schöpfer mag nur so ein Thor den Vater schelten.
Der Hunger nährt den Leib, der Gram ist für den Geist,
Dadurch wird dieser fromm und jener wird gespeißt.
Ists möglich, Leib und Geist sich ohne beide wählen?
Der Gram ist eigentlich der Hunger unsrer Seelen.
Wer weiß, welch scharf Gesetz in mancher andern Welt,
Eh sie zum Himmel wird, der Lust die Stange hält!
Beneiden wir den Mond, den wir von weiten kennen,
Wie glücklich wird man uns vielleicht im Monde nennen?
Und fällt uns unser Staub auf Erden noch so schwer,
So kam doch unser Loos von unserm Vater her.
Was wird nicht für ein Glück die Frommen dort um-
                              stralen,
Das viele zum voraus so theuer hier bezahlen!
Durch das Vertrauen stark, woran kein Zweifel klebt,
(Das laßt mir Weißheit seyn, die das sich untergräbt!)
Soll meine Lebenszeit der Redlichkeit ergeben,
Halb für mich selbst bemüht, halb für des andern Leben,
Bey Kunst und Wissenschaft, bey Freunden, und im Hayn,
Der Unschuld immer nach, ein Weg zum Himmel seyn;
So sey der Rest von meinen künftgen Tagen,
Wo nicht vom Uebel frey, doch frey von bittern Klagen.
Wann die Gelassenheit den Busen tröstend füllt;
Verstummt der blöde Gram, der aus dem Uebel quillt.
Du aber, den die Schuld mit ihrem Blut bespritzte,
Dem unsre Missethat so tiefe Wunden ritzte,
Sonst elend, schwach und arm, jetzt herrlich stark und reich,
Und voller Majestät dem Unermeßnen gleich,
Anbetungswürdigster! du Freund aus unsern Lenden,
Nimm den bethränten Dank aus den entbundnen Händen,
Du jagst mit blutgem Arm des Zweifels Vorhang ab,
Den das sonst ferne Bild der Ewigkeit umgab.
Der du umringst uns noch mit warnenden Beschwerden;
doch ach! wer würde sonst nach dir begierig werden?

Die Ordnung dieser Welt ist einer Schule gleich,
Was leicht verdorben wird, bekommt den stärksten Streich:
Du, hast uns, Göttlichster! die wahre Welt gewiesen,
Drum preißt dich unser Herz, wie dich die Sterne priesen.

Hagedorn.

Wer kennt und liebt nicht die Hagedornische Sittenschule? Seine edlen und ernsten Lehren, in nervigter und harmonischer Sprache ausgedrückt, quellen aus seinem Herzen, strömen in das Herz des Lesers, und erheben es; eine treffende Satyre gehet ihnen zur Hand. Das schönste seiner Lehrgedichte, die Glückseligkeit, gehöret hieher.

Dorat.

Hat die große Kunst, zur wahren Glückseligkeit zu gelangen, nicht unglücklich besungen.

Pope.

Sein Versuch über das menschliche Leben und übrigen moralischen Versuche ragen unter den moralischen Lehrgedichten hervor, wie der Versuch über den Menschen unter den zur spekulativischen Philosophie.

Armstrong.

Seine Oekonomie der Liebe ist eine reitzende Schilderung des ehelichen Lebens.

The nuptials.

Ein Pendant des vorigen, aber kein schlechter.

Brown.

Sein Lehrgedicht von der Satyre, so wie es seinem Innhalt nach mehr die Moral als Poesie betrifft, so sind auch die Gedanken darinnen schöner als der poetische Ausdruck.

Opitz

Opitz *).

Opitzen war die lehrende Muse am günstigsten, dieß fühlt ein jeder, der sein Vielgut, sein Zlatna, sein Lob des Landlebens, liest. Von seinen Verdiensten um unsre Poesie überhaupt weiß fast jedermann alles das, was Ramler davon sagt; aber so sagen würden es wenige und ich gewiß nicht. Ehe ich aber von dem Vater der deutschen Poesie zu kurz seyn sollte, will ich lieber Ramlern reden lassen, so einen seltsamen Contrast auch seine Schreibart mit der meinigen machen wird. Martin Opitz ein Schlesier, gebohren 1597 nach seinen akademischen Jahren bereiste die Niederlande, weihete die neue Schule zu Weißenburg in Siebenbürgen durch seine poetischen Vorlesungen ein, kehrte aber nach Liegnitz als fürstlicher Rath zurück, wo er die meiste Zeit lebte. Zu Wien krönte ihn der Kaiser zum Dichter, eine Ehre, die dazumahl noch was zu bedeuten hatte, wie die Schaumünzen und goldenen Ketten unserer Vorfahren. Er bekam auch den Adelstand, als Herr von Boberfeld. Seine Landsleute nennen ihn daher so wohl, als von dem Fluß, an welchem er gesungen, den Boberschwan. Er besaß Paris und weihete sich zuletzt nach Danzig. Hier ward er Geschichtschreiber des Königs von Polen. Die Pest entriß ihn daselbst 1639. Er brach die Bahn eines guten Geschmacks. Vor ihm war Dunkel, und nach ihm Schwulst. Man kann aus seinen vielfachen Uebersetzungen der Alten bemerken, daß er den rechten Weg eingeschlagen, seinen Geschmack aus dem Alterthum zu bilden. Die lateinische Poesie that damals noch der deutschen Abbruch; doch Opitz war auch mit ihr bekannt,

M 2

und

*) Lindners Leben von Opitz.

und ward in seinem Buche von der deutschen Poeterey der Lehrer seiner Nation.   Er kannte die schöne Natur besser, als viele seiner Nachfolger; er schrieb fließend
und rein nach der Kultur der Sprache seiner Zeit.   Er
hat oft Gedanken von ehrlichen deutschen Schrot und
Korne, sie haben aber Geist.   Seine Bilder sind malerisch und verrathen ein poetisches Genie, das er wirklich
besaß.   Sein Geschmack war gut und neuer, als seiner
Zeitgenossen; jedoch bey den ersten Keimen der Dichtkunst arbeitete sein Genie noch unter den Banden der
Zeit, gleich einem Bache, der unter Eisrinden fortschleicht,
welche der Anbruch des Frühlings noch nicht völlig ge-
schmolzen.   Er war nicht Homer; so frühzeitig giebt der
Himmel nicht Geister vom ersten Range, aber er war
mehr, als Ennius *).

Gellert.

Seine Gemälde eines Menschenfreundes, eines
Stolzen, des rechten Gebrauchs von Reichthum und Ehre,
eines Christen, gefallen, als eine sanfte Stimme des
Mannes, welcher schreibt und lebt, die Menschen zur Tugend zu ermuntern.   Es sind schöne moralische Poesien,
wenn es auch keine Lehrgedichte sind.

Uz.

Führt in der Kunst, stets fröhlich zu seyn, zu
den Quellen der wahren Freude, und lehrt zugleich die
Mittel,

---

*) Die schöne schweizerische Edition ist nicht geendet; und
die Trillerische macht eigenmächtige Veränderungen.
Die etwas seltne Amsterdamer ist also die einzige, an
die man sich halten muß. Den ersten ganzen Band in der
poetischen Chrestomathie von Zachariä nimmt Opitz ein.

Mittel, alle Hindernisse dieser Freude übersteigen zu können. Nur diese Mittel sind der Endzweck von Sarassas bekannten Buche und von des Grafen

von Bar.

Consolations dans l'infortune, die, wenn sie gleich nicht unter die hervorstechenden Gedichte gerechnet werden, können, doch das Herz ausdrücken, welches Hagedorn an dem Verfasser schätzte:

> Nur der ist wirklich groß und seiner Zeiten Zierde,
> Den kein Bewundrer täusche nach lobende Begierde,
> Den Kenntniß glücklich macht und nicht zu schulgelehrt,
> Der zwar Beweise fordert, doch auch den Zweifel ehrt,
> Vollkommenheit besitzt, die er nicht selbst bekennet,
> Nur edle Triebe fühlt, und allen alles gönnet,
> Der das ist, was er scheint, und nur den Beifall liebt,
> Den seinen Tugenden Recht und Gewissen giebt.
> O zeige mir den Mann! Ihn wünsch ich nachzuahmen.
> Ihm geb ich ehrfurchtsvoll die allerschönsten Namen,
> Die Namen, deren Ruhm nur immer heilig war.
> Er ist mein Sokrates, mein Brockes, und mein von Bar.

Sucro.

Besingt die Gemüthsruhe, den Stolzer, die Furcht und Hofnung, diese beyden am besten.

Kramer.

Ich kenne kein Lehrgedicht von ihm, als das über die Wünsche der Menschen in den Bremischen Beyträgen; aber ich freue mich, daß ich dieses kenne.

Kronegk.

Seine Einsamkeiten *), besonders die reimlosen, flößen eine süße Melancholey ein. Seine übrigen Lehr-

M 3

gedich=

*) Franz. Uebersetzung von Querdan in des Roques Nouveau recueil pour l'esprit et le coeur.

gedichte: An sich selbst, oder die dem Sittenlehrer nöthige Selbsterkenntniß; Einladung aufs Land, oder von der wahren Gemüthsruhe; das Stadtleben; Gewohnheit und Natur; an Uzen, von der Moralität der Poesie; an K * von der Zufriedenheit mit seinem Glücke und das Glück der Thoren, haben Horazische Satyre und Boileauische Sprache.

Freundschaftliche Poesien eines Soldaten. Von hieher gehörigen Gedichten enthalten sie die Versuche über Sittlichkeit und Empfindung; über die platonische Liebe, die Ruhe, die Unzufriedenheit, und, welches alle andre übertrift, mein Lieblingssystem, oder die Kunst stets frölich zu seyn.

Joh. Elias Schlegel *).
Besingt eine aus der Mode gekommne Tugend, die Liebe zum Vaterlande.

Lichtwehr.
Hat einen mislungnen Versuch gemacht, die ganze Moral und das Recht der Natur in einem Lehrgedichte vorzutragen **).

Art de converser,
In vier Gesängen, wird wegen seiner Lebhaftigkeit und Leichtigkeit gerühmt.

Löwen.
Seine Lehrgedichte haben folgende Aufschriften; Daß der Schein betrügt; die Mittel, sein Glück zu machen; die Religion des Herzens; Gott ist die Liebe; der Genuß des Lebens; Glück und Ruhe;

*) Werke. IV. Th.
**) Das Recht der Vernunft ist ein sehr kräftiges Gedicht.

Ruhe; der Adel; Sittensprüche; der Billwerder; an Tartüf. Sie sollten aber alle Sittensprüche
heißen. Denn anders, als poetischmoralische Rhapsodien
bald stark, bald matt gesagt, kann ich sie nicht beschreiben.
Der Titel Sermones wäre ihnen am angemessensten gewesen, weil sie keinen Plan haben, sich nur hie und da erheben, und in den satyrischen Stellen am schönsten sind.
Sonst läßt sich leicht aus ihnen ein Einwurf wider die
Hypothese entlehnen *), daß Dichter von mittelmäsigen
Talenten wenigstens im Lehrgedichte vortrefflich seyn können. Der Billwerder ist das leiblichste.

Thomas.

Er, der als Redner oft die glänzenden Fehler der
Neuern nicht vermeidet, nähert sich in seinen Poesien der
schönen Einfalt des Boileau. Ich nenne ihn hier wegen
seines Epitre au peuple, oder wider die Großen und ihre Verachtung des Volks.

Hesiodus.

Unter den theologischen Lehrgedichten muß ich
freilich mit seiner Theogonie anfangen, in der wenigstens viel Fiction ist.

Ovid **).

Seine Fastos rechne ich mit Recht hieher.

Prior.

In seinem Salomo wird der weiseste König von
der Eitelkeit der menschlichen Wissenschaften, Vergnü-
M 4 gungen,

---

*) Er sagt in einer sogenannten Ode selbst von seinem
Vaterlande: Dort freilich gefrieren Genies, nur Kobolds,
nicht lachende Musen umtanzen deinen kalten Hayn.

**) Caroli Neapolis Anaptyxis ad fastos Ovidianos.

gungen, Macht, und alles bessen, was unter der Sonnen
ist, redend eingeführt. Es ist sehr wahr, was davon in der
Vorrede zu Popens Esfay on human life gesagt wird*) :
The Salomon seems to have cost him much Time and
Pains and was, I believe, his favorite Performance he is
in some Doubt whether to call it a Didascalic or Heroic Poem. It has indeed something of both, and yet
strictly speaking, is perfectly neither. It has not Fable
Machinery, nor Variety enough to be an Heroic Poem,
and it is too diffusive and luxuriant in the style, too flo-
rid and full of descriptions to be of the Didascalic sort.
In general it may be iustly said to be a very fine Piece;
tho I must confesf I can not help giving the Prefe-
rence to his Alma, in which the Design is more closely
pursued, carried on with more Spirit and never loses
your Attention. (von der schlechten deutschen Ueberseßung
in den vier auserlesenen Meisterstücken so vieler englischer
Dichter. Basel 1757. S. Briefe d. Neuen Litt. Th. 12.)

Abbt

*) Der Salomo scheint ihm viel Zeit und Mühe gekostet
zu haben. Er scheint aber auch seine Favoritarbeit
gewesen zu seyn. Er ist selber einigermaßen zweifelhaft, ob er es ein Lehr- oder Heldengedicht nennen soll.
Es hat in der That von beiden etwas an sich, und ist
doch eigentlich weder ganz das eine, noch das andre.
Es hat nicht Fabel, Maschinen, Mannigfaltigkeit gnug
zu einem Heldengedichte; es ist zu weitschweifig, zu üp-
pig in der Schreibart, zu blühend und zu voll von Beschreibungen für ein Lehrgedicht. Sonst aber verdient
es ein ganz artiges Gedicht genennt zu werden, ob ich
gleich gestehen muß, daß ich nicht umhin kann, seiner
Alma den Vorzug zu geben, in der er den Plan weniger verläßt, mit mehr Geist ausführt, und den Leser
immer unterhält.

Addison.

Sein vortreflich Gedicht von der Religon ist die beste Rechfertigung seines Charakters wider Wartons Beschuldigungen, wenn diese anders eine Rechtfertigung verdienen *).

Waller.

Sang von der Furcht Gottes und von der göttlichen Liebe so schön, als von seiner Sacharissa.

Young **).

Zwar könnte ich seine Nachtgedanken unter die lyrischen Poesien setzen, mit solchem brausenden Feuer sind sie geschrieben; um aber keine Neuerung zu machen, mögen sie unter den Lehrgedichten stehen bleiben. Ihr lyrischer Enthusiasmus aber ist Ursach, daß ihre erhabne Lehren vom Leben, Tod und Unsterblichkeit von so wenigen mit Nutzen gelesen, und von vielen so abgeschmackt nachgeahmet werden. Die Gedichte von der Macht der Religion, von der Ergebung in den göttlichen Willen, die Paraphrase des Buchs Hiob und der jüngste Tag, sind die wichtigsten nächst den Nachtgedanken:

***) Dir ehrwürdiger Greis, auf dessen silbernen Locken
Dir die günstige Nacht ihr heiliges Salböl geschüttet,
Der du, von ihr zum Liebling geweiht, ihr Heiligthum sahest,
Und mit brittischem Schwung sie annachahmlich gesungen;

M 5   Young,

---

*) Jedermann kennt Addisons Sterbebette aus Youngs Abh. von den Originalwerken. Tickel hat darauf folgende Verse gemacht:

> He taught us how to live, and, oh too high
> Aprice for knowdlege, taught us how to die.

**) Sein Leben und Beurth. f. Schriften S. in der N. Bibliith. der sch. W. B. III.

***) Zacharid.

Young, wie wünschte mein Lied, von deinen Gesängen entzündet,
Dir zu tönen, so schwach auch der Schall der Laute die Klänge;
Höre denn du mich, Ebert, für ihn! du, der du zuerst mich
In den unsterblichen Kreis von Albions Barden geführet,
Und Youngs Muse zuerst dem Blick Germaniens zeigtest.
Dir nur konnt es gelingen, indem du die Klagen des Weisen
Ganz verstanden, und ganz gefühlt. Den heiligen Dichter
Sah oft die einsame Nacht, die seinen Gesang ihm begünstigt,
Mit den Sternen vertraut; allein nicht minder begeistert,
Sah sie auf dich, wenn stilles Entzücken bey seinen Gesängen
Deine Wange gefeuert, und sympathetische Neigung
Melancholisch, gleich ihm, dich unter Gräber geleitet.

Hervey.

Ein Mann von gutem Herzen und feuriger Einbildungskraft, aber in seiner poetischen Prosa oft schwärmend und tändelnd. Newcombe hat seine Meditationen versificirt, und dadurch wenigstens den Schwulst der Prosa gehoben.

Jos. Warton.

Seine Vergnügungen der Melancholey sind nicht viel besonderes; Zachariä hat sie übersetzt.

Ludwig Racine.

Seine beyden Gedichte sur la Religion in sechs, und sur la Grace in drey Gesängen, sind die Meisterstücke der französischen didactischen Poesie, in denen uns nichts beleidigt, als, die seiner Religion eignen Meinungen. Das sur la Grace hat einen bessern Plan und rührt am meisten.

Villiers.

Seine Kunst zu predigen ist wenig mehr, als eine gute Homilie, und in diesem Gedicht sowohl, als in dem

auf

auf die Freundschaft zeigt sich der Abbt, als einen mittelmäßigen Dichter.

Leßing.

Was sich der grobe Witz zum Stof des Spottes wählt,
Womit die Schwermuth sich in Probetagen quält,
Wodurch der Aberglaub, in tiefer Nacht verhüllet,
Die leicht getäuschte Welt mit frommen Teufeln füllet,
Das göttlichste Geschenk, das aus des Schöpfers Hand
Den schwachen Menschen krönt noch über dich Verstand,
Was du mit Zittern glaubst und bald aus Stolz verschmähest,
Und bald, wenn du dich fühlst, vom Himmel trotzig flehest,
Was dein neugierig Wie? in fromme Fesseln schließt,
Was dem zum Irrlicht wird und dem ein Leitstern ist,
Was Völker knüpft und trennt und Welten ließ verwüsten,
Weil nur die Schwarzen Gott beim hölzern Creuze grüßten,
Wodurch, dem Himmel treu, allein ein Geist voll Licht
In jene Dunkelheit mit sichern Schritten bricht,
Die nach der graußen Gruft in unerschaften Zeiten
Auf unsre Seelen harrt, die Morch der Sterblichkeiten. —

Dies wollte Leßing in sechs Gesängen ausführen, wovon nur der erste gedruckt ist.

Kaestner.

Er ist der einzige, der den Rechtsgelehrten ein ganz Gedicht gewidmet und ihnen, vernünftig zu seyn, gelehrt hat.

Nikander *).

Die Poeten haben nicht blos Satyren auf die Aerzte gemacht; sie haben auch einzelne Theile ihrer Kunst besungen; und warum sollten die beiden Künste des Apollo sich nicht miteinander vereinigen lassen? Nikander aber hat nichts gethan, als die Mittel wider den Biß giftiger Thiere, und wider solches Gift, das in den

Spei-

---

*) Bandini Edit. mit Salvini ital. Uebersetzung.

Speisen oder Getränken beygebracht worden, unter dem
Titel: Theriaca und Alexipharmaca, in Verse gebracht.

Aemilius Macer *).

Unter dem Namen dieses Dichters, der ein Zeit-
genosse des Virgil gewesen, ist ein Gedicht de herbarum
virtutibus vorhanden.

Andromachus.

Hat seine Erfindung den Theriack in elegischen
Versen beschrieben, die uns Galenus aufbehalten, und
aus demselben Tibicius besonders edirt hat.

Marcellus.

Aus seinem größern medicinischen Gedicht in zwey
und vierzig Büchern ist noch ein Fragment vom Nutzen
der Fische in der Arzneykunst übrig.

Serenus Sammonikus.

Ein verstümmeltes Gedicht de moribus et morbo-
rum remediis ist von ihm auf uns gekommen.

Armstrong **).

Seine Kunst die Gesundheit zu erhalten, giebt die
gemeinnützigsten Regeln in einer guten poetischen Sprache. Die vier Bücher, in die er sein Gedicht eintheilt,
handeln von der Luft, von der Diät, von der Bewegung, von den Leidenschaften.

Withof.

Sein medicinischer Patriot ist weder dem Plan
noch der Sprache nach sein bestes Gedicht. Er thut
darin

---

*) Basel 1581. 8vo.
**) Im physikalischen Patrioten übersetzt.

darinnen den Vorschlag, die Kinder lieber mit der Milch
der Thiere zu erziehen, weil die Mütter fiech oder laster-
haft zu seyn pflegen.

Die historischen Dichter finden zwar bey der historischen Kritik wenig und nur in dem Fall einigen Glauben, wenn sie die einzigen Zeugen sind.   Der Poet aber
unbekümmert um die Kritik eignet sich auch die interes-
santeste Materie für das menschliche Geschlecht, die Geschichte zu.   Er wählt aus derselben interessante Begebenheiten, erzählt sie in der Ordnung, in der sie sich ereignet, doch ohne ihr ängstlich zu folgen, kommt ihrer
Trockenheit mit Fictionen und andern poetischen Schmucke zu Hülfe.   Von kleinern Erzählungen habe ich oben
geredet, und wie der Poet die Geschichte in der Epopee
und in dem Drama behandle, wollen wir künftig sehen.
Unter die didactischen Poesien gehören die historischen
Gedichte, welche von epischer Länge und doch noch immer von der Epopee selbst, auch von der ohne Maschinen unterschieden sind.   Nach Abzug aller der gereimten Chronicken, besonders aus dem mittlern Zeitalter,
die ich nicht, ohne abgeschmackt zu werden, anführen
könnte, bleiben freylich für diese Klasse von den Dichtern
wenig Namen übrig.

Lukan. *)

Ob er sich gleich selbst in seiner Pharsalia dem Homer an die Seite setzt: sieht er sich doch fast durch die
allgemeine Stimme der Alten und Neuern zum historischen Dichter herabgesetzt.   Quintilian geht noch weiter
und

*) Burmanns, Oudendorps, Cortens Editionen.

und sagt: Oratoribus magis, quam poetis adnumerandus. So viel ist gewiß, man findet, bey ihm gegen einige erhabene Stellen eben so viel schwülstige, gegen einige schöne, eben so viel prosaische. Brebeuf hat den Franzosen eine solche Uebersetzung der Pharsalia gegeben, daß es ihnen ein klassisches Buch ist *). Und doch haben nach ihm Masson und neuerlich Marmontel es gewagt, den Lukan aufs neue zu übersetzen, der letztere in sehr freyer Prosa. Aber keine von beyden Uebersetzungen verdient, wie des Ablancourts Lucian, la belle infidele genennt zu werden. Seckendorf hat einen Versuch einer deutschen Uebersetzung gemacht, die Engländer rühmen die von Nicolaus Rowen.

Addison.

Sein Gedicht der Feldzug ist so unsterblich, als Marlboroughs Thaten, die er darinnen besingt.

Zimmermann.

Sein einziger Versuch in der Poesie ist das Gedicht auf die Zerstörung von Lissabon, aber es ist auch nur ein Versuch, und diese schreckliche Begebenheit in der neuern Geschichte hat noch kein vortrefliches Gedicht veranlaßt **).

Poetische Reisebeschreiber müssen ohnstreitig zu den historischen Dichtern gerechnet werden; auch wenn sie ihre Reisen erdichten; denn auch die sind historische Poeten,

*) du Hamel diss. sur les ouvrages de Brebeuf.

**) Obgleich auch Voltaire sur le desastre de Lissabon gedichtet hat.

Poeten, welche die erdichtete Begebenheit auf die angegebene Art erzählen.

Rutilius *).

Erzählt seine Rückreise aus Rom in sein Vaterland Gallien in elegischen Versen. Sein Itinerarium
hat mehr Schönheiten, als man von seinen Zeiten erwarten sollte.

Chapelle

und Bacheaumont sind als reizende Erzähler einer erdichteten Reise bekannt genug.

Robbe.

Mon Odyssée ou Journal de mon retour de Saintonge
ist lebhaft erzählt und hart versificirt.

Desmahis,

Voyage pour *à Me. de *** wird von den französischen Kunstrichtern der Reise des Chapelle und Bacheaumont noch vorgezogen.

Dionysius Periegetes **).

Ist der einzige geographische Dichter. Seine
Periegesis ist in heroischen Versen, und sehr unge-
schmückt.

Den ernsthaftern Wissenschaften ihre Präcedenz
nicht streitig zu machen, habe ich mir Gewalt angethan
und die poetischen Poeticken bis auf jetzt verspart.

Horaz

---

*) Götzens Ausgabe.

**) Hudsons Ausgabe.

Horaz *).

Wenn ein Maler einem Menschenkopfe den Hals von einem Pferde geben, die Glieder zum Leibe von verschiedenen Thieren hernehmen, sie mit Federn von allerley Vögeln überziehen, und unten mit einem häßlichen Fische beschliessen wollte, was oberwärts ein schönes Weib war: sagt mir, ihr Pisonen, würdet ihr euch wohl bey einem solchen Anblicke des Lachens enthalten? Diesem Gemählde gleicht ein Buch, das mit schwärmenden Ideen angefüllt ist, alle von zufälliger Schöpfung, ohngefehr, wie die Rasereyen eines Kranken, so, daß weder Kopf noch Fuß zusammenstimmen, ein Ganzes von einer einzigen Natur auszumachen. Die Maler und die Poeten haben die Macht, zu schaffen, was ihnen beliebt. Ich gebe es zu, dieses ist ein Recht, welches sie wechselsweise für sich fordern und andern zugestehn. Allein mit der Bedingung, daß man dieses Recht nicht misbrauche, widersprechende Dinge zusammen zu bringen, daß man nicht Schlangen mit den Vögeln paare, oder Lämmer mit den Tiegern.

Oft wird einem ernsthaften Eingange, der wichtige Dinge versprach, hie und da ein Purpurlappen angeheftet, der dem Stoffe Glanz und Schimmer geben soll. Man beschreibt Dianens Hayn und Altar, einen Bach der sich durch lachende Wiesen schlängelt, die Silberwellen

---

*) Ramlers Uebersetzung, Hurts Commentar, Roscommons und Johnsons Englische Uebersetzungen. Wer mich fragen wird, warum ich die ganze Horazische Dichtkunst abgeschrieben habe, dem werde ich sagen: Frage Ramlern, warum er sie übersetzt hat.

wellen des Rheins, den farbigten Bogen der Iris.
Allein hier war nicht der Ort dazu. Vielleicht magst
du, wie jener, sehr natürlich eine Cypresse schildern
können: was hilft sie aber dem armen Manne, der für
sein Geld gemalt seyn will, wie er aus dem zerschmetter-
ten Schiffe trostlos in den Wellen schwimmt? Nach
deiner Anlage zu urtheilen, so wolltest du uns eine präch-
tige Urne liefern: warum giebt uns die Scheibe nichts
mehr, als einen schlechten Topf? Kurz ein jeder Stoff,
den man behandelt, muß gleichförmig und einfach seyn.

Die meisten unter uns Poeten lassen sich durch den
Schein des Schönen betrügen. Du weißt es, o Piso,
und ihr, würdgen Söhne dieses Vaters. Ich suche kurz
zu schreiben, und werde dunkel. Jener überläßt sich
dem Erhabnen, und wird schwülstig. Dieser fürchtet
Gefahr und Ungewitter, und kriecht auf der Erde.
Eben so geht es einem Poeten, der seinen Stoff mann-
nichfaltig machen will: er mahlt abentheuerlicher Weise
einen Delphin in den Wald, und einen Eber in die
Wellen. Die Furcht vor dem einen Fehler stürzt uns
in einen andern, wenn wir die Regeln der Kunst nicht
verstehen. Man wird dort bey der Fechterschule des
Aemilius, keinen so mittelmäßigen Künstler finden, der
nicht die Nägel auszudrücken, und das weiche Haar
in Erzt nachzubilden wüßte: aber seine Arbeit wird immer unvollkommen bleiben, weil er kein ganzes zu machen taugt. Wenn ich selbst ein Werk zu verfertigen
hätte, so wünschte ich einem solchen Bildhauer eben so
wenig zu gleichen, als ich wünschte, schwarzer Haarlo-
cken und schwarzer Augenbraunen wegen merkwürdig zu
seyn, und dabey mit einer schiefen Nase herumzugehn.

N

Ihr,

Ihr, die ihr etwas zu schreiben unternehmt, wählt einen Stoff, der euren Talenten angemeßen ist, und untersucht mit Bedacht, was eure Schultern zu tragen, und was sie nicht zu tragen taugen. Wer eine Materie gefunden hat, die seinen Kräften gemäß ist, dem wird es nicht an dem schönen Ausdrucke, nicht an der deutlichen Ordnung fehlen.

Soll die Ordnung und Stellung der Theile eine gute Wirkung thun, soll sie alle mögliche Anmuth haben, so muß man, dünkt mich, in dem ersten Augenblicke, worinnen sich die Scene eröffnet, sagen, was sich in diesem Augenblicke zu sagen schickte, und die Erzählung der übrigen Sachen auf eine bequemere Zeit verschieben.

Was den Ausdruck anbetrift, so muß ein Verfaßer, der uns nichts geringers, als ein Gedicht zu liefern verspricht, im Gebrauche der Wörter zärtlich und behutsam seyn, dieses wählen und jenes verstoßen. Man erhebet sich über den gemeinen Ausdruck, wenn man einem bekannten Worte durch die Stelle, wohin man es setzt, einen Schein der Neuheit giebt. Ist es endlich nöthig, durch ganz neue Zeichen Dinge vorzustellen, die ehemals unbekannt waren, so mag ein Scribent Wörter erfinden, die unsre alten bärtigen Cetheger noch nicht gehört haben: man wird es ihm gern erlauben, wofern er sich der Erlaubniß nur mit Bescheidenheit bedient; und man wird seinen neugeschaffnen Wörtern das Bürgerrecht nicht versagen, wenn sie ursprünglich griechisch und durch eine kleine Veränderung zu lateinischen umgebildet sind. Warum soll Cäcilius und Plautus mehr

Recht

Recht haben, als Virgil und Varius? Warum macht man mir ein Verbrechen daraus, meine Sprache, wenn ich kann, mit einigen Wörtern zu bereichern, da es die Catonen und die Ennier vor mir gethan haben? Es ist erlaubt gewesen, und wird erlaubt bleiben, ein neues Wort zu schaffen, wofern es nur das Gepräge des gegenwärtigen Gebrauches trägt.

So wie die Wälder die Blätter verlieren, so bald das Jahr sich neigt, und wie die ersten, welche hervorkeimten, die ersten sind, die wieder abfallen: eben so sterben die alten Wörter dahin, indessen die neugebohrnen in jugendlicher Schönheit blühn. Wir alle sind dem Tode unterworfen, mit allen was uns angehört. Jener in das Land tief ausgeschweifte Hafen, der ganze Flotten vor den Sturmwinden sichert, ein königliches Werk; jener unfruchtbare See, den man ehemals mit Rudern peitschte, und der jetzt den schweren Pflug erdulden muß, und die benachbarten Städte nähret; jener Strom, der lange den Erndten schädlich war, und nun einen andern Lauf zu nehmen gezwungen ist: alle Werke der Sterblichen vergehn: und die Wörter allein sollten ihren Glanz und ihr altes Ansehn unversehrt behalten? Viele sind gefallen, und werden wieder entstehn, andere, die noch jetzt in Ehren sind, werden in Verfall gerathen, so bald es der Gebrauch befehlen wird, er, der Richter und die Regel und das Gesetz der Sprachen.

Welchen Vers men zu den Thaten der Könige und Feldherren und zu den schrecklichen Schlachten wählen soll, hat uns Homer gezeigt.

Die

Die Klage kleidete sich zuerst in ungleiche Zeilen-
paare; bald darauf nahm auch die Freude über erhaltne
Wünsche dieses Sylbenmaaß an. Wer aber den abge-
kürzten elegischen Vers erfunden hat, darüber streiten
die Kunstlehrer, und der Streit ist noch nicht entschieden.

Den Archilochous wafnete die Rache mit seinem
Jambus. Die Socken und der hohe Corthun nahmen
diesen Sylbenfuß auf, den bequemsten zu den Gesprächen, und der das Geräusch der Zuschauer am besten über-
stimmt; und der zur Handlung gemacht zu seyn scheint.

Die Muse befahl der Leyer, die Götter zu besingen, und die Helden, der Götter Geschlecht und den sie-
genden Athleten, und die Rosse, die den Preis erjagen,
und den verliebten Kummer der Jugend und die taumeln-
den Freuden des Weins.

Wenn ich den bestimmten Ton, wenn ich das Colorit der Werke nicht verstehe, und nicht zu treffen tau-
ge: warum lasse ich mich einen Dichter nennen? Warum will ich unzeitig schamhaft, lieber unwissend seyn, als
mich unterrichten?

Ein komischer Stoff muß nicht in tragischen Versen erzählt werden; und umgekehrt man kann das
Gastmahl des Thyests in keinen vertrauten Versen ausstehn, die nach der komischen Bühne schmecken.
Jede Gattung muß den Platz behalten, der ihr angewiesen ist, und der sich für sie schickt.

Doch erhebt auch die Komödie zuweilen ihre Stimme.
Chremes im Zorn schilt seinen Sohn in hochfahrenden
Aus-

Ausdrücken. Eben so senkt sich auch das Trauerspiel im
Schmerze mehrentheils herab. Wenn Telephus und
Peleus, beyde verbannt sind, arm und dürftig beyde,
und uns durch die Erzählung ihres Unglücks rühren wollen, gebrauchen sie keine prächtigen Redensarten, keine
lang ausgedehnte Wörter.

Es ist nicht genug, daß die Gedichte ein schönes
Colorit haben, sie müssen auch einnehmend seyn, und
das Herz der Zuhörer ihren Absichten gemäß zu lenken
wissen. Das Angesicht des Menschen trauret oder erheitert sich, beym Anblick derer, die weinen oder lachen.
Willst du also, daß ich weinen soll, so zeige zuerst dich
selber betrübt: alsdenn o Telephus, alsdenn o Peleus werde ich von deinen Unglück gerührt werden. Wenn du
deine Rolle nicht richtig ausdrückst, so werde ich bey deinem Unglück gähnen oder lachen.

Wenn die Geberde traurig und ernsthaft ist, so
muß die poetische Sprache gleichfalls traurig und ernsthaft seyn; wenn sie Zorn oder Fröhlichkeit verkündigt, so
muß die Sprache drohend oder lustig seyn. Denn die
Natur hat unsere Gestalt verschiedner Bildungen fähig
gemacht, nach dem verschiedenen Zustand, in den uns
das Schicksal setzt. Sie läßt uns vergnügt, sie läßt uns
zornig werden, sie beugt uns zur Erde nieder, und be-
klemmt unsere Brust durch Kummer und Angst: und
hernach bedient sie sich der Sprache, als einer Dollmet-
scherinn, diese Empfindungen auszudrücken. Stimmen
die Worte nicht mit dem Zustande des Redners zusammen, so werden alle Römer, der Ritter und der Fuß-
knecht, ein lautes Gelächter erheben.

Es ist ein großer Unterschied unter der Rede eines Knechts und eines Helden. Ein ernsthafter Alter und ein hitziger Jüngling in der Blüte seiner Jahre; eine vornehme Dame und ihre getreue Wärterinn führen eine sehr verschiedne Sprache. Eben der Unterschied befindet sich unter einem Handelsmanne, der die Welt durch= streift; und einem Landmanne, der in Frieden seinen Acker pflügt; unter denen, die zu Colchos gebohren sind, oder in Assyrien; die zu Theben erzogen sind, oder zu Argos.

Schildere nach dem Gerücht; oder wenn du er= dichtest; so mache, daß alle Theile zusammenstimmen. Wenn du den gerufenen Achill aufführst, so laß ihn würksam seyn, jachzornig, hitzig, unerbittlich; er setze sich über die Gesetze hinweg; er maße sich alles durch das Recht der Waffen an. Medea trotze der Gefahr und bleibe unerschüttert im Unglück; Ino jammre; Ixion sey trostlos; Io flüchtig und unstät; Orest voll finsterer Melancholey.

Wenn du es wagst eine neue Geschichte auf die Bühne zu bringen, und selber einen Charakter zu erschaf= fen; so sey er am Ende so, wie du ihn am Anfange zeigtest; er verleugne sich nie. Es ist schwer, eigen= thümliche Züge Dingen zu geben, die blos etwas allge= meines haben; besser ist es, eine Handlung aus der Iliade auf das Theater zu bringen, als unbekannte und nie gesagte Sachen zuerst aufzuführen.

Freylich ist dies eine Materie, die der Welt be= reits zugehört: sie wird aber dein eigen, wenn du dich

weder

weder an den bekannten Plan der Fabel bindest, noch
auch, als ein getreuer Dollmetscher, jeden Zug ausdrückst; damit du nicht mit deiner Nachahmung in eine
Enge gerathest, woraus du dich nicht ohne Schande
herausziehen kannst, und worinn du dich nicht ohne Ver-
letzung der Regeln weiter wagen darfst.

Auch mußt du nicht anfangen wie jener cyclische
Poet: Ich singe die Schicksale Priams und jenen
glorreichen Krieg. Wird die Folge mit diesen prah-
lenden Versen übereinstimmen? Der Berg in Kindes-
nöthen gebiert eine Maus. Wie weit besser gefällt mir
dieser, der ohne Pomp anfängt: Muse erzähle mir
etwas von dem Manne, der nach Trojens Unter-
gange, die Sitten so mancher Menschen sahe, und
so manche Städte durchreiste. Hier folgt kein
Rauch auf eine helle Flamme, sondern ein lebhafter
Glanz folgt auf diesen bescheidenen Eingang. Bald
wird man Wunder erscheinen sehen; bald wird er uns
den Antiphates mahlen; die Scylla, die Charybbis, den
Polyphem.

Er wird nicht bis zum Tode Meleagers heraufstei-
gen, um uns die Wiederkunft des Diomedes zu erzählen, noch bis zum Zwillingseye der Leda, um auf den
trojanischen Krieg zu kommen. Er eilt allezeit zum
Ausgange und reißt seinen Leser mitten in die Geschichte
hinein, als ob ihm alles übrige bekannt wäre. Er
läßt alles fahren, was die Kunst nicht glücklich vorstellen kann: und vermischt in seinen Erdichtungen das
Wahre mit dem Falschen dergestalt, daß der Anfang,

das Mittel, das Ende alles gleichartig, und von einer Natur zu seyn scheint.

Höre mir zu, was ich von dir begehre, und das Volk mit mir. Soll dein Zuhörer mit Vergnügen alle Scenen ausdauern und ruhig sitzen bleiben, bis das Chor ruft: klopfet in die Hände: so zeichne die Sitten eines jeden Alters. Sie ändern mit den Jahren. Sorge dafür, daß sie ihre gehörige Farbe bekommen.

Ein Kind, welches bereits alle Worte nachzusprechen weiß, und die Erde nicht mehr mit wankenden Fuße betritt, spielt gern mit seines gleichen, erzürnt sich um nichts, und versöhnt sich eben so leicht; es ändert mit jedem Augenblicke.

Der Jüngling, der sich endlich von seinem Aufseher befreyet sieht, liebt Pferde, liebt Hunde, kämpft auf dem Felde des Mars; nimmt gleich einem Wachse die Eindrücke des Bösen an; sträubt sich gegen güte Lehren; sieht nie den Mangel von fern; verschwendet sein Gut; ist eitel; begehrt alles, und verwirft bald nachher, was er erwählt hatte.

Das männliche Alter ändert die Sitten. Ein Mann sucht etwas zu erwerben, sucht sich Freunde zu machen, sich empor zu schwingen; er hütet sich etwas zu thun, was ihm gereuen könnte.

Der Greis ist einer Menge von Unfällen ausgesetzt: Wäre es auch nur blos der Geiz: Er häuft Schätze und der Armselige genießt sie nicht. Er ist langsam und kalt in allen seinen Verrichtungen; schiebt immer auf,

auf, hoffe immer; ist unfähig zur Ausführung, für die
Zukunft besorgt, mürrisch, voll Klagen, lobt die ver-
floßne Zeit als er noch ein Knabe war, schilt und tadelt
was jünger ist, als er.

Das heraufsteigende Alter bringt dem Menschen
viele Vortheile mit; das herabsteigende nimmt ihm viele
hinweg. Gieb einem jungen Menschen nicht die Rolle
eines Alten, noch einem Kinde die Rolle eines Mannes.
Halte dich an die Züge, die einer jeden Stufe des menschlichen Lebens natürlich sind.

Die Handlung geht auf der Bühne vor, oder sie
wird erzählt, als wäre sie vorgegangen. Was in die
Augen fällt, würkt stärker auf die Seele, als was seinen Weg durch die Ohren nimmt; der Zuschauer giebt
ihm mehr Glauben; er unterrichtet sich selbst davon.
Indessen muß man nicht auf die Bühne bringen, was
hinter den Scenen anständiger geschehen kann. Manches entfernt man und läßt es durch einen lebhaften gerührten Augenzeugen erzählen.

Medea muß ihre Kinder nicht vor unserm Angesicht erwürgen. Der abscheuliche Atreus muß nicht
auf öffentlicher Bühne menschliche Gliedmassen kochen:
Progne sich nicht in einen Vogel, oder Cadmus in eine
Schlange verwandeln. Diese Vorstellungen würden
nicht geglaubt werden, und also auch nicht gefallen
können.

Das Stück muß fünf Aufzüge haben, nicht mehr,
nicht weniger, wenn man es im Gedächtniß behalten,
und wenn man es öfter zu sehen wünschen soll. Man

muß keine Gottheit einmischen, wofern nicht zur Entwickelung eine übernatürliche Kraft erfordert wird. Auch dürfen nicht mehr, als drey Personen in Unterredung seyn.

Der Chor spielt die Rolle einer Person. Er singe zwischen den Aufzügen nichts, was nicht zur Handlung etwas beyträgt und sich darauf beziehe. Er sey der Tugendhaften Freund und Rathgeber. Er stille den Hader, besänftige den Zorn. Er segne die Mäßigkeit, die an sparsamer Tafel vergnügt, und die Gerechtigkeit, und die Gesetze, und den Frieden der bey offenen Thoren wohnt. Er bewahre heilig ein anvertrautes Geheimniß; er ehre die Götter und bete zu ihnen, daß sie den Unterdrückten erheben, und den Hochmüthigen zu Boden stürzen.

Eine Flöte, die noch nicht durch den metallenen Zusatz verlängert der Tuba nahe kam, sondern eine dünne einfache Flöte, die nur wenige Löcher hatte, war hinreichend, den Chor zu unterstützen und im Tone zu erhalten, und einen sparsam besetzten Schauplatz anzufüllen, wo ein Volk zusammen kam, das damals noch klein, und überdem bescheiden, fromm und züchtig war.

Allein, als dieses siegreiche Volk sein Gebiet erweitert hatte, und den Umkreyß seiner Mauer größer gemacht; als es anfieng, an seinen Festen ungestraft, den ganzen Tag mit Weine zu begehn: da wurden Tact und Weise verwegner. Denn welchen Eindruck hätte sonst das Spiel auf den bäurischen Zuhörer gemacht, der gar keinen Geschmack besaß, und der sich von seiner Arbeit zu erhohlen zur Stadt gekommen war, und wild und unbändig seinen Platz mitten unter den Nüchternen nahm? Dahero that

der

der Flötenspieler zu der alten Tonkunst mehr Schimmer,
und einen üppigen Zierrath hinzu, und der Chor durch-
irrte mit dem stolzem Schweife seines Kleides die ganze
Bühne.   Daher erhob auch die ernste Leyer den Ton,
und der höher fliegende Gesang führte eine ungewöhnliche
Sprache; Reden, die ehmals voll gemeinnütziger Lehren,
voll weitaussehender Staatsklugheit waren, gleichen jetzt
den delphischen Orakelsprüchen.

Man gieng noch weiter.   Die Poeten, die ehmals um einen Bock gestritten hatten, führten jetzt nackte
Satyren auf, und suchten mit Beybehaltung der tragischen Ernsthaftigkeit ein Gelächter zu erregen.   Wie
konnte man anders, als durch etwas anzügliches und neues, einen Zuschauer bis ans Ende ruhig erhalten, der von
den Opfern herkam, noch voll vom Weine, und zu allen
Ausschweifungen geneigt war?

Indessen wenn man schalkhafte, wenn man beißende Satyren mit auf die Bühne bringen, wenn man den
Ernst mit dem Gelächter abändern will: so hüte man
sich, daß der tragische Gott oder Held, den man mit dem
Satyr zusammen stellt, und der sich kurz zuvor in königlichem Purpur und Golde sehen ließ, jetzo nicht mit pöbelhaften Reden in die Schenken wandre, oder auch, indem er die Erde vermeiden will, sich in den Wolken ver-
liehre.   Die Tragödie darf sich niemals erniedrigen.
Wann sie sich unter dem Satyrvolke befindet, so muß sie
in eben der schamhaften Verwirrung seyn, in der eine edle
Römerinn ist, die an den Festen der Götter öffentlich
tanzen soll.   Wenn ich dergleichen Satyrspiele machte,
so würde ich mich nicht blos des gemeinen Ausdrucks und
der allereigentlichsten Worte bedienen; ich würde mich
zwar

zwar von dem tragischen Tone entfernen, doch so, daß
noch ein Unterschied bliebe unter den Reden eines Davus
und einer frechen Pythias, die dem Simo ein Talent ablockt, und unter den Reden eines Silens, der Aufseher
und Diener eines jungen Gottes ist. Ich würde aus der
gemeinen Rede mir eine poetische Sprache erschaffen, wovon ein jeder glauben sollte, er könne dergleichen stehendes Fußes machen, der dennoch, fals er es unternehmen
sollte, lange und vergebens schwitzen würde: einen so schönen Anstrich bekommen gemeine Wörter durch ihre Stelle
und Verbindung.

Die Fannen kommen aus den Wäldern her; ich
rathe also, daß sie nicht allzufeine Verse hersagen, als ob
sie mitten in der Stadt gebohren wären, oder gar auf
der Rednerbühne ständen; doch müssen sie eben so wenig
Grobheiten und Unflätereyen ausstoßen. Wenn gleich
der Pöbel, der Nüsse kauft und Erbsen klaubt, dergleichen billigt, so wird sich doch der Rathsherr, der Ritter,
der wohlhabende Bürger dadurch beleidigt finden, und einem solchen Stück den Preiß nicht zuerkennen.

Eine kurze Sylbe von einer langen unterstützt, wird
ein Jambus genannt. Ein schneller Fuß! daher man
den jambischen Versen den Namen Trimeter gegeben hat,
ohngeachtet sie sechs Füße messen. Ehemals war dieser
Vers aus lauter Jamben zusammengesetzt, allein nachher, um ihm ein wenig mehr Gewicht, und einen ernsthaften Gang zu geben, hat der Jambus etwas von seinen Rechten, den langsamen Spondeen abgetreten; doch
mit der Bedingung, daß er selbst niemals weder von dem
zweyten noch von dem vierten Platze weichen dürfte.

Zwar

Zwar erscheint er auch an diesen beyden Stellen nur selten in den berühmten Trimetern des Ennius und des Ac-
cius.   Allein ein Vers, der mit so schwerfälligen Füssen
auf die Bühne tritt, verräth, daß das Werk allzuvilfer-
tig und mit zu weniger Sorgfalt gemacht ist, oder daß
der Verfasser seine Kunst nicht verstanden hat.

Ich weiß wohl, nicht ein jeder Richter wird den
Uebelklang in den Gedichten gewahr; und wir Römer
besonders haben hierinne allzuviele Nachsicht gegen unsere
Dichter gehabt.   Aber soll das für mich ein Grund seyn,
mir alle Freyheiten zu erlauben, und mich an keine Regeln zu binden? Oder soll ich nicht vielmehr mich selbst
überreden, die ganze Welt werde meine Fehler sehn, und
so schreiben, daß ich des Beyfalls sicher, nicht nöthig habe, auf Vergebung zu warten? Und wenn ich auch endlich diese Vergebung erhielte, so habe ich deswegen noch
kein Lob verdient.   Leset die Muster, die uns die Griechen hinterlassen haben, und leset sie bey Tage, und leset
sie bey Nacht!

Man sagt, daß Thespis der erste Erfinder der
tragischen Dichtungsart gewesen ist, er, der seine Muse
auf Karren fuhr, und den Sängern und Spielern seiner
Stücke die Gesichter mit Weinhefen bemahlte.   Nach
ihm erfand Aeschylus anständigere Masken und Talare.
Er bauete sein Theater auf Balken, gab seinen Personen
eine erhabene Sprache, und zog ihnen den Cothurn an.

Hierauf erschien die alte Comödie, die sich einen
großen Namen erwarb. Allein, ihr freier Scherz ar-
tete gar bald in Schmähsucht aus, und in eine Gewalt-
                                              thätig-

thätigkeit, der die Gesetze Einhalt thun musten.   Kaum
war das Gesetz gegeben: so muste das Chor in den Comödien nichts mehr zu sagen, weil ihm die Freyheit genommen war, Schaden zu thun.

Unsere Poeten haben in jeder Gattung gearbeitet.
Ja sie haben es gewagt, den Griechen nicht mehr furchtsam auf dem Fuße nachzugehen, sondern einheimische Fabeln zu behandeln, die ihnen viel Ehre gebracht haben,
so wohl im Comischen, als im Tragischen.   Ja man kann
sagen, daß Latien eben so groß in den Werken des Geistes
seyn würde, als es durch Tapferkeit und durch die Waffen groß geworden ist: wenn nur nicht einen jeden unserer
Dichterer die Mühe und die Zeit der Ausfeilung verdröße.
O ihr Kinder des Pompilius tadelt nur dreist ein Gedicht, das nicht alt geworden, und oft durchstrichen, und
wenn es vollendet war, nicht zehnmal aufs neue sorgfältig überarbeitet worden ist.

Weil Demokritus sagt, daß ein guter Kopf mehr
werth sey, als alle Bemühungen der Kunst, und weil er
die Dichter, die bey gesunder Vernunft sind, vom Helikon
verbannt: so siehet man eine Menge Poeten, die sich mit
großer Sorgfalt die Nägel und den Bart wachsen lassen, sich an wüste Oerter begeben, in kein Bad gehen;
denn man erlangt die Ehre, ein schöner Geist zu heißen;
wenn man dem Balbier niemals einen Kopf anvertraut,
den drey Anticirderinseln zu heilen nicht Nießwurz genug
hätten.   O wie bin ich doch so unbesonnen, daß ich alle
Frühlinge die schwarze Galle abführe: kein Mensch würde bessere Verse machen, als ich.   Doch ich entsage dieser
Ehre.   Ich will die Stelle eines Wetzsteins vertreten,

der selbst nicht schneiden kann, aber das Eisen in den
Stand setzt, zu schneiden.   Ohne selbst zu schreiben, will
ich andern sagen, wie sie schreiben müssen.   Ich will ihnen die Quellen des Schönen entdecken; ihnen zeigen, wodurch ein Dichter gebildet wird, womit er sich nähret;
was jede Dichtungsart leidet und was sie nicht leidet, was
von gutem Geschmacke und was ausschweifend ist.

Gut zu schreiben, muß man zuerst denken können,
Sachen findet man in den Werken der Weltweisen; und
wer mit Sachen wohl versehen ist, dem bieten sich die
Ausdrücke von selbst dar.

Wer gelernt hat, was er seinem Vaterlande, was
er seinen Freunden schuldig ist; mit welcher Liebe man einen Vater lieben soll, mit welcher einen Bruder, oder einen Frembling, den man in sein Haus aufnimmt; welches die Pflichten eines Rathsherrns, eines Richters, eines klugen Heerführes sind: der wird einer jeden Person
beylegen, was sich für sie schickt.   Hiernächst werfe der
philosophische Dichter die Augen auf die belebenden Muster der Gesellschaft, und nehme daher die wahre Sprache der Natur.

Oft macht ein Stück, das stark gezeichnete Charakter und wohl ausgedrückte Sitten hat, ob es gleich im
übrigen ohne Anmuth, ohne Stärke, ohne Kunst geschrieben ist, der Welt mehr Vergnügen, und zieht mehr Zuhörer an sich, als alle wohlklingende Nichts, als alle die
schön geschriebenen Verse, die leer an Sachen sind.

Die Griechen hatten beydes, einen erfindungsreichen Geist, und alle Schönheiten des Ausdrucks.   Auch
waren

waren sie nichts, als nach Ehre geitzig. Unsere Jugend
lernt durch lange Rechnungen ein Pfund in hundert Theile
theilen. Söhngen des Albinus, sage, wenn man
von fünf Unzen eine wegnimmt, wie viel bleibt?
Nun? du hast es ja sonst gewußt. — Ein Drittheil. Schön! du wirst dein Vermögen zusammen halten, thut man eine Unze hinzu, wie viel
macht das? — Ein halbes Pfund. Hat dieser
Rost, diese Habsucht, das Gemüth einmal angesteckt,
wie kann man doch noch auf Gedichte hoffen, die werth
wären, mit Cedernöl getränkt und in Cypressenholz auf-
bewahrt zu werden.

Die Poeten wollen entweder unterrichten, oder ergötzen, oder beydes zugleich thun.

Was du lehrest, das lehre kurz; damit der wissens-
begierige Geist die Lehre bald fasse und getreu bewahre:
alles Ueberflüßige läuft herab, so bald die Seele voll ist.

Erdichtungen, die man zum Vergnügen macht, müssen der Wahrheit nahe kommen. Deine Fabel hat kein
Recht, uns einzubilden, was ihr beliebt; hast du von
einer Unholdin ein Kind verzehren lassen, so laß es ihr
nicht einenAugenblick nachher lebendig aus dem Leibe ziehn.

Unsre Aeltesten verachten die Stücke, die nicht lehrreich sind. Unsere junge Ritterschaft hält sich bey denen
nicht lange auf, die allzuernsthaft sind. Der aber trägt
alle Stimmen davon, der das Nützliche mit dem Angenehmen verbindet, der den Leser ergötzt und ihn zugleich
belehrt. Ein solches Buch macht die Sosier reich; ein
solches schifft über das Meer, und macht seinen berühmten Urheber unsterblich.

Doch

Doch giebt es Fehler, die man verzeihen muß. Die Sayte läßt nicht allezeit den Ton hören, den Ohr und Finger verlangt; oft glaubte man sie, auf einen tiefern Ton gespannt zu haben, und sie giebt einen höhern an. Der Pfeil vom Bogen abgedruckt, trifft sein bestimmtes Ziel nicht allemal. Wann nur in einem Gedichte die Schönheiten die gröste Zahl ausmachen, so beleidigen mich einige Flecken nicht, die sich aus Unachtsamkeit eingeschlichen haben, und die die menschliche Schwachheit nicht allzu wohl vermeiden kann. Aber gleich wie ein Abschreiber keine Vergebung verdient, wann er, oft gewarnt, noch immer denselben Fehler begeht; und wie man einen Instrumentenspieler verlacht, der immer an gleicher Stelle falsch spielt: eben so ist ein Autor, der sich oft auf einem Fehler ertappen läßt, für mich ein zweyter Chorilus, ein Poet, den ich an zwey oder drey Stellen mit Lachen eben so sehr bewundere, als es mir wehe thut, wenn etwa unser guter Homer einmal schlummert. Doch in einem langen Werke ist es erlaubt, sich einen Augenblick zu vergessen.

Es ist mit der Poesie, wie mit der Malerey, beschaffen. Es giebt Stellen, die man in der Nähe, und Stellen, die man in der Ferne betrachten muß; einige wollen versteckt seyn, andre ertragen das hellste Licht, und fürchten nicht die scharfsinnigsten Augen ihres Richters. Manche gefallen nur einmal, manche können zehnmal wiederhohlt werden, und gefallen immer wieder.

O du Aeltester unter deinen Brüdern, ob du gleich durch die Lehren deines Vaters gebildet wirst, und selber richtig denkst: so höre doch dieses Wort und vergiß es nie!

O

Gewissen

Gewissen Dingen ist es vergönnt, von mittler Art und blos erträglich zu seyn. Ein mittelmäßiger Rechtsgelehrter und Fürsprecher im Gericht, hat das Talent des beredten Messala nicht, noch die gründliche Wissenschaft des Aulus Cassellius; indessen hat er doch seinen Werth. Wenn aber ein Poet mittelmäßig ist, das verzeiht ihm kein Mensch, kein Gott und kein Pfeiler, der seine Werke trägt. So wie bey einem angenehmen Gastmahle eine mishellige Musik, alte Salben und Mohn mit Sardischen Honigseim den Gast beleidigt, weil die Mahlzeit diese Dinge entrathen konnte; so auch die Poesie, erfunden zur Belustigung unsers Geistes, erreicht sie nicht den Gipfel der Vollkommenheit, so sinkt sie in die Tiefe. Wer die Fechtkunst nicht versteht, der geht mit keinen Waffen auf den Kampfplatz. Wer nicht weiß, wie er den Ball schlagen, die Scheibe werfen, den Reifen treiben soll, der bleibt ruhig sitzen, damit er nicht dem Volke zum Gelächter diene; und ohne ein Poet zu seyn, will man Verse machen können. Warum das nicht? Bin ich nicht mein eigner Herr? Habe ich nicht so viel Einkünfte als zu einem Ritter gehören? Und was ist wider meine Aufführung einzuwenden?

Du, mein Piso, bist von der Denkungsart, nichts zu schreiben, nichts zu unternehmen, wozu du kein Talent besitzest. Indessen, wenn du einmal ein Werk versuchen willst: so unterwirf es der Critik des Metius, und deines Vaters, und auch wohl meiner eigenen; und behalte es neun Jahr lang bey dir. Die Schrift, die noch in deinen Händen ist, kannst du verbessern, ehe die Welt sie

siehe:

siehet: ein laut gesprochnes Wort kehrt nimmermehr
zurück.

Orpheus, ein heiliger Priester der Götter, hat die
wilden Menschen zuerst vom Blut und von der abscheuli-
chen Speise entwöhnt, womit sie ihre Leiber nährten.
Daher sagt man, er habe die Tieger gebändigt und die
grimmigen Löwen gezähmet. Eben so sagt man auch,
Amphion, der die Burg zu Theben erbauet hat, habe die
Steine durch den Ton seiner Leyer und durch seinen süssen Gesang an sich gezogen, und sie hingeführt, wohin er
gewollt. Dieses war die erste Weltweisheit auf Erden:
diese lehrte die Menschen, die öffentliche Wohlfahrt von
dem Privatnutzen, das Heilige von dem Unheiligen zu
scheiden; diese schränkte die viehische Begierden ein, und
stiftete eheliche Bündnisse: diese erbauete Städte, und
grub Gesetze in hölzerne Tafeln: diese erwarb der Dichtkunst ein ehrwürdiges Ansehn, und einen göttlichen Namen ihren Dichtern. Bald erschien Homer, und verdunkelte sie alle, auch Tyrtäus kam und erhitzte durch seine
Gesänge die Seele des Patrioten zum Streit. Die
Orakel antworteten in der Sprache der Dichter, die Sittenlehre redete in eben diesem Tone. Auch gewann
man die Gunst der Könige durch den Gesang der Musen.
Endlich erfand man die Schauspiele, und krönte damit
die langen Arbeiten des Jahrs. So schäme dich dann
der Laute nicht, schäme dich nicht, mit dem Apollo lieber
anzustimmen.

Man hat die Frage aufgeworfen, ob ein vollkommen Gedichte ein Werk der Natur oder der Kunst sey.
Was mich anbetrifft, so sehe ich nicht, was die Arbeit
ohne eine glückliche Ader, noch was der rohe unbearbeitete

Geist aus sich selber hervorbringen könnte: sie müssen
sich gemeinschaftliche Hülfe leisten und zu einerley Zwecke
mitwürken.

Der Athlet, der den Preiß im Wettlauf zu erhalten begierig ist, hat in seiner Jugend viel gearbeitet,
viel ausgestanden; er hat Kälte und Hitze ertragen, allen Wollüsten entsagt. Der Flötenspieler, der sich an
den Festen des Apollo hören läßt, hat lange Zeit auf seiner Kunst gelernt, und seines Lehrmeisters Verweise erdulden müssen. Heutiges Tages ist es genug, wenn
man sagt: mir fließen die Verse unvergleichlich. Ein
Schelm bleibt der letzte! Ich würde mich schämen, wenn
ich offenherzig bekennen sollte, ich wüßte das nicht, was ich
freilich mein Lebtage nicht gelernt habe.

Ist ein Poet reich an Gütern, und kann von seinen
Zinsen leben, so versammlet er gewiß einen Schwarm ei-
gennütziger Schmeichler um sich herum, ohngefehr, wie
ein Ausrufer, Käufer um seine Waaren. Ist er überdem ein Mann, der eine gute Tafel hält, der für einen
Menschen, der keinen Credit hat, Bürge werden, und ihm
aus einem verwickelten Processe heraushelfen kann: so
wäre es ein großes Wunder, wenn er so glücklich seyn
sollte, den Schmeichler von dem aufrichtigen Freunde zu
unterscheiden.

Wenn du jemanden ein Geschenk gemacht hast oder
machen willst: so hüte dich, ihm deine Verse vorzulesen,
so lange er noch mitten in seiner Freude ist. Er wird
ausrufen: schön, sehr schön, unvergleichlich! Er wird eine
zärtliche Thräne fallen lassen; er wird vor Entzückung
hüpfen oder mit dem Fuße stampfen. So wie die, beten

ren Thränen man zu den Leichenbegängnissen erkauft,
mehr weinen und klagen, als die wirklich Betrübten: so
wird auch ein Schmeichler, der unser mehr spottet, mehr
gerührt, als ein aufrichtiger Bewunderer. Wenn die
Könige einen Menschen ausforschen und erfahren wollen,
ob er ihrer Vertraulichkeit würdig ist, so setzen sie ihm mit
vielen Pokalen zu. Der Wein ist eine Art von
Folter, die die Wahrheit herausbringt. Wenn du Verse
machst, so hüte dich auf alle Weise vor diesen Füchsen, die
ihre Meynung unter glatten Worten verbergen!

Wenn man dem Quintilius etwas vorlas, so sagte
er, ändre dieses, ändre jenes. Warf man ein, es wäre
nicht möglich, man hätte es schon zwey, drey mahl versucht, so hieß er es ausstreichen, und den ganzen Gedanken umschmelzen und zum vierten mal einkleiden. Wenn
man, statt zu ändern, was er getadelt hatte, es zu vertheidigen unternahm: so gab er sich weiter keine vergebliche Mühe, er verlohr kein Wort mehr; sondern ließ
den Autor sich selbst und sein Werk allein und ohne Nebenbuhler bewundern.

Ein Kunstrichter, der aufrichtig und voll Einsicht
ist, tadelt einen leeren Vers, schilt einen andern, der
hart ist, streicht den gemeinen quer durch, schneidet die
üppigen Zierathe weg, heißt den dunkeln Stellen mehr
Licht geben, zeigt dir eine Zweydeutigkeit, merkt an, was
versetzt werden muß, kurz, er wird ein Aristarch, und sagt
nicht: aber warum soll ich meinen Freund wegen solcher
Kleinigkeiten mißvergnügt machen! Diese Kleinigkeiten
können verdrüßliche Folgen haben; wenn dein Freund ausgelacht wird, und den Beyfall der Welt verliehrt.

D 3

So

So wie man einen Menschen anzurühren sich fürchtet, der einen bösen Aussatz hat, oder dem ein fanatischer
Geist, und der Zorn der Luna die Sinne verwirret: so
fürchtet sich ein kluger Mann, einen Poeten anzutasten,
der in sich selbst närrisch verliebt ist. Nur Kinder nahen sich ihm, und verfolgen ihn, weil sie die Gefahr
nicht kennen.

Wenn ein solcher, indem er erhabne Verse schnaubt,
und sich in den Wolken verieret, in einen Brunnen oder
Graben fällt; wie jener Vogelfänger, der nach Amseln
stellte; und mit kläglicher Stimme schreyt! Helft mir ihr
lieben Bürger! so ziehe ihn ja niemand heraus. Falls
ihm einer beyspringen und aus Mitleiden einen Strick
hinabwerfen wollte; was weißt du, würde ich sagen, ob er
sich nicht freywillig hineingeworfen hat? und ob er gerettet seyn will? und würde ihm hieben das Abentheuer
des Poeten Empidokles erzählen, der, um für einen Gott
gehalten zu werden, bey kaltem Blut in den Aetna
sprang. Man lasse die Poeten sich selbst umbringen,
wenn sie Lust haben. Wer einen solchen Menschen zu
leben zwingt, den hält er für seinen Mörder. Es ist
auch nicht das erstemal, daß er dergleichen thut, und wenn
man ihn heute heraus zöge, so würde er darum nicht klüger werden, und nicht weniger, wie sonst nach einem Tode verlangen, der ihm bey so vielen Leuten Ehre bringt.
Man weiß nicht, woher er das Unglück hat, Verse zu machen, ob er die Asche seines Vaters besudelte, oder, ob er
sonst einen heiligen Ort entwehnt hat; wenigstens ist er
von einer Furie besessen. Wie ein Bär, der sein Gefängniß durchbrochen hat, jagt er den Ungelehrten und
den Gelehrten mit seinen Versen in die Flucht. Unglücklich,

lich, wen er erhascht! er hält ihn fest, er läßt ihn todt.
Er ist ein Blutigel, der nicht ehe los läßt, bis er sich
ganz voll gesogen hat.

Vida *).

Der Bischoff unterscheidet sich vom Horatz, theils
dadurch, daß er in einem höhern und ernsthaftern Ton dichtet, weil er nicht die Sprache des scherzhaften Briefes
redet, theils, daß er sich mehr über alle Arten der Poesie
ausbreitet, aber nur aus Liebe zum Virgil bey der Epopee, wie jener beym Drama, am längsten verweilt, theils,
daß seine Poesie ein Cento aus denen Alten, besonders
aus dem Virgil, ist.

Boileau **)

Ist hierinnen der klaßische Poet, schreibt poetischer,
als die beiden vorhergehenden, geht alle Arten der Gedichte durch, stimmt den Ton nach der Art des Gedichts,
von der er redet, praktische Regeln, und satyrische War-
nungen in die wohlklingensten Verse gekleidet, sind so
häufig in seiner Dichtkunst, daß sie beinahe ganz zum
Sprüchworte geworden ist.

Pope.

Steht am besten neben dem Boileau. Denn keine
Aehnlichkeit kann größer seyn, als die, zwischen diesen
beiden Dichtern. In dem Scharfsinn, neue Regeln
auszuheben, und alte neu anzuwenden, scheint er vor
Boileauen den Vorzug zu haben. Daß er seine Anwei-

D 4

sung

---

*) Kloßens Edition. Pitts und Concanens englische
Uebersetzungen.

**) Des Grafen Ericepra portugiesische Uebersetzung.

sung an die Kritiker richtet, ist nur eine Wendung, und
durch sie muß sich der junge Dichter nicht abhalten lassen,
hier mit seinem Präceptor, dem Kunstrichter zugleich in
die Schule gehen.   Pope selbst war nur zwanzig Jahr
alt, als er seinen Essay on Criticismus schrieb; ihm, der
in den Jahren schon den Dichtern Gesetze geben konnte,
mußten nachher diese Gesetze sehr leichte Fesseln seyn.

Buckingham *).

Sein Versuch über die Dichtkunst ist kurz und gut.
In der brittischen Bibliothek steht er übersetzt.

Roscommon.

Sein Versuch über die Uebersetzung der Verse enthält nicht nur für die Uebersetzer, sondern auch für die
Dichter selbst sehr nützliche Regeln, und ist ein gutes bidac-
tisches Gedicht, wenn es gleich keine Dichtkunst ist. Der
Charakter seiner Poesie ist mehr das männliche, als das
feurige und bilderreiche.

Abbison.

**) Sein Account of the English Poets betrift
nur die ältern Zeiten der englischen Poesie.

Lady Montague.

Dies witzige Frauenzimmer, an welches Pope folgendes Gedicht richtet:

La

*) Gibbons Commentar.

**) Etwas ähnliches sind im deutschen Bodmers Cha-
rakter deutscher Dichter.

In Beauty or Wit
No Mortal as yet
To question your empire has dar'd,
But Men of Discerning
Have thought, that in Learning
To yield to a Lady was hard.

Impertinent Schools
With musty dull Rules
Have Reading to Females deny'd;
So Papists refuse,
The Bible to use,
Lest Flocks should be wise as their Guide.

T'was woman at first,
(Indeed she was curs'd)
In Knowledge that tasted Delight,
And Sages agree,
The Laws should decree
To the first Possessor the Right.

Then bravely, fair Dame,
Resume the old Claim,
Which to your whole Sex does belong,
And let Men receive
From a second bright Eve
The Knowledge of Right and of Wrong.

But if the first Eve
Hard Doom did receive,
When only One Apple had she:
What a Punishment new
Shall befoad of you,
Who tasting have roll'd the whole tree?

Hat

Hat eine kleine poetische Geschichte der Poesie geschrieben, in der sie die Charaktere der vornehmsten alten und englischen Dichter entwirft.

Ogilvie

Hat sich zum Minos der Poeten seiner Nation aufgeworfen und ein ganzes Elysium of Poets errichtet.

Kaestner.

Da wir noch keine Dichtkunst in Versen haben, so sind seine Gedichte, über einige Pflichten des Dichters, über die Reime, und über die Verbindlichkeit des Poeten allen Lesern deutlich zu seyn, die einzigen deutschen, welche hier angeführt werden können.

Moral der Dichter.

Nur der erste Gesang dieses Gedichts von Engeln ist heraus, und man muß die folgenden erwarten, ehe man etwas zum Lobe des angehenden Dichters sagen kann.

Von den Gedichten über die Poesie zu denen über die Malerey ist der Uebergang natürlich genug, ohne, daß ich nöthig hätte nach der löblichen Gewohnheit der Geschichtschreiber der Gelehrten ein Verzeichniß von Malern vorauszuschicken, welche den Pinsel und die Dichterfeder zu gleicher Zeit geführt. Wenn ich es aber vorausschickte, so würde freilich Michael Angelo die vielleicht kurze Reihe anfangen.

Perrault.

Sein Poëme des Arts kenne ich nur dem Titel nach; da aber Perrault überhaupt kein großer Dichter ist; so verlange ich auch nicht sehr, es näher kennen zu lernen.

C. A.

C. A. Dufresnoy *).

War Dichter genug, ein vortreffliches Gedicht zu schreiben, und zugleich Maler, um gründlich zu seyn. So sehr er auch die lateinische Sprache in seiner Gewalt hat: so würde er doch in seinem Vaterlande wenig Leser gefunden haben, wenn ihn nicht De Piles übersetzt hätte, der seiner Uebersetzung durch die Anmerkung noch einen Vorzug gegeben.

Marsy.

Sein kleines, aber schönes Carmen de pictura kam 1736 heraus, und ward in einer französischen Uebersetzung mit dem Gedichte des Dufresnoy unter dem Titel: l'Ecole d'Uranie 1753 zusammengedruckt.

Watelet **).

Vereinigt mit einer practischen Kenntniß der Malerey eine reißende Poesie des Stils. Und welcher Mann von Genie kann wohl von einer Kunst matt singen, die solche Meister gehabt, als in folgenden Versen genennt sind:

Et vous de nos secrets sublimes interpretes,
Artistes eloquens, Coloristes Poetes,
Homere le Correge, Albane Anacreon,
Virgile Raphael, Michal — Ange Milton:
Apprenés aux mortels empressés sur vos traces
Les pouvoirs du genie et les charmes des graces.

Doißin.

Sein Gedicht von der Kupferstecherkunst kenne ich nur dem Namen nach.

Ein

*) Drydens englische Uebersetzung.

**) Le Blanc lettres sur le poeme de Watelet.

Ein italiänisches Gedicht von der Musik, dessen Dübos gedenkt, ist das einzige mir bekannte Gedicht über die Musik. Denn

Leßings

Gedicht an Marpurgen ist nur ein Fragment und mehr Satyre als Unterricht.

Vermöge der unumschränkten Herrschaft über alles, was die Menschen angeht, wirft sich die Dichtkunst öft auch zur Lehrerinn solcher Künste auf, die sie erst zu ihren Vortrag abeln muß, und ohne ein Kunstverwandter zu seyn, liest der Liebhaber der Poesie auch solche Gedichte, wenn nur die Muse sich nicht, wie bey einem Paar Italiener bis zur Sprache der Weinbergerarbeiter erniedrigt, oder eine Lehrmeisterinn des Cicisbeats abgeben will. So ökonomisch auch unsre Zeiten heissen: so können sie doch in ökonomischen Gedichten den Alten den Vorzug nicht streitig machen.

Hesiodus *).

Welcher in den Zeiten lebte, da noch der Ackerbau der größte Reichthum war, giebt in seinen Tagewerken dem Landwirthe nützliche Regeln einer guten Haushaltung in einer simpeln Schreibart. Der Tradition nach soll er in einem Wettstreite mit dem Homer den Preiß über diesen davon getragen haben; aber zu allem Glücke wird hinzugesetzt, daß Homer damals schon alt, und Hesiodus noch jung gewesen.

Virgil

*) Grävil und Heinsii Edit. Terrassons französische, Coodens englische, Salvini italiänische Uebersetzungen.

Virgil *).

Wem ist unbekannt, daß aus ihm alle Regeln einet guten Lehrgedichts geschöpft werden können? Martyn zeigt, wie nützlich auch seine Regeln von dem Ackerbau, der Baumzucht, der Viehzucht, und dem Honigbau noch heut zu Tage seyn können.

Columella. **)

Als ein Supplement zu des Virgils Georgicis, hat er sein zehntes Buch vom Ackerbaue, welches von den Gärten handelt, in Versen geschrieben, die niemand dem Virgil an die Seite setzen wird.

Gratius Faliscus ***).

Hat ein Gedicht von der Jagd unter der Aufschrift Cynegeticon in heroischen Versen geschrieben.

Oppian. †)

Seine Gedichte vom Fischfang und von der Jagd sind bekannt. Als ihm bey dem ausserordentlichen Beyfall, den er bey einer öffentlichen Vorlesung fand, erlaubt ward, eine Belohnung nach seinem Gefallen zu bitten, bat er um die Freyheit seines Vaters, erhielt sie und Geld ward ihm oben drein gegeben.

Reme-

---

*) Martyns englische, mit einem gelehrten und ökonomischen Commentar; Duschens Uebersetzung der Martynischen Noten, und des lateinischen Textes gehört zu den Büchern, von denen Gerstenberg sagt, daß er sie vor seinem eignen Genie nicht rechtfertigen könne. Daniello Italiänische.

**) Geßners Edition.

***) Th. Johnsons Ausgabe.

†) Rittershusius Ausgabe.

Nemesianus.

Von ihm ist annoch ein Cynegeticon übrig.

P. Crescenzi und L. Allemanni.

Beyde dichten della coltivatione, und die Italiäner halten sie hierinnen vor ihre Virgile.

Vida.

Von seinem Gedichten, von den Seidenwürmern, und vom Schachspiel, wird keines selber Dichtkunst gleich geschätzt.

Joh. Philipps.

*) — Pomona's bard, the second thou,
Who nobly durst in rhyme-unfetterd verse
With British Freedom sing the British song;
How from Silurian vats high-sparckling wines
Foem in transparent floods, some strong, tochear
The wintry revels of the labouring hind;
And tasteful, to cool the **) summer-hours ***)

Dyer.

Kömmt ein neuer Dichter den Virgil gleich: so ist es dieser, außer daß zuweilen anstatt der Virgilischen
Zier-

*) Thomson.
**) the Cyder.
***) Du Dichter Pomonens, du bist der zweyte, der die edle Klugheit gehabt, frey von den Fesseln des Reims, mit brittischer Freyheit, dein brittisches Lied zu singen, zu singen, wie aus Siluriens Fässern hochblinkende Weine in durchsichtigen Fluten rauchen, wie so kräftig sie sind bey der Winterlustbarkeit der mühsamen Jagd zu ergötzen, und wie schmackhaft in den Sommerstunden zu kühlen. (Französische Uebers. in des Abbés Yart Idee de la Poesie Angloise.

Zierlichkeit, Pracht und Verschwendung in seinem Gedichte herrscht. Sein Sujet ist unfruchtbarer, als des
Virgils seines; er besingt die Wolle.

Dovsley.

Dieses Muster des Buchhändler in Ansehung des
Geschmacks, hat zwar auch selbst Gedichte herausgeben;
unter welchen ich hier des Lehrgedichts über den Ackerbau,
den Handel und die Künste gedenken muß, aber sie haben nur einzelne Schönheiten, und seine Chrestomathie von
Gedichten ist merkwürdiger. Seine eigne Gedichte hat
er unter dem Namen Kleinigkeiten gesammlet.

Vanier.

Sein Meierhof ist eine große Seltenheit, ein la-
teinisches schönes Gedicht eines Neuern; doch erreicht es
den Virgil nicht.

Rapin.

Sein Gedicht die Gärten bekräftiget des Grafen
von Bar Hypothese, daß noch nie ein Jesuit mehr, als
ein mittelmäßiger Dichter gewesen sey. *)

Grainger.

**) What suil the came affects; what cane demands;
Beneath what Signs toplant: what ills await;
How the hot nectar best to cristallize;

And

*) Eben das bekräftigt des Quillets Callipädie, ob sie
gleich ins französische und von Rowen in das Englische
übersetzt worden.

**) Welchen Boden das Zuckerrohr erfordert, was es
für Arbeit verlangt, unter welchen Zeichen es zu pflanzen ist, was ihm schadet, wie der süße Nectar am besten in Crystallgestalt verwandelt werden kann, wie
man mit Africas schwarzen Geschlecht umgehn müsse,

And Afric's fable progeny to treat;
A Mufe, that long hath wander'd in the groves
Of Myrtle-indolence, attempts to fing. †)

Mitten unter die Lehrgedichte von diefen Künften ein Gedicht von einer Kunft zu mifchen, die das Verderben ihrer aller ift: fo hat der

Weltweife zu Sans-Souci *)

Zuerft die friedfertigen Mufen von der Kriegskunft fingen laffen.

Mehr Verwandfchaft mit den fchönen Wiffenfchaf-
ten und Künften hat des

Ludewig Ricobbonis

Arte reprefentatiua. Er giebt darinnen den Acteurs fehr
practifche Regeln.

A. Hill.

Ift der englifche Riccoboni in feinem Gedicht:
the Art of acting.

Dorat.

Giebt in einem langen Gedicht ohne Plan wahre
und fchön gefagte Lehren von der tragifchen Declamation
und Action.

Moulin.

Ein Decorationsmahler, hat einen Effai fur l'art
de decores les theatres gefchrieben, der von der Seite
der Kunft fchätzbarer ift, als von der Seite der Poefie.

Neun-

wagt eine Mufe zu fingen, die lange unter dem ein-
fchläfernden Myrthengrotten gewandelt hat.

†) Efcharners Gedicht von der Kunft die Wiefen zu
wäffern. Siehe von ihm felbft überfetzt in Hubers
Choix des Poefies Allemandes.

*) San-Severino italiänifche Ueberfetzung.

Neuntes Kapitel.
Von poetischen Briefen.

I. Theorie.

Die poetischen Briefe sind meistens nur eine neue Form des didactischen Gedichts, zuweilen auch der Satyre; sie sind eine vertraute Unterredung mit einem Freunde oder mit einer erdichteten Person über Wahrheiten und Begebenheiten. Ihr vertrauter Ton erlaubt der Poesie sich noch unter der Sprache des ordentlichen Lehrgedichts herabzulassen, sich nicht an einen gewissen Plan zu halten, kürzer zu seyn, als es die Materie erfordert. Die Heldenbriefe oder Heroiden sind eine Art dramatischer Poesie; sie sind nichts anders, als Monologen über eine Begebenheit aus der Geschichte bekannter Personen, welche nicht an das Parterre gehalten, sondern an eine abwesende gleichfalls daher bekannte Person gerichtet werden. Einige rechnen sie zu den Elegien, welches sie auch sind, wenn sie Empfindungen der Elegie ausdrücken. Die Wahrscheinlichkeit der Geschichte und des Charakters zu beobachten, ist die natürlichste Regel der Heroiden. Mit ihnen verwandt sind die Briefe erdichteter Personen an einander, deren Charakter erst aus dem Briefe selbst erhellt, zu welcher Klasse auch der Briefwechsel zwischen Lebendigen und Todten gehört. Unterredungen der Todten mit Todten hat man in Menge von Faßmann an, bis auf Fontenellen und Lukia-

P   nen;

ſien; Unterredungen aber der Lebendigen mit Todten hat man noch nicht gewagt, aus Furcht ohne Zweifel vor Geſpenſtern; deſto häufiger hat man ſie correſpondiren laſſen, und den Merkur zum Unterhändler gemacht.

II. Litteratur.

Horaz

Von ſeinen zwey Büchern poetiſcher Sendſchreiben enthält das erſte moraliſche, das zweyte kritiſche Materien.

Ovid. *)

Seine vier Bücher vom Pontus datirter Briefe ſind Briefe in eigentlichſten Verſtande; denn er ſchwatzt darinnen mit ſeinen Freunden über ſeine häuslichen Umſtände. In den Heroiden **) iſt er Erfinder und Meiſter in der Sprache der Empfindungen, aber auch nicht ſelten der zu weitſchweifige, zu matte, zu witzige Dichter, der er oft in ſeinen übrigen Werken iſt.

Boileau.

Dem Innhalt nach ſind ſeine Epitres beynahe nur eine Fortſetzung ſeiner Satyren; der Poeſie nach, das Muſter in dieſer Gattung.

Graf von Bar ***).

Ob er gleich ein Deutſcher iſt; ſo muß ich ihn doch neben dem Boileau ſtellen, weil ſehr viele ſeine Epitres diver-

---

*) Commentaires ſur les Epitres d'Ovide par Meziriac. T. II. 8.

**) Drydens engliſche Ueberſetzung.

***) Lieberkühns ſchlechte Ueberſetzung.

diverſos dem Boileau gleich ſchätzen. Die Deutſchen
aber ſollten es nicht thun, theils um die Gallicomanie
nicht zu verſtärken, die alle Schranken übertreten wird,
wenn viele unſerer guten Köpfe in franzöſiſcher Sprache
dichten wollten, theils, weil es übereilt gehandelt iſt,
den Franzoſen in dem Urtheil über die Reinigkeit der
Sprache und Harmonie der Verſification vorzugreifen.
Dieſes bey Seite geſetzt, haben die Bartiſchen Briefe ſo
wohl in Anſehung des Innhalts als der Ausführung vor
den Boileauiſchen einige Vorzüge, die Wieland mit
Recht zu vortreflichen moraliſch-poetiſchen Briefen erfordert, Kenntniß der Welt, Einſicht in die Sittenlehre, Feinheit des Witzes, ſokratiſchen Spott, gemildert mit Nachſicht und Gefälligkeit.

Deshoulieres.

Unter ihren Poeſien ſind viele Epitres, vornämlich Epitres Chagrines. Kaum ſollte man es glauben,
daß einer Franzöſinn ernſte Strafpredigten ſo gut ſtehen
könnten. Aber die ihrigen ſind auch die einzigen in ihrer
Art geblieben.

Perrault.

Seine Epitres ſind das beſte unter ſeinen poetiſchen
Schriften.

L. Racine.

Unter ſeinen Epitres, iſt der ſur l'homme der
ſchönſte.

J. B. Rousseau.

In zwey Büchern Epitres ſind viele gute Stellen
und viel Geſchwätz.

Greß

Greſſet.

Auf ſeine Epitres hat er ſelbſt folgende Verſe gemacht:

> La Muſe, qui dicte les rimes,
> Que je vais offrir à vos yeux,
> N'eſt point des ces Muſes ſublimes,
> Qui pour Amans veulent des Dieux:
> La negligence ſuit ſes traces;
> Ses tendres erreurs ſont ſes graces,
> Et les roſes ſont ſes lauriers.

Bernis.

Seine Briefe ſind meiſtens moraliſchen Innhalts
und ſchön, doch von dem Geſchmacke der neuern Franzoſen, wider welchen er ſelbſt im erſten Briefe eifert,
nicht geläutert genug.

De la Touche.

Eines zu frühzeitig verſtorbnen Dichters Epitre:
Les ſoupires de Cloître ou le triomphe du Fanatisme
declamirt wider die Jeſuiten mit viel Empfindung und in
bilderreicher Sprache.

Barthe.

Seine Epitres ſur divers ſujets betreffen die Sitten der Pariſer, den Einfluß des ſchönen Geſchlechts auf
die Sitten, die Vergnügungen, die lange Weile, das
Genie in den Künſten, die Schönheiten der Kunſt und
Natur auf dem Lande. Lebhafte Gemälde, Richtigkeit und angenehme Nachläßigkeit in den vier erſten, und
ſtarke Züge in den beyden letztern machen ſie leſens-
werth.

Die Herolden sind jetzt in Frankreich zur Seu-
che geworden.   Die erschreckliche Menge zu lesen, womit jetzt Frankreich überschwemmt wird,   mögen alle unsre witzigen Müßiggänger verdammt seyn! Diese Art
von Poesien erfordert an sich selbst wenig Genie, und
man findet auch in den französischen Heroiden gemeiniglich mehr Verschwendung der Kupfer als der Dichter-
kraft.   Damit ich auch die unangenehmste Arbeit nicht
zu scheuen scheine, will ich die Titel der bekanntesten zusammenschreiben.

Dorat.

Dieser allzeitfertige Briefsteller ist Verfasser von:
Lettre de Barnevelt dans sa prison a Trumann, de Zei-
la à Valcour, d'Alcibiade à Glycere, de Venus à Paris,
d'Octavie a Antoine, du Comte de Comminge à sa mere,
de Philomele à Progné, de Hero à Leandre etc.

Blin de Sain More.

Lettres de Gabrielle d'Etrées à Henri IV, de
Sappho à Phaon, de Calas à sa femme, de Biblis à
Caunus etc.

De la Harpe.

Hat ihrer eine große Menge geschrieben.

Barthe.

Lettre de l'Abbé Rancé à un ami,

Dourzigne.

Lettre de Heloise à Abelard,
und daß nichts abgeschmacktes ungeschrieben bleibt, hat
man auch den Kain an seine Frau Mehala schreiben
lassen.

Drayton.

Ließ zuerst englische Helden an einander schreiben.

Addisons

Briefe aus Italien sind für eine für den Poeten so fruchtbare Materie gar nicht schön genug. *)

Pope.

Ist in den Briefen der englische Horaz. Der Essay on man, und die Moral Essays sind in Briefe abgetheilt. Sein Brief des Abelards an die Heloise **) ist so schön, daß man sich wundern muß, daß durch ihn die Heroiden bey den Engländern nicht in größeres Ansehen gekommen sind, zumal, da die süße Melancholie, die er in die Heroide gebracht, dem Geschmack der Engländer so sehr angemessen ist. Der Brief der Sappho an Phaon ist eine freye Uebersetzung aus dem Ovid.

Hervey.

Vier schöne Heroiden von ihm stehen in Doblegs vermischten Schriften.

Langhorn.

Die Ergießungen der Freundschaft oder freundschaftliche Briefe, die Briefe über heilige Gegenstände, Einsamkeit, Melancholey, und Enthusiasmus, die Erhebungen der Seele, enthalten gründliche Betrachtungen über angenehme Gegenstände angenehm vorgetragen. Addisons Erzählung von dem Theodosius und der Constantia hat Langhornen veranlaßt, erst einen Briefwechsel zwischen beyden von der Zeit an zu erdichten, da Constantia in das Kloster gieng; nachher auch eine Sammlung von Briefen herausgegeben, die sie in ihrer ersten Jugend an einander geschrieben haben sollen. Die erstern handeln

*) Warton.

**) Französische Uebersetzung von Feutry.

beln von wichtigen Gegenständen der Religion, die andern, nicht von Liebe, sondern von Lehren aus der Moral und Betrachtungen über das menschliche Leben.

Epistles to Lorenzo; Epistles Philosophical
and Moral.

Ihre poetischen Schönheiten scheinen größer zu
seyn, als ihr philosophischer Werth.   Denn große philosophische Irrthümer sind darinnen nicht selten.   Sonst
handeln sie von wichtigen Materien, z. E. von den Kennzeichen der Wahrheit, von der allgemeinen Empfindung,
von den Gränzen des menschlichen Verstandes, von der
Glückseligkeit, vom abstracten Guten und Bösen, von
den Strafen und Belohnungen des zukünftigen Lebens,
von der Unsterblichkeit der Seele rc.

Elisabeth Rowe. *)

Diese fromme Frau, deren ganzes Leben eine ernstste Vorbereitung zum Tode und Beschäftigung mit den
Todten war, ließ zuerst die Schatten denen lebendigen
Moral predigen, schön predigen, und doch trift es auch hier
an; der Mensch bessert sich nicht, und wenn alle seine
liebsten Freunde aus den Gräbern zurück kämen, ihn zur
Besserung zu ermahnen.

Author of the Elegy written among
the Ruins of an Abbey. **)
Hat die Geschichte des Inkle und der Jariko ***)

P 4

in

————————

*) Friendship on Death. etc.

**) Neue Bibliothek der schön. Wissensch. B. II.

***) Pfeffel hat in der Vorrede zum 2ten B. der theatr.
     Belust. einen schönen Plan zu einem Trauerspiel über
     diese Geschichte entworfen.

in eine Heroide eingekleidet, in welcher die wahre Sprache der Natur und jede traurige Empfindung des Herzens herrschen, die Versification harmonisch und der Ausdruck rührend seyn soll.

Johann Elias Schlegel.

Der vierte Theil seiner Werke enthält viele schöne
Stücke in dieser Dichtungsart, wovon man noch wenig
deutsche Beyspiele hat.

Wieland.

Hat die Moral auf zweyerley Art in poetischen
Briefen geprediget, in den moralischen und in Briefen
von Verstorbnen an Lebendige; in harmonischen gereimten Versen und in Hexametern; im didactischen und
im erzählenden Ton; zur Nachahmung des Bar, und
der Rowe; schwächer in Characteren, stärker in Gemälden; mit viel Allegaten und zuviel empyreischen Beschreibungen; natürlicher und gezwungner; voll stoi-
scher und platonischer Philosophie. Der Innhalt der
moralischen Briefe ist: 1) Die Gelehrten sind am
schwersten zur Tugend zu ermuntern; 2) von der Zufriedenheit; 3) Man muß in der Tugend nicht zu wenig und
nicht zu viel thun; 4) warum die Vorsehung dem Weisen in der Welt kein großes Glück machen läßt; 5) wider
die Verwundrung; 6) von der Scheintugend; 7) das
Glück der Weisen; 8) der Weise allein ist König; 9) vom
rechten Gebrauch der Gelehrsamkeit; 10) vom Tode;
11) Gesicht einer Welt unschuldiger Menschen. In den
Briefen der Verstorbenen an die Lebendigen schreibt
1) Alexis an Dion, warum er in seinem Leben habe blind
seyn müssen, und von seinem Eintritt in die andre Welt;
2) Lucinde, eine frühzeitig gestorbene Schöne, an die irrdische

dischgesinnte Narcissa Bewegungsgründe zur Besserung;
3) Charikles an seine zurückgelassene Laura Trost, Ver-
sicherung von seiner fortdauernden Liebe, die nun erst recht
gereinigt worden sey, Schilderung seines Aufenthalts in
der Sonne, Ermunterung zu standhafter Erfüllung ihrer Pflichten um ihre Wiedervereinigung zu befördern;
4) Theagenes an Alcindor Gemälde himmlischer Welten,
Grundriß eines Systems von der Natur, dem Weltbau
und der Geisterwelt; 5) Eukrates an seinen Bruder Phi-
leben Widerlegungen seiner Vorurtheile gegen die Unsterblichkeit der Seele; 6) Theanor an Phädon wider
die Ausschweifungen des menschlichen Stolzes in Erfor-
schung der Wahrheit; 7) Eurisles an Phletas von den
großen Ideen unserer Bestimmung, als dem besten Tro-
ste über den Verlust seiner Gattinn; endlich 8) Theo-
rima an Melinden von der Schöpfung, Einrichtung, und
Versuchung eines Planeten in der Milchstraße.

Utz.

Obgleich seine Briefe mit Prosa untermengt sind,
so verdienen sie doch wegen der Fiction und wegen der eingestreuten Verse hier eine Stelle. Der dritte ist ganz in
Versen, und der vierte enthält so viel nützliche Lehren für
die Dichter, daß ich ihn abschreiben würde, wenn er nicht
jedermann bekannt wäre.

Dusch.

Seine moralischen Briefe zur Bildung des Herzens sind unter uns noch die einzigen in ihrer Art, wenn
man sich nicht des längst vergeßnen Hofmannswal-
daus wieder erinnern will. Sie reden die Sprache der
Empfindung; aber da sie in poetischer Prosa geschrieben

P 5　　　　　　　sind)

*) Trad. franc. par. Me. Hahn.

sind, so scheint manche Stelle zu schwülstig, die es in Versen nicht mehr oder nicht so merklich seyn würde.

Margaretha Klopstock.

Ihre und ihres Gatten Seelen hatten sich mit wenig gemeiner Liebe in einander ergossen, und der Ausdruck, Klopstock's Hälfte, wird bey ihr in eigentlichern Verstande gebraucht. Sein Geist herrscht also auch in ihren Schriften. Empfehlung gnung für sie und insbesondere für ihre zehen Briefe der Verstorbenen an die Lebendigen in Prosa!

Zehntes Kapitel.
Von der Satyre.

I. Theorie.

Die Satyren sind allerdings lehrende Poesien, und, wenn man auf die Früchte des Unterrichtes sieht, gewiß lehrreicher, als das Lehrgedicht. Sie lehren moralische Wahrheiten, die aber, weil sich das menschliche Herz daben intereßiret, weil sie menschliche Laster und Fehler angreifen, und ihr abscheuliches oder lächerliches sinnlich machen, so reden sie nicht im Tone des Predigers; sondern nehmen die Maske der Verstellung, und des höhnischen Gelächters, unter der sie zugleich ertragen und stärker gefühlt werden. Fast alle Arten der schönen Künste und Wissenschaften wendet die Satyre zu der Besserung der Menschen an, alle Arten der Beredtsamkeit,

samkeit, Reden, Briefe, Gespräche, Erzählungen ꝛc. In
der Malerey ist Hogarth mit seinen Carricaturen berühmt,
so wie sein Wettstreit mit dem satyrischen Dichter Chur-
chill. Eben so dient bald diese, bald jene Gattung von
Poesie der Satyre zur Larve. Fabeln, Erzählungen, Allegorien sind mit der Satyre verschwistert, satyrische Epopeen giebt es genug; das Spitzige des Epigramms und das
beißende der Satyre sind einander sehr ähnlich;

Le François né malin forma le Vaudeville;
die Comödie ist aus der Satire entsprungen, und bleibt
ihrem Ursprung getreu; der unschuldige Schäfer läßt
sich manche Spötterey entwischen, wenigstens ist er allezeit
eine Satyre auf den Städter; endlich geht auch das Lehrgedicht in Satyre über, und diese Art gehöret eigentlich
hieher.

II. Litteratur.

Casaubonus und Dryden *) haben die gründlichsten Untersuchungen über den Ursprung und die Alterthümer der Satyre gemacht.

Niemand würde mir es vergeben, wenn ich so sehr
außerhalb meines Plans ausschweifen wollte, daß ich alle
die Werke der Beredsamkeit beschriebe, welche für vortreffliche Satiren gehalten werden. Vom Varro und
vielen neuern Nachahmern seiner Satyræ Menippeæ, von
Senekas Vergötterung des Klaudius, vom schmutzigen
und nicht allezeit eleganten Petron, von des Apulejus
güldenen Esel, vom Lucian dem Meister in der Spötterey, vom Julian, der seine Vorfahren, wie seine Götter verhöhnte, von des Erasmus Eifer wider die Mönche,

*) Berliner vermischte Schriften.

che, von dem charakterisirenden Brühere, vom feinen
Fontenell, vom faden des Fontaines, von Voltairens Gatte, von Addisons, Steelens und Arbuth-
nots Humour, vom witzigen und beißenden *) Swift,
von Liscovs Stachelschriften, vom erfindungsreichen,
meisterhaft schildernden, feinspottenden, gemeinnützigen
Rabener, von Löwen seinem matten Nachahmer, von
Mosern, dem Pädagogen großer Herrn, von allen diesen darf ich hier nichts sagen. Bey Rabenern zwar könnte
ich mich mit meinem Patriotismus nur entschuldigen, mit
Schlegels Beispiele, mit dem Charakter, den Ramler mitten unter Poeten von Rabnern entwirft.

Rabener **).

„Dieser Lieblingsautor unsers Vaterlandes hat in
„Prosa gedichtet, wie Lucian und Swift.   Ein lachender
„satyrischer Genius, mehr voll Salz als Bitterkeit,
„männlich, schön in seiner Schreibart, gerecht und lehr-
„reich in seinem Tadel, ganz unerschöpflich in seinen Erfin-
„dungen. Welche Gallerie von Bildern, welche Ver-
„schiedenheit von Charakteren in seinem Swiftischen Testa-
„ment, in dem Traum von abgeschiedenen Seelen, in dem
„Mährgen von dem ersten April, im deutschen Wörter-
„buche, in der Abhandlung von Buchdruckerstöcken, in
„der Chronicke und Todtenliste, in den Noten ohne Text,
„in

---

*) Denn seine poetischen Arbeiten, wenige ausgenommen,
kommen seinen prosaischen nicht gleich.   Seinen Charakter lernt man am besten kennen aus des Orrery
Briefen.

**) Unglückliche französische Uebersetzung von Boispreaux,
das ist Sellius. Englische Uebersetzung von den Briefen.

„In den Sprüchwörtern des Pansa, und besonders in den
„Briefen, die er Personen von allen Charaktern und
„Ständen in die Feder legt.   Er weis, wie Moliere,
„mehr als eine Klaße von Zuschauern zu vergnügen, mehr
„als eine Fähigkeit des Verstandes zu belustigen, und
„mehr als eine Thorheit zu bestrafen.„

Aber ich fühle mehr denn zu wohl, wie sehr sich
ein junger Autor hüten muß, von Rabenern zu sprechen.
Das Gewissen ist ein schlimmes Ding!

Ennius.

Der Erfinder der Art der Satyre, wovon hier die
Rede ist.

Lucil.

Mit Horazens Urtheil, welches ohnedem nur seine
Sprache betrift, muß man Quintilians Urtheil verbinden.

Horaz.

Seine Sermones sind das erste vollkommne Werk
in dieser Gattung; sie haben die Eleganz seines Jahrhunderts; sie sind lachend, ohne bitter zu werden, und daß
sich ihr poetischer Stil so wenig erhebt, ist zwar nicht dem
Genie des Verfassers, desto mehr aber ihrer Materie an-
angemessen.

Persius *).

Ist heftiger und durch weit hergeholte Anspielungen und Metaphern dunkel und gezwungen:

Perse en ses vers obscurs, mais serrés et pressans,
Affecta d'enfermer moins de mots que de sens.

Juve-

---

*) Casaubonus Ausgabe, Tartarons, Simmers franzö-
sische, Heydens deutsche. Uebersetzung.

Juvenal [*]).

Jedermann setzt Juvenalen dem Horaz an die Seite, viele ziehen ihn dem Horaz vor. Er ist der bitterste unter allen, er brandmarkt. Wäre das Rom seiner Zeit weniger ausschweifend und zügellos gewesen, so würde auch Juvenal deutsche Ohren weniger beleidigen.

Claudian.

Seine beiden Gedichte in Rufinum und in Eutropium wären seine besten, wenn sie nicht Pasquille wären.

Graf Dorset.

Hat nach Drydens Urtheil die Kunst der feinern Spötterey verstanden.

Donne.

Seine Satyren sind voller Witz, aber ihr Ausdruck nicht bearbeitet genug.

Dryden.

Seine Satyren sind alle persönlich, z. E. the Hind and the Panther wider die Protestanten, Mac Fleknoe wider den elenden Reimer, der sein Nachfolger in der Stelle eines Hofpoeten war ꝛc.

Rochester.

Seine Satiren sind Pasquille.

Walsh.

Popens Lehrmeister, aber, wie Warton urtheilt, ein kalter und schläfriger Scribent. Sein Lazareth

der

---

[*] Henins Ausgabe, Tartarous französische, Silvestri italiänische, Drydens englische Uebersetzung von seinen Satiren und: The satires of Juvenal paraphrastically imitated adapted to the Times. Lond. 1763.

der Narren ist das bekannteste Gedicht von ihm, und erst neuerlich wieder in das Französische übersetzt.

Pope.

Die zum Sprüchwort gewordene Dunciade ist ihrem Ursprung nach ein Pasquill, aber meistens gerecht und gemeinnützig. Der feine Spötter, der Pope in der Dunciade ist, ist er auch in seinem übrigen Satyren, und auch in Absicht derselben der Horaz der Engländer, wie in Absicht des Versuchs über die Kritik.

Young.

Er hat, was noch kein Satyrenschreiber vor ihm gethan, eine Einheit des Plans in seine sieben charakteristische Satyren von der allgemeinen Leidenschaft, der Ruhmsucht, gebracht. Denn alle haben den allgemeinen Satz: die Menschen suchen sich durch Fehler und Thorheiten Ruhm zu erwerben. Daß mehr Ernst, als Leichtigkeit, mehr dreister Tadel, als lachender Spott darinnen herrsche, kann von dem Verfasser der Nachtgedanken nicht anders vermuthen.

S. Johnson.

Der Verfasser des Ramblers hat sich in seinen Gedichten: - London, und the Vanity of Human Wishes als einen satyrischen Dichter von Juvenals Geiste und Popens Harmonie gezeigt.

Churchill.

Ein großes Genie, lauter Galle, wider die Autoren so sehr als gegen den Staat, nicht brittisch freimüthig, sondern unbändig, sich selber nicht allezeit gleich, in den Hudibrastischen Styl verliebt. Die Sammlung seiner

Werke

Werke enthält: the Rosciade, the Ghost, the Prophecy of
Famine, Rodondo or the State — Iugglers, an epistle
to Hogarth, the Conference, the Author, the Duellist,
Gotham, the Candidate, the Farewell, the Times, Inde-
pendence, the iourney.

P. Aretino.
Ein zügelloser Satyrenschreiber.

Salvator Rosa.

Soll kein so großer Dichter als Landschaftsma-
ler seyn.

Manzini.
Hat viel Iuvenalischen Geist.

Parino.
Sein Mattino ist eine lebhafte und witzige Satyre auf die Cicisbel.

Regnier.

Der älteste unter den Franzosen; hie und da schimmert bey ihm feinerer Witz, hie und da gelingt ihm eine
gute Wendung:

> Dans son vieux style encore a des graces nouvelles.

sonst findet man bey ihm einen Ueberfluß an niedrigen Ausdrücken; Schwatzhaftigkeit und Unkeuschheit sind seine
nicht kleinen Fehler:

> Heureux, si ses discours craints du chaste lecteur
> Ne se sentoient des lieux, ou frequentoit l'Auteur.

Folgende Grabschrift hat er sich selber gemacht:

> I'ai vecu sans nul pensement,
> Me laissant aller doucement
> A la bonne loi naturelle,

Et

Et je m'etonne fort, pourquoi
La mort daigna songer à moi
Qui ne songeai jamais à elle.

Boileau.

Der Horaz und Juvenal der Franzosen; nur die Cotins nannten ihn beißend, denen es verdroß ihren Namen ausgedruckt zu lesen. Eben deswegen läßt Boursault seine Babet sagen: Boileau habe den Horaz mehr abgeschrieben, als nachgeahmt.

Palißot.

Niemanden konnte es besser kleiden, eine französische Dunciade zu schreiben, als ihn, da er auch die Komödie wieder zur persönlichen Satyre machen wollen. Alle werden mit Namen genennt, und die Anspielungen in den Anmerkungen erklärt. Das ganze Gedicht ist in drey Gesänge getheilt. Der erste heißt Lorgnette; denn in demselben sieht er durch ein Fernglas, das er von dem Merlin bekommen, alles, was in Paris sich ereignet; der zweyte Bouclier, darinnen er den Schild der Dummheit beschreibt; der dritte le Siflet, in dem des Apollo Pfeifgen die Dunse so erschreckt, daß sie in den Abgrund fallen. Eine deutsche Dunciade, ein nöthiges Werk! Rostens Vorspiel wäre ein gutes Muster, und die Briefe der neuesten Litteratur sind ein guter Grundriß dazu.

Rachel.

Der deutsche Regnier; er war ein Schulmann.

Kaniß.

Könnte unser Boileau seyn, wenn er nicht aus Furcht, sich in den Wolken des Lohensteinischen Unsinns

zu verlieren der Neukirchischen Leichtigkeit allzu nahe
hingeflogen wäre: Er ist correct, und zeigt einen geläu-
terten Geschmack; aber sein Feuer ist schwach; er ist
nicht beißend, aber auch zu sanft.

Haller *).

„Ein satyrischer Dichter, der, um mich seiner Spra-
„che zu bedienen, in das Heiligthum des Menschen geht,
„und ihre Götzen umstürzet. Eben so voll von Gedan-
„ken, aber nicht so dunkel, wie Persius, eben so hitzig, aber
„nicht so hyperbolisch, wie Juvenal, behauptet er eine
„Stelle zwischen beyden mit vieler Ehre. Wir besitzen
„nur wenige Satyren von ihm, von der Falschheit mensch-
„licher Tugenden, über die verdorbnen Sitten, und der
„Mann nach der Welt: er ersetzt aber am Gewichte, was
„an der Zahl abgeht.„

Michaelis.

Zu der Satyre haben ihn die Kunstrichter aufgemun-
tert; und in der That hat er Anlage, wo nicht ein Haller, doch ein besserer Kaniz zu werden. Unter seinen zwey
Satyren hat die zweyte mir am besten gefallen. Wie
wahr sind folgende Zeilen:

Ein Gellert tritt voll Ruhm in la Fontainens Gleis,
Und Fabeln macht das Kind und Fabeln macht der Greis.
Gleim, Leßing, Weiße singt, was Lieb und Wein geboten,
Zehn Thoren wäßern sie, und hundert schmieren Zoten.
Kaum malt ein Geßner uns die lehrende Natur,
Des Schäfers edlen Stand, den Reiz der jungen Flur,
So druckt ein ganzer Schwarm auf seine Kosten Schwärke,
Macht Bauern zum Damöt, und zu der Flur die Schenke.

         Und

*) Ramler:

Und kaum, daß Klopstocks Lied sich nach den Römern rüßt,
Flucht alles auf den Reim und wird Hexametrist:
Und glaubt, wenn die Vernunft barbarisch untergraben,
Wie er, ein Heldenlied voll Schwung gemacht zu haben.
So bald die Grazie, die Weißens Lied beseelt,
Den tragischen Cothurn zum Eigenthume wählt;
In Leßings Sara sich Barbaren menschlich scheinen,
Im Codrus Kronegks Tod in Codrus Fall beweinen;
Wird jedes Reimers Werk ein tragisches Gedicht,
In dem nichts tragisch ist, als daß man sich ersticht.
Uz singt: Gleich öfnet sich Germaniens dürrer Boden,
Und speyt aus seinem Schlund zu Legionen Oden.
Mein Gellert singt dem Herrn, und Klopstocks Andacht
　　　　　　　　　　　　　　　glühe,
Und weils die Mode will, schreibt Wäb ein geistlich Lied,
Der, wenn es Mode wär, in andrer Dichter Menge
So fertig, als des Christs, den Ruhm des Freigeists sänge.

❖　✦　❖

Seit über Miltons Werk die Britten selbst verzweifeln,
Schreibt, was nur schreiben kann von Seraphim und
　　　　　　　　　　　　　　　Teufeln;
Young klagt — kein Jüngling ist, der nicht so gleich sich
　　　　　　　　　　　　　　　härme,
Etwas von Gräbern lallt, etwas vom Tode schwärmt;
Mahlt Thomson die Natur, von Böhmen bis Westphalen,
Von Sachsen bis zur Schweiz wird alles alles malen,
Ein Mückenfuß — gemalt! ein Hünerkorb — gemalt,
Maikäfer — abgemalt! warum? es wird bezahlt.

❖　+　❖

So schont nunmehr mein Held sich, was er kann;
Und spannet vor sein Werk sechs alte Britten an.
Wohin nur selbe gehn, muß er sich lassen tragen.
Ausländisches Gespann, ein teutscher Narr im Wagen!

Q 2

Der

Der nichts vom Fuhrwerk weiß, oft kaum die Pferde kennt,
Und über Stock und Stein durch Höll und Himmel rennt;
Plaß! vorgesehn! er kömmt! Sein alter Milton bäumet,
Shackspear will nicht mehr fort, springt aus, und Dryden
                                        schäumet.

Er steht phlegmatisch auf, sieht, wie das Fuhrwerk steht,
Und streichelt sie, und spricht: geht liebe Britten, geht!
                    ✜ ❈ ✜

Und welcher Schreiborkan schwemmt noch dazu ein Meer
Ein unergründlich Meer von Uebersetzern her.
Kaum ist das erste Blatt in Frankreich abgezogen;
So fruchtet Deutschland schon zur Uebersetzung Bogen:
Jetzt macht der Franze gleich die letzte Correctur:
Zwölf Lagen schickt bereits der Deutsche zur Censur,
Und eh Paris einmal den Autor ausgepfiffen,
Ist in Germanien sein Werk zweymal vergriffen.
„Buchhändler mach einmal den Laden auf! — — Ey, ja!
Zehn Uebersetzer stehn beim ersten Hahnschrey da:
Das Hütgen unterm Arm, gepudert zum Ergößen
Und schrein durchs Schlüßelloch: Ist was zu übersetzen?

Noch ein Wort von den Parodien! Sie sind eine an-
gebohrne Art von Satyre: nichts ist natürlicher, als
dem, welchen man railliren will, nachzuspotten. Aber
in der Poesie versteht man unter Parodien die Anwendung der Worte eines andern auf eine Sache, zu der sie
sich dem ersten Anschein nach nicht zu schicken scheinen,
zuweilen aus Satyre, zuweilen bloß aus Vergnügen. *)
Von der ersten Art sind die meisten Kästnerischen.

Eilftes

*) Man weiß, wie verliebt die Franzosen in die theatrali-
schen Parodien sind. Die von Lamprecht nach Hallers
Gedicht von der Ewigkeit, und die nach dem ersten Auftritten des Canuts sind unter den deutschen merkwürdig.

Eilftes Kapitel.
Von dem Sinngedicht.

I. Theorie.

Von einer Poetik, sagt Klopstock, vom Epigramm handeln, wäre eben das, als wenn man in einer Rhetorik von den Bonmots handeln wollte, ob gleich ein Bonmot bisweilen mehr, als eine ganze lange Rede werth seyn kann. Daher Trapp die drey Verse mit Recht auf das Epigramm anwendet:

Ineſt ſua gratia parnis,
In tenui labor, at tenuis non gloria,
Ingentes animos anguſto In peſtore verſant.

Regeln vom Epigramm laſſen ſich auch in der That nicht geben; denn was von ächten und falſchen Witz geſagt werden kann, das müſſen die Rhetoriken ſagen: das übrige kommt auf den glücklichen Einfall an. Eigentlich ſollte man einen Unterſchied zwiſchen Sinngedichten und Sitten oder Denkſprüchen machen; denn, jene intereſſiren durch die ſogenannte Pointe, dieſe nur durch den glücklichen Ausdruck. Im gemeinen Leben aber macht man ihn nicht. Das Epigramm

N'eſt ſouvent, qu'un bon mot, de deux rimes orné.

Und wenn man ihn machte, würde man bald dahin verfallen, in jedem Sinngedicht lieber eine froſtige als gar keine Pointe zu verlangen. Man muß daher die Erklärung

des

des Epigramms allgemeiner, und wie Batteux oder
Sulzer einrichten: Jener beschreibt es, als einen kurz
und glücklich gesagten Gedanken dieser, als einen in Verse
gebrachten satyrischen Einfall, der entweder witzig oder
naiv ist.

II. Litteratur.

Die Auf- und Ueberschriften auf Statüen, öffentlichen Gebäuden und Gräbern werden von den meisten,
für die Gelegenheit zu dem Ursprung des Epigramms gehalten.   Der wahrscheinlichere Ursprung sind aber wohl
die Einfälle in Gesellschaften und die Sentenzen in dramatischen Stücken.   Eine Sentenz *) aber ist nichts
anders, als ein moralischer Gedanke kurz und lebhaft
ausgedruckt.

Kann man auch die gnomischen Dichter der Alten nicht für Epigrammatisten erkennen, so weiß ich sie
doch nirgends besser zu stellen, als hier.

Pythagoras **).

Seine Schüler haben unter dem Namen güldener
Sprüche seine Sittenlehren in Verse gebracht, die Sammlung soll Empedokles von Agrigent gemacht haben.

Solon.

Von den Denksprüchen, wegen derer er bey den
Alten so sehr, als wegen seiner Gesetze bewundert ward,
sind nur noch einige Ueberbleibsel vorhanden.

Theo-

---

*) Moses Mendelsohn.

**) mit Hierollis Commentar. ed, R. Winterton. Lond,
   1742. 8.

Theognis *).

Seine Sittensprüche in 1238 elegischen Versen sind bekannt.

P. Syrus **).

Die Sentenzen, welche die Alten aus seinen lehrreichen Mimen der Jugend auswendig lernen ließen, sind noch da. So geht es dem blos sentenzen und tiradenreichen dramatischen Dichter. Seine Sentenzen werden behalten, das übrige vergessen.

Dionysius Cato †).

Seine Disticha, dies bekannte Schulbuch, hat Opitz in deutsche Verse gebracht.

Theokrit.

Von ihm haben wir noch zwey und zwanzig Sinngedichte.

Callimachus.

Von ihm sind zwey und sechzig Sinngedichte übrig.

Anthologien ††).

Man hat ihrer zweie, die eine vom Planudes, die andre von Constantinus Cephala, die ein großer Schatz von Ueberbleibseln aus dem Alterthum seyn könnten — die erstere ist aus 277 Verfassern excerpirt — wenn sie nicht von Mönchen, sondern von Männern von Geschmack gemacht wären. So wie sie aber jetzt sind, muß man die Blumen unter vielen Dornen und Disteln

Q 4

heraus

---

*) ed. W. Seber Lipsiae 1620. 8.

**) ed. Gruter.

†) ed. Arnzen.

††) ed. Regiser und Reiske.

heraus suchen.   Im übrigen sind sie sehr bequeme Magazine für die neuern Dichter, die sie um die Wette geplündert haben.

Strato.

Seine Sinngedichte hat Kloß aus der Anthologie ausgehoben, mit neuen vermehrt, mit kleinen Noten erläutert, und ihnen einige von Meleager, Aelius, Automedon, Polystratus und Rhiamus angehängt.

Catull

Beleidigte den Cäsar mit einem Sinngedichte; aber Cäsar ließ sich denselben Tag noch wieder versöhnen. Und das muste Cäsarn nicht schwer ankommen; denn er hat gewiß zur Danksagung ein eben so schön Sinngedicht erhalten, als die sind, welche uns vom Catull übrig geblieben.

Martial *).

Der erste, der es gewagt hat, ein ganz Volumen Sinngedichte zu schreiben. Er ist stärker und feuriger, als Catull: aber bey ihm kann man noch eine Wahl anstellen, die bey dem Catull wenigstens sehr schwer fällt. Maugerius war für Catulls Vorzug so eingenommen, daß er jährlich ein Exemplar vom Martial verbrannte. Martials Unkeuschheit hat ihm das Unglück zugezogen, oft castriet zu werden **). Er selbst sagt von seinem Buche:

Sunt bona, sunt quaedam mediocria, sunt mala plura,

Quae legis hic. Aliter non fit, Auite liber.

Und

*) P. Scribers Ed. Rabers Comment.

**) Sylvius verstümmelte ihn zuerst. Nachher C. Geßner.

Und die alte Wahrheit, daß es beinahe unmöglich gewesen sey, einige Bogen Sinngedichte auch der besten hintereinander zu lesen, erkennt auch Martial:

Cui legiſſe ſatis non eſt epigrammata centum,
Nil illi ſatis eſt.

Claudian.

Unter seinen Gedichten sind einige wenige Epigramms, die nicht viel bedeuten, und unter denen das folgende das beste ist:

Mallius indulget ſomno noctesque diesque,
Inſomnis Pharius ſacra, profana rapit.
Omnibus hoc, Italae gentes, expoſcite votis,
Mallius ut vigilet, dormiat ut Pharius.

Auſonius.

Kommt dem Martial nur selten in glücklichen Wendungen gleich, desto öfter in der Unkeuschheit. Wenn er sagt:

Eſt locus in noſtris, ſunt ſeria multa libellis,
Stoicus, has partes, has Epicurus agit.

so wird jeder Leser dabey anmerken, daß der Epikur am häufigsten zum Vorschein kommt.

Owen.

Die neuern lateinischen Dichter haben die Welt mit Sinngedichten überschwemmt.

Ich nenne keinen, sonst müßte ich sie alle nennen; und die Beschäftigung wünschte ich meinem Feinde. Bey dem Owen mache ich eine Ausnahme, um Johnsons kühnes Urtheil von ihm herzusetzen, welches seine Liebha-

ber

ber nicht wenig beleidigen wird: Owen ist ein elender
Pedant, und seine Sinngedichte trockne Gedanken!

Mit den Italiänern und Franzosen werde ich
geschwind fertig seyn, und mit den Engländern noch geschwinder.   Bey jenen beyden ist beynahe kein guter
Dichter, der nicht auch Sinngedichte in Menge gemacht
haben sollte, und über dieses erhalten sich auch die Namen ihrer veralteten Dichter durch ihre Sinngedichte, wovon man unzählige Sammlungen gemacht hat *).   Von
den Engländern kenne ich nur die Sinngedichte von
Johnson und Heywood und die Sammlung unter
dem Titul: The Feftoon, or Collection of Epigrams,
antient and modern, panegyrical, fatyrical, Amorous,
Moral, Humerous, Monumental, with an Effai on that
Species of Compofition.

Ramler hat angefangen, uns die Bequemlichkeit
zu verschaffen, daß wir aus unsern alten Dichtern ihre guten Einfälle, ausgelesen aus einem großen Wuste, beysammen antreffen können.   Er verbeßert sie zuweilen
in der Sprache, und schickt einen kurzen Lebenslauf von
jedem Dichter voraus.   Der erste Theil dieser Anthologie ist aus Opitz, Zeilern, Olariußen, Tscherningen,
Flemmingen und den beiden Gryphen.   Von jedem dieser Dichter will ich eines hieher setzen, das mir besonders
gefallen hat.

          Auf des Petrarcha Katze **).

Der Dichter von Florenz hat zweierlei geliebet,
  Mich vor, die Laura dann, der er Ehre giebet.

                                   Was

*) Ich begnüge mich, die von dem la Martiniere an-
   zuführen.
**) Opitz.

Was lachst du? Ihre Zier war würdig solcher Brunst,
Und meine große Treu verdiente gleichfalls Gunst.
Sie machte, daß er Lust und Muth gewann zu schreiben:
Ich machte, daß die Schrift vor Mäusen konnte bleiben.

Räthelgrabschrift *).

Es liegt die Tochter, und der Tochter Vater hier.
Hier liegt die Schwester, und der Bruder neben ihr,
Hier liegt der Mann, hier liegt sein Weib,
Und alles ist nur zweier Leib.

Kleine Leute **).

Denkt nicht, ein jeder Bursch, der klein ist, sey drum leer,
Wie, wenn bisweilen gar ein Tieger drinnen wär!

Philautus dem Philatistus ***).

Du hofst aus meiner Hand ein neues Jahr für dich:
Ich habe warlich nichts zu geben, außer mich.

Philautus dem Philaristus.

Was du mir zugeschickt, ist nichts, das sieht ein jeder,
Du hast dich nur geschenkt, ich schenke dich dir wieder.

Grabschrift †).

Mein Freund, du liesest hier von mir,
Was ich von andern oft gelesen:
Einst lieset man es auch von dir,
Was du bist, bin ich auch gewesen.

An Flaccus ††).

Du bist aus sehr großem Stamm und sehr altem Blut
                                        geboren,
Recht! es ist kein Blut so alt und so mächtig als der Thoren.

Lauf

*) Zeiler.
**) Olearius.
***) Tscherning.
†) Flemming.
††) A. Grpph.

Lauf der Welt *).

Die Welt ist wie ein Opernhaus
Du kommst, du siehst, du gehst heraus.

Logau.

Leßing und Rammler, die ihn mit so vieler Mühe und so vielem Glanze wieder aufgeweckt, haben uns angewiesen, ihn für unsern Martial, Catull und Dionysius Cato zu erkennen. Doch behaupten sie selbst nicht, daß von dem Drittheil, auf den sie seinen großen Reichthum herabgesetzt, alle beibehaltene Stücke Meisterstücke sind. Ist der Witz nicht in allen gleich, oder fehlt er in einigen ganz; so findet man doch immer noch rechtschafne und große Gesinnungen, schöne Gemälde, einen starken Ausdruck, eine naive Wendung. Logau selbst wünscht sich wenig Leser:

So mirs gehet, wie ich will,
Wünsch ich Leser nicht zu viel;
Denn die Leser sind viel Richter,
Vielen aber taugt kein Dichter.

Wenn wir viele solche Wörterbücher über alte Dichter von solchen Männern bekämen, so würden wir viel gründliche Untersuchungen über unsre Sprache haben, ohne eine Akademie zu ihrer Bearbeitung zu brauchen.

Wernicke.

**) Wer hat noch deutlicher den scharfen Witz erreicht,
Und früher aufgehört durch Wortspiel uns zu äffen,
An Sprach und Wohllaut ist er leicht
An Witz sehr schwer zu übertreffen.

*) Er

*) E. Gryph.
**) Hagedorn.

*) Er ist gedrängt, stark, gedankenreich in seinen Versen, unerschöpflich an witzigen Wendungen, ein feiner Staatsmann in seinen Maximen, ein Kenner der Welt in seinen satyrischen Zügen, ein denkender Philosoph in seinen Sprüchen.

Hagedorn.

Uebertrift Werniken nicht durch die Anzahl der Sinngedichte, aber dadurch, daß in ihm mit dem Wohllaut alle die Vorzüge eines guten Epigrammatisten vereinigt sind, die folgende Sinngedichte erzählt:

Phax ist nur klein und was den Witz betrift
Scharf, kurz und neu; im Beyfall und im Zanken,
An Worten karg, verschwendrisch mit Gedanken,
Der ganze Phax gleicht einer Ueberschrift.

Kaestner.

Seine kleine Sammlung von Sinngedichten hat fast ganz das Verdienst neuer Wendung und meisterhafter Satyre. Z. E.

An Gellerten, als er ihm die Uebersetzung von Chambers Buch von der Kenntniß der Thiere
schickte, mit dem Zusatz, er verstünde die
Sache nicht.

Dies, Freund, verstehst du nicht? hat deine Zaubermacht
Doch manches Thier zum Reden schon gebracht,
Was größers noch ist ihr nicht schwer gewesen;
Sie brachte gar manch schönes Kind zum lesen.

Wider-

*) Ramler.

Wiederruf:

Nun hab ich erst mich recht bedacht:
Daß Schönen Gellerts Lieder lesen
Beweist nicht ihre Zaubermacht,
Stets sind sie Dichtern hold gewesen:
Sie lasen, eh noch Gellert schrieb,
Lalanders Unsinn, Hunolds Oden,
Daß Gellert beyde nun vertrieb,
Macht bloß die Lust zu neuen Moden.
Was größers hat sein Lied vollbracht:
Er zwingt die Stutzer selbst zum Lesen;
Das heiß ich eine Zaubermacht.
So stark, wie Orpheus nie gewesen.

Des la Mettrie Charakter.

Ein gutes Herz, verwirrte Phantasie,
Das heißt auf deutsch: ein Narr war la Mettrie.

Der Stutzer Allgebra.

Die Stutzer mögen sich stark auf Allgeber legen,
Denn weniger als nichts ist oftmals ihr Vermögen.

Eine Gesundheit.

Voll Feuer, wie durch Frucht der Reben,
Verlangs' mein Wunsch, daß alle Dichter leben,
Die ganze lange Reih, die noch den Reim nicht schmäht.
Vom Haller bis zum Schönaich geht.
Daß wir ein Opfer der Mode zu bringen
Nicht gänzlich versehn,
So leben auch alle nicht reimende Dichter;
Vom betenden Klopstock zum Freydenker Oest.

Leßing.

Hätte er noch keine Sinngedichte geschrieben, so
würde sie alle Welt von ihm erwarten. Das erste Sinngedicht heißt:

Vor

Wer wird nicht einen Klopstock loben?
Doch lesen sollt ihn jeder? Nein!
Wir wollen weniger erheben,
Und fleißiger gelesen seyn!

Bey mir trift der Wunsch ein. Ich habe sie fleißig gelesen und erhebe sie doch wenig, — — weil ich keinen großen Dichter erheben kann.

Ewald.

Vieler seiner Sinngedichte sind sehr schön. J. E.

Was hilft es der Gerechtigkeit die Augen zu verbinden?
Umsonst ist da das Band.
Wollt ihr sie besser binden?
So bindet ihr die Hand.

Goetze.

Ein Dichter der zu früh gestorben ist, als daß er hätte zur Reife kommen können, hat außer seinen Liedern und einigen wenigen Schäfergedichten auch Epigramme geschrieben, unter denen folgendes die Bewundrung verdienet, die es erhalten hat.

Auf Myrons in Erz gegoßne Kuh.

Du Hirte warum eilest du
So weit zurück nach mir?
Stichst mit dem Stachel auf mich zu,
Und rufest fort von hier?
Ich bin des Künstlers Myron Kuh,
Und gehe nicht mit dir.

Kleist.

Seine wenigen Sinngedichte sind eine angenehme Zugabe, die seinen übrigen Werken keine Schande macht.

Löwen.

Löwen.

Seine Gedichte sind der Erfindung nach, theils
ihm nicht eigen, theils von geringen Werth; im Aus‐
druck werden sie fast alle matt, und verlieren den Sta‐
chel.   Bey dem Sinngedichte:

An den Herrn Professor Gellert.

Freund, traue mir die Wahrheit zu,
Wenn sich Apell entschlieſſen sollte,
Und gar ein Autor werden wollte,
Er läſe dich, und schriebe dann wie du:
Fein mit Geschmack, nicht ohne Wahl,
Und stets von der Natur geführet:
Denn Freund, wer glücklich dich copiret,
Ist ein Original.

ist ihm mit Recht das unrichtige des letztern Gedankens
vorgeworfen worden, aber auch dieser ist nicht einmal
sein eigen, wie es viele andre in seinen Schriften nicht
sind, sondern der Cardinal Bernis sagt gleich in seinem
ersten Briefe:

Original, s'il eſt bien imité!

Aber auch ein gutes:

Bitte an den Tod.

Verschiebe, Tod, bey diesem Domherrn doch
Die Zeit von deinem alten Bunde!
Er zählt nicht eine böse Stunde,
Ihn drückt auch nicht des Ehstands Joch,
Er zecht, bis er vom Stuhle fällt,
Er kann in dieser Thränenwelt
Aus voller Brust prälatisch lachen —
Was sollt er in der andern machen?

Lieber‐

Lieberkühn.

Eine Auswahl aus seinen Sinngedichten wäre ein Beytrag zum Guten aus schlechten Büchern. J. E.

Auf den Herrn von Fontenelle.

Der arme Stentor will dem Fontenelle gleichen.
Wer zweifelt? Ist ers nicht, so wird ers mit der Zeit;
Ein feister Wanst, ein Kopf, der sich fürs denken scheut,
Kann ja wohl hundert Jahr erreichen!

Die Franzosen haben vor Alters verschiedene Arten kleiner Gebichte bis zur Räserey geliebt, deren Namen noch zuweilen gehört werden, und die ich den Sinngedichten anhänge, weil wenigstens die meisten von ihnen sich besser hieher, als unter das Kapitel von der lyrischen Poesie schicken.

Quabrains.

Vierverse: ihre ganze Regel ist, daß es Sentenzen von vier Zeilen sind; die von dem Herrn von Pibrac sind bekannt. Opitz hat sie übersetzt.

Terzett.

Besteht seinem Namen gemäß aus drey Versen.

Sonnet.

Voileau hat die Regeln desselben in folgenden Versen gegeben:

On dit à ce propos, qu'on jour ce Dieu bizarre
Voulant pousser à bout tous les rimeurs françois
Inventa du sonnet les rigoureuses loix;
Voulant qu'en deux Quadrains de mesure pareille
La Rime avec deux sons frappat huit fois l'oreille,
Et qu'en suite six vers artistement rangés
Fussent en deux Tercets par le sens partagés.

R   Sur

Sur tout de ce poeme il bannit la licence;
Lui même en mesura le nombre et la cadence;
Deffendit, qu'un vers soible y put jamais entrer
Ni qu'on mot deja mis osa s'y remontrer.
Du reste il l'enrichit d'une beauté supreme,
Un Sonnet sans defaut vaut seul un long poeme.

Rondeau.

Le Rondeau né Gaulois a la naiveté.

Es muß das, oder die Worte, womit es anfängt, in
der Mitte und am Schluß mit einer guten Wendung als
einen Refrain anbringen.

Ballade.

Besteht aus vier bis fünf Strophen; jede mit einem Refrain, die letzte heißt Envoi.

Triolet.

Hat acht Zeilen, und muß die erste, als einen Refrain allemal über die dritte Zeile wiederbringen.

Madrigal.

Drückt die Empfindungen der Verliebten in einem
Epigramm ohne Pointe aus.

Boutsrimes.

Deren Erfinder Dalot ist, Räthel, Logogryphen,
Verse, die sich vor und rückwärts lesen lassen, oder eine
Figur formiren, können die Liebhaber noch alle Tage im
Merkur und seinem erlangischen Epitomator bis zum satt
werden finden.

Chronodisticha.

Acrosticha, Anagrammata, und Leberreime, diese
ächten deutschen Geburten sind zwar in die Schulen und

Zeitun

Zeitungen verwiesen: sie wagen sich aber doch noch zu
weilen aus ihrem Exilium hervor, und dann sind sie selbst
schuld daran, wenn sie mit Maubillonschen Spöttereyen
zurück gewiesen werden.

Zwölftes Kapitel.
Von der malerischen Poesie.

I. Theorie.

Nach ihrem weitesten Umfange begreift die didacti-
sche Poesie auch die malerischen und schildernden
Gedichte; und ich hätte sie oben derselben beyfü-
gen sollen, wenn die Methode meine Sache wäre. Daß
sie aber zu den didactischen und insbesondere zu den historischen Gedichten gehören, kann ich mit leichter Mühe
aus Leßings Laokoon beweisen. So wie insgemein die
malerischen Poesien sind, so ist ihr Endzweck, gleich den
Malern, uns von einem mannigfaltigen Gegenstande einen Theil nach den andern nach der Ordnung vorzustellen,
wie sie in der Natur auf einander folgen. Die Rede
aber, durch die uns in der Poesie die Gegenstände vorgestellt werden, zählt uns die Theile einzeln, und einen
nach den andern zu, die wir auf einem Gemälde mit einem Blick zusammen fassen. Die Täuschung, die doch
des Poeten so sehr, als des Malers Endzweck ist, kann
auf die Art in der malerischen Poesie gar nicht, oder in
sehr geringem Grade statt haben. Will aber die Poesie

R 2

weniger täuschen, und mehr unterrichten, und dieß ist
die Absicht der didactischen, so kann sie malen, so gut sie
kann, nämlich die Theile, wie ein Geschichtschreiber,
erzählen. Die eigentliche Malerey des Poeten aber besteht darinnen, nicht, daß er gleichsam mit dem Stabe
in der Hand schreyt: Hier ist das; dort ist eins; Nun
erfolgt dies; darauf ereignet sich das: sondern, daß er
die Gegenstände, welche er schildern will, in solche
Handlungen setzt, in welchen sie ihre Eigenschaften äußern,
da denn zwischen der Folge der Handlungen, und der
Folge der Gedanken, welche die Rede erregt, eine Art
der Uebereinstimmung, Wahrscheinlichkeit und Täuschung
entsteht. Im übrigen braucht man hier weniger wider
die sogenannten natürlichen Poeten und wider die Maler
der Mückenfüße zu eifern, als wider die, die das malen
nennen, wenn sie, wie Kleist sagt, jedes Hauptwort an
einem Beyworte, das ihm gleichsam zur Krücke dient, dahin hinken lassen.

II. Litteratur.

Denham.

Einer der ehrwürdigen Väter der englischen Poesie. Von seinem Gedichte der Böttcherhügel heißt es in
der Vorrede zu Popens Essay on human life: *) Denham's Cooper's-hill has met with vniversal Applause,
tho

*) Denhams Böttcherhügel hat allgemeinen Beyfall ge-
funden. Ob es gleich seinem Thema nach mehr zur
schildernden als lehrenden Poesie zu gehören scheint,
so erhält es doch seinen Werth nicht sowohl von dem
Hügel, dem Bache, der Hirschjagd, als von der ver-
nünf-

tho its Subject seems rather descriptive than instru-
ing; but tis not the Hill, the River, nor the Stag
Chace, tis the good Sense and the fine Reflections so
frequently interspers'd and as it were interwoven with
the rest, that gives it the Value; and will make it, as
was said of true Wit, everlasting like the sun.

Drayton.

Ein alter englischer Poet zweyter Ordnung, schil-
bert in seinem Polyalbion, einem weitläuftigen Gedichte, die vornehmsten Flüsse, Berge, Wälder, und
Gegenden in England, und flicht sehr angenehme und
neue Episoden ein.

J. Kirkpatrick.

Schildert eine Seegegend lebhaft und nach der
Natur in fünf Gesängen.

Pope *).

Sein Windsor-Forest, ein jugendliches Werk,
beschreibt mehr die Schönheiten einer ländlichen Gegend
überhaupt, als den Wald bey Windsor insbesondre; und
ist überhaupt eine Reihe schöner Gemälde mit angenehmen Ausschweifungen in die Geschichte und Sittenlehre.
Bey reiferm Alter redete Pope selbst von der schildernden
Poesie sehr verächtlich, und nennte sie ein Gastgebot
auf lauter Brühen. Sein Commentator Warburton

R 3

nünftigen Urtheile und seinen Bemerkungen, die oft eingestreut und dem Ganzen so geschickt eingeflochten sind.
Dies macht es, wie ein wahrer witziger Kopf gesagt
hat, so dauerhaft als die Sonne.

*). Warton über Popens Genie.   S. Berliner verm.
Schriften.

vergleicht sie mit einem Prisma, das den Kindern nur
zum Gauckelspiele dient.

Thomson *).

Er ist der Maler der Natur in einem Grade, den
nur ein Dichter erreichen kann; nicht nur seine lebhafte
Phantasey, sondern auch seine Aufmerksamkeit auf die
Schönheiten der Natur gab ihm den Stoff zu einem solchen Schatze der treflichsten Bilder, als seine Jahrszeiten sind. Mit Verwunderung treffen wir oft darinnen
Züge aus der Natur an, die uns entwischt waren, und
uns in Entzückung hinreißen. Er weis alle seine Bilder so auszumalen, daß wir nicht zu lesen, sondern zu
sehen meinen. Die schrecklichen und wilden gerathen ihm
am besten. Die Erzählungen und andere Episoden,
die er einstreut, sind von außerordentlicher Erfindung,
geschickt eingepaßt, rührend erzählt. Im Ausdruck ist
Thomson kühn, neu, erhaben, in der Sprache etwas
unbiegsam und unharmonisch. Der Winter wird mit
Recht allen seinen Brüdern vorgezogen, und ihm hatte
der Poet auch seinen ersten Ruhm zu danken.

Roscommon.

Nach dem Charakter, den ich schon oben von seinem Poeten angegeben, lassen sich in seinem sonst schönen Gedicht auf den jüngsten Tag wenig glänzende
Gemälde vermuthen.

Dyer.

In seinem kleinen Gedichte: Der Grongarhügel
und in dem über die Ruinen von Rom ist er ein glücklicher

*) Französische Uebersetz. Die vortrefliche Schweitze-
rische.

der Maler, und schweift oft mit Denhams Geist in
Betrachtungen über die Moral und das menschliche Leben aus.

Ogilvie.

Im siebzehnten Jahre hat sich dieser Dichter an
ein so männliches Sujet gewagt, als der jüngste Tag
ist, und in den meisten Stellen hat er seines Gegen-
stands würdig gesungen.

Glyn.

Sein Gedicht auf den jüngsten Tag ist kurz, und
weniger malerisch, als des Ogilvie seines.

Falconet.

Niemand kann einen Schiffbruch lebhafter schildern: aber er hat auch, wie er selbst sagt, einen ausgestanden.

Keate.

Fern von den Alpen schildert er die wilden Scenen der Natur auf diesen Gebürgen; Haller hat sein Gedicht auch nicht auf den Alpen geschrieben; aber er hat
sie doch gesehn und beobachtet.

Bernis.

Wird in seinen Georgiques Françoises, au les
quatre saisons und in dem Palais des Heurs, où les
quatre points du jour von den Grazien, von allen ihren
Reizen und von allen ihren angenehmen Nachläßigkeiten
begleitet.

Brockes.

Verdient einen größern Ruhm wegen seiner Fröm-
migkeit, als wegen seines irdischen Vergnügens, aus
dessen neun starken Bänden das gute von dem schädelhaf-

ten

ten, widrigen und geschmäzigen abzusondern, eine der beschwerlichsten Arbeiten wäre.

Haller.

Der sich die Pfeiler des Himmels, die Alpen, die er
                                        besungen
Zu Ehrensäulen gemacht.

Kleist *).

Ihr Freunde des Geschmacks beweint den edlen Kleist,
Den Menschenfreund, den großen Geist!
Oft stieß er die Natur zur Ehren
Mit meisterlicher Hand nach Thomsons Saitenspiel;
Er sang — doch zu beredtern Zähren
Erweichte sich sein menschliches Gefühl.
Ihr Kinder des Geschmacks, gießt über die Gebeine
Des Redlichen bethränte Blumen blü,
Und wenn wir ausgeweint, beweine
Die eifersüchtige Nachwelt ihn **)

Zacharia.

Hat auf die Laute des mahlenden Thomson die Jahrszeiten des Tages zu singen gewagt; aber seine Hand ist nicht geübt genug gewesen, diese Laute zu greifen. Gehäufte und nicht allemal glückliche Beywörter, ein allzuhistorischer Ton, matte prosaische Zeilen, ein Mangel an guten Episoden, viele unharmonische Verse unterscheiden ihn merklich von Thomson. Es ist in der That besonders, daß viele Lesarten der alten Ausgabe ungleich besser sind, als die Verbesserungen der neuesten.

Eine

*) Anders französische, Tagliazuchi italiänische Ueber-
setzung.

**) Bibliothek der schönen Wissenschaften.

Einzelne schöne Stellen haben das Gedicht beliebt gemacht. Am meisten sind ihm die Charactere der deutschen Dichter am Ende des Mittags misrathen. Glücklicher hat er die Natur in den Stuffen des weiblichen Alters geschildert, in denen edle Gesinnungen das Herz des Lesers erheben.

Dusch.

Von seinem Tolkschuby will ich hier nichts sagen, am wenigsten etwas von seinem Dorfe, weil er beyden Gedichten vermuthlich in der Ausgabe seiner sämmtlichen Werke eine neuere bessere Gestalt geben wird. Seine Schilderungen sind weder gute Poesien noch gute Prosa.

L. Uebersetzer des Thomsons.

Hat des Thomsons Herbst durch sein Gedicht die Weinlese eben so ergänzt, als Schlegel den Batteux.

Dreyzehntes Kapitel.

Von dem Schäfergedicht.

I. Theorie.

Schäfer = Hirten = bukolische Gedichte, Pastorale, Eklogen, Idyllen sind nur verschiedene Namen einer Art von Poesie; und die Distinctionen, die einige darunter machen, sind von wenig Nutzen. Saint Marc hat von dem Schäfergedicht einen sehr

felc

seltsamen Begriff, Genest *) ist nur historisch, Fraguler **) und Schlegel nicht philosophisch genug; ich stütze mich also hier — denn ohne Stütze kann ich nicht bestehn — auf den fünf und achzigsten Brief über die neueste Litteratur. Dieser legt folgende Erklärung zum Grunde: die Idylle ist der poetische Ausdruck der höchst verschönerten Leidenschaften und Empfindungen solcher Menschen, die in kleinen Gesellschaften entweder wirklich, oder nach der Voraussetzung des Dichters leben. Z. E. Schäfer, Hirten, Fischer, Cyclopen, Schiffer, Schnitter, Vogelsteller, Jäger, Einsiedler, Kameeltreiber, Bergleute, Gärtner, Winzer, Waldgötter, Amazonen, Patriarchen, Arkadier, Amerikaner ꝛc. Der Poet wählt kleine Gesellschaften, weil sie weniger verderbt, als die großen sind, um seiner Verschönerung, seinem poetischen Ideal, die Wahrscheinlichkeit zu geben. Eben diese Wahrscheinlichkeit zu befördern, entrückt er uns oft so in die güldenen Zeiten. Die Scene ist der gewöhnliche Aufenthalt jeder Art von den Idyllengeschöpfen; und das Costume dieser Scene ist hier, wie in der ganzen Dichtkunst, ein heiliges Gesetz; so wie das Costume der Sitten, das sich nach dem poetischen Ideale richtet. Leidenschaften und Empfindungen von allerley Art drückt die Idylle aus — Liebe, Zorn, Haß, Traurigkeit, und wie sie weiter in den Sittenlehren lauten, aber veredelt, dieß wird vorausgesetzt. Die Handlungen, in welchen sich die Leidenschaften und Empfindungen äußern, können heroisch,

können

*) Berliner vermischte Schriften.

**) Mem. de l'Acad. des Inscript. T. II.

können lächerlich, niemals aber burlesk seyn. Die Verschönerung und Veredlung ist eine der wesentlichsten Regeln, welche wider alle die *) plumpen Poeten redet, die von Käse und Butterschnitten singen, im Fall der Noth den Prügel bey der Hand haben, ja, beschämt sag ich es den beschämten Dichter nach, Mist in ihren Jdyllen laden lassen, kurz wider alle Bauerbengel von Poeten; aber sie rechtfertigt eben so wenig die Schönlinge, die in ihren Eklogen wie Marquis tändeln und vom Witz überströmen. Die Schreibart muß vielmehr einfältig, naiv, und voll natürlicher reizenden Gemälde seyn. Schäfergespräche, Schäferlieder, Schäferoden, Schäferkantaten, Schäferelegien, Schäfererzählungen, Schäferepopen, Schäferromane, Schäferkomödien, Schäfertrauerspiele, Schäferopern sind die mannigfaltigen Formen, die dem bukolischen Gedicht gegeben zu werden pflegen.

II. Litteratur.

In dem fruchtbaren und glückseeligen Sicilien entstand die Jdylle **); verschiedne machten noch vor dem
Theo-

*) Wider diese und andre gewöhnliche Fehler der Schäferdichter stehen ein Paar satyrische Briefe im 1. B. der Bremischen Beytrdge, wider welche in Zürch 1746 ein Aufsatz vom natürlichen in Schäfergedichten geschrieben worden.

**) Alle diejenigen, welche den Ursprung der Jdylle untersucht, haben, nach Heynens Anmerkung in der Abhandlung de carmine bucolico in seiner Ausgabe des Virgils, in der er übrigens der Schlegelschen Theo-
rie

Theokrit *)

Versuche darinnen, deren er selbst gedenkt, er aber ge=
nießt die Ehre des Erfinders. Nur die sind seine Tab=
ler, welchen vor der Natur in ihrer Einfalt eckelt. Sei=
ne Gemälde, sagt Batteux, sind, wie reife Früchte, am
frühen Morgen gebrochen, und mit dem zarten Scheine
überzogen, der einem frischen Thaue ähnlich sieht. Sei=
ne Versification ist die wohlklingendste und feurigste, und
selbst der dorische Dialect giebt seinen Idyllen neue
Schönheiten.

Moschus und Bion **).

***) Moschus hat, nach den wenigen Stücken zu
urtheilen, die uns von ihm übrig geblieben sind, eine
gewisse Kunst in die Ekloge gebracht. Man sieht bey
ihm mehr feinere, als höhere Wahl, weniger Nachläs=
sizkeit. Seine Wälder sind mehr Luststücke, und seine
Quellen beynahe Springwasser. Man sieht bey ihm
lauter sinnreiche Allegorien, blumenreiche Erzählungen,
ausgearbeitete Lobgedichte, denen man es ansehen kann,
daß sie es sind. Bion ist noch weiter gegangen. Man
sieht bey ihm überall die Lust zu gefallen, und zuweilen
ist sie übertrieben. Sein Grabmal des Adonis,
das so schön und so rührend ist, hat einige Antithesen
und Spiele des Witzes.

Den

rie gefolgt ist, alle haben den natürlichen Schäfer
mit dem poetischen verwechselt. Die Sicilianischen
waren natürliche.

*) Reiskens Edition. Nicollotti, Creechens, und Longe=
pierrens Uebersetzungen. Die elende Liebertübaische.

**) Heßlas und Schwebels Edition.

***) Batteux.

Den Longus verspare ich nebst andern Schäferro=
manen zu den Romanen.

Virgil. *)

Nicht allein die Idee, sondern alle Schönheiten
des Theokrits, den er sich zum Muster erwählte, wuste
er sich zu eigen zu machen; er muste die Idylle etwas
mehr schmücken, wenn sie den Römern seiner Zeit ge=
fallen sollte; er that es, aber mehr mit Eleganz, als
Pracht.

Nemesian **)
und Calpurnius.

Kommen weder dem Virgil noch dem Theokrit bey;
lebten aber auch in Zeiten, wo sie alles mögliche gethan
hatten, wenn sie stellenweise gut waren.

Spenser.

Dieser alte englische Poet schrieb Eklogen auf je=
den Monat im Jahre; sie sind voll schöner Bilder und
Klagen über die Grausamkeit seiner Rosalinde.

Drayton.

Unter seinen Schriften sind nicht wenige Schäfer=
gedichte.

Ph. Sidney.

Sein Arkadien ist ein bekannter Schäferroman.

Amb.

---

*) Martyns und Wartons englische, Greffets sehr freye,
Ueberseßungen.

**) S. Poetas latinos rei venat. et bucolicos antiquos
LB. 1724. 4to. und P. Burmanni Poetas latinos minores.
Les Pastorales de Nemesien et de Calpurnius trad. avec
des remarques et un discours sur l'eclogue. Bruxelles.
1744. 8vo.

Ambr. Phillips.

Seinen Oden und Briefen sind einige schöne Hirtengedichte beygefügt, welche die Englischen Kunstrichter in Ansehung der Einfalt, in der er sich dem Theokrit nähert, sogar dem Popischen vorziehn.

Gay.

Die Schäferwoche in sechs Pastoralen, die ländlichen Ergötzungen, andre Schäfergedichte und Schäferspiele geben ihm unter den ländlichen Dichtern einen größern Rang, als unter den Fabulisten.

Pope.

Hat in seinen Eklogen Theokrits, Virgils, Spensers Gemälde mehr genutzt und zusammengesetzt, als viel neue entworfen; Die musikalische Versification, die allen seinen Gedichten eigen ist, hat er in der Idylle mit dem Virgil gemein. Die Idylle der Meßias, die er zur Nachahmung von Virgils Pollio geschrieben, ist die berühmteste, worinnen er aber freylich dem Jesaias nicht wenig zu danken hat.

Shenstone.

In dem vierten Bande der Dodsleyischen Sammlung von Gedichten, stehen einige Schäferpoesien von ihm, die alles übertreffen, was jemals die Engländer in dieser Art der Dichtkunst geschrieben haben.

Collins.

In den Werken dieses Dichters, so wie sie Langhorn gesammelt, stehen vier persianische Eklogen, von welchen Langhorn urtheilet, daß man in der ganzen englischen Litteratur nichts vortrefflichers aufweisen könne.

Cun-

Cunningham.

Der gröste Theil seiner vermischten Gedichte sind Pastorale, die hin und wieder malerische Beschreibungen haben.

Sannazar.

Schrieb unter den Neuern zuerst wieder Fischeridyllen, und wer kennt nicht seine Arkadia?

Taßo.

Sein bekannter Amintas ist noch am meisten von dem zugespitzten Witze der Verliebten frey, der viele folgende Gedichte von dieser Art unangenehm macht; aber immer noch untheatralisch. Watelet hat den Amintas unter dem Titel Silvia in poetische Prosa neu eingekleidet. Taßo hat unter seinen Landsleuten auf vierzig Nachahmer gefunden, unter denen Guarini, mit seinem getreuen Schäfer, Ongaro mit seinem Alceus, Bracciolini mit seinem Hasse der Verliebten, Cremoni mit seinem Leichenbegängnisse, Boccarelli mit seiner Phillis, Marino, dieser berüchtigte Verderber des guten Geschmacks, Preti und Rampalli, zwey Nachahmer des Marino die merkwürdigsten sind.

Baptista Mantuanus.

Führt in seinen lateinischen Eklogen oft Bauern statt Schäfern ein.

Von des Herrn d'Urfe Astrda rede ich unter den Romanen.

Racan.

Der erste gute Schäferdichter unter den Franzosen; denn Ronsard vor ihm

*) Sur

*) — — — . Sur ses pipeaux rustiques
Vient encore fredonner ses Idylles Gothiques,
Et changer sans respect de l'oreille et du son
Lycidas en Pierrot et Phillis en Thoinon.

Godeau.

Als Bischoff schrieb er geistliche Eklogen, denen ich den Ruhm nicht streitig mache, den sie bey den Franzosen erhalten haben, an welchen mir aber ihr mystischer Sinn gar nicht gefällt. Die Würde eines Bischoffs, sagt Genest, giebt ihm schon von Natur den Titel eines Hirten, und er belegt auch in seinen Idyllen die heiligen Anachoreten mit Hirtennamen, das seiner Diöces unterworfne Volk nennt er seine Heerde; und die auswärtigen Feinde, welche damals in die Provenze Einfälle thaten, sind die Wölfe, welche seine Schäferey verwüsten. Indem er sein bischöffliches Amt ausübet, nimmt er seinen Schäferstab in die Hand. Man findet darinnen nichts, als natürliche, aber geheimnißvolle Gedanken. Was für schöne Bilder der betrügerischen Reizungen der Welt, des Irrthums, der Leidenschaften und der himmlischen Reizungen! Wie viel Lehren der Moral und der Religion sind in den Mund des Alexis und Licidas gelegt! Er geht bis auf die erhabensten Betrachtungen in der Theologie, und reizet durch die liebenswürdige Deutlichkeit und hohe Feinheit seiner Gedanken die allerzerstreutesten und unempfindlichsten Herzen.

Segrais.

*) — — — — Und Ronsard hörte man
Auf seinem Haberrohr ein gothisch Liedchen brummen,
In welchem er dem Klang und zarten Ohr zu Trotz
Damöten Petermann und Phyllis Lutschen nennt,
Maler der Sitten.

Segrais.

Die Franzosen fahren fort ihn, ihren Virgil zu nennen, trotz Voltairens Richterspruche; denn ihm stellen sie
Boileaus und Fontenellens Urtheile entgegen.

Mad. Deshouliers.

Ihre wenigen Idyllen gefallen durch ihr Sanftes
und Empfindungsvolle; die Empfindungen sind meistens
traurig, und der Satz herrscht in allem, daß das Schicksal der Thiere und leblosen Geschöpfe von dem Menschen
beneidet zu werden verdiene.

Longepierre

Hat seiner Uebersetzung des Theokrits einige eigne
Eklogen angehängt.

Fontenelle *).

Bey dem Theokrit, sagt Batteux, ist die Idylle in
einem Walde, oder auf einer grünen Wiese, beim Moschus
in einer Stadt; beim Bion fast auf einem Theater: so
ist die französische Idylle bey dem Racan in den goldenen
Zeiten, bey dem Godeau in seiner Didces, bey dem Segrais
in Paris, bey Fontenellen am Hofe. Dieses hat alle französische Kunstrichter wider ihn aufgebracht, die aber, wie
Schlegel zeigt, ohnstreitig zu weit gegangen sind. Doch
verdient das allerdings Tadel, daß er so oft von der einfältig schönen Natur abweicht, und seine Neuerung zu
vertheidigen, eine Abhandlung geschrieben hat, in der er
die Alten herabsetzt.

Opitz.

*) S. auch von ihm des Saintmard lettres sur les causes
de la decadence du gout.

S

Opiz.

Nicht seine Zlatna, nicht sein Lob des Feldlebens, welches nur ländliche Gedichte sind, sondern sein Singe=spiel Daphne meine ich hier, ob es gleich nur wegen sei=nes Alterthums merkwürdig ist, merkwürdiger, als Me=nantes und die ganze Heerde von Pegnitzschäfern.

Wernicke.

Seine vier Eklogen haben für die Zeiten, in denen er schrieb, noch genug schöne Stellen. Sie sind allego=risch. Denn so sagt er in der Vorrede: Während der Zeit, daß ich meine Ueberschriften durchgemustert; so haben sich zwey hohe Häuser über zwey Todesfälle, eine Geburt, und ein Beilager wechselsweise zu betrüben und zu er=freuen gehabt. Weil ich nun in des einen und des an=dern Diensten gestanden, und damals, so zu reden, die Feder in der Hand hatte; so war ich so geneigt, als ich es meiner Schuldigkeit erachtete, denselben durch sol=che Schäfergedichte, beiden mein Mitleid und mein Ver=gnügen zu bezeugen.

Gaertner.

Seine geprüfte Treue eröfnet die Bremischen Beiträge, deren Stifter und Director er war. Die Naivität, die natürliche und vertraute Sprache dieses Schäferspiels, ist wenigen unbekannt. Uebrigens ist es auch um deswillen schätzbar, weil es das vollkommenste und beinahe das einzige ist, aus welchem wir Gaertners Genie beurtheilen können.

Gellert.

Sein Band dürfen wir nicht seiner Sylvia an die Seite setzen; aber für ein gutes theatralisches Land=

gedicht, in dem die Charactere schön gezeichnet, naive
Einfälle nicht selten, und die Sprache die natürlichste ist,
dürfen wir es halten: das hat er uns selbst erlaubt!

Gleim.

In seinem blöden Schäfer ist die Hauptidee etwas zu gemein, desto angenehmer die Ausführung. Läßt
man den Schluß von folgenden Gedichte weg, so ist es
eines der schönsten Schäferlieder:

Lob des Landlebens.

Gottlob! daß ich dem Hofgetümmel
Entflohn, und unter freyem Himmel
Nun wiederum mein eigen bin!
Entfernt vom Schmeichler und Verräther,
Und nah am Kirchhof meiner Väter,
Hab ich nun wieder freyen Sinn.

Ihr, meine Wälder, habt mich wieder,
Mich, welcher seine müden Glieder
Hier hin auf sanfte Rasen streckt.
Dem Fürsten und dem Glück empfohlen,
Lief ich, nun will ich mich erholen
Vom Schatten dieses Baums bedeckt.

Hier grüß ich mit Gesang die Chöre
Der Singevögel, lausch, und höre
Still ihrer Lieder Harmonie.
Mit ihnen sing ich um die Wette;
Denn nach zerbrochner Sklavenkette,
Bin ich vergnügt und frey, wie sie.

In goldnem Käfich eingeschlossen
Verlebt ich leider ungenossen

                Die

Die Hälfte meiner Lebenszeit.
Was war mein großer Eifer? Allen
Des Hofes Augen, zu gefallen!
Was meine Sorg? Ein Gallakleid.

Ich hatt in eines Sklaven Schranken
Nicht eines freyen Manns Gedanken,
Und eines Weisen Wünsche nicht!
Wie manchesmal war auf der Bühne
Der Welt mein Unglück eine Mine?
Wie oft mein Gram ein scheel Gesicht?

Nur selten sah ich aus den bunkeln
Gewölben jene Welten funkeln,
Die über meinem Haupte stehn.
Mein Blick ans Irrdische geheftet,
War starr, verwöhnet, und entkräftet,
Und konnt in keine Ferne sehn.

Hier kann ich in die Tiefe schauen
Dorthin woher von steilgen Auen
Aus Gottes heiligstem Gebieth,
Der Frommen Thaten zu betrachten,
Und sie des Beifalls werth zu achten,
Der Engel Schaar herunterflieht!

Hier seh ich, was ich nimmer sahe,
Die Hölle fern, den Himmel nahe,
Hier troz ich ihr, hier preis ich ihn!
Hier, wo wir nur in Hütten wohnen,
Seh ich nicht Perlen und nicht Cronen,
Doch seh ich Veilchen und Jesmin.

Hier kann ich schlummern. Böse Träume
Bewohnen diese jungen Bäume

Und diese klaren Bäche nicht.
Hier schwärmt kein schwarzer Geist der Hölle,
Kein Gift fließt hier aus dieser Quelle,
Und keine falsche Zunge spricht.

Hier sterb ich, o ihr Nachtigallen!
Laßt nur kein traurig Lied erschallen,
Wenn ihr mich hier einst sterben seht.
Ihr Bäche, murmelt keine Klage
Wenn eur Behorcher ganze Tage
Nicht mehr an eurem Ufer geht!

Denn hin in jene seelgen Auen
Des Himmels, meinen Gott zu schauen,
Werd ich geführet durch den Tod!
Er komme, wenn er will! In Sünden
Und zitternd soll er mich nicht finden
Wenn er mit seiner Sense droht.

In Unschuld sollen meine Tage
Von nun an fließen. Ohne Klage
Will ich sie hier dem Himmel weihn.
Er sende Kummer, oder Freuden!
In allem mir beschiednen Leiden
Will ich mit ihm zufrieden seyn.

Auf meinen eignen Ländereyen
Kann ich zu Brod den Saamen streuen
Und schreiten hinter eignen Pflug;
Mein Trank quillt hier aus reiner Erde,
Bekleidung giebt mir meine Heerde,
Gesunde Luft mein Athemzug!

Um Reichthum thu ich keine Bitte,
Wenn auf mein Land und meine Hütte,

S 3

Nur

Nur Regen trieft, und Sonne scheint.
Was nöthig ist, hab ich zum Leben,
Will mir der Himmel mehr noch geben,
So geb er mir nur einen Freund!

Nur einen, der sich mich erwähle,
Zu dem Vertrauten seiner Seele,
Der mit mir theilet Lust und Schmerz!
Der sich gleich mir vom Hof entferne,
Sein eigen werde, kennen lerne,
So mich, als wie sein eigen Herz.

Ist denn dies Herz in seinem Busen
Erfüllt mit Liebe zu den Musen,
So wird mein Berg ein Helikon!
So sind wir treue Musenbrüder,
So dichten wir und singen Lieder;
Ich David, er Anakreon!

Wie in dem Himmel will ich leben
Mit solchem Freunde, mir gegeben,
Von dem, der auf den Wolken thront,
Mit treuer vogelschnellem Eile,
Durchflieg ich jene lange Meile,
Die er von mir entfernet wohnt.

O seelig Leben auf dem Lande!
O großes Glück im Mittelstande!
O Paradies der Einsamkeit!
O süßes göttliches Vergnügen,
In solchem Schatten so zu liegen!
O Tage der Zufriedenheit!

Dies Lob der Fluren und der Stille
Sang Damon, und sein ernster Wille

War, sich dem Hofe zu entziehn,
Er schwur, den Fluren treu zu bleiben,
Allein es kam ein gnädig Schreiben,
Schnell reißt er wieder nach Berlin.

Rost.

Huber hat seinen Character sehr wahr 'entworfen,
wenn er sagt: Il a les graces et la naiveté de la Fontaine
il seroit à souhaiter, qu'il n'en eut pas aussi la licence *).
Doch sind auch ganze Stücke von ihm, die man lesen kann,
ohne von dieser Schlüpfrigkeit geärgert zu werden z. E.
das Schäferspiel, welches unter dem Titel die gelernte
Liebe aufgeführt wird, die Wechselgesänge zwischen Thirsis und Silvandern und zwischen Thyrsis und Corydon:

Th. Ich seh doch, Coridon, das kleine muntre Thier!
    Es ist ein Aemmerling, was giebst du mir dafür?
    Ich hab ihn heute früh recht wunderlich gefangen;
    Ich trieb, und war die kaum drey Schritte fort gegangen,
    So sah ich, daß er sich mit einem andern biß.
    Das machte, daß ich gleich den Huth vom Kopfe riß,
    Und ihn nach beiden warf. Der eine war im Fliegen,
    Ich konnte dir nicht mehr, als den alleine kriegen.

C. Gieb mir ihn, Thyrsis, her! Wie könnt ich nun so seyn,
   Ich will dir auch einmal mein Band zum Tanze leihn.

Th. Schweig, kurz, du kriegst ihn nicht: Ich habe seit vier
                                              Wochen
    Der kleinen Galathee ein Vögelchen versprochen.

S 4   Sie

*) Sein episches Gedicht, das Vorspiel fängt sich also an:
   Ich, der ich sonst geglaubt, daß ich gebohren wäre,
   Des Bacchus ächter Knecht, ein Priester der Cythere,
   Voll wie Anakreon, stark, wie Ovid zu seyn,
   Vergesse diesesmal die Liebe und den Wein.

Sie hat mich recht gemahnt.   Nun werd ich sie doch loß.
So darf sie doch nicht mehr   —   —   —
                    C. Ach thue nicht so groß!
Sie wird sich viel aus dir und deinem Vogel machen.
Du kennst sie noch nicht recht, ich muß nur drüber lachen.
Ich weiß sie nimmt ihn gern, doch eh der Tag vergeht,
So wett ich, was du willst, es hat ihn schon Damöt.

Th. Erdichte nur recht viel, es soll dir nicht gelingen.
    Du willst mich, denkt, wie schlau! nur um den Vogel
                                bringen.
    Nein, nein, die Schäferinn kriegt ihn gewiß von mir,
    Kriegt ihn hernach Damoet; so kriegt er ihn von ihr.
    Das geht mich gar nichts an.   Du solltest dich nur
                                schämen,
    Damöten unsern Freund anjetzt herumzunehmen.
    Gedenke, Corydon, an mich, und an mein Wort.
    Damöt zieht diesen Herbst aus unsern Fluren fort.

C. Damöt? Er wird doch nicht? du wirst es auch wohl wissen.
    Hast du mich nicht erschreckt! Ich würd ihn recht vermissen.
    Gewiß, er war mir gut. Hat ers denn selbst gesagt?

Th. Ich hab es letzt gehört, und hab auch ihn gefragt,
    Da sagt er frey heraus, daß ichs ihm glauben sollte.
    Nun wär ich wohl ein Thor, wenn ich noch zweifeln wollte.
    Damöt ist schlau genug: Jetzt zieht er an den Rhein,
    Und nimmt die beste Trift am fetten Ufer ein.
    Da giebt das Futter Milch; da kann man was gewinnen.
    Und merkst du sonst nichts mehr? Die schönen Schäfe.
                                rinnen.

C. Ja, ja, Damöt thut recht; ich wäre selber so!
    Man wird auf unsrer Trift der Jugend fast nicht froh,
    Wir treiben Tag für Tag die magern Schafe weiter,
    Des Abends kommen sie doch wohl mit schlaffem Euter

                                        Und

Und ohne Muth zurück. Da heißt man ist zu faul,
Und sorgt nicht vor das Vieh. — — —
                    Th. Je halt doch nur dein Maul!
Deswegen wirst du dich nicht in dem Kopfe kratzen.
Wir wollen lieber jetzt noch von Damöten schwatzen.
Sein Abzug geht mir nah, in kurzen wird er ziehn.
Ich weiß, er ist noch hier, und schon vermiß ich ihn.
Wie manches schöne mahl bin ich bey ihm geblieben!
Wenn eine Schäferinn zu stolz vorüber strich;
So sagte nur Damöt zu seinem Hunde: Stich!
Und gleich sprang Hylax auf, lief unter ihre Schafe,
Und jagte sie herum. Das war die kleinste Strafe,
Erst grüßte sie uns nicht, jetzt bat und schrie sie:
Ihr Schäfer, helft mir doch, der Hund zerstreut mein Vieh!
Damöt pfiff nur einmal, und Hylax ließ sie gehen;
Da blieb die Schäferinn mit größtem Danke stehen,
Und rief uns freundlich zu. Das war uns Lust genug,
Wir dachten, merke dirs, und lobten den Betrug.

C. Ach Thyrsis höre nur, was er und ich erst machten;
  Als wir dem Tityrus einst eine Maye brachten,
  So giengs recht lustig zu; man tanzte Paar und Paar.
  Weil ich die Maye trug und stets im Kreise war:
  So tanzt ich ganz allein und hatte keine Schöne.
  Da wurd ich ausgelacht. Jedoch recht zum Gehöne
  Des ganzen Schäferchors drang eine Schäferinn
  Sich in den Kreiß herein. So wahr ich redlich bin,
  Das war dir selbst Damöt, er hatte sich verkleidet.
  Erst wurd ich ausgelacht, jetzt aber gar beneidet.
  Es ließ dies auch recht frey. Die Nymphe küßte mich,
  Die Schäfer murmelten, mir war es lächerlich.
  Damöt ist wirklich gut, ich werd ihn nicht vergessen.
  Ich habe manchen Tag auf seiner Trift gesessen.
  Mir hat das Morgenbrod niemals so gut geschmeckt,
  Als wenn er bey mir war. Er ist hübsch aufgeweckt,

Und weiß dir allemal was neues anzugeben.
Ach, blieb er nur bey uns, wie wollten wir nicht leben!

Th. Was hilft der eitle Wunsch? Er bleibt nun doch nicht hier:
Ich weiß, daß du ihn liebst! Doch, Coridon, ach mir!
Mir gehts am meisten nah.   Ich werd an ihn gedenken,
Und öfters meinen Blick nach jener Gegend lenken,
Wo er am Rheine sitzt, das Schäferrohr ergreift,
Und seiner Schäferinn ein zärtlich Liedchen pfeift.
Was sieht man denn bey uns? Hier seh ich magre Triften;
Und auch Damöt geht fort. Was kann der Anblick stiften?
Die Sonne sticht und brennt, das bißchen Gras verwelkt,
Daß man sich Abends fast das Bast von Fingern melkt,
Und wenig Milch bekommt. Das Vieh wird selbst geringe,
Und unser einer macht dabey gar schlechte Sprünge.
Komm ich auf meinen Kopf, ich kenne meinen Sinn;
So treib ich, wie Damöt, auf andre Fluren hin.
Sein Umgang hielt mich noch, nun soll mich nichts mehr
rühren;
Ich kann in fremder Luft nichts mehr als hier verlieren.
Er war mein bester Freund, ich hielt recht viel auf ihn.
Jetzt geht er frölich fort, ich seh ihn traurig ziehn.
Komm, lieber Coridon, und laß uns Blumen pflücken;
Wir wollen ihm doch noch ein Abschiedssträuschen schicken.
Ich weis, er wirfts nicht weg: Er hat uns beide lieb.
Er sagt es gestern noch, als ich zur Tränke trieb.

C. A. Schmidt.

Ihm haben wir zwey schöne Eklogen zu danken:
Silen nach dem Virgil in den Bremischen Beiträgen,
und Panope, die er der Uebersetzung von Arrians Indi-
schen Merkwürdigkeiten vorgesetzt, und die die Hrn. Un-
terhalter in ihre Monatsschrift eingerückt haben.

Gesn

Geßner *).

Was die ganze Natur bey der Wiederkunft des
Frühlings empfindet, das empfinde ich, so oft ich Geß-
nern nenne.   „Seelig ist der, dessen Seele durch keine
„trüben Gedanken verfinstert, durch keine Vorurtheile.
„fühllos, jeden Eindruck deiner Schönheiten empfindet.
„In dir schmückt sich ihm die ganze schöne Natur.
„Sanfte Entzückungen duften ihm zu, und immer neue
„Freuden, die ihm deine Schönheiten in endloser Man-
„nigfaltigkeit anbieten; auch in der kleinsten Verzierung
„unendlich mannigfaltig und schön; jedes zum besten
„Endzweck, in allen seinen Verhältnissen schön.   Selig,
„o selig, wer aus dieser unerschöpflichen Quelle seine un-
„schuldigen Vergnügungen schöpft; heiter ist sein Ge-
„müth, wie der schönste Frühlingstag; und sanft eine jede
„seiner Empfindungen, wie die Zephyre, die uns mit Blu-
„mengerüchen umschweben.„

Was Geßner von der Natur sagt, wie wohl kann
man das von ihm sagen, der in seinen reitzenden Gemälden die Natur oft, als eine Nymphe an ihrem Nacht-
schleier unvermuthet erhascht *)! Was könnte ich von
seiner Süßigkeit, Naivität, Wohlklang sagen, das nicht
jeder schon aus Erfahrung wüste! Wie zu einem Hayn
voll süsser Gerüche, sind Innländer und Ausländer zu
Geßners Werken geeilt; und wer einmal seine Idyllen, seinen Daphnis, seinen ersten Schiffer, seinen
Tod Abels, seine Schäferspiele gelesen hat, der kann
sie nie aus der Hand legen.

Kleist.

*) Hubers Uebersetzungen, Newcombe Uebersetzung des
  Tod A'bels.

**) Fragmente über die deutsche Litteratur.

Kleist.

Der malerische Dichter kann in der Idylle seinen Pinsel nur bey der Dekoration der Scene brauchen. In so fern läßt sich von Kleists Frühling auf Kleists Idyllen schließen, aber die Anlage, die Empfindung, die Sprache in den wenigen, die er geschrieben, machen sie allen Theilen nach so vortrefflich, als den Frühling. Wenn es erlaubt ist, noch unter so wenigen eine Wahl anzustellen, so sind Milon und Iris, und Irin, worinn er einen Versuch in der Gärtner- und Fischeridylle gemacht, die schönsten   Die mit der Aufschrift Amynt hat Marmontel in seiner französischen Dichtkunst, als ein Beyspiel des Schönen angeführt, und sehr frey übersetzt.

Klopstock *).

Ich müßte die ganze Gleimische Vorrede zu der Versification des Tod Adams abschreiben, wenn ich ein gründliches Urtheil über dieses dramatische Stück hersetzen wollte, das ich nicht zuerst unter die Schäfertrauerspiele rechne, und über dessen Vortrefflichkeit alle Nationen, ob schon nicht alle Kunstrichter einig sind.

J. F. Schmidt.

Ueber seine poetischen Empfindungen und Gemälde aus der heiligen Schrift kann ich kein deutsches Urtheil anführen, weil die Deutschen in Bestimmung ihres poetischen Werthes zu uneinig und veränderlich gewesen sind.   Also mag der dritte Mann Herr Huber reden: Il fait vn très grand vsage des figures, des tours, et des expressions, que lui fournit l'Ecriture; ses Idylles sont ecrites, les vnes en vers hexametres, les autres en prose.

*) Italiänische, französische, englische Uebersetzungen.

profe. Ses vers n'ont pas l'harmonie de ceux de Klop-
stok, et sa profe à cet egard est encore plus inferieure
à celle de Gesner; mais dans l'art de peindre la nature,
d'exprimer les sentimens avec verité, de meler le sublime et la naiveté il n'est inferieur à personne. In
seinen kleinen poetischen Schriften stehen außer eini-
Idyllen, die man schon in Gerstenbergs Hypochondristen
gelesen hatte, ein oder ein Paar neue, welche das Steife
von jenen nicht an sich zu haben scheinen z. E.

Thirsis und Doris.

Th. Hell dem Hirten, der von Liebe glüht, —
    Schalle durch die Flur mein Lied! —
    Heil dem, welchen Doris liebt,
    Welchem Doris Götterfreuden giebt!

D. Holde Flur, die mich als Kind gekannt!
    Siehe mich nun auch an Thyrsis Hand!
    An des besten Hirten Hand!
    Nein, in diesen wollustreichen Gründen
    War nichts süßers, als mein Hirt zu finden.

Th. Oft singt Milo hier am Wasserfall;
    Ceres ist sein Lied: der Wiederhall
    Tönt der Göttinn Namen laut zurück.
    Doch ich reiz ihn auch, den Wiederhall:
    Und er nennt nur Doris: — beßres Glück!

D. Hör ich Thirsis Namen auf den Triften,
    O wie wie wallt der Busen mir empor!
    Seh ich meinen Thirsis auf den Triften
    Höher wallt mein' Busen dann empor!
    Jede Blume drängt sich stolz hervor,
    Hebt mit mir ihr frohes Haupt empor,
    Ihren Balsam auszuhauchen.

Th.

Th. Als ich jüngst in diesen Schatten lag,
Da kam Doris schöner, als der Tag;
Der verliebte Wind auf jenem Hügel
Wehete mit sanftem Flügel
In ihr braun und lockigt Haar.
Und als sie nun näher bey mir war,
(Nur an dem Geräusch von ihren Füssen
Merkt ichs, die durch Rosen und Narcissen
Zu mir schlüpften: denn ich stellte mich
Schalkhaft an, als schlummert ich!)
Als sie näher kam, wie jugendlich,
Sagte sie, wie schön schläft Thrsis hier!
Und nun saß sie zärtlich neben mir.

D. Und ich sagte: bey den Schafen
Ist mein Schäfer eingeschlafen.
Könnt ichs doch von euch, ihr andern Schäfer,
Mir erbitten, für den werthen Schläfer,
Mir erbitten, daß ihr leise giengt!
Und ihr, die ihr in dem Baume singt,
Laßt ein andermal, ihr Nachtigallen,
Euer heimlich Lied erschallen,
Und kein Zephyr rausche durch den Baum,
Und du, lieblichster der Bäche,
Dein Gemurmel unterbreche
Nicht des Hirten Schlaf und Traum.
Denn ich sehs, er träumt von mir.
O wie schön schläft Thyrsis hier!

Th. Wie dieß Thal, wo Rosen und Narcissen,
Wo sich tausend Blumen küssen,
Immer eine schöner, als die andre!
So ist Doris blühend Herz,
Voll Empfindung, Zärtlichkeit und Scherz;
Eine Tugend küßt die andre.

D. Ich

D. Ich bin nicht so schön, wie andre Mädchen,
     Meine Heerd ist auch nur klein:
     Aber zärtlich bin ich braunes Mädchen,
     Zärtlicher wird keine Hirtinn seyn.

Th. Doris, ach, du reizest mich vor allen!
     Durch dieß Auge, das nur Liebe blickt,
     Durch dieß Lächeln, das so mild entzückt,
     Durch die Seele, die dich schmückt,
     Wirst du Doris ewig mir gefallen!

D. Nimm mich, bester Hirt, auf deinen Schooß,
     Gute Götter! welch beglücktes Loos! —
     Ach, du bester Hirt, wie lieb ich dich!
     Unaussprechlich lieb ich dich!

Ramler.

Von ihm ist der May, eine musikalische Idylle*).

Daphnis. Willkommen, allmächtiger May,
     Schönster unter den zwölf Göttern,
     Die dort am Himmel im Kreise sich lagern:
     Du krönest mit Seegen das Jahr!

Phillis. Willkommen, allgütiger May!
     Bester unter allen Göttern,
     Die Feld und Garten mit Früchten erfüllen,
     Du segnest mit Liebe die Welt!

D. Ich sah den jungen May:
     Seine Silberglocken
     Hiengen um den Schlaf.
     Als er vom Himmel fuhr,
     Blühten alle Wipfel;

Als

---

*) Von Telemann componirt.

Als er den Boden trat
Ließ er Violen und Hyacinthen im Fußtritt zu-
                                    rücke.

Ph. Ich sah den jungen May,
    Einen Kranz von Myrthen,
    In der rechten Hand.
    Als er vom Himmel fuhr,
    Sangen ihm die Lerchen;
    Als er zur Erde sank,
    Seufzten vor Liebe Nachtigallen aus allen Gebüschen.

D. Willkommen, allmächtiger May!
    Schönster unter den zwölf Göttern;
    Du krönest mit Seegen das Jahr!

Ph. Willkommen allgütiger May!
    Bester unter allen Göttern:
    Du seegnest mit Liebe die Welt!

D. Seht die Traube bricht hervor
    Unter jungen Rebenblättern,
    Und verkündigt Most!
    Dieses machen die fröhlichen Götter,
    Bacchus und der May.
    Muntre Schäfer laßt uns trinken!
    Eine Schale dem May und eine dem Bacchus zur
                                    Ehre.

Ph. Seht, der Wiese junges Grün,
    Laue Lüfte, Wohlgerüche
    Laden uns zum Tanz!
    Dieses wollen die fröhlichen Götter,
    Amor und der May.
    Schäferinnen laßt uns tanzen,
    Einen Reihen dem May und einen dem Amor zur
                                    Ehre.
                                D. Will-

D. Willkommen, allmächtiger May!
  Du krönest mit Seegen das Jahr!

Ph. Willkommen, allgütiger May!
  Du segnest mit Liebe die Welt!

D. Glücklich ist der Hirt,
  Der im May die Welt erblickte,
  Wann die Rose die Knospe durchbricht:
  Seine Kindheit hauchte Freude,
  Freude düftet sein Alter dereinst.

Ph. Glücklich ist der Hirt,
  Den im May die Hirtinn liebet,
  Wenn der Weinstock die Pappel umarmt:
  Seine Jugend liebt sie zärtlich,
  Zärtlich liebt sie sein Alter dereinst.

D. u. Ph. Ihr Kinder des Mayen, lobsinget dem May!
  Sein Einfluß beseligt die ganze Natur!

Pfeffel.

Wenig Handlung, aber viel einzle schöne Züge sind in seinem kurzem Schäferspiele: der Schatz.

Sonnenfels.

Das kleine Stück von ihm: das Opfer ist nur eine Kleinigkeit, aber ich kann die Gelegenheit, die es mir giebt, diesen großen Verbesserer des Wiener Geschmacks zu nennen, nicht vorbeigehen lassen.

Kretschmann.

Ist der Verfasser der Sammlung komischer, lyrischer, und epigrammatischer Gedichte, und kein Gesetz der Diana macht, wo nicht zu einen guten Schä-

ferdichs

ferdichter, denn die Naivität der Schäfer scheint seinem
Genie nicht angemessen, doch zu einem guten theatralischen Dichter Hofnung.

Breitenbauch.

Sein größter Fehler in seinen höchst mittelmäßigen
Schäfergedichten ist, daß er das Zufällige der Idylle für
ihr Wesen angesehn, und da er kein geborner Maler der
Natur ist, mißrathen ihm die schönsten Züge, und der Leser gähnt. Jüdische Schäfergedichte sind es dem
Titel nach; in ihnen selber aber findet man keine Spuren, als eine Menge jüdischer Namen.

Vierzehntes Kapitel.
Von der Elegie.

I. Theorie.

Von keiner Dichtungsart ist die Theorie so lange
schwankend und zweifelhaft geblieben, als von
dieser: die mancherley Begriffe, die sich daher die
Dichter von der Elegie gemacht, haben so verschiedene
Arten derselben erzeugt, daß die Kunstrichter noch verwirrter haben werden müssen. Sie wurden es vornemlich auch dadurch, daß, gegen andre Gattungen der Poesie
gehalten, die Elegie die ärmste an guten Beyspielen ist.
Die Verfasser der Briefe die N. L. betreffend haben zuerst *) einen solchen Entwurf von der Theorie der Elegie
gemacht;

*) Brief 211.

gemacht; bey dem sich der Liebhaber philosophischer
Grundsätze einigermaßen beruhigen kann. Ihnen zufolge ist die Elegie der poetische Ausdruck unsrer vermischten Empfindungen, das heißt, unsrer von der wieder auf-
lebenden Lust schon etwas gemilderten Traurigkeit. Un-
vermischte, reine Empfindung, die Traurigkeit in ihrer
grösten Wuth würde die gewöhnlichermaßen sehr wort-
reichen Klagen der Elegie sehr unwahrscheinlich machen.
Heftige Traurigkeit so wohl, als heftige Freude sind eigenthümliche Gegenstände der Ode*). „Wenn in der Ode
„der Affect, gleich den brausenden Wellen eines aufgewiegel-
„ten Meers, das Herz gewaltsam empor wirft, oder in
„den Abgrund hinunter stößt: so gleicht die Elegie dem
„traurigen Geräusche eines schwermüthigen Cypreßenwal-
„des. Wenn in der Ode der Schmerz in ungestüme
„Seufzer ausbricht, den Tag haßt, und nicht mehr füh-
„len mag: so löst es sich in der Elegie in Klagen auf;
„seine Seufzer sind stiller, er vergießt sanftere Thränen.
„In der Ode erliegt gleichsam der Poet unter der Menge
„der Entzückungen. In der Elegie hingegen ist die
„sanftere Freude; denn auch diese kann, wie die Exem-
„pel der Alten beweisen, ihr Gegenstand seyn; aber sie
„ist mit Wermuth versetzt, oder durch mancherley be-
„gleitende Umstände so gemildert, daß sie nicht bis zum
„Affect steigen kann, sie ist von keiner solchen Stärke,
„daß sie dem Dichter das Vermögen raubte, mit Ueber-
„legung zu fühlen, und seine Empfindungen zu verglindern.
„Zwar auch die lyrische Muse kann eine ruhigere Freu-
„de empfinden; aber wenn sie nicht heftig in ihrem Ge-
„fühle, nicht vom Entzücken trunken ist, so ist sie frölich
T 2 „und

*) Schlegels Batteux S. 415.

„und aufgeweckt; sie hüpfet jetzt im Schatten blühender
„Linden; jetzt mischt sie sich in die Tänze der Grazien und
„Dryaden; jetzt versteckt sie sich, von muthwilligen Ge-
„nüssen gejagt, scherzhaft hinter Rosenhecken. Die
„Liebe, die in der Elegie herrscht, ist mehr zärtlich als
„feurig; mehr melancholisch, als stürmisch.„ Die vermischte Empfindung der Traurigkeit wird von unangenehmen Gegenständen, von dem mannigfaltigen Elende in
in der Welt, aber nicht von dessen Anblick, sondern von
dessen ruhigen Betrachtung erregt. Das Elend der
Sterblichen ist von unendlicher Mannigfaltigkeit: aber
es läßt sich unter einige Hauptklassen bringen. Es betrift entweder das menschliche Geschlecht überhaupt, oder
eine Gesellschaft, einen Stand, eine Person insbesondre.
Ueber das menschliche Geschlecht weinen Heraklit, und
seine Schüler; über das Unglück einer Gesellschaft die
Mitglieder derselben, oder auch Fremde, die es auf irgend
eine Art interessirt; über die Bedrängnisse des Vaterlandes die Bürger; über die Landplagen einer Republik,
über Erdbeben, Krieg, Seuchen, Theurung, übles Re-
glement, Feuersbrunst, Unwissenheit, und wie die Litaney
weiter lautet, der Patriot; über die Umstände eines gros-
sen Mannes, eines Gönners, eines Freundes; eines An-
verwandten, der Aeltern, über unsre eigne nöthigen und
Armuth, Krankheit, Schmerzen, Verachtung, Verfol-
gung, Verlust, unglückliche Liebe, der Tod, wahres oder
eingebildetes Unglück Threnodia ab. Der Poet, der
über einen dieser Gegenstände vermischte Empfindungen
zu fühlen vorgiebt, bietet, seinen Zustand wahrscheinlicher zu machen, alles traurige in der Natur auf, und
verziert

verziert damit die Scene, in die er sich versetzt, so melancholisch als möglich:

La plaintive Elegie en longs habits de dæüil
Sçait les cheveux épars gemir sur un cercueil.

Die ganze Seele des Dichters muß in den vorgeblichen
Zustand versenkt scheinen, und die Natur so getreu als
möglich nachahmen. Der Poet muß sich also aller lä-
cherlicher, epigrammatischer, allzu tragischer Gedanken enthalten; die Ordnung der Gedanken beobachten, welcher
die Seele in einem solchen Zustande zu folgen pflegt; von
den kleinsten Umständen beredt seyn; einerley Gedanken
und einerley Worte oft wiederholen; die Ach! und die
O! doch mit Maase, anbringen; viel Vergleichungen,
besonders mit dem ehemaligen Glücke und mit dem
Glücke andrer, anstellen; die Reihe der Gedanken, nicht
blos mit Strichen, sondern durch eine Menge Zwischen-
gedanken öfters unterbrechen; kurz aufmerksam auf alles
seyn, was in und mit einem Menschen vorgehe, bey dem
es heißt:

Ein Thränenstrom erleichtert seinem Herzen
Den schweren Uebergang zu Freuden von den Schmerzen.
Wie die Gedanken, so muß der Ausdruck seyn, ohne
Pracht, doch zierlich.

II. Litteratur *).

Sollte ich nun alle Exempel zu der obigen Theorie
anführen: so müste ich aus **) Epopeen, Tragödien, und

T 3 rühren-

*) Die Geschichte der Elegie betrift Souchay discours sur
l'Elegie Mem. de l'Ac. des Inscript. T. X.
**) Unter den Elegien in der Messiade ist die von Mir-
jam und Debora die berühmteste.

rührenden, Lustspielen die Knaben auszeichnen; welche
wahre Elegien sind, ohne es zu heißen; denen, welche
man Oden und Lieder genennet hat, ihren wahren Namen wiedergeben, alle girrende Seufzer der Dichter der
Liebe in chronologische Ordnung bringen, die klagenden
Schäfer anführen, selbst einige Leichengedichte der Vergessenheit entreißen. Aber wer würde mir eine solche
Verachtung meiner Bequemlichkeit verdanken? Ich
komme also am kürzesten weg, wenn ich bey dem Schlen-
drian bleibe, und nur die Namen derer Autoren nach
einander nenne, welche ihre Gedichte mit großen Buchstaben ELEGIE überschreiben.

Durch Adams Fall kam der Fluch über den Erd-
boden; zugleich also der Stof zu Elegien. Die gemein-
ste Frucht des Fluches war anfangs der Tod. Man
klagte über dem Todten. Aber eben deswegen, weil die
geschwätzigen Klagen bey einem noch neuen heftigen
Schmerze etwas unwahrscheinlich sind, kam man auf den
Einfall, Klageweiber zu den Leichenbegängnissen zu mie-
then, denen man anfangs nur ihre Thränen bezahlte,
nachher aber auch ganze Lieder auswendig lernen ließ, die
sie von Flöten begleitet absangen; eine alte Gewohnheit
der Hebräer, Griechen, Römer, und der wahrscheinlichste
Ursprung der Elegie. Einige Reden Hiobs mit seinen
Freunden, einige Psalmen, vornemlich Jeremiä Klaglie-
der sind die Ueberbleibsel der hebräischen Elegie.

Der Name Elegie kommt von den Griechen,
welche jedes Gedicht elegisch nannten, indem der Pentameter mit dem Hexameter abwechselten. Versibus im-
pari-

pariter *) iunctis querimónia' primum etc. Der Erfinder des Pentameters unter den Griechen ist Mimnernus. Quis tamen exiguos elegos emiserit autor, Grammatici certant etc. Elegische Verse haben wir genug von den Griechen, aber keinen einzigen eigentlichen Elegiendichter übrig.

Tibull **).

Niemand hat mit mehr Zärtlichkeit über seine Liebe geseufzet. Die Tibullische Zärtlichkeit ist zum Sprüchworte geworden. Müller hat die erste Elegie des Tibulls so nachgeahmt:

Ein andrer mag bethört nach Tonnen Goldes streben,
    Und immer unzufrieden seyn!
Nur wenig wünsch ich mir, und durch mein ganzes Leben
    Soll sanfte Ruhe mich erfreun.

T 4

Der

*) Afer, heißt es in Wasers moralischen Beobachtungen S. 109. las neulich eine gewisse Elegie. Wenn es, sprach er, weiter nichts, hierzu bedarf, als was ich da angetroffen, so will ich euch morgen eine von mir schicken. Den Morgen drauf übersandte er mir eine Schachtel voll Laubkäfer und diese Zeilen: Ich halte hier mein Versprechen. In dieser Schachtel werden sie lauter Hexapodes und Pentapodes antreffen. Das Gedicht — denn ein solches werden ja die Thierchen so gut ausmachen als die Hexameter des — — hat mir nicht mehr Mühe gekostet, als daß ich um Pentameter zu bekommen, denen von diesen Thierchen, die solche werden mußten, ein Bein abgerissen.

**) Heynens Ausgabe, Jacob Graingers englische Uebersetzung, Italiänische in corpore omnium vett. poet. latin. cum eorundem vertione Italica Med. 1739.

Der Reichthum meide mich! Er flieh zu kargen Narren,
   Und mit ihm Sorgen und Verdruß!
Sie sind, so viel sie auch sich Gold zusammen scharren,
   Doch immer arm im Ueberfluß.
Den Sinn, von Schwermuth frey, mein Leben zu genießen,
   Gab mir ein günstiges Geschick!
Wie Weste tanzt es mir dahin, auf leichten Füssen,
   Und meine Phyllis ist mein Glück.
Sie, die mein weiches Herz und meine Liebe kennet,
   Liebt mich so zärtlich, wie ich sie.
Sie fühlt der Freuden Werth, die ihr die Jugend gönnet,
   Sie weis, daß sie zur Liebe blüh.
Wie süß ists, sie zu sehn, sie feurig zu umfangen,
   Und frey von allem Zwang zu seyn,
Und manchen vollen Kuß den rosenvollen Wangen,
   Und ihrer weißen Brust zu weihn.
Kein Glück ist meinem gleich. Wie werd ich euch
                       beneiden,
   Die ihr in stolzen Ehren prangt.
Der Taumel eures Ruhms gleicht nie den sanften Freuden,
   Die, Phyllis, ich durch dich erlangt.
Du weißt es noch, wie oft, in kühle Finsternisse,
   Und diese stille Laub empfieng,
Wie leicht uns bey der Lust vergoltner freier Küße,
   Die durchgescherzte Zeit vergieng.
Die Sonne sinkt jetzt schon. Komm, eh der Tag
                       entweichet.
   Laß uns auf jene Wiesen gehn,
Und an dem Silberbach, der durch sie sanft sich schleichet,
   Ein Bild von unserm Leben sehn.
An deiner Seite soll mir meines ganz verfließen,
   Der Tod besucht mich einst bey dir.
Dann wird noch meine Hand die deine matt umschließen,
   Dann wein ich und du weinst mit mir.

Ja, Phyllis, ja du weinst.   Daß dein Herz fühlen müsse,
    Thust du durch deine Thränen kund,
Mit ihnen untermengt drückst du noch sanfte Küsse,
    Auf meinen schon erstorbnen Mund.
Von meinem Grabe geht kein Jüngling ohne Zähren,
    Kein Mädchen unerweicht zurück.
Dann weinen sie mit dir, mich auch im Tod zu ehren,
    Noch manchen stillen Augenblick.
Dann wird, wenn sie im Lenz, die volle Brust zu schmücken,
    Mit Blumensammeln sich erfreun,
Der schönsten Eine noch mit dir Violen pflücken
    Sie zärtlich auf mein Grab zu streun.
Noch trennt der Tod uns nicht, noch wollen wir uns
                                        lieben,
    Bald schleicht er sich vielleicht daher.
Uns sey, wie uns kein Tag je ungebraucht geblieben,
    Kein künftiger von Freuden leer.

Properz *).

Nach Quintilians Zeugnisse hat es unter den Alten viele gegeben, die den Properz dem Tibull vorgezogen haben. Vorziehen wird ihn heut zu Tage niemand, wenn ihn auch einige dem Tibull in allem gleich schätzen.

Ovid.

Geschwätziger, und weniger zärtlich, als jene beyben, in den libris amorum, und, welche eine moralische Folge von jenen waren, in den libris tristium, in denen öfter der Poet, als die Empfindung redet. Nach der Regel.

C'est peut d'etre poete, il faut être amoureux.

T 5   sind

*) Des Vulpius Edition. Gillet de Moivre Leben des
Properz.

ſind die libri amorum Ovids beſtes Gedicht, und es hat auch in der That weniger Monotonie und mehr Empfindung, als die ewigen Klagen über die verdiente Verweiſung.

Gallus.

Iſt rauher und härter, als jene alle, ſagt Quintilian. Das Urtheil iſt um deſto wahrer, da die unter ſeinem Namen vorhandne Elegien einen andern Verfaſſer haben, als den Quintilian meint, einen Gallus aus den Zeiten des Kaiſers Anaſtaſius.

Unter den franzöſiſchen Dichtern, ſagt Batteux ſehr offenherzig, und der Wahrheit gemäß, iſt es ſehr ſchwer, gute Elegien zu finden. Sie ſind meiſtentheils matt und wäßricht, oder auch allzuſehr gewürzt. Ueberhaupt kennen die franzöſiſchen Poeten und Kunſtrichter keine andre Art, als die verliebte Elegie, vom Boileau verführt, welcher der Elegie keine andre Beſchäftigung gegeben, als:

> Elle peint des amans la ioie et la triſteſſe,
> Flate, menace, irrite, appaiſe une maitreſſe.

Gräfin de la Suze.

Saintmard ſagt von ihr: Femme celebre en ce genre d'ecrire, à qui il n'ya pas moien de diſputer une partie des qualités neceſſaires pour y exceller, mais elle ne les avoit pas toutes. Faite pour ſentir l'amour elle en exprime quelques fois les mouvemens avec aſſez de naturel; mais elle étale avec trop de pompe tout ce que la poeſie a de richeſſes: une imagination male et vigoureuſe la fait peindre avec trop de force, tout chez elle eſt trop nerveux; elle n'eſt point aſſez femme.

Thomas

Thomas Gray.

Der vorzüglichste Englische Elegiendichter. Mâ-
son, Beattie, Delap müssen ihm nachstehn *). Von
Dodsley hat man die berühmte auf einem Gottesacker
geschriebne. Voller Empfindung sollen auch die seyn,
die ein Ungenannter unter den Aufschriften: the Magda-
lens, the Nun, und an Elegy written among the ruins
of an Abbey heraus gegeben hat.

Haller.

**) Ein so empfindliches Unglück, als das Abster-
ben seiner Mariane und Elise warf ihn in die tiefste
Traurigkeit. Die öden Ufer der Seine waren eine Wüste; wo nichts als Jammer, als Angst und blasse
Schrecken ihn erinnerten, daß er lebte. Sein Geist
schien ganz in Begriffen, die von der Welt abgezogen
waren, verhüllt. Alle Abende strömeten ganze Monate
lang Thränen ihm aus den Augen, und diese Stunde war
die angenehmste seiner Tage. Aber in der einsamen
Dunkelheit der Nacht, die oft der Traurige sucht; unter
der Herrschaft der Finsterniß, die die verzweifelnde Seele
auf den schnellen Schwingen eines grausen Gedanken in
neue Abgründe führt, bey dem prophetischen Gefühle der
ewigen Schatten, die einst in öder Ruhe unsre Namen
verhüllen werden, rührte der Dichter sein klagendes Saitenspiel. Die Gedichte auf das Absterben seiner Ge-
mahlinnen drücken Schönheiten aus, die das andächtige
Gemüth

*) Aber nicht W. Shenstone, unter dessen von Dodsley
herausgegebnen Schriften die sechs und zwanzig Elegien das beste sind.

**) Zimmermann.

Gemüth Menschenliebender Leser in Entzückung an die Gräber führen.

Klopstock.

Viele Aufschriften auf den Monumenten der Könige sagen oft schlecht und unwürdig, was sie gutes und großes gethan. Würde Klopstocks Elegie mit güldnen Buchstaben in Marmor auf Rothschilds Grab geätzt: dann würde daselbst des weisen Friedreichs Andenken so unvergeßlich leben, als in den Herzen seiner Unterthanen, sein Denkmal den Wanderer rühren, wie sein Tod seine Reiche; es würde dem Wanderer eine von Friedrich schönsten Thaten sagen, daß er einen Klopstock unterstützt hat.

Kästner.

Die Elegien sind der unbeträchtlichste Theil seiner vermischten Schriften.

Karschinn.

Klagen einer Wittwe; auf den Tod des Prinzen von Braunschweig; Lied an gefangne Lerchen; an Sulzern über den Tod seines Kindes; Klagen bey Kleistens Grabe; Klagen einer Braut an ihre Nachtigall; Klagen eines unglücklichen Verliebten; Klagelied über den Tod eines Canarienvogels.

Brunner.

Seine Erholungen enthalten lauter Gelegenheits- und also auch viel Leichengedichte; und, wenn die Mode nicht abzuschaffen ist, bey jedem hohen und niedrigen Todesfalle zu singen und singen zu lassen, so ist wenigstens zu wünschen, daß die Menge so *) guter Gelegenheits-

sans

*) Da die Brunnerischen Erholungen nicht in Prosa, sondern

ſänger immer gröſſer werde; ſo wie ich lauter ſolche Pa-
rentationen zu leſen wünſchte, als Möſers Abhandlung
von dem Werthe wohlgewogner Neigungen und Leiden-
ſchaften dem Andenken Hrn. Joh. Friedrichs von dem
Buſche gewidmet.

Tode.

Seine Elegien machen nicht traurig, ſondern ver-
drüßlich.

Funf-

dern in Verſen geſchrieben ſind: ſo können wohl folgende Zeilen aus der Schrift über die neure deutſche
Litteratur nicht auf ſie zielen: ein Chriſt am Sonn-
tage, ſo viel Bände Andachten und Erholungen tragen
den Preis wegen der Deutlichkeit davon; ſie ſchreiben
für die Langeweile des Publikums; ihre Bücher ſind
alſo des Cederndls und Marmorbandes würdig, und
auf ihrem Grabe werden, nach dem Spott des Perſius,
Roſen und Violen wachſen. Ich führe keine nament-
lich an; ich muſte Aerzte und Auffeher und Greiſe
nennen, und für dieſen Stanben habe ich alle gehörige
und mögliche Ehrfurcht.

❀❀❀❀❀❀❀❀❀❀❀❀❀❀❀❀❀❀❀❀❀❀

Funfzehntes Kapitel.
Von der lyrischen Poesie.

I. Theorie.

Lyrische Unordnung habe ich gnug in meinem Werke
anzubringen gesucht. Könnte ich doch auch mit
lyrischen Feuer von dieser Gattung der Poesie reden, die ohnstreitig ein Jüngling, oder ein jugendlicher
Greis im Enthusiasmus der Frölichkeit erfunden, und die
vor allen andern wegen ihres Feuers nach dem Geschmacke
des Jünglings seyn muß! Man hat eine eben so große
Menge Theorien der lyrischen Poesie, als Odendichter:
aber ich wähle hier wieder die aus, welche auf philosophische Grundsätze gebauet ist; und so kann meine Wahl
auf keine andre fallen, als auf die im zweiten Bande der
Breslauer Beiträge. Wenn ich ihr auch gleich nicht Schritt
vor Schritt folge: so werde ich doch kein Auge von ihr
verwenden, und übrigens nur froh seyn, wenn ich die
Grundsätze selbst richtig gefaßt habe. Ihnen eine gefällige Farbe zu geben, ist bey mir nur ein frommer Wunsch.
Ich tröste mich damit, daß es noch allemal besser klingt:

> Raison sans sel est sade nourriture,

als der andre Vorwurf:

> Sel sans raison n'est solide parure.

Ich definire also das lyrische Gedicht, als den poetischen
Ausdruck einer reinen Hauptempfindung, welcher verschiedne reine Nebenempfindungen untergeordnet sind.

Was

Was reine Empfindungen sind, weis man schon aus der
Erklärung der ihnen entgegengesetzten vermischten, die der
Elegie wesentlich waren. Reine Empfindung und Affect
sind nur, wie Wirkung und Ursach, verschieden. Eines kann
also für das andre gesetzt werden. Alle Arten von Affecten herrschen im lyrischen Gedicht, nachdem die mannigfaltigen Gegenstände der lyrischen Poesie diesen oder jenen
in der Brust des Dichters erregen: Verwunderung, Liebe,
Zorn, Haß, heftige Traurigkeit, entzückende Freude.
Wenn Verwunderung darinnen herrscht, und diese herrscht
in ihren vornehmsten Gattungen: so ist das Erhabene ihr
Hauptton. Denn das Erhabene ist die sinnlich vollkommne Vorstellung, welche Verwundrung erregt. Die
Gegenstände, welche den Affect erwecken, sind Personen
und ihre Eigenschaften, Handlungen und Wahrheiten, je
des Ding und seine Eigenschaften. Einerley Gegenstand bringt unter verschiednen Umständen verschiedne
Grade des Affects hervor; und diese verschiednen Umstände
schreiben sich von der betrachtenden Person, von den Eigenschaften des Gegenstandes selbst, und von dem Zufalle
her. Aus jenen Graden des Affects entstehen die mancherley Gattungen der lyrischen Poesie. Denn es ist
natürlich, daß einerley Gegenstände unter der Voraussetzung von einerley Umständen einerley Grad des Affects
erregen, und so lassen sich die Klassen der lyrischen Poesie,
und die jeder eigenthümliche Gegenstände bestimmen.
Götter, Helden, Fürsten, ihre Eigenschaften und ihre
Thaten sind so bewundrungswürdig, daß es unwahrscheinlich ist, als könnten sie jemals einen andern, als den ersten, den höchsten, allenfalls den zweiten Grad des Affects
erregen. Daher widmet man diesen Gegenständen die

erste

Poesie ihr untergeordnet seyn muste. Unter diese Klasse
gehören geistliche, moralische, scherzhafte, anakreontische Lieder, Romanzen, Cantaten. Der letze
Grad heißt Chanson und Vaudeville. Bey jeder dieser Arten muß der Ausdruck dem Grade des Affects angemessen seyn. Hierinn liegen die Regeln, welche die
Arten insbesondre haben, die aber so leicht zu entwickeln
sind, daß ich meinen Lesern die Langeweile bey ihrer Entwicklung ersparen werde. Der Dichter drückt entweder
seinen eignen, oder fremder Personen, oder seinen eignen
und fremder Personen Affect zugleich aus. Drückt er den
seinigen aus, er sey es nun wirklich oder dem Vorgeben
nach: so versteht es sich von selbst, daß er die Einheit des
Affects beobachten müsse; aber das ist eine schwerere, oft
aufgeworfne Frage; ob ein und eben derselbe Poet geistliche
Lieder und Tändeleien mit einerley wahren Affecte schreiben
könne und dürfe. Der Poet drückt ferner den Affect andrer Personen aus, den sie wirklich haben oder gehabt haben,
zu haben, oder gehabt zu haben gedichtet werden; und alsdenn setzt er den Namen der Person über sein Gedicht, in
deren Character er sich versetzt. Will er seinen und fremden
Affect zugleich, oder den Affect zweier andrer Personen ausdrücken, so wird das lyrische Gedicht ganz oder zum Theil
dialogisch. Wenn Gegenstände auf einander folgen,
wenn Handlungen geschehn, deren jede einen Affect erregt: so entsteht eine Folge von Affecten. Wenn der
Poet eine Folge reiner Hauptempfindungen, deren jede
ihre untergeordnete reine Nebenempfindungen hat, poetisch ausdrückt: so macht er ein lyrisches System, oder
eine lyrische Geschichte, dergleichen z. E. die Amazonenlieder sind. Macht er eine lyrische Geschichte einer

intereßanten Haupthandlung, welcher verschiedne intereß-
fante Nebenhandlungen in versteckter Verbindung untergeordnet sind: so entsteht eine lyrische Epopee.   Die
lyrische Epopee in lyrischen Gesprächen vorgetragen und
in der Absicht verfertigt, auf der Bühne vorgestellt zu
werden, ist das lyrische Drama.   Wenn eine Hauptempfindung unsrer Seele sich alle Nebenempfindungen
unterordnet: so befindet sich die Seele in einem Zustande,
der *) Enthusiasmus genennet wird. Enthusiasmus ist
also das nöthigste Talent des lyrischen Poeten vom Vau-
devillentrillerer an bis zum Trunkenbolde in der Dithyrambe.   Das lyrische Gedicht muß Schwung haben,
denn der Schwung ist der Ausbruch des Enthusiasmus.
Im Enthusiasmus folgt die Seele nicht der Ordnung
der Gedanken, sondern der Empfindungen.   Dies ist die
Ursache von dem unerwarteten Eingange, Sprung, schein-
baren Unordnung, Digreßionen und Nebenempfindungen in dem lyrischen Gedichte, von denen man jetzt eher,
jetzt später mit verdoppeltem Feuer zur Hauptempfindung
zurückkehrt; die Ursache von der Fiction, den kühnen
Bildern, erhabnen Maximen zc. welches besonders der
höhern lyrischen Poesie größte Schönheiten sind.   Es
hieße die Wahrscheinlichkeit verletzen, wenn der Poet uns
überreden wollte, sein Enthusiasmus habe viele Tage lang
angehalten, und uns daher Oden von vielen Bogen zu
lesen gäbe.   Doch hat die Länge ihre Grade, die mit dem
Grade des Enthusiasmus und des Affects in gleichem
Verhältnisse stehn.   Das Vaudeville kann also am ge-
schwätzigsten seyn, aber sich auch immer daran erinnern:
Was artig ist, ist klein.   Bey der griechischen und lateinischen

*) S. Fitzosbornes (Melmoths) Briefe Br. I.

rischen Ode könnte es zwar scheinen, als ob die im höchsten Grade erhitzte Einbildungskraft in denselben die Länge einigermaßen entschuldige, weil eine einmal erhitzte Einbildungskraft nicht so bald wieder kalt wird. Aber
ihr Feuer nimmt von Zeit zu Zeit zu, und je feuriger sie
wird, desto verwirrter wird sie auch, so, daß, wenn das
Feuer dennoch nicht höher steigen kann, der Dichter sich
bewußt zu seyn aufhöret, und dann entfällt ihm gewiß die
Feder. Der Nebenzweck des Unterrichts, welchen die
Lehrode hat, erlaubt ihr auch eine größere Weitläuftigkeit. Die Länge der lyrischen Geschichte, Epopee und
Drama wird durch die Dauer der Handlungen bestimmt,
bei dem Enthusiasmus von Zeit zu Zeit neues
Oel giebt. Der nicht anhaltende und sich ungleiche Enthusiasmus, der, wie ein auslöschendes Licht, auf und nie-
derlodert, macht das lyrische Gedicht ungleich und erzeugt
die matten Stellen, die sonst auch daher entstehn, wenn
statt reiner vermischte Nebenempfindungen eingeschoben
werden. Die Einheit der Hauptempfindung ist der Erklärung zu folge dem lyrischen Gedichte wesentlich. Die
Personen, welche sie verletzen, heißen poetische Phanta-
sten. - Die Zusammenkettung der Nebenempfindungen
mit der Hauptempfindung ist der Plan des lyrischen Gedichts. Die Wahrscheinlichkeit der lyrischen Poesie besteht in der Uebereinstimmung der Empfindungen mit ihrem Gegenstande, des Ausdrucks mit den Empfindungen,
und der Arten des Ausdrucks untereinander. Das Feuer
der lyrischen Poesie erfordert entweder ein kurzes, oder
ein aus kurzen und langen Versen zusammengesetztes
Sylbenmaas. Die Strophen im lyrischen Sylbenmaas sind daher entstanden, daß die ersten lyrischen Ge-

dichte

dichte, zum Singen bequem eingerichtet wurden. Und
da war es eine Nothwendigkeit, daß Musik und Verstand bey dem Ende jeder Strophe zugleich die Cadenz
beobachteten. Heut zu Tage aber ist es kein Verbrechen mehr, den Verstand über diese Ruhepuncte hinaus
fort gehen zu lassen. Die Strophen aber bringen eine
neue Vollkommenheit in die lyrische Poesie, nemlich das
abgemeßne.

II. Litteratur.

Orpheus *).

Sein Name ist berühmter, als seine Hymnen;
denn diese haben wenig von jenem allmächtigen Feuer
seiner Leier, von der es heißt:

Doch horch! Er schlägt die güldne Leier!
Die bangen Geister athmen freier;
Die Schatten nähern sich mehr;
Still steht, o Sisyphus, dein Stein;
Ixion schläft auf seinem Rad jetzt ein;
Und bleiche Gespenster tanzen umher:
Die Furie sinkt auf ihrem eisernen Bette nieder:
Entfaltet hängt vom Haupt die Schlang und horcht auf
                                          seine Lieder.

Homer.

Den Hymnen, die seinen Namen führen, wenn sie
auch nicht, wie es scheint, von ihm seyn sollten, kann man
doch ihr Alterthum nicht absprechen.

Tyrtäus **).

Der Heere mit seinen Gesängen schlug. Und wer
kennt nicht die einfältig edle und männliche Sprache des
                                          Grie-

*) Geßners Edition.
**) Klotzens Edition.

Griechen, seitdem seine Lieder von einem unsrer größten Barden *) nachgesungen worden?

Sappho **).

Diese zehnte Muse können wir nur in wenig Fragmenten ihrer zärtlichen und feurigen Poesie bewundern.

Anakreon ***).

O Vater Anakreon! Wahrlich, die guten Götter geben dir, wie allen wahren Weisen, einen eben so ruhigen

Ll 3   Aufent‑

---

*) Von den Kriegsliedern der alten nordischen Völker handelt Klotz in einem Corollario. Zimmermanns Buch vom Nationalstolze sagt von jenen Völkern: Die Einwohner von Scandinavien waren entschlossen, die höchste Staffel des Glücks in Blut und Tod zu suchen: Unsre Krieger, sagen ihre Dichter, gehen, nach dem Tode lechzend, dem Tode mit Entzückung entgegen. Man sieht sie in dem Streite mit durchbohrten Herzen fallen, lachen und sterben. Lodbrog, ein nordischer König ruft aus: Was regen sich in mir für neue Freuden! Ich sterbe! Ich höre Odins rufende Stimme! Schon öfnen sich die Pforten seines Pallasts! Halbnackte Jungfern treten hervor! Blaue Binden erheben den weißen Glanz der Brüste! Sie kommen zu mir! Sie schenken mir ein treffliches Bier aus meiner Feinde blutigem Schedel. Diese Denkungsart ward in den Gesängen der Skandinavischen Dichter der Nachwelt übergeben, und sie brachten in den Gemüthern der Enkel die gleichen Wirkungen hervor, die ich von den unsterblichen Liedern des neuen Tyrtäus vermuthe.

**) Wolfens Edition, Addisons Uebersetzung.

***) Barnes, Baxters, Mattaires Ausgabe. Unzählige Uebersetzungen in allen Sprachen.

Aufenthalt im Reiche der Schatten, als dein Leben auf
dieser Welt war, das du zwischen Wein, Mädchen und
Musen theiltest! Sonst hätte die Eifersucht über deinen
glücklichen Nachahmer dich längst wieder aus Elysium zurück gebracht, oder das Quaken der unzähligen Wasser-
sänger deine Ruhe gestört, die nie in den Verdacht kommen können, als wenn sie mit Grazien und Musen
buhlten.

Pindar *).

Bey diesem Namen schwindelt dem Ausleger, dem
Kunstrichter, dem Poeten, dem Leser.   Erhitzt wird ein
ein jeder, der Pindars Oden liest; sie stürmen unwiderstehlich auf ihn; aber man geräth in einen Taumel von
Bewundrung, in dem man selbst die grösten Schönheiten
übersieht.   Wer folgt gern den gleich der Windsbraut
hochfahrenden Melodien? Zumal durch die Schwierigkeiten der griechischen Sprache.   Die Uebersetzer beben hier
zurück, wie die Himmelsstürmer vor den Blitzen des
Zeuds.   Vielleicht nimmt sich noch einst ein Willamow,
und glücklicher, des Unternehmens an, das Steinbrüchel
aufgegeben hat.

Callimachus **).

Die sechs Hymnen auf den Jupiter, Apollo, auf
die Diaua, Ceres, auf Delus, und auf das Bad der Pallas sind von seinen achthundert kleinen Büchern sehr kleine Ueberbleibsel, und nicht diejenigen, durch die er seinen
Ruhm bestätigt hat.   Berühmter ist sein Name durch
das

---

*) Die Zwinglische und Schmidische Ausgabe.   Eine
französische, Wests englische, Abimariital. Uebersetzung.
**) Ernestis Ausgabe.

das Gedicht auf das Haar der Berenice, das Catull durch seine Uebersetzung erhalten.

Catull *).

Der zärtlichste und süßeste Dichter der Liebe nächst dem Anakreon, noch liebenswürdiger, wenn er das sich selbst gemachte Gesetz: Castum esso debet etc. nicht so strenge beobachtet hätte.

Horaz **).

**) Der erste und der einzige unter den lateinischen Dichtern, der es in der Ode zur Vollkommenheit gebracht. Er besitzt, nachdem der Stof ist, den Ernst und Adel des Alcäus und Stesichorus, die Erhabenheit und Raserey des Pindar, das Feuer und Leben der Sappho, die Weichheit und Süßigkeit des Anakreons. Doch merkt man zuweilen Kunst bey ihm, und die Bestrebung seine Muster zu erreichen. Anakreon ist noch süßer, Pindar noch kühner, im Plan und im Ausdruck, Sappho hat mehr Feuer, und vielleicht war Alcäus mit seiner goldnen Leier noch majestätischer. Man kann von seiner Poesie sagen, was er von dem Schicksale sagt, das er mit einem Flusse vergleicht, der bald in seinen Ufern friedlich

U 4   zum

*) Schellhafers elende Uebersetzung.

**) ed. Pine, Bentley, Baxter, Geßner. Pallavicinital, Francis, Creechens englische, Sanadons, besser Batteux französische, nicht Weidners, nicht des Grafen von Solms, nicht Langens, sondern die künftige Ramlerische Uebersetzung. Des la Chapelle elendes Buch: les Amours d' Horace. Leßings Rettung des Horaz. C. de Bar Horace vengé Babioles litter. T. I. Klotzens Vindiciae Horatii.

***) Batteux.

zum Meere fließt, und bald, wenn ungestüme Wasser-
fluthen seinen ruhigen Strom aufschwellen, untergrabne
Felsenstücke, und entwurzelte Bäume und Heerden und
Hütten mit sich fortreißt, daß rund umher die Wälder
heulen, und die benachbarten Hügel Wer die lyrischen
Sylbenmaaße der Alten kennt, der kann den Wohlklang
der Horazischen Oden nicht gnug bewundern. Er verliert
dadurch niemals etwas von der Stärke und Neuheit des
Ausdrucks; sondern bleibt eben so lebhaft in seinen Farben,
als allemal richtig in seinem Riße und in der Anlage des
Ganzen. Nach meiner einmal angenommen Regel darf ich
mich nicht bey den neuern lateinischen Dichtern aufhalten,
die sich selbst zweite Horaze nennen, oder von den meisten
dafür gehalten werden. Doch will ich einiger Namen
hersetzen *); Sarbievius, Santeuil, Sadolet, Sannazar, Flaminius, Fracastor, Klotz.

Chiabrera.

In ihm glauben die Italidner einen Pindar und
einen Anakreon zugleich zu besitzen; und sollte dies auch
eine sehr gewöhnliche Hyperbel seiner Lobredner seyn, so
hat doch von ihm die italidnische Ode ihren höchsten
Schwung bekommen.

Petrarch **).

Nur eine Laura ist in der Welt gewesen, und also
auch nur ein Petrarch. Sie lehrte ihn sich über das
sinnli-

---

*) Langbeinii vita Sarbievi.

**) Des Tassoni Commentar. Petrarch ist einer von den
     wenigen merkwürdigen gekrönten Poeten. Man hat,
sagt

sinnliche Vergnügen zu erheben, sie lehrte ihm die platonische Liebe, dieses Grundgesetz der corte d'amore, deren
Mitglied sie war, und das Grundgesetz der Petrarchischen
Lieder. Die Quelle zu Vaucluse flößte seiner Muse das
sanfte melancholische ein, das sie characterisirt. Seine Lieder sind Elegien, und daher so voller Seufzer, als
uns eine Elegie seyn kann, und so voller Vergleichungen,
daß sie oft ganz und gar Allegorien sind.

Ohne Laura, ohne die verfeinerten Empfindungen
der Liebe, ohne das Talent, das Herz in sanftströmende
Verse zu ergießen, mit gekünstelter Schwermuth, mit gesuchten Witze hat eine unabsehliche Schaar nach ihm Pe-
trarche werden wollen; und sind nur Petrarchisten geworden. Da vervielfältigten sich, wie es dort von
Teutschland heißt, Copien von Copien, und dünkten sich
wieder Originale. Hinterließ aber gleich Petrarch seinen
Nachahmern weder seine Laura noch seinen Geist; so erbi-
ten sie doch von ihm den enthusiastischen Beifall der Na-

U 5   tion,

sagt Meinhardt, eine Beschreibung seiner Krönung von
einem Landsmann und Zeitverwandten des Petrarch,
nach der sie der lächerlichsten Farce ähnlich gewesen wäre.
Er giebt ihm eine ganz scheckigte Kleidung, welche alle
Eigenschaften eines großen Dichters soll vorgestellt haben. Statt der Schuhe läßt er ihm an dem einen
Fuße einen Cothurn, an dem andern einen Soccus tragen. Nach der Zurückkunft von der Krönung bindet
sich der Dichter Schellen an die Beine und tanzt eine
Moreske. In diesem Geschmack ist die ganze Beschreibung, die man für die Erdichtung eines verwirrten
Kopfs hält. S. auch Titon du Tillet Essais sur les
Monuments accordés aux illustres Savans.

tion, die glücklichen und mittelmäßigen Copien, wie Originalen, Weirauch zu streuen pflegt.   Dem Petrarch zu Ehren müssen wir wenigstens einige seiner berühmtesten Nachahmer nennen: Bembo, Casa, Molza, Varchi, Martelli, Tonsillo, Guiddiccioni, Tolomei, Costanza, Bonfadio, Caro.   Des Mathematickers Manfredi Sammlung von allen den seufzenden Poeten besteht aus fünf starken Bänden.

Zappi.

Der vortrefflichste unter der ungeheuren Menge von Sonnet- und Liederdichtern der Italiäner.   Diese alle zu nennen, mag ein andrer Geduld gnug haben. Ich nenne ihrer nur so viele, als mir einfallen: Filicaia, Zanotti, Testri, Gratiani, Gigli, Maggi, Rolli, Manfredi, Ciampoli, Balducci, Montemagro, Accolti, Porrino, Redi, Zampieri, Clapetti, Orsi, Grazzini, Riechieri, Magalotti, Frugoni.

Metastasio.

Seine Kantaten sind an Schönheit, Ruhme und Menge seinen Opern gleich.

Cowley.

Anglorum Pindarus, Flaccus, Maro, Deliciae, Desiderium aeui sui.   Wenn ich auch nicht hinzusetzte: hic situs est: so würde man es von selbst hinzudenken. Aber die Grabschriften werden doch nicht immer lügen? Ja, er ist der Pindar der Engländer in dem Verstande, in dem Chiabrera der Italiänische Pindar ist.   In der Ode, die er in seinem dreizehnten Jahre schrieb, und darinnen er nur erst den künftigen Pindar versprach, ist er

Flaccus.

Flaccus. Und Maro? das soll er seiner Dabideis we=
gen seyn. Anakreon ist noch in der Grabschrift verges=
sen. Denn unter dem Titel: Mistreß hat er auch eine
Sammlung von galanten Gedichten gemacht.

Unter den übrigen alten englischen Dichtern bleibe
ich nicht bey Donnen, bey der Aphra Behn, bey Sid=
ney, bey Dorset stehn, sondern einen Augenblick bey

Waller *).

Seine Lieder auf die Sacharißa sind empfindungs=
voll und zärtlich, um desto mehr, da er unter diesem Na=
men eine wahre Person Dorotheen Sidney, Tochter des
Grafen Leicester besang. Aber seine Zärtlichkeit blieb
unbelohnt. Sie heirathete nicht Wallern, sondern den
Grafen von Sunderland.

Dryden.

Unter seinen Oden ist die auf den Cäcilientag**)
die berühmteste, die unter den drey berühmten Oden auf
diesen Tag, den meisten Stimmen nach, den Preis be=
hauptet. Unter uns aber wird es unentschieden bleiben,
welche von den dreyen Weiße am glücklichsten über=
setzt habe.

Prior

*) Fentons Ausgabe: Glasgow 1752. Eine gute deut=
sche poetische Uebersetzung Zürch 1761. Wallern führt
der Graf von Bar in den Babioles liter. In dem Auf=
satz: Justice aux Muses als ein Beispiel zur Widerle=
gung von dem Sprüchwort an, dem zu folge die Dichter
arm sind. S. auch L. Racine sur la Fortune des Poë=
tes in seinen Reflex. sur la poesie.

**) Er schrieb sie, da er fast siebenzig Jahr alt war.

Prior *).

Wenn man das Hofleben wider diejenigen vertheidigen will, die es beschuldigen, daß es alle feinere Empfindungen der Natur erstickt: so verweise man sie auf den zärtlichen, naiven, feurigen, harmonischen, ungezwungen witzigen Prior, der aus einem Sohne eines Tischlers durch sein geschmackvolles Urtheil über Horaßens Oden nach und nach einer der wichtigsten Männer bey Hofe ward, und doch weder seine Erfindungen nach seine Sprache von dem Hofe entlehnte. Am Hofe konnte er geschminkte Gesichter und Coquetten gnug kennen lernen; aber nicht ein nußbraunes Mädchen.

Pope.

Er hat nur zwey Oden geschrieben, aber beide sind in gewisser Absicht merkwürdig, die eine auf den Caecilientag, welcher der zweite Rang nach der Drydenschen gebührt, die andre auf die Einsamkeit, die er im zwölften Jahre schrieb. Noch viele andre englische Dichter haben Oden und Lieder geschrieben, die wenigstens viel einzelne Schönheiten haben, wenn man ihnen auch keinen eigenthümlichen Character in dieser Art der Poesie beilegen kann; z. E. Congreve, Philipps, Gay, Addison, Tickel, Mallet, Young **), Akenside, Collins, Gray, Scott, Beattie, Copywell, Hudson, Ogilvie ***) Oldham.

Watt.

*) Einige Stücke von ihm hat Feutry ins Französische übersetzt.

**) Deffen schwächste Seite die lyrische Poesie ist.

***) Vor seinen Oden steht ein Versuch über die lyrische Poesie der Alten.

Watt.

Seine geistlichen Lieder sind in der englischen Kirche beliebt.

In keiner Gattung der Poesie machen die Franzosen schlechtere Figur, als in der Ode. Sie können sich keines Horatzens rühmen. Korrecte Mittelmäßigkeit ist, wie Warton sagt, ihr Character. Desto schönere Liederdichter werden wir unter ihnen antreffen.

Malherbe.

Der Vater der französischen Ode ist gedankenvoll und feurig, ohne schwülstig zu seyn, wie seine Vorgänger, und harmonisch in der Sprache seiner Zeit.

Racan.

Der Schüler des Malherbe. Es ward ihm nicht schwer melodischer zu seyn: aber seines Lehrers Feuer konnte er sich nicht geben.

Boileau.

*) Als er sich an die Ode wagte, gab er ein merkwürdig Beispiel, daß ein Schriftsteller, der ein großes und characteristisches Talent zur moralischen und satyrischen Poesie hat, in den höhern Gattungen nur selten gleich glücklich seyn kann. In seiner Ode über die Einnahme von Namur sind häufige Beyspiele von Bombast, und viel prosaische Stellen.

la Motte.

**) Seine Oden sind voller von feinen Gedanken und philosophischen Betrachtungen, als von Erdichtung,

Figuren

*) Warton.
**) Warton.

Figuren und Poesie. Einzelne Strophen sind vorzüglich gut, aber nicht eine einzige ganze Ode *).

Chapelle.

**) Ihm war es vorbehalten, die Art der Dichtkunst, die nichts als Wollust, nichts als Freude, aushaucht, zur Vollkommenheit zu bringen. Er ist in seinen Versen, wie er in der Gesellschaft war, kühn, lustig, scherzhaft, fruchtbar an Bildern, an lebhaften und witzigen Gedanken, an starken und feinen Ausdrücken. Er vermied allen Zwang, so gar bis auf den Schein. Er machte Verse, die ihm nicht mehr kosteten, als ein Einfall an der Tafel, und vielleicht, wie er selbst sagte, wenn er sie hätte besser machen wollen, würde er sie gewiß viel schlechter gemacht haben.

Chaulieu.

***) Chapelle legte seinen Geist auf einen seiner würdigen Schüler, der vielleicht seinen Lehrer so gar übertroffen hat. Wenigstens hat er einen unstreitigen Vorzug von Seiten der Empfindung. Mannigfaltigkeit in seinen Gemälden, Reichthum an natürlichen Bildern, Empfindungen, die das Herz treffen, sind die großen Schönheiten seiner sinnreichen Tändeleien.

de la Fare.

Wird dem Chaulieu gemeiniglich an die Seite gesetzt, außer, daß er sich viel Nachläßigkeiten und prosaische Stellen erlaubt, die vermuthlich von dem Alter herrühren, in dem der Marquis Dichter ward.

Lainez.

*) Ital. Ueberf. 1742.
**) Camüsat.
***) Camüsat.

Lainez.

Das einnehmende und leichte von seinen poetischen Einfällen war das Vergnügen aller witzigen Gesellschaften, so lange er lebte, und da er sie aus wunderbarem Eigensinn niemals hatte aufschreiben wollen, wurden sie nach seinem Tode auf eine besondre Art, nehmlich aus dem Gedächtnisse seiner Bekannten edirt.

le Brun, Pavillon, Hamilton.

Der erste in diesem Triumvirate scherzhafter Dichter ist der beste. Pavillons Character ist Voltairen zu folge: doux mais foible. Hamilton ist ein mittelmäßiger Nachahmer des Chaulieu.

Rousseau

*) Brachte es durch die Stärke seiner Verse, durch die Schönheit seiner Reime, durch das Feuer seiner Gedanken dahin, daß alle ältere Odendichter fast vergessen wurden. Er ist bewundrungswürdig in seinen Versen, erhaben, und sich gleich in der Sprache. Seine poetische Ader strömt mit gleicher Stärke vom Anfang bis zum Ende. Ich gebe es zu; allein hat er allemal gnug Biegsamkeit? Besitzt er gnug von dem geschmeidigen Wesen, das Anmuth und Leichtigkeit über alle Theile ausbreitet? Besitzt er es oft? Ist seine Stärke niemals etwas anders als Stärke? Und wo ist der verwirrte und

*) Batteux. S. Rousseaus Leben in den Schröckhischen Lebensbeschreibungen, welche Schlegel in der Vorrede zum Beaumontischen Auszug der Geschichte für Kinder, mit Recht für den zweiten merkwürdigen Versuch nach dem Cramerischen hält, der von den Deutschen in der guten historischen Schreibart gemacht worden.

und doch ordentliche Plan, die Fiction, der nicht blos
starke sondern auch kühne Ausdruck, das unerwartete der
Ode? Man nehme seine besten Stücke, seine Nachahmungen der Psalmen, seine Oden an das Glück, an den
la Fare, an den Prinz Conti sind sie etwas mehr, als
Lieder von ausnehmendem Schwunge? Widerlegen sie
nicht alle das, was er in der Vorrede sagt, daß er sich
nach Horatzen gebildet habe, wie Horatz nach den Griechen? Am merkwürdigsten ist er in der lyrischen Poesie
durch seine schöne Cantaten geworden, welche die ersten
Versuche von dieser Dichtungsart im französischen sind.
Sie heißen: Diana, Adonis, der Triumph des Amors,
Hymen, Amymone, Thetis, Circe, Cephalus, Bacchus,
die Schmiedesse zu Lemnos, Vulcans Netz, das Bad zu
Tomeri; Kalisto, der sehende Amor, der glückliche Liebhaber, der Winter, Europa, für den Winter, wider denselben, über einen Kuß. Wer der Verfasser der berüch-
tigten Couplets sey, wird ein ewiges Problem bleiben.
In Frankreich entschied man die Sache dahin, daß man
den Rousseau ins Exilium schickte, indem er nicht libros tri-
chum sondern viele seiner Oden und Briefe geschrieben
hat *).

Ich nehme hier wieder einige Namen zusammen,
die sich nicht characterisiren lassen, und doch nicht übergangen werden dürfen: L. Racine, Gresset, Voltaire, Thomas, Boulogne, der in seinen geistlichen
Oden dem Rousseau sehr nahe kommen soll, Sabatier,
Pompignan, Sauvigny, d'Arnaud.

Paul

*) Duc de Nivernois Reflexions sur le genie d'Horace,
Despreaux, et Rousseau.

Paul Gerhard.

*) Dieser geistreiche Liederdichter arbeitete allezeit mit Feuer und Affect, aber auch mehrentheils mit flüchtiger Hand. Zudem schrieb er zu einer Zeit, wo der gute Geschmack sich noch wenig gebildet hatte. Gleichwohl wird, einige wenige von seinen Gesängen ausgenommen, die ganz unbrauchbar sind, den übrigen mit leichter Mühe diejenige Vollkommenheit sich geben lassen, die nur an geistlichen Liedern mit Recht verlanget werden mag. Und es ist allezeit mehr an ihm zu bewundern, daß er so viel Geistreiches, Kräftiges und Rührendes gesagt hat, als daß ihm so manches Mattes, Leeres, auch zuweilen Spießbundes und Anstößiges entschlüpft ist.

Flemming.

**) Apoll ist seinem zweifachen Lehrling, nach dem Talent der Zeiten, in seinen poetischen Versuchen nicht ganz ungünstig gewesen, und sein Geschmack blieb doch bey der Natur, wenn er sie auch nicht vorzüglich zu verschönern wußte.

Günther.

Die Parallele zwischen Günthern und Rousseauen ist nichts mehr als ein Scherz. Am besten hat seine Verdienste Cronegk bestimmt, der seinen Schatten sagen läßt, daß die Verführung, die Sitten seiner Zeit, die Strenge seines Vaters, seine elenden Umstände, sein Genie, so verderbt haben, als ein jeder sehen kann, der Lust hat seine Gedichte zu lesen. Aber die sechste Auflage davon hätte man in unsern Zeiten wohl nicht erwartet.

Kanig.

*) Schlegel.
**) Ramler.

X

Canitz.

Daß er ein Odendichter sey, weis jedermann wenigstens daher, daß uns unsre Väter erzählen, mit wie vielem Vergnügen sie seine Oden an Doris auswendig lernten.

Drollinger, Werlhof.

Ihre Namen werden noch zuweilen gehört; aber ihre Poesien wenig mehr gelesen.

Pyra.

Er hat wenig geschrieben und nicht lange gelebt. Ob er gleich der erste war, der einen Erweis drucken ließ, daß die Gottschedische Secte dem guten Geschmacke verderblich sey: so ist er doch mehr in diesem Erweise als in seinen Gedichten ein wahrer Anti-Gottsched.

Haller.

Ich habe nicht nöthig mit vielen Worten zu sagen, wie merkwürdig die Ode auf die Ehre, und seine übrigen lyrischen Poesien in der Geschichte unsrer lyrischen Dichtkunst sind.

Withof.

Seiner Ode auf den Erlöser weis ich keinen größern Lobspruch zu geben, als wenn ich mit einem großen Kunstrichter sage, daß sie die Hallerische von der Ehre weit übertrift:

Der Sieg des Heilandes.

Die du brünstig dort auf den Wassern schwebtest,
Und mit mildem Hauch Adams Brust belebtest,
Als des Vaters Bild denkend in ihn fuhr,
　　　Große Seele der Natur!

Blase

Blase reine Luft um die goldnen Saiten!
Laß dies neue Lied bey verkehrten Leuten,
Feinden ihrer selbst, süß betäubend schön
    Unsers Schilohs Lob erhöhn!

Sterne waren es, die von ihm erklungen:
Flammen funkelten auf zerspaltnen Zungen;
Leuchtend trat er selbst in die Wälder ein,
    Feurig muß mein Loblied seyn.

Magog, der ihm steif an der Ferse klebte,
Trat er auf den Bauch, daß die Erde bebte,
Rauchend schwarzes Blut quoll beschäumt hervor,
    Bis die Sonne sich verlor.

Seht den ärgsten Schall ungeheurer Teufeln
Im verfluchten Grimm dumm und wild verzweifeln!
Wie der Himmel einst, steht die Welt auch ihm
    Mit zerrißnen Nacken fliehn.

Siegreich stand der Held! dichtgerollte Flammen
Schlangen sich zum Kranz um sein Haupt zusammen,
Die der Söhnaltar, den er fallen hieß,
    Ihm zum Siegeszeichen ließ.

Wie die Feinde nicht blutge Zähne bleckten!
Ruhig sah er sich nach dem Auferweckten,
Wie ein müder Held froh sein Eigenthum
    Seinen Raub bewundernd um-

Der vereinte Duft, der seit tausend Jahren
Von dem Opferheerd wolkicht aufgefahren,
Ward zum Wagen ihm an des Cedrons Strand
    Zum Triumph herab gesandt.

Glorreich ließ er sich auf der Wolke nieder;
Der erstaunten Schaar jüngst erfochtner Brüder,
Die ihn schweben sah, sprach er tröstend ein:
    Mein Verdienst soll euer seyn.

 Stark

Stark mit Blut bespritzt, reicher noch an Palmen,
Zog er durch den Klang Cherubinscher Psalmen,
Die in langem Zug von der Unterwelt
    Sich bis an Olymp gestellt.

Jauchzend floß ein Heer prächtger Seraphinen
In Aurorens Schmuck um des Himmels Bühnen,
Als der Vater ihn seinem Throne nah
    Majestätisch kommen sah.

Wie der Sündenstaub sich an ihn gehangen!
Welche Striche Bluts färben seine Wangen!
Schau, rief Adam aus, Höllscher Goliath,
    Wie er Edoms Kelter trat!

Mein Geliebter, nimm, nimm nun dein Geschlechte
Dir zu eigen hin! Sitze mir zur Rechte!
Juda sey dein Weib! Dein sey Ephraim!
    Sprach des Vaters Gruß zu ihm.

Unsers Schicksals Buch ward ihm übergeben;
Vor ihm liegt der Tod; nebst ihm steht das Leben;
Macht stützt seinen Arm; Güte ruht bey ihr.
    Solchem Fürsten dienen wir!

Engel sind sein Volk, Menschen seine Heerde.
Jauchz ihm Himmel zu! Schmiege dich o Erde!
Der ist sein Pallast, dieser seine Lust,
    Beiden ist sein Weg bewußt.

Laß mein bränstig Lied, Schilo, bey dir gelten,
So wie Adams Land dir vor allen Welten,
Wie vom Geist beseelt Assaphs Saitenspiel
    Dir vor Engel Lob gefiel.

Schönster, wie die Welt durch Aurorens Feuer,
So begrüß ich dich mit dem Klang der Leier!
Stimmt das Echo jetzt auch in Thorheit ein!
    Soll mein Herz mein Echo seyn!

Hage-

Hagedorn

lehrte Deutschland *) zuerst durch sein Exempel
die Regeln, die der Guardian dem Liede giebt; lehrte,
daß eine sorgfältige Wahl des Ausbrucks, Zärtlichkeit des
Geschmacks, Sprache der Natur und der Empfindung,
ein ungezwungener Schwung, ein einförmiger Entwurf
voll natürlicher Einfälle; ein vorzüglich leichtes, angenehmes und fließendes Sylbenmaas, Pflichten des Lieberdich-
ters sind, welcher gefallen will, daß das scherzhafte Lied,
gleichsam ein kleines Gemälde von Schmelzfarben sey, das
alle feinern Ausbrücke des Pinsels, einen Glanz, eine Glätte,
die zarten Ausbildunggen erfodert, die in größern und
solchen Figuren, die von der Stärke und Kühnheit einer
meisterhaften Hand ihre ganze Schönheit erhalten, über-
flüßig seyn würden.

Kramer.

Die beutsche Ode, welche in ihrem ersten Ursprung
nur jähnen erregte und den Schlaf beförderte, erhielt von
Kramern zuerst die Gewalt, durch Schwung und durch
den Strom der Versification sich der Herzen zu bemeistern. In dieser Absicht ward er unser Malherbe; mit

X 3

den

*) Er war der erste, sagt Ramler, der die Trinklieder und
Scherzgesänge unsrer frölichen Nachbarn dieser gebornen Lieberfreunde nachahmte und sie an den Tafeln auf
den Spaßiergängen in den vermischten Zirkeln der artigen Welt einführte. Seine Lieder sind, wie seine
übrige Arbeiten, reich an Gedanken, wohlklingend, wie
der dithyrambische Dichter singt. Oft wie der Satyren Hohngelächter, da sie den Wald noch nicht laut
durchlachten. Das Leben Hagedorns ist in Huberts
Choix des Poesies Allemandes zuerst erzählt worden.

ben Franzosen verglichen unser Rousseau. Bey aller Geschwätzigkeit seiner Oden, bey allen Wiederholungen und
leeren Ausdrücken, bey dem Mangel der Schönheit des
Plans, und der kühnern Bilder entzückt ihr männlicher, feuriger, harmonischer Ausdruck, ihr natürlicher und majestätischer Gang, ihre Beschreibungen, ihre Maximen.
Wer aber bey wieder kalt gewordnen Blute sie mit dem
Horazischen Ideal vergleichen wollte, der würde sich selbst
sein Vergnügen verderben.

Joh. A. Schlegel.

In den bremischen Beiträgen *) stehen Oden von
ihm mit Kramerischen Geiste gesungen z. E. die über die
Schöpfung. In der Sammlung geistlicher Gesänge
wie glücklich hat **) er den wahren Ton des Kirchenlie-
des getroffen! weder zu hoch und zu gedrungen für gemeine Fassungen, noch viel weniger zu matt und zu ge-
dankenleer für stärker denkende Christen hat er seinen Liedern einen solchen Schwung zu geben gewußt, daß sie
faßlich und rührend zugleich sind. Ein großer Theil der
Sammlung besteht aus alten Liedern, die sehr verbessert
sind und auch der Verbesserung werth waren.

Lange.

Er erhob die deutsche Ode schon um eine Stufe höher und es wird allemal kein kleiner Ruhm für ihn bleiben
Ramlers Vorläufer gewesen zu seyn. Seine Oden, die
es ihm beliebt hat, Horatzische zu nennen haben hin und
wieder

*) Diese Beyträge enthalten viele schöne Lieder, unter de-
nen sich die von Eberten ausnehmen.
**) Allgemeine deutsche Bibliothek.

wieder die Horazische Sprache, ob ihnen gleich die übrigen Eigenschaften der Horazischen Ode meistens fehlen. Denn Elio sagt mit Recht, als sie ihm des Flaccus Leier giebt: Ich sehe deinen Schweiß mitleidig an. Die freundschaftlichen Lieder sind reicher an schönen Bildern, und haben noch eine gewähltere und sich etwas mehr gleiche Sprache, als die Horazische Oden. Nur ein ganz schönes Lied ist darunter, das, welches Ramler im Batteux anführt. Meine unter den Händen habende poetische Uebersetzung des Horaz, schrieb Herr Lange einst, wird mich vielleicht stärker machen, und mir den vortreflichen und ihm ganz eignen Schwung meines Leibdichters besser eindrücken. Sie hat ihm aber denselben nicht eingedrückt, und auch nicht eindrücken können, da er in der nachher wirklich erschienenen Uebersetzung keinen Geist gezeigt, der eine Kraft hätte, Horazens Genie an sich zu ziehen. Seine Uebersetzung ist daher mit Recht in des Herrn David Wilhelm Möbius Buchladen für Kranke unter den Rubriken: Feine Kenntniß der Alten, für das schöne Geschlecht von halben Witze, halben Geschmacke und halben Verstande, die süßen Herrn mit eingeschlossen, einrangirt.

Uß.

Wohin, wohin reißt ungewohnte Wuth
Mich auf der Ode kühnen Flügeln?
Fern von der leisen Fluth
Am niedern Helikon und jenen Lorbeerhügeln?
Ich fliehe stolz der Sterblichen Revier;
Ich eil in unbeflogne Höhen!
Wie keichet hinter mir
Der Vogel Jupiters beschämt mir nachzusehen!

> In Gegenden, wo mein entzücktes Ohr
> Der Sphären Harmonie verwirret.
> O'Muse, fleug mir vor,
> Du deren freier Flug oft irrt, nie sich verwirret!

Eine so ungestüme Glut stürmet oft in des entzückenden
Dichters Busen, und reißt in trunkne Wuth dahin. So
reißt sich oft vom verschmähten niedern Staube sein ent-
bundner Geist zum Himmel seinen Ursprung; und läßt
der Muse brausendes Gefieder sich den Sternen zuschwin-
gen. Jetzt fliegt er mit sonnenrothem Angesichte zur
Gottheit auf; sein heiliger Gesang wälzt sich durch mächtige Töne, wie eine Fluth über fruchtbare Klippen herab.
Er sieht die Risse aufgeschlagen, die die Gottheit bey der
Schöpfung vor Augen hatte; schwingt sich über den
Erdball empor, erblickt das Heer bewohnter Welten in
ungemeßner Ferne, sieht den Zusammenhang des Ganzen. Mit der feurigsten Begeisterung der Muse und
mit Leibnitzens Geiste.

> Geht er die Menschen sonst so gar verborgnen Gänge
> Die nach den letzten Tritt der Wesenleiter gehn,
> Und wagt sich kühn hinauf das Uhrwerk einzusehn,
> Und kommt zum Chaos hin und spannt die ersten Federn
> Mit vollen Kräften auf und stellt an allen Rädern.

Jetzt tobt in seinen Adern ein juvenalisch Feuer und straft
mit gefallendem Ernste unsre Ausartung von unsern Vorfahren, die unverständigen Abmessungen der wahren
Größe, und das sich selbst zerfleischende Germanien.
Jetzt eingedenk dessen, was er selbst sagt:

> Die Wahrheit rührt uns nicht entblößt und ungeschmückt,
> Wenn sie die Sinnen nicht berückt.

läßt

läßt er die Leier in unwiderstehlichen Tönen die erhabenste
Gesetze der Sittenlehre predigen, und den Sterblichen zu
rufen: Dies ist der wahre Adel eures Geistes, dieses
nicht! Wie wenig kennt ihr den großen Schatz der wahren Zufriedenheit! O ihr Sclaven des veränderlichen
Glücks, sehet meine glückliche Freiheit, da ich seinen Tand
verachten kann! Der Weise kennt, der Weise fühlt, den
Weisen umgeben allein die wahren Vergnügungen! Diener der Wollust, öfnet die verblendeten Augen, zittert
vor dem Abgrunde, der euch so nahe ist! der Weise zittert nie!

> Der Wahrheit ernste Stimm erschallt aus seinem Busen:
> Hört eure Lehrerinn! Sie selbst hat ihn ernannt,
> Und auf den Flügeln süsser Musen
> An euch, ihr Sterblichen, gesandt.

Jetzt ahmt er mit edler Einfalt die sanftern Empfindungen der Natur, der Frölichkeit und der Liebe nach, und
sein Lied von ächten Reitze beseelt haucht unschuldige
Wollust.

Klopstock.

Der lyrische Dichter muß entzücken, sagt er selbst.
Jedermann kennt wenigstens die Ode an den König von
Dänemark, und die in dem nordischen Aufseher, wenn auch
viele die in den vermischten Schriften z. E.

Von der Fahrt auf der Zürcher See.

> Schön ist, Mutter Natur, deiner Erfindung Pracht,
> Auf die Fluren verstreut; schöner ein froh Gesichte,
> Das den großen Gedanken
> Deiner Schöpfung noch einmal denkt.

Von der schimmernden See weinvollen Ufern her,
Oder, flohest du schon wieder zum Himmel auf,
    Komm im röthenden Strale
    Auf den Flügeln der Abendluft;

Komm und lehre mein Lied jugendlich heiter seyn,
Süße Freude, wie du! gleich dem aufwallenden
    Vollen Jauchzen des Jünglings!
    Sanft der fühlenden Sch.. in gleich.

Schon lag hinter uns weit Ufo, an dessen Fluß
Zürch im ruhigen Thal freie Bewohner nährt;
    Schon war manches Gebirge
    Voll von Reben vorbey geflohn;

Jetzt entwölkte sich fern silberner Alpen Höh;
Und der Jünglinge Herz schlug schon empfindender;
    Schon verrieth es beredter
    Sich der schönen Begleiterinn.

Hallers Doris sang uns selber des Liebes Werth,
Hirzels Daphne, den Kleist zärtlich, wie Gleimen, liebt;
    Und wir Jünglinge sangen,
    Und empfanden, wie Hagedorn.

Jetzt empfieng uns die Au in die beschattenden
Kühlen Arme des Walds, welcher die Insel krönt:
    Da, da kommst du, o Freude!
    Ganz im vollem Maas über uns.

Göttinn Freude! du selbst! dich, dich empfanden wir!
Ja du warest es selbst, Schwester der Menschlichkeit,
    Deiner Unschuld Gespielinn,
    Die sich über uns ganz ergoß!

Süß ist, frölicher Lenz, deiner Begeistrung Hauch,
Wenn die Flur dir gebiert, wenn sich dein Odem sanft
    In der Jünglinge Seufzer,
    Und ins Herze der Mädchen gießt.

Durch

Durch dich wird das Gefühl jauchzender, durch dich steigt
Jede blühende Brust schöner und bebender,
    Durch dich reden die Lippen
    Der verstummenden Liebe bald.

Lieblich winket der Wein, wenn er Empfindungen,
Wenn er sanftere Lust, wenn er Gedanken winkt.
    Im sokratischen Becher
    Von der thauenden Ros umkränzt;

Wenn er an das Herz bringt, und zu Entschließungen,
Die der Säufer verkennt, jeden Gedanken weckt,
    Wenn er lehrt verachten
    Was des Weisen nicht würdig ist.

Reizend klinget des Ruhms lockender Silberton,
In das schlagende Herz, und die Unsterblichkeit
    Ist ein großer Gedanke
    Ist des Schweißes der Edlen werth.

Durch der Lieder Gewalt bey der Urenkelinn
Sohn und Tochter noch seyn! mit der Entzückung Ton,
    Oft beim Namen genennt,
    Oft gerufen vom Grabe her,

Da ihr sanfteres Herz bilden und, Liebe, dich
Fromme Tugend, dich auch genießen uns sanfte Herz
    Ist beim Himmel nicht wenig!
    Ist des Schweißes der Edlen werth.

Aber süßer ists noch, schöner und reizender,
In dem Arme des Freunds wissen ein Freund zu seyn!
    So das Leben genießen,
    Nicht unwürdig der Ewigkeit!

Treuer Zärtlichkeit voll in den Umschattungen
In den Lüften des Walds, und mit gesenkten Blick
    Auf die silbern Wellen,
    That mein Herz den frohen Wunsch:

Möchtet

Möchtet ihr auch hier seyn, die ihr mich ferne liebt,
In des Vaterlands Schoos einsam von mir verstreut,
   Die in seligen Stunden
   Meine suchende Seele fand.

O! so wollten wir hier Hütten der Freundschaft baun;
Ewig wohnten wir hier, ewig! wir nennten dann
   Jenen Schattenwald Tempe
   Diese Thäler Elysium.

und die einzeln herausgekommnen nicht gelesen haben, sollten. Jedermann frage also sein: Empfindung, ob das Pathos, die kühnen Bilder und Wendungen der Klopstockischen lyrischen Stücke das über die Leser vermögen, was man entzücken nennt. Bey seinen geistlichen Liedern habe ich mich niemals in die Untersuchung eingelassen, ob sie für wenige oder für viele geschrieben sind und seyn sollten. Meine ganze Bestrebung ist dahin gegangen unter den wenigen zu seyn, und über der Empfindung zu vergessen, ob sie zweckmäßig sind oder nicht. Freilich sollten die Lieder vielmehr Gesänge heißen in dem Verstande, der diesem Worte in der Vorrede beigelegt wird. Denn sie haben die allerdings auch moralische Absicht, diejenigen, die erhabner denken, in hohem Grade zu rühren. Sie sind feurig, stark, voll himmlischer Leidenschaft, oft kühn, heftig in Gedanken und im Ausdruck, reich an Bildern, vornemlich orientalischen, nicht selten von den Gedanken beseelt, die allein von dem Erstaunen über Gott entstehen können. Bisweilen steigt der Gesang in die Gegenden des Liebs herunter, aber er verweile darinnen nicht lange. Ja wohl ein trauriger, niederschlagender Gedanke, daß die meisten Ihm nicht nachempfinden können!

Gellert.

Gellert.

Scaliger sagt von Horazens Ode an die Lydia, er
wollte lieber Verfasser derselben, als König von Arrago-
nien seyn, und von einer Stelle in Virgils Georgicis,
er wolle sie lieber gemacht haben, als den Crösus zum Unterthanen haben.   Gellert wünschte einst lieber der bessere
Gerhard als der Pindar und Horaz der Deutschen
zu werden.   Vielleicht wünscht noch einst ein deutsches
großes Genie seine sämmtlichen Werke für ein Gellert-
sches Lied hingeben zu können.

Wieland.

Förmliche Oden hat er nur zwele *) geschrieben, die
ich aber vor manche fünf und sechs Bücher Oden nicht
hingäbe.   Er nennt sie pindarisch.   Der Name ist
das einzige, was mir daran misfällt.   Es sind die vortrefflichsten Hymnen nicht auf eine mythologische Geschichte, sondern, welche Anwendung der höchsten lyrischen
Poesie noch immer so selten sind, und die vielleicht jetzt
wenige Wielanden zutrauen, auf die Religion, eine erste
Anlage zu christlichen Dithyramben, das eine ist eine Ode
auf die Auferstehung des Erlösers, die zweite auf

die Geburt des Erlösers.

Soll dich der Himmel stets allein,
O Ewiger, loben? Soll der zweimal geschafne
Begnadigte Mensch
Von deinen Thaten schweigen?
Nein! Nein! mein Herz entbrennt von göttlichen Eifer,

Andacht

*) Erst neuerlich ist die dritte dazu gekommen auf den Hrn.
von Wartensee, welche desselben Denkmaal von Hirzeln
angehängt ist.

Andacht entzückt mich empor,
Die Lippen tönen Lobgesänge.
Steige, mein Lied, auf Flügeln des Danks,
Laß hinter dir die Welten zurücke!
Bebe nicht, unter die Seraphim
Dich einzubrängen, denn du singest
Deinen Erlöser und Gott!
Ihm haben oft, im Geist entzückt
Mit Thränen im Auge die frommen Väter gerufen:

„Verzögerst du noch
„Von Gott verheißner Segen? -
„Ach, daß du doch den Himmel neigtest,
„Und sänkest herab
„Wie auf den Frühling der Thau!
„Die Erde lechzt, die Wüste dürstet,
„Schatten des Todes bedecken das Land!
„Und das Antlitz der Gnade
„Ist von den Sternen hinweg gewandt;
„Die Sterne sehn den Erdenkreis mit Schauer,
„Dem sich der Schöpfer entzog.

Doch seht — o seht, und bebt und sinkt
In Schauer und Wonne dahin! —
Es öfnet sich das Allerheiligste Gottes —
Verhüllt euch Cherubim am Throne!
Singt, ihr himmlischen Sphären,
Hymnen dem Gott Erlöser der Menschen;
Und ihr begnadigte Seelen, jauchzet,
Schwingt euch auf und jauchzet
Des Himmels ofnen Pforten zu!
Anbetung, Thränen, Entzückung, und Jubel
Sey dir gebracht!
O Gott Erlöser der Menschen! — . . .

Nun ist der Gottheit Rath enthüllt,
Nichts herrlichers schloß in ihrem heiligen Busen
Die Ewigkeit ein.
Was keiner in den Himmeln
Zu hoffen wagte, Gott ein Hasser der Sünder,
Und ihr Erbarmer zugleich.
Geheimnißvolle Lieb, — erhabener,
Göttlicher, als die Schöpfung der Welt!
Der im Schooße des Vaters
Vor der Enthüllung der Zeiten saß,
Eh noch der Engel Lobgesänge
An des crystallnen Meers
Unübersehbarn Ufern hin
Erklangen, eh noch sein Wort die Wüsten des Undings
Mit Welten beblümt;
Der den Aeonen winkte,
Und die, Natur, den strengen Zepter gegeben,
Gott, dein Erschaffer, wird Mensch!
Dort an der heiligen Brust der Jungfrau
Liegt er, und wird sein göttliches Blut
Für die Sünder einst bluten,
Und die vergötterte Menschheit dann
Weit über aller Engel Häupter
Mit ihm zu herrschen erhöhn.

O Mensch! wie groß, wie groß bist du!
Erkenne, verehre dich selbst,
Denn deine abgerißne Sphäre
An die seligen Welten
Wieder zu binden, sank der Gesalbte
In die Natur des Menschen nieder.
Aber um hängt die Erde
Mit diamantnen Ketten
Am unbeweglichen Throne der Gottheit,
Und wirft ihr Licht
Bis in die Chöre des Himmels.

Sieh auf, o Mensch! Sieh jener Raum
In Grenzen gefaßt, die noch kein Engel erflogen,
Von Sonnen bewohnt,
Ist dein! Für dich bewahret
Sein Lazurnes mit Licht durchwirktes Gewölbe
Himmel voll Seligkeit auf!
Laß jetzt den Staub den Würmern; hebe
Deinen nicht mehr verwegenem Blick
Bis zur Gottheit, und wandle,
Wie es dem Erben der Ewigkeit
Geziemt; zwar noch der Fuß im Staube,
Ueber den Sternen der Geist!

Was schimmert für ein göttlich Licht
Mein Angesicht an, was für ein Jubel belebet
Die goldne Nacht?
Die Hügel hüpfen fröhlich,
Wie junge Rehe, ganze Wolken von Engeln
Flammen vom Aether herab;
Sie segnen dich, o neue Erde;
„Jauchze, dein Heil, der Meßias, ist da;
„Und, ihr Himmel, frolocket!
„Blumichtes Garten, enthülle dich!
„Ihr Thäler, steigt empor, ihr Höhen,
„Flieht vor dem kommenden Gott!

„Er bringt den Frieden mit und himmlische Liebe,
„Er kommt, die Thräne der Betrübten
„Von den Wangen zu wischen.
„Siehe! er hat zum Throne des Vaters
„Wieder den ebnen Pfad eröfnet,
„Daß die Seele des Menschen
„Im Flug zu ihrem Erschaffer auf
„Nicht mehr verirre.   Der Himmel besuchet
„Die Erd aufs neu,
„Und nennt die Sterblichen Brüder.

Auf

„Auf, Engelsharfen, tönt das Lob
„Des Ewigen Huld, das Lob des göttlichen Sohnes
„Durch jeden Olymp!
„Ihr Morgensterne sagets
„Einander an, lichtbekränzten Kronen
„Jauchzt es den künftigen zu!
So hörten auf der Flur von Bethlem
Schäfer das Lied des himmlischen Chors
Von Entzückung und Schrecken
Stunden sie lang erstarrt, bis sie
Ein Engel zu der heiligen Krippe
Eilends nach Bethlehem wies —

Hochheilge Nacht! in welcher du
Den seeligen Schooß der reinen Jungfrau verließest;
O göttliches Kind!
Sie ist erhabner als der siebende Morgen,
Welcher die Schöpfung bekrönt,
Als Gott den fliegenden Gehorsam
Seiner dem Nichts entrufnen Welt
Mit Vergnügen beschaute!
Lächelnder schaut er auf dich herab,
Geheimnisvolle Nacht, du schönste
Heiligste Tochter der Zeit!

Aus dir ergießt sich auf die Inseln des Meeres
Das Licht des Herrn. Aus deinen Schatten
Stieg der stralende Bote,
Der aus dem Schoos des Morgens die Weisen
Zu des Messias Wiege führte.
Mit Entzückung und Schauer
Entdeckte Habab den Wunderstern
In deiner Stirne, wie über der Dämmerung
Der Morgenstern
Die goldnen Locken verbreitet.

Ihr Gottergebnes Geschlecht
Erseufzte schon lang die letzte Hofnung der Menschen,
Aus Jacob den Stern!
Sie eilten, ihn zu suchen,
Judda zu, ihr Führer trabte vor ihnen.
Glaubt man der Muse, so wars
Der Engel einer, die am Throne
Auf den Befehl des göttlichen Winks
Warten, welcher den Weisen,
Einer ätherischen Fackel gleich,
Vorangeleuchtet, und zu Bethlem
Ueber dem Hause geschwebt,

Worinn sie an Mariens Brust
Den Schöpfer der Welt, den Gott der Liebe, geschem
Mit Menschheit umhüllt.
Sie sehen ihn und glauben
Und beten an, und im getrösteten Herzen
Fühlen sie, daß er es ist.
Ihr Weirauch duftet ihm zu Ehren,
Myrrhen und Gold verschüttet ihr Schooß
Zu den Füssen des Königs.
Denn sie erblickten im Geiste schon
Den sanften Scepter seines Reiches
Ueber die Völker gestreckt.

O selig, wer mit Freudenthränendem Auge
In seiner Niedrigkeit ihn schauend
Gott im Fleische nicht verkannte!
Selig sind die Ohren, die er gelehrt hat;
Selig sind die Füsse, die ihm folgten!
Die auch ohne die Klarheit
Auf Tabor, ohne der Engel Dienst,
Des Vaters Bild im Sohne verehrten; — —
Ihr werdet ihn
In seiner Herrlichkeit sehn!

Denn

Verachtet Erde, wo er einst,
Verlacht, von der Welt, und von den Seinen verworfen,
Ein Ärgerniß war:
Des Oelbergs schwarze Schatten,
So oft bethaut von seinen mächtigen Thränen,
Und die mit göttlichem Blut
Geröthete Hügel! ihr sollt künftig
Zeugen von seiner Herrlichkeit seyn,
Wenn er wieder zum Throne,
Ihn mit jauchzendem Pomp; flogt,
Ein Himmel voller Seraphinen
Neben dem Könige gehn,
Hat einer mit ätherischer Hand
Mein Auge berührt? Ich seh, ich seh in Entzückung
Den gestirnten Tag!
Wie fliehen die Gestirne
Forttaumelnd, wie Staub vom Flügel des Sturmes!
Cherubim tragen den Thron,
Und vor ihn her geht Gnad und Wahrheit!
Lächelnd umstralt die Erde sein Blick;
Denn er hat sie zum Schauplatz
Seiner allmächtigen Lieb erwählt.
Hier offenbart ihn die Gnade
Herrlicher, als die Natur!
Dann werden wir, o Gott Erlöser der Menschen,
Die Ewigkeit aus deinen Händen,
Und unsterbliche Kronen
Nehmen! Dann wird, o Jesu, dein Name
Gleich an unserer Stirne funkeln,
Und dem Herzen dein Bild.
O selig! den du zu diesem Fest
Berufen hast; o selig wer glaubet!
Nur Wehmuth wird,
O Gott, dein Angesicht schauen.

Mit jenen beyden Oden verglichen ist sein Hymnus an
Gott von geringerm Werthe, aber auch nur die Frucht
etlicher Stunden, und immer noch besser, als die beiden
prosaischen Hymnen auf die Allgegenwart und Gerechtigkeit Gottes, die noch darzu von sehr verdrüßlicher Länge
sind. Die Empfindungen des Christen sind nur
Phantasien, aber nicht solche, an welchen der spielende
Witz und die Schwärmerey mehr Antheil hätte, als ein
wahrhaftig gerührtes Herz, sondern wahre Innbrunst,
flammende Entzückung, glänzende Sprache sind ihr Character. Viele rechnen die Sympathien zu Wielands
lyrischen Poesien. Aber nicht vorzüglich ihre blühende
Sprache ist es, was sie für mich sympathetisches haben.
Und damit ich gar nichts vergesse, so hat Wieland auf
das Bildniß des Königs von Preußen folgende Verse
gemacht:

Du Liebling der Natur und Kunst,
O Wille, dem mit seltner Gunst
Die Grazien den Griffel führen,
Wenn, von der Muse Schwung belebt,
Auf Flügeln des Genies, bis zu den Urbern
Des Schönen sich dein Geist erhebt;
Ein glückliches Gestirn gab dich der güldern Zeit,
Da Friederich die Welt mit seinen Wundern füllet,
Wie würdig der Unsterblichkeit!
Du giebst sie ihm, er dir! Wie königlich enthüllet
Sich dem entzückten Aug in seinem Bild durch dich
Der Held, der Menschenfreund, der ganze Friederich!
Beneidungswerth fand Philipps Sohn
Den göttlichen Homer, den ein Homer besungen.
Dem Sieger, der statt Ilion
In minder Zeit den Erdenkreis bezwungen,

Saß des Geschickes strenger Schluß,
Sein Glück zu mäßigen, nur einen Chorilus;
Doch zum Ersaß ward ihm Infipp gebohren.
Dir, Friedrich, den die Vorsicht auserkohren,
Der Schußgott dieser Welt, die jener einst verehrt,
Zu seyn, weit mehr als er bist du Homere werth,
Doch fehlen dir Lysippen und Homere,
Die kommen nicht zurück! Was that zu deiner Ehre,
Du Stolz der Menschheit und der Erden,
Die schöpferische Natur, die deiner sich erfreut?
Sie reizt der künftgen Helden Neid,
Und heißt dir einen Wißa werden!

Gleim.

Zn vierfacher Absicht muß er die Verwunderung Deutschlands erhalten: als der zweyte Anakreon, als scherzhafter Liederdichter, als Grenadier, und als Romanzensänger. Als der zweite Anakreon in den beiden ersten Theilen der scherzhaften Lieder, in den sieben Gedichten nach Anakreons Manier, in den Liedern nach dem Anakreon. Als der zweite Anakreon in ganz anderm Verstande, als es die Panegyristen der französischen Dichter zu nehmen pflegen. Als der zweite Anakreon, wegen der anakreontischen Grazie, Einfalt, Naivetät, Süßigkeit, Erfindung, Wendung, die er mit der Kunst, dem Wiße, und den Nachläßigkeiten, der Neuern zu vereinbaren gewußt hat. Hierbon werden alle meine Leser überzeugt seyn, nur nicht alle aus den sieben Gedichten nach Anakreons Manier:

1) An die Prinzeßinn.

Prinzeßinn, die du weiser,
Als Sokrates und Solon,
Dich selbst erkennst und sagest:

Was

„Was bin ich in dem Weltgebäude,
„Der Sonnen? Was im Raume
„Der Erden und der Himmel?"
Hör an, was eine Muschel
Mir sang, es dir zu singen.
Sie sang: Ein Tropfe Wasser
Fiel hoch aus einer Wolke
Tief in das Meer, und sahe
Neptunus Reich und sagte:
„Was bin ich im Getümmel
„Der großen Wasserwögen?
„Ein Nichts bin ich, ein Tropfe!
Schnell schwimmet eine Muschel
Zu dem bescheidnen Tropfen,
Und thut sich auf und schlinget
Ihn ein und schließt sich wieder!
Da wird er in der Muschel zur allerschönsten Perle,
Wird aufgefischt und pranget
Ruh in der großen Krone,
Des persischen Monarchen!

2) An Spalding.

Freund, ihr an einem Heßen
Dein Herz und deine Tugend!
Als bin ich eine Höle
Verfolgete mit Ungide
Das Schicksal seiner Jugend,
Gepeiniget von Schmerzen
Des Leibes und der Seele,
Rief er, daß es die Felsen
Der Wüste wiederhallen:
„Ihr Götter, o ihr Götter,
„Was habet ihr für Quaalen
„Dem Frommen zubereitet
Und, weinend seinen Jammer

Ward er schon ein Rebelle
Der Götter in Gedanken;
Als sich ein weiser Dichter,
Ein frommer Freund der Götter,
Für Jupiters Gesandten
Ausgab, und seines Gottes
Entschließung offenbarte.
Zeus, sprach der weise Dichter,
Hat, Frommer, deine Klage
Gehört, und will dich trösten,
Und glücklich machen. Frommer,
Dein Leben voller Qualen
War eine Lust der Götter.
Denn zwölfe waren glücklich,
Weil du nicht glücklich warest,
Nun aber, dich zu trösten,
Soll ihnen keine Sonne
Des Glückes weiter scheinen,
In solchen Jammerhölen,
Wie deine da, soll jeder
Sein unglücksvolles Leben
Verseufzen. Sieh! das wollen
Nunmehr die guten Götter,
Und unter diesen Zwölfen
Ist Pylades, der Fromme,
Dein Freund, und Drohbaters,
Der Freund der weisen Dichter,
Schnell betet der Heyde;
„Vergebet, o ihr Götter,
„Mir meines Jammers Klage!
„Vergebt sie mir und lasset
„Mein Unglück, meinen Jammer
„Noch eins so lange dauren
„Als ihr zuerst es machtet,
„Um meines Freundes willen.

3) An Klopstock.

Ich sagte zu der Sünde:
Entflieh! Allein sie wollte
Nicht fliehn: Da ward ich zornig,
Und sagte: Pest der Seelen!
Und: Tod! Und: Ungeheuer!
Und sagte: Wandre, fahre
Hinab in deine Hölle!
Da spottete die Sünde
Laut sagend: Du Gerechter!
Du Heiliger! du Engel!
Steig auf in deinen Himmel!
Da wollt ich aus den Augen
Der Spötterinn entrinnen,
Und floh, sie aber folgte
Mir nach, ich lief, wie Läufer,
Und kam zu dir, Geliebter!
Da wich das Ungeheuer!

4) An die Schönen.

Ihr Schönen! Dort in dem Thal
Ihr blüht, wie Blumen. Ach! Seht!
Seht hier die Rose! Sie sieht
Sich in dem Spiegel des Bachs,
Und wird, indem sie sich sieht,
Voll Stolz auf ihre Gestalt.
Allein, ihr Schönen gebt acht!
Es kommt ein tobender Sturm,
Und der verschonet sie nicht.
Er schlägt die Blätter herab.
Ach seht! Es trägt sie der Bach
Auf schnellen Wellen hinweg.
So flieht, ihr Schönen, ach seht!
So flieht die Schönheit davon!

5) An Herrn Ramler.

Einst lag ich hingeworfen
Vor dem Altar der Göttinn
Des Glücks, und andachtsvoller,
Als für mich selber, betend
Sprach ich: o schöne Göttinn,
Die du den schwarzen Milon,
Der geitziger, als Harpax
Geschenke nimmt, und giebet,
Die du dem bösen Nabir,
Dem zornigen Alastor,
Dem tückischen Eurisus,
Und Creon dem Verräther
Viel Titel, Ordensbänder,
Und Güter giebst, ich flehe,
Gieb, gieb doch meinem Damon
Auch Güter! Er ist besser,
Als Milon und Alastor,
Als Nabir und Eurisus,
Der hasset alles Laster,
Und liebet alle Tugend!
Da sprach mit sanftem Lächeln
Die Göttinn diese Worte:
„Ich geb ihm Rittergüter
„Für seine großen Schätze!
Was hätt er denn für Schätze?
„Hat er nicht alle Schätze
„Der Weisheit? Er empfange
„Für diese seine Schätze
„Viel Titel, Ordensbänder,
„Und Gold und Rittergüter!
Nein, sprach ich, liebe Göttinn,
Er nähme keine Titel,
Und keine Rittergüter
Für diese seine Schätze!

6) Das Echo.

In einer dürren Wüste,
Wo keine Blumen blühten,
Wo keine Bäche rauschten,
Wo keine Nachtigallen
In jungen Büschen sangen,
Wo Schlangen, oder Drachen
Aus dunklen Hölen zischten,
Wo heiße Sonnenstralen
Den dürren Boden brennten,
Wo Lasten jäher Felsen
Herunter stürzen wollten,
Stand ich, und sann, und seufzte:
„Warum ist doch, o Schöpfer,
„Hier diese wüste Gegend,
„Kein Anger, keine Wiese?
Da fragte mich das Echo
Der Felsen: „Unzufriedner!
„Warum bist du kein König?

7) Selbstgespräch in einer schönen Gegend.

Für mich bestralt die Sonne,
Die Wälder und die Auen,
Für mich sind diese Schatten
So kühl, und diese Rasen,
So sanft, und diese Quellen
So rein, und jene Thäler
So lieblich anzusehen;
Für mich bist du, o Rose,
Die Königinn der Blumen!
Für mich bist du Gewölbe
Des Himmels aufgerichtet!
Für mich glänzt in dem Wasser
Der Mond, wie helles Silber!
Für mich singt die Sterne
Des Waldes ihre Lieder

Nicht für den reichen Milon,
Der hat nur Aug und Ohren
Und Herz für Gold und Silber!
Nicht für den armen Laches,
Den fetten Weltverächter,
Der stier in Gebärden
Als Gott und seinen Wagen
Nicht siehet und nicht höret!
Nicht für den stolzen Pyrrhus,
Der taub für alle Freuden
Des bürgerlichen Lebens
Hin nach dem höchsten Gipfel
Des Glücks auf krummen Wege
Mit schwerer Arbeit klettert,
Und nächstens desto tiefer
Zu wals herunterstürzet.

Aus den scherzhaften Liedern, die ein Unbekannter sehr unrecht Petrarchische genennet hat, lacht uns eine gefällige Fröhlichkeit entgegen, wenn man gleich hier bey einem Wettstreite zwischen Gleimen, Katullen, Priorn, und Weißen sagen müste: Eurer aller Lieder sind süß, wie Honig, lieblich fließen sie, wie der sanfte Bach, so ermuntert nicht der Kuß von rosenfarbigten Lippen; nimm du Gleim den zweiten Preis, ihr andern dreye den ersten! Als Grenadier, als ein sich selbst entgegenge-setzter Dichter:

Eilt er nach Trometenklang
Ins Feld, wo Helden ringen,
Und merkt sich ihren Zank;
Und Bacchus hört erstaunt den Mann wie Barden singen,
Der, wie die Barden, sonst in seinen Lauben trank.
Auch ärgerten sich Gellert und Rabener, als sie von der bevorstehenden Verwandlung des Dichters hörten;

und

und als sie geschah, schien denen, deren Ohren durch Gleimen den Anakreon verwöhnt waren, des Grenadiers
männliche Sprache zu rauh und zu hart. Aber*) jetzt
kommen die weichlichern Sachsen mit den spartanischen
Preußen dahin überein, daß wir in Gleimen mehr als einen zweiten Tyrtäus haben; daß seine eilf Kriegslieder, wenn sie die Unsterblichkeit erlangen, auf die sie ein
Recht haben, ein beßres Denkmal von dem Genie und
von der Tapferkeit der Deutschen sind, als die Griechischen viere. In Sparta wären sie unter Paucken und
Trompetenschall erklungen; sie hätten die Fahnen voll
Muth empor geschwungen, die Schwerdter entblößt, dem
Feinde Panisches Schrecken zugetönt; sie hätten Sparta den Sieg, dem Sänger das stolze Bürgerrecht in
Sparta und das noch stolzere Geschenk, die Unsterblichkeit gegeben. Sie sind Preußische Nationalgesänge,
eine Geschichte der preußischen Thaten, voll von preußischen Patriotismus, von heroischen Gesinnungen, von
Geiß nach Gefahren, von Stolz für das Vaterland zu
sterben. Keiner von Preußens Nachbarn kann etwas
ähnliches aufweisen; keiner sie ihm entwenden, alle müssen sie vortrefflich nennen, wenn es ihnen gleich der Na-
tionalhaß so schwer macht, als Friedrichen den Beinamen des Großen zu geben. Denn sie schlagen mit Gesang, wie Friedrich mit dem Schwerdt. Ihre größten
Schönheiten sind unübersetzbar. Die edle Einfalt, die
teutsche rauhe Stärke, die Majestät und Kürze der Bilder, Schwung und Kolorit, alles ist so sehr in die Laune
und den Wohllaut unsrer Sprache eingetaucht; daß sie
gleich

*) Ueber die neuere deutsche Litteratur.

gleichsam ein Grenzstein zwischen der deutschen und französischen Poesie seyn können, z. E.

An die Kriegesmuse.

Was siehest du so schüchtern nach mir her?
Scheut eine Kriegesmuse, die den Held
So tief in seine Schlacht begleitete,
Mit ihm auf Leichen unerschrocken gieng,
Wie Engel Gottes in Gewittern gehn,
Ihm nachzufolgen, wo er war, zu seyn?
Zu forschen seine Thaten überall,
Von Leich auf Leiche große Schritte that,
Scheut eine solche Muse Blut zu sehn?
Stimm an! Verewige den großen Tag,
An welchem Vater Friederich sein Volk
Errettet, durch göttlichen Gesang!
Nimm die verwaiste Leyer von der Wand;
Und mische starken Kriegeston darein,
Und singe! Held, Soldat, und Patriot
Steh um dich her, und höre lauter Ohr!
Bewundernd Gottes Thaten, Friedrichs Muth,
Wenn er sein Vaterland zu retten geht,
Und lerne Gott und Friederich vertraun!
Denn standest du, Berlin, nicht halb verjagt,
Als der gekrönte Rächer nur verzog,
Und Mähren und, langsame Sieger sah?
Vor deinen Augen, Ueberwinder Daun,
Wie oder hörst du lieber andrer Fabius
Dich nennen? lagen wir unangewackt
Sechs Wochen lang und alle Tausende,
Die du beliebtetest durch einen Streich
Im Buche deiner Thaten in das Reich
Der Schatten zu versetzen, lebten hoch,
Und ließen deiner schönen Kaiserinn

     Lokier nach der Kriegsarbeit sich
Gut schmecken, tranken auf des Helden Wohl,
Der Friedrich ist, nicht Hannibal, ein Glas.
Und rühretest du dich in vollem Meß,
So jagte dich der tapfere Husar
In deine hochverschanzte Felsenburg,
Auf welcher du mit deinem Vetter Daun,
Ein Graf, wie du, der deine Thaten thut,
Betrachtend uns und deinen Hannibal
Oft standest, dachtest, nie erfahest, wie
Von dir ein Streich ihm zu versetzen sey.
Du aber, guter alter Marschall, warst
In deinem Troja Hector.   Friedrich selbst
Gab deinem Namen Ewigkeit und schrieb,
Ein andrer Cäsar deine Thaten an.
Doch er und Keith und Moritz waren mehr,
Als Agamemnon, Nestor und Ulyß;
Und hätten, ohn ein ungeheures Pferd,
Durch Muth dich überwunden, nicht durch List,
Wofern nicht Gott der Herr gewollt, daß wir
Ablassen sollten.   Hochgelobet sey
Von uns, und deinem Friederich, o Gott!
Daß du auf unsern ebnen Siegesweg
Ein Dümuth stelltest, und einen Held,
Der wie ein braver Mann sich wehrete,
Ja seine hohe Wäll und Mauren gabst.
Denn gabst du es in unsre Hand, so war
Kein Weg vor uns, als nach dem stolzen Wien;
So hätten wir uns allzuweit entfernt,
Von unserm Vaterlande, dessen Schutz
Wir sind nach dir, erhabner starker Gott!
Es wäre wohl der Jammer, das Geschrey
Der Weiber und der Kinder, welche wir
Zurückgelassen hatten, allzusehr.

Uns

Und nach erschollen. Friedrich hätte wohl
Des Vaterlandes Ruf und Rache nicht
Zur rechten Zeit und Stunde, da, gehört,
Wo zu gehorchen war. Darum, o Gott,
Sey ewig hochgelobt von uns und ihm!
Dein Züchtiger, o Bosheit eines Volks,
Das noch zu Menschen nicht geworden ist,
Dich noch nicht kennt, daher gezogen kam,
Heißhungriger, als ein Heuschreckenheer,
Mit trägen aber giftgen Schneckenzügen,
In sein, o Gott, von dir gesegnet Land,
Um eine lebenlose Wüsteney,
Ein Land des Fluches, eine Steppe, gleich
Den Steppen seiner Kaiserinn, daraus
Zu machen. Langsam zog es daher,
Wie unfruchtbares Feld in Afrika
Giftvoller großen Schlangen Heere ziehn.
Da steht auf beiden Seiten ihres Zugs
Erstorbnes Gras, da steht, so weit umher,
Als ihre Bäuche kriechen, alles todt.
Von Memel bis Küstrin stand Friedrichs Land
So da, verwüstet, öde, traurig, todt.
Allein der Held vernahm zu rechter Zeit,
In seinem Haus von Leinwand, auf der Bahn
Des Sieges, deinen schwachen Ruf,
O Vaterland, zu Gott und ihm. Und stracks
War sein Gedank allein an dich. Er gab
Dem größten Feind nur wenig Luft, und flog
Mit einem kleinen edlen Heldenheer
Dahin, wo sein gequältes banges Volk
Nach ihm sich umsah, betete für ihn,
Und schwur geheim, in mächtger Todesangst
Blieb ihm ein trübes mattes Leben nur,
Trotz aller Feinde Wuth, getreu zu seyn
Dir, Gott, und deinem Liebling, welchen du,

Zuwider aller Welt, mit deiner Macht,
Recht schaffest, Sieg verleihst.   Da flog er hin,
Kam an in dir, du Sitz der Musen, wo
Baumgarten Friedrichs Weisheit lehrt, hielt still
Vor einer niedern Hütte, saß das Roß,
Das, einen solchen Held zu tragen, stolz,
Nicht müde von dem langen Fluge war,
Daselbst ein wenig auszuruhen, ab,
Gieng in die ofne niedre Hütte, fand
Ein arme fromme Wittwe, die zu Gott
Für den Gesalbten eben betete,
Saß neben ihr auf einem harten Sitz,
Nahm einen Wassertrunk aus ihrer Hand,
Stand vor der kleinen Thür der Hütte, ließ
Sein edles Heldenheer vorüberziehn,
Stieg auf, folgt ihm den Weg der Rache nach,
Sah die Ruinen der getreuen Stadt,
In welcher er ein künftger König einst
Der Weisheit in die Arme fiel, und sich
Entschloß, zu seyn ein Vater seines Volks,
Zu tragen stets in königlicher Brust
Ein sanftes menschliches Herz! Damals als er
Der Freundschaft Thränen sollte! Kam
In ihrem Aschenhaufen an. O Gott!
Wie jammert es dem Vater seines Volks
Die Stadt nicht mehr zu sehn! Zum andernmal
Weint er in ihr anjetzt.   Ein König weint?
Gieb ihm die Herrschschaft über dich, o Welt,
Dieweil er weinen kann! Jedoch der Bach
Der Heldenaugen floß zu lange nicht.
Der Thränen Stelle nahm ein glühend Roth
Im feurigen Gesicht; gerechter Zorn
Entstand aus königlichem Mitleid stracks.
Er wandte sich zu seinen Helden, schwur,

Ein

Sein rächend Schwerdt zu zücken, und mit Gott
Zu züchtigen die Henker seines Volks.
Für jede Thräne, sprach er, fließe mir
Ein Strom von ihrem Blut, und eh sey,
Da meines Zornes Flamme, nicht gelöscht!
Er stand, als er es schwur, noch auf dem Wall
Der unbezwungnen Veste, sahe starr
Mit Heldenaugen fähig durchzusehn,
Was Götteraugen sonst nur sichtbar ist,
Nach dir, du Lager der Barbaren, hin,
Ein Fernglas in der Hand, sah, wie er dich
Vertilgen könnte, sah es, stieg herab,
Und Tages drauf, mit Sonnen Aufgang, gieng
Sein Heldenheer still über deinen Strom,
Da Oder! Floßest du so sanft, weil Gott
Es dir gebot, die Helden, die du trugst,
Nicht aufzuhalten jetzt auf ihrer Bahn?
Sie singen deinem Gott ein Morgenlied,
Und kommen wohlbehalten über dich.
Was zittertet ihr achtzigtausend da,
Beim Anblick unsrer, von Todesschauer?
Welch eine tiefe Stille ward! Was war
Des leisere Gemurmel unter euch?
Ja, ja der Schrecken Gottes überfiel
Dich, Herr der schrecklichen Verwüster, schnell,
Als du den großen Rächer kommen sahst,
Die Blutfahn in der Hand, die er noch nie
Dem edlen Kriegesfeind entgegen trug.
Da standest du betäubt, erstarret, stumm,
Die Augen weggewandt von dem, der kam,
Wie unter Wetterwollen Sünder stehn,
Die Gottes Donnerstrahl auf ihrem Haupt
Erwarten.   Bangigkeit und Furcht und Angst
Fiel plötzlicher, als Zentner schwere Last,
In aller deiner großen Helden Brust,

Und größer stets, je mehr er näher kaut.
Zusammensteckend ihre Köpfe, stand
Ihr großer Haufe. Fermor schüttelte
Sein graues Haupt dreimal. Sie zitterten.
Zuletzt war ihr verzweifelnder Entschluß
Ein großes Viereck, und der Tod! Und da
Grausamer, der den Wall anstatt der Stadt
Verschonete, vergnügt sie brennen sah,
Auflachete, wenn Ach und Weh, zugleich
Mit ihren Flammen, zu den Wolken stieg,
Wenn schwarzer Dampf sie zu ersticken schien;
Unmenschlich neue Höllenflammen schuf,
Warfst deine Zündefackel aus der Hand,
Entflohest auf dein Roß geschwungen, wollt
Dem Tod entrinnen. Aber Herzensangst-
Saß mit auf deinem Roß, und floh mit dir
Weg aus der Schlacht. Nun träumst du Höll und Tod.
Und alle Flammen, welche, dir zur Lust,
Der Menschen Wohnungen verzehrten,
Siehst du zusammenschlagen über dir.
Dein ganzes Leben sey ein solcher Traum!
Die Menschheit sehe sich dadurch gerächt!
Weit mehr, als durch des Schwerdtes schnellen Tod,
Den es Besiegten oft barmherzig schenkt!
Kalmucken und Kosaken fraß es schnell:
Qualvolles langes Leben aber sey
Das Loos der Häupter über sie, die sie,
Wie Tiegerthier, auf Menschen hetzen, Furcht
Voraus zu senden über Stadt und Land,
Wohin der Krieger seine Waffen trägt!
Nicht deines, Heldinn, die sich auf den Thron
Des großen Vaters ohne Schwerdtes Schlag
Zu setzen wuste, lauter Gnad und Huld,
Wohin sie sieht, ausbreitet um sich her,

Von Menschenmartern, Qual, und Pein, und Tod,
Stets ihre Majestät wegwendet, Blut
Nicht sehen will, um ihren Thron nicht sieht!
Denn du gabst nicht den schrecklichen Befehl:
Die Wütriche, die Henker deines Reichs,
Die noch zu Menschen nicht geworden sind,
Kalmucken und Kosaken sollten ziehn
In Menschenland, und wüten wider sie,
Zu seyn die Teufel deines Kriegeszorns.
Jedoch sie haben ihre Strafe hin.
Des Rächers Schwerdt fraß sie, wie dürres Gras,
Bey Tausenden; die Hölle nahm sie auf!
So lange du, o Vater vor uns her
Die schreckliche Blutfahne trugst, und nichts,
Zu deiner Arbeit für das Vaterland,
Dein Leben achtetest; so lange floß,
Für jede Thräne deines Volkes, Blut,
So lange schlug das rächerische Schwerdt
Nicht deinem, sondern aller Menschen, Feind,
Und mähete die ungeheure Brut
Unmenschen weg aus deines Gottes Welt.
Der Engel, der bey Liffa seinen Glanz
Um den Gesalbten glänzte, war auch jetzt
Sein Schutzgeist.   Näher sah ich ihn, als dort.
Er trug im schönen Engelangesicht
Des großen Friedrich Wilhelms Miene ganz.
Aus einem Strome schwarzen Mörderbluts
Trat ich mit scheuem Fuß auf einen Berg
Von Leichen, sahe weit um mich herum
Nun keinen zu erschlagen mehr, stand hoch
Mit hohem Hals, warf einen scharfen Blick
Durch Wolkengleichen schwarzen Dampf der Schlacht
Nach den Gesalbten, heftete auf ihn,
Und den Gesandten Gottes, seinen Schutz,

Die Augen und Gedanken fest.   Und da,
Da war es, Muse, (denn du warest nicht,
Wo nur erschlagen, nicht besieget ward!
Als mich ein Mörder traf, als fast zugleich
Der edle Danelmann, der junge Held
Und Patriot, hinsank, den schönen Tod
Fürs Vaterland nicht unwillkommen starb!
Ich aber, ihn zu sterben noch nicht reif,
Mit dieser Wunde weggetragen ward.
Sing es, o Muse, singe Gottes Zorn
Und Friedrichs Muth! Indessen heilet sie
Geschwinder.   Dein Gesang besänftige
Den Höllenschmerz! Er mache, daß dein Arm,
Der hier gebunden liegen muß,
Bald wieder frey sey, für das Vaterland
Zu streiten! Deines edlen Freundes Tod
Rächt er an den Barbarn auch noch gern,
Wenn nur das Schwerdt nicht alle weggeraft.
Soll aber er nicht widerstreiten, soll
Ich nicht den Friedensengel kommen sehn,
Nicht im Triumph den unbesiegten Held
Begleiten nach Berlin, nicht der Homer
Des göttlichen Achilles werden; dann
Dann, liebe Muse, weine nur um mich
Ein kleines Lied; dann lebe wohl, o Welt,
In welcher wider einen Friederich
Der Erde Könige verschworen sind.

Niemand endlich als Gleim konnte die Romanzen
in Ansehn bringen.   Denn Abentheuer des Amors hatte
er schon vorher genug erzählt, und drolligt und poßierlich
sind die Liebesgötter von Alters her.

Leßing.

Leßing.

Seine Kleinigkeiten, welche angenehme Spiele
seiner jugendlichen Muse! Ohne das Mittel angewendet
zu haben, das er selbst vorschlägt:

> Schweigt unberauschte nüchtre Richter!
> Ich trinke Wein, und bin ein Dichter;
> Thut mir es nach, und trinket Wein!
> So sehet ihr meine Schönheit ein!
> Sonst, warlich, unberauschte Richter,
> Sonst, warlich, sehet ihr sie nicht ein!

kann ich ihre Schönheiten empfinden; und ist diese Empfindung nur eine Aufwallung des jugendlichen Blutes:
so wünsche ich nicht alt zu werden.

Weiße.

Vielen Dichtern hat man einem jeden einen Vogel
zugeeignet.   Pindar hat seinen Adler, Anakreon und
Gleim ihre Taube.   Möchte doch ein großer Dichter der
Weißischen scherzhaften Muse die Nachtigall weihn!
welche angenehme Parallele würde er bey der Gelegenheit
zwischen jenem zärtlichen, melodienreichen, harmonischen
Sänger der Liebe und dem Dichter der scherzhaften Lieder, ziehn! Jener Neffe des Hypochondristen, dieser
in den Verzierungen seines Liebesarchives so sinnreiche
Mann, hatte Gleimen in rosinfarbne Seide binden lassen, mit Rosenknospen, Köchern, und Pfeilen. Weiß-
sens scherzhafte Lieder aber prangten in grüner Livrey
mit Rohrflöten und Lauren.   Seine allegorisirende
Phantasey wollte damit andeuten, daß Gleim mehr der
Sänger der Heldenthaten des Amors, Weiße mehr der
Sprecher der Empfindung sey, jener die Pfeile zuspitzte,
dieser mehr auf naive Einfälle in Ansehung des Tons sin-

ne,

ne, in dem er seine Flöte ansetzen will, in jenem die Liebe
mehr glühe, in diesem in schäferischer Unschuld erscheine,
die Sprache der Natur und der Grazien rede, daß aus
jenen Gedichten süße Rosengerüche düften, der Weißischen Lieder Farbe, wie das muntre Grün des Frühlings,
anlache, daß ihr Ton der wahre Silberton der verliebten
Laute ist.   Es soll nur Sylvius die Laute spielen!
möchte man auch hier sagen.   Die Amazonenlieder
hat der Meffe vermuthlich mit den scherzhaften Liedern
überein binden lassen, außer daß er zu den Rohrflöten und
Lauten noch Köcher, Pfeile und Trompeten hinzugethan
haben wird.   Und die Lieder für Kinder? In weiß-
sen Atlas.

Lieder für Kinder *).

1) Der junge Baum.

Das kleine Bäumchen hier,
Das einst gepflanzet ward mit mir,
Trägt jetzund schon so zart
Die Früchte von der besten Art.
Es giebt den Lohn des Gärtners Hand,
Der so viel Fleiß darauf verwandt:
Was wird ihn zu erfreun,
Es nicht erst einstens größer seyn!

D!

---

*) Bis jetzo sind diese Lieder noch nicht ohne Komposi-
tion zu haben, und bey allen eingerückten Gedichten
ist meine Absicht gewesen meinen Lesern eine Chrestomathie von schönen Poesien zu geben, die noch nicht
in jedermanns Händen sind.   Freilich wird in kurzer
Zeit dieser Vorzug meines Werks vernichtet seyn. Aber
man schreibt auch heut zu Tage nicht mehr für die
Ewigkeit.

O! bin ich denn nicht ihm auch gleich?
Zwar jetzt nur blos an Hofnung reich:
Doch ich will nicht nur blühn,
Nein; einst von goldnen Früchten glühn!

2) Lob der Unschuld.

Du, der Unschuld süße Ruh,
O, wie lieblich schmeichelst du
Meiner Seelen!
Jede Wollust fleucht vor dir,
Und doch lässest du es mir,
Nicht an Wollust fehlen!
Du streust Rosen und Jesmin
Auf die sichern Pfade hin,
Die ich gehe!
Ich bin ganz Zufriedenheit,
Wenn ich dich voll Heiterkeit
Auf mich lächeln sehe.
Ohne Kummer, ohne Reu,
Führst du sie bey mir vorbey,
Meine Tage!
Meine Müh machst du mir leicht,
Und in meine Spiele schleicht
Sich nicht späte Klage.
Laß mein Herz sich deiner freun,
Dich noch, werd ich älter seyn,
Freundinn nennen!
In dem Unglück tröste mich,
Und nie laß mich ohne dich
Eine Freude kennen!

3) Das Veilchen.

Warum, o süßes Veilchen, blühst
Du so entfernt im Thal?
Versteckst dich unter Blättern, fliehst
Der stolzern Blumen Zahl?

Und

Und doch voll Liebreiz duftest du,
So bald man dich nur pflückt,
Uns süßre Wohlgerüche zu,
Als manche, die sich schmückt?
Du bist der Demuth Ebenbild,
Die in der Stille wohnt,
Und den, der ihr Verdienst enthüllt,
Voll Dankbarkeit belohnt.

4) Die kleine stolze Phillis.

Phillis. Du lobest Chloen? Nennst sie schön?
 O, sieh doch mir erst ins Gesicht!
 Wie ich, das mußt du mir gestehn.
 So schön ist Chloe nicht.

Damon. Ja, Phillis, daß du schöner bist,
 Gesteh ich dir gar gerne zu.
 Doch ist sie nicht so schön, so ist
 Sie nicht so stolz, als du.

5) Der May.

Es lächelt aufs neu
Der fröliche May
In seinem festlichen Kleide!
Von Höhen und Thal
Tönt überall
Die süße Stimme der Freude.
In Wiesen und Flur
Giebt uns die Natur
Die schönsten Blumen zu pflücken.
Drum will ich zum Tanz
Mit einem Kranz
Die blonden Haare mir schmücken.
Doch sollt ich nicht den,
Der alles so schön

Erschaffen, vorher erheben?
Durch Jubelgesang
Preis ihr mein Dank!
Noch mehr mein künftiges Leben!

6) Der Tod.

Es sterben Greise,
Und sind nicht Weise,
Und wenn man sie nunmehr begräbt,
Wird sie kein Edler klagen;
Denn man weiß nichts zu sagen,
Als daß sie lang genug gelebt.
Sollt ich nicht streben,
Also zu leben,
Daß wenn man mich auch jung begräbt,
Die Frommen bey mir klagen,
Und zu einander sagen:
Ach hätt er länger doch gelebt!

7) Der Apfel.

Als jüngst Hänschen in dem Gras
Sich ein Blumensträuschen las,
Fand er, welch Vergnügen!
Einen Apfel liegen!
Hänschen hüfte froh daher.
O! wie wunderschön ist er!
Sprach er, meinem Magen
Soll er wohl behagen!
Voll Begierde biß er zu! —
Hänschen! o was sprudelst du?
Will dem kleinen Gecken
Nicht der Apfel schmecken?
O! sprach er, der Wurm ist drinn!
Und warf ihn entrüstet hin.
Eine schöne Lügen
Laß ich mich betrügen!

Z 5

8) Die

8) Die Freyheit.

Warum, du kleine Nachtigall,
Hör ich nicht beiner Stimme Schall
Mehr der Natur zu Ehren?
Du sangst in Sträuchen ja zuvor
So wunderschön, daß aller Vögel Chor
Schwieg, wenn du sangst, um dich zu hören.
Im goldnen Bauer sitzest du;
Ich trage dir die Speise zu
Schon mit dem frühsten Morgen;
Kein Sturm und Regen schadet dir:
Doch singst du nicht, und sitzest traurig hier,
Als hättest du recht schwere Sorgen.
Wie? Sollt es dich vielleicht gereun,
Bey mir hier eingesperrt zu seyn?
Da flieg in Freyheit wieder!
O ja, du singst; Schon hör ich dich
Vom nächsten Baum, und du belohnest mich
Dafür durch deine besten Lieder.

9) Die wahre Größe.

Der Krieger durstet nach Ehre
Im eisern Feld,
Und glaubt, er bau ihr Altäre,
Wenn mancher edle Held
Von seinem Schwerdtstreich fällt;
Und wenn er Länder verwüstet,
Und Städte verbrannt,
Und sich auf Leichen gebrüstet
Mit Blutbespritzter Hand,
Wird er oft groß genannt.
Doch wer sich selber bestreitet,
Die Tugend verehrt,
Die Menschenliebe verbreitet,
Und durch sein Beyspiel lehrt,
Ist nur des Namens werth.

10) Das

10) Das Kartenhäuschen.

Lacht nur, guten Leute, lacht,
Daß mein Haus, das ich gemacht,
Eine leichte Luft zerstört!
Ist es lachens werth?
O, ihr baut auch oft in Wind!
Sagt, was eure Schlösser sind,
Die ihr euch so hoch erbaut,
Und mit Stolz beschaut?
Werdet ihr noch morgen stehn?
Ja! vielleicht! Wir wollen sehn!
Stört nicht oft ein Augenblick
Unser ganzes Glück?

11) Der wahre Reichthum.

Warum durchirrt nach Gut und Geld
Der Mensch die fernsten Meere?
Als ob vor ihn nicht eine Welt
Schon groß genug wäre!
Doch wenn er was wünscht, besitzt,
So stirbt er ohne, daß ers nützt.
Dies können nicht die Güter seyn,
Die man sich soll erwerben;
Ein Weiser sammelt Schätze ein,
Die nie mit ihme sterben.
Die Tugend ists! Nach dieser Zeit
Folgt sie uns in die Ewigkeit!

12) Der Fisch an der Angel.

Das kleine Fischgen spielet hier
Im silbern Bach;
Und hängt voll lüsterner Begier
Bloß seiner Freude nach.
Es merket nicht die blutge List
Dem freundlichen Feind,
Der desto mehr zu fürchten ist,
Je gütiger er scheint.

Die

Die Ruthe mit der Angel spielt,
Und voller Lockbegierde schielt
Es blos nach dem Gewinn.
Es naht sich schon — Jetzt schnappt es zu!
Was hast du gethan?
Du blutest, armes Thierchen du!
O bißest du nicht an!
Mich reiße nicht, was dir gefällt,
Unprüfend dahin!
Dein Beyspiel lehre mich die Welt,
Und ihre Reitzung fliehn!

13) Die Seifenblase.

Wie spielt die schöne Blase nicht
So bunt am goldnen Sonnenlicht!
Allein ein Hauch! weg ist die Pracht!
Und ihrer wird nicht mehr gedacht.
Ihr ist ein junges Herrchen gleich,
Stolz auf sein Kleid von Golde reich,
Und selber an Verdiensten leer.
Man nehm es ihm, so bleibt nichts mehr.

14) Die kleinen Leute.

In Lilliput, ich glaub es kaum,
Doch Swift erzählts, sind Leute
So groß, als ungefähr mein Daum;
Man denk erst in der Weite;
Da müssen sie gewiß so klein,
Als bey uns eine Mücke seyn.
O wär ich dort, wie groß wär ich!
Dort hieß man mich den Riesen
Und mit den Fingern würd auf mich,
Wo man mich säh, gewiesen,
Dort, sprächen sie, dort gehet er;
Und vor mir gieng das Schrecken her.

Doch wenn ich nun nicht klüger wär,
Als jetzt; sie aber wären
Gesitteter, verständiger:
Wie? würden sie mich ehren?
Ich glaube kaum.   Sie würden schreyn:
Groß an Gestalt, an Gaste klein!

15) Die Mücke.

Des Lichtes Glanz in dunkler Nacht
Reizt einer Mücke Unbedacht.
Sie spielt und nimmt nicht die Gefahr,
Die ihr das Leben kostet, wahr.
O! labet mich der goldne Schein
Der Wollust dieses Lebens ein:
So denke stets mein Herz daran,
Daß leicht ihr Reiz verderben kann.

16) Der Vorsatz.

Weil ich jung bin, soll mein Fleiß
Eifrig sich bestreben,
Daß ich mög einst als ein Greis
Recht zufrieden leben.
Zwar will ich mich jugendlich
Meiner Tage freuen
Doch nie also, daß es mich
Darf im Alter reuen.

17) Die Sonne.

Gegrüßet seyst du, edles Licht,
O Sonne, die mein Angesicht
Jetzund aufs neu erhellet!
Wie groß ist der, der dich gemacht!
Und deine Majestät und Pracht
Ans Firmament gestellet!
Aus deinem Feuermeere fließt
Die Wärm in alles, was da ist,

Ihm

Ihm Kraft und Glanz zu geben,
Der Eichbaum und das kleinste Gras
Empfängt von dir in gleichem Maas
Flor, Wachsthum, Reife, Leben.
Du bist des frommen Weisen Bild,
Der stets mit Menschenlieb erfüllt
Vertheilt, was er besitzet.
Den Blöden leuchtet sein Verstand,
Indeß, daß stets die ofne Hand
Wohlthätig andern nützet.

18) Die Kleiderpracht.

Tullpanen prangen schön
In den Farben die sie schmücken,
Doch man läßt sie traurig stehn,
Da sie sonst durch nichts entzücken.
Aller Kleider Herrlichkeit
Mag sich auch ein Geck verschaffen!
Man verkennt im bunten Kleid
Doch nicht den geputzten Affen.
Nur die Thoren und ein Kind
Kann der äußre Schein verführen,
Aber die, die weiser sind,
Werden blos Verdienste rühren.

19) Der Sperling und das Turteltäubchen.

Sp. Was denkt der Mensch wohl, daß er dir
  Weit minder nach dem Leben trachtet,
  Als mir, dem armen Sperling, mir!
  Ja, seiner Liebe werth dich achtet?
  Ich bin, gesteh es mir nur zu,
  Doch zehnmal klüger, als wie du.
T. Das macht, weil du ein Räuber bist!
  Ich nehme blos, was er mir schenket,
  Und habe noch durch Trug und List
  Ihn nie an seinem Gut gekränket.

Was

Was hilfts, wenn man Verstand besitzt,
Und nicht zu guten Thaten nützt?

20) Das Clavier.

Süß ertönendes Clavier,
Welche Freuden schaffst du mir!
In der Einsamkeit gebricht
Mir es an Ergötzen nicht.
Du bist, was ich selber will,
Bald Erweckung und bald Spiel
Scherz ich, so ertönet mir
Gleich ein scherzhaft Lied von dir.
Soll ich aber traurig seyn,
Klagend stimmst du mit mir ein.
Heb ich fromme Lieder an
Wie erhaben klingst du dann!
Niemals öfne meine Brust
Sich der Lockung falscher Lust!
Meine Freuden müssen rein,
So wie deine Saiten seyn!
Und mein ganzes Leben nie
Ohne süße Harmonie!

21) Die Freundschaft.

Der Freund, der mir den Spiegel zeiget,
Den kleinsten Flecken nicht verschweiget,
Wenn ich nicht meine Pflicht erfüllt,
Mich freundlich warnt, mich ernstlich schilt,
Das ist ein Freund,
So wenig er es scheint,
Doch der, der mich stets schmeichelnd preiset,
Mir alles lobt, nie was verweiset,
Zu Fehlern mir die Hände beut,
Und mir vergiebt, eh ich bereut,
Das ist ein Feind,
So freundlich er auch scheint.

22) An

22) An den Schlaf.

Komm, sanfter Schlaf, erquicke mich;
Mein müdes Auge sehnet sich
Die Ruhe zu genießen,
O komm es zuzuschließen!
Wie aber? Freund, o schlößest du
Von nun an es auf ewig zu,
Und diese Augenlieder
Sähn nie den Morgen wieder:
So weiß ich, daß ein schönres Licht
Einst meinen Schlummer unterbricht,
Und einen Tag mir gönnet,
Der keinen Abend kennet.

23) Die Zeit.

So wie ein Tropfen in dem Bach,
Folgt in der Zeit
Ein Augenblick dem andern nach,
Ins Meer der Ewigkeit.
Der jetzt noch gegenwärtig war,
Schon jetzt nicht mehr,
Entflieht für mich auf immerdar
Ohn alle Wiederkehr.
Wie muß mir jeder Augenblick
Unschätzbar seyn!
Leg ich ihn ungenützt zurück,
So bring ich ihn nie ein.
Wie viel verscherzt ich schon! Wie viel!
Sie sind dahin!
Weg Tändeley und Puppenspiel!
Da ich kein Kind mehr bin.

24) Die Furcht.

Hier in diesen dunkeln Sträuchen
Will ich ganz allein
Meine Grillen mir verscheuchen
Mich des Frühlings freun!

Philomele soll mich lehren,
Was sie singen kann.
Und ich stimm auch ihr zu Ehren
Wohl ein Liedchen an!
Doch was hör ich sich bewegen?
O! was rauschet dort?
Schrecklich rauscht es mir entgegen!
Wär ich diesmal fort!
O ich zittre! ich vergehe!
Weh mir Armen! Weh!
Jetzund kommt es! Ja ich sehe! —
Ach! ein kleines Reh!

25) Wunsch eines vierjährigen Mädchens zu ihrer
Mutter Geburtstage.

O wenn doch deine Henriette
Mehr, als Mama, Mama nur redte
Wie würde sich ihr Herz erfreun,
Von frommen Wünschen laut zu seyn.

Doch sieh in diesem Wort im Kleinen
Sich alles Zärtliche vereinen,
Was eine Tochter wünschen kann,
Und nimm es für den Wunsch selbst an.

Mama heißt, wie ich mir erkläret,
Geliebet, hochgeschätzt, geehret,
Und was man liebet, schätzt, und ehrt.
Ist unsrer besten Wünsche werth.

Noch bin ich klein, fremd auf der Erde,
Daß ich ein gutes Mädchen werde,
Bedarf ich Unterricht von dir,
Drum lebe lang, und gieb ihn mir.

A a 26) Lied

26) Lied an ein noch ungebohrnes Kind.

O du, das noch nicht lacht, nicht weint,
Mein künftig Mädchen oder Freund,
Komm, winde bald nach kurzen Schmerzen,
Dich los von deiner Mutter Herzen.

Verlaß die Nacht, die jetzt dich hält,
Tritt munter an das Licht der Welt,
Laß die Belohnung mancher Wehen
In liebenswerthen Zügen sehen.

Gefällt der junge Morgen dir,
Bringt seine Rosenhand dich hier,
So muß er mit den sanften Blicken,
Die Welt, dein Vaterland, beglücken.

Doch führt der volle Tag dich her,
So sey er schön, so schön sey er,
Daß wenige so voll Vergnügen
Vom Himmel sind herabgestiegen.

Erquickung seegne die Natur,
Und Stille, Stille herrsche nur,
Trägt dich in seinem Purpurkleide
Der Abend her zu unsrer Freude.

Es sey von Schrecken leer die Nacht,
In der vielleicht dein Aug erwacht.
Nichts rausche durch die Finsternisse,
Als nur dein Ton und unsre Küsse.

Dein wartet, ach, mit ofnem Arm
Ein anmuthsvoller kleiner Schwarm
Und will, wie du ihm wirst vergönnen,
Dich Bruder oder Schwester nennen.

Dich wünschet er mit Heftigkeit,
Und gab schon zu der Erndtezeit
Dem Storch, als ob ers würdig wäre,
Für dich die unverdiente Ehre.

Komm dann so reizend, liebes Kind,
Wie Grazien und Amors sind;
Der Flor von deinen künftigen Tagen
Ist ihrer Sorgfalt aufgetragen.

Mann oder Männinn, was du bist,
Sey, was bey beiden rühmlich ist,
Als Knabe, weise, fromm, gesellig,
Als Mädchen sittsam, klug, gefällig.

Ramler.

Man kennt die prophetische Ode des römischen Ho-
razes, in der er sich die Unsterblichkeit, und einen allgemeinen Ruhm weissaget, der durch den ganzen Erdkreis selbst
bis zu den Hyperboreern bringen würde. Statt des
weißen Vogels, in den sich der Dichter verwandelt sieht,
setze ich den Phönix. Und so sehe ich ihn nach beinahe
achtzehn hundert Jahren aus seiner Asche mit seinem alten Glanze hervorgehen, viele blenden, und viele verdunkeln. Nur in Berlin konnte er wieder erwachen, das
griechisch glänzt und römisch sieget, das einen Cäsar hat würdig der römischen Leier, das unter den Sam-
melplätzen deutscher schöner Geister sich unterschribes, wie
die Ceder im Walde, wie die Rose auf den Blu-
menbeeten. Ein Commentar eines einsichtsvollen
Kunstrichters über die Oden auf einen Granatapfel,
an Berlin, an die Feinde des Königs, auf ein Ge-
schütz, an die Göttinn der Eintracht, auf des Kö-

nigs Wiederkunft, an die Muse, Glaukus Wahr-
sagung, Lied der Nymphe Persanteis, Ptolo-
mäus und Berenice, an Hymen, an seinen Arzt,
an Krausen, Ino eine Kantate, an Fabius würde
die vollständigste und nützlichste Theorie von der wahren
Ode seyn.   Aber Ramlers lyrische Muse hat auch noch
einen andern Anspruch auf die Unsterblichkeit.

> Bald greift die hohe Sängerinn
> Nach einer ernstern Harfe hin;
> Sie läßt die Saiten Assaphs klingen,
> Und ihren Dichter den besingen,
> Der Zions König war, den Held,
> Der blutig sterbend eine Welt
> Und eine Nachwelt glücklich machte,
> Und Friede vom Olympus brachte.
> Mit allen Grazien hat sie
> Die ewig junge Harmonie,
> Des Himmels Tochter, ausgeschmücket,
> Auch hat sie tief ihr eingebrücket,
> Den Wohllaut, der vom Himmel stammt.

Aus den weichgeschafnen Seelen weinet bey dem Tod
Jesu angenehmer Schmerz, und der thränenlose Sünder
bebt.   Niemand kann einem Ramler und einem Graun
widerstehn *)!

Gerstenberg.

**) Zwischen Alciphron und Gerstenberg kann ich
sagen: Hier ist mehr als Alciphron! Seine Tändeleien
sind die artigsten Spiele der Liebe, dieses schön wie ein
Kuß,

*) Ramlers Verdienste um die Lieder der Deutschen
    brauchte ich nicht zu zeigen.
**) Ueber die neuere deutsche Litteratur.

Kuß, jenes wie ein duftender Blumenstraus, ein andres,
wie das schalkhafte Lächeln eines Mädchens; dies wie ein
freundschaftlicher Händedruck, jenes wie ein süßer Schau-
der bey der Thräne eines andern. Seine prosaischen
Gedichte haben zur Titelvignette die drey Grazien als
ihr wahres Sinnbild, die Thalia mit ihrem Füllhorn voll
Früchte, die leichte gefällige Euphrosyne und die bezau-
bernde Aglaja.

Vom Hügel braust im Bogenschuß
Ein breiter Quell, schwillt auf zum breitern Fluß,
Springt donnernd über zähe Spitzen,
Und diamantne Tropfen blitzen,
Im Lichtstral und im Silberschein
Erzitternd, durch das Laub im Hayn:
Indeß die Wellen schmeichlerisch sich regen,
Ihr Bild in die glanzvolle Luft zu prägen.
Die Göttinn sah ihr himmlisch Bild,
Wie es die Wasserscene füllt;
Beschelben schlüpfte sie zur Tiefe nieder:
Allein das Ebenmaas der weißen Glieder
Strahlt durch die heitre Fläche wieder.
Es scherzt um ihren Hals ihr blondes Haar,
Verbirgt ihn halb, stellt halb entblößt ihn dar.
Die seidnen Locken spielen mit den Lüften,
Und thauen dann herab auf Marmorhüften,
Die Wangen blühn in seelenvoller Glut;
Die runden Arme rudern durch die Fluth;
Die kleinen Füße rudern, sanft gebogen,
Der volle Busen wallt auf zarten Wogen.
Die sternenvolle Nacht umschwebet sie,
Die Flur ist Duft, der Wald ist Melodie.
Sieh den gelindern Wesl ihr Haar umfließen!
O sieh den hellern Mond zu ihren Füßen!

Diese

Diese Stelle aus dem Gedicht eines Scalden wird
jedermann Gerstenbergen verrathen; und niemand wird
sich durch die Form eines Scaldengesangs und durch eine
Menge fürchterlicher Namen abschrecken lassen, sich an
diesem Lobgedicht auf Cramern zu ergötzen, dergleichen
wohl noch nie ein Dichter auf den andern gemacht hat.
Die majestätische Sprache dieses Gedichts wird auch einem
jeden begreiflich machen, wie der Verfasser der Tändeleien
so gar den Flug der Cantate habe nehmen, und die
Ariadne von Naxos habe schreiben können.

Ariadne auf Naxos, erwachend.

Sey mir gegrüßt auf Naxos Höhn
   Aurorens güldner Wagen!
Sey mir gegrüßt! Seit drey vergnügten Tagen
Hat deine Göttinn mich in Theseus Arm gesehn!
Erröthend sah sie mich; und nie so schön,
   Aurora, nie so schön,
Hab ich erröthende dein Antliß glühen sehn!
Sey mir gegrüßt auf Naxos Höhn
   Aurorens güldner Wagen!
Zwar hier, mein Theseus, glänzt kein stiller Sommertag,
Wie in den kritischen Dädalschen Gängen,
Wo uns die Lieb im Schatten, ach!
So reizend zu verbergen pflag,
Wo stille Quellen sich um stille Rasen schlängen,
Und süß umbuftete Westwinde sich
Um Florens Busen eifersüchtig drängen.
Wie ist dies Meer so wild! der Fels so fürchterlich!
Ach, du mein Theseus, komm umarme mich! —
Du schläfst noch? — Nein! — du irrst vielleicht im
                   Thale,
Jagst mit dem Morgenstrale
Nach Löwen, deine muntre Jagd. —

                              Sieh

Sieh auf! — dein Mädchen ist erwacht! —
Mein Theseus! Theseus! — Ach! in dieser Nacht
Hab ich in Träumen ihn — mit welcher Angst — beweint!
Umsonst streckt ich die Hände nach ihm aus!
Umsonst sah ich von dieser Höh hinaus!
Rief ihn umsonst! — wie kommts, daß er mir nicht
                                        erscheint?
Mein Theseus! Theseus! — Nicht der Minotaurus nur
Mar furchtbar für dein Heldenleben.
Es giebt viel Schrecken der Natur!
Es können Drachen um dich schweben!
Es können Hydern sich um deine Scheitel weben!
Wer, Götter, wer errettet dich?
Sie Ariadnen weinen!
Mich, die du liebst, sieh um dich weinen!
Dein Mädchen! Mich!
        O du, wie kann ich dich
            Zu zärtlich lieben?
        Du bester Jüngling kannst du mich
            Also betrüben?
        Der wüste Fels ist fürchterlich!
            Wo find ich dich?

        Oreade des Felsen.
Zu weit entfernt das Meer den Frevler schon!
Er ist auf ewig dir entflohn!

        Ariadne.
Entflohn? — wer donnerte mich nieder?

        Oreade.
Ich Nymphe dieser Höhen
Hab ihn im Sturme dich entfliehen sehen;
Er fürchtete das Licht,
Dein bitters Angesicht,
Dein weinend Auge — nur den Sturm der Wogen nicht.

Des Menschen Herz ist muthig zum Verrath;
    Doch kanns der Unschuld Vorwurf nicht ertragen,
Es thut mit zittern seine Frevelthat,
    Wenn Lieb und Tugend es verklagen.

Ariadne.

Ists wahr? Ihr, des Olympus ewgen Mächte! —
Bin ich verlassen? Hier allein am Feld, am Meer? —
Verlassen? — Götter! Götter! — Und kann er,
Kann Theseus mich verlassen? — Hoher Jupiter!
Zu sehr fühl ich die Donner deiner Rechte!
Zu ihr! — Ihr des Olympus ewgen Mächte
Errettet mich! — da fliegt
Am Horizont das Schif mit Ungestüm
Vorüber. — Der Barbar, der Grausame mit ihm,
Der über dieses Herz gesiegt,
Das er also, also betrügt!
        Kannst du mein Herz
    Unter diesem stechenden Schmerz
    Füßlos und wund und dumm erliegen?
        Aengstige dich!
    Zerspreng den Busen! Brich! —
        Laßt mich, Götter, durch den Tod
            Diese Todesnoth
                Besiegen!
Was für ein Graun
Herrscht hier an diesem scheußlichen Gestade!
Ist der Kocyt so furchtbar anzuschaun,
Wie dieses Meer? Gleicht diesem Sitz der Dreade
Das Flammenreich des Dis, des Erebus?
Und bin ich hier? Und muß
Die einst gefeierte Kretenserinn,
Die Hofnung und die Lust der stolzen Krete,
Des Minos Tochter, eines Gottes Enkelinn,
Muß ich in meines Lenzens Morgenröthe

In diesen Felsen irren? Hier allein,
Die Hände ringend und verlassen,
Der Götter Spott, ein Raub der Thiere seyn?
Und konnte Theseus Ariadnen hassen? —
O Schmach! o Frevel! Schande! Grauen!
Ich, die ich ihn den ausgestreckten Klauen
Des Ungeheurs entriß, voll wahrer Zärtlichkeit, —
Die Götter wissen es! voll wahrer Zärtlichkeit! —
Ihn aus dem Labyrinth des Dädalus befreit,
    Mein eignes Leben
    Für ihn gewagt,
    Um es, von Töchtern nicht mehr, von keinen Müttern
                          beklagt,
    Den Thieren dieses Felsen hinzugeben! —
Weh mir! Warum mußt ich ihn sehn?
Wie schien er mir, gleich einem Gott, so männlich schön!
Er, des Alcides Freund, so tapfer, so vollkommen;
Ach! weiches weibliches Herz wie warst du eingenommen!
Sein Haar so lockigt! so voll edlen Ernsts sein Blick!
Sein Stolz, sein Muth nicht unterjocht vom Glück
In seinem Gange, seinen Minen!
So traurig jetzt sein Loos,
Und doch er ganz in stiller Ruh so groß!
Welch Mitleid schien er zu verdienen!
Wenn man nur mit Bewundrung von ihm sprach:
Wie weint ich heimlich Freudenthränen! Ach!
Wie hub sich diese Brust!
Wie wallte sie! Wie bebte sie von süßer Last,
Und Lieb und Mitleid! — Nun bezwang ich mich nicht
                        mehr,
Floh, wie ein Zephir, seinen Armen zu,
Schlang mich um seinen Hals, und weint — „Erstau-
                      nest du,
„O Theseus? Liebe führt mich her,
„Ein zärtlich Mitleid. Fleuch und rette mir dein Leben!
                „Sieh

„Sieh hier den Ausgang! sie den Minotaurus beben!
„Die Liebe hat ihn dir in deine Hand gegeben. —
Und er erschlug das Ungeheur halb Mensch halb Thier;
Nahm mich in seinen Arm.   Da flohen wir.
Wohin? Ach! Und nun bin ich hier?
Hier! — O Verräther! Sah der Himmel, sah die Erde
Je einen schändlichern Undankbaren gleich dir?

    Daß er der Fluch der Menschheit werde!
    Daß schnell ein Wirbelwind hinab
Ihn schleudre! zu Phlegethons Ufern hinab!
    Fern von der mütterlichen Erde!
Im Mittelpunct des Meers, in diesem stürmischen
                      Meere!
Von schnppigten Charybden verschlungen,
   Sein fürchterlich Grab!

Einst war ich schuldlos: meine Frühlingstage
Flohn sanft, flohn ohne Thränen ohne Klage,
Noch unbekannt der Liebe, hin.
Der holden Maja gleich, der Blumenköniginn,
Umtanzten mich die rosenfarbnen Stunden.
Mit jungen Zweigen war mein Haupt
Von Krokus und Jeßmin umlaubt,
Mit Veilchenkränzen meine Brust umwunden.
An meiner Mutter Busen hingelehnt,
Ihr Stolz! ihr süßes Mädchen? Still bethränt
Von ihren Freudenthränen! Sanft umschlungen
Von ihren Mutterarmen! Tief durchdrungen
Von edler Regung töchterlicher Zärtlichkeit!
So, so entflossest du mir, beste goldne Zeit!
Ach! werd ich dich nie wieder sehen?
Wir dich nicht mehr zurück erflehen?
Folgt dem Vergehn so schnell die Strafe nach?
Und bin ich ewig nun ein Gegenstand der Schmach?

O! laß mich noch einmal zu deinen Füßen sinken,
O meine Mutter! — In den Staub gebeugt,
Mich deine Tochter, mich aus Götterblut gezeugt,
Noch einmal reuig deine Thränen trinken!
War mein Verbrechen groß? Es wars? Ich kanns
                                    bereun!

Die Reu ist edel; edler das Verzeihn.
                Dreade.
Sie brüllen, die Löwen; sie bersten, die Schlunde;
Er donnert, der Donner! — Geschwinde! Geschwinde!
    Vom Felsen, vom Felsen hinab;
                Ariadne.
Wohin? wo flieh ich hin? hier ist der Tod!
Neben mir, unter mir, über mir Tod!
Von jener Seite verfolgt! von allen Mächten bedroht!
Wehe! Wehe mir!
Mit fliegendem Haare! — Wohin? —
Irr ich am Ufer und bin
Das Spiel der Winde! —
Nicht dieses Ende, diese Schmach
Hab ich um dich verdient, o Theseus! — nicht dies Grab
In diesen Wellen! Sieh denn einst herab
Von deinen Ufern — wenn einst die beglücktere Braut
In deinem Arm mit Schaudern hier herunter schaut,
Sie denn herab auf mich, und sage:
„Hier liegt ein zärtlich Mädchen, ihrer Mutter Klage!
„Sie war einst glücklich — fand doch hier ihr Grab.
                Dreade.
Sie brüllen, die Löwen; sie bersten die Schlunde;
Er donnert, der Donner! — Geschwinde, Geschwinde!
    Vom Felsen, vom Felsen hinab!

Joh. Elias Schlegel.

Bey obiger Kantate fiel mir dieser Dichter ein,
der die ersten einiger Aufmerksamkeit würdigen Versuche
                                    von

von deutſchen Kantaten gemacht. Sie heißen: Phillis und Thirſis, Pygmalion, Prokris und Cephalus, Amymone, aufs Geburtsfeſt der däniſchen Kronprinzeßinn,
der Triumph der Ehre, der Weibertauſch. Eine Stelle
aus ſeinen anakreontiſchen Gedichten hat Käſtner ſo
parodirt:

> Ihr, die Schlegels Geiſt vergnügt,
> Wenn er liebet, wenn er lacht,
> Wenn er die, die ihn beſieget
> Ewig bey der Nachwelt macht,
> Wißt auch, der hier Galatheen,
> Der hier Chloris und Aſträen
> Voller Zärtlichkeit erhitzt,
> Wirkt ein furchterfülltes Sehnen,
> Aengſtet, ſchreckt, erpreſſet Thränen,
> Wenn er Didons Blut verſpritzt.

Willamov.

*) Die Zeit hat dem Pindar ſeine beſten Kronen
und unter andern auch den ſiebenfachen Epheukranz der
Dithyramben geraubt. Willamov ſetzte ſich ſelbſt das
Siegeszeichen auf, und rufte: Machet Raum Mänaden!
Doch er war nicht Vater Bacchus und trug den Thyr-
susſtab nur um es zu ſcheinen.   Das Titelblat verſprach Dithyramben, die Vorrede verſprach ſie nur halb,
und das Buch lieferte gar keine.   Aber die neuere Ausgabe? Sie iſt eine zweite Schöpfung! Nun ſcheint er
nicht mehr Pindar! Er iſt es! Wo nicht Pindar der
Dithyrambiſt, doch Pindar der Odenbichter! Die Erſt-
linge des Lobs, das dem größten lyriſchen Dichter gehört,
weihe

*) Ueber die neuere deutſche Litteratur.

weihe sie ihm Deutschland! Könige, beneidet die, die er
besungen hat*)! z. E. den

Herrmann.

1.

Siehe den eisern Kriegsgetümmelerwecker
Auf einem lichtausdämpfenden Unstern
Hernieberfahrend, daß erschrocken
Vor des zürnenden Nahekunft
Den Alpen die wolkigten Gipfel entstürzen,
Und zittre stolze Weltbeherrscherinn!
Er will nicht ferner für dich wachen;
Denn tief aus des Gebirges Schoos
Holt er drey kocytische Wellen,
Blutrothe himmelhohe Feuersäulen herauf,
Die in ein Heer von lodernden langen
Zerstäubt, den Aether bedecken.

2.

Auf seine alte Burg schleubert er sie,
Daß sie in Staub dahin sialt,
Und sein Schutz entweicht dir.
Nun zurück aus germanischen Wästen
Entgötterte Adler! und du Quintil zurück!
Wenn der Blutdürstende Krokodill
Im hohen Schilf des schlammigten Nils
Nach Raube arglistig wimmelt,

Denn

*) Das Herablassen, warum ist es doch eine so schwere
Sache? der Dithyrambendichter, warum ist er nicht
eben so groß in der Ode? S. das deutsche Athene, die
Oben an Gleimen und Hubern.

Denn stehet der Rettung Thor noch offen!
Aber wenn er pfeilschnell
Mit zähneblinkenden Rachen über den Sand
Daher schießt, wehe den Fliehenwollenden!

3.

Es reift in allemannischer Brust
Verderben dem Leichtgläubigen. —
Jahre daher, Epäus,
In aller Wut, mit der du je
Trotzende Feinde gebändiget hast
Vor dem Volk, das dich
In eiserner Schlacht, und im Fürstenrath
Und am freundschaftpflegenden Tisch
Mit brausenden Getümmel ehret;
Glut in den männlichen Adern durch dich,
Kühne Gedanken, und unüberwindliche Sehnen
Im speerschwingenden Arm hat.

4.

Ebor, unter Donnern Geborner
Riesenzwingender Kampfbegünstiger!
Seht, Faunen! schon rüstet er sich.
Seine schreckende Pantherhaut
Giebt er dem jungen Helden
Um die starke Waffen gewohnte Schulter;
Sein Liebling ist er,
Denn im geweihten Haine
Bei Opfern des Vaterlandes
Hat der edle Cherusker ihn immer
Mit Inbrunst angefleht um Thaten —
Der Vergessenheit ewig unwürdig,
Voll trüben Grolles saß Herrmann schon zu lange
Auf väterlichen Boden fremde Fahnen

Gepflan

Gepflanzet, und Unbezwingbare endlich
An güldnen Ketten zahm werden.
Verachtung goß sein Blick auf den unwürdigen Römer,
Und Abscheu duftete von des Schwelgers Göttertafel
Ihm entgegen.—— „O du, der du im Gefecht oft bey
　　　　　　　　　　　　　　　mir warst!

„Teut! Mann! oder welcher Gott du seist ——
(Bacchus war es gewesen)
„Bey diesen Eichenkronen
„Meiner Stirn erlegt, laß mich
„Die Weiberherzigen Römer dir opfern!„

6.

So sprach er; und grif an das klirrende Schwerdt.
Da hüpften wunderbar um ihn
Die tausendjährigen Eichen und schwarzen Tannen.
Ein dumpfigtes Kriegsgetöse,
Wie sterbender Römer und siegender Deutschen
Walle Stürmen gleich
Den dunkeln Harz hindurch.
Des Helden Brust hob
Hoch sich empor.　Triumph!
Er hält seinen götterwerthen Schwur:
Den schwarzen bittern Tod hat er
Wider die Freiheitsfeinde vor der Stirn:

7.

Mit der Cherusker, Katten
Und Chaucer edlen Heldenschaaren,
Die ihm nacheifern, dicht umdränget
Bricht er durch jeden Rettungsort,
Und Wälder, Dämpfe und rauhe Gebirge
Müssen ausweichen; denn
Bacchus voran bewapnet mit Stürmen

Und

Und Platzregen flutenweis.
Ha! welche Verzweifelung
Durch die umlagerten Cohorten!
Eigne Schwerdter wüten,
Und des Feinds Schwerdt noch unbarmherziger.

8.

Wie, da die hohe Städtefürstinn
Am ungetreuen Tagusstrande
Vom Feuer des Styx
In ihren Grundfesten erschüttert ward,
Die güldnen Thürme krachend
Auf Palläste stürzten
Und Palläste auf Hütten
In weitdonnerndem Tumult,
Und Flammen da
Und kochende Meereswogen
Und Abgründe durcheinander tobten
In gräßlichem Kampf:

9.

So donnerte der wütende Legionentödter
In dreytägigen Ungewittern
Krieger und Rosse und Wagen
In Blut, Mordste und Ströme
In einen sterbenden Haufen zusammen.
Da schauderte das heroische Capitol Entsetzen
In Ruinen sich, schon fühlend.
Aber Germanien, frey durch ihn
Führet jauchzend des Kampfes Trümmern
Zu Schlachtopfern seinen Göttern,
Unter begeisterter Barden Lobgesängen.
Jo Triumph dem Vaterlandsrächer!

Die übrigen heissen: Johann Sobieski, an den Bacchus, die Himmelsstürmer, der Friede, Peter der Große, Peter Fedorowitz, Friedrich der Große, des Bacchus Rückzug aus Indien, Siciliens Trennung von Italien, Atlantis, der Beschluß. Die Frage, ob sich deutsche Dithyramben machen lassen, hat der Verf. der Fragmente über die N. D. L. in folgenden, wie er es nennt, didactischen Trinkliede, so beantwortet:

Dithyramben soll ich singen
Hier bey deutschen Wein?
Nein! hier soll kein griechisch Lied erklingen,
Deutscher Vater Bacchus! Nein!

Haben diese Trinkpocale
Dithyrambenmaas?
Und, daß ich Gesang und Bacchus wähle,
Reichst du wohl, mein kleines Glas?

Um mich tanzt wohl eine Schöne,
Dithyrambentanz?
Und erfangen wir Epodentöne
Diesen Kuß und diesen Kranz?

O so mögen Epheukronen
Und ein hagrer Stier,
Alter Pindar! dir Gesänge lohnen,
Doch nicht Weiße, Uz, und mir.

Deine Dithyrambenkränze
Hat die Zeit geraubt.
Sieh, Entkränzter, sie wie frisch ich glänze,
Ganz mit Rosenduft umlaubt.

Denn was gehn mich Türkenkriege,
Himmelsstürmer an?
Peter pflanzte! hat nicht der Sieger?—
Er als Noah ist mein Mann!

Daß der Krieg die Hölle mehre,
Seufzt ein Kirchenlied!
Nur daß er auch Berge Wein verheere,
Darauf flucht mein heilig Lied!

Immer singe Friedrichs Thaten,
Braver Grenadier!
Eins nur, den Regierer seiner Staaten,
Den Champagner laß er mir.

Immer ras auf Pindars Leier,
Hohe Dichterwuth!
Mich, mich hitzt des Rheinweins edles Feuer
Bis zu eines Trinkliebs Glut.

Wenn denn dies mir von den Spröden
Kuß und mehr erzwingt;
Wams denn den von Wein entschwornen Blöden
Zitternd kühn zum Kelchglas bringt;

O, so könnt ihr rasend machen,
Die ihr rasend singt!
Laßt uns, Brüder, trinken, singen, lachen,
Da mein Lied den Becher schwingt!

Karschinn.

*) Oft und zuweilen am unrechten Orte legt sich
diese sonderbare Dichterinn den Namen Sappho bey.
Wenn man ihre Gedichte auch nur als Gemälde der Ein-
bil-

*) Ueber die neuere deutsche Litteratur.

bildungskraft betrachtet: so haben sie wegen ihrer vielen
originalen Züge mehr Verdienst um die Erweckung deutscher Genies, als eine Menge Oden nach regelmäßigen
Schnitt.   Aber mit den Gesängen der Sappho, die in
der Anordnung ihrer Oden, ihrer Bilder und Worte,
in der zarten Glut und in einer feinen Wahl des wohl-
klingendsten Ausdrucks eine zehnte Muse ward, sind die
Karschischen Gedichte nicht zu vergleichen, die ohne Plan
im Ganzen; ohne Oekonomie der Bilder, ohne Kenntniß des lyrischen Perioden, hingeworfene Geburten einer
reichen dichterischen Einbildungskraft sind.   Diese Einbildungskraft ist es, was die Welt an der Tochter eines
Gastwirths auf einer kleinen Meierey bewundert, an einer Kinder- und Viehmagd, durch den Robinson, die
asiatische Banise, und tausend und eine Nacht zur Poesie ermuntert.

Kleist.

Bald Hymnen auf die Gottheit, bald Schilderungen des Landlebens, bald Siegs- bald Trinklieder wechseln in einem reizenden Gemische ab, und sind einzelne
Blätter zu dem Kranze des unsterblichen Dichters.

Cronegk.

Zu den Liedern der Deutschen sind allerdings die
Cronegkischen ansehnliche Beyträge, unter denen, nach
Abzug der großen Menge mit Refrains, immer noch ei-
nige übrig bleiben, die sich auszeichnen.

Die Herren von Creuz und Geußmingen brauche ich nur zu nennen.

    Zacha-

Zachariä.

Auch dieser Dichter hat der Mode zu gefallen sechs Bücher Oden und Lieder gedichtet, die aber größtentheils auch so sind, wie sie die Mode erfordert. Die Chrestomathie von glücklichen Zügen, die sich daraus machen ließe, würde wehige Bogen betragen. Seine musicalischen Gedichte: die Pilgrime auf Golgatha, das befreite Israel, die Auferstehung, die vier Tagszeiten sind älter als die Ramlerischen.

Löwen.

Zachariä, Kleist, Uß, Hagedorn ꝛc. schweben dem Leser in den Gedanken, wenn er Löwens fünf Bücher Oden und Lieder aufschlägt, deren wahres Sinnbild weder der *) Schwan noch die Laute ist. Fremder Wein wird dem Leser vorgesetzt mit reichlichem Wasser, mittelmäßig

---

*) Daß weder Meilische Kupfer, noch so schönes Papier an die Löwischen Schriften hätte gewandt werden sollen, beweise ich aus folgenden Sinngedichte von Wernicken:

> Daß noch kein wohlgedrucktes Blatt
> Ein deutsches Buch gezieret hat,
> Und uns zum Kauf und Lesen reiz,
> Das machet oft des Druckers Geiz.
> Der Bogen ist so sehr befleckt,
> Daß er sich unterm Druck versteckt,
> Und dieser ist so abgenützt,
> Daß jede Reih ein andre stützt.
> Der Schreiber legt vor Ungeduld
> Auf den Verleger alle Schuld,

Doch

mäßigen und schlechten eignen vermischt. *) Oben muß man gar nicht dorinnen suchen. Selten, sehr selten gelingt dem Dichter ein Liedchen. Durch seine musikalischen Poesien sind die wenigen guten Muster in dieser Art gar nicht vermehrt; besonders hätte er, nachdem Ramler die Deutschen durch seinen Tod Jesu entzückt hat, seinen sterbenden Heiland den Augen der Kenner entziehen sollen. In den Romanzen ist er noch der einzige Nachahmer von Gleimen, und es ist sehr zu wünschen, daß er der einzige bleibe. Denn da schon bey ihm die Romanze durch die mehr in die Erzählung als in die Geschichte selbst gelegte oft auch fade Drolligkeit fast zum Bänkelsängerliede ausgeartet ist: was würde nicht endlich aus ihr werden?

Müller.

Da ich einmal ohne Ordnung schreibe; so geschieht es freilich von ungefehr, daß mir dieser Dichter erst nach Ihnen einfällt, da ich ihn lange vor demselben hätte nennen sollen, ob er gleich nicht fünf Bücher Oden und Lieder, sondern nur einen Versuch von vier Bogen geschrie-

Bb 3

ben

Doch dünkt mich, daß in diesem Spiel
Der jenem in die Karte guckt,
Und weil der wenig schreibt auf viel,
Daß dieser viel auf wenig druckt.

*) Er hätte vor seine Oden das Motto setzen können, welches vor einer Komöde des großen Plagiarius Dursey steht: Non cuius Homine contingit adire Corinthum und das man so übersetzt hat: Ich kann keine Komödie schreiben, ohne zu stehlen.

ben hat. Sie enthalten: Ermahnung an die Schönen
nach dem Moliere; an den Frühling; an den Schlaf.

An die Rose.

Geh hin zur Phyllis, geh hin, du Fürstinn der Blumen,
                              o Rose,
    Mit voller Anmuth vom Frühling beschenkt,
  Damit sie wisse, wie schön Natur und Jugend sie schmücken,
    Wenn ich ihr sage, sie blühe, wie du;
  Sag ihr, es lächle der Reitz, auf ihren dir ähnlichen
                              Wangen
    Von uns gesehn und bewundert zu seyn,
  Du würdest, hättest du dich auf öde Gefilde verborgen,
    Auf keinem wallenden Busen verblühn.
  Die Schönheit nütze nur dann, wenn sie in fühlenden
                              Herzen
    Der Liebe süsse Bewegung erzeugt,
  Und es sey von der Natur ihr nicht die Lehre gegeben,
    Verächtlich ihre Verehrer zu fliehn.
  Diß sag ihr, Rose, dann stirb, daß sie das Schicksal
                              befürcht,
    Das ihren Reitzungen einsten auch droht,
  Und daß sie jetzo, da noch ihr Lenz zur Liebe sie einlädt,
    Sich nicht mehr weigre zärtlich zu seyn.

An die Nachtigall.

Wenn von der Flur die satten Heerden ziehen,
Und keines Schäfers Rohr im Thale mehr erklingt,
Und nun im Hain dein Lied in sanften Melodien
Den Tag hinab zur Ruhe singt;
Und eine Schaar bewundernder Gespielen,
Von deiner Kunst entzückt, auf nahen Aesten lauscht;
Wenn alles schweigt, und selbst das Laub, dein Lied zu
                              fühlen,
In jedem Wipfel leiser rauscht;

                                        Wenn

Wenn sie dann kömmt, die ich unendlich liebe,
Wenn sie dann kömmt und auch auf deine Lieder hört,
Und sich der Stille freut, und voller süßen Triebe,
Mit holden Lächeln sie beehrt;
Dann, Nachtigall, o dann laß deine Töne
Entzückender, als sonst und wollustvoller seyn.
Es flöße dein Gesang dem weichen Herz der Schöne
Die angenehmste Schwermuth ein.
Dann lehre sie von Sehnsucht voll zurücke,
Und vom Gefühl belebt schwell ihre volle Brust,
Sie lächle Zärtlichkeit aus jedem ihrer Blicke,
Und schmachte nach der Küsse Lust.

Eva an Adam aus Milton, Empfindungen an einem
Frühlingsabend, zwey Oden, auf das Absterben eines
jungen Frauenzimmers, Nachahmung der ersten Elegie
von Tibull, Daphne und Doris, Amor nach dem Anas
kreon, die Wünsche an Prof. K**, Lobrede einer Frau
auf ihren Mann, die guten Werke, Wahrnehmungen,
Aufgaben, Recht und Unrecht, Belinde. Wer diese vier
Bogen gelesen hat, der wird empfunden haben, niemand
als Müller könne die Weißische Laute accompagniren. Daß
dem Verfasser die Aufmunterung, nicht der Zeitungen,
sondern selbst eines Hagedorns nicht zu rühren scheint, ist
es nicht zu bedauren?

Ewald.

Ich habe ihn unter den epigrammatischen Dichtern
loben müssen. Auch unter den Liederdichtern muß ich
seiner mit Ruhm gedenken.

Sonnenfels.

Es ist eine überaus glückliche Vorbedeutung vor
den Wiener Geschmack, daß die ersten Versuche der
Wiener Dichter in der lyrischen Poesie reicher an neuen

    Gedan-

Gedanken und Bildern sind, als viele Sammlungen von
Dichtern aus den blühendsten Gegenden der Poesie.

Schmidt.

Die Lieder in seinen kleinen poetischen Schriften sind besser gerathen, als die Oden.   Der ganze
Innhalt der Sammlung ist eine schöne poetische Dedication, Lob des Höchsten, Eitelkeit der irrdischen Güter,
auf den Tod Jesu, über die Auferstehung, an Gott,
an die Tugend, wider den Müßiggang, Muth in Wi-
derwärtigkeit, Vergnügen in Gott, Todesgedanken,
der sterbende Jüngling, an Claudius beym Tod seines
Bruders, Zufriedenheit, vom Romanenlesen (aus dem
Hypochondristen) an die Dichtkunst, auf Lieschens Geburtstag, an Bach, Philen, (a. d. H.) der Entschluß,
an Doris, Philen und Daphne, an die Mädchen, das
Mädchenheer, an Gerstenberg, Geschmack und Tugend,
(a. d. H.) ein Räthsel, der Frühling, Miron und Ti-
ren, Euphemon an die Nacht (a. d. H.) Thirsis und
Doris, das Erlaubte, der Knabe an den Informator,
über eine Handvoll Rosen, die Wasserfarth, die Reli-
gionsspötter, Theon, Pedrill, Nerine, Ode auf den
König in Dännemark (a. d. H.) Philen und Menalk
(a. d. H.) auf Chloens beschädigtes Auge, an die
Freude.

Hermin und Gunilde.

Die erste deutsche Ritterromanze von Hr. Raspen
schön gesungen, in der Anlage nicht außerordentlich, in
der Ausführung zuweilen etwas geschwätzig.   Die Zugaben der Vorrede und der Allegorie würden viele Leser
geru

gern entbehren, denen der gekünstelte Witz Langeweile
macht. *)

Köhler.

Unter seinen Oden und Liedern sind die geistlichen
und einige wenige scherzhafte die besten.

Clodius **)

Ich habe ihn bis zuletzt versparen müssen, weil
man sich gewundert haben würde, einen Verfasser von einigen fliegenden Blättern mitten unter denen zu finden, deren sämmtliche Werke ansehnliche Bände ausmachen,
einen Dichter von großer Hoffnung unter Männern von
alten großen Ansehn. Besonders habe ich hier einige
seiner Cantaten im Sinne. ***) Die Ode auf die Ge-
nesung der Churfürstinn, S. im III. B. der Unterhaltungen.

Bb 3   Sechs

---

*) Ich hole hier ein Buch nach, das ich im Kapitel der
  Geschichte der Poesie vergessen habe, nämlich Hurts
  Lettres on Chevalry and Romance.

**) Da er für das Theater nichts als einige schöne Pro-
  logen geschrieben, so kann ich seiner theatralischen
  Arbeiten unten nicht gedenken, sondern muß es hier
  thun.

***) Eben höre ich, daß meine Note durch eine rührende
  Komödie: die Rache des Philosophen umgestoßen werden wird.

Sechzehntes Kapitel.
Von der Epopee.

I. Theorie.

Bis anhero bin ich nur am Ufer gegangen. Jetzt muß ich mich der offenbaren See überlassen: Kann ich mich wohl einiger Furcht für Schifbruch erwehren? Vor der Epopee beben so viel Poeten, Leser, und Kunstrichter zurück, oder scheitern, wenn sie sich zu kühn daran wagen, daß es ein Wunder ist; daß sie nicht noch mehr vernachläßigt wird, und daß es ein Wunder wäre, wenn mir auch nur ein Skelett ihrer Theorie gelingen sollte, zumal da ich die Materialien dazu nicht von einem Schriftsteller allein entlehnen kann. Die blinden Nachfolger des Aristoteles, welches in dieser Theorie doch die meisten sind, möchte ich nicht gern allein zu meinen Vorgängern haben. Boßü wird mir also so sehr viel nicht nutzen, so einen starken Octavband er auch von der epischen Poesie gemacht, und so einen großen Lobspruch ihm auch Buckingham gegeben. Boßü hat Recht, wenn er in der Einleitung sagt, daß er es vor dienlicher halte, mehr den Homer als die Neuern vor Augen zu haben. Aber war es auch dienlicher den Homer mehr mit des Aristoteles als mit eignen Augen zu betrachten? Boßü ist in der That nichts mehr, als der durch Beyspiele, durch zufällige Anmerkungen, durch einige Grillen erweiterte Aristoteles. Den Homer und Virgil las

er

er theils als ein Franzose, theils mit nicht genugsamen
Geschmacke, seine Chapelains *) und Desmarets konnten
ihm keine neue Aussicht geben; ein Philosoph war er
nicht; von seinem Scharfsinne macht er oft übeln Gebrauch: wie konnte sein Werk eine bessere Gestalt bekommen? Tassos, Addisons, Voltairens Abhandlungen enthalten theils Anwendungen von des Aristoteles
Grundsätzen, theils gute practische Anmerkungen, die von
Voltairen besonders historisch-kritische Nachrichten. Am
besten ist es, wenn man sich vornemlich an das Kapitel
im britten Theil von Homens Kritick, an Schlegels
Abhandlung von dem Wunderbaren im epischen Gedicht,
und an Klopstocks kleinen Aufsatz von der geistlichen
Epopee zu halten sucht. Das Heldengedicht erkläre ich
als eine poetische Erzählung einer interessanten Haupthandlung, die mit untergeordneten Nebenhandlungen in
eine interessirende Verbindung gebracht ist. Es ist eine
Erzählung. Wenn auch der epische Dichter, wie der
gute Geschichtschreiber, zur Abwechslung seine handelnden Personen redend einführt: so schadet es doch bey solchen Reden nichts, wenn es gleich merklich ist, daß der
Dichter im Namen der Personen spricht; sie haben die
Wahrscheinlichkeit und Illusion des dramatischen Dialogs nicht nöthig. Die Erzählung in Briefen, in der
in neuern Zeiten die Romane geschrieben worden, ist
ein Mittelding zwischen der dramatischen und epischen
Art zu erzählen. Gemälde und Maximen sind der natürliche Schmuck jeder guten Geschichte, um desto mehr einer poetischen Erzählung; und was die Epopee mit der
pragma-

*) S. van Effens ironischen Aufsatz: Dissertation sur Ho-
mere et sur Chapelain.

pragmatiſchem Geſchichte vor viele Aehnlichkeiten habe,
wird aus dem folgenden noch mehr erhellen. Jede Erzählung fängt ſich natürlicher Weiſe damit an, daß man
ſagt, was man erzählen will. Durch die Aufſchrift allein
würde die Epopee nur den Namen des Helden, nicht
aber die Haupthandlung, oder dieſe nur ſehr dunkel anzeigen. Der Poet geſtehr daher ſeinen Hauptendzweck
in dem Eingange des Gedichts, der mit dem Kunſtworte
Propoſitio heißt. Die Aufmerkſamkeit zu reizen pflegt
der Eingang jeder Erzählung dem Leſer die Geſchichte
wichtig zu machen. So ſtellt auch die Propoſitio das
Thema als intereſſant beſonders dadurch vor, daß der
Poet zu ſeinem Vorhaben einen höhern Beiſtand anruft;
obgleich die Anrufung jetzt wenig mehr auf den Leſer
wirkt, nachdem ſie zur Gewohnheit geworden. Die
Epopee iſt eine poetiſche Erzählung; alſo nicht eine
gereimte Geſchichte. Ihre poetiſche Sprache muß, wie
die Sprache der Hiſtorie, einen guten Hauptton, und
die ſchicklichen Abänderungen haben, die jeder Theil ins
beſondre erfordert. Die Epopee erzählt eine Haupthandlung. Die Einheit der Handlung iſt die we-
ſentlichſte Regel. Sie erzählt Handlungen. Handlung heißt hier ein Unternehmen mit Wahl und Abſicht.
Nachdem die Abſicht der Handlung, nachdem die Leiden-
ſchaft iſt, durch die ſie hervorgebracht wird: nachdem iſt
die Handlung ſelbſt heroiſch, romanhaft u. ſ. f. Ihre moraliſche Güte hängt von der Moralität ihrer Abſicht ab. Die Haupthandlung und die Nebenhandlungen
können in Anſehung ihrer Triebfeder von einerley oder von
verſchiedner Beſchaffenheit ſeyn. Die Haupthandlung,
aber wie ſie die Kunſtrichter nennen, die Fabel, wenn

ſie

fie nur an fich felbft wahrfcheinlich ift, kann übrigens
ganz oder zum Theil erdichtet, aus der Gefchichte, *)
oder aus der Tradition entlehnt werden. Eben fo die
Nebenhandlungen. Bey der Scene der Handlungen
ift nichts als das Coftume zu beobachten. Die Dauer
der Haupthandlung ift die Zeit der Epopee. Der Anfang, das Mittel, und das Ende der Haupthandlung
find die vornehmften Abfchnitte der Zeiten. Die Zeit der
Haupthandlung begreift die Zeit der Nebenhandlungen.
Handlungen fetzen handelnde Perfonen voraus. Die
Hauptperfon heißt der Held. Sie muß eine einzige
feyn, in phyficalifchen oder moralifchem Verftande. Die
Perfonen der Nebenhandlungen find dem Helden untergeordnet. Der Held fowohl als die Perfonen der Nebenhandlungen müffen vernünftige Wefen feyn, ihrer
Natur oder des Poeten Vorausfetzung nach. Götter,
Engel, Teufel, Sylphen, Gnomen, Feen, Fürften,
Helden, Ritter, Schäfer, Menfchen allerley Arten,
wenn fie nur intereßiren, und in der äfopifchen Epopee Thiere, Pflanzen, leblofe Gefchöpfe, pflegen die
Helden, pflegen die Perfonen der Nebenhandlungen zu
feyn. Ift der Held eine perfonificirte Eigenfchaft, eine
allegorifche Perfon, fo entftehen daher die größern Al-
legorifchen Gedichte. Ob aber in der Epopee, deren
Held eine wahre Perfon ift, die Perfonen der Nebenhandlungen allegorifch feyn dürfen, darüber ift fehr ge-
ftritten worden. Doch Home fagt mit Recht: der Eindruck eines wirklichen Dafeyns, der einer folchen Epopee
wefentlich ift, kann nicht mit dem figürlichen beftehen,
                                              welches

*) Die aus der biblifchen Gefchichte heißt die geiftliche
   Epopee.

welches der Allegorie wesentlich ist. Eben so wichtig ist
der Grund, welchen J. H. Schlegel angiebt, daß die Handlungen der Helden und die Wirkungen der idealischen Wesen in einander laufen, so, daß kein Theil seine volle
Ehre bekommt, und sie, anstatt sich wechselsweise zu heben,
sich nur verdunkeln. Die Personen haben ihre Charactere, Charactere des Verstandes, des Herzens, der
Sitten, des Alters, des Geschlechts, des Standes, des
Volks u. s. w. Hier ist das Costume der Charactere
zu beobachten. Die Charactere der nebenhandelnden
Personen sind dem Character des Helden untergeordnet.
Aus dieser Unterordnung entstehe ihr Contrast mit demselben. Die Fabel soll interessant seyn. Interessiren
heißt Empfindungen erregen, Empfindungen von allen
Graden von dem kleinsten bis zu dem höchsten der Leidenschaft. Die Fabel an sich muß interessiren, ihr Ort,
ihre Zeit, ihr Held, sein Character. Die Zeit z. E.
interessirt durch den unerwarteten Anfang, der Verwundrung erregt, durch das Mittel, das die Neugierde
Furcht und Hofnung reizt, durch das Ende, über welches Vergnügen, Freude, Schrecken, Mitleid entstehet.
Die Fabel interessirt entweder ihrer Natur nach, oder
durch die Fürsorge des Dichters. Die Fabel, welche,
das Vergnügen über die Entwicklung oder Katastrophe
bey Seite gesetzt, nur die Leidenschaften erregt, ist das
Wesen der heroischen Epopee, des ernsthaften Romans im Gegensatz von der komischen Epopeen und
Romanen, deren Interesse nur in der Belustigung bestehet. Die komische Epopee belustigt auf zweierlei Art,
indem sie entweder uninteressante Handlungen als interessante besingt, oder interessante als uninteressante.
Die

Die Einheit des Hauptinteresses ist mit der Einheit der Fabel verknüpft. Der Character des Helden soll interessiren, das ist, fähig seyn die interessante Haupthandlung hervorzubringen, das ist die poetische Güte haben. Die moralische Güte *) wird nur so lange heilig gefällten, als sie mit der poetischen nicht streitet. Kommen beyde in Collision, so wird dieser Streit sorgfältig versteckt, um das Interesse nicht zu stören. Und ohne Schuld des Poeten kommen sie oft in Collision. Denn die größten Männer begehen die größten Fehler, die man sogar bewundert, weil nur sie sie begehn, und deren ohnerachtet ihre große Thaten vollführen können. In Laster aber muß sie der Poet nicht sichtbarlich verfallen lassen. Ein offenbarer lasterhafter Charakter ist auch poetisch schlecht. Auch die Nebenhandlungen haben ihr Interesse, dies besteht in ihrer Unterordnung. In diese Unterordnung wird gemeiniglich das Wunderbare der Epopee gesetzt. Je mehrere und vornehmere Unterthanen ein Herr hat, desto größer scheint er. Die Nebenhandlungen sind der Fabel untergeordnet als Mittel, als Hindernisse, als Zufälle. In den ersten beyden Fällen heissen sie Maschinen, in dem letztern Episoden. Die Art der Unterordnung und Beziehung muß die Beschaffenheit der Fabel an die Hand geben. Die Maschinen als Hindernisse schürzen den Knoten; die Episoden so eingewebt, daß sie nicht überschlagen werden können, unterhalten die Neugierde. Ohne Nebenhandlungen kann kein episch Gedicht seyn. Hat es keine Maschinen, so hat

es

---

*) Die Epopee ist nach den Aristotelischen Theorien so moralisch, daß sie allemal, wie die Aesopische Fabeln, eine Hauptmoral sinnlich machen soll.

es Episoden. Oft versteht man aber auch unter dem Heldengedicht ohne Maschinen eine Epopee, darinnen die Maschinen keine höhern Mächte sind. Viele haben geglaubt, die Unterordnung leide, wenn man höhere Wesen zu Maschinen macht. Man hat ihnen aber mit Recht geantwortet, daß vielmehr die Bewunderung des Helden dadurch wachse, wenn sich selbst überirrdische Mächte für ihn intereßiren. Die intereßirende Verbindung aller Nebenhandlungen mit der Fabel ist das Meisterstück des epischen Poeten, und heißt im Ganzen der Plan, in Theilen die Situation. Das Interesse und das Wunderbare der Epopee erfordern die erhabene Sprache, die ihr eigen ist.

II. Litteratur.

Homer. *)

**) Eine heilige Ehrfurcht, sagt Quintilian, befiehlt mir mit dem Homer anzufangen, wie dem Aratus mit dem Jupiter. Eben derselbe entwirft seinen Character

*) Clarkens, Ernestis Ausgaben. Sclavische Ueberf. der Dacier, die boshafte des de la Motte, die Bitaubeische für die Toiletten, des Marivaux travestirter Homer, Le P. Rapin n'avoit pas la capacité, qu'il falloit pour faire la parallele d'Homere et de Virgile (Menagiana) Popens glücklich mvdernisirter Homer. Blackwalls Leben vom Homer. Klopens Homerische Briefe; Clodius super Quintiliani iudicio de sublimitate Homeri. Chabanon von dem Homer als tragischen Dichter. S. R. B. d. sch. W. B. III.

**) Batteux.

in wenig Worten. Homer, sagt er, hat alle Eigenschaften vereinigt, das Erhabene, das Ernsthafte, das
Angenehme, das Lachende. Er ist verschwenderisch und
gedrängt, bewunderungswürdig in seinem Ueberfluß und
in seiner Kürze. Man sieht überall in seinen Gedichten
einen schöpferischen Geist, eine reiche und glänzende Einbildungskraft, einen göttlichen Enthusiasmus, und eine
solche Energie, daß alle seine Werke so wahr und natürlich sind, als die Natur selbst. Es ist nicht mehr
die Frage, ob Homer ein bewundrungswürdiger Poet
sey. Homer, Genie, Vater der Dichter, Regel des
guten Geschmacks sind gleichbedeutende Worte. Welcher Plan der Iliade im Ganzen! Welche Fruchtbarkeit des Genies in den Theilen! Die Eigenschaft der wir-
kenden Gottheit ist, daß sie alles mit einemmale übersieht, die Mittel sowohl als den Endzweck, und jene
so anordnet, daß diese leicht und auf die natürlichste
Weise erhalten wird. Wer kommt diesem Character näher als Homer? Er schafft eine Welt, er übersieht sie
mit einem einzigen Blicke. Sein Genie ist an den beyden äußersten Enden gegenwärtig und wirksam. Er
ordnet tausend Mittel an, deren eines auf das andre
folgt, eines dem andern Kraft mittheilt, und deren
Kraft durch diese Mittheilung wächst. Es ist eine Ma-
schine mit tausend Hebeln, wovon die Wirkung auf den
bestimmten Augenblick richtig und kräftig zutrifft. Welche Kunst in der Disposition! Seine Sprache hat das
ganze griechische und lateinische Alterthum als das vollkommenste betrachtet, was je geschrieben ist, sowohl in
der Wahl als in den Stellungen der Worte. Sie hat
die edle Einfalt, die sein persönlicher Character gewesen

seyn

seyn soll. Sie ist so lebhaft als sein Held. Es sind keine Feuerfunken, sondern Stralen von Feuer, von einem stets gleich lodernden Feuer. Wir sehen bey ihm die Sachen selbst und nicht die Bilder der Sachen. Man findet hier keine schimmernde Antithesen, keine künstliche Fragen, keine unzeitige Metaphern, die einen unzeitigen Glanz streuen. Alles geht auf Wahrheit und gesunde Vernunft. Seine Erzählung hält einen immergleichen Schritt in mehr als sechzehntausend Versen. Sie ist voll Stärke, voll Feuer, voll Anmuth und dabey so natürlich und so wohl verknüpft, daß man sagen möchte, der Poet schrieb nur nach, was ihm die Natur dictirte. Man liest sein Werk nicht, man glaubet alles zu sehn, zu hören; man ist gegenwärtig bey allem, was er erzählt. Der Geist, die Einbildungskraft, das Herz, alles Vermögen unser Seele sind von der Größe des Interesses, von der Lebhaftigkeit der Gemälde und von dem harmonischen Gange des poetischen Ausdrucks eingenommen. Mit einem Wort, die Iliade ist ein unermeßliches Gebäude, mit allen Arten vom erhabenen, edlen, majestätischen, lachenden, anmuthigen, naiven, rührenden, zärtlichen Bildern geschmückt, und je näher man sie betrachtet, je mehr erstaunt man darüber, je mehr bewundert man den Umfang, den Reichthum, die Tiefe und die Größe des Genies an seinem Baumeister. Zwischen der Iliade und Odyssee läßt sich folgende Parallele ziehen. In der Iliade sieht man nichts als Schlachten; die Stärke triumphiret hier. In der Odyssee herrschen Unglück und Gefahren, die Ulyß durch Klugheit überwindet. In der Iliade ist der unumschränkte Regierer aller Sachen Jupiter selbst. In der Odyssee

ist die Göttinn der Vernunft und Weisheit die Beglei-
terinn des Helden und seine Erretterinn. Die Iliade
ist mehr gemacht uns zu rühren, uns in Erstaunen zu setzen, unsre Leidenschaften zu erregen. Die Odyssee giebt
uns mehr Unterricht durch allegorische Erzählungen, durch
Schildereien, durch Maximen. Weil noch viele in dem
Wahne sind, daß Homer auch der Vater der komischen
Epopee sey: so muß es immer wieder erinnert werden,
daß die Batrachomyomachie nichts als eine sehr
mittelmäßige Parodie der Iliade von einer neuern
Hand ist.

Musäus *).

Sein Gedicht von des Leanders und der Hero Liebe
wäre der allerälteste Roman, wenn es wirklich jenen alten Musäus, den Schüler des Orpheus zum Verfasser
hätte.

Appollonius Rhodius. **)

Sein Gedicht von dem Zug der Argonauten ist mehr
eine gute poetische Reisebeschreibung als eine vortrefliche
Epopee. Non contemnendum opus edidit aequali qua-
dam mediocritate, sagt Quintilian von ihm.

Ennius.

So wenig uns auch von ihm übrig ist: so muß ich
ihn doch hier als den Vater der lateinischen Epopee nennen,
das er durch sein Heldengedicht Scipio ward. Küstner
hat durch seine iurisprudentiam Ennianam uns Juristen
überzeugt, daß es uns eben so sehr interessiren müste,
wenn die Herculangräber des Ennius Schriften wieder-

fän-

*) Röders Edition. Stapletons englische Uebersetzung.

**) Hölzlins Ausgabe.

fänden, als die Kritiker, die ihn verehren würden, [*])
wie einen durch sein Alterthum ehrwürdigen Hayn, in
dem die großen bejahrten Eichen nicht sowohl ein schönes
als ein ehrerbietiges heiliges Ansehn haben.

Virgil [**]).

[***]) Wenn man den Homer liest, stellt man sich
diesen Dichter so vor, als wenn er in seinem Weltalter
das einzige Licht ist, das mitten in der Finsterniß leuchtet, einsam bey der einsamen Natur, ohne Rath, ohne
Bücher, ohne gelehrten Umgang, seinem eignen Genie
überlassen, oder nur allein von den Musen unterwiesen.
So sehr ist er wahr, simpel, naiv. So bald man hingegen den Virgil aufschlägt, merkt man, daß man in
eine erleuchtete Welt kömmt, daß man bey einer Nation
ist, wo Pracht und Geschmack regieren, wo alle Künste
Meisterstücke aufzuweisen haben, wo Talente und Wiß-
senschaften vereinigt sind. Virgil wußte sich die Vortheile seiner Zeiten zu Nutze zu machen. Und man
merkt es, wenn man ihn liest, wie sehr er sich sie wirklich zu Nutze gemacht hat. Man nimmt bey ihm die
Sorgfalt und Genauigkeit eines Genies wahr, das Regeln kennt, und sich scheut sie zu übertreten; der feilt
und unaufhörlich feilt, weil er den Tadel der Kenner
befürch-

[*]) Quintilian.

[**]) De la Cerdas, Rudus, Heinens Ausgaben. Des
Foggini Edition ist ein Abdruck des Mediceischen Co-
dex. A. Caros, (S. darüber Algarottis Briefe)
Ambroggis, Catrous, Segrais, Pitts, Drydens
Uebersetzungen, und die Krone aller die Schwarzlos.
Floß de Virgilii verecundia.

[***]) Batteux.

befürchtet. Er ist überall reich, überall zierlich, überall correct. Seine Gemälde sind gleich stark und gleich richtig colorirt. Als ein erfahrner Kunstverständiger wollte er sich lieber am Ufer halten, als sich dem Ungewitter aussetzen. Homer überläßt sich sicher und ohne Furcht seinem Genie. Er malt immer mit großen Zügen, die Natur allein führt ihn. Er sieht sie ohne Nebel, er folgt ihr, er wählt sie, er verschönert sie, und weiß in dem poetischen Gemälde, das er von ihr macht, ihre ganze Seele, ihr ganzes Leben beyzubehalten. Die Griechen und Lateiner haben nichts vollkommners in ihrer Sprache, als die Gedichte des Homer und Virgil. Sie haben beyde etwas göttliches in ihrem Ausdruck. Man kann nichts mit mehrerer Stärke, Nachdruck, Würde, Harmonie, Genauigkeit sagen, als diese beyden Dichter gethan haben. Und anstatt sie mit einander in diesem Stücke zu vergleichen, mag man den Einfall des jungen Cyrus borgen und sagen: Mein Großvater ist der schönste unter den Medern und mein Vater der schönste unter den Persern. Nur in der Anordnung der Fabel ist man einig geworden dem Homer den Vorzug zu geben.

Silius Italicus *)

Besaß zwar Virgilens Grabmal, aber nicht Virgilens Geist. Er arbeitete, sagt sein Freund Plinius von ihm, mit mehr Fleiß als Genie. Aus seinem Gedichte von dem zweiten Punischen Kriege leuchtet mehr der große Redner und Geschichtschreiber, als epischer Dichter hervor

Cc 3

Vale-

---

*) Drackenborgs Edition.

Valerius Flaccus *).

Von ihm glaubt man, daß er in dem Gedicht von dem Zug der Argonauten, das uns aber nicht vollständig erhalten worden, unter dem Alten dem Virgil am nächsten komme. Doch erklärt man deswegen seinen zerstückelten und abgebrochnen Stil für keine Schönheit, oder hält ihn dann für ein großes Genie, wenn er den Appollonius nutzt und unglücklich verschönert.

Statius **).

Er hätte nicht nöthig gehabt in dem Eingange seiner Thebais seine Muse anzureden:

— — Nec tu diuinam Aeneidam tenta,
Sed longe sequere, et vestigia semper adora.

Sie folgte seiner Warnung doch nicht, und hätte gern ihren häufigen Schwulst und Phöbus für virgilische Erhabenheit und Zierlichkeit verkauft.

Claudian ***).

Den Vorzug hat er mit wenigen gemein, daß er Verfasser von mehr als einem epischen Gedichte ist. Sonst aber wechseln in seinen vielen epischen Gedichten schöne, schwülstige, und matte Stellen, wie Aprilwetter, ab.

Helio-

---

*) Burmanns Edition.

**) Gronovs, Barths, Marklands Ausgaben. Marolles Franz. Uebersetzung. Argelatis Italiänische.

***) Heinsius, Geßners Edition. Das Gedicht de raptu Proserpina hat Hughes ins Englische übersetzt.

Heliodor *)

Mit ihm und nicht mit den milesischen Fabeln, durch deren Untergang die Welt nichts verloren hat, fange ich die Reihe der griechischen Romanen an. Er ließ sich lieber des Bisthums entsetzen, als daß er seine äthiopische Liebesgeschichte des Theagenes und der Chariclea verbrannt hätte. Die Spuren, sagt Meinhardt, des verderbten sophistischen Geschmacks findet man beym Heliodor von Zeit zu Zeit in gesuchten Antithesen, in rhetorischen Declamationen, in zu blühenden Beschreibungen. Aber man findet auch eine Menge natürlicher Schönheiten von höherer Art und in größrer Anzahl, als bey allen griechischen Romanendichtern, von denen er sich noch rühmlicher durch die reine Tugend unterscheidet, die sein Buch so oft einschärft und nie verletzt. Die Erfindung und Anlage der Fabel sind in der That bewundrungswürdig. Die Charactere sind mit großer Kunst angegeben, erhalten und machen den angenehmsten Contrast. Doch ich darf nicht die ganze Meinhardtsche Vorrede abschreiben, so vortreflich sie auch ist. Doch die poetische Zuschrift muß ich abschreiben:

An Kallisten.

O du, in deren Blick, in deren holben Minen,
Die Tugend, wie sie einst dem Sokrates erschienen,

Ec 4

Im

*) Commelins Ausgabe. K. Shin ital. Ueberf. Venedig 1556. Deutsch, Leipzig 1767. von Meinharbten. Englische Ueberf. 1686. halb von einem Herrn von Stande, halb von Tate, im sechzehnten Jahrhundert machte Fraunce einen Versuch, den Heliodor in englische Hexameter zu übersetzen.

Im Reiz der Grazien, und in der Schönheit Pracht,
Die Herzen sichtbar zwingt und dir sie eigen macht,
Laß du dies Buch bey dir den Schutz der Schönheit
                    finden;
Es lehrt, was wir durch dich noch reizender empfinden,
Daß wahre Liebe nur aus wahrer Tugend fließt,
Und wie das größte Glück, die größte Tugend ist.

O bester, edelster und schönster unsrer Triebe,
O unsre Seele Geist, o tugendhafte Liebe!
Nicht jene, die vom Reiz der Sinnen nur entsteht,
Die nur mit ihm sich nährt und auch mit ihm vergeht:
Nein, die für höhern Reiz mit edlern Flammen brennet,
Die in der sinnlichen der Seele Schönheit kennet,
Die nach dem Tod noch liebt — Und hat sie schon
                    entzückt,
Den schönen Gegenstand, vergänglich schön, erblickt,
Mit welchem himmlischen, unendlichen Entzücken
Wird sie denn einst ihn erst, unsterblich schön, erblicken? —
Doch sie hat längstens schon die Welt nicht mehr gekannt,
Von grober Sinnlichkeit, vom Eigennutz verbannt,
Floh sie vor uns, und wohnt in jenen Einsamkeiten,
Wo Unschuld und Natur die Schönheit oft begleiten.
Da, Schönste, folgt sie dir.   O bring sie uns zurück!
Erneure noch einmal der goldnen Zeiten Glück,
Gieb ihr — denn welcher Sieg kann deiner Schönheit
                    fehlen? —
Gieb ihr, wie du sie haßt, die Herrschaft unsrer Seelen*).

* Achil=

*) Zu den erotischen Schriftstellern der Griechen, (am
schicklichsten hätte ich sie unter den Heroiden anführen
können) gehören zum Theil die Verfasser witziger Briefe,
die nicht Romane in Form der Briefe geschrieben, sondern, wie Hertel in seiner Vorrede zu seiner schönen
Ueber-

Achilles Tatius *).

Seine Geschichte des Clitophons und der Leucippe unterscheidet sich durch ihre Schlüpfrigkeit.

Cc 5

Longus

Uebersetzung des Alciphron sagt, es versuchten, die Sitten und den Character ihres Volks in erdichteten Briefen auszudrucken, die verschiedne Personen und Handlungen aus dem gemeinen Leben zum Gegenstand haben. Welches Feld vor einem Schriftsteller von Talenten, seine Kenntniß des menschlichen Herzens und Leidenschaften zu zeigen und mit seiner Satire, mit ausgesuchten Zügen, mit Beobachtung des Wahren und Anständigen, seinen Stof auszuschmücken! Und doch sind die Versuche der Griechen nicht von gleichem Werth. Statt der Vorschrift der Natur beständig getreu zu seyn, verwechselten sie oft ihre edle Einfalt mit einer gekünstelten Sprache, die durch gehäufte Gegensätze und gezwungne Metaphern bald ermüdend wird. Ihre Helden sprechen oft zu gelehrt, zu sinnreich. Die Begierde, eine moralische Wahrheit vorzutragen, verleitet sie, solche an Orten anzubringen, wo sie die Wirkung aller schönen Stellen haben, die glänzen sollen, daß man sie ohne Aufmerksamkeit überläuft. Alciphrons Erfindungskraft ist vorzüglich reich und fruchtbar, er weiß die Kunst uns in das Intresse seiner Personen zu ziehen; er ist fast überall correcter, als Aristänät sein Nachahmer: man vermißt bey ihm den übertriebenen süßen Ton, der in diesem herrscht, und seine Schilderungen sind weit richtiger und mit größerer Kenntniß der Welt und der Sitten gemacht.

*) Salmasius Edit.

Longus *).

*) Die Romane der Griechen, welche auf uns
gekommen sind, sind freylich nicht aus den Zeiten des guten Geschmacks, die meisten sind von Mönchen und Geistlichen geschrieben, von denen sich die feinere Empfindung,
die meisterliche Kenntniß des Herzens, der Sitten, der
Menschen, des Wohlstandes, und tausender Verhältnisse nicht erwarten und nicht verlangen läßt, die man
durch Umgang und Welt lernt. Ihr Zeitalter war gar
nicht dasjenige, wo die feinern Sitten, oder eine wahre,
weder zwangvolle, noch zügellose, Galanterie herrschte.
Frostige Intrigue und Schwärmerey macht ihre ganzen
Geschichten aus; aber alles ohne Plan, ohne Verhältniß des einen zum andern. Bey dem allen vergnügen
sie den Leser ungemein. Die Entfernung der Zeit, des
Orts, das Fremde und Seltsame der Sitten, und die
verschiedenen Nüancen, die man selbst in dem mit den
unsrigen übereinstimmenden Sitten findet, die größern
Abweichungen oder Näherungen zu der Einfalt der Natur; die mit sophistischem Witze zur Einfalt und Naivität gekünstelte, blumenreiche, abgebrochne, und, so tadelhaft sie auch ist, doch gefallende und glänzende Erzählung, alles dies verschaft eine Unterhaltung für den,
der sie zu schätzen weiß. Longus hat in seiner Geschichte
von Daphnis und Chloe in Ansehung des Plans, der
Einfalt, und der Wahl der Gegenstände selbst noch viel

vor

*) P. Molls Ausg. Fran. 1660. und die Pariser 1754.
Amiots franz. Grillows deutsche Ueberf.

**) Allgemeine deutsche Bibliotheck. (es sind Herrn Klo-
tzens Worte.)

vor den übrigen voraus. Doch muß man auch bey ihm
unkeusche Stellen genug überhüpfen, wenn man ihn ohne
Aergerniß lesen will.

Eustathius *).

oder vielmehr Eumathius, ein Aegypter. Sein Roman erzählt in eilf Büchern die Geschichte des Ismenes und der Ismenia.

Chariton **)

hat den Beynamen Aphrodisiensis von seiner Vaterstadt, und soll im funften Jahrhundert nach Christi Geburt gelebt haben. Er schrieb eine Geschichte des Chäreas und der Calliroe.

Theodorus Prodromus †)

lebte im zwölften Jahrhundert. Seine neun Bücher einer Geschichte des Rhodantes und der Dosikle in jambischen Versen kommen keinem von den bishero angeführten Romanen gleich.

Xenophon ††).

Man braucht seinen Beynamen Ephesius nicht zu wissen, um ihn von dem Attischen unterscheiden zu können.

Dante Alighieri *).

Der Erzvater der italienischen Dichter, wird, ohnerachtet seines Chaos vom epischen Gedichte, ohnerachtet
seiner

---

*) ed. Gaulmier Parif. 1618. 8vo.

**) D'Orvillens Ausgabe. Deutsche Ueberf. 1753.

†) ed. Gaulminer. Parif. 1625.

††) ed. A. Cocchus Les Amours d'Anthie et d'Apro-
camas.

*) Die prächtigste Ausgabe ist die Venetianische 1757.
in fünf Bänden mit dem besten Commentar eines Un-
genann-

seiner Ungleichheit in der Sprache sowohl als in den Gedanken, wegen seines großen Genies in dem Reichthum
der Erfindungen und der Bilder von seinen Landsleuten
so sehr vergöttert, als Shakespear von den Britten.
In seinem Gedichte von hundert Gesängen, welches er,
man ist uneinig warum, Comödie genannt, und dem
seine Anbeter den Beynamen der Göttlichen gegeben,
macht er sich selbst zum Helden, und thut unter Virgils
Anführung eine Reise durch die Hölle, das Fegefeuer,
und den Himmel.   Es ist durch und durch malerisch,
oft allegorisch und satyrisch auf seine Zeiten.

Pulci.

War mit seinem Morgante, darinnen Roland
der Held ist, der Vorgänger des Ariosts in der Rit-
terepopee, obgleich Morgante beynahe zu den komischen
Epopeen gezählt zu werden verdiente.

Boiardo.

Dieser Graf fieng eine dergleichen, aber ernsthaftere, Epopee an, die

Berni

in burlesker Schreibart fortsetzte, womit er solchen Beyfall erhielt, daß sein Stil unter den Italiänern ein solches Ansehn und so viel Nachahmer bekam, als der Ma-
rotische unter den Franzosen und der Spenserische unter
den Engländern *). Man hat eine große Sammlung
von

genannten, und einigen Anmerkungen von Maffei.
Dachschwanzens Uebersetzung.

*) Die Deutschen würden etwas ähnliches haben, wenn
sie, nach Bodmers Beyspiel, mehr Gedichte in dem
Geschmack der Minnesinger bekämen.   Aber gute
Gedichte

von Poesien in diesem Geschmacke.   Sie enthält Gedichte
von Berni, Casa, Varchi, Mauro, Bina, Molza,
Dolce, Firenzuolo, Martelli, Franzesi, Aretino,
Bronzino, Galileo, Ruspoli, Bertini, Lusca,
Rozzi, u. a. m.

Ariost.

Giombattista Pigna sagt, Ariost habe deswegen
seine Epopee nicht nach den Regeln schreiben wollen, die
man aus dem Homer und Virgil herleitet, weil er gewußt,
daß eine solche regelmäßige Epopee nicht nach dem Geschmack der Nation seyn würde.   Seiner Nation also
zu gefallen schuf Ariost lieber einen ungeheuern Körper,
und setzte ihn aus lauter romantischen Abentheuern zusammen, die dem damaligen in Ritterromanen bewan-
derten Publikum nicht fremd, sondern angenehm seyn
mußten.   Nur die Ausländer sagen: der Plan des rasenden Rolands ist nicht der Homerische, es ist der
Plan eines rasenden.   Aber eben weil der Roland eine
seltsame Rittergeschichte ist voll wunderreicher Erfindungen, entzückend durch den malerischen und wohlklingenden
Ausdruck: so erhebt ihn die Nation weit über des Tasso
Gedicht, und die meisten ihrer Kunstrichter sind der Meinung des Beni, der in einer förmlichen Abhandlung es
unternimmt, eine Vergleichung des rasenden Rolands
mit der Iliade anzustellen.

Torquat Tasso *).

Die Italiäner geben ihm die die zweite Stelle nach
dem

Gedichte dieser Art sind nicht so leichte, als Knittel-
verse in Hans Sachsens Geschmack.

*) Hoolens engl. Koppens sehr mittelmäßig deutsche,
Klotzens vindiciae T. Tassi.

dem Arioſt. Ein Machtſpruch der Cruſca hat ſie ihm angewieſen, und alles Appelliren des Pellegrini hat das dictatoriſche Urtheil nicht umſtoßen können. Vor ihren Homer erkennen ihn alſo die Italiäner ſchlechterdings nicht, und in Anſehung der Kunſt, die in dem befreiten Jeruſalem herrſcht, müſſen es auch die Auslduber mit ihnen halten. Unterdeſſen hören doch dieſe nicht auf zu ſagen, daß Taſſo, aus den Alten, aus dem Arioſt und dem Triſſino gebildet, Genie mit Regelmäßigkeit vereinigte, und die Epopee bey den Italiänern zur Vollkommenheit brachte. Die Ideen von den oft ſeltſamen Maſchinereien in dem befreiten Jeruſalem hiengen dem Taſſo noch aus ſeinem Rinaldo an, einer Zauberepopee, die er in ſeinem achzehnten Jahre ſchrieb. Mit der berühmten Epiſode im befreiten Jeruſalem vom Olint und der Sophro= nia war er ſelbſt unzufrieden.

Trißino.

In ſeiner Befreiung Italiens von den Go= then ward er der Vorgänger des Taſſo in der Kunſt und in der Nachahmung der Alten, ob ſchon mehr in der knechtiſchen. Aber ſein Nachfolger verdunkelte ihn. Das merkwürdigſte bey ſeinem Gedicht iſt, daß er zuerſt Muth gehabt in blanken Verſen zu ſchreiben. Seine Liebe zur Nachahmung geht unter andern ſo weit, daß er den En= geln, die an die Stelle der Homeriſchen Götter ſetzt, auch my= thologiſche Namen giebt. Daher ſind Palladio, Grabivo, Latonio u. ſ. w. gewöhnliche Namen der Engel. Nebſt den Engeln führt er auch allegoriſche Perſonen auf. An Ebentheuern und Mährchen iſt auch kein Mangel.

Caſti=

Castiglione.

Sein Corteggiano hat, wie seine übrigen Poesien, wegen des schönen Ausbrucks, des fließenden Reims,
überhaupt wegen seiner mechanischen Schönheiten mehr
als wegen der innren guten Einrichtung großen Beyfall erhalten.

Fortinguerra *).

*) Unter dem Namen Carteromaco schrieb der
Abbé das Heldengedicht Ricciardetto, die letzte Italia-
nische Epopee von der Art, die eine Zusammensetzung von
allem ist, die das Lustige mit dem Ernsthaften, das Moralische mit dem Wollüstigen, das Heroische mit dem
Naiven, das Große mit dem Ungekünstelten, das Fabel-
hafte mit dem Historischen, das Wunderbare mit dem
Natürlichen verbindet, und worinnen Pulci und Ariost
die berühmtesten Beispiele sind. Die Hauptperson ist ein
Riese Ferragus, dessen Character ein so seltsamer als
natürlicher Mischmasch aller guten und bösen Eigenschaften ist, die eine tapfre Seele an sich hat, welche dem Joch
der Erziehung niemals unterworfen gewesen.

Al. Tassoni ***).

Der Vater der komischen Epopee, ob gleich schon
vor ihm einige Versuche darinnen gemacht worden seyn
sollen. Sein geraubter Eimer ist die Geschichte eines
Kriegs, den die Modeneser mit den Bolognesern angefangen haben sollen, um einen Wassereimer zu erobern,
der wahren Geschichte aber nach hiengen die Modeneser,
nach einem aus wichtigern Ursachen angefangnen und
glücklich

*) Franz. freie Uebersetzung

**) Großley, Unterhaltungen.

***) Villani discorsa della Poesia giocosa.

glücklich geendigten Kriege, einen erbeuteten Eimer in ihrer Domkirche zum Siegeszeichen auf, der auch noch daselbst gesehen wird. Sein Gedicht ist also eine persönliche Satyre und gehört zu denen, welche intereßante Sachen als unintereßante vorstellen, nämlich in Ansehung des Sujets. Aber von den intereßanten, durch des Dichters Fiction unintereßant gemachten, Begebenheiten redet er als von intereßanten; in den sechs ersten Zeilen jeder Strophe majestätisch, in den beiden letztern komisch.

Lippi.

Sein Malmantile nennt Crescembini eines der artigsten und geistreichern scherzhaften Gedichte.

Voltaire

Der Plan und die Maschinen der Henriade sollen nach Homers Urtheil allein hinreichend seyn ihr keine lange Unsterblichkeit zulassen. Aber Meinhardt merkt mit Recht an, daß sie wegen ihres Reichthums] an lebhaften und rührenden Beschreibungen von Begebenheiten, die die französische Nation so sehr intereßiren, wegen ihrer Harmonie und dem Feuer ihrer Versification, wenigstens unter den Franzosen, die sonst gar keine Epopee hatten, noch lange leben werde *).

Jene

**) Von der Pucelle und dem Candide habe ich nicht nöthig etwas zu sagen. Ich erinnere mich nur dabey dieser Stelle des Alciphrons. Wie unbillig waren doch Solon und Drakon, welche den Traubendieben die Todesstrafe zuerkannten, solche hingegen, die junge Leute ihrer gesunden Vernunft berauben, von aller Ahndung befreit ließen.

Fenelon *).

Hätte der Erzbischof seinen Telemach nicht für Prinzen geschrieben: so würden seine Tadler, deren er anfangs eine so große Menge als nachher Lobredner bekam, ihm zwar die zu ängstlichen Nachahmungen der Alten, die Einförmigkeit und Armuth in den Beschreibungen, einige mehr glänzende als erhabene Stellen u. s. w. vorgeworfen, aber es nicht das elendeste Gedicht genannt, so wie seine Vertheidiger sich mit dem Beinamen schön und lehrreich begnügt haben. Da aber seine Feinde den Telemach für eine allegorische Satyre auf den Hof hielten, und seine Freunde es nicht in Abrede seyn konnten, entzündete sich ein Streit darüber, der hernach von beiden Theilen, wie unter Hoffactionen, das ist, mit Cabalen, Erbitterung und Partheilichkeit geführt ward.

Madam Boccage.

Die guten Dichterinnen sind Seltenheiten; noch mehr aber die Amazonen von Dichterinnen, die Herz und Kräfte gnug hätten sich an die Epopee zu wagen. Gewagt hat es die Madam Bocrage. Aber ihrer Colombiade größte Empfehlung ist die Anmuth des Gedichts und die Verfasserinn selbst.

Thomas.

Jümonville, ein kleines episches Gedicht ohne Maschinen, besingt einen Helden, der bey einem ungerechten Friedensbruche der Engländer in Amerika für das Vaterland stirbt. Es ist die Frucht des Nationalhasses. Daher er in der Anrufung sagt:

Ma Patrie et mon Roi voilà mes Apollons!

In

*) Vie de Fenelon par (Ramsay).

In der Vorrede dazu sagt er: l'Auteur est effrayé par
le degout du Public; qui, rassasié de tant de chef
d'oeuvres en ce genre, rendu superbe et difficile par la
lecture continuelle de Boileau, de Racine etc. Fatigué
meme de la Poesie, qui commence à tomber parmi
nous, iuge avec beaucoup de severité. Alles sehr wahr!
Außer daß das französische Publikum weder sich über einen Ueberfluß an epischen Meisterstücken zu beklagen hat,
noch seinen Geschmack mehr aus seinen alten guten Schriftstellern bilder, die es schon lange aus den Händen zu legen
angefangen hat.

Boileau.

Vor ihm

Au mepris du bon sens le Burlesque effronté
Trompa les yeux d'abord, plëut par sa nouveauté.

Dido und Aeneas ließ man wie Heringsweiber und
Markthelfer reden. Boileau verwies diese Art von komischen Gedichten wieder zu den Mäurern, von welchen
es, dem Perrault in seinem Gedicht: die trojanischen
Mauern, oder der Ursprung der Burleske zu folge,
Apollo bey der Erbauung von Troja gelernt hatte, und
führte eine andere Art von komischer Poesie ein, die einem
Barbier und seiner lieben Frau die Sprache des Aeneas
und der Dido in den Mund legt. Das Pult ward
durch die Menge seiner schönen Gemälde, durch seine unterhaltende Episoden, durch seine harmonische Sprache so
beliebt, daß selbst die Geistlichkeit, die sich wider den Tartüf empörte, es unangetastet ließ. Es erscheint, sagt
Warton, gleich der prächtigen Stadt, die der größte
Fürst in einem Moraste erbauet haben soll. Die Maschinen des Gedichts sind allegorische Personen.

Gresset

Greßet.

Gieng eine neue Bahn, wählte sich zu seinem komischen Gedichte auch eine Kleinigkeit zum Gegenstand, den kläglichen Tod eines Papagoyen; aber mehr den Leser mit einer reizenden Tändeley zu amüsiren, als ihn zum lauten Gelächter zu bewegen. Das unrichtige Sujet und die untermischte Satyre erfodern, daß man den Vert-Vert unter die komischen Epopeen setzen muß, aber unter die komischen Epopeen ohne Maschinen. Daher sagt er in dem Eingange:

> Sur la vertu par le sort traversé,
> Sur son voyage et ses longs erreurs
> On auroit pu faire un autre Odyssée,
> Et par vingt chann endormir les lecteurs;
> On auroit pu des Fables surannées,
> Et sur des tons d'un sublime ennuyeux
> Pfalmodier la cause informnée
> D'un Perroquet non moins brillant qu'Enée,
> Non moins devot plus malheureux que lui:
> Mais trop de vers entrainent trop d'ennui.
> Les Mufes sont des Abeilles volages,
> Leur gout voltige, il fuit les longs ouvrages;
> Et ne prenant que la fleur d'un fujet
> Vole bientot sur un nouvel objet.

Sonst unterscheidet er sich auch durch seine glänzende und dabey, wie es sich für eine leichtsinnige badinante Muse schickt, geschmäßige, leichte, natürliche, familiäre Poesie. Die Nachläßigkeiten liebt seine Muse sehr. Sie erscheint oft nur im Nachtkleide, aber auch eben deßwegen oft desto reizender.

Dd 2　　　Dorat.

Dorat.

Einige neuere Gedichte und einige besondere Abhandlungen haben eine neue Art von Poesie bey den
Franzosen Mode gemacht, die sie erotische nennen, und die
eigentlich nichts als theils die Greßersche Epopee, theils ein
wollüstiger Roman in Versen ist. Dorats Tourtou-
relles de Zelmis besingt die Buhlereien von Menschen
und von Täubchen, sehr zärtlich und sehr malerisch. Auf
sein Gedicht wende ich seine eignen Verse an:

>   — — — l'eclair et la saillie
> Nait sans effort, brille et se multiplie;
> Chaque lecteur en ces momens heureux
> Boit le plaisir dans la coupe des Dieux.

Juncquieres.

Sein Caquet-bonbec, la poule à ma tante könnte
man vielleicht mit einigem Grunde zu den erotischen Gedichten rechnen; aber es hat mehr Verwandschaft mit
der Greßetschen Epopee, und Juncquieres wird unter die
besten Nachfolger des Greßet gerechnet. Er nennt sein
Gedicht: Poeme badin. Dies ist der rechte Name der
Greßetschen Epopee.

Ich müste erschrecken, da ich nun an die französischen Romanenschreiber komme, wenn ich mir hier
nicht die möglichste Kürze zum Gesetz machte. Weder
des duFresnoy Bibliothek werde ich abschreiben, noch
dem versprochnen Journal des Romans zuvorkommen.
Leider kann ich auch bey keiner Art der Poesie sicherer
voraus setzen, daß meinen Lesern das vornehmste schon
bekannt sey.

D'Urfe.

D'Urfe.

Von kleinen Schäfererzählungen entlehnte er zu=
erst die Idee, einen Schäferroman in vielen dicken Bän=
den zu schreiben. So brachte, sagt ein Franzose, eine
kleine Eichel eine große Eiche hervor. Die Einfalt des
Schäferlebens allein hätten ihm nicht so viel Stoff
geben können, er mengte daher auch Bezauberungen und
Ritteravanturen ein. Und seine Schäfer selbst sind
mehr in Schäfer verkleidete Romanenhelden. Von sei=
ner Astraea rechnet man daher den Perioden der weitläuf=
tigen Schäfer= Ritter = und Heldenromane, unter denen
sie nicht nur der älteste, sondern auch der beste ist. In
diesen Perioden gehören die Arbeiten des Scuderi,
Gombeville, Calprenede u. s. f.

Princeßinn von Cleve.

Segrais, Rochefaucault und Mademoisell la Fa=
yette arbeiteten bekannter maßen gemeinschaftlich daran.
Der Beifall, den sie erhielt, stürzte den Geschmack an jenen
abentheuerlichen und ungeheuren Romanen. Sie zeich=
net sich, wie die Asträa, vor allen andern aus, die in diese
Klasse gehören, in welchen die merkwürdigsten Arbeiten
von lauter Frauenzimmern sind, von einer Gomez,
d'Aulnoy, Lüßan rc.

Prevot D'Exiles.

Der Stifter von der neuen Epoche von Romanen,
die weniger Bewunderung, aber mehr Empfindung erre=
gen. Er ist unerschöpflich in Erfindungen, Meister in
Charakteren, tragischen Begebenheiten, und in Erzählung,
zuweilen unwahrscheinlich, reich an Betrachtungen.
Kein französischer Romanenschreiber harmonirt mehr mit
dem Genie der Deutschen, und sein Cleveland sein

 Doyen

Doyen de Killerine, seine Memoires d'un homme
de Qualité, Memoires d'un honnete homme etc.
können bey den Franzosen nicht beliebter seyn als sie es
bey uns sind.

Peter Carlets
Chamblain de Marivaux.

Wer seine Marianne, seinen Paisan parvenu,
seinen Pharmason gelesen hat, der weiß, daß seine Romane meistens die Form von Memoires, wenig Handlung, viel Episoden, viel Maximen, keine recht interessirende Helden, eine witzige, und zuweilen unnatürliche
Schreibart haben.

       *) Marivaux hatte seltene und treffliche Talente.
Er studirte die Menschen sehr genau, und seine Schilderungen, die er darnach machte, sind das Bild der Wahrheit. Wie er in die französische Akademie aufgenommen
ward, so sagte der Erzbischof von Sens in einer sehr
schönen Rede von ihm, daß in seiner Person der berühmte
la Bruyere wieder aufzuleben, und aufs neue mit seinem
Pinsel jene vortreffliche Schilderungen der Menschen und
ihrer Sitten zu entwerfen schiene, die vormals so manche
Charaktere entlarvt und in ihrer Thorheit vorgestellt
hätten; Marivaux scheint in seinen Gemälden am glücklichsten zu seyn, wo er Heucheley und angenommene Charaktere, die Verstellung falscher Freunde, die Politik des
Ehrgeizigen, den niedern Stolz des Großen, den Uebermuth des Reichen, die Kunstgriffe des Hofmanns und die
Unverschämtheit des Thoren tadelt. Die feinern
Schwächen des schönen Geschlechts, den Leichtsinn der
Jugend, die Steifigkeit der angenommenen wichtigen
                                                    Mine,

____
  *) Unterhaltungen.

..., die feinere Heucheley der Religion nebst allem dem
feinen Gefühle einer wahren Ehre und wahrhafter tugendhafter Gesinnungen wußte er recht nach dem Leben und
auf die rührendste Art zu schildern. Er begnügte sich
nicht, bloß ihre Aussenseite abzuzeichnen, er gieng tiefer
und erforschte die verborgensten Regungen ihrer Leidenschaften mit einer Neugier, die zwar allezeit weit hinein
dringt, aber zu Zeiten ohne Noth sorgfältig und übertrieben wird, und wie der Kunstrichter es ausdrückt,
scheint vltra perfektum trahi. Ich will hiemit nicht sagen, daß er die Gränzen der Wahrheit überschreitet; aber
er scheint bey Gelegenheit so zu rasniren, daß endlich
die Züge äusserst klein und fast unmerklich werden. Er
ist ein Maler, der seine Schilderungen mit einer sorgfäl-
tigen und gewissenhaften Hand ausarbeitet, er ist äußerst
dafür eingenommen; aber er weiß nicht, wenn es Zeit ist
nachzulassen, nescinne, quod bene ceßit relinquere,
sondern hört nicht auf, zu arbeiten, und zu verbessern, bis
seine Züge so fein werden, daß sie endlich keine Würkung
mehr thun. Und so wird die Aufmerksamkeit des Ken-
ners eher ermüdet, als die Emsigkeit des Künstlers nach-
läßt. Nach dieser weitgetriebne Genauigkeit des Marivaux mag der Ausspruch des ethischen Dichters entschuldigen, welcher bemerkt, daß diese Nachforschun-
gen sind:

„Like following life thro infects we dissect;
We lose it in the moment we detect.„

Wenn er daher in seinem unermüdeten Forschen zu
weit zu gehen scheint, so ist es eben die Beschaffenheit seines Gegenstandes, die ihn dazu antreibt. Und überhaupt
macht er seinen unverdroßnen Eigensinn, der ihm niemals

　　　　　　erlaube

erlaubt seine angefangne Arbeit liegen zu lassen, durch
das vortreffliche Licht, das er seinen Arbeiten giebt, und
durch die Zärtlichkeit, womit er jeden feinern Zug ausdrückt, vollkommen wieder gut. Sein Ausdruck ist zwar
zuweilen, doch nicht oft, gezwungen und übertrieben;
und der Erzbischof von Sens hat ihm in der angeführten
Rede so gar vorgeworfen, daß er in der Wahl seiner
Worte nicht allezeit rein und richtig wäre. Jede Re-
densart, und zuweilen jedes Wort ist eine Sentenz, doch
er wagte in seinen Metaphern vieles zu kühn. Man
macht ihm diese Anmerkung, damit nicht sein Exempel,
und die Nachsicht der Akademie, welche eine Art eines
richterlichen Ansehns in dem Werke des Geschmacks behauptet, eine tadelhafte Nachahmung des ihm Eignen,
das man für fehlerhaft hielt, verursachen möchte. Mar-
vaux hat irgendwo gesucht, diese Kritik dadurch zu beantworten, daß er allezeit mehr wie ein Mensch, als wie ein
Autor schriebe, und sich bemühete, seine Ideen dem Leser
in eben dem Lichte darzustellen, in welchem sie sich seiner
Einbildungskraft, die ungemein fruchtbar und feurig war,
gezeigt hätten. Der Paysan parvenu scheint dieses
Schriftstellers Joseph Andrews zu seyn; und die Marianne sein vollkommnetes Werk, sein Tom Jones. Sie
sind beide in sehr hohem Grade unterhaltend und lehrreich,
aber gar nicht nach den Regeln der Composition geschrieben, die vom Aristoteles gegeben und von seinen Anhän-
gern erklärt sind. Denn sie fangen gewöhnlich mit der
Geburt und den Verwandten der Hauptperson an, und
gehen in einer Erzählung von Begebenheiten fort, die in
der That ihrer Mannigfaltigkeit wegen unsre Erwartung
mit vieler Kunst rege machen und aufhalten. Man
möchte

möchte sie besser eine erdichtete Lebensbeschreibung nennen, als eine komische Fabel, die ihren Anfang, ihr Mittel und ihr Ende hat; wo der Einbildungskraft eine Haupthandlung vorgestellt wird, die in ihrem Fortgange sich in Schwierigkeiten hält, nach und nach in völlige Unruhe geräth, bis sie endlich auf eine unerwartete Weise sich aufklärt, und durch natürliche, oder nicht vorhergesehene Zufälle zu Ende kommt.

Crebillon.

Der Schöpfer so vieler Feien, und Feien Welten verdient eine Ehrensäule von allen Romanenschreibern, deren Armuth nur die Stäbe und Ringe der Feien zu Gebote stehen, und deren Unsinn es nie an einer Menge von Lesern fehlt, blos weil er übermenschlich ist:

*) Wie, Crebillon, wie soll ich dir vergelhn,
Der uns, was Phrynen einst geübet,
In einem Lehrbegriff aus Ninons Feder giebt,
Wie kühn ist er, die Menschheit zu entweihn!
Ihm ist die Liebe, das himmlische Gefühl
Der Zärtlichkeit in gleich gestimmten Seelen,
Sie ist ein tändelnd Puppenspiel.
Ein Zeitvertreib, wenn beßre fehlen.

Am entferntesten von ihnen ist immer der Unschuld am nächsten **).

Le Sage.

Unnachahmlich in seinen Nachahmungen der Spanier, voll der unvergleichlichsten komischen und satyrischen Züge, mannigfaltig in seinen Erfindungen, unterhaltend

Dd 5 durch

*) Wieland.
**) Bohmer.

durch die spanischen Sitten, deren genaue Kenntniß er
sich in Spanien selbst erworben hatte. Sein Meisterstück ist der Gilblas *); die übrigen merkwürdigen Romane von ihm: der Baccalaureus von Salamanca,
der hinkende Teufel, die freie Nachahmung von des
Avellanada zweitem Theile des Don Quixots.

Galland.

Brachte aus Liebe zu dem Orient, in dem er sich
selbst einige Zeit aufgehalten hatte, den orientalischen
Geschmack in die Romane. Aber nicht einen natürlichen
Abscheu vor dem abentheuerlichen hat, wer dem ersten
Erfinder seine geschmacklosen Nachahmer nicht anrechnet,
der wird die tausend und eine Nacht mehr als einmal lesen können.

Me. Riccoboni.

Der Mode zu Ehren muß ich freilich auch dies an
Romanen so fruchtbare und so empfindungsvolle Frauenzimmer nennen; ein Verzeichniß ihrer Schriften mögen
sich die Liebhaber selbst machen.

Olivier.

Ein prosaisches Heldengedicht in Ariosts Geschmack
hat viel Beyfall gefunden.

Spenser **).

Seine Feienköniginn, nebst dem verlohrnen
Paradies, den Ruhm der Engländer in der Epopee
möchte man eine Romanzenepopee nennen, denn nächst dem
Ariost hatte er die alten Romanzen am meisten vor Augen. Der Plan seiner Feienköniginn ist ein Beweiß von
seiner

____

**) Englische Uebersetzung von Smollet.
 *) Warton's Obseruations on Fairy-Queen. Hughens
Ausgabe.

seiner malerischen Phantasey. Er besteht aus einer Kette von Zaubereien, Ritter- und Riesenbegebenheiten und Allegorien, mehr aus Verwicklung, als aus wohlgeordneten Materialien. Von ihren einzeln Schönheiten läßt sich ein ganzes Buch schreiben, wie wir aus Wartons Beyspiele sehen. Die altväterische Sprache machet sie schwer, aber auch ehrwürdig.

Milton *).

*) Is not each great each amiable Muse
Of classic ages in our Milton met?
A genius universal as his theme;
Astonishing as Chaos, as the bloom
Of blowing Eden fair; soft as the talk
Of our grand parents; and as heaven sublime ***).

Glover ****).

Sein Leonidas hat den großen Beifall nicht blos
der

---

*) Birch's critical account of Milton's life and writings, Addisons Kritik, Richardsons Anmerkungen, Lauders Beschuldigungen, Newtons, Pearcens, Bentleys Ausgaben, Rolli italienische, des L. Racine vortreffliche, des Dupré gute, der Me. Boccage sehr freie französische, Trappens lateinische, Bodmers und Zachariä deutsche Uebersetzungen. Gründe für und wider das wieder eroberte Paradies.

**) Thomson.

***) Finden wir nicht jede liebenswürdige Muse des Classischen Alterthums in unsern Milton wieder? Einem so universellen Genie, als sein Thema, der uns in Erstaunen setzt, wie das Chaos, dessen Schönheit dem blühenden Eden gleicht, der sanft, wie die Sprache unserer ersten Eltern, und gleich dem Himmel erhaben ist.

****) Pembertons Anmerkungen. Eberts Uebersetzung.

der Neuerung, daß es ohne die gewöhnlichen Maschine-
reyen geschrieben ist, nicht blos seinem Thema, das dem
Nationalgeiste der Engländer so sehr schmeichelt, nicht
blos dem Umstande zu danken, daß der Verfasser es als
ein Kaufmannsdiener von zwanzig Jahren heraus gab:
Die Größe, in der Leonidas eben dadurch erscheint, daß er
unabhängig von allem übernatürlichen Beistande, die einzige Triebfeder aller Thaten ist, die Menge heroischer
Thaten, und edler Empfindungen, die Kunst im ganzen,
die Würde und Majestät in einzelnen Theilen, die schönen
Charactere und ihre Stellungen, die Richtigkeit und
Stärke des Ausdrucks, die sich immer gleiche Hoheit der
Schreibart, die ausgearbeitete Versification hat ihn zu
dem ansehnlichen Range unter den epischen *) Dichtern erhoben, den er behauptet.

Wilkie.

Seine Epigoniade besingt die Einäscherung von
Theben durch die Epigonen, oder Abkömmlinge einiger
Athenensischen Helden, die ehemals vor Theben geblieben
waren, besonders den Diomedes **)! Es war unter den
Griechen eine Tradition, daß Homer diesen zweiten Sieg
über Theben auch in einem Gedichte besungen, welches
aber verloren gegangen; Wilkie scheint sich in dem Gedanken
zu gefallen, daß in ihm dieses Werk wieder auflebt, und
er den Pfad seines Lieblingsautors betritt. Die Personen sind eben die, die in der Iliade vorkommen, und sie
spielen in der Epigoniade ihre Rollen nach den verschiedenen

---

*) Auf dem Theater hat er sein Glück nicht gemacht we-
der durch seine Boadicea noch durch seine Medea.

**) Biblioth. d. sch. W.

nen Charactern, die ihnen dieser große Zeichenmeister
angewiesen hat. Die ganze Wendung dieses schönen
Gedichts sollte einen auf die Einbildung bringen, als ob
der Verfasser die verlorne Handschrift von Homers
Werke gefunden, und eine getreue Uebersetzung davon geliefert hätte. Longin bildet sich ein, daß Homer die
Odyssee in seinem Alter geschrieben; man könnte also die
Iliade für ein Werk seines männlichen Alters halten, und
die Epigoniade für den Versuch seiner Jugend ausgeben,
wo sein Genie hin und wieder hervorbricht, und starke
Symptomata von der beständigen Flamme giebt, die
nachher in der Iliade in vollem Feuer gebrannt.

Pope.

Wie viel hat nicht die witzige Welt dem Sekretair
der Königinn Maria und der schönen Haarlocke der
Arabella Fermor zu danken, da sie beiden den Popischen
Lockenraub zu danken hat! Pope versetzte die schöne
Locke unter die Sternenbilder, und er ward durch sie der
Homer der komischen Epopee. Denn selbst vor Boileauen gebührt ihm der Vorzug in den Beschreibungen,
in dem naivern Scherze, in der Satyre, wegen der Abbo-
son den Lockenraub rerum sal nennet, in den Wendungen der Sprache, in der Feinheit und Weichlichkeit des
Ausdrucks. Der Gebrauch der Sylphen und Gnomen
zu Maschinen, wovon er die Idee aus des Villars Grafen von Gabalis entlehnte, ist ein ihm allein eignes Verdienst um die komische Epopee.

Joh. Philipps.

Die Art der komischen Epopee, welche an sich uninteressante Sachen als interessant vorstellt, erreicht ihren
Endzweck

Endzweck, wenn sie von Kleinigkeiten einen wichtigen Ton
annimt, aber auch, wenn sie Dinge, die nicht sehr in-
teresiren, als die interessantesten schildert, Dinge, über die
man lächeln würde, so übertreibt, daß sie den Bauch erschüttern müssen. Zu solchen burlesken Epopeen gehört
des Philipps glänzender Schilling eine Satyre auf die
Verschwender, das sich durch originelle Gedanken, und
originelle Schreibart, durch gesunden Witz unterscheidet.

Cambridge.

Seine Scribleriade gehört mit dem glänzenden
Schilling unter einerley Gattung und verdient eine Stelle
neben der Dunciade.

Garth.

Schrieb noch vor Popen sein Dispensatorium
oder Apothekerbuch, eine geistvolle Nachahmung des
Boileau und eine der besten Satyren auf die Aerzte, die
Versification ist schöner als der Plan, die beiden Verse:

> To such a litte origin we owe
> Young Ammon, Caesar and the great Nassau.

wurden ihm von König Wilhelm III. mit achthundert
Guineen vergolten.

Buttler *).

Die zweite Art der heroischkomischen Poesie war,
welche interessante Sachen, als uninteressante schildert, bewunderte als verächtliche, traurige als lustige u. s. f. Der
Grund ihres Interesse liegt in dem lächerlichen, das ihren
Character ausmacht. Denn lächerlich ist an einer Sache
alles, was mit dem Begriffe, so wir uns von ihrem Anstande machen, nicht übereinstimmt. Buttler in seinem
Hudi-

---

*) Townlys französ. Wafers deutsche Ueberf. Greys Aus-
gabe des Hudibras.

Hudibras vereinigt beide Arten. Denn zuerst legt er einem unbedeutenden Landjunker alle die großen Gesinnungen bey, auf welche die Independenten stolz waren, hernach zeigt er auch die Scheingröße dieser Gesinnungen von allen ihren lächerlichen Seiten. Der Hudibras enthält also theils Donquixonterien, theils Menippeische Satyre. Seine Sprache und sein Sylbenmaas sind so burlesk, so voller Anspielungen aus der Geschichte und aus dem gemeinen Leben, daß eine gute Uebersetzung beinahe unmöglich ist. Ohnerachtet aber Butler dem Hofe mit seinem Hudibras den größten Dienst erwies, ob ihn gleich Carl II. auswendig wuste: so muste man ihm doch die bekannte Grabschrift machen:

Steh, Wandrer, Butlers Bild zu sehn!
So lang er noch am Leben.
Fand sich kein gütiger Mäcen,
Ihm nur ein Mittagsmahl zu geben.
Nun hauet man ihn nach dem Tod
In prächtgen Marmor ein.
Ihr künftgen Dichter, Butlers Noth
Kann euch ein Vorbild seyn!
Der arme Dichter bat um Brod,
Man giebt ihm einen Stein.

Eh ich zu den englischen Romanen fortgehe, muß ich noch einige größere allegorische Gedichte der Engländer nennen. Daß man die größern allegorischen Gedichte unter epische Gedichte gerechnet, ist vielleicht aus dem alten Vorurtheile entstanden, daß jede Epopee eine Allegorie sey. Ihrer wahren Beschaffenheit nach könnte man sie zu den malerischen zählen. Dem sey wie ihm wolle, ich nenne hier, weil sie mir einfallen, Buckinghams Tempel des Todes, Feutrys Gedicht unter vom dem Titel,

Popens

Popens Tempel des Ruhms, Thomsons Burg der
Trägheit, Deutons Pallast des Aberglaubens, Fr. M.
Marsys, des Verfassers des Gedichts de pictura, templum Tragediæ, Voltairens Tempel des Geschmacks.
Montesquious Tempel zu Cnidos, der Boccage Nachahmung von Popen, Duschens und Zachariä Tempel der Liebe und des Friedens.

Richardson *):

) Unter einem Romane verstand man bis auf seine Zeiten ein Gewebe von *) wundersamen Begebenheiten, und das Lesen derselben war so oft für den Geschmack und für die Sitten gefährlich. Ganz andre Romane sind Richardsonsche Werke, welche den Geist erheben, welche die Seele rühren, welche durch und durch voll Liebe zur Tugend sind und die man doch auch Romane nennt. Sie sind mannigfaltige Gemälde von dem gewöhnlichen menschlichen Leben, und eben dadurch die nachdrücklichste Sittenlehre. Wer zittert nicht vor dem Character eines Lovelace? der Leser bekommt gleichsam seine Rolle mit, vermischt sich ins Gespräche, er billigt, er tadelt, er bewundert, er wird unwillig, er wird aufgebracht. In der Zeit von einigen Stunden geht er bey ihm eine Menge Situationen durch, die kaum das längste Leben darbietet. Man empfindet es, daß man sich aus ihm Erfahrung erwirbt. Richardson streut in die Seelen den Saamen der Tugend, der nur die Gelegenheit erwartet sich zu entwickeln. Er führt seine Leser
beständ-

*) Prevots franz. Uebers.
**) Diderot.
***) S. den Schwärmer St. 5.

beständig auf die wichtigsten Gegenstände des Lebens. Je
mehr man ihn liest. Er lehrt uns die feinen und un-
anständigen Bewegungsgründe unterscheiden. Er entlarvt die prächtigen Schattenbilder. Er weiß den Leidenschaften eine Sprache zu geben, den heftigsten Ausdruck und den gemäßigtern Ton. Er läßt Leute aus allen Ständen, in allerley Umständen so reden, daß man
sie sogleich an ihren Reden erkennt. Daß nichts mehr
die Glückseligkeit dieses Lebens befördere, als die Aus-
übung der Tugend, diese große Wahrheit macht er em-
pfindbar. Wer wollte ein Lovelace seyn, wenn er auch
dabey alle dessen Vortheile gewänne? Wer wollte nicht
gern Clarissa seyn, wenn er auch dabey alle ihr Unglück
ertragen müßte? Menschen! lernt von ihm euch in die
Unfälle dieses Lebens schicken! Kommt, wir wollen
mit einander über das Unglück seiner erdichteten Personen weinen! Und wenn das Schicksal uns niederschlägt;
dann wollen wir sagen: wenigstens werden die Rechtschaffnen auch über uns weinen! Für die Unglücklichen
hat Richardson das Herz am meisten einzunehmen gesucht.
Je schöner unsre Seele ist, desto feiner und vollkommener
ist unser Geschmack, desto mehr kennen wir die Natur, desto mehr schätzen wir die Werke eines Richardson. Den
Vorwurf wegen seiner umständlichen Beschreibungen wollen wir ihm von den Franzosen machen lassen.
Uns entwickeln sie die Leidenschaften, uns rühren sie in
der Stille. Diese Werke werden allen Menschen, zu
allen Zeiten, an allen Orten gefallen, wiewohl einem
mehr als den andern. Man muß einen ernsthaftern
Geschmack haben; man muß die mannigfaltigen Begebenheiten, die vielfachen Verhältnisse der Personen, die

Wir-

Verwicklungen zu übersehn Gebuld haben. Man
muß nie ermüden den erstaunlichen Umfang des Geistes
zu bewundern, der dazu gehört, in drey Romanen von
neunzehn Bänden, in jedem Handlungen von dreyßig
bis vierzig Personen auszuführen, ihre Charactere zu beobachten, zu bewundern die große Kenntniß der Gesetze,
der Gewohnheiten, der Gebräuche, der Sitten, des Lebens, des menschlichen Herzens, den unerschöpflichen Reichthum an Moral, an Erfahrungen, an Bemerkungen.

Fielding *).

Seit dem Harlekin auf diejenigen geschmähle hat,
welche Fieldingen und Cervantes in eine Klasse setzen,
wage ich es nicht mehr sie mit einander zu verwechseln,
sondern setze mit ihm Fieldings Stärke in die Stellungen nach dem Leben und in die moralischen Küchenstü-
cke. Sein **) erster Roman war das Leben von Jo-
nathan Wild. Aber er reicht lange nicht an seine drey
größern und vollkommnern Werke. Im Joseph Andrews zeigte sich zuerst sein Genie in seiner rechten Sphäre, indem er hier Gelegenheit hatte erdichtete Handlungen des gemeinen Lebens in romanhaften Ton und mit
Laune zu erzählen. Doch machte er hier den Plan zu
eingeschränkt für seine starke Einbildungskraft. Die
Haupthandlung war zu unbeträchlich, als daß sie die
Verschiedenheit des Characters und die mannigfaltigen
Erfolge hätte hervorbringen können, die man in solchen
Geschichten erwartet. Es hierinn zur Vollkommenheit
zu

―――――――

*) Sein Leben und die Ausgabe seiner Werke hat man
    dem A. Murphy zu danken.

**) Unterhaltungen.

zu bringen, war für seinen Tom Jones aufbehalten. Hier ist die strengste Einheit der Handlung mit einer Menge schöner Episoden und Mannigfaltigkeit der Charactere verknüpft. Fabel, Sittenlehre, Sentiments und Schreibart sind alle so gewählt und ausgeführt, daß sie die strengste Kritick nicht scheuen dürfen. Seine Amalia endlich hat zwar noch viele Kennzeichen eines Genies aber eines erschlaffenden. Sein erfinderischer Geist scheint auch hier noch nichts von seiner Fruchtbarkeit verloren zu haben, seine Urtheilskraft scheint noch eben so stark. Aber die Hitze seiner Einbildungskraft hat sich verloren und Fielding ist nicht mehr der vorige glückliche Maler von den Auftritten des gemeinen Lebens. Die Personen erzählen mehr als sie agiren. Ihre Charactere haben das Hervorstechende nicht, das er ihnen sonst zu geben wuste, die Laune ist nicht mehr so wohl getroffen.

Sterne.

Verfasser des Tristrams Shandy bey aller seiner Weitläuftigkeit beliebt wegen seines Humors. [)*]

Ee 2

Klop-

*) Hawksworth, einer der Mitarbeiter an dem Schwärmer hat einen orientalischen Roman Almoran und Hamet geschrieben, in welchem man den Geist nicht verkennt, welchen man in seinen morgenländischen Allegorien zum Schwärmer bewundert. So hat auch der Verfasser des Ramblers Johnson einen vortreflichen Roman von der Art: Rasselas, Prinz von Abyßinien geschrieben. Des Robinson Crusoe muß ich wenigstens in einer Anmerkung nennen. Feutry hat den Franzosen eine freye Nachahmung davon gegeben. Deutsch-
land

Klopstock.

Wird einst ein deutscher Addison eine Kritik über
die Meßiade schreiben: so wird dieses die beste Lobrede
eines Dichters, der über alles unverständige Lob wie über
allen unvernünftigen Tadel erhaben ist, und die Ergän=
zung einer wichtigen Lücke seyn, die ich hier wider meinen
Willen lassen muß. Diese Ergänzung wird aber ver=
muthlich nicht eher geschehen, als bis der lang erseufzte
Tag kommt, an dem der noch verhüllte Theil des den
Wolken benachbarten Tempels in seiner ganzen Majestät
hervorgehen wird.

Bodmer.

In seinen epischen Gedichten vornemlich seinem
Noah lobt man den erfinderischen Geist, die patriar=
chalische Simplicität, die moralisch schönen Stellen, viele
trefliche Situationen, die malerische Phantasie: aber
eben so sehr tadelt man den Mangel des epischen Plans,
des Wunderbaren, die unvollkommne Ausbildnug der
Charactere, die wenige Grazie im Ausdruck, die Liebe
zu gewissen Beywörtern. Seinen ganzen großen Vor=
rath von epischen Gedichten wird die Sammlung fassen,
die er Calliope nennt, und deren erster Theil die Sünd=
fluth, Jacob, Rahel, Joseph, Jacobs Wiederz=
kunft, Dina, Colombone. Der zweite den Par=
cival, Zilla, Inkle, Monima, die Rache der
Schwester, des Coluthus geraubte Helena, die ge=
raubte Europa, die sechs ersten Gesänge der Illas
enthält.

Zacha=

land hat eine so ungeheure Menge abgeschmackter
Nachahmungen davon, daß sie in Romanenverzeich=
nissen eine eigene Rubrick sind.

Zachariä.

Hat Popen in der komischen Epopee keinen Vorzug, als die Ehre des Vorgängers, vielleicht auch in der Feinheit der Satyre und Delicatesse des Ausdrucks, gelassen. Das aber hat er noch vor ihm voraus, daß er mehr als ein komisch Gedicht geschrieben ohne sich zu erschöpfen oder zu einförmig zu werden. Nach der gegründesten Rangordnung stehen sie so: *) Phaeton, das Schnupftuch, **) die Verwandlungen, ***) der Renommist, das Aergerniß der galantern Welt, die aber sehr irrig sich einbildet, der deutschen Autoren Umgang wären lauter Arabellen, der Murner in der Hölle, das einzige in Hexametern geschriebne, die Tagosiade, frey vom Zwange des Reims und der römischen Füße, — laßt das sterbliche Lied untergehn! — endlich Hercynia, oder eine unbedeutende poetisch prosaische Reisebeschreibung von einer Tour auf dem Harze, glücklichen Einfarrth in eine Grube, darauf erfolgten Schmause, und gesungnen schlechten Bergsängerliedchen auf den Frieden.

Wenn man die Meinung derer annimmt, welche den bekannten Anfang der Aeneas: Ille, ego qui quondam etc. dem Virgil zueignen: so muß man sich wundern, warum Zachariä in dem Eingange seines Cortes die Leser nicht an seine komischen Epopeen erinnert. Nach den ersten vier Gesängen zu urtheilen scheint zu befürchten

Ee 3

ten

---

*) Franz. Uebers. im Journal Etranger.

**) Franz. Uebers. in Hubers Choix des Poesies Allemandes.

***) Franz. übers. 1761.

ten zu seyn, daß Ungleichheit und vielleicht auch fehler-
hafter Plan der Character dieser Epopee werden möchte,
wenn nicht ermunternde Stimmen sich mit den warnenden, wie die schönen Stellen im Cortes mit den matten
vermengen.

Wieland.

Seine Prüfung Abrahams zwar keine bewun-
drungswürdige Epopee, aber doch ein kleines gutes hi-
storisches Gedicht, von dessen moralischen Nutzen der
Poet selbst mehr überzeugt ist, als von seiner großen poetischen Schönheit. Die fünf Gesänge von Cyrus sind
ein Fragment eines Heldengedichtes, das der Anlage nach
sehr weitläuftig und ohne Maschinen hatte werden sollen. Den Character der Panthea, der noch in dem
Cyrus hatte vorkommen sollen, hat er in Prosa ausgeführt, in einer dramatischen Erzählung, und in ihr das
Ideal der höchsten moralischen Schönheit geschildert.
Von der Panthea auf den Don Sylvio von Rosalva
ist ein sehr unbegreiflicher Uebergang, so sehr er ihn auch
in der Vorrede durch das Attestat eines Predigers hat
beschönigen wollen. Die Idee des Romans ist aus dem
Cervantes. In der Ausführung ist Fielding sein Muster. Aber viele wollen zweifeln, ob die Laune Wielands
vorzüglichstes Talent sey. Zum Beweis, daß er sich in
seiner jetziger Sphäre gefalle, hat Wieland schon wieder
einen andern Roman angefangen, dessen Schauplatz er
zwar nach Griechenland, aber nicht in des Plato Academie verlegt, dessen Held Agathon, ein tugendhafter aber
dabey lebhafter Jüngling ist, der in dem ersten Theile
von einem epicurischen Sophisten und der buhlerischen
Danae verführt wird, in dem zweyten mit der Danae

zugleich

zugleich zur Vernunft kommt. Die Schreibart ist zur Nachahmung der griechischen Romanschreiber blühend, zuweilen, wenigstens des Verfassers Absicht nach, voll Laune, voll Marivaurischer nicht selten ermüdender Reflexionen, voll Crebillonscher, oder wie man nunmehr sagen kann, Wielandischer Schlüpfrigkeit.

Kleist.

Sein Cißides und Paches, ein kleiner kriegerischer Roman, wie er ihn selbst nennt. Bey Kleisten heißt kriegerisch nicht so viel als rauh; sondern es ist eine Folge zwar schrecklicher aber mit Kleistischen Pinsel ausgeführten Gemälde.

Uz.

Der Sieg des Liebesgottes, kann um allen Streit zu vermeiden, ein komischer Roman in Versen genennt werden.

Dusch.

Seinen komischen Epopeen dem Toppee und dem Schooshunde, ist der zweyte Rang nach den Zachariäschen angewiesen. Einen ansehnlichern Rang verdient er vielleicht unter den Romanschreibern wegen seines Orests und Hermione, welches in der poetischen Prosa des Telemachs geschrieben ist.

Gellert.

Ihr Schönen, die ihr euch durch die Schwedische Gräfinn zur Lesung der Richardsonschen Schriften vorbereitet habt, schämt euch nicht einen solchen Roman gelesen zu haben! Vergeßt der Eindrücke nie, die sie auf euch machte: Danket dem Verfasser vor das, was er euch gegeben hat, und was er euch hätte geben können.

 Rost.

Rost.

Man kennt sein vortreflich komisch-episches Gedicht, das Vorspiel.

v. Thümmel.

Was die Landprediger zu seiner Wilhelmine gesagt haben — die Deutschen sind unartiger gewesen, als die Französischen bey Gelegenheit des Pultes — erzählt er selbst in der Vorrede. Unter den Hofmarschällen werden wenige die Satyre empfunden, einige sich geärgert haben, daß ihr College seiner Würde uneingedenk das pedantische Bücherschreiben nicht den Gelehrten überlassen, andre den Gebrauch von seinem Gedicht gemacht, den sie vom Herrn und Diener machen, andre bey dem Glas Champagner über den knisternden Atlas und das Gleichniß von der Malerschule commentiren. Die Kenner und die Liebhaber des ächten feinen Scherzes haben dem Verfasser zugerufen: Du, der du allein es dahin bringen kannst, daß deutscher und reißender Scherz gleichgeltende Ausdrücke werden, ermüde nicht die schöne Druckerpresse durch deine Werke zu verewigen!

Löwen.

Da der Verfasser selbst seiner Walpurgisnacht mit Zittern eine Stelle unter seinen Schriften einräumt: so werden auch seine meisten Leser davor zurückzittern, wie vor Hexen. Er, der den Pegasus nie sonder Fallen ritt, sitzt auch in der Marquise nicht allzu feste. Eine alltägliche Erfindung, langweilige, gedehnte Ausführung, matter, zuweilen gar pöbelhafter Scherz sind Bewegungsgründe genug die Marquise in dem Buchladen für Kranke gleich neben seine Walpurgisnacht einzutragen.

Geschich-

Geſchichte der Miß Fanny Wilkes.

*) Wenn man mit dem Verfaſſer unzufrieden ſeyn muß, daß er ſeine Geſchichte zu ſehr verwickelt, die tragiſchen Situationen häuft, und das empfindlich gewordne Herz am Ende unbefriedigt läßt, daß ſeine Charactere das Intereſſe zu ſehr theilen, daß er zuweilen zu ſichtbare Nachahmungen macht, ſo muß man hingegen auch geſtehn, daß es ihm an Genie, Laune, Lebhaftigkeit, Empfindung, Kenntniß der Welt und des menſchlichen Herzens nicht fehlt, daß er die Sprachen verſteht, und daß er gut ſchreibt. Fielding iſt ſein Muſter, und er wäre kein ſchlechter Nachahmer, wenn er ſich nur das Wunderbare nicht zu ſehr verleiten laſſen. Der Verfaſſer ſoll ein Prediger in dem Brandenburgiſchen ſeyn.

Siebzehntes Kapitel.
Von dem Drama.

I. Theorie.

Die nahe Verwandſchaft des Dramas mit der Epopee überhebt mich aller Mühe auf einen geſchickten Uebergang zu ſinnen. Der ganze Eingang ſoll aus der Anführung einiger Bücher zu der Geſchichte des Dramas beſtehn. Ludwig Riccobonis Geſchichte der italiäniſchen Schaubühne, erzählt die Alterthümer derſelben von dem Untergang der römiſchen Bühne bis auf

Ee 5   das

*) N. Bibl. d. ſch. W.

das Jahr 1727. Cebors Theatre d'Italie enthält eine
Uebersetzung der besten italiänischen Stücke. Vor den
ersten Band ist eine Geschichte der italiänischen Bühne
vorausgeschickt, nebst einer Vergleichung des italiänischen
und französischen Trauerspiels, vor den Lustspielen steht
eine Abhandlung von den italiänischen comischen Schriftstellern nebst kurzen Lebensbeschreibungen. Fontenelle
entwirft die Geschichte des französischen Theaters bis auf
die Zeiten des Corneille. Die vollständigsten Geschichten
dieses Theaters sind die von Parfaict in funfzehn, und
die von Beauchamp in drey Theilen in 4. Wie alles,
so ist auch die theatralische Historie des Franzosen in die
Form eines Dictionairs gebracht. Die italiänische
Bühne zu Paris hat ihre besondern Geschichtschreiber.
Von dem eigentlichen französischen Theater sind des Che-
valier Mouhy Tablettes dramatiques die compendiöse-
sten Nachrichten. Zur Geschichte des englischen
Theaters gehören: Langbains Leben und Character der englischen dramatischen Dichter von Gildon
fortgesetzt, Cibbers Leben der vornehmsten Acteurs
und Actrizen; Chetwoods theatralische Geschichte,
Victors Geschichte der londner und dubliner Theater,
vornemlich endlich the Companion of the Playhouse or
an historical account of all the dramatick Writers from
the commencement of our theatrical exhibitions down
to present year 1764 in the form of a Dictionnary
2. Vol. 12. Das deutsche Theater hat sehr zeitig Geschichtschreiber gefunden, aber auch solche, wie sie ein
Theater in seiner Kindheit verdient. Man kennt den
Gottschedischen Vorrath, der das Beywort, nöthig,
sehr unrecht auf dem Titel führt. Wer ein Verzeichniß

unsrer

unsrer alten Fastnachtsspiele wissen, oder sich von den
Verdiensten des seligen Mannes um unsre Bühne unterrichten will, kann sich daselbst Raths erholen. *) Er
hat allerdings Verdienste um das Theater: aber Verdienste nicht des Dichters, sondern allenfalls eines Di-
rectors. Die Abschaffung der schlechten Burlesken,
die er mit sehr mittelmäßigen, auch vielen elenden Uebersetzungen seiner Schüler ersetzte, und andre Kleinigkeiten,
die mehr die Policey des Theaters, als seine magische
Kunst betreffen, ist alles, was man noch von ihm loben
kann. Die Geschichte seines längst vor ihm gestorbenen
Lärvs, seiner Kriege mit der Neuberinn u. s. f. findet
man ausführlich in Löwens theatralischer Geschichte,
eines Schriftstellers, von dem ich eben das glaube, was
er von Gottscheden sagt, daß seine **) Directordienste größer sind, als seine poetischen. Seine Geschichte ist eine
Chronologie der deutschen Schauspielergesellschaften reich
an Anecdoten und Privatnachrichten, worzu vermuthlich
seine Frau, der Melpomene gewesene Priesterinn, das
ihrige beygetragen. Die vier Stücke der Beyträge
zur Aufnahme des Theaters, woran Lessing, Mylius, und einige andre gearbeitet, enthalten theils historische, theils theoretische Aufsätze. Lessing trennte sich aber
bald von jener Gesellschaft, und schrieb seine theatralische Bibliothek nach einem bessern und eingeschränktern
Plane. Aber auch diesen hat er leider noch nicht ausgeführt. So weit sie jetzo heraus ist, enthält sie:
Chastl-

---

*) Löwe.

**) Könnte ich doch hier einer allgemeinen Geschichte des
   Theaters, die das Publikum aus Weißens Feder zu
   hoffen hat, schon als einer erschienenen gedenken!

Chaßirons Abhandlung von der weinerlichen Komödie,
Gellerts Programm von dem rührenden Lustspiel,
Thomsons Leben, Auszug aus eines Spaniers Virginia; Auszug aus des Remond von Saintalbin Schauspiele, Leben des Destouches; Vertheidigung des Leßing-
schen Lustspiels: Die Juden; Kritick über einige Trauerspiele des Seneca, Riccobonis Geschichte des italiänischen Theaters, Auszüge aus des Trißino Sopho-
niabe, Rucelai Rosmunde, und Bibienas Calandra; des Dubos Abhandlung von der Vorstellung der
Alten; ein chronologisches Verzeichniß der englischen
dramatischen Dichter; und Entwürfe ungedruck-
ter Lustspiele, die auf dem Italiänischen Theater zu Paris
gespielt worden sind. Was können wir uns aber nicht
von seiner angekündigten Dramaturgie versprechen! Ueber
die Theorien der dramatischen Kunstrichter haben sich von
je her die dramatischen Schriftsteller beklagt, und sich
kühner gegen sie aufgelehnt, als die Dichter aller andern
Gattungen. In der That braucht auch vielleicht keine
Theorie noch mehr Bearbeitung, als die theatralische;
und in der That ist auch keine schwerer, da sich in ihr
gleichsam alle andre vereinigen, da Philosophie, Geschmack, Kenntniß der Welt, und des menschlichen Herzens die nöthigen Erfordernisse dazu sind. Eine sehr
lange Zeit hindurch ist Aristoteles die einzige untrügliche Quelle theatralischer Regeln gewesen. Die ersten
Verbesserungen der neuern dramatischen Dichtkunst ge-
schahen gemeiniglich nach seinen Grundsätzen. Die Genies, die nachher aufstanden, trugen seine Fesseln mit
solchem Anstand, daß die Kunstrichter nunmehro nur
darauf bedacht waren aus diesen großen Mustern zu zei-

gen, wie sich die Aristotelischen Regeln auf unsre Zeiten
anwenden lassen. Corneille erhob sie zur Herrschaft über
das von dem griechischen so sehr unterschiedne französische
Theater, nicht allein durch sein großes Beyspiel, sondern auch durch die kritischen Untersuchungen, die er nach denselben über seine eignen Werke anstellt, durch die drey Abhandlungen von dem Nutzen und den Theilen des dramatischen Gedichts, von dem Trauerspiele, und von den drey Einheiten, die *) das Ansehn der Commentare das Cäsars und der
militärischen Betrachtungen des Marschalls von Sachsen
verdienen, in denen er mit offenherziger Großmuth nicht
weniger von seinen Niederlagen als von seinen Siegen
spricht. Corneille erinnert mich an des Voltaire Commentar über denselben, der, wenn er auch eine Menge Sachen enthält, die andre und zum Theil Voltaire
selbst in einzeln Aufsätzen besser und kürzer gesagt
haben, doch auch von nützlichen und neuen Anmerkungen
nicht ganz leer ist, wie man sie an dem Dichter der Zaire und einem solchen Feinde der Traditionen erwarten
muß. Hedelin d'Aubignac wollte ein neuer Aristoteles werden. Ohne große Kenntniß der Welt oder des
Theaters, grübelte er eine Menge überflüßiger Regeln
über wesentliche und zufällige Theile der dramatischen
Dichtkunst aus. Aber die Klügern spotten seiner tyrannischen Gesetze, und hören nicht auf den bittern Vorwurf
zu wiederholen, daß er selbst die unglücklichste Probe von
der Praxis seiner Theorie gegeben. Des Brumoy grie-
chisches Theater gehört eigentlich zu den historischen Büchern. Denn gute Auszüge aus den theatralischen Werken der Griechen und leibliche Uebersetzungen empfehlen
es

*) Cesarotti.

es mehr als die kritischen Betrachtungen. Auf dem
Theater selbst soll Brumoy mit dem Hedelin einerley
Schicksal erfahren haben. Die Frau Lenox hat in ihrer englischen Uebersetzung, das Werk des Brumoy nicht
allein mit nöthigen Zusätzen bereichert, sondern auch seine etwas unangenehme Schreibart zu verbessern gesucht.
Diderot hat zuerst Muth gehabt, einige Neuerungen
zu wagen, die bestomehr Beyfall gefunden, da er glücklicher als Hedelin eigne Beyspiele zu seiner Theorie gegeben. Die kritischen Gespräche über seinen natürlichen
Sohn, und die Abhandlung von der dramatischen Poesie enthalten neue, und bor neu ausgegebene, gründliche
paradoxe Bemerkungen. Chassirons Abhandlung von der
weinerlicher Komoedie eigentlich ist wider den la Chaussee,
gerichtet und beklamirt wider die rührende Komödie, die er
aus Spott die weinerliche nennt. Das mechanische in der
theatralischen Kunst betreffen: Remond von St. Al-
bins Schauspieler, der aber mehr mit Metaphysick amu-
sirt als practische Regeln giebt, Er. Riccobonis
Schauspielkunst übertrift seines Vaters Gedanken von
der Declamation, und giebt aus seiner Erfahrung dem
Acteur kurze gute Regeln, Grimarets schöne Abhandlung über das Recitiren überhaupt und das theatralische
ins besondere. Die theoretischen Schriften der Engländ-
der, die ich kenne, sind Drydens Gespräch über die dramatische Poesie, wovon Leßing in der theatralischen Bibliothek einen Auszug zu geben angefangen, Guthries
Essay on English Tragedy, welches doch mehr eine hi-
tzige Widerlegung des le Blanc ist, Humens Abhandlung vom Trauerspiele, oder von dem Vergnügen aus
unangenehmen Gegenständen, und Wiltes Betrachtung
der

der Bühne, der nicht allein die Theorie des Dramas, sondern auch die Vorstellungskunst und etwas von der Geschichte ausgeführt hat. Was die Deutschen geleistet haben, besteht aus J. E. Schlegels Aufsätzen, aus denen die kritischen Einsichten hervorleuchten, die ihn zum Reformator unsrer Bühne geschickt machten, der wichtigste und der den meisten Nutzen gestiftet hat, ist von der Würde des Ausdrucks im Trauerspiel, aus Gellerts Programm von der rührenden Komödie, aus den Abhandlungen über das Trauerspiel und desselben Sittlichkeit in der Bibliothek der schönen Wissenschaften, aus einigen Briefen über die Neueste Litteratur, aus Mösers Harlekin, von dessen Hand eine Sammlung lauter solcher Arlequiniana eine Collection seyn würde, in der Laune, Witz, Lecture und Philosophie angenehmer abwechselten, als Possen und Bonmots einer französischen Sammlung unter diesem Titel.

Das Drama ist von der Epopee durch nichts unterschieden als durch die Form des Gesprächs und durch den Endzweck der Vorstellung. Die Theorie zerfällt also natürlicher Weise in drey Theile. Zuerst muß ich die Anwendung der Regeln der Epopee auf das Drama zeigen, dann von dem Unterschied reden, den die Form des Dramas macht, und endlich etwas von dem sagen, was sein Endzweck erfordert.

Eine Haupthandlung oder die Einheit der Handlung hat das Drama von Alters her mit der Epopee gemein. Shakespear und seine Zeitgenossen hatten bey ihren meisten Stücken, die sie Historien nennen, nicht die Absicht eine Epopee, sondern eine Reihe von Begebenheiten

heiten auf die Bühne zu bringen. Nach ihrer Absicht muß
man sie beurtheilen und ihnen den Mangel der Einheit,
die sie nicht beobachten wollten, als keinen Fehler anrech=
nen.   Handlung nennte ich oben ein Unternehmen mit
Wahl und Absicht.   Zeigt sich der Character der Haupt=
person in der Wahl und Absicht, so entstehen daher
die Intriguenstücke; äußert er sich in dem Unter=
nehmen selbst, so sind es Characterstücke.   Alle
Arten von Leidenschaften sind die Triebfedern der
Handlung.   Die Liebe ist eine sehr abgenutzte.   Das
Sujet wird, wie in der Epopee ganz oder zum Theil er=
dichtet,   aus der Geschichte oder aus der Tradition ent=
lehnet.   Die handelnden Personen sind alle die, welche
in der Epopee auftreten, mit der einzigen Ausnahme,
daß der Endzweck der Vorstellung verbietet, Thiere,
Pflanzen und leblose Geschöpfe einzuführen; man mü=
ste denn mit Klopstocken den Endzweck der Vorstel=
lung für etwas zufälliges halten.   Doch vertreibt jener
Endzweck Götter, Sylphen, Feien, und überhaupt die
Geschöpfe der Einbildungskraft nicht.   Denn ihnen
kann die Gestalt gegeben werden, unter denen sie dem ge=
meinen Glauben nach den Menschen zu erscheinen pflegen.
Das italiänische Theater hat hier etwas besonders, nem=
lich die vier Zani oder characteristische Personen, Perso=
nen von einem bestimmten und daher dem Zuschauer
schon im voraus bekannten Character.   Harlekin, des=
sen wenigstens unächte und Stiefbrüder die Herren
Brighella, Scaramouche, Mezzetins, Trivelins,
(Scapine, Crispins, und Nikodemuße) sind, Pan=
talon, der Doctor und der Capitain sind die vier
Zani,

Zani, die aus den vier verlarvten Personen des alten italiänischen Theaters entstanden seyn sollen. Die weiblichen: Colombine, Flaminia, Isabelle, und Hortense sind neuern Ursprungs, so wie die Lelios und Leanders. Die Regeln der Epopee von den Characteren, ihrem Contraste u. s. f. können mit leichter Mühe auf das Drama angewendet werden. Das wichtigste in der Theorie des Damas ist die Anwendung der Lehre von dem Interesse. Die Arten von Interesse, die bey dem Ausgange der Haupthandlung herrschen, werden, wie in der Epopee, Gelegenheit zu wichtigen Eintheilungen geben. Interessiren hieß Empfindungen erregen, die sanftern so wohl als die heftigern, welche man Leidenschaften nennt. Das Interesse erregt Empfindungen, aber nicht allezeit die angenehmsten. Sollte aber in diesem Falle das Interesse nicht mit dem Endzwecke der Poesie streiten? Diese oft aufgeworfene Frage wird am besten beantwortet, wenn man sagt, daß, wenn es eine sanftere unangenehme Empfindung ist, sie den Endzweck wenig störe, wenn sie aber heftiger ist, selbst aus der Stärke der Bewegung des Affects eine Art von Vergnügen entstehe, beide aber, wenn sie der Dichter aufhören läßt, eben das Vergnügen erwecken, das man empfindet, wenn man von einem schrecklichen Traume erwacht, und dann über die Wunder der Illusion erstaunt. Das Drama, dessen Interesse bey dem Ausgange der Haupthandlung, Leidenschaft erregt, wird Trauerspiel, das aber, dessen Interesse am Ende der Fabel Vergnügen erweckt, Lustspiel genannt. Was also zuerst das Trauerspiel anbetrifft: so muß, wie in der Epopee, der Held desselben und sein Character interessen. Von seiner

Süt-

Sittlichkeit gilt eben das, was bey der Epopee gesagt worden.

Die Haupthandlung der Tragödie entspringt aus Leidenschaften und erregt Leidenschaften. Die Leidenschaft bewegt den Willen der Hauptperson zu der Handlung. Die im Zuschauer erregte Leidenschaft muß seinen Willen auch zu einer Handlung bewegen. Aber nun ist die Frage, ob zu eben der, zu welcher die Hauptperson von ihrer Leidenschaft getrieben ward? Gewiß nicht! denn da bewöge sie ihn zu einer Handlung, die Mitleid, Zorn, Haß, Schrecken u. s. w. erregte. Sie wird ihn also vielmehr zu dem Entschluß bewegen, die Leidenschaft bey sich zu unterdrücken, aus der die Haupthandlung entstanden. Wäre dieser Entschluß von Bestand und käme er zur Vollstreckung: so hätte der Zuschauer dem Trauerspiele die Reinigung von den Leidenschaften zu danken, deren schreckliche Folgen es ihm sinnlich macht. Aristoteles glaubte, daß dies allezeit geschehe, und machte daher die Reinigung von den Leidenschaften so gar zum Endzweck des Trauerspiels, aber der Entschluß pflegt von keiner längern Dauer, als der erregte Affect, zu seyn, und dieser legt sich meistens schon durch eine muntere Polonoise des Orchesters. Das Trauerspiel, wie schon gesagt, interessirt am Schluße durch die Leidenschaften erregende Hinwegräumung der Hindernisse. Welche Eigenschaften der hindernden Person die Hindernisse erzeugen, die müssen hinweggeschaft werden; die von ihr getrennt werden können, durch die Trennung, wenn sie aber von ihr unzertrennlich sind, wenn die ganze Person Hinderniß ist, bleibt keine Art der Hinwegschaffung als der Tod übrig. Ehedem glaubte man, daß nicht ein

Drü

Person jedes Standes geschickt wäre, das Interesse der
Tragödie zu befördern.   Aber sehr irrig! Nicht ihr
Stand, sondern ihre Eigenschaften und Umstände müssen
dabey in Erwegung gezogen werden.   Nur so viel ist
wahr, daß bey Menschen gewöhnlichen Standes, theils
eine Ursach der Bewunderung weniger ist, theils die Betrachtung hinwegfällt: So man das thut am grünen
Holz, was will am dürren werden? Hingegen ist auch
das Mitleid allgemeiner und stärker gegen Personen, die
in keiner so großen Entfernung von dem größten Haufen
der Menschen sind.   Daher hat man in neuern Zeiten
bürgerliche Trauerspiele zu schreiben angefangen.
Aus dem Interesse des Trauerspiels muß die Nothwendigkeit seines erhabenen und pathetischen Ausdruckes
hergeleitet werden.   Die zweite Art des Dramas war
die Komödie, deren Wesen darinnen besteht, daß ihre
Fabel am Ende beluftigt.   Das Lächerliche ist ihr
ganz eigen.   Lächerlich aber ist an einer Sache alles,
was mit dem Begrif, so wir uns von ihrem Anstande
machen, nicht übereinstimmt.   Die Belustigung bey
lächerlichen Gegenständen entsteht aus der anschauenden
Erkenntniß, die wir dadurch entweder von unserm eignen
Anstande oder von unsrer Fähigkeit bekommen, den Uebelstand an andern bemerken zu können.   Jene Erklärung
des Lächerlichen begreift so wohl des Aristoteles Uebelstand ohne Schmerz, als Mösers Größe ohne Stärke.
Moralisch gute Handlungen sind nicht lächerlich, aber sie
vergnügen.   Moralisch fehlerhafte Handlungen können
an sich nicht vergnügen; aber sie haben ihre lächerliche
Seiten, von diesen zeigt sie der komische Dichter.   Das
Vergnügen zu vermehren bildet er sin Ideal eines höchst-

lächer-

lächerlichen Characters, übertreibt den Character, und
weiß durch die dramatische Illusion der Gefahr der
Unwahrscheinlichkeit vorzubeugen. Einer lächerlichen Sache fehlt es in diesem oder jenem Puncte an dem gehörigen
Anstande, aber deswegen ist sie nicht ganz unanständig,
sonst wird sie nicht belacht, sondern verachtet.   Unan-
ständiger Gegenstände enthält sich die Komödie ; sie
müste denn in das Possenspiel ausarten wollen.   Da
aber das Lächerliche ein relativischer Begriff ist, und der
Pöbel sich andre Begriffe von An- und Uebelstand macht,
als der Gelehrte und der Mann nach der Welt, ja da der
Gelehrte und der Weltmann auch Stunden haben, in
welchen ihre Seelen bis zum Pöbel herabgespannt sind,
oder herabgespannt seyn wollen: so wäre es zu tyrannisch,
wenn man diese Possenspiele ganz ausrottete.   Satire,
Humor, Witz, komische Situationen, Theater-
spiele, familiäre Sprache u. s. f. sind die gewöhnlichen
Rüstzeuge der Komödie.   Ihr Sujet wird erdichtet,
oder aus der Geschichte entlehnt.   Ihre handelnden Personen sind die schon oft genannten.   Wenn es Götter und
Fürsten sind, bekommt sie den Namen der heroischen.
Am Ausgang soll die Komödie belustigen.   Wenn sie im
Anfang und Mittel, statt auch da zu belustigen, Leidenschaften erregt, wird sie die rührende genannt.   Die
Tragikomödie ist ein Unding, wenn man nicht, wie es
insgemein geschieht, Trauerspiele, die sich freudig endigen,
heroische und rührende Lustspiele darunter versteht.   Was
von den Nebenhandlungen in Trauer- und Lustspielen
außer ihrer Unterordnung gesagt werden kann, läßt sich
leicht von der Haupthandlung auf sie anwenden.   Die
Lehren von ihrer Unterordnung, und ihrem Contraste

von

von den Maschinen, worunter die Davi der Komödie und die Vertrauten der tragischen Helden gehören, von den Episoden, von Schürzung des Knoten, und dessen Auflösung, von den Situationen, von dem Plan, alle diese wichtige Lehren sind nach dem so kurzen Umfange meiner Theorie auf das Drama angewendet genug, wenn ich sie nur genennt habe. Ich gehe zu der Form der dramatischen Erzählung fort. Sie besteht in einer Reihe von Gesprächen zwischen den handelnden Personen. Die Verbindung der Gespräche entsteht aus der Verbindung der Handlungen. Ein Theil der Haupthandlung oder eine Nebenhandlung veranlaßt ein Gespräch, beide entweder dadurch, daß sie geschehn, oder daß sie geschehen sind. Ein wesentlich Stück des Diderotischen Systems ist, daß der Poet sie mehr von Handlungen des gemeinen Lebens, die auf der Bühne vorgehn, veranlassen soll, als es bishero gewöhnlich gewesen. Welche Handlungen der Dichter vor den Augen des Zuschauers vorgehn lassen könne, muß ihn die gesunde Vernunft, die Oekonomie des Stücks, und die Kenntniß der Sitten seiner Nation lehren. Die Regeln des Dialogs giebt die Redekunst, die Erfahrung und das Genie. Jener Reihe von Gesprächen giebt man gewöhnlicher maßen gewisse Abschnitte und Ruhepuncte, so oft ein wichtiger Schritt zur Verwicklung oder zur Katastrophe geschehen ist. Diese Ruhepuncte heißen Acte, Aufzüge, Handlungen. Der Anfang, das Mittel, das Ende der Haupthandlung, die Vorbereitung, die Verwicklung, die Katastrophe giebt die natürlichste Abtheilung in drey Aufzüge an die Hand. Oft aber ist einer dieser Haupttheile reicher an Stof als der andere, so daß der Zuschauer mehr Ruhepuncte nöthig

hat. Dieser Fall ist meistentheils bey dem mittlern
Theile der Haupthandlung, der außer der Verwicklung
auch die Katastrophe vorbereiten soll. In solchen Fällen ist es erlaubt mehrere Aufzüge zu machen. Doch
verstattet die Gewohnheit nicht mehr als fünfe, weil
bey mehrern entweder die Abschnitte ohne Noth vermehrt, oder das Stück von einer allzuverdrüßlichen Länge werden würde. Horaz erlaubte nicht einen einzigen
Act weniger als fünfe. Die Neuern aber haben so gar
Stücke von weniger als dreien geschrieben, wozu die
Nachspiele, die nächst Molieren vornemlich la Motte
Mode gemacht, die Veranlaßung gewesen sind.. Wenn
das Stück wenig Stof oder wenig Interesse hat: so ist
es gut, wenn es nicht weiter ausgedehnt wird, als Stof
und Interesse zureichen wollen. Außerdem aber wird
entweder die Handlung in einem so engen Raume nicht
gehörig entwickelt, oder der Zuschauer wird um die nöthigen Ruhepuncte betrogen. Die Unterabschnitte, die
man Scenen nennt, entstehen so bald sich ein neues Gespräch anfängt. Wenn man sich mit jemand unterredet,
wird man niemals bey Seite reden, als entweder mit
einer dritten Person, oder wenn man in solchen Affect
geräth, daß man seine Freude, seinen Unwillen, seine
Entschließung vor sich hinmurmelt. In beiden Fällen
läßt auch der Poet seine Personen vor sich reden, und er
hat vor die Wahrscheinlichkeit genug gesorgt, wenn er uns
nur durch die Folge überredet, daß es der andere nicht
gehört habe. Niemals aber müssen die bey Seite dazu
dienen, einem Bedürfnisse des Poeten abzuhelfen, niemals
übermäßig gehäuft werden. Eben so wird der Monolog nur durch die Hitze des Affects entschuldigt, und ein
größter

größter Fehler ist die Länge. Endlich auf den Endzweck des Dramas die Vorstellung zu kommen, so pflegt man vor ihr insgemein die beiden Einheiten des Orts und der Zeit herzuleiten. Man verlangt die Einheit des Orts, weil man glaubt, die Illusion werde gestört, wenn man den Zuschauer überreden will, er habe den Ort verändert, ohne einen Fuß fortgesetzt zu haben. Aber vors erste gehört zu dieser Ueberredung keine größere Illusion, als dazu gehört, den Zuschauer zu überreden, der kleine Raum mit gemalter Leinwand bekleidet, sey ein Wald u. s. f. Zweitens fällt ein sehr großer Theil der Unwahrscheinlichkeit hinweg, wenn der Poet die Veränderung des Schauplatzes in die Pausen verlegt, welche bey uns die Acte machen, bey den Alten nicht machten; ferner ist die Unwahrscheinlichkeit auch klein gnug, wenn ein Zimmer mit dem andern, ein Haus mit dem andern abwechselt. — Die Vertauschung einer Stadt, eines Landes mit dem andern würde freilich beleidigen — und ist es nicht ein Vergnügen, wenn der Zuschauer, der sich bey der Veränderung des Schauplatzes gleichsam auch in ein neu Stück versetzt zu seyn glaubt, unerwarteter Weise den Zusammenhang beider Oerter einsieht? Auf alle Fälle kann der Poet den Kunstgrif brauchen, den Ort der Handlung so unbestimmt zu lassen, daß er alles an einem Orte vorgehen lassen kann, ohne daß der Zuschauer die Unschicklichkeit eher als bey kaltem Nachsinnen gewahr wird; und endlich muß das Interesse der Handlung so mächtig auf den Zuschauer wirken, daß ein Vorhang mehr oder weniger ihn weder stören noch erzürnen kann. Ueber die Einheit der Zeit ist eben so sehr gestritten worden. So viel räumt ein jeder ein, der Handlung des Stückes

 eben

eben so viel Stunden zu geben, als die Vorstellung dau-
ert.   Man giebt die Erlaubniß den Zuschauer zu
bereden, es könne das in drey Stunden geschehn, wozu
weit mehrere erfordert werden. Man erlaubt sogar
die Begebenheiten eines ganzen Tages in diese drey Stunden zu concentriren.   Denn da wir heut zu Tage den
Abend zur Zeit der Vorstellung bestimmen und einen
künstlichen Tag machen: so können wir uns bey dem kurzen künstlichen Tage den längern natürlichen eben so gut
benken, als bey dem Schimmer der Lampen das Licht
der Sonne.   Sehr spitzfindige Kunstrichter sind noch
weiter gegangen.   Da die natürlichen Tage laut des Ka-
lenders von unterschiedner Länge sind: haben sie, um recht
freigebig zu seyn, dem Poeten die Dauer des längsten
Sommertages eingeräumt *). Glücklich also der dramatische Dichter in Nova Zembla! Heut zu Tage aber
sind sie noch milder und verstatten, daß der Poet entweder die Zeit unbestimt lasse, doch so, daß sich in diesem unbestimmten Zeitraume keine solche Begebenheiten ereignen,
welche die Unwahrscheinlichkeit zu sinnlich machen können;
oder daß er, wenn er die Zeit bestimmen will, große Ab-
theilungen in die Zwischenzeiten der Aufzüge fallen lasse.
Der Endzweck der Vorstellung hat die Prologe und
Epiloge Mode gemacht. Doch ehe ich noch etwas weiter
von der Vorstellung sage, muß ich hier das lyrische
Drama einschalten, um es nicht ganz zu vergessen. Es
besteht aus einer Reihe poetischer zum Singen geschickter
Gespräche über eine Hauptempfindung, die aus einer interessanten Haupthandlung entsteht, und welcher verschiedne Nebenempfindungen, über verschiedne der Haupthandlung

*) Home.

handlung in interessanter Verbindung untergeordneten Nebenhandlungen, in interessanter Verbindung untergeordnet sind, in der Absicht geschrieben, vorgestellt zu werden. Bey dieser Art des Dramas, welche Oper genennt wird, vereinigen sich also die Regeln der lyrischen Poesie, der Musik und des Dramas. Oft kommt zu diesen dreien auch noch die Tanzkunst, weil derselben Wesen in dem Ausdruck der Empfindungen besteht. Die Baukunst und der Mahler wird zu Hülfe gerufen, wenn die Oper durch das Wunderbare erstaunen und entzücken will. Das Wunderbare aber ist ihr nicht wesentlich, ob sie gleich in ihrem ersten Ursprunge niemals ohne dasselbe war. Doch verlangt der lyrische Affect außerordentliche Vorfälle, und weil dieser herrscht, so müssen die Regeln des ordentlichen Dramas dem Endzweck lyrisch zu seyn weichen. Die Vereinigung so vieler Regeln häuft die Schwierigkeiten bey der Theorie der Oper so sehr, daß ich weiter nichts mehr von ihr zu sagen wage, als daß es heroisch tragische, bürgerlich tragische, schäfer tragische, heroisch komische, rührend komische, schäfer komische, niedrig komische Opern gebe. Von der Vorstellung des Dramas, um auf sie wieder zurück zu kommen, habe ich nichts weiter zu sagen; denn was nur noch davon zu sagen wäre, liegt außer den Gränzen der Poesie.

II. Litteratur.

Aeschylus *).

**) Er schuf des Thespis Fuhrwerk zur tragischen Bühne um. Er brachte zwey Unterred-

Jf 5

ner

*) Pauws Edition.   **) Batteux.

ner statt eines auf das Theater. Er ließ sie eine Handlung unternehmen, in die er alles herüber nahm, was ihm
aus der epischen Handlung brauchbar zu seyn schien. Er
gab seinen Spielern Charactere, Sitten, eine anständige
Sprache, und das Chor, welches anfangs das Haupt-
werk bey dem Schauspiele war, ward nunmehr ein Nebenwerk. Von seinen neunzig Trauerspielen sind nur
die sieben: Prometheus, Theben, die Perser,
Agamemnon, die Opfernden, die Flehenden übrig
geblieben. In diesen erscheint die Tragödie, wie sie als
eine neue Erfindung erscheinen kann, nach allen ihren
Theilen wohl eingerichtet, aber noch ohne die Politesse,
die Kunst und Zeit hinzugethan haben. Sie hat noch
ein gigantisches Ansehn, harte Züge, einen hochtraben-
den Gang.

<h3 style="text-align:center">Sophokles *).</h3>

Mit dem größten Genie, sagt Batteur, mit einem
feinen Geschmack gebohren, lehrte die Tragödie zuerst einen edeln und sichern Schritt gehn. Er machte seine
Plane mit der natürlichen Einfalt, die der Character des
griechischen Trauerspiels ist. Er wuste das Chor mit
in die Handlung zu ziehn. Er arbeitete seine Werke
sorgfältig aus, und erhob seine Werke zu dem Muster des
Schönen und dem Modell der Regeln. Die noch von
ihm vorhandnen Trauerspiele sind: Ajax, Electra,
Oedipus der Fürst, Oedipus der Colonier, Antigo-
ne, die Thrachinerinnen, und Philoctet.   Dem
Aristo-

*) Johnsons Ausgabe. Franklins englische, du Puy fran-
zösische Uebersetzung der vier Tragödien, die Brümoy
unübersetzt gelassen. Electra von Schlegeln, Steinbrü-
chels Versuche.

Aristoteles zu folge gehört Oedipen dem Fürsten der Preis.

Euripides *).

*) Er hielt sich anfangs zu den Philosophen. Daher sind alle seine Tragödien voll so treflichen Maximen und Sittenlehren, daß er den Beynamen eines Philosophen des Theaters verdient, den man ihm gegeben hat. Er ist zärtlich und rührend, obgleich weniger erhaben und feuriger als Sophokles. Die auf uns gekommnen Trauerspiele sind: Hekuba, Orest, die Phönizierinnen, sein Meisterstück, Medea, Hypolit, Alcest, Andromacha, die Demüthigen, Iphigenia zu Tauris,**) Rhesus, die Trojanerinnen, die Bacchantinnen, der Cyklope, die Töchter des Herkules, Helena, Jo, der rasende Herkules, Electra, Danae.

Aristophanes †).

Seine ganze Annehmlichkeit können wir heut zu Tage nicht fühlen, da die alte Komödie der Griechen, in der er sich hervorgethan, so wenig mit unsern Sitten übereinstimmt. Die Schönheiten seiner attischen Schreibart sind Schätze für die Sprachgelehrten. Die Namen seiner Lustspiele sind: Plutus, die Wolken, die Frösche, die Ritter, die Acharnenser, die Wespen,

der

*) Barnes Ausgabe, Carmeli italiän. Ueberf.

**) Batteux.

***) Engl. Ueberf. von West.

†) Küsters Ausgabe, die Hemsterhusische vom Plutus; die Ernestische von den Wolken; Uebersetzung der Dacier vom Plutus und den Wolken.

der Friede, die Vögel, die Weiberversammlung,
die Frauen beym Fest der Ceres, Lysistrate.

Plautus *)

**) Da er die Comödie unter den Römern unmittelbar
nach den Satyren einführte, welches Possenspiele waren,
voller Schmutz und Grobheit, konnten seine Lustspiele
noch nicht ganz frey von dem herrschenden Geschmacke
seyn. Sie haben hier und da falschen Witz, niedrige
Schwänke, Wortspiele in Menge. Dem ohnerachtet
ist er der vornehmste komische Dichter der Römer. Alles
ist bey ihm voll Action, voll Feuer. Sein biegsames
und unerschöpfliches Genie versorgte ihn mit allem nöthigen, mit Kunstgriffen, Knoten zu schürzen, und auf-
zulösen, mit Zügen und Gedanken seine Personen zu
characterisiren, mit naiven, starken und geschmeidigen
Ausdrücken, die Gedanken und Empfindungen einzuklei-
den. Zwanzig Lustspiele sind noch von ihm übrig: Amphitruo, Asinaria oder die entdeckte Untreue, Aulu-
laria, oder der Geitzige, die Gefangnen oder der wi-
dergefundne Sohn, Curculio oder die Entdeckung, Ca-
sina oder Vater und Sohn als Nebenbuhler, Cistella-
ria oder die wiedergefundene Tochter, Epidikus der
Junker, Baccchides oder zwey Nebenbuhler nicht Nebenbuhler, Mostellaria oder das Gespenst, Menechmen die Zwillingsbrüder, der großsprecherische Soldat,

*) Taubmanns, Gronovs Ausgaben, Limiers und Gue-
   deville, die französischen Uebersetzer, jener treuer, dieser zierlicher. Dacier und Cost haben einzelne Stücke
   übersetzt, Cooke englische Uebers.

**) Batteux.

dat, Mercator, oder der verliebte Alte, Pseudolus, Pönulus; Persa oder der betrogene Kuppler, das Schiffseil oder der glückliche Schifbruch, Stichus oder der Triumph der ehlichen Liebe, Trinummus oder der Schatz, Truculentus der Unhöfliche.

Terenz *).

**) Hat eine ganz andre Gattung gewählt, als Plautus. Seine Comödie ist blos ein Gemälde des bürgerlichen Lebens, ein Gemälde, worinne die Gegenstände mit Geschmack gewählt, kunstmäßig geordnet, reitzend und zärtlich ausgeführt sind. In seinem Lachen erscheint er auf der Bühne, wie die römische Dame, von der Horatz redet, bey einem feyerlichen Tage, allezeit besorgt Leuten von Geschmack zu misfallen. Fein, zärtlich, gesittet, gefällig und ausgearbeitet: warum hat er nicht auch die Gabe des Komischen! So seufzete Cäsar mit Recht! Seinen Stücken fehlt an manchen Orten nichts mehr als das Schreckliche der Begebenheit, um tragisch und das Wichtige, um heroisch zu seyn. Die sechs Lustspiele die uns übrig geblieben, Andria, Eunuch, der Selbstpeiniger, die Brüder, Phormio und Hecyre sind alle von Prologen begleitet, die uns belehren, wie viel er in der Erfindung den Griechen zu danken hat.

Sene=

---

*) Westerhovs Ausgabe. Pedro Simon Abril spanische, Justiniani, und Fartinguerra italiänische, Dacier französische, Echards und Colmans englische Uebersetzungen.

**) Batteux.

Seneka *).

**) Er sey nun der einzige Verfasser von der
Sammlung Trauerspiele, die seinen Namen führt oder
nicht: diese Sammlung müssen wir zum Grunde legen,
wenn wir die tragischen Bühnen der Griechen und Römer gegen einander abwägen wollen. In der Erfindung,
in Situationen, in Characteren sind die Griechen das
Muster des Römers. Aber bey den Griechen ist die
Tragödie ein regelmäßiger und wohlproportionirter Körper, bey dem Lateiner ist sie ein ungeheurer Colossus voll
von Zusätzen und Auswüchsen. Der Römer will, wie
die Griechen, starke Leidenschaften schildern, aber er schildert sie in deklamirenden Tiraden; er verschwendet die
poetischen Farben: er ist oft in seiner Zeichnung zu kühn,
er treibt hier und da die Größe bis zur Schwulst. Seine Stücke heissen: der rasende Herkules, Thyest,
Thebais oder die Phönizierinnen, Hyppolyt,
Oedip, die Trojanerinnen, Medea, Agamemnon,
Herkules auf dem Berg Oeta, Octavia.

Bibiena *).

Von seiner Calandra rechnen die Italiäner die
Epoche ihrer regelmäßigen Lustspiele, und sie sind glücklich,
sie mit einem solchen Stücke anfangen zu können. Die
Einrichtung der Fabel ist ausserordentlich schön, und das
Komische welches überall mehr in der Sache als in Worten
liegt, herrscht so stark darinnen, daß man es nicht genug bewundern

---

*) Gronovs Ausgabe, Dolce ital. Sherburne englische
Ueberf.

**) Batteur, Leßing.

*) Riccoboni.

wundern kann. Die Sprache ist vollkommen, die Charactere sind vortreflich.

Trißino.

Seine Sophonisbe wird für die erste regelmäßige Tragödie der Italiäner gehalten. Er hat mehrere Trauerspiele und auch Komödien geschrieben. Einfalt des Plans und edler Ausdruck ist der Character seiner Arbeiten.

Rucelai.

Seine Rosemunde erschien bald nach des Trißins Sophonisbe. Die ganze Oekonomie des Stücks ist die Griechische. Es hat sogar Chöre. Uebrigens ist es reicher an großen Gedanken, als an prächtigen Ausdrücken. Man hat mehrere Stücke von ihm, z. E. einen Orest, eine Iphigenia u. s. w.

Macchiavell.

Hat nach Meinhardts Urtheil das Salz des Moliere mit dem Humor und der komischen Stärke der Engländer vereinigt. Seine Lustspiele heissen: Clitia, Mandragore, die Larven, der Sekretair, der Korb, Alrauna.

Ambra, Salacati, Cicognini, Firenzuolo, Lasca, Lecchi, Ricchio, Aretino haben sich im Lustspiel hervorgethan.

Gravina.

Schrieb bessere Regeln als Trauerspiele; sie heissen Andromeda, Papinian, Palamedes, Appius Claudius, Servius Tullius.

Dolce, Giraldo, Salio, Manfredi, Giustiniano, Speroni, Gratarolo, Cigna, Gorini, Maffei, Conti sind berühmte Tragödienschreiber.

Rinuc-

Rinuccini.

Der Vater der Opern durch seine Daphne und Eu
ribice.

Goldoni *)

Er, ein neuer Schöpfer der gesitetern italiäni
schen Komödie; bis zum Erstaunen an Erfindungen
fruchtbar, mannigfaltig und verwickelt in seinen Plänen,
nicht allemal glücklich in den Entwicklungen, treffend in
Charactern, meisterhaft in ihren Zügen und Contraste,
ein großer Kenner der Sitten, ergötzend in seinen Ge
mälden des gemeinen Lebens, reich an komischen Situationen, leicht, kurz, lebhaft, außerordentlich in den
Wendungen des Dialogs, ein Feind des Zwanges
der Regeln, zu wenig geachtet von seinem undankbaren
und neidischen Vaterlande, wählt sich nur die Natur
zum Muster, wie zu seiner Handbibliothek nur den
Plautus und Moliere, folgt dem unwiderstehlichen Ru
fe, den ihm die Natur zum komischen Schriftsteller gab,
und sie belohnt seinen Gehorsam dadurch, daß sie sich ge
treu von ihm schildern läßt, wird von den Franzosen be
lohnt und von den Deutschen bewundert. Die bekannte
sten von der erschrecklichen Menge seiner Lustspiele sind: **)
das geschickte Frauenzimmer, die Venezianischen
Zwillinge, der kluge Mann, die listige Wittwe,
das komische Theater, das ehrliche Mädchen und
dessen Fortsetzung, die gute Ehefrau, der Hausva
ter, oder wie ihn die Deutschen sehr glücklich nennen,
das

---

*) Sachsdeutsche Ueberf. 1767. mit Crosatschen Kupfer.
*) Bibl. d. sch. W.

das Muttersöhnchen.   Der Cavalier und die Dame, welches Goldoni vor sein bestes Stück zu halten
scheint.   Die Familie des Antiquitätenkenners,
der venezianische Advocat, die glückliche Erbinn,
Moliere, die Caffeeschenke oder der Schwätzer.   Der
Lügner, eine freye Nachahmung des Corneille, eines der
unterhaltendsten Stücke.   Der Schmeichler, Pamela
als Mädchen, und deren Fortsetzung, Pamela als Ehefrau oder die beschämte Eifersucht.   Der Vormund
oder der Phlegmatiker.   Der ehrliche Avanturier,
die Weiberklatschereyen, die zärtliche Gemahlinn,
der Cavalier von gutem Geschmack, die eifer-
süchtigen Damen, die rangsüchtigen Frauenzimmer oder der beschämte Stolz.   Die Haushälterinn.
Die Gastwirthinn oder der verliebt gemachte Misa-
gyne.   Der Marchese von Montefosco oder die be-
straften Ausschweifungen und belohnte Grossmuth.   Die
Poeten, die beyden Pantalone oder der lüderliche
Sohn.   Der Betrüger, Don Giovanni Tenorio,
der Diener zweyer Herren.   Die Mündel oder der
Vater, Liebhaber seiner Tochter.   Der Weltmann oder
der venetianische Petitmaitre.   Der Verschwender,
der durch die Liebe bekehrte.   Der Bankerott.   Die
Verliebten, nemlich von der Art von der es heißt:
Amantium irae amoris integratio est.   Die verliebte
Magd, die Bäurischen, der Geizige, worinnen
er weder den Plautus noch den Moliere erreicht.   Die
väterliche Liebe oder die erkenntliche Magd.   Die verstellte Kranke, der Krieg, eines der lebhaftesten Lustspiele.   Der wahre Freund, die seltsame Begebenheit einer seiner regelmäßigsten Intriguenstücke, die kluge

Dame

Dame und die neugierigen Frauenzimmer, zwey seiner uninteressantesten Lustspiele.

Metastasio.

Ob er gleich der größte musikalische Dichter ist, so ist er doch auch der erste der Italidner, welcher Opern geschrieben, die empfindungsvoll und reich an Schönheiten bleiben, auch wenn man die Musik von ihnen trennt. Denn er hat zuerst alle Stärke der Tragödie mit dem edelsten Enthusiasmus der lyrischen Poesie zu vereinigen gewußt. Die Geschichte ist ihm eine unerschöpfliche Quelle, und eben so reich an Stof zum Wunderbaren und Erhabenen, als andern die romantischen Ebentheur. Die Hasse und die Pergolese haben seinen Ruhm durch Europa verbreitet.

Pallavicini, *) Apostolo Zeno, und Frugoni sind nächst dem Metastasio die berühmtesten Operndichter.

Shakespear **).

Das merkwürdigste Beyspiel der Kritik im Kampfe mit der Empfindung, der Macht des Enthusiasmus der Nation vor den Lobreden der Kunstrichter, des Triumphs der Natur über die Kunst! Gleich den Monarchien in ihrem ersten Ursprunge ist er sein eigner Gesetzgeber, unumschränkt, und eben deswegen wirksamer, stärker und mächtiger, weil er mit unzähligen Schwierigkeiten, die er sich selbst macht, in steten Kampfe

*) Algarottis Leben des Pallavicini.

**) Rowens, Popens, Theobalds, Hammers, Johnsons Ausgaben. Gray, Edords, Uptons, Wartons Anmerkungen, Wielands schlechte Uebersetzung.

ofte seyn muß. Ohne weitläuftig zu untersuchen, ob er
einige Kenntniß der Alten gehabt oder nicht, freut sich
der fühlende Kenner ihn dieselben vorbey und ohne ihre
Anführung dem Tempel der Natur, der Wahrheit und
der Unsterblichkeit zueilen zu sehn auf der Bahn, den
auch jene giengen, auf der Bahn des Genies. Aus
ihm brachte er die lebendigen Bilder der sittlichen Natur
zurück, wie Gerstenberg seine Stücke nennt. Daher
brachte er, wie eben derselbe sagt, den bilderreichen Geist
der Oper, sogar den Geist der Groteske. Daher brachte
er die Sprache, die er oft selbst zu schaffen zu haben
scheint. Er ist nicht etwa nur gleich einer aus dem Alterthum übrig gebliebenen Statue, vor der jeder mit Ehrfurcht vorübergeht, blos weil sie alt ist. Bey kalter Ehrfurcht läßt er seine Leser nicht. Wer ihm nahe kommt,
den reißt er in einen Wirbel von Leidenschaften und aus
einem Wirbel in den andern. Wer ihn gelesen hat, der
wird fast zu stolz seyn, die Vorwürfe anzuhören und zu
beantworten, die man ihm über einige Beleidigungen des
Costume, über einige zweydeutige und spitzfindige Scherze, über einige übertriebene Stellen, über einige Bonmots macht, die nur seinen Zeiten haben verständlich
seyn können. Ohne große Fehler wäre er kein groß Genie. Unter seinen Trauerspielen sind die berühmtesten:
König Lear, oder der durch die Regierungsfehler seines Alters wahnsinnig werdende Fürst, Macbeth zeigt
die Entstehung, die Ausführung und die Strafe des
Königsmordes; Romeo und Juliet, sein zärtlichstes
Stück voll der Süßigkeiten von den jugendlichen Auf-
wallungen unschuldiger Liebe; Othello oder die schreck-
lichsten Folgen der Eifersucht durch ein Schnupftuch ver-

anlaßt; Hamlet oder der vermeinte Mord, in diesem Trauerspiel ist die berühmte Monologe: Seyn oder nicht seyn; Cymbeline, Timon von Athen, Troilus und Creßida. Sogenannte Historien sind: Heinrich IV, zwey Theile, Heinrich V, drey Theile, Heinrich VI, Heinrich VIII, Richard II, Richard III, König Johann, Julius Cäsar, Antonius und Cleopatra, Coriolan, Titus Andronikus, Pericles, Thomas Kronwell, Lokrin, Komödien: die lustigen Weiber zu Windsor, am meisten voll Humor, besonders in den Reden des Falstaff, Gleiches mit Gleichen, die zwölfte Nacht nach den Menechmen, viel Lerm und nichts darhinter, wie es ihnen gefällig ist, Ende gut, alles gut, die zween Edelleute von Verone, die zahmgemachte Zauberinn, die Irrthümer, der Kaufmann von Venedig. Pastorale: der Sturm, der St. Johannisnachtstraum, die Wintererzählung, die vergebliche Mühe in der Liebe.

Fr. Beaumont und John Fletcher.

Arbeiteten meistens gemeinschaftlich und so, daß es sich schwer bestimmen läßt, welches des einen und des andern Character sey. Ihren allgemeinen Character entwirft Seward folgendermaßen: Diese beyden Dichter halten gerade das Mittel zwischen Shakespear und Johnson: sie erreichten nicht den erstaunlichen Schwung des erstern, aber sie erheben sich leichter und höher als der letztere; sie besitzen nicht den edlen Enthusiasmus, die Feuermuse, die fürchterliche Grazie des Shakespear, aber sie besitzen weit mehr davon als Johnson. Auf der
anbern

andern Seite übertreffen sie den ersten eben so weit an
Litteratur, als letzterer sie wieder darinn übertrift. Sie
sind daher regelmäßiger in dem Bau ihrer Werke und
korrecter in ihren Sentiments, so wie in ihrer Schreibart
als Shakespear, aber Johnson ist es noch mehr als sie.

1) Komödien: der Bettlerbusch, der Haupt-
mann, der Glückswechsel, der Phantast, der
ältre Bruder, die getreue Schäferinn, der liebe
sieche Ritter, der kleine französische Rechtsgelehr-
te, die Arzeney der Liebe, die Pilgrimschaft der
Liebe, der kitliche Held, Monsieur Thomas, das
Mädchen in der Mühle, der Nachtwanderer,
der brave Edelmann, der Pilgrim, die zänkische
Dame, die Seereise, der spanische Landpfarrer,
die wilde Gansjagd, Witz mit mancherley Waffen, Witz ohne Geld, der Weiberfeind, das
Lob des Frauenzimmers. 2) Tragödien: Valen-
tiniana, Thierry und Theodoret, die Prophe-
tinn, die Braut *), der Falsche, die doppelte
Heirath, Cupidos Rache, Rollo, Banduca.
3) Tragikomödien: die Krönung, der Landbrauch,
das schöne Wirthshausmädchen, das Schicksal des
rechtschaffnen Mannes, der drolligte Lieutenant,
die Inselprinzeßinn, ein König und kein König,
der Malteserritter, die Gesetze von Candia, das
gute Glück der Verliebten, der rechtschaffne Unterthan, der unsinnige Liebhaber, Philaster, die
Königinn von Korinth, eine Frau haben und eine Frau regieren, die beyden edlen Blutsfreun-

Gg 3 de,

*) Gerstenbergs Uebersetzung.

de, die Frau auf einen Monat, die Gefälligkeit
fürs Frauenzimmer.

B. Johnson.

Gelehrsamkeit, Kunst, Humor sind die charakteristischen Kennzeichen, welche die Engländer von diesem
großen dramatischen Dichter angeben. Die ersten treffen besonders seine Trauerspiele, das letzte seine Komödien. Sein Character als Dichter, sagt Whalley,
läßt sich aus seinem Character als Mensch am besten
entwerfen. Er war ernsthaft und strenge, dies machte
ihn zwar männlich und gesetzt; sie flößte ihm aber mit
der Zeit eine unmäßige Neigung zur Satyre ein. Sein
Geschmack am lächerlichen war lebhaft aber nicht zart,
daher wählt er selten unter seinen Gegenständen, der
Stil in seinen Gemälden war ernsthaft, aber nicht elegant,
daher fehlte seinem kühnen Colorit diejenige Richtigkeit
und Aehnlichkeit, die das Merkmal der vollendeten Kunst
ist. Da ihn also seine Gemüthsbeschaffenheit mehr zum
Plautus als zum Terenz hin neigte, so muste sein Witz
zuweilen zu saturninisch, sein Scherz zu schwerfällig und
sein Humor zu ausschweifend werden. Seine beyden
Trauerspiele sind Sejan und Catilina. Seine Lustspiele sind: Jedermann in seinem Humor, Jedermann aus seinem Humor, Cynthias Lustbarkei-
ten, Poetaster, Volpone, die stumme Schönheit,
der Alchymist, die Bartholomäusmesse, der Teufel ist ein Esel, das Magazin von Neuigkeiten,
das neue Wirthshaus, die magnetische Frau.

Davenant.

Ist den Engländern merkwürdig, weil er die ver-
schloßnen Bühnen wieder öfnete, und die Maskeraden
mit

mit regelmäßigen Stücken verdrängte, deren größtes Lob aber freylich die Regelmäßigkeit ist. Seine Trauerspiele heißen: Alboin, der grausame Bruder, die Trübsale, die Favoritinn, der billige Italiäner, die Gesetze wider die Liebhaber, Liebe und Ehre, die plantonischen Liebhaber, die Belagerung von Rhodus. Die Lustspiele sind: die Neuigkeiten von Plymouth, der Triumph des Fürsten der Liebe, die witzigen Köpfe.

Dryden.

Seine Trauerspiele haben mehr tragische Sprache, als tragische Situationen und wie er selbst gesteht, ließ er sich darinnen auch oft zum Pöbel herab, oder ward übertrieben, wenn er erhaben seyn wollte. Seine Komödien haben gute komische Züge und Charactere, aber auch zügellosen Witz. Seine Trauerspiele sind: 1) Alles aus Liebe, sein Meisterstück, (überf. in Prevôts Pour et Contre). 2) Amboyna, 3) Aurengzeb, 4) Cleomenes, 5) die Eroberung von Granada, zwey Theile, 6) Don Sebastian, 7) der Herzog von Guise, mit Lee gemeinschaftlich geschrieben, 8) der indianische Kaiser, 9) der Triumph der Liebe, 10) Oedipus in Gemeinschaft mit Lee. 11) Die geheime Liebe, oder die Jungferköniginn, 12) Troilus und Cressida, 13) die tyrannische Liebe. Lustspiele sind: 1) Amphitruo, 2) die Bestimmung oder Liebe im Kloster, 3) die Liebe am Abend oder der verstellte Wahrsager, 4) Limberham, 5) die Heirath nach der Mode, 6) die Nebenbuhlerinnen, 7) Sir Martian Allesverderber, 8) der spanische Mönch, 9) der Sturm nach Shakespear,

10) der

10) der ungestüme Liebhaber. Albion, Arthur,
der Stand der Unschuld, sind Opern.

Lee

Hatte, wie Addison urtheilt, die glücklichste Anlage
zum Tragödienschreiber, poetischen Enthusiasmus, zärtliche Empfindung, edle Gesinnungen; aber sein natürlich
Feuer, sein zügelloser Ungestüm riß ihn über alle Grenzen der Wahrscheinlichkeit und oft über die Natur selbst
hinweg. Seine Einbildungskraft lief oft mit seiner gesunden Vernunft davon, so daß er endlich gar ins Toll-
haus gebracht werden muste, wo er einem elenden Scribenten, der über sein Unglück spottete, die bekannte Antwort gab: Nein, es ist nicht leicht, wie ein vernünftiger
Mensch zu schreiben, aber darzu gehört gar nichts, wie ein
Narr zu schreiben. Seine Trauerspiele heißen: Theodosius, Nero, Glariana, Alexander, Mithridat, Cäsar Borgia, Brutus, sein bestes Stück, Constantia,
Oedipus, der Herzog von Guise, die Prinzeßin von
Cleve, die Pariser Bluthochzeit, Sophonisbe.

Th. Otway.

Ein Meister der Herzen, der feinsten Zärtlichkeit
voll, süß und liebenswürdig, enthusiastisch in seinen Gemälden der Liebe. Das gerettete Venedig und die Wayse
behalten nach jedermanns Empfindung den Preis. Seine übrigen Tragödien sind: Oronokoo, Cajus Marius, Alcibiades, Titus und Berenice, Maria, Don
Carlos. Seine Lustspiele sind ausgelassen und unkeusch,
z. E. das Schicksal des Soldaten, die Freundschaft nach der Mode, Scapins Betrügereien.

Th.

Th. Shadwell.

In seinen Lustspielen ein Nachahmer des Johnson vornemlich im Humor, oft aber original in Charactern. Sein größter Fehler ist, daß er die Arbeit der Verbesserung zu sehr scheute. Seine Lustspiele sind: die mürrischen Liebhaber, der Humorist, der Virtuose, sein bestes, der Brunnen zu Epson, der Geitzige, die getreue Wittwe, die Hexenmeister aus Lancashire, der Jahrmarkt, die Freiwilligen. Seine Freundschaft mit Otway spürt man nicht in seinen Tragödien: der Ruchlose, Timon der Misantrop, Psyche, die königliche Schäferinn.

Wicherley.

Seine Lustspiele sind mehr eine Schule des Witzes und des komischen Schönen, als der Sitten. Die Züge darinnen sind kühner als die Molierischen, aber weniger anständig. Verwickelung und Interesse machen sie unterhaltend. An Kenntniß der Welt fehlt es ihm nicht; denn er lebte am Hofe. Der Rechtschaffene, das Frauenzimmer vom Lande, die Liebe im Walde, der Tanzmeister, sind die Namen seiner Stücke.

Nik. Rowe.

Sein Genie, sagt Warton, war vielmehr delicat und zärtlich, als pathetisch und stark. In der Zärtlichkeit ahmte er dem Otway nach; erreichte ihn aber nicht. Sein Ausdruck ist ungemein zierlich und rein, und seine Versification höchst melodisch. Seine Theaterstücke sind vielmehr Deklamationen, als Dialogen; aber schöne Deklamationen. Seine Charactere sind oft zu allgemein, contrastiren zu wenig. Seine Trauerspiele sind: die

ehr-

ehrgeitzige Stiefmutter, der Tamerlan, sein lieblings=
stück, darinnen er aber die Einheit der Fabel nicht be=
obachtet, Calliste, oder die schöne Bußfertige, sein schön=
stes Stück, Ulißes, die königliche Bekehrung, Jame
Shore, Johanna Gray *).

Addison.

**) Sein so bekannter Kato ist ein schöner Dialog
über die Freiheit und Liebe zum Vaterlande. Die Rei=
nigkeit und Stärke des Ausdrucks, die Hoheit der Ge=
danken die größtentheils vom Lucan, Tacitus und Se=
neka entlehnt sind, reißen hin. Betrachtet man ihn aber
als ein Muster der Trauerspiele, wozu es einige mit Ge=
walt haben machen wollen, so darf man nicht verschwei=
gen, daß ihm Action und Pathos diese zwey Triebräder,
auch der Contrast der Charactere und ihre Bezeichnung
fehle. Die Liebe des Juba, und der Marcia, des Por=
tius, und der Lucia sind fehlerhafte Episoden unter der
Würde eines Trauerspiels, darinn Kato der Held ist.
Sein großes Talent von Humor leuchtet auch aus seiner
Komödie: das Gespenst mit der Trommel; auch hat
er eine Oper Rosemunde geschrieben.

Congreve.

Einer der ersten, welche die englische Komödie regel=
mäßiger und gesitteter gemacht. Seine Lustspiele sind:
der Hagestolze, der Betrüger, Liebe um Liebe, der
Weltlauf. Sein einziges Trauerspiel die trauernde
er

*) Southern ist wegen seines Trauerspiels Oronoko merk=
    würdig.

**) Warton.

Braut *), hat unnatürliche Verwicklung, überlebne Zufälle, gemeine Gedanken, schwülstige Sprache. Sonst hat er noch eine Oper die Semele und einen Versuch über den Humor in der Komödie geschrieben.

Vanbrugh.

War zugleich Baumeister. Aber man urtheilt, daß seine Schriften so artig, als seine Gebäude plump wären. Seine acht Lustspiele sind, die aufgebrachte Frau, der Rückfall, oder die Tugend in Gefahr, der Irrthum, die Verschwörung, Esop, der falsche Freund, der Hahnrey in der Einbildung, der Tölpel, den aufgebrachten Ehemann vollendete er nicht, Cibber ergänzte ihn.

Steele.

Der Terenz der Engländer. Sein ausgearbeitetstes Lustspiel ist, die heimlich Liebenden, die andern sind: der zärtliche Ehemann, die Trauer nach der Mode, die lügenhaften Liebhaber, der sorglose Ehemann, der Edelmann, die Schule der Handlungen.

Thomson **).

***) Die Kunstrichter haben bemerkt, daß die Charactere in seinen Trauerspielen mehr durch lange schöne Beschreibungen, als durch thätige Leidenschaften ausgedrückt werden; daß sie aber alle einen Ueberfluß an den seltenen Schönheiten, an Feuer, an tiefen Gedanken, an edlen Empfindungen haben, und in einem verdichteten Ausdrucke geschrieben sind. Seine Trauerspiele heißen:

Sopho-

*) Warton.
**) J. H. Schlegels Uebersetzung.
***) Lessing.

Sophonißba, Agamemnon, Eduard und Eleono-
ra, Tancred und Sigismunda, die schönste, Coriolan, der nach seinem Tode aufgeführt worden, und die
Maske des Alfreds ein Divertissement.

G. Lillo.

Begebenheiten, für welche die menschliche Natur
erzittert, und die unwahrscheinlich seyn würden, wenn sie
der Zuschauer nicht entstehen sähe, wenn sie nicht aus dem
bürgerlichen Leben entlehnt wären, in der Sprache der
Leidenschaften erzählt, wirken, in das Herz des Zuschauers
im Kaufmann von London, und in der traurigen
Neugierde.   Seine übrigen Trauerspiele sind: Elme-
rich, der christliche Held, Ardem von Feversham.

Cibber und Farqhar haben Lustspiele geschrieben,
die auf dem englischen Theater immer noch Beifall finden.
Gay hat auch mit Beyfall fürs Theater gearbeitet.
Ohnerachtet Fielding seine Stück meistens ums Brod
schrieb, so sind sie doch voller Witz und Satyre.   Und
wer kennt nicht die berühmte satyrische Komödie von
Buckingham: The Rehearsal!

Young

Hat mehr die Leidenschaften des Lesers, als den Dialog, mehr den erhabnen Ausdruck, als die Sprache der
Natur in der Gewalt.   Seine Trauerspiele sind: Bu-
siris, die Brüder (Schlegels Uebersetzung) und eine
Nachahmung von Shakespears Othello.

Von den neuern sind die merkwürdigsten: Mason,
vornämlich seine Elfrida, und sein Caractacus mit
Chören, Mallet, und seine Tragödien, Mustapha, Elvira,
Euridice; Havard, Miller, Jones, Witheath, Foote

ein

ein Acteur, Garrick, Colmann, Hume ein Geistlicher z. E. seine Trauerspiele Duglas, Agis.

Moliere *).

**) Niemand hat die Natur fleißiger beobachtet
und getreuer geschildert, als dieser Vater der französischen
Komödie. Alle Minen und Ausdrücke, welche die Leig
denschaften characterisiren, zieht er in seine Kunst. Er
copirt die Geberden, den Ton, die Sprache aller Empfindungen, deren die Menschen in allen Ständen und
Umständen des Lebens fähig sind. Geleitet von den Regeln und Beispielen der Alten, malt er den Hof und die
Stadt, die Natur und die Sitten, die Laster und das
lächerliche mit dem Feuer und der Lustigkeit des Plautus. In seinen Characterstücken ist er ein bewunderns-
würdiger Maler und Philosoph. In den verwickelten
Komödien hat er die größte Geschwindigkeit und Fruchtbarkeit des Genies. Das Comische hat er vom Aristophanes, Feuer und Wirksamkeit vom Plautus, Sitten-
gemälde vom Terenz. Er ist natürlicher, als der erste,
sittsamer und bescheidener als der andere, wirksamer und
hitziger, als der dritte; eben so fruchtbar in der Anlage,
eben so lebhaft im Ausdruck, eben so moralisch, als einer
von allen dreien. Er macht die ernsthaftesten zu lachen;
er unterrichtet alle Welt, beleidigt niemand, malt nicht
nur die Sitten seiner Zeit, sondern aller Stände, aller
Lebensarten. Seine Fehler erkennen auch seine größten
Bewunderer; z. E. die oft unschicklichen Entwickelungen,
den Vorwurf von Boileau:

Prate-

*) Grimarets und Voltairens Lebensbeschreibungen;
**) Batteux.

Peutetre de son Art eut remporté le prix,
Si moins Ami du Peuple en ses doctes Peintures
Il n'eut point fait souvent grimacer ses figures,
Quitté pour le bouffon l'agreable et le fin,
Et sans honte a Terence allié Tabarin.

Seine Stücke muß man in drey Haufen abſondern. In dem erſten ſteht der Miſantrop oben an, ferner gehören dahin Amphitrue, der Geitzige, Tartüff, die gelehrten Frauenzimmer, die Weiber- und Männerſchule. In die andre Claſſe kommen die Beſchwerlichen, der Kranke in der Einbildung, der edelmänniſchen Bürger, der Unbeſonnene, der verliebte Verdruß, die lächerlichen Koſtbaren, der Sicilianer, Pſyche, Don Garcias, Melicerte, die Pracht der Verliebten. Zur dritten Claſſe rechne ich: Sganarellen, die erzwungne Heirath, Amor ein Mediciner, ein Arzt, er mag wollen oder nicht, George Dandin, der Herr von Pourceaugnac, Scapins Betrügereien, Don Juan, oder der Schmauß der Bildſäule, die Gräfinn Eſcarbagnas.

*) **Korneille und Racine** **).

Korneille hatte keinen großen Schriftſteller vor ſich, dem er folgen konnte: Racine hatte den Korneille. Beide bildeten ſich aus den Griechen, Korneille mehr nach dem Sophokles, Racine mehr nach dem Euripides. Korneille mannichfaltig in ſeinen Entwürfen, Racine einförmiger, Korneille verwickelt, Racine einfacher und regelmäßiger, Korneille moraliſcher, Racine natürlicher. Korneillens Cha-

---

*) Baretti Ital. Philippens engl. Ueberſ.
**) Batteux, la Bruyère, Fontenelle. L. Racine Memoires de I. Racine.

Charactere sind ungewöhnlich und doch wahr: Racinens Charactere nur in so fern richtig, als sie gewöhnlich sind. Korneille macht uns seinen Character unterwürfig; Racine richtet sich nach dem unsrigen. Korneille voller Kühnheit, Feuer, Stärke, Hoheit, Majestät, erhebt erstaunt, überwältigt. Racine voll Zärtlichkeit und Reitz, gefällt, bewegt, rührt. Racinens Zärtlichkeit und Reitzendes findet man zuweilen im Korneille: Korneillens Große und Erhabenes findet man im Racine: In den Stellen, wo Korneillens Versification gut ist, ist sie kühner und edler, und zugleich eben so rein und ausgearbeitet, als Racine: sie erhält sich aber nicht in eben dem Grad der Schönheit, Racinens Versification bleibt sich allezeit gleich. Korneille ist ein Adler, der sich über die Wolken erhebt, unverwandt in die Sonne sieht, und unter Donnern und Blitzen wohnt. Racine ist eine Taube, die in Myrthenwäldern und Rosengebüschen girrt. Geringere Schriftsteller als Racine haben nach ihm in seiner Manier Beifall gefunden: keiner aber, selbst Racine wagte es nicht, in der Manier einen Versuch zu machen, die ihm allein eigen war. Korneillens Arbeiten lassen sich in drey Perioden eintheilen, in den Perioden der Jugend, der männlichen Jahre, und des Alters. In den ersten fallen seine Komödien: der Lügner, die Fortsetzung desselben, Melit, Clitander, die Wittwe, l'Illusion und la Place Royale, welche den künftigen Korneille nicht prophezeiten. Der zweite Periode begreift: den Cid, die Horazier, Cinna, Polieuct, Heraklius, Medea, Pompejus, Theodora, Rodegüne. Der letzte Periode ist der Periode des ermattenden Genies, in demselben sind geschrieben: D. Sancho, Andromeda, Ni-

kome-

Cômedes, Pertherit, Oedip, das goldene Vließ, Sertorius, Sophonisbe, Otho, Agesilaus, Attila, Titus und Berenice, Surene, Pulcheria. In kritischer Ordnung folgen des Racine Stücke so auf einander; Athalia, Esther *), Andromacha, Phädra, Iphigenia, Titus und Berenice, Bajazet, Mithridates, Britannikus, Alexander, Thebais, die Advocaten eine Komödie.

Th. Corneille.

> Voyant le portrait de Corneille
> Gardez vous de crier merveille,
> Et dans vos transports n'alléz pas
> Prendre ici pour Pierre Thomas **).

Trauerspiele: der Graf von Essex, Ariane, Achilles, Timokrates, Stilicho, Demetrius und Perseus, Hannibal, Bradamantes, Berenice u. s. w. Komödien: die Zunöthigungen des Ohngefährs, der Selbstpeiniger, die Liebe nach der Mode, der verstellte Wahrsager, Lisis, Jodelet, der Baron von Albikrake, der Unbekannte u. s. w.

Qvinault.

Der Erfinder der französischen Oper. Die Trauerspiele der Griechen, das Wunderbare und die Musik der italienischen Oper, das regelmäßige der französischen Tragödie, die alten sogenannten Ballette gaben ihm die Ihre zu seinen Opern, in denen er den lyrischen Enthusiasmus, schöpferischen Geist in Erfindungen, alle musikalischen Schön-

*) Eschenburgs deutsche poetische Uebersetzung in den Unterhaltungen.

**) Bar.

Schönheiten, Stärke und Pathos im Ausdruck mit dem
größten Genie vereinigt hat. Ohnerachtet Lully seine
Opern in Musik setzte: so ist doch sein Ruhm erst nach seinem
Tode befestigt worden, blos deswegen, weil er die Kunstrichter durch den Titel: Trauerspiel, beleidigt hatte, den
er seinen Opern gab. Die vornehmsten sind: Armide *), Phaeton, Cadmus, Astrate, Theseus, Atys,
Alcest, Proserpine, Roland, Amadis, Isis, Stratonice, Amalasuuta, Pausanias, Agrippa.

La Motte **)

Schuf eine neue Art von Oper, ein Schauspiel von
Gesang und Tanz, welches aus ganz vollständigen Handlungen bestehet, die nur ein ungewisses und unbestimmtes
Verhältniß verbindet. Er brachte das Schäfergedichte
und die Allegorie in die Oper. Er ist galant, zärtlich,
original in allen den Arbeiten, die er aus sich selbst erfunden; dann kann es dem Quinault zur Seite gehen.
Das galante Europa, das Carnaval, die Thorheit haben keinen geringern Werth, als Armide, Phaeton, Cadmus; aber er ist kalt, abgeschmackt, langweilig,
in vielen seiner übrigen lyrischen Werke. Unter seinen
Trauerspielen ist Elvira das beste. Die übrigen, die ich
kenne, sind: die beiden Oedipusse, davon ich schon
oben gedacht habe, Ines de Castro, Romulus, die
Maccabäer. Er hat auch Komödien geschrieben, z. E.
Les Magnifiques, la Matrone d'Ephese, le Talisman.

Vol-

*) Ueberf. in den Unterhaltungen;
**) Cahisac.

Voltaire.

Un genie inventif, elevé, hardi, toujours noble, toujours harmonieux, qui osa secouer un joug *) porté par les Corneilles et par les Racines, peindre les passions avec ces premiers traits, qui le characterisent, de ployer tous les sentimens du coeur humain, et meler la pompe du spectacle a la beauté de la composition. Der Character ist getroffen, wenn er ihn auch selbst entworfen hat. Seine merkwürdigsten Stücke sind: Zaïre, Alzire, Merope, Oedipus, Orest, Mahomet, der Wayse von China, Semiramis, Brutus, Herodes, Pompejus, Tancred, Cäsar, Olympia, Adelaide, Catilina, Sokrates, Palamedes, Eriphile, Electra, Philoctet, Artemire, Culima. Lustspiele: Nanine, der verlorne Sohn, der Unbescheidne, die Spröde, die rechthabende Frau, das Coffeehaus, das Herrenrecht.

Crebillon.

Mit dem Beinamen der Schreckliche. Seine Plane sind neu, aber auch oft fehlerhaft, seine Tragödien sind blutig, und ihr tragisches liegt mehr in der Handlung, als in den Worten; sein Ausdruck ist stark; er hat Flammen, wo andre nur feurig sind, aber auch zuweilen nur glänzende. Ueberhaupt haßte er das Umarbeiten und Ausbessern. Er erkannte, daß die Liebe oft das Trauerspiel entnerve; aber er hatte nicht das Herz, sie ganz zu verbannen. Seinen ersten Versuch, den Tod der Kinder des Brutus nahmen die Comödianten nicht an. Idomenes ward dreizehnmal aufgeführt; man tadelte aber den letzten Act. Schon sein drittes:

Atreus,

*) La langeur de la galanterie.

Atreus, war sein Meisterstück. Electra kam dem Atreus sehr nahe, und Rhadamist der Electra. Xerxes ward sehr gleichgültig aufgenommen; Semiramis eben so sehr. Pyrrhus etwas besser, weil er darinnen seinen Hang zum Grausamen am meisten unterdrückt hatte. Zwey und zwanzig Jahre nach dem Pyrrhus erschien Catilina und ward ausgepfiffen; durch einige Verbesserungen hob er ihn wieder. Im vier und siebzigsten Jahre schrieb Crebillon sein letztes: das Triumvirat.

La Chaußee.

La Chaußees Lustspiele sind dem Plan nach Romane, das heißt außerordentliche Begebenheiten der Liebe, wenig verwickelt, voll tragischer Situationen, leer vom lächerlichen, voll von tugendhaften und doch contrastirenden Characteren, sie haben Racinischen Ausdruck und Versification. Seine rührenden Lustspiele sind: Melanide, oder der wiedergefundene Ehemann und Vater, und Sohn ohne ihr Wissen Nebenbuhler, die Gouvernante oder die wiedergefundne Mutter, der reiche Mann, oder der edle Gebrauch des Reichthums, Pamela, welcher vor der Goldonischen der Vorzug gebührt, das Vorurtheil nach der Mode, nämlich das Vorurtheil wider die Zärtlichkeit in der Ehe, Haß und Liebe zu gleicher Zeit, die Mutterschule, die Schule der Freunde, die Schule der Jünglinge. Seine übrigen Komödien gehören nicht zu den rührenden und sind von geringern Werth: Liebe vor Liebe, die Castilianische Liebe, der verliebte Alte, Elise, die unvermuthete Zurückkunft.

Des

Destouches.

Der Hofmann unter den Komödienschreibern und nichts besto weniger sträft er keines Standes Lastermehr, als der Großen. Seine Lustspiele stehn zwischen den Molierischen, heroischen, und rührenden, mitten inne; meistens Charactersstücke mit unterhaltender Intrigue, lebhafte Gemälde der feinern Welt, statt des Spaaßes, voll lachenden Scherzes und feinern komischen Züge, rührender Situationen der vortrefflichsten Moral. Der verheirathete Philosoph, oder der vom Vorurtheil zurückgebrachte Philosoph, als wenn er sich schämen müste, verheirathet zu seyn, ist für sein Meisterstück erklärt. Die übrigen Stücke sind: der Ruhmwürdige, der Verschwender, der Ehrgeitzige, und die Unbesonnene, der Undankbare, der Unentschlüßige, der Sonderling, der Verleumder, der unverschämte Neugierige, die verliebten Philosophen, der poetische Dorfjunker, das Gespenst mit der Trommel, das unvermuthete Hinderniß, die Macht des Naturells, der junge Mensch auf der Probe, das er in seinem Alter schrieb, aber immer beßer, als die abgenutzte Liebe, das die die üble Aufnahme verdiente, die stolze Schöne, die dreyfache Heirath, der Neidische. Unter seinem oeuvres posthumes sind noch vier Lustspiele, die freilich so sind, wie die meisten Schriften, die nach dem Tode der Verfaßer herauskommen. Der Schatz und der Erzlügner sind die besten darunter; die beiden andern heißen: der vertraute Ehemann und das Depositum.

Regnard.

Wem dieser nicht gefällt, sagt Voltaire, der ist nicht werth, den Moliere zu bewundern. Sein bestes
Stück

Stück ist der Spieler. die übrigen heißen: der Zerstreute, die Menechmen, Democrit, die verliebten Thorheiten, die unvermuthete Zurückkunft, der Universalerbe, die Serenade.

Fontenelle.

Seine Komödien gehören mit den Destouchischen zu einerley Gattung, und nächst Destouchen sind sie die schönsten in dieser Art. Ihr Sujet ist meistens historisch; im Dialog findet man freylich den Witz, wovon Fontenelle das Monopolium hatte. Sie heissen: Makates, nach einem Mährgen aus dem Phlegon Trallianus von einer Geliebte, die ihren Liebhaber dadurch auf die Probe stellt und ihre Eltern zur Einwilligung zwingt, daß sie von den Todten zurückgekommen zu seyn vorgiebt, der Tyrann von Messena, oder das Geheimniß vor Verschwörungen sicher zu seyn; Henriette, oder das vornehme Kammermädchen, Abdolonimus, oder der Gärtner König, das Testament, Lysianasso, Italia ein Trauerspiel. Er hat auch schöne Opern geschrieben. Thetis und Peleus, Eneas und Lavinio.

Marivaux.

Kleine witzige Intriguenstücke fürs Italiänische Theater, ist die kurze Beschreibung, die ich von seinem reichen Theater geben kann. Es enthält: Harlekin durch die Liebe gesittet gemacht, die Ueberraschung der Liebe, die Unbeständigkeit von beyden Theilen, der verkleidete Prinz, das verstellte Kammermädchen, die Sklaveninsul, der bäurische Erbe, das Spiel der Liebe und des Ohngefähres, der Triumph des Amors, die Probe, die unver-

hofte

hofte Freude, der Zank, das besiegte Vorurtheil,
die aufrichtigen, die unerwartete Entwickelung,
die Insel der Vernunft, der zweyte Ueberfall der
Liebe, die Wiedervereinigung der Verliebten,
die unbesonnenen Schwüre, das Vermächtniß,
der gebesserte Stutzer, die verstellte Vertraulichkeit, die vertrauliche Mutter, das Versehn, die
glückliche List, die Mutterschule, der Triumph
des Plutus.

Gresset.

Hat drey schöne Stücke fürs Theater geschrieben:
die rührende Komödie; Sidney, oder der Liebhaber des eingezognen Lebens; eine andre Komödie; der
Boshafte Eduard III. ein Trauerspiel.

Mad. Grafigny.

Die Feinde des la Chaußee machten es ihm zum
Vorwurfe, daß das meiste Lob, das seine Lustspiele er-
hielten vom Frauenzimmer hergekommen sey. Im Ernst
aber wird ihm niemand aus dem Beyfall des schönen Geschlechts, noch daraus einen Vorwurf machen, daß ihn
ein Frauenzimmer glücklich nachgeahmt hat. In der
Cenie weinen die Männer, wie die Damen. Die schöne heroische Komödie: die Töchter des Aristides
steht im ersten Bande von Pfeffels theatralischen Belustigungen übersetzt.

Saint Foix *).

Der liebenswürdigste unter denen, die Tändeleyen
fürs Theater geschrieben. Sein reiches Genie giebt ihm
die angenehmsten Ideen an die Hand. Selbst in seine
Sylphen-

*) Johann Elias Schlegels Uebersetzung.

Sylphenwelt versetze man sich gern. Seine Stücke heissen: das Orakel, Deukalion, ein Lustspiel von zwey
Personen, die türkischen Wittwen, der Sylphe,
die wilde Insul, die Grazien, bey dem die Grazien
dem Verfasser selbst zugegen gewesen, voll der süssen
Empfindung, die Saint Foix zum Character einer neuen
Art von Komödie, der Komödie der Empfindung gemacht
wissen will. Julie, oder die glückliche Probe, Egeria,
die doppelte Verkleidung, Zeloide ein Trauerspiel
in einem Aufzuge, Harlekin im Serail, der erdichtete Nebenbuhler, die Colonie, die vollkommnen
Liebhaber, die Cabale, der Derwisch, der Finanzpachter hat die meiste Moral.

J. B. Rousseau.

Seine Arbeiten machten ihr Glück nicht auf dem
französischen Theater, aber sie verdienen es bey dem deutschen Leser zu machen, ob ihm gleich dadurch nicht aufge-
legt wird, sie zu bewundern. Seine beyden vornehmsten Stücke sind: der Schmeichler und der Eigensinnige, die übrigen sind, die Ahnen in der Einbildung,
das Coffeehaus, der Zaubergürtel, Mandragore, wovon das zweyte und dritte nicht viel bedeutet,
und das letzte anzüchtig ist, zwey Opern, Jason, Venus und Adonis.

Was noch von Franzosen würdig ist, genannt zu
werden, will ich kurz zusammen fassen:

Boissy hat eine Menge kleiner guter Stücke fürs
italiänische Theater geschrieben. Z. E. das betrügliche
Aeußerliche.

Fagon den ein jeder seines Mündels wegen liebt,
Sein Theater ist vier Bände in 12. stark.

Hh 4

Cam=

Campiſtron ein matter Nachahmer des Racine in ſeinen Trauerſpielen, beſſer in ſeinen Opern.

Le Sage, Beauchamp, Heanteroche, Bourſault haben Luſtſpiele geſchrieben.

Diderot *) ſeine Gemälde des gewöhnlichen bürgerlichen Lebens, der Hausvater und der natürliche Sohn ꝛc.

De Belloy, den mehr der Innhalt ſeines Trauerſpiels: die Belagerung von Calais berühmt gemacht, als ihre großen Schönheiten. Ungleich ſchöner iſt ſeine Zelmire **), er hat auch einen Titus geſchrieben; Monſieur und Madam, Favart, ***) die ihr Theater mit hundert angenehmen Kleinigkeiten unterhalten, komiſchen Opern, Parodien, kleinen Komödien, der Empfindung.

Colardeau, der im Trauerſpiel einigen Beyfall erhalten.

De la Mare, deſſen Opern geſchätzt werden.

Marmontel, z. E. ſeine Trauerſpiele, ****) Cleopatra, Ariſtomenes, Dionyſius, der Tyrann, das reißende Schäferſpiel, das er aus ſeinen Erzählungen genommen, die Schäferinn der Alpen ꝛc.

Paliſſot, der ſich durch ausgelaßnen Scherz und Satyre unterſcheidet.

Cahuſac in der Oper berühmt.

Dorat

*) Leſſings Ueberſetzung.
**) S. Pfeffels theatr. Beluſt.
***) Ninette à La Cour von Weißen unter dem Titel des Mädchens vom Lande, überſetzt.
****) Sind nebſt eben deſſelben Romane Belliſons bey Craſius zu haben.

Dorat im Trauerspiel nicht unglücklich.

Le Grand, Verfasser von einer Menge mittelmäßigen und guter Nachspiele.

Le Franc, einer von den Nachahmern des Racine, z. E. in seiner Dido.

De Lisle, der verschiedne gute Stücke fürs holländische Theater geschrieben.

Euzelier, ein guter Operndichter, der den Tanz eingeführt hat, welcher die Handlung ausdrückt.

D'Arnaud, die Poissons; Palaprat, Sterry, de la Noue, Saurin, Moißy, le Miere, de la Harpe, de la Place, du Vaure, du Clos Piron, le Font, Guyot de Merville.

Sedaini; du Fresny; seine Stücke gehören sind meistens Farcen.

Dancourt

S'il n'eut eu l'esprit farceur
Son nom ne sairoit qu'honneur.
Au Theatre de la France *)

Gellert.

Viele haben seine Lustspiele mit dem la Chausséschen in eine Klasse setzen wollen, ohne zu bedenken, daß einige ernsthaftere und rührendere Stellen, noch nicht das rührende Lustspiel ausmachen, daß Gellert viel komische und satyrische Züge eingestreut habe, denen la Chaussee ganz entsagt, daß beide endlich in Characteren, und in Anlegung des Plans unendlich weit unterschieden sind. Soll Gellert ja mit einem Franzosen verglichen werden, so müßte man ihn mit dem Diderot vergleichen. Seine Lustspiele sind deutsche Familiengemälde, wie sie

*) Bar.

Löwen mit Recht hält, nur deswegen weniger lebhaft,
weil die Charactere darinnen, die so glücklich aus dem gemeinen Leben gewählt sind, so getreu geschildert werden.
Sie haben weniger Handlung, hierinnen kommen sie la
Chausseens Stücke näher; der Acteur muß sich darinnen
mehr im Deklamiren, als in der Pantomime üben. Hierinnen weichen sie sehr von den Diderotischen Arbeiten
ab. In den zärtlichen Schwestern haben, wie man
erzählt, selbst Matrosen geweint, im Looß der Lotterie
müssen die trägesten Seelen durch den Herrn Orgon
munter werden, einem Character, den nur ein Deutscher
so zeichnen konnte, den nur ein Deutscher so spielen kann,
wie Starke; die kranke Frau gut vorgestellt, macht
selbst Hypochondristen auf einige Stunden gesund. Wieder die Betschwester ist Gellert selbst, vermuthlich deswegen, weil der darinn lächerlich gemachte Character immer seltener wird. Wen entzückt nicht die naive Lucinde im Orakel?

Joh. E. Schlegel.

Möser ist, so viel ich weiß, der erste, der ihn den
deutschen Racine genennt hat, ein Schriftsteller von der
Art, daß über einige Worte von ihm wäßerigte junge
Scribenten in ganzen Seiten commentiren können.
Schlegel ist unser Racine in der Kunst und Regelmäßigkeit des Trauerspiels, in der Einfachheit des Plans, in
den langen, obgleich schönen Tiraden, in der Versification,
in der Würde des Ausdrucks überhaupt, in der Einflech-
tung der Liebe, in das tragische Interesse, in der sanfte-
rern Rührung. Er bildete sich aus den Griechen wie
Racine; aber er hatte keinen Corneille vor sich; er zog
der deutschen Muse zuerst den Cothurn an; und wollte
nicht

nicht länger unerwiesen lassen, daß eine Nation, die Barden und Helden gehabt, eine tragische Bühne haben könne, anständig und würdig der heroischen Thaten, die auf ihr geschildert werden. Die Trojanerinnen sind *) wie die mehresten Stücke des Racine, eine Nachahmung der Alten, aus den Trojanerinnen und der Hekuba des Euripides, und den Trojanerinnen des Seneka mit so kritischer Wahl zusammengesetzt, daß es das beste Trauerspiel ist, das wir von dieser Gattung auf unserer Bühne haben. Es ist reich an Handlung, fruchtbar an edelmüthigen Gesinnungen, und voller treflichen Situationen, die das Gemüth in beständiger Bewegung erhalten, und das Herz mit Schrecken und Mitleid erfüllen.

Hermann, ein wahres deutsches Original, ein wichtiges Sujet, aus der deutschen Geschichte, deutsche Helden, ächte teutsche Gesinnungen, der Sieg der deutschen Freiheitsliebe über die grenzenlose Ehrbegierde der Römer, Majestät in den Handlungen, Richtigkeit in Costüme, wurde in der Sprache, des Verfassers Lieblingsstück. Doch ziehen die Kunstrichter die Trojanerinnen vor, weil sie mehr vom Geist der Action beseelt worden.

Canut gründet sich auf die alte dänische Geschichte, weil er in Dänemark geschrieben ward. Allein welchen Deutschen erschreckt nicht Ulfo? Welchen Deutschen rühret nicht Esthrite? Mit der Dido war der Verfaßer selbst unzufrieden, vornehmlich mit der Versification. Orest und Pylades ein jugendliches Stück! Der Triumph der guten Frauen, eins der schönsten Intrigenstücke **), voll Leben in dem Character, Feuer in den Hand-

*) Briefe d. N. Litt.
**) Briefe d. N. Litt.

Handlungen, ächten Witzes in Gesprächen, im Ton der
feinern Lebensart. Im geschäftigen Müßiggänger
sind die Charactere vollkommen nach dem Leben solche
Müßiggänger, solche in ihre Kinder vernarrte Mütter,
solche schalwitzigen Besuche, solche dumme Pelzhändler
sehen wir alle Tage. Der Dichter hat seine Pflicht gethan, er hat uns geschildert, wie wir sind. Doch hat
schon selbst der Character etwas langweiligers an sich ; dazu kommt noch ein Fehler des Verfassers, den sein Bruder im Vorberichte anzeigt, eine Art des Witzes, die zu
lange bey einem Einfalle stehn bleibt. Der Geheimnißvolle, sein bestes Characterstück; er hat den Geheim-
nißvollen eben so meisterhaft durch viele Situationen geschildert, als Moliere in den wenigen Versen, die Schlegeln die Veranlassung zur Wahl dieses Characters gewesen. Die stumme Schönheit, wie lächerlich macht
sie die reizenden Sachen! Bey dem kleinen Stück der
gute Rath läßt er uns die Freiheit, ob wir es für ein
Gespräch, oder eine Komödie in Miniatur halten wollen.
Der Freiheit mich zu bedienen, halte ich es vor das letzte,
damit ich mir nicht das Vergnügen raube, es hie anführen zu können.

Leßing.

Eben lege ich die Sara weg. Aber ich hätte sie
jetzt nicht noch einmal lesen sollen, um sie desto feuriger
loben zu können. Stumme Thränen sind der edelste
Beifall, den sich der Poet vom Parterre wünschen kann.
Aber wie soll eine Feder Empfindung ausdrücken, die
kaum die trockne Wahrheit zeichnen kann? — — Wer
ist ein Mensch und zerschmelzt nicht bey der leidenden Unschuld; bey der Unmenschlichkeit der Marwood, bey dem
Unglück

Unglück des zärtlichen Vaters, bey der Redlichkeit der
Waitwells, bey der Naivität der Arabella? Was braucht
man hier die Schönheiten des Plans, der Situationen,
der Character des Dialogs, die sich alle hier vereinigen,
ein so entzückendes Ganze zu machen, zu zergliedern?
Das ist die gröste Kunst des Trauerspiels Dichters, wenn
er durch Hülfe der grösten Kunst den Zuschauer sie dahin
reißt, daß er die Kunst vergißt, daß er von seinem Stücke
nicht anders, als mit Leidenschaften reden kann.   Was
würden nicht, sagt Moses Mendelssohn, nach dem er vorher die Starkinn gerühmt, solche Schauspieler leisten,
wenn sie Dichter hätten, die so groß in der theatralischen
Dichtkunst wären, als sie in der Schauspielkunst sind.
Jedermann weiß, was die Starkinn in der Sara leistet.
Sie spielt nicht die Sara, sie ist es.   Aber das leßingische Trauerspiel hat noch mehr Rollen, davon jede einen
so großen Schauspieler, als die Starken erfodert.   Philotas, der feurige Jüngling, die wunderbare Vermischung von Kind und Held erregt wechselsweis Bewunderung, Entzückung, Mitleid.   In Absicht der Sprache
wie wenig Schönheiten mehr hat das Trauerspiel durch
die Versification selbst von dem Verfasser der Kriegslieder erhalten! Wer leßings Trauerspiele gelesen hat, den
wird nur das kränken, daß ihrer so wenig sind, und daß
sich der Dichter in zu viel andre Arbeiten zerstreut.
Wenn er aber entscheiden sollte, welche von seinen übrigen Schriften er um einige Trauerspiele mehr, missen
wollte: die Entscheidung würde ihm nicht leicht werden.
Vornämlich in Ansehung seiner Lustspiele, in denen er
jetzt nach jedermanns Geständniß noch niemand seines
gleichen hat, niemanden seines gleichen in den starken komischen

mischen Zügen, in Situationen, in Plautischer Lustigkeit, im heftigen, und doch feinen, und gesitteten Scherze, hauptsächlich im Dialog, der grössten deutschen Schrift-steller. Das Lustspiel der Freygeist scheint das ausge-arbeitetste zu seyn, und vor den übrigen den Vorzug der Moral zu haben. Die übrigen heißen, der junge Ge-lehrte, der Mysogyn, Minna von Barnhelm. Die kleinen Stücke sind, der Schatz, die Juden. Kann ihm wohl jemand, der sie gelesen hat, sein satis est, potuisse, videri vergeben? Aber wer kann es auch dem deutschen Theater vergeben, daß es die Leßingischen Lustspiele ganz verbannt zu haben scheinet?

Cronegk.

— — Melpomene weint unter den Cypressen
Um Cronegk der so viel versprach.
Der Hayn, in welchem er oft neben ihr gesessen
Seufzt ihre Klagen traurig nach.

Der Codrus verspricht nur den Dichter von Olint und Sophronie *); und wenn wir uns dann noch viele Ar-beiten von ihm in einer solchen Progreßion denken, die wir bey längerm Leben von ihm zu hoffen hatten, so zeigen uns jene ersten Früchte **) dieses in seiner Morgenröthe verblühten Genies, was für eine angenehme Hofnung wir mit ihm verlohren haben.

Brarbe.

Einerley Alter, einerley Herz, einerley frühzeitiger Tod, macht zwischen ihm und Cronegken eine merkwürdige

---

*) Der Herr von Luck, der eben darüber gedichtet, ist auch zu früh gestorben.
**) Weiße.

bige Aehnlichkeit. Das größere Genie soll Brarve *) gewesen seyn. Er hat ein Trauerspiel Brutus hinterlassen, in dem er noch mehr geleistet haben soll, als er in dem Freigeiste zu versprechen geschienen.

Weiße.

Warum hat sich noch kein theatralischer Schriftsteller unter uns der Empfindung der Nation bemeistert? fragen irgendwo die Litteraturbriefe. Will sich anders die Nation bemeistern lassen: so ist die Frage durch Weißen vernichtet! Patriotischer nimmt sich niemand des deutschen Theaters an. O Nation! danke ihn mit patriotischem Enthusiasmus! Seine tragische Muse, schrecklich wie Atreus, zärtlich wie Romeret, erhabendenkend, wie Aspasia, lehrreich wie Stanley und Lactanz, blühend wie Crispus und Mustapha, stark im Ausdrucke, wie die Befreyer von Theben in Thaten kühn, bilderreich, mannichfaltig in dem Plan, empfindungsvoll ohne die Liebe zu mißbrauchen, blutig, wie der Britte, regelmäßig, harmonisch, edel wie der Franzose, jetzt die Voltairische, jetzt die Thomsonsche, frey von Thomsons Fehlern, flöße dir Ehrfurcht ein, erschüttre, erweiche, erhe dich! Belohne sie, wie der Britte, lobe sie wie der Franzose!

Von Romio und Juliet sage ich nichts. Wenn es gedruckt seyn wird, wird es selbst sein größter Lobspruch seyn. An Atreus und Thyest, was soll man mehr bewundern, die Oekonomie des Stücks, oder die Sprache? Die Befreiung von Theben, mein Lieblingsstück, besonders, auch deswegen weil mich die Sprache darinnen wieder an die Amazonenlieder erinnert, durch die

*) Briefe d. N. Litt.

die sie gleichsam ist angekündigt worden. Die Brittischen Jahrbücher haben ihm Stoff zu Richarden und Edwarden gegeben, diesen so schönen Schilderer der Könige, als Cinna nur immer seyn kann.   Mustapha und Zeanglr, Crispus, Rosemunde; wenn man auch dem einen dieser Trauerspiele vor dem andern einen Vorzug einräumt, so kann man doch jedes der Zaire entgegen stellen. Glücklicher, als Korneille und Racine ist er vom Trauerspiel auch zum Lustspiel übergegangen, und hat gezeigt, welche Talente er habe, der deutsche Destouches und la Chaußee zu werden: und wenn hier die Menge der Stücke nichts entscheidet, so ist er es geworden.   Bey der Amalia, bey dem Naturaliensammler, bey den Poeten nach der Mode, bey den Mistrauischen auf sich selbst, kann ich mich auf das Publikum berufen; bey der Haushälterinn, bey dem Projectmacher, auf die Leser *).

Klopstock.

Seines Tods Adams habe ich schon oben gedacht.   Und sein Salomo! — Kurz beschrieben, ist er eine Klopstockische Epopee, an der die dramatische Form etwas zufälliges ist.   Aber freilich sind die Leser, die sich der Verfasser wünsche, die, wie er empfinden und zugleich wie er denken können, nicht der größeste Haufe.

Von Wielands und Bodmers dramatischen Arbeiten habe ich nicht nöthig etwas zu sagen.

Krüger.

*) Von der Matrone zu Ephes und dem Teufel ist los, darf ich nicht ganz schweigen, ich bringe sie daher in die Note.

Krüger.

Die Kandidaten und der blinde Ehemann, sind der Codrus dieses seltnen deutschen Acteurs, der zu tragischen Rollen und Molierischen Lustspielen gebohren war. Löwen hat die Schriften seines Freundes herausgegeben, ist aber mit den Vorspielen und den übrigen poetischen Schriften, einige geistliche Lieder ausgenommen, zu freygebig gewesen.

Romanus.

*) Hat eine sehr gute Anlage zu einem komischen Dichter. Er ist nicht vollkommen, aber er verdient Aufmunterung. Er versteht Situationen anzulegen, und dialogirt gut. Sollten ihn, wie er in der Vorrede sagt die Geschäfte vom Theater abziehen, so ist es ein wahrer Verlust für dasselbe. Er gleicht dann einer zu früh abgepflückten Frucht, die nur deswegen herbe schmeckt, weil sie nicht lang genug am Baum gesessen hat. Sein bestes Stück ist: Crispin als Vater, oder wie es auf dem Leipziger Theater heißt: Frontin, ein Vater im Nothfall. Es hat eine natürliche Verwicklung, die doch zu sehr komischen Situationen Gelegenheit giebt. Die Brüder sind aus den Adelphen des Terenz gezogen, auf die modernen Sitten eingerichtet, und mit einigen neuen Situationen abgeändert. Die kleinen Stücke sind: der Wechselschuldner, das Tarrocspiel, der Vormund.

Löwen.

*) Briefe über die N. Litt.

Löwen.

Was sich noch an seinen theatralischen Versuche loben läßt, ist, daß sie nicht ganz von Handlung leer sind. Doch auf die Beurtheilung des Plans kann ich mich hier nicht einlassen. Der fade Witz und die Geschwätzigkeit, die oft die Stelle der wahren komischen Sprache vertreten, wird jeder empfinden, der Lust hat sie zu lesen. Nach meiner Ordnung folgen sie so: Ich habe es beschlossen, der Liebhaber von ohngefähr, das Mistrauen aus Zärtlichkeit. Das Räthsel bedeutet gar nichts; und Hermes und Nestan ist kein Philotas.

Schiebler.

Hat angefangen das deutsche Theater mit artigen Operetten zu bereichern. Basilio und Quiteria ist ungleich komischer als Lisuart und Dariolette. Die Poesie des Stils hat die Leichtigkeit, welche eine der größten Schönheiten des Singspiels ist. Von ihm ist ohnstreitig auch die schöne Nachahmung von des Quinault Armide in den Unterhaltungen. Außerdem ist er auch Verfasser von den Nachspielen: die Schule der Jünglinge, die Muse und die wahre Liebe.

Pfeffel.

Seines Schatzes habe ich schon gedacht. Aber man hat auch von ihm eine Operette Philemon und Baucis. In seinen theatralischen Belustigungen hat er sich zugleich als guter Dichter und Kunstrichter gezeigt, ich berufe mich vornehmlich auf den König und Pachter und auf Zelmiren.

Gersten-

Gerstenberg.

Ich kann mit keiner angenehmern Nachricht schlief-
fen, *) als, daß dieser vortrefliche Dichter sich unter die
tragischen Poeten mischen will. Sein erstes Trauerspiel
wird Turnus seyn.

Aber es ist nicht genug, daß ich mein Werkchen
vergnügt endige; ich will es auch würdig schliessen. Und
zu dem Ende habe ich einen Namen bis zum Schlusse
verspart, den ich unter den Deutschen zuerst hätte nennen sollen, der aber, wenn ich ihn hier anbringe, einen
Eindruck auf patriotische Leser machen wird, den der ge-
suchteste Schluß nicht machen könnte. Es ist:

*) Ermelinda Talia.

*) Des Brandes Miß Fanny, und eines ungenannten
Osmann sind obgleich nicht vortrefliche doch gute Beyträge zum deutschen Theater.

1) Il Trionfo della fidelta. 2) Talestri.

Druckfehler und Verbesserungen.

S. 1. Z. 3. von unten auf erhöhen l. erhöhe. S. 4. von unten auf Grazien l. Grazie. S. 19. Hieher gehört Dernis Meinung, daß der Vers des Brebeuf: Donner de la couleur et du corps suspendu eine Erklärung der Poesie enthalte. S. 27. Claudens franz. Ueberf. des Gerard. S. 61. fehlen Sulzers Gedanken über den Ursprung der schönen Künste. S. 64. Man setze hinzu: Maffeis Kritik über den Fontenini, Goujets Bibliotheque françoise, die klassische Biographie, die Marsinna aus dem Englischen überfetzt. S. 65. Z. 2. Dante und Ariost l. Dante, Petrarch, und Ariost. S. 70. Die Uebersetzung des Velasquez ist erschienen. S. 71. Gongorad Romanzen hat Prof. Jakobi überfetzt. S. 83. Mad. Riehl hat noch drey Lustspiele geschrieben: die zärtliche Tochter, die listige Betrügerinn, die Zänkerinn. S. 85. Z. 24. Sumarolew l. Sumarokow. S. 90. Das dritte Fragment handelt von der lateinischen Litteratur unter uns. S. 97. Z. 12. Regione l. Ragione. S. 100. Der dritte Theil der Dufchischen Briefe ist erschienen, und handelt noch vom Lehrgedicht und von den Heroiden. S. 122. Z. 24. mough. l. though. ebend. Z. 30. Faul l. Foul. S. 126. Z. 1. are l. are. 130. L. M. b. L. b. h. Meyer von Knonau. S. 132. *) Grätner l. Gärtner. S. 130. Schieblers Erzählung: Ines von Castro. S. 136. Zeltrhend, eines zu früh verstorbenen Dichters Gedicht von den Endzwecken der Welt, verdient bey Popen zu stehn. S. 155. Von dem Gedicht the Beauty sind noch zwey Gesänge heraus. S. 156. Giesedens Gedicht von der göttlichen Regierung, und ein Fragment vom Gebete. S. 229. Dourigne hat noch geschrieben Epitres de Dedan à Engé, de Phillis à Demophoon, de Penelope à Vlisse, d'Ariane à Thesée. Unter den Italiänern hat Bruni Heroiden geschrieben. S. 245. Z. 4. von unten: was er kann l. was er schonen kann. S. 250. letzte Zeile er Ehre l. er die Ehre. S. 251. Z. 16. Pöllarius l. Pöllar. l. es umgekehrt. S. 290. Die Theorie der Elegie ist von Abbt. S. 341. Diese Messe hat uns wieder neue Lieder von Gleimen, und eine Singode von ihm; imgleichen auch eine glückliche Nachahmung der Kriegeslieder, Lavaters Schweizerlieder gebracht. S. 371. Die achte Ausgabe der Ramlerischen Oden enthält noch folgende: an den König, an Aroll, Amynt und Chloe, Sehnsucht nach dem Winter, die Wiederkehr, an Locibad, der Triumph, an Baddenbrock, Abschied von den Helden. S. 387. Giesedens Oden und Lieder. S. 391. Schmidt hat auch gewisse poetische und prosaische Kleinigkeiten geschrieben. S. 412. unten, Homer l. Home. Nohe ist der Verfasser der neuen Romanze Elegfried und Agnes.

Nachricht.

Sollte das Publikum diesem Buche nur den Vorwurf machen, den es Büchern dieser Art allezeit macht, daß sie mit jeder Messe unvollständiger werden: so wird der Verfasser diesem Mangel von Zeit zu Zeit durch einige Zusätze abzuhelfen suchen.

M. Christian Heinrich Schmids

Zusätze
zur
Theorie der Poesie
und
Nachrichten
von den besten Dichtern.

Erste Sammlung.

Leipzig,
bey Siegfried Lebrecht Crusius,
1767.

Vorrede.

Noch weiß ich nicht, ob die Bedingung statt findet, unter der ich von Zeit zu Zeit einige Zusätze zu der Theorie der Poesie rc. versprochen habe. Indeßen, da ich mit einem Alphabet so kühn gewesen bin, kann ich es wohl jetzt mit einigen Bogen seyn. Nichts habe ich beym Schlusse meiner Arbeit mehr gewünscht, als daß die Messe durch wichtige Neuigkeiten meine Nachrichten so unvollständig als möglich machen möchte. Aber ich hielt es auch für meine Pflicht dieser Unvollständigkeit abzuhelfen, und das zwar so bald als möglich. In kurzer Zeit würde ich sonst veraltern, und ein anderer sich berechtigt glauben, mich durch sein Buch --- denn nichts läßt sich leichter schreiben als solche Bücher -- zu verdrängen, wenn es auch keine größern Verdienste, als die neuern Nachrichten hätte. Für mich selbst wäre es eine neue Arbeit, wenn die Zusätze zu einem Buche anwüchsen, und wenn sich auch einst eine neue Auflage hoffen ließe, eine Ungerechtigkeit sie

 der-

derselben einzuverleiben. Meine Leser sol=
len also von Messe zu Messe einen kritischen
Catalogum von poetischen Neuigkeiten er=
halten. Zwar werde ich ihnen alsdenn
nicht allezeit angenommene Urtheile liefern
können, ich werde statt ein Echo zu seyn, mei=
ne Stimme zuweilen selbst erheben müssen,
aber ich werde mich auch nie scheuen, meine
Urtheile zuwiederrufen, wenn sie zu gewagt
gewesen sind. Unter die Neuigkeiten rech=
ne ich auch die Verbesserungen und Bemer=
kungen, die mir gelegentlich einfallen wer=
den. Das Publicum erlaube mir immer
für dasselbe zu lesen, ich will mich bestreben
auch einst für dasselbe zu denken.

Zusätze
zur
Theorie der Poesie.
Erste Sammlung.

Seite 20.

Gerstenberg.

Glaubt in der dritten Sammlung der Briefe über Merkwürdigkeiten, die baumgartensche Erklärung der Dichtkunst noch näher durch den Zusatz zu bestimmen, daß sie eine sinnlich vollkommne Rede sey, die durch Hülfe einer höhern Eingebung die Illusion erreicht. Wie unschicklich, brauche ich nicht zu erweisen.

S. 21.
Clodius.

Hat seiner neuen periodischen Schrift: Versuche aus der Litteratur und Moral eine solche Wendung gegeben, daß ich sie hier einschieben muß. Die Litteratur nämlich betrift die Sitten in den Werken der griechischen Dichter, bey welcher aber ihre Charactere so entworfen werden, wie sie uns ein Mann erzählen muß, der sie aus einem nähern Umgange kennet, und ohne sich bey der Hülle der Worte aufzuhalten, bis zu ihrem Geiste hindurch bringt. Seine Sprache, ist die Sprache der Empfindung. Orpheus, Musäus, Homer, Tyrtäus, Alcmann, Stesichorus, Alcäus, Archilochus, Sappho, Anakreon, Pindarus, Simonides, Aeschylus, Sophokles, Euripides, Aristophanes besonders die vier letzten sind so geschildert, daß die Beschreibungen von

ihren

ihren Werken schöne Beyträge zu einer winkelmanni-
schen Geschichte der griechischen Poesie sind, die der
Verfasser der Fragmente über die deutsche Litteratur mit
Recht wünscht. Die Zugabe von Gedichten muß den Lesern angenehm seyn, besonders wird das Beyspiel, ein
kleines didactisches Gedicht, der Tod des Tyrannen, und
die Schilderung von Horazen gefallen.

S. 24.

Ein wichtiges hieher gehöriges Buch: Essay on
Original genius and its various modes of exertion in
Philosophy and fine Arts particulary in Poetry wird
den Deutschen nächstens durch eine Uebersetzung bekannt
werden.

S. 25.

Breßlauer Beyträge.

Dieser leider schon geschloßnen periodischen
Schrift Verfasser heißen: Klose und Flögel.

S. 26.

Das poetische Genie setzen, wie ich schon oben angezeigt habe, die Verfasser der Briefe über Merkwürdigkeiten der Litteratur in die Illusion einer höhern Eingebung. Die einzige gute Bemerkung, die sie machen, ist
die von dem Unterschiede zwischen einem Mann von Genie und einem Manne von Talenten.

So seltsam auch des spanischen Arztes Huarts
Meynungen sind, so hätte ich hier doch seine Prüfung
der Köpfe zu den Wissenschaften (scrutinium ingenio-
rum) nicht vergessen sollen, zumal da sie von Leßingen
übersetzt und mit einer Vorrede begleitet ist.

S. 27.

Muratori.

Hat unter dem Namen Lamindo Pritanio Bemerkungen über den Geschmack geschrieben.   Brie-

Briefe.

Uber den Geschmack sind Rostock 1755 aus dem Englischen schlecht übersetzt erschienen. Auch im Original sind sie sehr mittelmäßig. Ihr Verfasser heißt Rooper.

Gerard.

Ist von Eladous ins Französische übersetzt, und die S. 26. von Montesquiou &c. angegebene Abhandlungen angehängt.

S. 29.
Geminiani.

Dieses Italiäners Abhandlung vom Geschmack in der Musik ist hier vergessen worden.

Mason.

Sein Buch of Imitation rühmet Lindner im Lehrbuch der Poesie.

S. 31.
Lindner.

Will man ja die Aesthetik aus einem Lehrbuche lernen, so ist nunmehro der erste Theil von dieses Verfassers Lehrbuche der Poesie und Prosa immer noch eher als Meier zu empfehlen, so skelettenmäßig es auch eingerichtet ist, so wenig der Verfasser auch selbst denkt, so wenig auch immer eine gute Ordnug beobachtet wird. Es dient wenigstens dazu die ästhetischen Formeln daraus zu lernen, und Nachbeter wird es genug bilden. Nach der Vorrede und einigen Stellen zu urtheilen, ist sehr gut, daß Herr Lindner seinem Buche nur eine tabellarische Forme gegeben, und auf das Verdienst der Einkleidung keinen Anspruch gemacht hat.

Unsere Zeiten werden nur allzutheoretisch, wenn man nämlich alle die guten und magern kritischen Schrif-

ten

ten in Rechnung bringen will, die jetzt jede Messe erscheinen. Noch eine Asthetik, aber zum Glück eine bessere,
haben wir von

Riedeln

erhalten. Er hat sein Buch auch Theorie genannt.
Sind die Deutschen nicht ein wenig verwegen? Home
hat es nicht gewagt, sein unsterbliches Buch Theorie der
schönen Künste und Wissenschaften zu nennen? Und
wir geben Compilationen diesen ehrwürdigen Namen?
Riedel hat gut compilirt, und sich selbst sowohl in der
Ordnung und Auseinandersetzung der Materien als in
einigen eignen Meynungen z. E. von der Laune als einen philosophischen Kopf gezeigt. Aber ist es nicht vielleicht zu einer solchen Compilation noch zu frühzeitig?
Die Beyspiele hätten wohl häufiger aus den alten und
aus den deutschen gewählet werden sollen. Ueberhaupt
scheint er nebst der Philosophie nicht die feinere kritische Beurtheilungskraft eines Leßings und Hertels zu besitzen. Den Character seiner Schreibart hat er selbst
bestimmt. In Absicht derselben und der Art des Vortrags überhaupt hat er mit dem Laokoon nichts als
die rothen Striche auf dem Titulblatte gemein. Im
zweyten Theil, in dem er die Aesthetik auf die einzeln
schönen Künste und Wissenschaften anwenden will, kann
er noch viel ungebrochene Palmen davon tragen, und
wohl uns, wenn er sie davon trägt! Fabers Anfangsgr.
d. ph. W. sind unter aller Kritik.

S. 32.
Hom e.

Von ihm verdient auch die Kleinigkeit bemerkt zu
werden, daß er als Lord Kaym heißt.

S. 35.

S. 35.
Pamier.
Was von ihm gesagt ist, gilt vom Pouilly, und um=
gekehrt. So geht es den Compilatoren!
S. 37.
Vom Unterschied zwischen Poesie und Beredsam=
keit verdient auch ein Philosoph Lambert in seinem Or=
ganon gelesen zu werden.
S. 45.
Des Dubos Betrachtungen berühren auch die
Musik.
S. 46.
Hier fehlt des Lamotte Essay upon Poetry and
Painting.
S. 47.
Harris.
Ist übersetzt. Musik und Malerey vergleiche
Arisonim Essay on musical Expression P. I. Sect. 2.
S. 52.
Hier ist das ptolomäische Zeitalter vergessen, und
Heynens Schrift de genio saeculi Ptolomaeorum.
S. 54.
Vom Einfluß des Klima auf das Genie steht eine
Abhandlung in den Breßlauer Beyträgen, auch gehört
die bekannte schöne Stelle aus Meinhardts Einleitung
zu den Charactern der italiänischen Dichter hieher.
S. 55.
Den Druckfehler mit Virgil und Tibull werden sich
die Leser wohl selbst verbessert haben.
S. 59.
1718 stirbt Garth. 1720. Wergler.

A 5

S. 60.

S. 60.

1745 stirbt Zeralh.

S. 61.

Die Materie von Ursprung der Künste und Wissenschaften erläutern ferner: Essai sur l'origine des con-
noissances humaines. Sulzers Abhandlung darüber,
Iselin in den philosophischen Muthmaßungen über die
Geschichte der Menschheit, und ein Ungenannter (vermuthlich Flögel) in der Geschichte des menschlichen Verstandes (Breßlau 1765.)

Klotz.

Hat durch seinen Beytrag zur Geschichte des Geschmacks und der Kunst aus Münzen nicht sowohl einen
Beweis seines Geschmacks und seiner Einsicht in die
Kunst gegeben, diese hat die Welt längst an ihm geschätzt, sondern nebst Gatterern in der Theorie der Me-
daillen den ersten Versuch gemacht, eine Kunst, die unter die bildenden gehört, aus der Barbarey zu ziehen,
und den Münzenkenner seine Spielwerke mit Abbisons
Augen ansehen zu lehren. Wenn er doch beyde leichter belehrte, als die Grammatiker und Kritiker zu belehren zu seyn scheinen!

S. 64.

Wartons.

Praelectiones de Poesi Graecorum kenne ich nur
noch aus einer Anzeige in den Unterhaltungen.

Meinhardt.

Eine traurige Gelegenheit nöthiget mich hier diesen Namen zu wiederholen. Verwayßt liegen nun die
Charactere der italiänischen Dichter vor mir, und der
Heliodor, seine erste Uebersetzung aus dem Griechischen,
auf die eine Uebersetzung des Homors folgen sollte, hat sei-

ne

ne letzte Arbeit werden müssen.   Ich brauche meinen
Lesern die Größe des Verlusts nicht zu schildern.   Wie
viel Ueberseher hätten wir nicht statt seiner missen wollen, aber

la morte fura

Prima i megliori, e lascia star i rei.

Baretti

hat für die Engländer eine dissertation on the Italian
Poets geschrieben.

S. 66.

Maßieu.

Hat eine histoire de la Poesie françoise geschrieben.

S. 73.

Gongora.

Aus der Jakobischen Uebersehung seinerRomanzen
kann ich etwas mehr von ihm sagen, und wenn dieser
Uebersetzer, dessen Kritik, Belesenheit und Schreibart
ich loben kann, wenn ich auch über seine Treue nicht
urtheilen darf, fortfahren wird, aus diesen Gegenden
unsre Litteratur zu bereichern; so werde ich meinen Lesern nach und nach die lange Reihe spanischer Namen
wichtiger machen können, sie selbst durch angenehme
Neuheiten vergnügt werden, und unsere Dichter ihre
Heuristik erweitert sehen.   Gongora, dieser von den
Spaniern vergötterte Dichter, hatte sein ganzes Leben
hindurch mit der Armuth zu kämpfen, und starb 1627.
Seine Werke sind außer Pyramus und Thisbe Oden,
Sonnette, die Fabel des Polyphems und der Galathee,
Einsamkeiten, deren gelehrte und elegante Dunkelheit,
wie sich die Spanier ausdrücken, zum Sprichworte geworden ist, und Romanzen, das ist, nicht was wir
heut zu Tage darunter verstehen, sondern Lieder, die
er

er in zärtliche, lyrische, und burleske eintheilt, eine
freylich sehr willkührliche, aber vielleicht in den Zeiten
der Romanzen sehr gewöhnliche Eintheilung, denn
auch ein neuerer Sammler französischer Romanzen bedienet sich derselben. In den zärtlichen vermeidet Gongora zwar oft den Fehler seiner Landsleute nicht, die die
angenehme Schwärmerey der Liebe in Raserey ausarten
lassen, aber theils hat der Uebersetzer die schlechtern
und uninteressantern Romanzen überschlagen und die
Metaphern zuweilen gemildert und schicklicher gemacht,
theils ist auch Gongora noch oft genug schön, ohne in
jene Ausschweifungen zu verfallen. Unter den acht
übersetzten könnte man die erste ein Sonnet, die zweyte eine anakreontische Erzählung, die dritte ein anakreontisch Liedchen, die vierte und fünfte Romanzen im
heutigen Verstande, die sechste anakreontisch, die siebende eine Elegie, und die achte eine Fischeridylle nennen.
Die lyrischen sind ohngefehr gleichen Inhalts. Von
den burlesken hat uns der Uebersetzer nur Fragmente
gegeben, weil uns das spanische Burleske nicht gefallen kann. Besonders ist Gongora an Bildern reich, und
unter vielen allzukühnen wird man auch viele neue finden.

S. 74.

Jakobi hat mir noch einen spanischen Elegiendichter Herrera kennen lernen.

S. 83.

B i e h l.

Hat noch vier Stücke, die zärtliche Tochter, die lustige Betrügerinn, den verliebten Freund und die Zänkerinn geschrieben.

S. 88.

Ramler sagt in der neuen Ausgabe seiner Oden
S. 17. in der Note: Der Verfasser hat vor und nach

dem

dem Jahre 1750 an keiner einzigen kritischen Schrift
Antheil gehabt. Gleichwohl macht der Verfasser der
Fragm. über die D. L. Ramlern zum Hauptarbeiter an
den kritischen Nachrichten aus dem Reiche der Gelehrsamkeit, Berlin 1750.

S. 89.

Das Verzeichniß der Litteraturbriefe, welche von
Abbten herrühren, werden sich meine Leser aus dem Ehrengedächtniß selbst gemacht haben. Ich merke hier
nur noch an, daß an den letztern Theilen auch Grillo
mitgearbeitet.

S. 90.
Fragmente.

Ihr Verfasser heißt Hertel. Von vortreflichen
Werken viel sagen hieße meine Leser beleidigen.

S. 91.

Von den Poesien in neuern Unterhaltungen muß
ich die Uebersetzung von des Metastasio Kantate das Leiden Jesu Christi, das Singgedicht der Tag des Gerichts,
Lied bey einem Fischfang und von Th. Schreiben an einen reisenden Freund auszeichnen.

S. 95.

Trapp hat das Lehrgedicht nicht vergessen, nur der
Setzer und der Corrector.

S. 99.

Unter den englischen Poetiken habe ich am häufigsten Bysse's art of Poetry angeführt gefunden.

Was hat Lord Halifax zur Poetick geschrieben? S.
Home III. 158.

S. 100.

Der dritte Theil der duschischen Briefe handelt von
den kleinern Lehrgedichten und den Heroiden. Immer noch
eben

eben die Nachläßigkeit im Styl und in den Uebersetzungen.

S. 107.

Hier schalte man sich die bekannten Streitigkeiten
über den Unterschied zwischen einem Dichter und einem
Versificateur ein.

Auch in Italien ist über die prosaische Poesie gestritten worden. Die Nothwendigkeit des Verses behaup-
teten Robortello, Castelvetro, Maggio, Lombardo,
Mazzoni, die Entbehrlichkeit Piccolomini, Beni
Ghiradelli.

S. 108.

Man vergesse hier Leßings Anmerkung in der Dramaturgie nicht, daß die Rhytmick der Griechen nicht
blos das Verdienst der überwundnen Schwierigkeit gab.

S. 114.

Dasjenige, was in der dritten Sammlung der
Briefe über Merkwürdigkeiten der Litteratur gesagt
wird, hat mich gereizt, es schärfer zu untersuchen, ob
sich nicht eine philosophische Klaßification der Gedichte
machen lasse. Wenn eine nöthig, so dächte ich, wäre
folgende die bequemste. Der Dichter erzählt entweder
oder er drückt Empfindungen aus. Jenes mag die
epische, dieses die lyrische Poesie heißen, und die vermischte Gattung wird die episch lyrische seyn. Die epische beschäftigt sich theils mit Wahrheiten, theils mit
Handlungen, Wahrheiten im größern und kleinern Lehrgedicht, dem auch in Briefen und Gesprächen die dramatische Form gegeben werden kann, Handlung in der
Epopee, und in der Erzählung, hier ist die dramatische
Form noch wichtiger, die Mittelgattung mag die Fabel
ausmachen, und man sieht alsdenn von selbst die dialogische

Fabel,

Fabel, die Fabelepopee, und das Fabeldrama entstehn. Die Empfindungen sind entweder rein oder vermischt, jene erzeugen die eigentlich sogenannte lyrische Poesie nebst ihren Untergattungen, diese die Elegie. Die lyrisch=epische Poesie begreift die Lehrode, die lyrische Fabel, die Romanze, Cantate, lyrische Epopee, und das lyrische Drama. Wo die Satire, das Schäfergedicht, und das Epigramm hin gehören, will ich an seinem Orte bemerken.

§. 123.

Des Verdizoti Fabeln führt Christ in der Dissertation de Phaedro als ein Beyspiel italiänischer Fabeln an.

Der Fehler der Engländer in der Fabel liegt darinnen, daß sie zu viel malen, und so wie Home die Trauerspiele der Franzosen beschreibend nennt, so kann man die Fabeln der Engländer beschreibende nennen, und sie zu ihrer descriptiv poetry rechnen.

§. 130.

Z. 16. weitläuftiger l. gar nichts.

§. 132.

Giseckens poetische Werke hat Gärtner herausgegeben, unter denen sich die Fabel und Erzählungen, einige kleine bidactische Gedichte, und einige lyrische Poesien ausnehmen. Gärtner vergleicht ihn in der Vorrede sehr gut mit Opitzen.

§. 154.

Obige Eintheilung der Poesie hat mich auf eine neue Erklärung des Lehrgedichts gebracht. Ich wende nämlich auf dasselbe die Erklärung der Epopee an, und beschreibe es als eine poetische Erzählung einer interessanten Wahrheit (oder Inbegriffs von Wahrheiten) die

mit

mit untergeordneten andern Wahrheiten in eine interef=
fante Verbindung gebracht ist. Was dort Episoden
sind, sind hier Digreßionen.

S. 157.

Z e r n i ß

Wie Dusch sein Versprechen diesen Dichter wieder
herauszugeben, wird erfüllt haben, verweise ich meine
Leser unterdessen auf den fünften Brief im dritten Theil
der Briefe zu Bildung des Geschmacks. Von Voltai=
ren gehören die pensées philosophiques noch hieher.

S. 158.

Außer dem ersten Gesange von dem Gedicht: the
Beauty, der von der Schönheit der Natur handelt, sind
noch zweye erschienen, welche die Schönheit des Frauen=
zimmers und die moralische Schönheit schildern.

S. 173.

Die räthselhafte Ursache von dem Titul seines Ge=
dichts giebt Palingenius in folgenden Zeilen an:

Zodiacus vitæ fertur, quia vita per ipfum

Ducta nitet ceu fol per fua figna means,

Maioremque fol mundum fic ifte minorem

Illuftrat vegetat ornatalitque liber.

S. 178.

Z. 22. reizende, lies verführerische.

S. 180.

Die Bemerkung in den Briefen über Merkw. der
Litter. hat mir wohlgefallen, daß sich Uz in seinem Lehr=
gedicht mehr die Franzosen als die Engländer zu Mu=
stern vorgestellt.

S. 190.

Meusel hat eine geschmackvolle Disputation de Lu=
cani Pharsalia geschrieben.

S. 111,

S. 215.

Boileaus Commentatoren sind Saintmarc, Desmalzeaux, Brosette, du Monteuil, sein lateinischer Uebersetzer Godeau. Eine holländische Jungfer Hooghard hat Lettres antipoetiques geschrieben.

S. 222.

**) Z. 2. Klugheit l. Kühnheit.

S. 224.

Dorat.

Hat sein schönes Gedicht fortgesetzt, und nun auch das Lustspiel und die Oper mit genommen.

S. 225.

Wenn ich bey den Heroiden von Begebenheiten aus der Geschichte rede, so schließe ich Begebenheiten aus einer erdichteten Geschichte nicht aus.

S. 227.

Saintlambert und Bernard, diese schönen scherzhaften Dichter haben ihre Poesien meistens in Briefe eingekleidet.

S. 233.

Dusch.

Seine vortreffliche Epistel von der Glückseligkeit des Tugendhaften ist hier vergessen worden.

S. 234.

Die Satyre, von der hier die Rede ist, gehört zu den historischen Lehrgedichten.

S. 237.

Ob die horazische Satyre der Juvenalischen vorzuziehen sey, davon siehe den dritten Theil der Hertelschen Fragmente.

B   S. 245.

S. 245.

Wenn das Sinngedicht nicht ein kleines Lied oder eine kleine Erzählung ist, so verdient es wohl nicht für Poesie gehalten zu werden.

S. 254.

Z. 12. wie lies wär. Z. 20. durch lies die. Z. 24. Setze doch vor.

S. 261.

Kirkpatrik.

lebt noch und verdient sowohl der Zeit als dem poetischen Werthe nach unter Thomson zu stehen. Er schildert auch nicht eine Seegegend, sondern beschreibt eine Reise zur See.

S. 265.

Z. Uebersetzer des Thomson soll E. H. Wögelin seyn.

Um meine Leser auch in dieser Sammlung mit einem Gedichte zu beschenken, glaube ich am besten gewählt zu haben, wenn ich ihnen hier die Weinlese zu lesen gebe.

Die Weinlese zur Ergänzung des Thomsonschen Herbstes.

O hättest du, Thomson, so früh, so ofte, wie ich, die Freuden der Lese gekannt; dann hätte dein Lied uns der Winzer Gewimmel, der Kelter röthliches Schäumen, den Reichthum des Weinkellers und die Gesäng und Spiele der Traubensammlerinnen gesungen. Möchte von deinem genau bemerkenden mahlerischen Geist ein vertraulicher Strahl in mir leuchten! Möchten bey meiner Erzehlung die reinen Gefühle der Natur sich regen, und

froher

froher Empfang und edler Genuß und unverschwiege-
ner Dank dem Allgütigen meine Gemählde umschweben! Wie kurze Monate sinds, seit die höchst verflat-
terte Rebe mit ihren Kindern allen nur eine, dürre, weinend beschnittene Gerte war; seit ihr üppigstes Schoß
noch in einem runden Auge sich schmiegte, und jenes
Träubgen kleiner als die damals reifende Erdbeer, seine
grüne Köpfgen vergnügter als die rothe Erdbeer trug!
Umhülset von fadichten Blätterchen, die jede Zurickel be-
schattet hätte. Aber sie rang sich heraus, verstreckte ihre Glieder, langte mit ihren Gäbelgen nach jeder Stü-
ze, legte das vieltheiligte Gewand des großen Reben-
laubs an; die Träubchen ließen ab ihrer sechsjasrich-
ten Blüthe das grüne Hütchen fallen, dufteten den
süßesten Wohlgeruch, beerten sich, begonnten stets schwerer hinunter zu hängen, und aus harten Körnern wurden weiche Küchelchen, deren jedes eine große Tropfe
in den großen Opferkelch träufelt, den die Natur ihrem ewigen Vater baut. In diesen sanften Tagen begleitet ofne Empfindlichkeit uns in den Weinberg, da stehn
die langen Reihn steif emporhaltender Pfäle, von dem
alldeckenden Grün umschichtet. Der Weinstock läßt
der Trauben Menge froh und doch nicht ganz errathen,
schirmt sie stets behutsam vor ungedeihlichen Lüften, ver-
wahret die ausdunstende Wärme des sonnebeschienen
Bodens in seinen Wölbungen. So ruht die sorgsame
Henne über ihre Küchlein verbreitet; hier läuft noch
unter der Brust eins weg; dort strecken etliche die gel-
ben Schnäbelchen aus ihrer Mutter Federn und zwischen
den Fittigen hervor; die andern wärmen sich still und
wachsen geheim. Wann bald der Rebschöße bran-

ne Reife und kältere Nächte und die ersten Blätter
wegwelken läßt; dann fällt das oft gepaarte Gehänge,
hier blau, dort weißlicht; mit durchscheinenden Kern-
chen ins Aug. Wie mannigfaltig stehen die Trauben-
arten am Geländer und an der mittägigen Laube! Einige kleingebeert an dünnen Schößlingen, andere die
Ranken schwerherabziehend, von Kirschen ähnlicher
Rundung, in Nebenträubchen abgetheilt. Hier bräun-
liche von Nüssenfarbe dort gelbe, wie Eicheln verlängt!
Wie drücken an diesen die Beeren sich zusammen und
stoßen die raumbedürftigen aus, daß um den Stamm
der Boden blau überschüttelt erscheint. Jene weit aus-
einander gewachsen gucken aus tiefgekerbten Eppich-
blättern nach der Sonne hinauf. Am ansehnlichsten
ruht auf Ranken und Stab die goldne Muscatellrau-
be. Die höhern Beeren braun in der Sonne geröstet,
von durstigen Wespen umsaußt, bis der Spatz die
reizende Haut aufpickt und ihnen zu saugen vergönnt.
Dann hölen sie die ganze warme Schale und wälzen
sich süßberauscht mit geringelten Rücken und eingezoge-
nem Stachel darinn. Das kleine Mädchen kam, insgeheim zu rüpfeln: allein schon zieht es sich beym Anblick der murmelnden Thierchen behutsam zurück, und
hutet auf günftigre Augenblicke. Jetzt führt der vornehme Mann die Gäste seines Lusthauses bey seinen reben bekleideter Mauren vorbey mit Neid verlangenden
Herzen, aber zitternd, sie möchten ihm von den lächelnd-
sten Trauben kosten. — O sie thuns! Auf zwo Seiten reißt ihn sein Herz, ob er mit aller gesammelten
Höflichkeit es verbitten und mit List sie wegbetriegen,
oder ob diese Lust seiner Augen durch Ausklaubung des

nieblich-

niedlichsten ein wenig entgästen laffen wolle: Der Gaft
denke nicht daran, daß dies dem Manne, der die koft-
barfte Tafel hält, an das Herz gegriffen fey: Und er,
der Verfchwender, befinnet fich nicht, daß immer das
am beften fchmeckt, was jeder aus der reinften Hand
der Natur mit eignem Finger pflückt.— Schwache
Herzen! Reiche Leute haben wir! Aber an einen Cimon,
der feine Gärten offen ließ, reicht keine Seele mehr
und kein Ueberfluß in unferer blöden Zeit. Doch ja
»dich preiß ich, edelmüthige Frau, die du deinen Ver-
»wandtinnen fagft: Schleichet ihr weiterhin felbft an
»meinen Bäumen und Reblanken hin und brecht das
»zeitigfte, das eure Augen reizt.» Der Tag der Lefe wird
ernannt. Nach wenigen Stunden ift der Bach, an
Flüffen und Seen jedes Ufer mit vielfaffenden Zubern,
mit weißen Eimern und Kufen befetzt. Der Tact der
Büttner wird überall umher gehallt. In vollgefchöpf-
ten Herbftgefäßen badet fich mancher Apfel und manche
halb ausgefchälte riechende Nuß von überhangenden
Bäumen gefallen, daß die Kinder darnach aufhüpfen
und ftrecken. Der Landmann weicht die rothgelben
Weiden ein, fie bald für feine Schultern um Rücken zu
flechten. Hier wetzt man die kleinen krummen Meffer-
chen, dort trinkt das Trottenbette feine Ritzen und Spalten voll, und füget fich neu. Herrlicher Morgen! In
deffen Nebeln von jedem Haufe — o leider lange nicht
von jedem! — Die Väter, die Töchter, die Jünglinge und die trippelnden Kinder mit reinlichen Gefchirren
in den Weinberg zeuhen, woher als ein fürftlicher Einzug
mit feinem ganzen Pomp. Ein Trupp ruft dem andern
ungefehn durch den Nebel die Scherze zu, die fchon im

B 3

alten

alten Gräcien und Karium die Winzer anstichelten. Doch
bald enthüllet sich Himmel und Geländ, der Weingarten steht in kräftigen Sonnenschein da, der allmälig
die gleißenden Bespritzungen von Nebelgewölke wieder
abschlürft.   Der neidische Zaun wird abgebrochen.
Die ganze Schaar der Wimmlerinnen steht aufge-
schürzt und reihenweise mit den blendenden Sichelchen,
jede vor ihr die reinweiße gelbe, jede neben sich die geliebte Brunnen - und Scheunefreundinn.   Sie heben
an abzuknelpen und zu schneiden, in die Linien einzubringen, und unerschöpflich zu schwatzen.   Manche zieht
den schwankend gewichtigen Rebbogen über ihr Geschirr
her, und füllt es von einem einzigen, daß es ein Regen
von Trauben und Beeren wird.   Indem die eine sich
bückt, das versteckte Träubchen hervorzulangen, streckt
sich die Nachbarin an eine hohe Rebe mit lösenden
Finger und Schnitte hinauf, und bewundert laut die
Hand überfüllende, klebrigt triefende Frucht.   Hier eilen sie einander zuvor, hier hilft man den Zurückgeblie-
benen freundlich nach, man rüttelt, man beut, was
vollgehäuft ist.   Der freudige Rebmann mit seinen Ge-
hülfen mit leeren Zubern und Tragbutten ist vorhanden:
Der betreibt die kurzweilige Arbeit: bricht mit kräfti-
gem Gruß und lachendem Schmähen die zurückgelasse-
nen Träubchen, hält jedes Beergen zurath, wiederho-
let seine Sprüchwörter, schätzt und berechnet, lobt seine sonderbare Kundigkeit im Weinbau; er hat immer
gesagt, so geschnitten, und so gehackt, und so in Gruben
gelegt muß sein Einfang vor allen gedeihn.   Er ho-
let, er schüttet das Gewümmelte hochstaubend unter
dem Stößel, und weiß seit langen Jahren, beym Stoß-
sen

sen des neuen, seinen Nösel alten Wein herbeyzuspot-
ten. Ihr frohe, so manchmalvertröstete Kleinen, nun
habt ihrs erlebt! Wie gut stehts euch eine und zwo
und drey lustige Trauben in kleine Gefäße zu tragen
und die Mutter hülfreich zu hintern! Ein Geschirrgen
ins andre zu leeren, rings um eine volle Rebe oder um
eine Schächtelchen beerend zu stehn, und lang in der
Wahl unschlüßig und ungleicher Meynung zu seyn, was
ihr für das Wiegengeschwister heimnehmen wollt, aber
vorher gutherzig noch selber speiset. Ihr helft einander die Bürde auf die kurzen Rücken heben, um auch
Traubenträger zu heißen, und gehet nach dem Kelter-
schopfe, und, seyd ihr daselbst, so kehret ihr oft wieder
um, und gießet eure stiel und saftreiche Last in des gros-
sen Mannes Zuber. Oft lauft ihr wieder voraus an
die noch nicht angegriffene Kammern des Weinbergs,
oder ihr setzet euch, jedes sein Träubgen in der Hand,
zusammen auf eine Rasenbank, auf die vielleicht noch
eine Pflaume oder eine rothfleischichte Pfirsiche in eure
Mitte fällt, und vor euch den sanften grünen Abhang
hinunter in die Rebenreihen rollt. Dann laufet ihr
mit einstimmigen Jauchzen und unschädlichen Lermen
nach. Dich Edeln vergeß ich nicht, der du, deine
Gattinn am Arm, fähig warst unter deine herbstliche
Schaaren dich vertraulich zu stellen, und nicht blos in
den Ruhestunden sie aus den Rebegängen herauszuru-
fen. Du hießest sie auf den breiten Weg ins Grüne
setzen und singen aus voller Kehle, von ganzem Herzen.
Da klang es rührender, als kein Kunstconcert so umzirkt
von den Gaben der Gottheit, die nur Liebe ist, ihr mit
heller unverwundner Stimme Lobzusagen. Psalm und

Lied

lied fuhr durch den wiederhallreichen Grund und gegen die Höhen hinan. Der Reisende pries erstaunt mein Vaterland, und das vorbeyfahrende Schiff auf der See hielt still, empfand ihnen nach, und erwiederte tonvoll den herzergoßnen Lustgesang. Verjüngendes Andenken an die Herbste meiner Kindheit, und an die, die einen Herbst zu genießen wußten, du bleibest mir süßer als der mildeste Wein! Ich habe Weingärtner gesehen, wo die Reben nicht aufrecht gestutzt, sondern über die Geländer, die ganze Morgen deckten, zu einem grünen Dache gezogen sind. Dort hängt alle Frucht verborgen. Aber wenn die Sammlerinn hinunterschlüpft, so sieht sie nichts als Trauben an, Trauben von der Hitze verdoppelnden Steinerde ausgekocht in den Farben des Morgenroths. Immer rückt sie mit ihrem Geschirre, wie verloren, weiter. Ofte, wo eine Oefnung sie einladt, hebt sie den Kopf aus den umschlingenden Schossen hervor, zeucht ihr weißes Häubchen zurecht, erschnaubt von dem Bücken, und beut blos armigt das vollgehäufte Geschirr hinaus. So geht das Kaninchen in seinen Laufgräben, und streckt bald den Kopf wieder aus dem Grase herauf. Kurzweilig ists, das gerne versteckte Völkgen bald flüstern, bald rufen, bald lachen und jauchzen zu hören, indem auf der Ferne und der Nähe nur Einsamkeit zu schlafen scheint. Laßt uns letzt zu unsern Rebenbezirken zurückgehn und der Lese von einer Anhöhe zusehn, durch unruhige volle Straßen fährt ein Weinwagen mit frischbeschattendem Laub die Roße und die Fässer bestckt. Viele gehn paarweise mit sanfteingedruckter Last nach dem Dorfe. Jene rütteln erst ihre weiche aufspritzende Bürde zurecht. Eine Leserinn hilft

dem

dem Jünglinge die Last auf den Rücken nehmen. Ein junger Herr tritt sachte mit seiner Stadtgesellschaft daher, und bekömmt unversehens von einem ländlichen Mädchen ein volles Gefäß auf den gepuderten Kopf, daß das Ebenmaas aller Locken im Grunde verderbt wird alle seine Verlegenheit kein Mitleiden findt, noch ihn vor dem Lachen der ganzen herguckenden Schaar schirmt. Eine Schaar verläßt diese Revier, und nimmt für Monate von den geliebten, nun entschmückten Weinstöcken Abschied: Die unermüdete Magd nimmt alles vom Hause weintriefendes sonst leeres Geschirr in einem Thurn auf einander gedreht, auf ihren Kopf und läuft vor allen starklachend davon. Mein Auge verweile bey dem Einfang des Harpagon nicht, der seinem Nachbar das beste nimmt, und es in die schmutzige Tasche schiebt. Der die herbsten Heerlinge für den Zehendsammler aussucht, und sein Gewissen damit tröstet, daß der Herr desselben nicht so oft wie er in die Kirche geht, und nicht von seiner seligmachenden Religion ist, der das Traubenessen den alten Leserinnen sehr verarget, darum daß sie schon so alt sind, und den jungen, darum daß sie noch jung sind. Aber lieblich ists, jene im Kreise gesammelt Haushaltung zu sehn, wie sie einander das Brod reichen, und die Kanne mit dem Gläschen von Hand zu Hand herum geht, wie Zufriedenheit in ihren Minen sich ausdrückt, wie sie Seitenblicke an die noch vollen Reben werfen, und verlangen ihre Arbeit fortzusetzen, und der Hausvater sie noch nicht aufstehen lassen will; und wie er den bittenden Pilgrimme eine vollgespannte Hand voll von seinem Segen reichet, der dankend und gelüstig anhebt die güldensten Beeren zu kosten, die unter dem Ab-

B 5

pflücken

pflücken spalten. Rührend ists auch, in jenem kleinen halben Morgen die stille Wittwe mit zwey Töchterchen einsam den Seegen schneiden zu sehen, den ihr begrabner Gatte noch erarbeiten half. Diese weis nicht, soll sie den Kindern das Traubenessen empfehlen, oder wehren. Ihr Herz will empfehlen und ihre sparsame Vorsicht will lieber sie mit andern speisen. Mutter, sagt doch, so fängt die kleine mehrmals an liebkosend zu frägen, könnet ihr den Herrn, der unsern Wein wird trinken, dennoch gnug geben, wenn ich schon noch ein Träubchen nehme? Mich dünkt es schier, ihr liebet die Trauben bey weitem nicht, wie ich. Was werden wir trinken im Winter, liebe Mutter, und wenn wir aufs Jahr an der Sonne arbeiten? Mein Kind, der gesundste Trank ist gutes Wasser, und ihr sollt mit jedem Sonntag noch lieblichen Birnmost haben. Wen sehe ich dort im ernsten betheuernden Gesprächen sich diesen Bezirken nahen? Ein Weinhändler ists. Zwar vielleicht ist dieser ein redlicher: allein ich will von hinnen eilen. Ich werde so schon im Weingarten meines Freundes des Ernst erwartet. Daselbst erschallet auf einmal das Freudengeschrey seiner Kinder und Hausgenossen. Die Stadtfreunde kommen! Sie kommen! Sie sind da! Er setzt die Umarmten willkommen an die lange weißhölzerne Tafel, auf einem ledigen Platze mitten in seiner Traubenerndte. Seine Gattinn trägt ein liebliches Wildprät auf, das ihr Mann auf dem Feld erlegt hat, wo es mit schädlichem Benagen der zarten Rinde eines Bäumgens, das ein Nachbar pfropfen wollte, seinen Widerwillen vor dem Würgen überwand. Auch bringt sie eine Schüssel mit auf einander getrockne-

ten

ten Gaben des Herbstes. Da steht der Apfel in der
Farbe der Mandelblüthe und die tupfenreiche weiche
Birne, Pfirsichen von wolligtdünner Haut, worein eb
ne sanfte Röthe zerrinnt. Andere Aepfel glatt mit
Spiegel = heller Grüne und einer beflammten Seite.
Pflaumen, aus deren kleingeöfnetem Ritze ein gelbes
Zuckertröpfgen vordringt. Die Pomeranze und die
Feige liegen oben auf und der vor vielbefassenden Reben=
blättern unsichtbare, weit überkränzte Rand hält mit
Mühe die Last der gefärbtesten Trauben. Mit eben
dem Geschmacke, womit sie sonst für ihre Brust die
Sträuße, und im Lenzen für ihre Kinder Kränze bü=
schelt, hat sie dies Gericht der schwelgend gütigen Na=
tur auf einander gebaut, und es vielseitig mit Citro=
nenlaub besteckt. und mit Jesminenblüthe. Indessen
hat sich das Gespräch der Menschenfreunde, so offen,
wie die Aussicht, so frey wie nachmittägliche Lust, an=
gehoben. Ihre Stachelscherz ist köstlicher als die ge=
sunde saure Kirsch, und ihre Erzählungen, ihre Ent=
würfe, und Wünsche entzückten ganz anders, als der
ungespart sprudelnde Wein. Beym Herausgehen des
Abendsterns geht der sattgespazierte Zug nach der Kel=
ter hin, wo die quetschenden Winzer nun bald aus vollen
Zubern die halbentblößten Trappen und die schwim=
menden Beeren schöpfen, und auf das Trottbette schüt=
ten, wo sie einen viereckigten Traubenstock schaufeln,
alsdann ihn bedecken und die knarrende Last des zwey=
armichten Kelterbaums oder die umlaufende Mutter
an der Presse auf die Breter hinunter drehen. Dann
wirds umher eine rothe See, die alles zu beschwemmen
freudig droht. Bächgen schießen ohne Zahl hervor,

mit

mit Mühe wird der Ablauf unverstopft gehalten. Die
Rennstande füllet sich mit siedenden bunten und weißen
Blasen beschwummen zusehends auf. Ue Irbeiterin=
nen des Tages genießen hier mit Bewunderung ihren
Feyerabend und leuchten und reichen die Hand den Män=
nern, die unter dem schwühlichen Mondschein den per=
lichen Most nach dem Weinkeller sachtwankend tragen,
bis man zum Keltermahle ruft; Zu diesem Mahle, deß=
sen Lust der Dichter der Natur, Geßner, — dem sie so viele
und noch andere Geheimnisse als ihrem Thomson entdeckt,
— nicht wie die Ueberklugen unserer Zeit verschmäht. O
möchten ihm, der seit den frühsten Jahren schon mein
Freund ist, von diesen kleinen Schildereyen einige ge=
fallen! dann würd' ich kühn und sagte auch einmal in
meinem Leben: Ich hab ein gutes Stück gemahlet!

S. 266.

Genest ist nicht nur zu historisch, sondern auch ein
zu großer Liebhaber der Allegorie.

In der Erklärung der Idylle, die sich von Moses
Mendelsohn herschreibt, begreift das Wort leidenschaft=
ten auch die Handlungen. Das Schäfergedicht er=
streckt sich also über alle Gattungen der Poesie, die didacti=
sche und also auch die malerische ausgenommen. Aller=
dings wäre aber mit Herteln zu wünschen, daß uns die
Dichter die Leidenschaften der Schäfer in mannigfalti=
gern Handlungen zeigten, als bis ietzo geschehen ist.
Denn so wie denen kleinen Gesellschaften nicht alle Ge=
lehrsamkeit z. E. die Astronomie rc. fremd ist, so können
sie auch mehr thun, als sich mit ländlichen Beschäfti=
gungen die Zeit vertreiben. Die Veredelung hat Her=
tel auch mit Recht näher dahin bestimmt, daß man dar=
unter

unter nicht etwa die so unpoetische Vollkommenheit der
Charactere und unter Schäfern Engel oder Platoniker
verstehe, sondern daß der Poet seinen Schäfer nur in
so weit zu veredeln habe, daß er die Illusion nicht störe.
Weil die kleinern Gesellschaften heut zu Tage unwahr-
scheinlicher geworden sind, so pflegen uns die Dichter in
entferntere Zeiten, oder wie man insgemein gesagt, in
die goldnen zu entrücken. Allein so wie die goldnen
Zeiten bey den Dichtern beschrieben werden, war damals noch das ganze menschliche Geschlecht eine Gesellschaft, und da die Natur alles freywillig gab, waren
Hirten und Schäfer nirgends. Man sollte also, wenn
man poetisch reden wollte, die schäferischen Zeiten lieber die silbernen nennen. Grillo in seinem Commentar
über den Moschus und Bion zweifelt, ob man eine Idylle
noch eine Idylle nennen dürfe, wenn Götter in derselben
auftreten. Da bey den Alten den kleinsten Beschäftigungen gewisse Götter vorstunden, so gehören sie gleichsam mit zu den Verzierungen, und in der ländlichen
Idylle können nicht nur Pan sondern auch Amor, Diana
u.s.w. vorkommen. Kommen aber bloß Götter vor, so
bedenke man, daß die Götter zuweilen als Schäfer handeln, und die Illusion es nicht stört, wenn auch in
Nebensachen der Gott durchscheint, daß die Schäfer
ihre eigene mythologischen Traditionen haben, daß so wie
Moschus in dem Trauergedicht auf den Bion, diesen Dichter einen Hirten nennt, der Dichter sich selbst in die Situation eines Hirten setzt, und, da es mit von den Beschäftigungen von Leuten in kleinen Gesellschaften ist,
sich zu erzählen, Geschichten von Göttern und dieß ist
die einzige Geschichte die sie wissen, mit schäferischen
Kolorit erzählt. Von wem kann aber der Schäfer
wohl

wohl mehr erzählen, als vom Amor? Und endlich erinnerte man sich an die Freyheit, welche die eigentliche Bedeutung des Worts Idylle giebt.

S. 268.

Des Moschus und Bion Ehre hat Grillo durch eine neue vortreffliche Uebersetzung gerettet. Ich kann ihr kein größer Lob geben, als daß sie selbst die Ramlerische im Batteur weit übertrift. Der lange schöne Commentar ist durch Uebersetzungen aus griechischen Dichtern und durch die Ausschweifungen über die Idylle überhaupt, über das deutsche Publicum, und über die griechischen Dichterinnen angenehm und lehrreich gemacht.

S. 273.

Ein schönes französisches Hirtengedicht: Paliris und Dirphe siehe übersetzt in (Krokens) Sammlung für den Verstand und für das Herz.

S. 290.

Diese Theorie der Elegie, die sich von Abbten herschreibt, hat Hertel in seine dritte Sammlung eingerückt und mit Anmerkungen begleitet, worunter die wichtigste die ist, in der er untersucht, warum man insgemein die Liebe der Elegie als eigenthümlich zugeschrieben hat.

S. 293.

Home bemerkt im II Theil der Grundsätze der Kritik. S. 261. daß das Klagen eine Bestrebung sey, die Seele von ihrem Leiden zu befreyen.

S. 299.

Ist unter den englischen Elegiendichtern Hammond vergessen; ingleichen ist in dem zweyten Stücke

des

des IV B. d. N. Bibl. d. ſch. W. eine Elegie: the poor
Man's Prayer angezeigt worden, die der von Dodsley
nichts nachgeben ſoll

S. 306.

Die Digreßionen beſtehen in der Zurückführung des
beſondern Falls auf allgemeine oder ähnliche.

S. 314.

Z. 15. Weib lies Theil.

S. 326.

Unſere vier lyriſchen Dichter ſchildert Hertel ſehr
richtig ſo: Lange kann horaziſche Gemälde zuſammen
ſetzen, Uz hat den Ton der philoſophiſchen Ode, Klopſtock
den Strom der Empfindung, Ramler vereinigt alle horaziſche Schönheiten.

S. 339.

Z. 5. mächtigen l. nächtlichen.

S. 356.

Gleim.

Seine neuen Lieder enthalten ſowohl anakreonti-
ſche als ſcherzhafte. Man wird ſie alle ihres Verfaß-
ſers gleich würdig und beſonders die ſcherzhaften mei-
ſterhaft finden. In der baldigen Sammlung der
ſämmtlichen Gleimiſchen Werke erhält das Publicum
alle ſeine Arbeiten ſehr verbeſſert.

S. 358.

Der Vorzug meines Buchs iſt zu nichte gemacht,
mit 25 wieder vermehrt ſind die Lieder für Kinder einzeln heraus gekommen, das 26te bey mir iſt von
Hr. Alers.

Lavater.

Iſt in ſeinen Schweizer Liedern unter Gleimen und
unter

unter seinem Sujet geblieben. Welche neue Bilder
und Gedanken hätte nicht eine solche Situation erzeugen können! Und gehört es denn zu dem Character
von Schweizer Liedern, daß sie hart und rauh seyn
müssen?

S. 370.

Nichts als die Schönheit dieses Liedes hat mich veranlaßt, es dem Verfasser der Kinderlieder zuzuschreiben.

S. 373.

Die in der vollständigen Ausgabe der Ramler-
schen Oden hinzu gekommene neue Stücke sind: an den
König. Wenn man auch nur darauf sehen wollte,
wiefern der Dichter von der Schmeicheley ist, wird man
ihm nachsprechen müssen

      , , wie weit läßt er euch hinter sich
Sänger Heinrichs und dich ganze Zunft Ludwigs!
an den Apoll. Wenn wird einem deutschen Schauspiel-
hause eine solche Ode geweiht werden? Amynt und
Chloe ist das erste Gemählde unschuldiger Wolluft,
das er nach Horazens Art mit einstreut. Sehnsucht
nach dem Winter. Man vergleiche einmal alle vorigen Lobe des Winters oder Einladungen im Winter
damit! die Wiederkehr, ob sie gleich eine Entsagung
der Kritik ist, so gefällt sie doch vornemlich wegen des
Lobes der Freundschaft. An Lycidas. Hat noch ein
deutscher Dichter die Zufriedenheit des Poeten so besungen? Der Triumph. Wenn auch den Sachsen der alte
Lobspruch der Treue nicht gelassen wäre, so fände doch
unser Patriotismus noch in den Worten Nahrung!

Und

Und ob er auch diesen Triumph verlenkt,
Und deiner Töne nicht gewohnt
Sein Ohr zu Galliens Schwänen neigt.

Die Ode an den General Buddenbrock enthält eine von den Ursachen, warum Deutschland an dramatischen Dichtern noch so arm ist:

Ein Dichter unerlößt von fremder Sorge singet
Ein leichteres Gedicht;
Korneljens Diadem, Voltairens Kranz erringet
Der müde Kämpfer nicht.

Der Abschied von den Helden macht uns die angenehme Hofnung zu noch mehrern Meisterstücken, und charakterisirt zuletzt diese Oden selbst folgendermaßen:

— — —   den Welschen
Ein süßer Klang, dem Ohre des blöden Volks
Unmerklich — Ungeschwächt soll ihre
Töne der brittische Barde trinken,
Sie sollen hell den Himmel Ausoniens
Durchwirbeln — dort war ehmals ihr Vater-
                                    heerd —
Auch Galliens vergnägter Sänger
Höre den Nachhall nicht ohne Scheelsucht!

S. 391.
Raspe.

Freilich erfordert die Ritterromanze wenig Genie, aber doch darf die Simplicität der Erzählung nicht ganz ohne Anmuth, noch der Ausdruck allzusehr vernachläßigt werden. Dieses bemerkte ich, als ich Herrn Raspens Siegfried und Agnes las, zumal da es etwas lang ist.

S. 393.
Hier muß ich zwey Cantaten von Herr Schieblern,

                                    die

die Kinder Israel, und die Großmuth des Scipio nennen, aber auch nichts mehr als nennen.

In der dritten Note. Die Komödie heißt: Medon oder die Rache des Weisen, ist mit Beyfall aufgeführt worden, und steht im zweyten Stück der Versuche über Litteratur und Moral.

S. 396.

Ich habe nichts von der bürgerlichen Epopee erinnert, denn wen der epische Dichter besinget, der wird dadurch zum Helden.

S. 396. u. 397.

Die Erklärung der Haupthandlung wird besser nach der leßinglischen Erklärung von der Handlung in der Fabel so eingerichtet. Es ist eine Folge von Unternehmungen, die zusammen ein Ganzes ausmachen. Die Person, welche diese Handlung betrift, sie leide sie nun oder sie thue sie, heißt der Held. Wenn der Held die Handlung leidet, dann beruht das Interesse auf der Handlung, dies sind die Intriguenstücke, thut er sie, dann entsteht ein Characterstück, oder wie man bey dem Trauerspiel sagt, ein Stück, worinnen Sitten sind. Die Handlung ist moralisch gut oder moralisch böse. Gute Handlungen leidet der Böse. Der Böse muß bestraft werden, die gute Handlung besteht in dem Unglück des Bösen. Der Held soll interessiren, das heißt im Trauerspiel Leidenschaften erregen. Ist der Böse der ärgste Bösewicht, so macht sein Unglück keine große Freude. Man giebt ihm also falsche Grundsätze, aus denen er mit Recht böses zu thun glaubt. Ueberhaupt sind die ärgsten Bösewichter ohne allem Grund etwas Unwahrscheinliches. Gute Handlungen thut der Gute. Er soll

soll interessiren. Bloß durch Bewunderung? Eine gute Handlung ist Pflicht, man lobt sie, aber man bewundert sie nicht. Daß er sie ohnerachtet aller Hindernisse zu Stande bringt, vergnügt, aber erfreut uns nicht. Er soll also Mitleiden erregen, er soll unglücklich werden, ein Mensch ohne alle Schuld unglücklich, ist eine Ungerechtigkeit, eine Unwahrscheinlichkeit. Das Unglück muß also aus einem Fehler entspringen. Eine böse Handlung leidet der Böse, dies würde nicht interessiren, aber der gute leidet sie, hier gelten eben die Gründe, die ich oben angegeben habe. Eine böse Handlung thut der Böse, hier gilt eben das, was ich oben gesagt habe. Man wird zugleich hieraus die Nothwendigkeit sehen, warum der Held im Trauerspiel allemal unglücklich werden muß.

S. 397.

Tragische Intriguenstücke sind nicht möglich, weil es nicht möglich ist, sich für eine tragische Handlung zu interessiren, ohne einige Sympathie für die Personen, die sie betrifft.

S. 400.

Nach Popen wagt es ein Engländer noch einmal den Homer zu übersetzen; er soll zwar getreuer übersetzen, aber wird das den Pope verdunkeln? Aber gereicht ein solches Unternehmen nicht England selbst zur Ehre? Wir übersetzen den Homer nicht, ob er gleich noch unübersetzt ist, und wer weiß ob wir ihn einmal, geschweige denn zweymal laufen würden?

S. 406.

In der dritten Note: Merians französische Uebersetzung.

C 2   S. 409.

S. 409.

Lettres d'Aristenete, aux quelles on a ajouté des lettres choisies d'Alciphron Londr. 1739.

S. 410.

Herr Klotz hat sich erklärt, daß die Beurtheilung des Longus in der allgem. deutschen Bibliothek nicht von ihm sey.

S. 411.

An Bachschwanzens Uebersetzung des Dante läßt sich nichts als höchstens die Treue rühmen. Poetische Sprache und Wohlklang darf man nicht darinnen suchen.

S. 426.

Marmontel

Hat eine moralische Erzählung von der Länge einer Geschichte, nachdem er für alle Stände, nun auch für Fürsten geschrieben. Die Tradition vom Belisar, wie lehrreich und wie angenehm ist sie unter seiner Hand geworden!

Bitaube hat sich nun selbst unter die epischen Dichter gewagt, aber ich glaube, daß nicht bloß der Inhalt seines prosaischen Heldengedichts Josephs ihm wenig Beyfall erwerben wird.

S. 430.

Garth.

Für Apothekerbuch lies Armenapotheke. Die Gelegenheit zu diesem Gedicht gaben die londner Aerzte, die sich zum Besten der Apotheker der Erbauung einer Armenapotheke mit allen Kräften widersetzten.

S. 433.

Z. 2. streiche weg: Jemehr man ihn liest.

S. 435.

S.435.

Sterne.

Sein Tristram Shandy, heißt es im vierten B. d. Bibl. d. ph. W. unstreitig die seltsamste Geburt des Witzes und der Laune! Rabelais, der ihm jedoch in den Gemälden und in den pathetischrührenden Auftritten unendlich nachstehen muß, ist vielleicht der einzige Schriftsteller, mit dem man ihn vergleichen kann. Der Verfasser ist ein Geistlicher, der so gar unter dem Namen seines Harlekins die vortreflichsten Predigten herausgegeben hat. Der Landpriester von Wakefield, der nun auch übersetzt worden, ist nach dem eignen Geständniß der Engländer voll großer Fehler und großer Schönheiten.

S. 441.

Der Verfasser der Miß Janny Wilkes heißt Hermes.

S. 442.

Nicht viel neues, sondern viel unrichtiges sagt Waubrieres in seiner dissertation methodique & succincte sur le poeme dramatique, ou l'on fait preceder le poeme epique & succeder divers autres genres de poesie, qui la plupart ont de la connexion avec le drame, tels sont la pastorale, la mythologie, l'apoloque, la poesie lyrique &c. Es breitet sich also dieses Buch über die ganze Poetick aus, aber noch nie hat ein Franzose trocken von dieser Kunst geschrieben.

Hier fehlt: Paragone della poesia tragica d'Italia con quella di Francia. Zürch 1732. Vom Nutzen der Schauspiele, Sulzers Abh. im XVI. Band der Memoires de l'Academie de Berlin.

        S.444.

S. 444.

Leßings

Hamburgische Dramaturgie.   Die Veranlassung dieser Schrift, die Schrift selbst ist Hamburg und
Deutschland rühmlich und nützlich.   Ein ansehnlicher
Theil der dramatischen Geschichte mit ausgebreiteten
Kenntnissen, mit scharffinniger Kritik bearbeitet, philosophische Ausschweifungen über die theoretischen Grundsätze, wenn diese nicht das deutsche Publicum erleuchten, so ist es nie zu erleuchten! Doch wünsche ich, daß
weder das Publicum noch die Autoren allzukritisch dadurch werden, sondern daß uns diese viele Eide liefern,
und jenes sich für dieselben troß der hamburgischen Akademie, die nur aus einer Person besteht,   sich erklären
mögen.   Nichts verhindert es mehr, daß das Drama
eines Volks einen Nationalcharacter bekomme, als die
feinere Kritik, aber die Hofnung eines zu bekommen,
haben die Deutschen leider schon längst aufgegeben. Die
Beurtheilung der dramatischen Stücke betrift meistens
nur die Fehler der Verfasser, und zwar vornemlich solche, die nur das scharffinnigere Auge entdeckt, sehr lehrreich für angehende dramatische Dichter, aber braucht
das deutsche Publicum eine Anweisung in der Kunst zu
loben? Es findet sie hier auch aber nur in der Beurtheilung der Acteurs, die mit Verschweigung ihrer Fehler
und mit den ausgesuchtesten Wendungen gepriesen werden.   Vielen wird dabey die Moral jener leßingischen
Fabel eingefallen seyn: Kneller und Pope waren bessere Freunde als Pope und Addison.   Da meine Anzeige der einzeln Stücke ohne dem gleich in der ersten
Woche nach der Messe unvollständig seyn würde, so
will

will ich lieber nur von den ersten zwanzig Stücken reden,
und alle übrige bis auf Ostern versparen. Aus der
Ankündigung bemerke ich nur wie sehr es zu wünschen
sey, daß bald, wo nicht deutsche Fürsten, doch mehrere
deutsche Städte es beherzigen möchten; »die Principal-
»schaft setzt eine freye Kunst zu einem Handwerke her-
»ab!« In den ersten fünf Stücken wird Olint und
Sophronia von Cronegk beurtheilt. Ist es nicht zu
schmeichelhaft für den Director und zu beleidigend für
die deutschen Dichter, wenn es heißt: »die Wahl wäre
»zu tadeln, wenn sich zeigen ließe, daß man eine viel
bessere hätte treffen können« Cronegks Ruhm soll sich
mehr auf das gründen, was er nach dem Urtheil seiner Freunde für dieselbe noch hätte leisten können, als
was er wirklich geleistet hat. Nur nach dem Urtheil
seiner Freunde? Die Entschuldigung mit seinem Alter
mildert den strengen Ausspruch nicht. In den litte-
raturbriefen (Th. V S. 84.) wird das dreyßigste Jahr
für das Alter angenommen, indem man zum tragischen
Dichter mündig wird. Darf man auch ein Genie nicht
mündig sprechen? Kronegk starb im 26 Jahre. Welch
ein Unglück, daß er nicht vier Jahr eher gebohren ward!
die darauf angezeigten Fehler wider die Geschichte, so
wie sie Tasso erzählt, hat auch der Herr von Lucke Kro-
negken nach begangen, ein Dichter, von dem es weit wahrer ist, daß, wenn man ihn loben will, man sich auf das
berufen muß, was er nach Zacharids Urtheil noch
hätte leisten können. Vornemlich wird alsdenn mit
Recht getadelt, daß, da er allen Personen heldenmäßige
Gesinnungen beygelegt, darunter das Hauptinteresse leidet. Darauf folgen wichtige allgemeine Bemerkungen, wie

behutsam

behutsam ein tragischer Dichter seyn müsse, wenn er einen Märtyrer zum Helden wählt, von der Unwahrscheinlichkeit der theatralischen Bekehrungen, daß der Christ als Christ ein untheatralischer Charakter sey: »Den fünften Aufzug hat eine Feder in Wien darzu ge»fügt, eine Feder, denn die Arbeit eines Kopfes ist dabey »nicht sehr sichtbar« Von den Chören dieses Stücks wird gar nichts gesagt. Von den eingestreuten Sentenzen, an denen Kronegk so reich ist, werden einige getadelt, und von ihnen Gelegenheit genommen, dem Schauspieler Regeln zu geben, wie er sie zu deklamiren habe. Im fünften Stück kommt noch ein Tadel von dem ungestümen Charakter der Clorinde nach, und die Schauspieler bekommen nützliche Regeln von den Verfeinerungen der Rollen, gelegentlich wird auch das Feuer des Schauspielers bestimmt. Hamburg hat lauter vollkommne Acteurs, daß einige nicht gefallen haben, das muß Cronegk ausbaden. Das sechste Stück enthält den Prolog und Epilog von Duschen »einem »Dichter, der es mehr als irgend ein andrer versteht, tief»sinnigen Verstand mit Witz aufzuheitern und nachdenk»lichen Ernste die gefällige Mine des Scherzes zu geben, »oder der Dryden der Deutschen seyn könnte und Mo»ral und Kritik mit attischen Salze so gut als der En»gländer verstehen würde. Das siebende macht in der Kürze bessere Bemerkungen über die Moralität des Dramas, als in ganzen Abhandlungen stehen, von der Moral des Cronegkischen Trauerspiels, von Cronegks Verdiensten, sie werden auf ungekünstelten Witz, viel feine Empfindung und die lauterste Moral eingeschränkt, andere aber ihm abgesprochen, zu denen er entweder

gar

gar keine Anlage hatte, oder die zu ihrer Reife ge=
wiſſe Jahre erfordern, weit unter welchen er ſtarb.
Sein Codrus ward gekrönt, aber warlich nicht als
ein gutes Stück! Eine Stelle des Epilogs giebt Ge=
legenheit, vom Unterſchiede zwiſchen dem guten und dem
vortreflichen Schauſpieler zu reden; endlich vom Ge=
brauch des Prologs und Epilogs bey den Engländern.
Das achte Stück betrift die Melanide, dieſe Mutter der
rührenden (weinerlich verdient der gemeine Praß franzö=
ſiſcher Trauerſpiele genennet zu werden) Luſtſpiele. Sie
iſt kein Meiſterſtück dieſer Gattung, (wovon die Urſa=
che nicht angegeben wird.) Die ſchönſte Situation iſt
die zweyte Scene des drittem Acts. Die Ueberſetzung
war nicht ſchlecht, vermuthlich iſt es die von Giſecken
geweſen. Ein locus communis von den Ueberſetzun=
gen aus Verſen! Ein Panegyricus der Madam Lö=
wen!

Ihr Entſchluß wieder auf dem Theater zu erſchei=
nen und ihres Mannes Einwilligung hätte auch einen
Panegyricus verdient. Von dem beſtändig abwech=
ſelnden Mouvement der Stimme. Ein elendes deut=
ſches Original, das viel zu ſehr geſchont wird, Heufel=
bens Julie, dem auch noch das neunte Stück gewid=
met iſt. Das zehnte Stück redet von Destouchens
unvermutheten Hinderniß, es wird geurtheilt, daß ob=
gleich das Niedrigkomiſche des Destouches um vieles
ſteifer ſey als das Molleriſche, man es doch nicht mit
den Franzoſen verwerfen müſſe, die, weil ſie ihm das
höhere komiſche zur eigenthümlichen Sphäre anwieſen,
ihm im Niedrigkomiſchen nicht Gerechtigkeit wiederfah=
ren lieſſen. Die neue Agneſe ein deutſches Nachſpiel

aus

aus Favarts Isabelle und Gertrude (vielleicht von Herr Löwen) die Semiramis von Voltairen, sie brachte den Pomp der Aufführung zuerst ins französische Trauerspiel, und veranlaßte, daß die Zuschauer das Theater räumten. Eilftes Stück, daß es erlaubt sey, Gespenster auf das Theater zu bringen. Von dem unschicklichen Gespenste in der Semiramis, Vergleichung desselben mit dem Gespenst im Hamlet, welche noch Anfangs des zwölften Stück's fortgesetzt wird. Geschichte von Voltairens Kaffeehause, von der englischen freyen Nachahmung desselben von Kolmann, dem ietzigen besten komischen Dichter der Engländer, im englischen Kaufmanne. Dreyzehntes, Stück von der Gottschedinn Uebersetzung von Destouches poetischen Dorfjunker. Von Schlegels stummer Schönheit, vom gereimten Lustspiel, von dem Versehn der Schauspieler, welche die stumme Schönheit für eine dumme Schönheit halten. Vierzehntes; Betrachtungen aus dem Journal Etranger über das bürgerliche Trauerspiel. Ein ungenannter Franzose hat eines geschrieben: Das Gemählde der Dürftigkeit, das große Schönheiten hat. Der Verfasser des Nachspiels: Der Liebhaber als Schriftsteller und Bedienter heißt Cerou. Die coquette Mutter von Quinault hat viel gutes Komisches, dessen sich Molière nicht hätte schämen dürfen. Der Marquis, der darinnen vorkommt, ist der erste theatralische Marquis. In dem Schatz hat Pfeffel mehr Interesse zu legen gesucht, als gemeiniglich unsre nur von tändelnder Liebe vollen Schäferspiele haben. Sein Ausdruck ist nur öfters ein wenig zu gesucht. Stück XV die Zayre schrieb Voltaire auf Veranlas-

sung

sung einiger Damen, die ihm vorwarfen, daß in seinen
Tragödien zu wenig liebe sey. Aber gegen Shakespear gehalten, den hier Woltaire sehr genutzt hat, ist
Woltairen die Zayre mehr von der Galanterie als von
der liebe dictirt worden. Auch in der Schilderung der
Eifersucht bleibt er unter Shakespear. Das Publicum wird dabey erinnert, die wielandische Uebersetzung
des Shakespear bey allen ihren Fehlern zu studieren.
Was Wieland gut gemacht hat, wird schwerlich ein
andrer besser machen. Nun werden noch hier und im
sechzehnden Stück die englische, italiänische, und holländische Uebersetzung der Zaire beurtheilt. XVII
Stück. Einige Anmerkungen über den Sidney des
Gresset Ursachen, warum es in Paris kein größer Glück
gemacht, es ist ein lustspiel wider den Selbstmord.
Das kleine Stück von l'Affichard: Ist er von Familie, ist, wie man nach dem Titel nicht vermuthen sollte, mehr rührend, als komisch. Vom Gespenst mit
der Trommel. Regnarden könnte man die Fehler wie
das Kostume in seinem Demokrit vergeben, wenn er
nicht noch größere Fehler hätte, Mangel des Interesse,
kahle Verwicklung, die Menge müßiger Personen,
Demokrits abgeschmacktes Gewäsch. Strabo und
Thaler, machen es noch einiger maßen unterhaltend.
Stück XVIII Marivaux falsche Vertraulichkeiten.
»Seine Stücke, so reich sie auch an mannigfaltigen
»Characteren und Verwicklungen sind, haben doch
»alle schimmernden, oft allzugesuchten Witz, metaphy-
»sische Zergliederung der leidenschaften, blumenreiche,
»neologische Sprache.« Von der Wiedereinführung
des Harlekins auf unserm Theater. Ich wünschte,
daß

daß wir die ausländischen Stücke, in denen er vorkömmt, zur Unterhaltung unserer Zuschauer nicht nöthig hätten, und daß die deutschen Dichter, so wie nicht
zu den Marquis; also auch nicht zu den Harlekins als
heuristischen Hülfmitteln ihre Zuflucht nehmen mögen.
Daß die deutschen Narren nicht genug characteristische
Eigenschaften haben sollten, kann ich immer noch nicht
glauben. Man hat sie noch nicht genug studirt. Zelmire von du Belloy, vom Mangel des Patriotismus
unter den Deutschen für die schönen Künste und Wissenschaften. „Wir sind noch barbarischer als unsre
„barbarischen Vorältern, denen ein Liederfänger ein
„sehr schätzbarer Mann war, und die die Frage, ob ein
„Barde oder einer, der mit Bärfellen und Bernstein
„handelt, der nützlichere Bürger wäre, sicherlich für die
„Frage eines Narren gehalten hätten.„ Belloy war
ein junger Mensch, der sich auf die Rechte legen sollte.
Er aber legte den Bartolus bey Seite, und ward Ko-
mödiant. Durch ein Paar Trauerspiele ist er in seinem
Vaterlande so glücklich und berühmt geworden, als ihn
nur immer die Rechtsgelehrsamkeit hätte machen können.
Wehe dem jungen deutschen Genie, das diesen Weg
einschlagen wollte! Verachtung und Betteley würden
sein gewissestes Loos seyn. Stück XVIIII. Ob das
Trauerspiel nothwendig aus der Geschichte entlehnt werden müsse. Zelmire hat zu viel Theaterstreiche. Daß
französische Trauerspiele gar wohl in Prosa übersetzt
werden können. Es scheint hier dem Kunstrichter die
pfeffelsche Uebersetzung des Zelmire unbekannt gewesen
zu seyn. XX Stück von der Gottschedinn schlechter
Uebersetzung der vortrefflichen Cenie. Die liebenswürdige

würdige weißische Amalia wird auf Unkosten seiner
übrigen Lustspiele gelobt. »Sie hat, heißt es, mehr In-
»teresse, ausgeführtere Charactere, einen lebhaftern ge-
»dankenreichern Dialog als seine übrigen komischen Stü-
»cke. « Besonders wird die fünfte Scene des letzten
Acts getadelt. Ich weiß es zwar auch nicht, ob man
wirklich mit dem Frauenzimmer in diesem zudringlichen
Tone spricht, aber das weiß ich, daß in den französischen
Lustspielen die Marquis ziemlich zudringlich sprechen,
und wie spricht Tartuff? Marivaux in der fausse sui-
vante und Steele im tender Husband haben in ähnlichen Fällen das Frauenzimmer eben so unbescheiden
seyn lassen. Amalia kennt die Freemann als sie ihren
Plan entwirft, nur als ein eitles Frauenzimmer, sie
konnte also nicht hoffen, daß ein ernsthafter Antrag bey
ihr gute Wirkung habe. Auf den Argwohn von der
Eitelkeit der Freemann gründet sich das ganze Stück;
und wenn die Voraussetzung des Dichters interessante
Scenen erzeigt, warum wollen wir die Voraussetzung
mißbilligen? »Nach der Amalia folgte des Saintfoix
»Finanzpachter. Es dürfte schwer seyn in den engen
»Bezirk von zwölf Scenen mehr gesunde Moral, mehr
»Charactere, mehr Interesse zu bringen. Nie hat ein
»Dichter ein kleineres niedlichers Ganze zu machen ge-
wußt, als Saintfoix.

S. 445.

So entfernt es auch von meinem Zwecke scheinen
mag, so nenne ich doch hier (Martinis) schöne Abhandlung von den Oden.

S. 449.

Das Gespräch vom Pathetischen in (Crokens)
Samme

Sammlung für den Verstand und für das Herz, giebt zwar keine neuen philosophischen Aussichten, aber sehr viel gute kritische Bemerkungen.

S. 459.

Beym Aristophanes hätte ich des Willamovs schöne Abhandlung de ethopoeia comica Aristophanis nicht vergessen sollen, darinnen er den Aristophanes wider Frischlin und Batteux gründlich vertheidigt.

S. 462.

Auch hier fehlt eine schöne Dissertation Klotzens oder von Pilgrams über Senekas Trauerspiele.

S. 472.

Das gerettete Venedig und die Wayse von Otway sind ziemlich gut übersetzt erschienen. Nun dürfen sie keinen Deutschen mehr unbekannt bleiben.

S. 473.

Einige Unrichtigkeiten in der Anzeige vom Steele habe ich in der Vorrede zu meiner Uebersetzung seiner Lustspiele verbessert.

S. 476.

Youngs Trauerspiele sind sämmtlich aber höchst elend übersetzt erschienen. Leipzig bey Holle. Neue Auflage 1767.

S. 482.

In der Anzeige von Voltaire lies für Eusima Zulima, für Unbescheidne Schwätzer, und setze hinzu

die

die Scythen sein neuestes, aber auch schlechtestes Trauerspiel.   Dourxigne hat geschrieben: l'ami de la verité ou lettres impartiales sur toutes les pieces de Voltaire semées d'anecdotes curieuses.   Die Kritiken darinnen sind elend, nicht alle Stücke sind durchgegangen,
und die Anecdoten hätte der Verfasser in das Lächerliche
der Nationen, eine Schrift von ihm, setzen können.

S. 484.

Ruhmwürdige lies Ruhmräthige

S. 485.

***) lies Lottchens am Hofe.

S. 486.

Schilderer lies Schule der Könige.

S. 489.

Die Menschlichkeit oder das Gemälde der Dürftigkeit der beste Versuch der Franzosen im bürgerlichen
Trauerspiel vermuthlich von d'Arnaud.   Der Verfasser der Serena entschuldigt sich durch einen Prolog,
dieser nimmt die Person eines blinden Tartars an. Unter den drey deutschen Uebersetzungen ist die dresdner
die beste.

S. 498.

Pfeffel hat noch ein Trauerspiel in einem Aufzuge der Eremit geschrieben, an dem aber in der Dra-
maturs

maturgie der allzukostbare Ausdruck getadelt wird,
„des Verfassers Absicht war, daß man es könnte an
„statt der allzulustigen Nachspiele auf rührende Stücke
„folgen lassen.   Aber wir wollen vom Weinen doch noch
„lieber zum Lachen als zum Gähnen übergehn. „

S. 499.
Des Osmanns Verfasser heißt Schulze.

Der Verfasser des Trauerspiels Julie, Herr
Störs, hat sich in der Vorrede desselben, und in der
vortreflichen Satyre: Die Menechmen auf einer vor-
theilhaftern Seite gezeigt, als in dem Stücke selbst.

M. Christian Heinrich Schmids

Theorie der Poesie

und

Nachrichten
von den besten Dichtern.

Zweiter Theil
nebst dem Register über das ganze Werk.

Leipzig,
bey Siegfried Lebrecht Crusius,
1768.

M. Christian Heinrich Schmids

Zusätze
zur
Theorie der Poesie
und
Nachrichten
von den besten Dichtern.

Zweite Sammlung
nebst dem Register über das ganze Werk.

Leipzig,
bey Siegfried Lebrecht Crusius,
1768.

Nachricht.

Die gezüchtigten Schriftsteller thun sehr unrecht, die durch Seufzen oder Schreien ihren Kunstrichtern noch eine Freude machen, besonders denen, die das für ihre einzige Belohnung halten. Meine Autorehre gebe ich jederzeit allen denen Preis, die sich damit einen armseligen Triumph zu machen gedenken. Ich danke dem ächten Kunstrichter für seine Strenge und beßre mich in der Stille. In der Zeit, als ich meine Theorie schrieb, hatte sich der neue blutige Krieg auf dem deutschen Parnasse noch nicht entzündet, der die ruhigen Zuschauer wieder eine Zeitlang belustigen wird. Ich weiß, daß Macht und Ansehn dazu gehört, um sich bey der Neutralität zu behaupten. Aber ich werde mich derselben allezeit so viel möglich befleißigen, und, wenn ich dennoch in den Verdacht der Partheylichkeit falle, insgeheim seufzen. Und hätte ich eine Beurtheilung, wie die von Moschus und Bion erfahren, sie würde mich bey weiten nicht so gekränkt haben, als der Verdacht, daß ich die Berliner Schule gelobt hätte, um wieder gelobt

zu

zu werden. Mein Symbolum: Virtute ambiendum est, non sautoribus, war auch damals meine Richtschnur. Jetzt da mir die Augen über die Schwäche der Berliner aufgegangen sind, sehe ich ein, daß das, was ich ehemals zu ihrem Lobe geschrieben, jugendlicher Enthusiasmus gewesen, aber von Lobsucht bin ich mir nichts bewußt. Mein unglückliches Schicksal hat es gewollt, daß aus einer Gelegenheitsschrift meine erste Autorschaft entstand, sonst hätte ich entweder gar keinen Eintritt in die Schriftstellerwelt oder einen andern gewagt. Wäre ich meinen Lesern keinen Dank schuldig, die mit meinem Buche in seiner ersten übereilten Gestalt Mitleiden gehabt haben, so würde nie eine Zeile von Zusätzen erschienen seyn, noch viel weniger würde ich an die beschwerliche Verbesserung des Ganzen denken. Denn durch jene häufe ich Fehler mit Fehlern, und diese ist unmöglich, wenn ich nicht das Ganze einreisse. Ich müßte alsdann den theoretischen Theil weiter ausführen, den litterarischen vollständiger machen, (wozu ich mir einsichtsvoller Männer Hülfe erbitten würde, vielleicht könnte ich hierinnen selbst von den Lehrlingen lernen, die sich das Buch haben durchschiessen lassen) und für fremde Urtheile

eigene

eigne witzig seyn sollende setzen. Wo das Ganze
fehlerhaft ist, da sind alle Verbesserungen unnütz.
Dieß beweiset in dieser Art von Büchern Hrn.
Stockhausens Bibliothek. Dem ohnerachtet bin ich
es meinen Lesern schuldig, die beschwerliche Umarbei-
tung einst zu übernehmen. Nichts hasse ich mehr,
als kompilatorische Arbeiten, eben so sehr die Uebersetzungen. Von jener Art soll die Theorie die letzte
seyn, von dieser: das komische und tragische
Theater der Franzosen. Weder Pfeffel noch
die Sammlung französischer Lustspiele für das
deutsche Theater haben der deutschen Bühne den
Dienst geleistet, den sie leisten wollten. Noch
immer sind die vornehmsten Stücke der Franzosen
von unsern Bühnen verbannt, oder werden in den
erbärmlichsten Uebersetzungen aufgeführt. Eine
Auswahl der besten Stücke mit historischkritischen
Nachrichten begleitet, soll der Plan des Werks
seyn. Ja ich werde sogar, wie es auch schon
Pfeffel gethan, zuweilen einige Aenderungen wagen, um die ausländischen Stücke einigermaßen zu
nationalisiren.

D 4

Zum

Zum ersten Kapitel.
Allgemeine Anmerkungen.

2. Litterarische.

Shaftesbury.

Die französische Uebersetzung seiner Werke habe ich zwar anzuzeigen vergessen: aber sie ist auch so ungetreu als möglich, und den Deutschen nun völlig uninteressant, da sie nächstens eine Uebersetzung von den sämmtlichen Werken dieses vortreflichen Schriftstellers von Hr. M. Wichmann zu erwarten haben.

„Abbt*) hatte in Berlin schon den Entschluß ge-„faßt, in Gesellschaft zwoer vertrauten Freunde, (einer da-„von ist gewiß Moses Mendelssohn,) des Shaftesbury „sämmtliche Werke zu übersetzen, die mit Anmerkungen „und besondern Abhandlungen herauskommen sollten. Hätte ich dieses eher gelesen, so hätte ich mich gewiß nicht an die Uebersetzung des Selbstgesprächs gewagt, davon schon drey Abschnitte in den Unterhaltungen stehen. Von Shaftesbury wichtigster Schrift, der Untersuchung über die Tugend, ist schon vor vielen Jahren in Berlin eine gute Uebersetzung herausgekommen.

Zum

*) Ehrengedächtniß. S. 16.

Zum zweyten Kapitel.
Von der Geschichte der Poesie.

I. Theorie.

Zur chronologischen Tabelle.

1551. Flaminius.
1560. Lotichius.
1579. Kamöns.
1595. Guarini.
1706. Owen.
1724. Hofmannswaldau.
1729. Neukirch.
1766. de la Touche.
1767. Werlhoff; dessen Verlust die Aerzte mehr, als die Dichter zu beweinen Ursache haben. Haller erhebt daher in der Vorrede die Arzneywissenschaft auf Unkosten der Poesie.*)

„Ein Dichter vergnügt eine Viertelstunde, ein Arzt „verbessert den Zustand eines ganzen Lebens." Haller rühmt vornehmlich an den Werlhoffischen Gedichten die

D 5

Reinig-

---

*) Auf einen mäßigen Dichter, der einem Kranken Rath geben wollte.

Die Gaben sind getheilt, ein jeder hat die seine;
Wohl dem, der sie gebraucht, und läßt die fremden ruhn,
O Kodrus! dein Talent ist reimen und nichts thun,
Treib deine Kunst, laß mir die meine.

Werlhoff.

Reinigkeit der Sprache, die Flüßigkeit der Sylbenmaaße, die richtige Wahl der Reime. Hierihn kann man
allenfalls mit ihm einig seyn. Aber wenn er auch immer
Schönheiten darinnen findet, wenn er ihn unter die wenigen Dichter zählt, die keine Art von Schönheiten ver-
absäumet haben, so muß der, der sie gelesen hat, zweifeln, und sich, um diesen Lobspruch zu verstehen, an
die Zeiten erinnern, in welchen diese Gedichte erschienen. Unter den geistlichen Stücken sind in den Gedanken von der göttlichen Strafgerechtigkeit folgende erträgliche Stellen:

Verführte Sünder, hört, erweget, und erbebt,
Entfliehet vor dem Zorn, dem ihr entgegen strebt!
Flieht! Fliehet! doch wohin? Grabt Götter aus den
                                        Klüften;
Verpraßt Reu und Furcht; baut Schlösser in den Lüften.
Schaut das Gebäu der Welt mit starren Augen an,
Erseht euch einen Gott, der euch nicht sehen kann;
Erhebet die Natur zur Gottheit höchsten Throne.
Ein solcher Gott, wie sie, weiß nicht von Straf und Lohne.
Schenkt ihr ein ewig Reich, vergnügt euch kurze Zeit,
Und wählt für euren Geist das Grab der Zärtlichkeit.
So tobt der Thoren Heer, das wünscht: es sey hie-
                                        nieden
Blos der Genuß der Welt; dann Tod, und nichts beschie-
                                        ben.
Doch ihr wollt weiser seyn. Flieht zu des Schöpfers
                                        Huld,
Sprecht: »Die Barmherzigkeit ist größer, als die Schuld;
»Ich bin ein schwaches Werk: er wird mit mir nicht rechten.
»Bezahlung braucht er nicht von so geringen Knechten.
                                        »Bring

»Bring ich ihm meine Reu, so ist Vergebung da!
»Ruf ich: vergieb mir Herr! so spricht die Gnade: ja. »
So hofft die sichre Welt, die Gott nur halb erkennet,
Und gern nicht sehr gerecht, doch sehr barmherzig nennet.
Schaut in der Hölle Schlund, die Gott zur Pein bestimmt,
Forscht, ob allda die Glut aus lauter Gnade glimmt.
Sprecht: »Gott ist Liebe nur, das ist sein ganzes Wesen,
»Er hat, was er gemacht, zur Seligkeit erlesen:
»In ihm ist Seligkeit; drum, wer von ihm entflieht,
»Den züchtigt er mit Macht, bis er ihn zu sich zieht;»
Seht, sucht in Gottes Wort: nur Satz gefällt den Sinnen.
Ey! möcht er einen Schein der Göttlichkeit gewinnen!
Gebe Offenbahrung vor: Dreht Schrift durch Schrift
herum,
Und macht der Höll und euch ein Evangelium.
Sagt: »jede Kreatur hat ewig Gottes Liebe,
»Es wäre nimmer gut, wenn eine Strafe bliebe.
»Gott zürnt auf Sünder nicht, sie thun ja ihm kein Leid
»Ein Sünder schadet sich; Gott bleibt voll Seligkeit.
»Was Gott befiehlt, ist gut, dem selbst, dem es befohlen:
»Wer sich davon entfernt, den will er wieder holen.
»Er heischt kein Opferblut, er hegt kein Strafgericht;
»Er ist sich selbst genug und braucht der Strafe nicht.
»Aus Liebe strafet er, die Bösen gut zu zwingen:
»Aus Liebe will er selbst den Teufel wiederbringen.
»Drum brennt der Hölle Glut, drum schreckt des Abgrunds
Nacht,
»Bis Pein und Bangigkeit die Welt gehorsam macht.»
So irrt der Menschen Witz im göttlichen Gerichte,
Und macht, was ihn erschreckt, durch eiteln Trost zu
nichte.

So

So hebt er einen Bau für Welt und Teufel an,
Baut in die Ewigkeit, die nichts ergründen kann;
Und wird ihr Abgrund nicht die Hoffnung nieder reißen,
So soll das Hirngebäu unüberwindlich heißen.
Das Werk gefällt dem Witz, hat Runde, Farben, Schein,
Kommt mit dem Knabenspiel, mit Blasen, überein.
Seht jenen, wie er bläßt, und lacht, wenn sie gelingen,
Und kindisch eifrig thut, wenn sie so leicht zerspringen.

In Rücksicht dieser lobt Haller an dem Dichter eine
ungeschminkte Gottesfurcht, die alle Gedanken des Verfassers belebt. Am unerträglichsten sind die scherzhaften
Hochzeitgedichte, das übrige sind moralische, Gelegen-
heitsgedichte, Erzählungen, Lobgedichte, Trauergesänge
und Denkmale treuer Liebe.

II. Litteratur.

Meinhard.

Auf die ersten Thränen, die uns der Tod eines
großen Mannes kostet, folgt die Bewunderung seiner
Verdienste, und der Wunsch, sie in allen ihrem Glanze
auf die Nachwelt gebracht, seinen Zeiten aber den Verlust so gut als möglich ersetzt zu sehn. In Ansehung
Meinhards hat Hr. Riedel den ersten Wunsch erfüllt,
und die Erfüllung des zweyten haben wir von Hrn. Jacobi
zu hoffen. Das ist der Lohn, der immer die Beschei-
heit erwartet. Meinhard wollte in seinem Leben so unbekannt, als möglich bleiben, nach seinem Tode wird
ihm ein Denkmaal errichtet, das, wie seine Werke, unvergänglich seyn wird; der Verfasser, mein Freund, verdient andere Lobredner, als mich, und er wird sie finden.
Das meisterhafte Portrait muß ich abschreiben:

„Ein

„Sein äußerliches Betragen war bescheiden, mehr
„ernsthaft, als munter; doch wußte er freundschaftliche
„Zusammenkünfte durch einen anständigen Scherz zu
„würzen, und zeigte ungemein viel Laune, wenn er sie
„zeigen wollte. Seine Manieren waren zusammengesetzt,
„fast aus den Manieren aller Völker, die er gesehen
„hatte, und aus denen, die durch seinen eignen Charakter
„bestimmt wurden.

„Er war ein großer Liebhaber des Reinlichen und
„des Niedlichen, oft bis zum Eigensinn. Seine zahl-
„reiche Bibliothek war so nett, als auserlesen. Er
„kleidete sich nicht prächtig, aber mit Geschmack; wohnte
„gern bequem an einem einsamen Orte. Auch bey
„Spaziergängen suchte er melancholische Gegenden. Nie-
„mand durfte ihn begleiten, als ein Buch, höchstens ein
„Freund.

„Ueber alles liebte er die Freyheit, und suchte stets
„Meister von seinen Beschäftigungen und seiner Zeit zu
„seyn. Er lebte ohne Amt, ohne äußerlichen Charak-
„ter, Dinge, die andre so sehr suchen, aber nie ohne
„Arbeit, die andre so sehr meiden. Das Verdienst des
„Bürgers zu ehren, war er geneigt; nur den Zwang
„haßte sein Herz, der der Schatten des bürgerlichen
„Verdienstes ist. Als ihm ein Freund einige Stellen
„aus dem Phocion des Abt. Mably vorlas, sagte er:
„Lacedämon war fürtrefflich für den Bürger einge-
„richtet, aber erbärmlich für den Menschen, der
„selbst denken und selbst handeln will.

„Seine Bescheidenheit gieng so weit, daß man erst
„durch einen genauen Umgang seine Wissenschaft und
„seine

„seine Verdienste kennen lernte.   Er verbat so gar,
„und noch in seinem letzten Briefe an den Herrn
„Weiße, ihn bey der Beurtheilung seiner Schriften in
„öffentlichen Tagebüchern zu nennen.   In seinen Urthei-
„len war er äußerst behutsam, und selbst erklärte er sich nie
„ohne eine gewisse Furchtsamkeit.   Auch gegen Freunde war
„er in manchen Dingen zurückhaltend: niemals sprach er
„gern von sich und von seinen Umständen; selbst viele seiner
„Vertrautesten haben nicht den Ort seiner Herkunft und
„seine Schicksale erfahren, gewiß wegen seiner Beschei-
„denheit, da er sich nicht für würdig genug hielt, andere
„mit sich zu unterhalten.

    „Einsamkeit und Stille liebte er mit Leidenschaft;
„nur seine ausgesuchtesten Freunde waren ihn willkom-
„men.   Mehr als einmal hat ihn das große Geräusche
„in einer Wohnung, in einer Stadt, aus einer in die
„andere getrieben.   Ueberhaupt, wie ich schon einmal
„gesagt habe, veränderte er gern seinen Aufenthalt,
„wenn sich seine Bekanntschaft an einem Orte zu sehr
„vermehrte: zuweilen ließ er sich doch durch seine Freun-
„de und durch die Annehmlichkeiten des Orts locken, wie-
„der in seinen vorigen Wohnsitz zu kommen.

    „Meinhard war nicht fähig, jemand zu hassen; aufge-
„legt aber gegen jedermann behutsam zu seyn; blöde gegen
„Fremde; leutselig und gefällig gegen seine Freunde, und
„dem Scheine nach in seinen Meynungen sehr nachge-
„bend.   Das letzte war er nur äußerlich, und aus
„Furcht, andere zu beleidigen; in der That blieb er doch
„bey aller Höflichkeit standhaft bey dem, was er zuerst
„behauptet hatte.

„Er

„Er gehörte unter diejenigen, die schwer zu erfor-
„schen sind. Aeußerlich war er sich immer gleich, nie-
„mals zur Ausschweifung lustig, nie zur Betrübniß nie-
„dergeschlagen. Er hatte die Gabe, auch wenn er un-
„aufgeräumt war, aufgeräumt zu scheinen, und, um
„nur nicht ein beschwerlicher Gesellschafter zu seyn, seine
„Schwermuth zu besiegen.

„Für die Religion brannte sein ganzer Eifer, und
„er bezeugte gegen alle die, die einige Gleichgültigkeit
„äußern, ein nicht geringes Mißtrauen. Dieß erfüllte
„ihn mit vielem Muth und Trost in seinen kränklichen
„Umständen. Ein gewisses Buch hat er bloß deswegen
„nicht übersetzen wollen, weil es nur einige von weiten
„her anstößige Sätze in sich enthielt.

„Er besaß eine außerordentliche und wohlverbaute
„Belesenheit, besonders in dem Fache der schönen Wis-
„senschaften, und einer gesunden Philosophie. Ich
„glaube, daß nicht leicht jemand außer ihn, so viele
„Sprachen, mit einer solchen Richtigkeit und Zierlich-
„keit gewußt hat. Hierzu hatte er ganz besondere Ta-
„lente. Er verstand Griechisch, Lateinisch, Französisch,
„Italienisch, Englisch, Spanisch, Portugiesisch, Dä-
„nisch, Holländisch; und seine eigne Muttersprache besaß
„er mit einer vollkommenen Feinheit und Genauigkeit.
„Die besten Schriftsteller aller Nationen zierten seine
„Bibliothek, und er studirte sie unabläßig.

„Seine deutsche Aussprache war nicht die, welche
„in seinem eigentlichen Vaterlande, in Franken gewöhn-
„lich ist, sie war aus den besten Mundarten zusammen-
„gesetzt. Sowohl seine, als fremde Sprachen, redete
„und

„und las er so, daß er die Stellen, welche vorzüglich
„in die Empfindung würken sollten, durch einen vor-
„züglichen Nachdruck bezeichnete; besonders hatte er die
„Kunst, Dichter zu lesen, vollkommen in seiner Ge-
„walt. Deswegen verwarf er auch im Griechischen die
„gewöhnlichen Accente, wodurch in den Poeten die Har-
„monie der Versifikation, und in den Prosaisten der
„schöne volltönende Numerus ganz zerrüttet wird.

„Er schlug einen englischen, griechischen, oder an-
„dern Dichter auf, und las ihn sogleich, ohne sich zu
„besinnen, mit dem besten deutschen Ausdrucke her.
„Bey dem Herrn Zachariä hat er oft diese Probe mit der
„Lusiade des Kamons gemacht. Unter den neuen Spra-
„chen liebte er am meisten die italiänische, und die
„Dichter dieser Nation, wegen der Harmonie und des
„Wohlklangs, der in ihren Werken herrscht. Aus
„dieser Ursache las er auch am liebsten diejenigen deut-
„schen Dichter, die dem Wohlklang am sorgfältigsten
„beobachten. Sein feines Ohr konnte sich nie an die
„griechischen und lateinischen Versarten gewöhnen, die
„wir im deutschen nachahmen; so verwöhnt war es durch
„die Harmonie der Griechen und der Römer.

„Beständig las er viel, und für seine schwäch-
„liche Gesundheit nur allzuviel. Hatte er sich einmal
„eine gewisse Beschäftigung vorgesetzt, so konnte er
„fleißig, und ohne Aufschub fortarbeiten. Allein der
„Anfang kostete Mühe, und überhaupt war er viel zu
„bescheiden und furchtsam, um ein Originalwerk zu un-
„ternehmen, wozu ihn seine Fähigkeiten allerdings
„berechtigten.„

Für

Für die vortrefliche Geschichte der Hypochondrie
sollten ihm alle Hypochondristen öffentlich dancken.
Hier dancke ich ihm nur für mich.   Eben so banke ich
Hrn. Utzen für folgenden Schluß eines seiner neuen
Briefe:

— Um euch Gelehrte schwebt
Ein Dämon böser Art, von tückischem Geschlechte
Der Gnomen, der wie sie, nach eitel Schaden strebt,
Und stets verschmähte Freuden rächte.
Er schleicht zum bleichen Fleiß, bey spoter Lampen Schein
Sich langsam und verstohlens ein.
Man meynt, er sey noch fern, und hört nicht auf zu meynen:
Schnell steht er schrecklich da, in drohender Gestalt,
Und spottet Aeskulaps Gewalt,
Frißt alles Fleisch von ausgezehrten Beinen,
Und ängstigt das beklemmte Herz,
Und läßt nur Furien dem trüben Geist erscheinen:
Der Seele ganz Gefühl ist Schmerz.
Den Tag verdunckelt er mit seinen Rabenflügeln,
Raubt Blumen den Geruch, entkleidet Wald und Flur,
Scheucht Zephyrn von bebuschten Hügeln,
Und hüllt in düstern Flor das Antlitz der Natur;
Dann ist das Leben nicht mehr süße:
Dann ach! sind ohne Reiz Gesellschaft, Wein und Küsse:
Das freudenlose Herz seufzt nach dem Grabe nur.

Meinharden gehört die Beurtheilung des Klopstock
in der allgemeinen Bibliothek.   In dem Ariost, den er
Zachariän schenkte, schrieb er folgende vier Zeilen:

E

Der

Der Dichter, dessen muntre Lieder
Der Scherz, die Grazien, der feine Spott beseelt,
Zeigt noch, daß er sie nie verfehlt.
Er eilt aus Wälschland her, sucht Dich, und findt sie wieder.

Araber.

Von ihren Dichtern siehe des Mich. Casiri Biblioth. Arabico - Hisp. Escural. T. I. p. 70. seq. Eben daraus lernt man auch, daß sie von der theatralischen Poesie nichts gewußt haben. Bey den Spaniern hätte ich des Nic. Antonius Bibliothek vergessen sollen.

Cervantes

hat auch Komödien geschrieben. Der Sammlung derselben hat ein gewisser von Blasius Navarre eine Abhandlung über die spanische Komödie vorgesetzt.

Don Estevon Manuel de Villegas,

ein guter Liederdichter.

Pedro de Padilla

kömmt in seinen Eklogen Garcilasso fast gleich.

Die Spanier bekamen die Poesie von den Italienern, und fast zu einer Zeit schlich sich der verderbte Geschmack bey beyden ein.

Don Jsla

Ist der Swift der Spanier

Kamöns.

Das Thema der Lusiade ist die Entdeckung eines neuen Landes durch die Schiffarth. Die Hauptmaschine ist ein Gespenst; die Vermischung des Christenthums

mit

mit der Mythologie ist erschrecklich. Die bekannte schöne Episode darinnen ist die von der Ines de Kastro. Ins Französische ist sie von dü Perron de Castera, ins Italiänische von Paggi, und ins Englische von Fanshaw übersetzt.

Skalden.

Von ihnen ist Köhlers Disputation und Schützens Gedanken über die verschiedne Denkungsart der alten griechischen und der alten nordischen und deutschen Dichter. Altona, 1758.

J. H. Moerks.

Ein Schwedischer Dichter, der vor kurzem gestorben ist, hat zwey Heldengedichte in Prosa, Odalrich und Gotthilde, geschrieben.

Fragmente.

. Ihr Verfasser ist Johann Georg Herder, Kollaborator an der Schule zu Riga. Möchte doch wenigstens jede deutsche Provinz in Deutschland einen Herder haben! wünschen die Verfasser der Hällischen Bibliothek mit Recht.

Klotzens deutsche Bibliothek der schönen Wissenschaften.

Ich muß hier etwas de me ipso ad me ipsum vorausschicken, ich kann mir nicht helfen. Es betrift nichts geringers, als den Nutzen meiner ganzen Arbeit, und da schweigt die Eigenliebe nicht gern. Nur ein Paar Worte von den angenommenen Urtheilen. Ich habe mich unterstanden, ein Buch zu schreiben, und oft nicht gewagt, selbst zu urtheilen. Ich bin nicht der erste ge-

wesen;

wesen; Popeblount und Baillet haben auf eben die Art
noch dickere Bücher geschrieben. Mein erstes Gesetz in
Abfassung meiner Urtheile war Wahrheit, und sie wird
es bleiben, sollte ich auch darüber zum Märtyrer werden.
Aber lebenden Schriftstellern die Wahrheit zu sagen, ist
nicht der Beruf des jungen Schriftstellers, ist bey ihm Keck-
heit, Unbescheidenheit u. s. w. Hierinnen haben die Kunstrichter Recht. Ueberhaupt darf der Liebhaber, wenn
er Schriftsteller wird, niemals den Kenner spielen, wenn
er nicht verlacht werden will. Was würde daraus
werden, wenn jeder Liebhaber seine Empfindungen der
Welt aufdränge? Mußt ich nicht also meinem Lehrlinge
die Urtheile des Publikums sagen? Haben anders die
Deutschen ein Publikum, woran viele mit großem
Rechte zweifeln, so sind die Urtheile des Publikums
die Urtheile angesehener Kunstrichter. Aber wenn ich
mir diese zu eigen machte, bleibt nicht noch der Vorwurf
übrig, duo cum faciunt idem &c.? Ich dächte nicht.
Ich mache sie mir nicht sowohl eigen, als ich erzähle sie als
unpartheyischer Geschichtschreiber, und der Lehrling darf
diese Urtheile so wenig, als die meinigen zum Vorurtheil
werden lassen, wenn er nicht ewig ein Lehrling bleiben will.
Sagte ich z. E. von Klodiussens Medon in eigener
Person: „Es ist mit zu vielen Sittensprüchen und dich-
„terischen hohen Tiraden angefüllt; Medon ist zu voll-
„kommen, und zu unthätig, seine Bekehrung ist zu
„schnell, der Dialog und die Verbindung der Scenen
„fehlerhaft, das Subject und die Anlage nicht neu,
„und anziehend genug; die Sprache sehr ungleich, das
„Interesse getheilt, die Situationen zu einförmig, und
„die Monologen zu häufig.” Wäre das nicht zu unbe-
„schelten

ſcheiben gegen einen Mann, deſſen ſonſtige Verdienſte ich zu verehren Urſache habe, und mit dem ich mich glücklich ſchäße, an einem Orte zu leben? Muß ich hier nicht entweder ganz ſchweigen, oder einen andern reden laſſen? In einem ähnlichen Falle bin ich in Anſehung eines neuen Journals das zu wichtig iſt, als daß ich davon ſchweigen könnte, von dem ich aber meine eigne Meynung nicht ſagen kann. Mein Lob und mein Tadel, beydes würde partheyiſch ſcheinen. Ich ſtehe an der Spiße der darinnen gezüchtigten Schriftſteller, aber ich bin nicht mehr gelobt, und weniger getadelt worden, als ich es verdiente. Ich erzähle alſo blos die Urtheile anderer, und zwar von beyden Seiten. Merkwürdige Erſcheinungen in der Litteratur erregen allemal ſehr mannigfaltige und widerſprechende Urtheile. Den Tadel werde ich nicht ohne Unwillen erzählen, denn er kann nicht die vortheilhafteſten Begriffe von dem Geſchmacke unſers Publikums machen.

I. Lob.

Nicht aus Langeweile, die Herder zur fruchtbaren Mutter ſo vieler Journale macht, ſondern aus wahren Patriotiſmus hat Herr Klotz, deſſen Urtheile ſchon längſt bey den Kennern in Hochachtung ſtanden, eine kritiſche Wochenſchrift angefangen, die ſich mehr, als irgend eine dem Herderſchen Ideale nähert. Schon ſeit einiger Zeit war es der Wunſch vieler Redlichgeſinnten geweſen, daß jemand Muth haben möchte, dem Berliniſchen Despotiſmus zu ſteuren, der in unſrer demokratiſchen Republik unleidlich werden mußte. Schon lange vielleicht hatte man dies Unternehmen

Klotzen

Kloßen zugedacht, einem Manne, der frey von allen
Arten von Aberglauben, auch durch seine Einsichten berechtigt ist, das Nil admirari zu seinem Wahlspruch zu
machen. Er ist der rechte Censor, der kein Ansehn der
Person kennt, den berühmte Namen nicht schrecken, und
Unbekannte nicht abhalten, das Verdienst zu schätzen,
wo er es findet. Je mehrere gute Journale entstehen,
desto mehr wird die Freyheit ihr Haupt empor heben,
desto weniger die Wahrheit unterdrückt bleiben können.
Und eben deswegen sage ich von den Journalen, was in
dem Landpriester von Wackefield von den Politikern gesagt wird: Ob sie sich gleich unter einander hassen, habe
ich sie doch alle gleich lieb. Es ist wahr, die Berlini-
sche Kritik ist nur ein Fegefeuer, die Kloßische eine
wahre Hölle; die Hällische Biblothek wird sich mehr
fürchterlich, als beliebt machen. Aber ich glaube doch
nicht, daß die elenden Skribenten ein Mordgeschrey
darüber erheben werden, sie sind schon zu oft gewißigt, als
daß sie nicht lieber in der Stille seufzen, und es ihren
Vettern und Muhmen mit thränenden Augen klagen
sollten. Die Verfasser haben es gewagt, den Ton der
Litteraturbriefe in die Recensionen überzutragen, sich mit
den Autoren in der vertrautesten Sprache zu unterreden,
und dem strafenden Witze freyen Lauf zu lassen. Pragma-
tisch für unsre Zeiten sind sie so sehr, als jene. Man
lese die Ausschweifungen über die Philosophen, über die
Sprachmengerey, *) über die profaische Poesie, über

den

*) Fängt sie nicht auch in der Poesie an, einzureißen? To-
tas, Diadem, Katakomben, Monument, Trophäen,
Borussien, Kritika u. s. w. Doch dieß gehört vielleicht
zu dem Os magna sonaturum.

den Unterricht in öffentlichen Schulen, über die Biographen, u. f. w. Und welche Muster von schönen Recensionen sind die von Lippert, von Schröckhen,
von Gesetzen, von der Julie, von der Theorie der
Poesie!

II. Tadel. *)

Freylich hätten die Nikolaiten bedenken sollen, daß
mit Hr Klotzen nicht zu spaßen sey. Nachdem Abbt
sein beständiger Lobredner gestorben war, wurden sie so
unverschämt als möglich. Herder hatte sie schon darüber
zur Rede gesetzt, aber sie machten es immer ärger!
Nun mögen sie es auch haben! Nun mögen sie es auch
anhören, wenn die Welt belehret wird, daß Moses
und Ramler keine Götter sind, daß Resewitz ein auf-
geblasner Abbe ist. Es ist eine Freystatt für alle Mal-
contenten eröfnet; ihr werdet sehen, welche Verschwörung wieder euch entstehen wird; Deutschland wird nun
euer lachen! und die Ausländer — denn auch für diese
ist die Bibliotheck geschrieben Stück II. S. 50. — —
werden eure Schande erfahren. Alles Hohngelächter
wird auf euch zurück fallen. Ernsthaft zu werden, was
kann eine Wochenschrift für Nutzen bringen, die ein Kommentar über einen Theil der Hällischen Zeitungen, und wie
diese ein Tummelplatz unbändiger Leidenschaften ist, deren Verfasser es für eine Pflicht des Kunstrichters halten, die Empfindung dann und wann zu unterdrücken,
der es so sehr an philosophischen Recensenten fehlt, die

E 4

fast

*) Dieses davon ist aus der Beurtheilung in den Unterhal-
tungen.

faſt nichts als Dictatorſprüche in Präceptortone enthält,
in der man ſich allen Muthwillen erlaubt, nur um den
Leſer eine Kurzweile zu machen, uns mit der Anzeige der
ſchlechteſten Bücher plagt, um ſeinen Witz auszuſchüt-
ten; über Leute von ihrer Parthey wird bald in ſchlei-
chenden Recenſententone, bald mit vollen Backen geurtheilt; man hat gewiße Helden, die man den Berlinern
zum Trotz allenthaben vertheidigt. Ihre Schreibart iſt
oft unbeſtimmt, unkorrect, weitſchweifig, neologiſch,
blumenreich, voll Anſpielungen auf bibliſche Ausdrücke.
Mit Ramlern, Herdern und Raſpen wird ſehr lieb-
los umgegangen. Privatanecdoten werden eingemiſcht,
die ſich nicht einmal die Litteraturbriefe erlaubten. Un-
anſtändige Spöttereyen ſind unzählig. Wie werden
Klopſtock nicht Klopſtock und der Sammler der Lieder
der Deutſchen nicht chicaniert. Wie weiß man doch
allen Sachen eine Wendung zu geben, z. E. um Federn
zu loben? Feder wird magiſtermäßig ſchwazhaft, und
Kloz durch eine Figur gelobt, die man, glaub ich,
praeteritio nennt; an Riedeln vergißt man den magern
Vortrag, die wenige Gabe beſtimmt, und deutlich zu
reden, die neologiſche Sprache, z. E. Präſumtion, ima-
ginativ, intellectual, Baſis, Region, partial, Aſſo-
ciation, Duration, Interruption, Recapitulation,
eklerant, Sobriet, Bonſens, apodictiſch, mental,
anticipirt, Suppoſitum, Eremitage, Aggregat, raffiniren,
Protuberanzen ꝛc. ſeine Darießiſche Philoſophie, z. E. die
Summe von Realitäten, Grundtriebe — doch ich bin müde,
die unwichtigen Vorwürfe zu wiederholen, die meinem
Freund gemacht werden — Dubois und Giokonda
wird mit dem Strumpfband in eine Klaſſe geworfen.

Leßings

leßings Minna ist in den Unterhaltungen weit gründlicher beurtheilt.   Herder soll ein junger Schriftsteller
seyn.   Warum spricht er in der Vorrede: „das Milch-
„haar kann mich nicht mehr begeistern„? Das Gute in
den Schleswigschen Briefen wird verschwiegen.   Wer
S. 17. gelesen hat, kann sich dieses erkldren.   Und sind
die Verfasser, die ersten, die großen leute, Wahrheit
sagen können?   Hat man in der Weisischen Bibliothek gegen Gleimen, Zacharidem, Winkelmann u. s. w.
geheuchelt?   Kurz, die Begierde, Aufsehn zu machen,
ist die Mutter dieser Antiberlinischen Bibliothek! Welcher Hobbesianische Krieg wird nicht noch unter den Jour-
nalisten entstehen?   Am besten, das Publikum läße sie
sich zanken! Wie wahr sind Herders Aussprüche: Je
mehr Journale, desto minder wahre Gelehrsamkeit; viele Fürsten, und kein gebietender Oberherr; wir arbeiten
in Deutschland, wie in jener Verwirrung Babels; Se-
cten im Geschmack, Partheyen in der Dichtkunst streiten
gegen einander; kein allgemeines Intresse, kein großer
allgemeiner Beförderer und allgemein gesetzgeberisches
Genie.   Ich wünsche den Tadel nicht weiter zu hören, und
so wohl der Bibliothek, als den

Actis Litterariis

soviel leser, als sie verdienen,   Größtentheils
beschäftigen sich zwar die letztern nur mit Beurtheilung
philologischer Bücher, aber von Zeit zu Zeit kommen
auch Bücher ins poetische Fach vor, und Urtheile und
Schreibart sind alsdenn so vortreflich als bey jenen. Die
Klotzische Bibliothek hat den Streit über den poetischen
Gebrauch der Mythologie wieder rege gemacht.   Die

                    großen

großen Männer haben schon ihre Meynungen darüber gesagt, Diese habe ich in der Abhandlung: Simonides
seu de theologia poetarum gehandelt. Ich bin nun
freylich sehr unzufrieden damit, aber es ist eine aka-
demische Abhandlung.

Zum sechsten Kapitel.
Von der Eintheilung der Poesie
und von der Fabel.

I. Zur Theorie.

Saintmard wirft unter andern die, glaub ich, sehr un-
nöthige Frage auf: ob die Moral im Anfang oder ám
Ende der Fabel am besten stünde! die erste Stellung ist der
Fabel, die andre der Moral vortheilhafter. Im Anfang
pflegt sie weitläuftiger vorgetragen zu werden, und eine Art
von Prolog zu seyn, denn die Prologe, deucht mich,
sind der ganzen Gattung von Poesie eigen, die ich die
epische genennt habe.

II. Zur Litteratur.

Desbillons

Ist nun auch ins Französische übersetzt. Die Franzosen haben noch mehrere Fabeldichter, die aber alle noch
unter Richern stehen. Z. E. le Brun, le Noble,
und so weiter.

Gay.

Es ist merkwürdig, heißt es, im Landpriester von
Wackelfield, daß Gay und Ovid in gleichem Grade beygetragen

getragen haben, einen falschen Geschmack in ihrem Vaterlande einzuführen, indem sie alle ihre Zeilen mit Beywörtern überladen. Mittelmäßige Köpfe fanden, daß
sie sich am leichtesten in ihren Fehlern nachahmen ließen,
und die englische Dichtkunst ist so, wie in den letzten
Zeiten des römischen Reichs, schon weiter nichts, als
eine Zusammenhäufung übertriebener Bilder ohne
Plan oder Verbindung, eine Reihe von Beywörtern,
die den Schall vermehren, ohne den Verstand weiter zu
führen. Den Neologismus der Poeten sowohl, als der
Prosaisten, hat neuerlich der Verfasser des Leriphanes,
eines lucianischen Gesprächs bestraft, wie er es verdient.
Eine deutsche Dunciade haben uns die Verfasser der
Klotzischen Bibliothek versprochen; lieferten sie uns doch
auch einen Leriphanes!

Burkard Walbis.

Eine gute Abhandlung über ihn steht im vierten
Bande der Unterhaltungen.

Gellert.

Toußaints Uebersetzung wird unter dem Titel:
Extrait des Oeuvres de Mr. Gellert contenant ses Apologues, ses Fables, ses histoires et ses allegories,
in zwey Bänden nächstens erscheinen.

Willamov

Ist als Professor nach Petersburg gekommen.

Zum

Zum siebenden Kapitel.
Von der Erzählung.

II. Litteratur.

Tickel.

Eine feine Erzählung: Kensington garden von ihm, steht in dem ersten Bande der Dobsleyischen vermischten Schriften.

Mallet.

In seinen Werken steht noch eine lange Erzählung, Amynt und Theodore, oder der Einsiedler, sie hatte anfangs für das Theater bearbeitet werden sollen. Sie ist rührend, nur zuweilen zu voll von unnatürlichen und allzugeschmückten Bildern.

Voltaire.

Seine neue Erzählung: L'Ingenu ist nur eine neue Wendung, die er seinen Lieblingsmeynungen und seiner Satyre gegeben hat. Ein Hurone mußte ihm Gelegenheit geben, an Religion, Jesuiten und Hof, sein Mütchen zu kühlen. Am Kolorit der Erzählung merkt man es nicht, daß der Verfasser ein Greis ist.

Darnaud.

Ein Verfasser einer Menge kleiner Erzählungen; z. E. Fanny, Fatme, Sibney und Silli, die neue Pamele, Nancy, Julie, Baltlde, Clary ꝛc. ist reich an rührenden Situationen, aber der Ton der Erzählungen ist bald matt, bald spitzfindig, bald zu glänzend.

Sara

Sara Th.

Marmontel nennt in seiner Erzählung, l'heureuse Familie unter den Büchern, die d'Ormonds Großmuth der glücklichen Familie verschafte, auch cette Sara surtout, que l'Angleterre envie sans doute, mais que la France a eu l'honneur de produire. In allen Editionen steht dabey folgende Note: Conte moral qui parut en 1665. Le grand nombre d'editions, qui en furent faites et enlevées sur le champ, fait plus d'honneur a la nation qu'a l'auteur meme et n'annonce pas la decadence du gout chez les lecteurs. Ich glaube, daß man hier schlechterdings 1765. lesen muß, und die Lobsprüche, die dann von der Sara Th. gelten, sind gar nicht zu groß für sie. In der Landbibliothek steht eine Uebersetzung davon.

Zum achten Kapitel.
Von dem Lehrgedichte.

II. Litteratur.

Pope.

Durch einige angeführte Stellen aus Wartons vortreflichen Versuche über Popens Genie und Schriften, der in den Berliner vermischten Schriften übersetzt steht, habe ich zwar gezeigt, daß ich ihn kenne, aber ich hätte ihn da, wo ich von Popen zum erstenmale rede, besonders nennen und sagen sollen, daß eine weitläuftige Belesenheit schöne und nützliche Ausschweifungen, eine feine — zuweilen auch eigensinnige — Kritik diese Abhandlung schätzbar machen. Möchte sie doch bald über

bis

die übrigen Schriften von Pope fortgesetzt werden.
Denn jetzt, betrift es nur seine Schäfergedichte, seinen
Windsor Forest, seine lyrischen Stücke, seinen Versuch
über die Kritik, seinen Lockenraub, seine Heroiden.
Mein Urtheil von der Duschischen Uebersetzung nehme
ich mit Vergnügen wieder zurück, nachdem ich sie ganz
gelesen habe.   Nur habe ich zuweilen die gehörige
Stärke des Ausdrucks und Harmonie vermißt.   Unter
Popens Gedichte habe ich auch den Essay on human life
gerechnet, aber Warburton setzt ihn unter die vielen moralischen Gedichte, die man Popen beyzulegen pflegte,
aus keiner andern Ursache, als weil ihn der Essay on
Man in solches Ansehen gebracht habe, daß man glaubte,
nur er könne moralische Gedichte von einigem Werthe
schreiben.

Browne.

Die Englische Uebersetzung seines Gedichts de
animi immortalitate steht im sechsten Bande der Dodsleyischen Sammlung.

Die Franzosen haben ein schönes Gedicht unter
dem Titul: Art d'aimer, auch die Deutschen sollen
eins haben, wie die N. B. D. W. sagt: Lenzens
Liebe, in Folio.   Noch habe ich es nicht gesehen.

Scott,

hat des Cebes Tafel poetisch nachgeahmt, sein Gedicht
stehet im sechsten Band der Dodsleyischen Sammlung.

Arbuthnot.

Ein kleines Gedicht über die Selbsterkenntnis steht
von ihm im ersten Theile der Dodsleyischen Sammlung.

S. John-

S. Johnson.

Sein Essay on Virtue, ein Gedicht unter der Würde seines Gegenstandes, ist im dritten Bande der Dodsleyischen Sammlung zu finden.

Brown.

Sein Gedicht von der Satyre ist eigentlich Popens Andenken gewidmet, und steht daher nicht nur in der Dodsleyischen Sammlung, sondern auch in der Ausgabe von Popens sämmtlichen Werken. Ein Gedichtgen, von ihm, über die Ehre steht im dritten Bande der Dodsleyischen Sammlung.

Ueber die Kunst des Umgangs habe ich ein französisches Gedicht angeführt, aber es giebt auch ein englisches von

Stillingfleet,

beym Dodsley im ersten Bande.

Priors.

Alma or the Progress of human soul in drey Gesängen, ist im Tone eines vertrauten und satyrischen Briefes geschrieben. In der Satyre ahmt er Donnens Manier nach.

Cooper.

Ein mittelmäßiges Gedicht von ihm The estimate of Life steht beym Dodsley im dritten Bande.

Warton.

Seine Vergnügungen der Melancholey, ingleichen sein Gedicht*) The Enthusiast or the Lover of Nature steht in Dobleys Sammlung.

L. Ra-

*) Ueberf. im 4ten B. d. Unterh:

L. Racine.

Seine Lehrgedichte hat Venuti ins Italiänische übersetzt. Eine bessere Deutsche Uebersetzung verdienten sie, als die von Schäffern, Breslau. 1755.

Bramston.

Seine Art of Politik in der Dodsleyischen Sammlung ist nichts, als eine Parodie von Horazens Dichtkunst.

Lukan.

Schon Palmerius hat für diesen Dichter eine Apologie geschrieben. Jetzt ist Hr. Kloß sein vornehmster Vertheidiger. Er glaubt, man solle ihm seinen Platz unter den epischen Dichtern lassen; weil es in der Epopee, wie im Drama dem Genie kein Verbrechen daraus zu machen sey, wenn es kein Sklave der Aristotelischen Regeln seyn will. Ich pflichte ihm hierinnen bey, denn dadurch wird Lukans Poesie des Styls nicht entschuldigt. Torregui hat ihn ins Spanische übersetzt.

Drüfesnoy.

Sein Gedicht de arte graphica, woran er zwanzig Jahre gearbeitet hat, ist nicht vortreflich, sondern nur gründlich und in Lukrezens Ton geschrieben. Weit mehr wahre Poesie hat Marsy.

Unter den schönen Künsten, deren Grundsätze poetisch bearbeitet worden ist, schien mir die Tanzkunst ganz übergangen zu seyn. Aber im dritten Bande der Dodsleyischen Sammlung habe ich nun auch eine Art of dancing von Johnson gefunden.

Rucelai

Rucelai

der dramatische Dichter hat auch ein Lehrgedicht von den Bienen geschrieben.

· Rapins

Gärten hat der bekannte Evelyn ins Englische über sehe.

Neuntes Kapitel.
Von poetischen Briefen.
II. Litteratur.

Langhornens Werke sind gesammelt.

Die Dodsleyische Sammlung enthält eine Menge poetischer Briefe. Folgende sind die merkwürdigsten: 1) Melmoth über die Einsamkeit. 2) Tickels Brief einer Lady. 3) Jakobs Heroide: Chiron an Achilles. 4) Whithead, wie gefährlich es sey, Verse zu schreiben. 5) Bromstons satyrischer Brief: Der Mann von Geschmack. 6) Greens Brief über den Spleen. 7) Verschiedene Briefe an Paynz. 8) Brief der Celia an Chloe. 9) Ueber den Anspruch des Frauenzimmers auf die Gelehrsamkeit. 10) Ueber die, so wider ihr Genie geschrieben. 11) Daß der unrechte Gebrauch des Lebens das Leben am beschwerlichsten mache. 12) Brief eines Schweizer-Officiers an seinen Freund in Rom. 13) Brief des Churfürsten von Bayern an den König von Frankreich nach der Schlacht bey Ramailles u. a. m.

Unter den Deutschen habe ich Schieblers Heroide: Klemens an seinen Sohn Theodorus, anzuzeigen vergessen.

Zehntes

Zehntes Kapitel.
Von der Satyre.

II. Litteratur.

Mallet.

Sein kleines Gedicht on verbal Criticism züchtiget die geschmacklosen Chramatiker, wie sie es verdienen.

Johnsons

beyde Satyren stehen im Dodsley, die erste im ersten, die zweyte im vierten Bande.
Eine von Hervey steht in dem fünften.

Ariost.

*) „Seine besten Gedichte nach dem Roland sind „seine sieben Satyren, meistens durch seine eignen „Schicksale veranlaßt, und an verschiedenen Stellen „ganz horazianisch.

Eilftes Kapitel.
Vom Sinngedichte.

II. Litteratur.

In gewissen Provinzen Deutschlands ist es immer noch nöthig die Verfasser der Chronodistichen zu züchtigen. Neuerlich wieder hat es Martini in seiner Rechtfertigung der Chronodistichen aus den Beyspielen der

*) Reinhardt.

der Griechen gethan, die dem zweyten Stücke des fünften Bandes der Neuen Bibliothek der schönen Wissenschaften vorgesetzt ist.

Zwölftes Kapitel.

Von der malerischen Poesie.

II. Litteratur.

Dyer.

Beyde Gedichte von ihm stehen im ersten Theile der
Dodsleyischen Sammlung.

Jago.

Eines Dichters, von dem schon im Dodsley ver-
schiebne gute Poesien gesammelt sind, Edge-Hill or the
rural Prospect delineated, in vier Büchern ist *) ein
vortrefliches Beytrag zur malerischen Poesie. Es enthält eine Beschreibung der schönen Gegenden eines Bergs,
der wegen seiner entzückenden Aussicht bekannt, und
durch die erste Schlacht in den bürgerlichen Kriegen
Carls des Ersten in der Geschichte berühmt ist. Es ist
ist voller reizenden Beschreibungen, und mit artigen
Anecdoten, einigen Lobsprüchen, kleinen süssen Episoden,
durchwebt; der Ausdruck ist edel und korrect, die Bilder
meistens ausnehmend schön, und die Versifikation durchgängig fliessend und melodisch.

F 2   Drey=

---

*) Neue Bibliothek der schönen Wissenschaften.

Dreyzehntes Kapitel.
Vom Schäfergedichte.

I. Theorie.

Nach der angezeigten Moses Mendelsohnischen Theorie des Schäfergedichts beruht das Wesen desselben auf die veredelte Kindheit der menschlichen Gesellschaften. Sollte uns die Aehnlichkeit solcher kleinen Gesellschaften mit den Kindern in den größern nicht auf die Gedanken bringen, auch Kindereklogen zu glauben? Möchte man nicht einigen Weißischen Kinderliedern diesen Namen beylegen? So eine schäferische Naivität haben sie! Die Veredlung darf allerdings auch bey dieser Gattung nicht vergessen worden. Der Poet muß in den Kindern, die er auftreten läßt, die Funken städtischer Bosheit ersticken, die aus unsern Kindern hervorleuchten. Unsre dramatischen Dichter haben seit der Arabella in der Sara die Kinder gut zu nutzen gelernt. Warum sollten wir nicht auch bukolischen Gebrauch von ihnen machen? Und sollte es nicht oft angenehmer seyn, sich in einen Kreis liebenswürdiger Kleinen zu versetzen, als subtillsirte Empfindungen allzuidealisirter Schäfer anzuhören?

Viele Kunstrichter haben gezweifelt, ob sich das Komische mit der Ekloge vertrage. Sie sind widerlegt. Aber ein neuer Grund wider sie ist dieser. Kann der bukolische Dichter nicht auch Handlungen und Empfindungen komischer Personen veredeln, die kleine Gesellschaften ausmachen? Ein Beyspiel dazu ist die
Quäcker-

Quäckerekloge, die Gay auf Swifts Anrathen gemacht hat.

Im ersten Theile der Dodsleyischen Sammlung stehen die berühmten sieben Stadteklogen, davon die eine: The Basset-table Popen zum Verfasser, hat, (eine ähnliche von Jago steht im fünften Bande). Es sind nicht sowohl Idyllen, als Parodien zur Satyre auf die Beschäftigungen des Frauenzimmers. Sie machen zusammen ein Ganzes aus. Jede ist auf einen Tag in der Woche gemacht. Ein dergleichen Ganzes machen, außer den Spenserischen, die wegen ihrer Einrichtung auf jeden Monat der Kalender genennt werden, und den Popenschen vier Jahrszeiten auch vier schöne Idyllen in der Dodsleyischen Sammlung: The Progreß of Love, a) Uncertainity b) Hope c) Jealousy. d) Possession. Ich weiß nicht, ob nicht Iselin in seinen patriotischen Träumen daher die Idee zu der poetischen Schilderung eines vollkommenen Frauenzimmers entlehnt haben sollte, die ebenfalls die drey Abschnitte hat: Wünsche, Hoffnung, Besitz.

II. Litteratur.

Theokrit.

Fawkes*) hat den Engelländern eine neue Uebersetzung der Theokritischen Idyllen geliefert, in der zwar oft, besonders in Beschreibungen, die Simplicität des sicilianischen Dichters verlassen, aber oft auch glücklich getroffen ist. Die Sprache ist zierlich und ungezwungen, die Versifikation harmonisch und leicht.

Godeau.

F 3

*) Neue Bibliothek der schönen Wissenschaften.

Godeau.

Ich bin überzeugt, schreibt Despreaux an den Herrn von Maucroix, daß Godeau ein Poet ist, der alle Achtung verdient, doch kann man vielleicht von ihm sagen, was Longin vom Hyperides sagt; er sey stets nüchtern. Ich weiß nicht; ob er auf die Nachwelt kommen wird. Soll es geschehn, so muß er von den Todten auferstehn. Denn schon ist er todt, er wird bennahe von niemand mehr gelesen. Der Herr von Maucroix antwortet: Ich bin Ihrer Meynung. Und wie kann es anders seyn? Godeau machte zwey bis dreyhundert Verse, stans pede in vno. So macht man gute Verse nicht. Unterdessen trift man unter einer Menge nachläßige auch einige schöne Verse, die ihm bisweilen entwischt sind.

Die Sammlung, die in der Paliris und Dirphe übersetzt steht, ist nicht von Kroke, sondern von M. Schirach. Von den Verdiensten der ganzen Sammlung kann man sich aus den Jenaischen gelehrten Zeitungen unterrichten.

Geßner.

Seinen Tod Abels hat Mademoisell Biehl ins Dänische übersetzt.

Vierzehntes Kapitel.

Von der Elegie.

II. Litteratur.

Nicht von Dodsley, sondern von Gray ist die Elegie auf einem Gottesacker. Sie steht in der Dodsleyischen Sammlung im vierten Bande. Ohne

Ohne die Ueberſetzung in den Erweiterungen geſehn zu haben, überſetze ich ſie alſo:

Schon läutet die Abendglocke dem ſcheidenden Tage zu Grabe, die brüllende Heerde ſchleicht träge über die Matten, der Feldmann eilt, nicht ohne Verdruß über den langen Weg, ſeiner Hütte zu, und überläßt die Welt der Finſterniß und mir.

Die dämmerichte Landſchaft verbleicht, eine feyerliche Stille herrſcht durch die Luft, auſſer wo ſummende Käfer herumflattern, und dumpfigte Glöckchen entfernte Heerden zum Schlaf einladen.

Außer wo in Thürmen mit Epheu durchwachſen die gräßliche Eule dem Monde klagt, ein vorübergehender Wanderer habe ihre alte öde Reſidenz beunruhigt.

Unter dieſen melancholiſchen Ulmen, unter eines Eibenbaums Schatten, wo über ſo vielen Haufen Staub ein weicher Raſen emporſchwillt, ſchlafen die rohen Urväter des kleinen Dorfs.

Die Wiederkunft des kühlen Morgen, die zwitſchernde Schwalbe auf der Strohhütte, des Hahns helle Herolbsſtimme, das ertönende Horn wird ſie nicht mehr aus ihrem ſchlechten Bette treiben.

Für ſie nicht mehr der flammende Heerd brennen, noch die geſchäftige Hausfrau des Abends fleißig ſeyn; die Kinder werden nicht mehr eilen, der Mutter ins Ohr zu liſpeln, der Vater ſey wiedergekommen, ſeine Knie umklammern, und ſich um ſeine Küſſe beneiden.

Oft ſank unter ihrer Sichel der Herbſt, oft zerſtieß ihr Pflug die halsſtarrigen Erdſchollen.   Wie vergnügt

trieben

trieben sie ihre Pferde ins Feld! Wie beugten sich die
Wälder unter ihren männlichen Streichen!

Der Ehrgeiz spotte ihrer nützlichen Arbeit, ihrer
häuslicher Freuden, ihres niedrigen Schicksals nicht.
Der Große lache nicht verachtungsvoll, wenn er den
kurzen und einfachen Lebenslauf des Armen hört.   Den
stolzen Wappen, dem Glanze der Macht, allem, was
uns Schönheit, was uns Reichthum gewähren kann, droht
eine unvermeidliche Stunde.   Die Pfade der Herrlichkeit sind nur Wege zum Grabe.

Rechnet es ihnen nicht für einen Fehler an, ihr
Stolzen, wenn das Andenken über ihren Gräbern keine
Trophäen errichtet, bey denen durch die langen Bänke
und abgelebnen Gewölbe hin schreyende Chöre Lobilie-
der singen.

Kann eine bewunderte Urne, eine beseelte Buste den
entfliehenden Geist zurückrufen? Kann der Schall des
Ruhms den unempfindlichen Staub erwecken? Oder
Schmeicheley den tauben unerbittlichen Tod erweichen?

Vielleicht liegt in diesem verachteten Feld manches
Herz, in dem himmlisches Feuer verborgen lag, Hände, die
das Ruder der Regierung würden haben führen, oder
aus der Leyer entzückende Töne erwecken können.   Aber
nie entwickelte ihnen die Gelehrsamkeit ihr großes Buch
reich von Beute aller Zeiten.   Frostige Armuth erstickte
ihr edles Feuer, und hemmte die natürlichen Triebe
ihrer Seele.

Viel Edelgesteine vom reinesten Glanze sind in den
schwarzen grundlosen Klüften des Oceans verborgen, viel
Blumen

Blumen sprossen hervor, ungesehen zu blühen, ihre süssen Gerüche in einer öden Luft zu verschwenden.

Hier ruht vielleicht mancher Hamden seines Dorfs, der dem kleinen Tyrannen seiner Gefilde unerschrocken widerstand, mancher stumme unberühmte Milton, mancher Kronwell, vom Bürgerblute unbefleckt.

Dem Beyfalle des horchenden Senats zu gebieten, die Drohungen der allgemeinen Noth zu verachten, Ueberfluß über ein fröliches Land zu verbreiten, ihre Geschichte in den Augen einer Nation zu lesen,

Versagte ihnen das Geschick. Aber es hemmte nicht nur den Fortgang ihrer Tugend, es sezte auch ihren Lastern Schranken. Es untersagte ihnen, durch Blut auf einen Thron zu waden, dem Mitleid und der Menschenliebe alle Zugänge zu verschließen.

Den Kampf des folternden Gewissens zu verbergen, die Schamröthe der Unschuld zu vertreiben, das Heiligthum der Ueppigkeit und des Stolzes mit dichterischem Weyrauche zu füllen.

Fern von des gierigen Haufens unedlen Weltstreit, verirrten sich ihre mäßigen Wünsche nie. Im kühlen friedlichen Thale des Lebens giengen sie ihren Weg ohne einiges Geräusch.

Einige hinfällige Merkzeichen, diese Gebeine für alle Beunruhigung zu schützen errichtet, mit barbarischen Reimen, unförmlicher Skulptur verziert, heischen einen flüchtigen Seufzer.

Ihre Namen, ihre Lebensjahre, von der ungelehrten Muse hinbuchstabiert, sind statt Lobreden, statt

F 5   Elegien.

Elegien. Umher ist eine Menge biblischer Sprüche gestreut, dem Dorfmoralisten sterben zu lehren.

Wer war wohl je so in Vergeßlichkeit zerstreut,
daß er immer die angenehme Betrübniß scheute, nicht
einmal dem sonnigten Gebiete frölicher Tage entfloh,
und einen verweilenden Blick auf diese Grüfte warf?

Auf irgend ein menschenfreundliches Herz hoft jede
scheidende Seele, einige Thränen der Zärtlichkeit fordert
das brechende Auge. Selbst aus dem Grabe schallt die
Stimme der Natur, ihr Feuer lebt auch noch in unsrer
Asche.

Du, der du der ungepriesnen Todten eingedenk in diesen
kunstlosen Zeilen ihre Geschichte erzählest, deinem Schicksale denkt vielleicht einst in einsamen Betrachtungen ein
sympathetischer Geist nach.

Ein Hirt mit Silberhaaren sagt dann vielleicht:
Oft sahen wir ihn mit der frühsten Morgenröthe eilend
über den Thau hinlaufen, der Sonne auf den Gebirgen
zuvorzukommen.

Dort an dem Fuß jener schwankenden Buche, die
ihre alten seltsamen Wurzeln so hoch emporstreckt, legte
er sich des Mittags ermüdet hin, und spiegelte sich im
vorbeymurmelnden Bache.

Nah an jenem Walde träumte er oft, lächelte spöt-
tisch, und murmelte seltsame Phantasien her, oft voll
Schwermuth, bleich, bekümmert, gleich einem Ver-
lassenen hieng er bekümmernden Sorgen nach, oder quäl-
te sich mit hoffnungsloser Liebe.

Den

Den einen Morgen vermißte ich ihn auf dem gewöhnlichen Hügel, in dem Thale, bey seinem geliebten Baume. Ein andrer kam, aber weder am Bache, noch im Thal, noch im Hayne war er.

Tags darauf sahen wir ihn unter Gesang und trauriger Begleitung nach dem Kirchhof hintragen. Komm und lies es mir — du kannst ja lesen — da stehe es auf den Steine gegraben, dort unter jenen alten Dornen:

Hier ruht im Schooß der Erden ein Jüngling, dem Glück und dem Ruhme unbekannt. Die Musen verschmäheten seine niedrige Herkunft nicht, trübe Schwermuth zeichnete ihn aus.

Groß war seine Güte, aufrichtig sein Herz. Er gab dem Elend, alles, was er hatte — eine Thräne. Der Himmel schenkte ihm alles, was er wünschte — einen Freund.

Entwickle seine Verdienste nicht weiter, noch ziehe seine Schwachheiten aus der Finsterniß hersür. Beyde ruhen hier mit schüchterner Hoffnung in dem Busen ihres Vaters und ihres Gottes.

Sonst sind in dieser Sammlung einige Eleglen von Hammond, Jago und Whitehead, ingleichen eine von Kambridge, die Betrachtungen in einem leeren Assambleesaale enthält.

Die drey Elegien eines Ungenannten sind nebst vierzehn neuen zusammen herausgegeben worden, davon die eine das Krähenholz in der Neuen Bibliothek der schönen

nen Wissenschaften übersetzt steht.   Einzeln von eben
dem Verfasser ist herausgekommen: il Latte, eine Klage
über die Grausamkeit der Mütter, die ihre Kinder
gleich nach der Geburt verstoßen.

Rüßel.

*) Es scheint dem Verfasser nicht an dem süßen
Klagetone der Elegie zu fehlen, und es sind Stellen in
seinen Elegien, welche die melancholische Schwermuth
und die traurigen Bilder haben, die diese Dichtungsart
erfordert, aber in vielen wird sie auch zu prosaisch.   Der
Elegien sind viere: Der Sturm, Strephon, eine verliebte Elegie, und eine auf Youngs Tod.

Folgende schöne Elegie ist gewiß meinen meisten
lesern unbekannt:

Komm noch einmal zurück, Gespielinn meiner Jugend,
Die du mich siegen lehrtst, als noch der Trieb der Tugend
Bey mir ein unentweiht und folgsam Herze fand;
Als ihn kein Gram geschwächt, als noch mein Puppenland
Mich mehr als das Geräusch der Eitelkeit zerstreute,
Und nur ein frommer Trieb sich meinen Adern weyhte.
Komm noch einmal zurück, und sing ein traurig Lied,
Eh mich der Reiz von dir vielleicht auf ewig flieht.
Als noch in mir kein Ach von bangen Lippen tönte,
Und jugendliche Lust nur meinen Busen dehnte,
Wie ruhig schlief ich da am Bach auf braunen Moos
Noch unbemerkt der Welt vergnügt und sorgenlos!
Kein Wunsch entführte mich der engen Atmosphäre;
Mein Spielwerk und mein Lied und eine fromme Zähr,
Das

*) Neue Bibliothek der schönen Wissenschaften.

Das war mein ganzes Glück, das mir kein Neider stahl,
Der lieben Einfalt treu, war mir mein schmales Thal
Mehr als die Pracht der Stadt.   Bey meiner kleinen Hütten
Kam mir kein Mann vom Hof, kein Held vorbeygeritten.
Von Nachruhm und von Stolz, von Reichthum und von Pracht
Hat mir mein treuer West am Bache nichts gesagt.
Wie sanft, wie neidenswerth verflossen mir die Stunden!
Ach! was ich da empfand, hab ich nicht mehr empfunden,
Seitdem mein Haupt nicht mehr der Kranz der Rosen ziert,
Und mein verräthrisch Herz im Schutt des Eiteln irrt,
Seitdem ich meine Ruh in fremden Sphären suchte,
Und als mit mir vergnügt stets auf mein Schicksal fluchte.
Hier reizt mich bald ein Bach, bald ist ein dunkler Wald
Für mich und für mein Herz ein schöner Aufenthalt,
Bald leimet meine Ruh an jugendlichen Wangen,
Bald bleibt mein wirksam Herz am Deckelglase hangen.
Zwar sproßte oft in mir ein tugendhafter Trieb,
Der bey dem Hang der Welt noch immer bey mir blieb.
Oft weinete mein Aug am Abend edle Thränen,
Und suchte sich beherzt vom Irrthum zu entwöhnen.
Doch was half der Entwurf, wenn tausendfacher Gram
Und trüber Tage Last der That die Kraft benahm?
Das Beyspiel und mein Herz erstickte die Entschlüsse,
Und die verworfne Lust ward mir bald wieder süße.
Nehmt einem edeln Geist Gelegenheit und Glück,
So sinkt er nach und nach zur Mildigkeit zurück.
Im einzeln ist es leicht ein großes Herz zu hegen,
Jedoch die Größe fällt bey wiederholten Schlägen.
Die Glut schmelzt nach und nach den allerhärtsten Stein,
Und langer Jahre Quaal macht große Seelen klein.
So irrt ich Jahre hin.   Kaum pflegt ich noch im Kühlen
Die Stärke deiner Lust, vertrauter Lenz, zu fühlen.

Doch

Doch man hat mir dein Gram auch diese Ruh versagt,
Der jetzt sein traurig Leid in öden Gründen klagt.
Die Allmacht deines Schritts, der Schnee und Eis entsiegelt,
Durchdringet nicht mein Herz, das dir mein Gram verriegelt.
Mich reizet nichts von dem, was die Natur belebt,
Und die erstorbne Flur zu Edens Pracht erhebt.
Dein junger Zephir haucht die Augen schon gelinder,
Und küßt im Abendroth die ersten deiner Kinder.
Das Thal trinkt deinen Thau, das Veilchen düstet Dank,
Nur ich, der deinen Reiz sonst geizig in mich trank,
Und deiner Wollust voll von W** Arm umschlungen,
Manch Lied von deinem Ruhm im Morgenthau gesungen;
Ich fliehe deinem Ruf und mit dir deinen Hayn,
Voll Schwermuth wie mein Herz soll auch mein Wohnplatz seyn.
In Gräbern der Natur, wo Fels an Fels sich reihet,
Wo noch kein dämmernd Licht die ewge Nacht zerstreuet,
Die seit der Schöpfung her die öde Flur gedeckt,
Wo Philomelen nie der frühe Morgen weckt;
Wo nur ein alter Nord aus holen Felsen stürmet,
Die Lüfte donnernd peitscht, und Nacht auf Nächte thürmet,
Wo nie ein zärtlich Herz für den Getreuen schlug,
Wo noch kein Leuwenhoeck nach neuen Wundern frug.
Hier taumelt Bacchus nicht, hier tönten Sapphos Lieder
Auf Zephirs Flügeln nie aus nahen Haynen wieder;
Hier hat noch keine Spur vom Wandrer eingedrückt,
Den trägen Sumpf entweyht, den seine Nacht beglückt.
Hier soll mein traurig Lied die öde Flur durchschauren,
Hier soll der Nachhall selbst in meine Thränen trauren;
Wenn Doris gleich mein Haupt mit keinem Kranze ziert,
Genug, wenn mein Gesang nur scheue Eulen rührt.
Einst, wenn nach langer Zeit satt vom geweinten Kummer
Auf Zephirs Flügeln mich ein freudenvoller Schlummer

Ja

In Scenen voller Ruh jenseit des Grabes wiegt,
Und nie in geweinter Gram in Lauben längst versiegt,
Mein Gram, den dir mein Aug zum erstenmale zeugte,
Seitdem ihn Phillis Zorn in öde Wüsten scheuchte;
Dann, wann dein zärtlich Aug auf euch mehr nieder blickt,
Wenn Doris um mein Grab vertraute Veilchen pflückt,
Und Enkel meinen Staub geschäftig niedertreten,
Den kühle Zephire mit sanftem Hauch verwehten:
Dann müßte noch mein Lied ein Zeuge meiner Pein
Ein Denkmal meiner Noth und meiner Leiden seyn.
Dann müßte einst ein Greis dem Enkel weinend sagen:
»Auch dieser dichtete am Abend bange Klagen;
»Und sang von seinem Gram, den seine Brust gefühlt,
»Und dennach uns noch jetzt so manche Thräne fließt.
»Sein Schöpfer hatte ihm ein zärtlich Herz gegeben,
»Und dieß sein zärtlich Herz verbitterte sein Leben.
»Die Welt erkannt es nicht, ihn lässet kein Freund,
»Nie hat ein zärtlich Aug in seinem Schmerz geweint.
»Nun ruht sein Ueberrest in dieser stillen Laube. «
Dann weint der fromme Greis, und wünschet meinem Staube
Vielleicht den Frieden an, den mir die Welt versagt,
Wo sich ein zärtlich Herz mit stetem Unmuth plagt;
Wo sich, auf öder Flur, auf traurigen Gefilden,
Zwar Lorbeern für das Haupt, doch nicht fürs Herz bilden.
Gott! der du Welten schaffst, der du die Sphären wägst,
Und ihre Kreise noch im Gleichgewichte trägst,
Was ist dein arm Geschöpf, das du nach dir geschaffen?
Ein Aufenthalt der Pein, ein Vorwurf deiner Strafen,
Des allerhöchsten Grams elender Gegenstand,
Ein Flüchtling, den dein Zorn von deiner Ruh verbannt.
Kaum täuschet ihn ein Blick des lächelnden Geschickes,
So blähet sich sein Herz im Schimmer seines Glückes,

Im Taumel seiner Lust wird ihm die Welt zu klein,
Dein Seraph wird sogar für ihn verdächtlich seyn.
Sein Stolz verlieret sich in ungemeßne Sphären,
Kein treuer Zuruf wird den kühnen Wandrer stören,
Der Ball, der ihn gebahr, ist seinem Wunsch zu schlecht,
Schnell fliehet ihn sein Schritt, nur Götter sind ihm recht.
Doch kaum schreckt ihn dein Wink, so singt er taumelnd nieder,
Er stürzt, jedoch sein Stolz hebt sich im Stürzen wieder,
Frech läugnet er den Fall. Auch da noch, wenn er sinkt,
Verbannet er die Hand, die ihn der Höh entwinkt.
Und so verschwindt sein Glück. So wie ein Traum am Morgen
Den müden Wandrer täuscht. Er mahlte seinen Sorgen
Den längst gewünschten Ort, den Wohnplatz seiner Ruh,
Schon hüpft sein schmachtend Herz der treuen Freundinn zu!
Er rüstet sich zum Kuß, jetzt will er sie umfassen.
Jedoch sein Traum entflieht, er siehet sich verlassen,
Und fühlt statt Doris Arm den treuen Wandrerstab,
Und blickt mit Ungeduld nur auf sein Stroh herab.
So taumelt jede Lust vor unsrer Brust vorüber,
Kaum wird der Himmel hell, so wird er wieder trüber.
Kein Glück ist dauerhaft. Kaum blendet uns sein Schein,
So wird es schon bedacht auf unsern Umsturz seyn.
Der Vorwurf selbst, an dem die schwangre Hofnung reifet,
Das Gut, wornach der Mensch mit geitzgen Händen greifet,
Wird dir, betrogner Mensch, der Thränen Schöpfer seyn,
Der Grund zu deiner Lust ist auch der Grund zur Pein.
Du armer, der du nun nach Daphnens Beyfall greifest,
Ihr Lob den Wäldern lehrst und ihren Nachhall reizest,
Womit hat Daphne dann dein thöricht Herz berückt?
Wahr ists, ihr schlanker Leib, ihr muntrer Witz entzückt,
Der kleine rothe Mund, der nur für Küsse blühet,
Und doch mit spröden Stolz der Schäfer Küsse fliehet,

Ihr

Ihr majestätischer Gang, ihr ungezwungner Scherz
Ist schon gefährlich genug für ein bevortheilt Herz.
Du bist mehr als ein Fürst. Im Schlummer deiner
    Freuden,
Willst du auch Thronen nicht den stolzen Schmuck beneiden,
Warum? Sie hat dich jüngst holdselig angelacht,
Da dein verrätherisch Aug ihr einen Blick gewagt.
Doch traue nicht dem Schein, der nur zu oft betrüget,
Und ein blödsinnig Herz zu seiner Qual besieget.
Ihr feuriger Verstand, ihr aufgeweckter Geist,
Der dich in Wollust wiegt, und zur Bewundrung reißt,
Verbirgt ein treulos Herz, das nie mit sich verglichen,
Nur treu im Unbestand und stark in Widersprüchen
Und groß in Wechsel ist. Ein Herz, das heute wählt,
Und Morgen schon auf dich mit sprödem Kaltsinn schmählt;
Und übermorgen nichts. Umsonst suchst du durch Thränen
Ihr widersinnisch Herz vom Stolze zu entwöhnen.
Dein Fleiß, der ihren Ruhm in alle Rinden schrieb,
Und bey dem sprödsten Stolz doch treu und zärtlich blieb;
Dieß alles rührt sie nicht, sie spottet deiner Lieder,
Und sieht mit Trotz und Hohn auf deine Thränen nieder.
So munter wie ihr Witz, so feurig wie ihr Scherz,
So feurig stößt sie auch das Rachschwerdt in dein Herz.
"So sprichst du, will ich denn den Reiz der Schönen mei-
    den,
"In stiller Einsamkeit da blühen reine Freuden.
"Wenn mir auch Daphnes Herz ein heimlich Gift vergällt,
"So hat die Welt nichts mehr, was mich zurücke hält.
"Empfange mich, mein Thal! empfangt mich, heilge Schatten!
"Wo laue Weste sich mit Veilchens Dufte gatten,
"Wo mich kein falscher Kuß um Mitternacht belauscht,
"Und wo mein klagend Lied mir weit vertrauter rauscht,

G

"Hier

»Hier will ich mich am Bach, bey lesenswerthen Büchern
»Vor dem Geräusch der Welt und stolzen Daphnen sichern.
»Hier drohet mir fein Fall. Auf meinem braunen Moos
»Leb ich der Einfalt treu und still und sorgenlos.«
»Hier fühl ich die Natur, hier scheucht mich fern von
»Kummer
»Kein schreckenvolles Bild aus meinem sanften Schlum-
»mer.«
Nur stille, armer Freund, auch hier täuscht dich dein
Herz.
Dein Buchwald und dein Thal schützt dich nicht für den
Schmerz,
Schützt dich nicht für den Fall, der immer auf dich lauert,
Auch wenn dein einsam Lied in öden Gründen trauert.
Trotzt hier gleich Daphnes Zorn nicht deiner Zärtlichkeit,
So lauscht ein andrer Feind, der deiner Ruhe dräut.
Geh, steige unter dich im holen Schooß der Erden,
Und lern, daß jede Flur dir Lisabon kann werden.
Dort unter deinem Hayn, wo sich die laue Luft
Um kühle Schatten schleicht, wo um der Blumen Duft
Der kleine Zephir buhlt, wo Nachtigallen klagen,
Und unsre Dichter oft die Zukunft heimlich fragen,
Wo Phillis leichter Fuß auf sammtne Fluren tritt,
Wo die Natur ihr jauchzt und unter ihrem Schritt
Sich Blumen schmeichelnd blühn und junge Veilchen sprossen,
Da liegt zu gleichem Sturz auch gleicher Stof verschlossen.
Ein Stoß entwickelt ihn, der Herr der Schlünde winkt,
Kolossen taumeln hin und Pico wankt und sinkt.
So sank jüngst Lisabon in seine Trümmern nieder,
Noch hallt von seinem Fall der Schreck am Abend wieder.
Ein lieberloser Tag versenkte seine Pracht,
Und scheuchte seinen Stolz zur trübsten Mitternacht.

Ihr

Ihr, die ihr Trümmern forscht, die das Geschick entgöttert,
Und um ein altes Maal den Orient durchklettert:
Laßt immer Bagdad gehn, reißt nicht mehr nach Palmyr,
Kommt an den Tagus hin; ihr findet beydes hier.
Jüngst sah ich Friedrichs Arm auf wollichten Geblrgen
Der Feinde wilden Schwarm mit Götterstärke würgen.
Er säte Blitze aus, von banger Ahndung schwer,
Rauscht vor ihm Todesangst und Schreckengötter her.
Wie sich ein voller Strom mit edlem Stolz empöret,
Wenn ihm sein enger Damm den freyen Ausbruch wehret;
Er bäumt sich, schäumt, und spriht und braust aus billger
          Wuth,
Noch steht der Schutt, der stolz auf eigner Schwere ruht.
Doch sein verstärkter Stoß durchpflügt die alten Bande,
Und reißt die Pfähle um, und wühlet in dem Sande,
Auf den sein Feind getrotzt, stürzt brausend auf die Flur,
Würgt in den fetten Thal, und scheuchet die Natur.
Umlorbeert seinen Schaum mit jovialschen Eichen,
Und stürmt die hohe Luft und niedre Wolken weichen.
So straft mein Friederich mit billgem Zorn die Welt,
Wenn ihr geblähter Stolz in seine Rechte fällt.
Er kömmt, das Schlachtfeld bebt, sein Schwerdt frißt ganze
          Glieder,
Sein naher Donner brüllt, und reißt Geschwader nie-
          der.
Und Friedrich denkt den Sieg.   Den Feind verläßt der
          Muth,
Von Leichen starrt das Feld und Hayne trinken Blut.
Doch Friedrich, der sich auch groß im Erbarmen zeiget,
Wenn sich der blutge Schwarm vor seinen Scepter beuget,
Küßt den gepeitschten Feind und hält ihm Gnade für.
Doch weh dir, Lisabon! Gott würgte selbst in dir.

                                   Wo

Wo bleibet nun, Damöt, der Wohnsitz deiner Freuden?
Wo wolltest du dein Herz in sichrer Ruhe weiden?
Das Schicksal folgt dir stets. Im Pallast und im Hayn
Wirst du vor seiner Wut gleich ungesichert seyn.
Im unerstiegnen Schlund schläft schon der Stof zum Feuer,
Und lauscht auf einen Wink. Dann wühlt das Ungeheuer
Den alten Kerker um, besiegt den Widerstand,
Den die verstärkte Wut chaotisch übermannt.
Jetzt breitet schon die Angst ihr trauriges Gefieder
Auf Floren und Pallast mit gleichem Schrecken nieder;
Die Oberfläche bebt, die Glut durchwühlt den Wald,
Dein lächelnd Tempe wird des Schreckens Aufenthalt,
Wo statt des Waldgesangs nur ungeheure Eulen
Ihr nächtlich Todtenlied in bangen Tönen heulen.
Wo suchst du nun, mein Freund, die Freystett deiner Ruh!
Glückseliger Entschluß! du fliegst dem Kelchglas zu.
»Will Daphne mir nicht mehr Ruh und Vergnügen geben;
»Schützt mich mein Thal nicht mehr: so soll der Weinstock leben!«
Ja scheuche deinen Gram ins volle Deckelglas,
Und fülle deinen Schlund mit Bacchus edlen Naß;
Und trink, und sey ein Fürst, und laß sie muntern Thören
Den Ausbruch deiner Lust durch frohe Lieder hören,
Bis dich nach manchen Scherz des Weinstocks Saft besiegt,
Und dein betrognes Herz in dunkle Träume wiegt.
Die Nachreu wird dich bald aus deinem Taumel scheuchen,
Und deine Freude wird mit deinem Rausch entweichen.
So treulos ist, mein Freund, auf Erden jede Lust,
Kein scheinend Glück füllt hier das Leere deiner Brust.
Vertrau dich nicht der Welt, sie bleibet ein Verräther;
Mit Lotus speist sie dich; und würget dich im Wetter.
Und wenn du vor der Quaal von außen sicher bist,
So glaube, daß dein Herz dir der Verräther ist.

Der

Der Erbfeind deiner Ruh, der jede Lust vergället,
Und dir bey jedem Schritt zum Falle Schlingen stellet,
Ein Unglücklich Gemisch von Tugend und von Trug,
Ein Mörder deines Glücks, ein wahrer Widerspruch.
Wohin willst du vor ihn und seiner Tücke fliehen?
Flüch zum gelehrten Staub mit emsigen Bemühen,
Und singe Griechenlands gepriesnen Dichtern nach,
Betritt die Bahn, worauf einst Plato Lorbeern brach,
Durchwache manche Nacht bemüht auf ewgen Blättern,
Dein schön umlorbeert Haupt dem Pöbel zu vergöttern.
Und scheinet dieser Bahn für deine Müh zu klein,
So wird das Schlachtfeld wohl noch deiner würdig seyn.
Geh auf den Richtplatz hin, auf blutigen Gefilden,
Wo ewge Lorbeern sich für Heldenschläfe bilden.
Bezwinge deinen Feind, schreib ihm Gesetze für,
Und grabe deinen Ruhm, mit Demant in Porphyr.
Geh hin, und sey ein Held, und würge deine Brüder,
Und schaue wilder Stolz auf ihre Thränen nieder.
Verachte gleich den Tod mit einem stolzen Blick,
Und willst du glücklich seyn, so laß dein Herz zurück.
Sonst peitscht es dich auch da, wo Friedrichs Donner brüllen,
Mit Quaal und Widerspruch selbst wider deinen Willen.
Entfliehe, armer Freund, zum heißen Morgenland,
Dein Schicksal folgt dir stets, das dich zur Quaal verbannt.
„Das mich zur Quaal verbannt? — — Die du in jenen Kreisen,
„Die Welten, welche dich im weiten Aether preisen,
„Mit schöpferischer Hand dem trägen Nichts entwinst,
„Und jede deiner Huld noch gierig in sich trinkt,
„Du, der du ersten Ball aus den chaosschen Tiefen,
„Als Erd und Himmel noch in öder Ahndung schliefen,
„Zu seinem Dasein rieffst: wirst du nun Arimann?
„Wird deine Vaterhuld der Schöpfungen Tyrann?

G 3

„Kannst

»O kannst du so dein Werk, dein eigen Werk verkennen?
»Und soll man dich dennoch der Liebe Urquell nennen?
»Wann hier und da ein Wurm um deine Gnade schreyt,
»Und dein entbrannter Zorn die Streiche nur verneut?
»Hier bebt ein ganzes Land, und sinkt im Schutte nieder,
»Dort würgt der Helden Schwarm mitleidenswürdge Brüder,
»Hier tobt der Feind in uns, ein unzufriednes Herz,
»Und buhlt mit saurer Müh um seinen eignen Schmerz.
»Willst du aus unserm Staub dir Siegeszeichen machen?
»O, er ist dir zu klein! laß Orione krachen!
»In jenem hellen Raum, wo Welt an Welt sich dränget,
»Und sich vielleicht kein Wust in ihren Urstof menget,
»Wo ihr harmonisch Lied um deine Thronen tönet,
»Und kein erpreßtes Ach von bangen Lippen flöhnet:
»Hat deine Huld sich nur allein da eingeschränkt,
»Und allen Stof zum Gram auf unsre Welt gesenkt?
»Der Seraph, welcher dich im reinsten Lichte siehet,
»Der Wurm, den Hool verkannt, der Neidhards Blick entfliehet,
»Tränkt den nur deine Huld? Der Mensch im Mittelstand
»Vom Seraph und vom Wurm ist nur zur Qaal verbannt?
»Dein thränenwerthes Volk, der Staub von deinen Füßen,
»Der aufwallt und vergeht, soll deine Rache büßen?
»Ja, Engel säugest du. Glückselig ist dein Vieh!
»Ihm fehlet die Vernunft, und darum fühlt es nie;»
O wagst du es, mein Lied, des Unsinns wilde Klagen,
Der seinen Gott verhöhnt, noch länger nachzusagen?
Nur ein verwöhnter Sinn, der Labyrinthe sucht,
Und nie mit sich vergnügt in jeder Sphäre flucht,
Vergrößert seine Pein, und sein verwegner Zweifel
Setzt Kröten über sich, ja auch wohl gar den Teufel.
So schwärmt nur ein Zerbusch, und Manes träumt ihm nach.
Und Bayle hätte, was der rabbinisch witzig sprach,

In ein verjüngtes Kleid, das nach der Mode scheinet,
Und doch, wie jener Wahn, des Schöpfers Huld verneinet,
Er fühlt die Noth, und flucht dem schrecklichen Geschick,
Und die Verwirrung herrscht in dem gequälten Blick.
Ein skeptisch Lehrgebäu peitscht ihn mit Widersprüchen,
Noch niemals hat sein Herz sich mit sich selbst verglichen.
O Muse! sprich, was dir die Wahrheit oft gelehrt,
Wenn ihr dein lauschend Ohr in Haynen zugehört,
Wenn der gequälten Brust, von Zuversicht beflügelt,
Der Rathschluß sich enthüllt, die Zukunft sich entriegelt,
Und bey dem längsten Gram, der hier mein Herz umfloß,
Den Hauch von sanften Trost in meinen Busen goß.
Erst lerne dich, mein Freund, vom Irrthum zu entwöhnen,
Lern erst der Dinge Werth und innres Wesen kennen.
Die Sinne trügen oft, sey dem verwöhnten Wahn
Aus eignem Selbstbetrug nicht sklavisch unterthan.
Ein Gut, warum du dich mit heißen Wünschen quälest,
Bey dessen Mangel du nur trübe Tage zählest,
Ist oft kein wahres Gut, ist oft ein leerer Tand,
Ein Feind, der beym Genuß dich schon zur Quaal verbannt.
Fahr in der Berge Schacht, durchwühle ihre Gründe,
Steig auf ein treulos Bret, vertraue dich dem Winde,
Und hole deinen Feind aus fernen Zonen her.
Nun ist dein Kasten voll. Was hast du denn nun mehr?
Nur Stof zu neuem Gram, ein Gut, das wenig bessert,
Das in des Thoren Hand nur seine Quaal vergrößert.
Wühl im gelehrten Staub, schwing dich auf Hurzzeus Bahn,
Verschmäh das Gold, und mach dir Sterne unterthan,
Damit die Nachwelt einst bewundernd auf dich blicke,
Und dein verewigt Bild mit frischen Lorbeern schmücke.
Der Lorbeer schmückt dein Haupt und sättigt nicht den Geist,
Den kein vergänglich Gut mit leeren Schatten speißt.

G 4

„Ach,

„Ach, seufzest du, mein Wunsch buhlt nicht um Gold und Ehre,
„Ich siehe Daphne nur mitleidig meine Zähre!
„Doch Daphne ist allein zu meiner Marter schön,
„Und spottet meines Grams, und lacht bey meinem Flehn.
„Schon flieht mich alle Lust, bald wird mein Gram mich tödten —
So klagest du, mein Freund, und ohne zu erröthen?
Komm, steig einmal mit mir in deiner Daphne Gruft,
Und blick, wenn dir nicht graut, auf ihren Staub herab,
Der Leib, den Fäulniß deckt, die halb vermorschten Knochen,
Mit Blut und Wust gemahlt, und von Gewürmen durchkrochen,
Ihr voller Busen, der dich sonst so schön getäuscht,
Und den sein Moder nun mit wilder Wuth zerfleischt;
Wo ist der kleine Mund? Wo war auf ihren Wangen
Der Jugend Morgenroth so reizend aufgegangen?
„Ist das, fragst du, mein Kind?« Ja, Freund, sie ist es ganz,
Und wenger Jahre Zahl entgöttert ihren Glanz.
Jedoch dein Herz läßt sich so leicht noch nicht erschüttern,
„Wer wollte seine Lust, sprichst du, sich so verbittern?
„Der Lenz vergnügt mich noch, treibt gleich der rauhe Nord
„Das Veilchen und den West im Winter wieder fort.
„Ja, selbsten das Gefühl, das unsre Freuden stören,
„Soll uns zu dem Genuß nur desto stärker ziehen.
„Mir schmeckt mein rheinscher Wein dann nocheinmal so schön,
„Wann ich im Trinken denk: auch der muß einst vergehn.«
„Und sollte Daphnens Reiz mich nicht zur Liebe führen,
„Ihr Schöpfer würde sie wohl nicht so prächtig ziehren;
„Er hätte ihrem Kinn kein Grübchen eingedrückt,
„Und ihrem Busen nicht so anmuthsvoll geschmückt.
„Mit Schuppen hätt er ihn alsdann beziehen müssen,
„Und ihren rothen Mund mit schwarzen Finsternissen,
„Umsonst hat Gott in mir kein fühlbar Herz gelegt,
„Das bey des Schönen Reiz sanft matt und stärker schlägt,

„Rein

»Nein, du beleidgst mich nicht. So lang noch Freuden währen,
»Soll mich in dem Genuß kein finstrer Weise stören.
»Jetzt winde dir den Kranz. Jetzt, da noch Rosen blühn,
»Und wenn die Welt vergeht, dann ist es Zeit zu fliehn.«
Wie witzig lügt dein Wahn. Freund, glaube doch dem Dichter!
Dein Herz ist wahrlich hier kein unbestochner Richter.
Gott machte diese Welt zwar nicht umsonst so schön,
Nein! was dein Aug entzückt: der West sanftes Wehn,
Der Wiesen stille Pracht, der Gleichklang sanfter Saiten
Soll dich von dem Geschöpf auf seinen Schöpfer leiten.
Der Trieb zur Zärtlichkeit, den er dir eingeprägt,
Das Blut, das sich empört, das Herz, das sanfter schlägt,
Das schuf er nur für sich. Drum laß es für ihn wallen,
Und den gerührten Mund ein feurig Danklied lallen.
Es aber bleibst du nur bey dem Geschöpfe stehn,
Und diese Welt ist nur für deine Sinne schön.
Du liebst nur das Geschöpf und irrst in Labyrinthen;
Wie willst du dich zuletzt aus ihnen wieder finden?
Du darfst für Reiz und Glück nicht hart und fühllos seyn,
Doch muß dein Aug sich ihm auch nicht auf ewig weyhn.
Unglücklich, wenn dein Herz nur eigensinnig wählet,
Und beym versagten Wunsch sich widerrechtlich quälet.
Sind deine Kasten voll, spricht jeder wohl von dir,
Küßt dich ein reizend Kind, so danke GOtt dafür.
Und hat dein Glück dir nicht viel Güter zugezählet,
Hat Daphne nicht dein Herz zu ihrem Freund gewählet;
So denke, daß die Welt mit ihrer Lust verfliegt,
Und daß hier deinen Geist kein bleibend Gut vergnügt.
Doch wenn ein wahrer Gram in dir den Busen wohnet,
Und kein erzognes Ach von deinen Lippen stöhnet,
Und willst du beym Gefühl des Unglücks glücklich seyn,
So fühle erst die Noth, und fühle erst die Ruthen,

Wenn

Wenn dich dein Schicksal schlägt. Es schlägt, und du mußt
   bluten.
Unglücklich, wenn dein Herz sich hart und fühllos lügt,
Sich mit zenonschen Stolz im Gleichgewichte wiegt,
Und bey dem Unglück trotzt und bey den Strafen scherzet.
Im Schicksal straft dich Gott. Er will, daß es dich schmerzet.
Verwisch mit stolzer Hand die edle Thräne nicht,
Die im wehmüthgen Aug von deinem Kummer spricht.
Der Spötter wird dich zwar nur klein und zaghaft nennen,
Jedoch du kannst ihm gern den Ruhm der Härte gönnen.
Gott hat ein fühlbar Herz in deine Brust gedrückt,
Und der ist ein Barbar, der dieß Gefühl erstickt.
Dann forsche weinend nach, warum sich deine Freuden
Sobald von ihrem Schmuck und ihrer Pracht entkleiden.
Verscheuch den Stolz, der dich vorher zum Seraph trug,
Und frage, wer dich denn mit solchem Kummer schlug?
Da du durch eigne Schuld den Stof zum Gram gesammelt,
Der jetzt sein Trauerlied von seinen Lippen stammelt?
Wie? oder ob dich Gott zu deiner Besserung schlägt,
Und dir aus Vaterhuld die Leiden zugewogt?
Wenn dich die eigne Schuld mit bangen Folgen tränket,
Und dich dein eigen Herz in deine Noth versenket,
So denke, daß dein Gott gerecht und billig ist,
Und daß du selbst der Quell von deinem Unglück bist,
Und suche dich dadurch von Irrthum zu entwöhnen,
Und ihm in Zukunft nicht zu deiner Qaal zu fröhnen.
Spricht aber dich dein Herz von solchem Vorwurf frey:
So fluche nicht dem Gram, bleib deinem Schöpfer treu,
Und suche nicht durch Stolz und zaghafte Händeringen
Die Linderung deiner Pein ihm sklavisch abzubringen,
Empfinde deine Pein, doch sieh mit heiterm Blick
Und mit Zufriedenheit stets auf den Gott zurück,

Der

Der immer Liebe bleibt, auch wenn sein Abgrund brüllet,
Und sich sein Vaterherz in Donnerwolken hüllet.
So flüchtig wie die Luft, so kurz ist auch die Noth,
Das Ende unsrer Pein ist, Freund, der süße Tod.
Sey nur getrost, dein Gram wird hier nicht ewig währen.
Bald trocknet uns der Tod die hier geweinten Zähren
Mit brüderlicher Hand von bleichen Wangen ab,
Und tränkt uns mit der Ruh, die uns die Welt nicht gab.
Dort, jenseit unsrer Gruft, dort reifen unsre Freuden,
Dort soll sich unser Herz in ewger Wollust weiden.
Hier wieget uns das Grab in sanften Schlummer ein,
Dort soll es uns ein Keim zu neuer Wonne seyn.
Dann; wann wir unsern Staub geschäftig wieder sammeln,
Wird der verklärte Freund kein scheues Ach mehr stammeln.
Dann sieht des Dichters Aug, das klar und unverhüllt,
Was hier oft seine Brust mit sanftem Trost erfüllt,
Wenn er auf Hoffnung kühn im Schatten heilger Eichen
Den Rathschluß ihm enthüllt, und Zeit und Zukunft weichen;
Und dann sein Schicksal sah, der Thränen schönen Lohn,
Die dort gesammelt stehn am unentweyhten Thron.
Dann fühlet sich der Geist in seiner rechten Sphäre.
Dann dehnet unsre Brust kein ungefülltes Leere,
Dann wird für unser Herz ein ewger Frühling blühn,
Dann darfst du nicht voll Angst für Daphnens Zorn entfliehn.
Dann winselt man nicht mehr unzärtliches Erbarmen,
Wie schuldlos wollen wir uns da, mein Freund, umarmen,
Und wenn wir dann verklärt auf hellen Sonnen stehn,
Weit unter unserm Schritt die Erde fliehen sehn,
Die uns zum Gram gebar, wo unsre Thränen flossen,
Und unser Herz sich oft. in Seufzern ausgegossen.
O dreymal seelger Tag! Wann wird mein Aug dich sehn?
Wie lange soll mein Geist noch hier verlassen stehn!

Wo unter ihrem Schutt die arme Seele wimmert,
Und ihr kaum noch ein Strahl von blasser Hoffnung schimmert,
Steig bald, glückseliger Tag, zu meinem Gram herab!
Ich habe gnug geweint. Umhülle mich, mein Grab!
Ihr Weste, nähert euch, mir euren Hauch zu leihen,
Um eures Freundes Staub am Abend zu zerstreuen.
Jedoch ihr säumet noch. Der Tag ist noch nicht da,
Den mein halb trunknes Herz in selger Nähe sah.
So fließt denn noch, mein Gram in unbehorchter Lauben!
Zum mindsten soll mir doch kein Schmerz die Hoffnung rauben,
Daß über wenig Jahr nach kurz durchweinter Zeit
Mein Schöpfer diesen Leib zu seiner Ruh erneut.

Diese schöne Elegie ist von — Herrn Gleim.

Funfzehntes Kapitel.
Von der lyrischen Poesie.

Petrarch.

Taßonis *) Kommentar über diesen Dichter ist sehr original. Die Fehler desselben zeigt er auf eine komische Art, und man erkennt darinnen den Verfasser des geraubten Eimers, die Dodsleyische Sammlung enthält Oden und Lieder von Tickel, Akenside, Kollins, Gray, Mason, Fawkes, Shenstone, Denton, Whitehead, eine sehr schöne von Cobb das Lob der Königinn Anna, von Marriot über die lyrische Poesie, die berühmte von West über die Stiftung des blauen Hosenbandordens, eine andre von ihm auf

den

*) Jakobi.

ben Tod der Königinn Karoline, beyde in pindarischem Geschmack, sechs Kantaten unter dem Titel: the Trophy und eine Menge Oden und Lieder von ungenannten Verfassern.

Lyrische Stück in Spenserischem Geschmack sind folgende darinnen: **Shenstone's** School-Mistress. Th. I. **West's** Abuse of Travelling Th. II. Ebendesselben Education Th. IV. Psyche im dritten und the squire of Dames im vierten Theil.

Unter den guten Kantatendichtern der Franzosen habe ich den Fuzelier vergessen.

Eberts.

Lieder in den bremischen Beyträgen habe ich schon S. 326. angezeigt, aber aus der Bibliotheck der schöne. Wissenschaften habe ich gelernt, daß man von ihnen eine Sammlung hat, die vor vielen Jahren in Hamburg mit Noten erschienen ist.

Uz.

Schon lange hatte man gewünscht, daß dieser Dichter die Leyer wieder ergreifen möchte, die uns in den ersten Tagen der deutschen Dichtkunst den wahren Ton der Ode lehrte, und seitdem so viele Jahre geschwiegen hatte. Er ergreift sie wieder, aber — um sie auf immer weg zulegen. Traurige Bedingung! Sind die wahren Ursachen seines so frühen Abschiedes von den Musen diejenigen, die er in seinen letzten Briefe an Weißen angiebt, wie unwillig muß man über die Schwärmerey werden, die im Mantel der Religion gehüllt, ihn wegen seiner

unschul.

unschuldigen Scherze schmähte! Aber die Vernunft wußte ja

    — — — den Eifer zu entkleiden,
Und schalt die Lästerer der Freuden.
Nur murmeln dann und wann noch schwache Seelen nach,
Was blinder Eifer thöricht sprach.

Diese also könnte Uz verachten. Aber er sagt uns auch, er müßte den Helikon

    Mit jenem Labyrinth des schlauen Rechts vertauschen,
Wo unter schreckenvoller Nacht
Die räubrische Chikane wacht.

Darüber ist er zu bedauern und seine Großmuth zu bewundern, die nur wenige nachahmen können:

    Doch mürrischer Verdruß soll über mich nicht siegen,
Noch jetzt entsagt mein Herz der weisen Freude nicht,
Der edlen Seelen quillt Vergnügen
Selbst aus Erfüllung ihrer Pflicht.
Freund, einem Armen Recht zu sprechen,
Und wenn die Unschuld weint, an Frevlern sie zu rächen,
Ist göttlicher als ein Gedicht,

Er hat uns noch bey seinem Abschiede gezeigt, wie viel unser Parnaß verlieret, da er die Feder niederlegt. Er hat seinen sämmtlichen Werken einige angenehme Zugaben neuer Arbeiten beygefügt. Zwey Bücher neue Oden und Lieder, davon besonders das letzte recht ernsthafte und geistliche enthält, sind die Zierde der neuen Ausgabe. Zuletzt sind noch drey neue poetische Briefe angehängt. Und mit welchem Vergnügen sieht man durch-

durchgängig Spuren einer geschäftigen Feile! Vornehmlich in der Kunst stets frölich zu seyn.

Die Verfasser der Klotzischen Bibliothek haben
uns ein angenehmes Geschenk mit folgendem Gleimi-
schen Liede gemacht:

Siegeslied Mosis.

Lob, Preiß, und Dank sing ich dem Herrn,
Der seine Macht bewährt,
Allmächtig stürzt er in das Meer
Den Reuter und das Pferd.
Mein Ruhm und meine Kraft ist er,
Auf ihn verlaß ich mich,
Ihm meinem Helfer, meinem Gott
Lob, Preiß und Dank sing ich.
Sein Name ist Herr Zebaoth,
Ist Kriegsmann, ist Held,
Dein Name, du Allmächtiger,
Erschall in alle Welt!
Die stolzen Wagen Pharaons
Hast du gestürzt ins Meer,
Im rothen Meer hast du ersäuft
Sein auserwähltes Heer!
Verschlungen hat des Meeres Schlund
Sie tief in sich hinein!
Hinabgefallen auf den Grund
Sind sie, als wie ein Stein!
Herr, deine Rechte hat an uns
Bewiesen seine Kräft.
Mit ihrer Stärke hat sie bald
Den Feind hinweggeschaft.

Muth

Wuthschnaubend stand er wider dich
Der stolze Pharao:
Da sandtest deinen Zorn auf ihn,
Weg fraß er sie, wie Stroh.
Hoch auf hat sie dein Hauch gethürmt,
Die Wasser vor uns her,
Wie feste Mauern standen sie;
Und Bahn gieng durch das Meer.
Verfolgen, sprach der Feind, will ich,
Erhaschen will ich sie,
Austheilen will ich meinen Raub,
Hinwürgen will ich sie.
Da dachtest, Herr, an deinen Bund,
Fußvolk und Reuterey
Kam um, fiel nieder auf den Grund,
Als wie ein Klumpen Bley,
Du strecktest zürnend deinen Arm,
Die Erde that sich auf,
Verschlungen war der stolze Schwarm;
Und Felsen stürzten drauf.
Von allen Starken, Herr, wer ist
Dir gleich in seiner Kraft?
So rein in seiner Heiligkeit,
So schrecklich wunderhaft?
Barmherziger, du hast allein
Dein Volk hieher gebracht,
Getragen in dein Eigenthum
Wird es durch deine Macht.
Vernehmen sollen es, o Herr,
Die Völker aller Welt,
Daß du, Allmächtiger, es bist,
Du unser Kriegesheld!

Erzittern sollen vor uns her
Die Götzendiener! Schmerz
Soll sie befallen, Angst und Furcht
Einziehen in ihr Herz!
Und ihre Fürsten, jeder soll,
Herr, deine Schrecken sehn!
Ganz Moab, und ganz Kanaan
Soll unbeweglich stehn,
Als wie ein Felsen, bis dein Volk
Hindurch geleitet ist,
Dein Volk, von welchem du, o Herr,
Monarch geworden bist!
Hinbringen wirst du es gewiß
Mit deiner starken Hand,
In seinen Sitz, auf deinen Berg,
In dein gelobtes Land!
Erhaben über Raum und Zeit,
Ein wunderbarer Held,
Regiert der Herr in Ewigkeit
In seiner großen Welt.
Denn Pharao voll Stolz und List
Mit seinem großen Heer
Und seinen Kriegeswagen ist
Gegangen in das Meer,
Und über sie und ihre Wuth,
Vor Gottes Thaten blind,
Ist hergestürzt die Meeresfluth,
Bis sie ertrunken sind.
Hingegen stand das rothe Meer,
Wie eine Felsenburg,
Und ruhig und mit trocknem Fuß
Gieng Israel hindurch.

H

Was auch Herder sagt, daß solche Gedichte, die für das Jüdische Volk national sind, uns viel zu wenig intreßirten; so hat doch dieses poetisches Intreße genug, wenn es gleich nicht das Nationalintreße hat, das die Grenadierlieder haben. Es ist wahr, wir können es eben so wenig, als Zachariäs Kantate mit eben der Theilnehmung singen, als Mirjam und Moses am rothen Meer, aber wir können es mit der Empfindung singen, mit der Gleimische Lieder gesungen werden müssen.

Lavater.

Was das Nationalinteresse vermöge, sehen wir bey diesem Dichter, dessen poetisches Interesse sonst gar nicht außerordentlich ist. In der Schweiz sind seine Schweizerlieder mit außerordentlichem Beyfall aufgenommen worden. Es ist schon eine Ode an ihn geschrieben; Ode an den Verfasser der Schweizerlieder von seinem Freunde nebst einem Liede auf die Freyheit. Schafshausen 1767. Beyde Stücke sind voll von edlem Feuer und Geist. Der Verfasser heißt Aldorfer. Sonst ist Lavater auch der Verfasser des Erinnerers.

Weiße.

Nun sind die Kinderlieder so gemein als es ihr Nutzen erfordert. Wohl unserm Vaterlande, wenn diejenigen, denen die Bildung unsrer Jugend anvertraut ist, sie zu dem edlen Endzwecke nutzen, zudem sie geschrieben sind. Kennte die Welt den liebenswürdigen Character dieses Dichters nicht schon, so würde sie ihn aus diesen Liedern kennen lernen. Die alten sind wenig geändert, unter den neuen sind viele, die alle vorige über-

übertreffen. Ein englisches Kinderlied habe ich in der Dodsleyischen Sammlung gefunden:

An ein Mädchen von fünf Jahren.

Die schönste Blume, der Blumen Königinn, die Blume, die Evens Laube umkränzte ist, schönes Kind, ein Bild von dir. Siehe, mein Hannchen, wie die Rose mit deiner glühenden Wange wetteifert, wie sich die Knospe voll süßer Gerüche öfnet. Die Knospe, Hannchen, ist ein Bild deiner aufbrechenden Blüthe. Die Lilie dort ist ein doppeltes Bild von dir, ein Bild deines schönen Körpers, ein Bild deiner noch schönren Seele. Aber, liebes Mädchen, Blumen und und Schönheit blühn, verwelken, und sterben dahin. O strebe nach Klugheit, nach Tugend, dem Immergrün, das unvergänglich ist.

Ramlers.

Sammlung von den Liedern der Deutschen habe ich nur in einer Note angezeigt. Aber es ist ein zu wichtiges Buch für die Ehre unsrer Nation, als daß ich nicht noch einmal von ihnen reden sollte, und es hat so viel Aufsehn gemacht, daß ich auch schon deswegen ihrer wieder gedenken mußte. Der kritische Eigensinn des Sammlers ist bestraft genug, die Frage, ob man ein Recht habe noch lebender Dichter Arbeiten zu ändern, ist beantwortet. Wir andern, für die die Sammlung eigentlich gemacht ist, die wir, wenn wir frölich sind, ein Lied daraus anstimmen, das uns gefällt, ohne uns um den Zorn der Kunstrichter zu bekümmern, wir machen uns die Bequemlichkeit zu Nutze, die schönsten

 Lieder

lieber bepſammen zu finden, und danken dem Sammler ſowohl als den Komponiſten für dieſen Kuber der
Frölichkeit.

Raſpe.

Sehr gerne bitte ich ihm das Unrecht ab, das ich
ihm gethan, als ich ihn zum Verfaſſer der Romanze
Siegfried uud Agnes machte.

Fuchſens.

Lieder ſtehen meiſtens in den Bremiſchen Beyträgen.
Sollte das Gerichte gegründet ſeyn, daß folgende beyde
Kantaten Moſes Mendelſohnen zum Verfaſſer haben,
ſo wären ſie in der Litteratur der Poeſie auch dadurch
merkwürdig, daß ſie einen Philoſophen zum Verfaſſer
hätten.

I. Danklied der Judenſchaft bey der Entbindung des Prinzen von Preußen.

Die Gemeine.

Danket dem Herrn mit Freuden, kommet vor ihn mit Frolocken!
Erkennt, daß Jehova Gott iſt! Danket ihm! Lobet ſeinen Namen!
Denn Jehova iſt freundlich! Seine Gnade währet ewig,
Und ſeine Treue für und für.

Der Vorſänger.

Wie die Sonne am Firmament,
Wie im andachtvollem Auge eine Thräne,
Wie Salböl auf dem Haupte Aarons,
Das die goldgedeckte Stirn herab,
Wie Thau, von Hermon, träufelt:
So glänzet eine Königskrone
Auf dem Haupte des Gerechten.

Jehova

Jehova hat von Ewigkeit her
Seine Tage gezählet,
Und jedem eine Perle angehängt,
Gerechtigkeit thront neben ihm,
Und Wahrheit suchet seinen Schatten.

Die Gemeine.

Danket dem Herrn, ihr Völker,
Denn der Herr ist freundlich. Seine Gnade währet ewig,
Und seine Treue für und für.

Der Vorsänger.

Auch den Königsstaben
Hat er eingeweihet,
Des Vaterlandes Vater zu seyn.
»Mein Sohn, den ich mir erwähle,
Sprach Jehova, als die schön gebildte Seele
Seine Schöpferhand verließ,
»Siehest du jenen Pfad,
»Den zur Unsterblichkeit
»Friedrich mein älterer Sohn
»Zeichnet und winket?
»Tritt in seine Spuren!
»Sey weise, so wie er!
»Liebe so dein Volk!
»Beschütze so die Unschuld,
»Und weide mein verlohrnes Schaaf,
»Mein Israel mit dem Stabe Gelinde!

Gemeine.

Danke dem Herrn, gesegnetes Volk,
Denn der Herr ist freundlich, seine Gnade währet ewig,
Und seine Treue für und für.

           Vor-

Vorsänger.

Wie unter duftenden Rosen
Eine Knospe Wohlgerüche
In ihrem jungen Busen verschließt;
Wie die Unschuld auf dem Schooß der Jugend:
So lächelt die holde Neugebohrne
Auf dem Schooße der betenden Mutter:
"Der du vom Schmerze mich befreytest,
"Mein Gott, laß mich auch Könige gebähren,
"Würdig auf Friedrichs Thron zu sitzen!
Und dankende Zähren flossen,
Wie Morgenthau auf Veilchen,
Auf die Wangen des lächelnden Kinds.

Gemeine.

Danket dem Herrn mit Freuden, ihr vom Hause Jakob,
Denn der Herr ist freundlich. Seine Gnade währet ewig,
Und seine Treue für und für.

Vorsänger.

Eilet auf der Winde Flügeln,
Sagts dem Heldenstamme der Guelphen,
Verkündiget! an dem Ufer der Ocker:
"Sie ist entbunden! Sie ist entbunden!
"Ulrike, die Vielgeliebte!
"Sie hat die Liebe der Könige gezeugt,
"Wie sie!
"Und zeuget, wenn der Lenz
"die Erde wieder grüßt,
"Der Könige Bewunderung,
"Wie er!

Gemeine.

Gemeine.

Danket dem Herrn mit Freuden, kommt vor ihn mit Frolocken!
Denn Jehova ist freundlich! Lobet seinen Namen!
Erkennet, daß Jehova Gott ist! Seine Gnade währet ewig,
Und seine Treue für und für.

II. Brautlied auf die Vermählung der Prinzeßinn von Oranien.

Chor.

Dein ist, Gott der Ehre,
Ruhm, Gewalt, und Herrlichkeit!
Dir rauscht der Palmen Pracht *)
Von des Baches stillen Weiden,
Und von Myrthenreisern,
Wie Majestät von Lieb umkränzt!
Dir hallt des Tempels Zinne
Von Hosianna wieder!
Und aus festlichen Lauben
Wirbelt Lobgesang
In die Wolken empor! —
Statt Opferrauchs von flammenden Altären!

Eine Stimme.

Unsre Trübsal kehrt der Herr in Reigen,
Unser Trauerkleid in festlich Gewand!
Er wischt von unserm Angesicht die Thränen,
Und Brautgesänge schallen umher!
Die Blum — ihn hat die Weisheit
Gesäuget, und der Freyheit
In den Schoos gelegt,

Joer

*) Das Laubhüttenfest.

Ihrer Rechte Schild zu seyn —
Jetzt führt die Keuschheit ihn
In der Liebe Blumenfesseln.

Chor.

Singet, ihr Völker, in wechselnden Chören!
Der du kommst, sey uns gesegnet
Im Namen des Herrn!

Eine Stimme.

Wie Eden da lag,
Den betrachtenden Menschen erwartend,
Wie die Tugend ihrer Unsterblichkeit sichert
So sitzt im innern Frauenzimmer
Wilhelminens siegende Schönheit,
Aloe und Myrrhen düftet
Ihr hochzeitlich Gewand,
Gold und köstlich Geschmeide
Stralet um und um,
In ihrem Herzen Unschuld,
Im Gemüthe Furcht des Herrn,
Und im sanften Auge Liebe.

Chor.

Einzig ist sie ihrer Mutter fromme Taube,
Schön wie der Mond, wie die Sonne auserwählt. —

Eine Stimme.

Vernimms, o Fürstentochter, merke drauf!
Dir huldigen weit entlegne Zonen!
Der Aufgang sollt dir seinen Segen,
Der Niedergang sieht dich an,
Und die Schwestern Belgiens bringen dir Geschenke!
Dort, wo die Freyheit thronet

Auf

Auf der Völker Handelsschätze,
Sey fernerhin dein Vaterland!
Laß die Gespielen im Pallast zurück!
Vergiß dein Volk und deines Vaters Haus!
Doch wir vergessen deiner nie!

Chor.

Unsre Rechte müsse
Ihren Harfengriff vergessen,
Wenn wir deiner je vergessen!

Eine Stimme.

Töne freudig, Saitenspiel!
Daß unser Fest kein Unmuth störe!
Strale heiterer, Licht der Welt!
Daß kein Gewölk den Tag verdunkle,
Da Friedrich fühlt, wie Väter fühlen!
Groß ist der Held am Tage der Feldschlacht,
Größer der König im häuslichen Frieden!
Herr laß Friede in seinen Mauren,
Glück in seinen Pallästen blühn!
Heldenarbeit war des Weisen Jugend,
Heldenlohn erwarte sein Alter dereinst!

Chor.

Dein ist, Gott, die Ehre,
Ruhm, Gewalt und Herrlichkeit!
Laß der Staaten Wohlstand blühn,
Die dein duldend Lamm mit Liebe weiden!
Laß in ihrem Schatten deine Kinder
Den Völkern deine Thaten preisen,
Bis einst auf ewig ihr Heyl
Wie lichter Glanz in Wolken flammet.

H 5   Sechzehn:

Sechzehntes Kapitel.
Von der Epopee.

II. Litteratur.

The Aeneid of Virgil translated into blank Verses by Straham. *) Die Engländer haben schon zwo Uebersetzungen von der Aeneis in solchen Versen von Brady und von Trapp. Aber dieser Uebersetzer läßt jene weit hinter sich, und hat den Geist und Sinn des Virgil besser als alle Uebersetzer in neuern Sprachen erreicht.

Statius.

Lewis **) hat in seiner englischen Uebersetzung dieses Dichters das Original mit viel Geist und ziemlicher Richtigkeit ausgedrückt. Seine Versifikation ist meistens sanft und harmonisch, der Ausdruck leicht und natürlich, ein Verdienst, das bestomehr lob verdient, jemehr die Engländer jetzt anfangen, wie viele unter uns, sich eine ganz neue Phraseologie zu machen. Es sind viel erklärende und kritische Noten beygefügt, die zum Theil ohne Verlust hätten wegbleiben können.

Unter den heroischkomischen Gedichten der Engländer rühmt Warton im Versuch über Popens Genie auch eines: Muscipula, und sagt, es sey mit Virgils Reinigkeit und Lucians seinem Scherze geschrieben. Der Verfasser heißt Holdsworth. Im fünften Theil der

Dods-

---

*) Neue Bibliothek der schönen Wissenschaften.
**) Neue Bibliothek der schönen Wissenschaften.

Dodsleyiſchen Sammlung ſteht eine engliſche Ueberſetzung davon.

Bodmer.

Der ſchlechte engliſche Ueberſetzer des Meßias,
Collyer hat nun auch ſeine Drohung erfüllt, den Noah
in eine Poſtille zu verwandeln, und doch hatte dieſer
einen guten ja oft einen verſchönernden Ueberſetzer ſehr
nöthig.

Der Werth des Noah iſt längſt entſchieden. Doch
hätte ich Wielands und Sulzers Abhandlungen anzeigen ſollen, in denen ſie das Publikum belehrt haben,
den Noah ſchön zu finden.

Muſäus

iſt der Verfaſſer Grandiſon des Zweyten. Ich würde es Abbten immer noch nicht verzeihen, daß er ſich ſo
viel Mühe gegeben, dieſe ſterbliche Parodie eines un-
ſterblichen Werks anzupreiſen, wenn ich nicht aus andern
Beyſpielen wüßte, daß nicht ſowohl das Urtheil großer
Kunſtrichter als der Wahnſinn des Publikums Urſache
ſey, wenn es mit dergleichen Büchern zur zweyten
Auflage kömmt. Man wird dieſes vielleicht über die
Beyſpiele von der Partheilichkeit der Litteraturbriefe rechnen. Abbt ſcheint den Verfaſſer gekannt zu haben, da
er den Ort ſeines Aufenthalts ſo gut zu errathen weiß.
Aber vielleicht war Richardſon überhaupt ſein Mann nicht,
wie man aus dieſer Recenſion und aus der Stelle im Buch
vom Verdienſte S. 142. ſchließen ſollte. Jeder ſchreibt
nach ſeiner Ueberzeugung, nach ſeiner Empfindung.
Müſſen ſich denn bey allen unſern Irrthümern Leiden-
ſchaften einmiſchen?

von

ist der Verfasser des kleinen artigen Roman, oder der marmontelischen Erzählung: Dubois und Giokonda, der Ton der Erzählung ist simpel und natürlich, obgleich etwas schleichend. An Lokalschönheiten fehlt es nicht, und der Poet weiß uns für seine Korsen durch viele edle Züge zu intresiren. Die Situationen sind gut angelegt, aber nicht neu. Der patriotische Alte, sein junger muthiger Sohn, eine nachsichtsvolle Mutter, der stolze, neidische, boshafte, buhlerische, verzagte Klairet sind die Nebenpersonen, und ihre Charakter sind gut gezeichnet. Giokonda ist freilich keine Julie, aber auch Dubois kein Romeo. Der Verfasser hätte keinen Dialog einstreuen sollen, denn er hebt sich gar nicht. Das Ende ist nicht eine Hochzeit, sondern es ist tragisch.

Siebzehntes Kapitel.
Vom Drama.

I. Theorie.

Mösers Harlekin ist von Warnecke ins Englische übersetzt.

Leßings

Dramaturgie*) Stück XXI. Lachaußee und Marivaux haben beyde eine Mutterschule geschrieben, jener in fünf, dieser in einem Acte, jener lehrt den Müttern die übeln Folgen

*) Der Titel ist vom Leo Allatius entlehnt.

Folgen einer übertriebnen Zärtlichkeit gegen ihre Söhne. Diese, wie es abläuft, wenn sie ihre Töchter in aller Einfalt erziehen, bey jenem giebt es eine Menge ernsthafter Betrachtungen, bey diesem mehr zu lachen. Jene Mutterschule hat viel kalte Scenen, diese gefällt, weil sie kürzer, und weil sie von Marivaux ist. Jener ihre Lehren werden sich die Mütter lieber von Goldoni geben lassen, dieser ihre Idee ist nicht neu, der Agnesen sind fast zu viel. Der Nanine von Voltairen ward, wie Melaniden, bey ihrer ersten Erscheinung auch sogar der Titel zum Vorwurf gemacht. Man glaubte, nur das Trauerspiel könne Namen zur Aufschrift haben, weil man demselben die Geschichte zur einzigen Quelle anwies. Aber was soll man bey der Komödie zu so einen Titel denken? Nichts. Je weniger der Titel vom Inhalt verräth, desto besser. Dieß war das Principium der Alten, die Sache ist so unbedeutend nicht. Der Titel ist oft ein Zeichen, das der schlechte Dichter aushänge, sich ein zahlreiches Parterr zu verschaffen, besonders in Deutschland, wo er gewiß weiß, daß er damit den Endzweck erreicht. Und ich möchte doch lieber eine gute Komödie mit einem schlechten Titel. Für den guten Dichter hat ein räthselhafter Titel den Vortheil, daß sein Stück nicht für Kopie gehalten wird, wenn er einen schon bearbeiteten Charakter — und welche sind nicht schon bearbeitet, wenigstens nach den Rubricken der französischen Komödien zu urtheilen — von einer neuen Seite zeigt. Leßing vertheidigt Voltairen, daß er Nanine durch einen zweyten Titel erkläret hat. Ich halte es hierinnen mit dem Herrn vom Bar. Doch auch Voltairens zweyter Titel läßt uns immer noch in Ungewißheit. Nanine, oder

das

das besiegte Vorurtheil. Was für ein Vorurtheil? dieses, daß zu einer vernünftigen Ehe die Gleichheit der
Geburt und des Standes erfordert werde. Kurz, die
Geschichte der Nanine ist die Geschichte der Pamele.
Voltaire hat sie besser bearbeitet, als la Chausee und
Boißy. Beyde Pamelen sind sehr kahle Stücke,
und doch ist die erstere noch neulich über ehtzt worden.
Nanine ist ein rührendes Lustspiel, hat aber auch viel
lächerliche Scenen. Nach Voltairens damaliger Theorie
war ein ganz ernsthaftes Lustspiel ein Ungeheuer. Ganz
anders spricht er davon in der Vorrede zur Schottlände-
rinn. Aber damals war noch keine Cenie, kein Hausvater da. Vieles muß das Genie erst wirklich machen,
wenn wir es für möglich erkennen sollen. Und ist denn
Nanine von einer andern Gattung als Cenie, als der
Hausvater? das Hauptinteresse ist doch ernsthaft, und
das eingemischte lächerliche schadet demselben so wenig,
als einzelne ernsthafte Scenen dem Hauptone der lächerlichen Komödie. Nur die Feinde des Diderotischen
Dramas werfen ihm vor, daß es ein getheiltes Interesse habe. Stück XXII. Gellerts kranke Frau.
G. ist ohnstreitig unter allen komischen Schriftstellern
der, dessen Stücke das meiste ursprüngliche Deutsche
haben. Er schildert uns deutsche Narren, wenn er ihnen nur zuweilen nicht alles ihr Frostiges und Plattes
gelassen hätte. In einer neuen Auflage sollte für
Abrienne, Roberande gesetzt werden. Hippels Nachspiel: Der Mann nach der Uhr, oder der ordentliche
Mann ist reich an drolligten Einfällen, nur Schade, daß
sie ein jeder aus dem Titel vorhersehen kann. National
ist er auch genug, oder vielmehr provinzial. Thomas
Korneil-

Korneillens Graf von Essex, das einzige, das sich von seinen vielen Arbeiten auf dem Theater erhalten hat, und auf den deutschen Bühnen wird es noch öfter wiederholt, als auf den französischen, ohnerachtet die wenige Handlung, die viele Deklamation, und die Stürensche Uebersetzung dem Zuschauer allemal sehr beschwerlich fallen. Das XXIII. Stück betrift Voltairens Kritik, der Korneillen vornehmlich die Unwissenheit der englischen Geschichte vorwirft. Es gehört zu Voltairens Schwachheiten, daß er ein sehr profunder Historikus seyn will. Die meisten Vorwürfe lassen sich widerlegen. Aber die ganze Tragödie sey ein Roman, ist er rührend, wird er es dadurch weniger, weil sich der Dichter wahrer Namen bedient? Der Dichter wählt eine Begebenheit nicht um der Facta, sondern um der Charaktere willen. Wie weit darf er also von der historischen Wahrheit abgehen?

In allem, was die Charaktere betrift, so weit er will, XXIV. Stück. Einem Dichter also die Uebertretung derselben zum Vorwurfe machen, heißt ihn chikaniren. Sollte Voltaire dieß zur Absicht gehabt haben? Die Chikane ist ja, wie die ganze Welt weiß, sein Werk ganz und gar nicht. Was ihr in seinen Schriften hin und wieder ähnlich sieht, ist nichts als Laune. Aus bloßer Laune spielt er dann und wann in der Poetik den Historikus, in der Historie den Philosophen, und in der Philosophie den witzigen Kopf. Den Punkt von der historischen Wahrheit abgerechnet, muß man sein übriges Urtheil über den Essex unterschreiben. Essex ist ein mittelmäßiges Stück sowohl in Ansehung der Intrigue als des Styls. Die Schauspieler in den Provinzen singen spielen, wie W. sagt, die Rolle des Esser gar zu gern, weil sie in einem gestickten Bande um die Knie und einem großen blauen Bande über der Schulter darinnen auftreten können. Bey uns werden oft dergleichen Stücke gespielt, weil der Zuschauer an schönen Bänderchen ein Vergnügen findet. XXV. Eine Hauptursache, warum Eßer noch gefällt, ist das Sujet. Ein großer Mann, der aufs Schaffot geführt wird, interessiret immer. Oft können allein durch die Wahl des Stoffes die schwächsten Stücke eine Art von Glück machen, und ich weiß nicht, wie es kömmt, daß es immer solche Stücke sind, in denen sich gute Akteurs am vortheilhaftesten zeigen. Die Rolle der Elisabeth ist schwer. Die Aktrize muß zärtlich und stolz zugleich seyn. Der Madam Löwen fehlte der Stolz. Dieser kleine Tadel wird nach vielen Umschweifen endlich doch mit großen Schmeicheleyen versüßt. Ja, es werden sogar Gründe aufgesucht, warum es wirklich besser sey, wenn die Aktrize mehr die zärtliche als die stolze Elisabeth ausdrücke. XXVI. Die Hausfranzösinn von der Gottschedinn erhielt den Beyfall, den sie verdienet, gar keinen. Ihr Testament ist noch so etwas, aber dieses ganz und gar nichts. Bey der Semiramis hat man zuerst einen Versuch gemacht, die Musik des Orchesters mit dem Innhalte des Stücks übereinstimmend einzurichten. Scheibens Gedanken darüber. Ihm gebührt die Ehre der Erfindung. XXVII. lob der Agrikolaischen Musik zur Semiramis. XXVIII. Des Marivaux Bauer mit der Erbschaft hat einen Plan, den jeder hätte erfinden können, aber so unterhaltend, wie Marivaux würden ihn wenige ausgeführt haben,

haben, die drolligſte Laune, oder der ſchnurrigſte Witz, die ſchalkhafteſte Satyre laſſen uns vor Lachen kaum zu uns ſelber kommen, und die naive Bauernſprache giebt allen eine ganz eigne Würze.   Regnards Zerſtreuter iſt mehr eine Farce als eine gute förmliche Komödie. Die Verſification iſt fehlerhaft und nachläßig.   Seinen Hauptcharakter hat er faſt mit allen Zügen von la Bruyere entlehnt. Einige haben geglaubt, der Zerſtreute ſey kein ſchickliches Thema für die Komödie, Zerſtreuung ſey mehr Unglück, als Laſter, der Fehler laſſe ſich auch nicht beſ-ſern. Warum denn nicht? Und gehören denn nur moraliſche Fehler für die Komödie? Jede Unge-reimtheit, alles Lächerliche iſt ihr Eigenthum.   Die Komödie lacht über alles, aber ſie verlacht nicht, wie Rouſſeau meynt. Sie läßt die andern guten Ei-genſchaften ihrer Perſonen in ihrem Werthe, ja ſie legt ihnen um des Kontraſtes willen ſelbſt welche bey. XXIX. Ueberhaupt will die Komödie nicht bekehren, ſondern, nur unſre Fähigkeit, das Lächerliche zu bemer-ken, üben.   Damit laſſen ſich alle Plaiſanterien recht-fertigen, die nur geſchrieben ſind, auf dem Theater zu gefallen.   Aber Löwens Räthſel iſt wahrhaftig keine Plaiſanterie, die gefällt, ſo ſehr es auch andere geplün-dert hat, um ſie dazu zu machen. Eine von den neuen Arien in Liſuart und Dariolette iſt eine treffende Prophe-zeihung auf Herr Löwen.   Es iſt wahr, eine Plaiſan-terie darf man nicht zergliedern, aber beſonders dieſe nicht. Sie möchte die Zergliederung nicht aushalten. Korneillens Rodegüne. Hier folgt eine überaus lehr-reiche Zergliederung des Korneilliſchen Planes. Nichts kann für den angehenden dramatiſchen Dichter unterrichten-

der seyn. Zur Zeit ist es die wichtigste Recension in der
Dramaturgie. Es ist längst bekannt, daß dieses
Trauerspiel die vorzügliche Liebe nicht verdienet, die sein
Verfasser zu ihm getragen. Man muß gestehen, daß
Korneille hier mehr als witziger Kopf und guter Versifi-
kateur erscheine, und wer noch daran zweifelt, lese die
ausführlichen Beweise davon in der Dramaturgie, die
bis ins XXXII. Stück fortgehen. Aber sollte deswegen Korneille mehr ein witziger Kopf und guter Versifi-
kateur als ein Genie seyn? Sollte sein Beyname des
Großen sich nur auf seine schaudrigten Tiraden, auf
seinen übertriebnen Heroismus gründen? Hätte man
ihn den Ungeheuren, den Gigantischen nennen sollen?
Ich weiß zwar, daß Home glaubt, er würde in
der Epopee bessere Figur gemacht haben; aber haben
wir uns bisher geirrt, wenn wir die Figur bewunderten,
die er im Drama macht? Die muthwillige Laune, in
die endlich die Recension ausartet, läßt fast vermuthen,
es sey des Verfassers Absicht gewesen, diese neue Wahrheit zu predigen, vermuthlich um ihrer Neuheit willen.
Es macht Aufsehn, wenn man Vorurtheile bestreitet, aber
Verdienst ist es, schädliche bestreiten. Der hamburgische Dramaturgist mag uns Flecken in der Sonne zeigen,
aber auch Gestirne auf Meteore herabsetzen? Das wäre
zu eigenmächtig. Wenn es wahr wäre, daß alle die Genies sind, die Epoche machen, so wäre es gleich erwie-
sen, daß Korneille unter die Genies gehöre. Helvetius
beweist es daher XXXIII. Solimann der zweyte von
Favart, ein Voltairisches Stück, wenn das Voltairens
einziges Verdienst wäre, daß er mehr Pomp in die
Schauspiele gebracht. Es gründet sich auf eine Mar-

* mon-

moralische Erzählung. Ich weiß nicht, was ich zu dieser eigentlich sagen soll, nicht daß sie nicht mit vielem Witze angelegt, mit allen den feinen Kenntnissen der großen Welt, ihrer Eitelkeit und ihres lächerlichen ausgeführt, mit der Eleganz und Anmuth geschrieben wäre, die ihrem Verfasser so eigen sind. Aber ist es auch eine moralische Erzählung? Ich sehe keine Moral, es müßte denn die seyn, der Käfer, wenn er alle Blumen durchschwärmt hat, bleibt endlich auf dem Miste liegen. Ist der Charakter des Solimanns der Geschichte gemäß geschildert? Nichts weniger. Inzwischen hat Favart die Erzählung sehr glücklich aufs Theater gebracht XXXV. Er hat zwar das Spiel der Roxelane noch mit einigen Impertinenzen mehr überladen, aber er hat auch ihren Charakter zu ihrem Vortheile geändert. Sie ist nicht sowohl eine kecke Buhlerinn, als ein drolligtes und doch dabey vernünftiges Mädchen. Dadurch bekömmt das Stück ein stärkeres Intresse. So wie die Handlung der äsopischen Fabel und des Drama unterschieden sind, eben der Unterschied ist zwischen der Handlung der moralischen Erzählung und des Dramas. Diese erfordert ein stärkeres Intresse wegen der stärkern Illusion. XXXVI. Diese Bemerkung haben alle die übersehen, die die Matrone von Ephes aufs Theater gebracht hätten. Voltairens Merope. Anfangs wird von Voltairens Intriguen geredet, seinen Stücken Beyfall zu verschaffen, nachher von dem abgeschmackten Einfall des Pariser Parterrs den Dichter selbst sehen zu wollen. Doch von einer so wichtigen Recension, als die von der Merope, will ich meine nächste Anzeige anfangen.

 / Man

Man sieht, wie wichtiger von Zeit zu Zeit dieses kritische Tagebuch wird, wie sehr es verdient, das Handbuch junger dramatischer Dichter zu werden, und wie sehr dadurch nicht allein der Verlust sondern auch die Mängel der theatralischen Bibliothek erfetzt werden.

Aber was soll das Register zu leßings Dramaturgie? Was mein ganzes Buch soll. So wie dieses ein Register über die Werke des Geschmacks, oder vielmehr über die Urtheile bewährter Kunstrichter ist: so kann ich wohl meine theatralischen Nachrichten nicht besser, als durch ein solches Register vollständiger machen.

Aristophanes.

Unter seinen Namen gehört die Anzeige von dem zweyten Stücke der Klodiusischen Versuche. Denn der Abhandlung über seinen Charakter ist der ganze zweyte Versuch gewidmet. Wer sich mit dem Aristophanes aussöhnen will, muß ihn entweder selbst, oder diese Abhandlung lesen. Am ausführlichsten werden die Ritter zergliebert. Doch leute, denen man es erst beweisen muß, daß der Meister der alten griechischen Komödie, daß der Verfasser des Hudibras etwas mehr als Possenreißer gewesen, lassen sich auch durch die einsichtsvolleste Zergliederung ihrer Schönheiten nicht belehren. Aristophanes ist ein rechter Nationaldichter, man muß so einheimisch in der griechischen litteratur geworden seyn, als Herr Klobius, um ihn Geschmack abzugewinnen, und eben so viel Patriotismus, als er haben, um eine so schwere Arbeit zu übernehmen, als die ist, andre von seinen Schönheiten zu überreden.

Thom=

Plautus.

Thorntons *) englische Ueberſetzung deſſelben in reimloſen Verſen macht dem Geſchmack, der Gelehrſamkeit und den kritiſchen Einſichten des Ueberſetzers ſehr viel Ehre.   Den Merkator hat Colman einzeln überſetzt.

Diodati.

Seine theatraliſche Bibliothek iſt eine Sammlung, größtentheils einheimiſcher, aber auch fremder dramatiſcher Arbeiten, zuweilen ſind auch Abhandlungen über die dramatiſche Kunſt eingerückt.   Nur Schade, daß zu viel Stücke von berühmten dramatiſchen Dichtern darinnen vorkommen, doch fehlt es auch an neuen guten Originalen nicht. Unter andern ſtehen von dem Sammler ſelbſt zwey Luſtſpiele und eine Oper darinnen.   Bis jetzo beſteht dieſe Bibliothek aus eilf Bänden.

Goldoni.

Die Ueberſetzung ſeiner Luſtſpiele iſt treu und fließend, aber auch weiter nichts.   Das Publikum hat immer viel verlohren, wenn es wahr iſt, daß Meinhardt ſchon mit einer Ueberſetzung dieſes Dichters beſchäftigt geweſen.

Chiari.

Goldonis Nebenbuhler, aber nur in der Menge der Stücke. Ueberhaupt iſt er einer der größten Polygraphen. Theologie, Moral, Kritik, Politik, alles hat ihm gleich gegolten, wenn er nur ſeine Feder damit beſchäftigen

J 3

*) Neue Bibliothek der ſchönen Wiſſenſchaften.

schäftigen können.   An Romanen ist er fruchtbar, sie
machen ohngefähr 25 Bände aus, und sind meistens in
französischen Geschmack.   Von Komödien hat er vier
Bände in Prosa und in Versen zehen Bände heraus gegeben.   Oft schöne Verse, aber wenig komische Talente.
Unter andern ist er auf den abentheuerlichen Einfall gekommen, die ganze Aeneis in drey Komödien zu bringen.
Sonst hat er noch philosophische Briefe unter dem Titel:
der Mensch, geschrieben.   Sie sind eine freye Nachahmung von Popens Essay on Man.

Metastasio.

Die Engländer haben von ihm eine schöne Uebersetzung
bekommen.   Der Verfasser ist der, der schon den Tasso
übersetzt hat, Hoole.

Shakespear.

Die Wielandische Uebersetzung ist nun mit dem
achten Bande geschlossen.   Ich glaube es gerne, daß
wir schwerlich eine bessere bekommen werden.   Wenige
haben das Wielandische Feuer zu einer solchen Unternehmung.   Ob aber nicht ein andrer das Steife im komischen Ausdruck, das Weitschweifige, das Undeutsche
vermeiden könnte, das oft in dieser Uebersetzung herrscht,
ist eine andre Frage.   Man vergleiche die Stellen, die
Meinhardt im Home übersetzt hat, im Komischen wird
Wieland fast allemal, im Tragischen, die Weitschweifigkeit ausgenommen, Meinhardt nachstehen.   Man vergleiche die berühmte Monologe im Hamlet, so wie sie Möser übersetzt hat, mit der Wielandischen Uebersetzung.

Moses.

Moses.

Seyn oder nicht seyn, dieses ist
die Frage!
Ists edler im Gemüth des
Schicksals Wut,
Und giftige Geschoß zu dulden,
oder
Sein ganzes Heer von Quaa-
len zu bekämpfen,
Und kämpfend zu vergehn.
Vergehen — Schlafen!
Mehr heißt es nicht! Ein süsser
Schlummer ists,
Der uns von tausend Herzens-
angst befreyt,
Die dieses Fleisches Erbtheil
sind! Wie würdig
Des frommen Wunsches ist ver-
gehen, schlafen?
Doch schlafen! Nicht auch träu-
men! Ach hier liegt
Der Knoten! Träume, die im
Todesschlaf
Uns schrecken, wenn dinst das
Fleisch verweßt.
Sind furchtbar! Diese lehren
uns geduldig
Des langen Lebens schweres
Joch ertragen.

Wieland.

Seyn oder nicht seyn, das
ist die Frage! Ob es einem
edlen Geist anständiger ist,
sich den Beleidigungen des
Glücks geduldig zu unter-
werfen, oder seinen Anfällen
entgegen zu stehn, und durch
einen herzhaften Streich sie
auf einmal zu endigen. Was
ist Sterben? Schlafen! das
ist es alles, und durch einen
guten Schlaf sich auf immer
von*) Kopfweh und allen
andern Plagen, wovon unser
Fleisch Erbe ist, zu erledigen,
ist ja eine Glückseeligkeit, die
man einem andächtiglich
zubeten sollte. Sterben!
Schlafen! Doch vielleicht
ist es etwas mehr! Wie,
wenn es Träumen wäre?
Da steckt der Hacken! Was
nach dem irrdischen Ge-
tümmel, in diesem langen
Schlaf des Todes für Trauer
folgen können, das ist es,
was uns stutzen machen
will)

J 4

*) Hier hat es Herr Wielanden gefallen, für Heart ach Head ach
zu lesen.

Wer litte sonst des Glückes
    Schmach und Geißel,

Des Stolzen Uebermuth, die
    Tyranney

Des Mächtigen, die Quaal ver-
    schmähter Liebe,

Den Misbrauch der Gesetze
    und jedes Schalks

Verspottung der Verdienste
    mit Geduld.

Könnt uns ein bloßer Dolch
    die Ruhe schenken,

Wo ist der Thor, der unter
    dieser Bürde

Des Lebens länger seufzte? —
    Allein

Die Furcht für das, was nach
    dem Tode folgt,

Das Land, von da kein Rei-
    sender zurück

Auf Erden kommt entwafnen
    unsern Muth.

Wir leiden lieber hier bewußte
    Quaal,

Eh wir zu jener Ungewißheit
    fliehen.
                              So

*) The Unworthy.

will! — — — —
— — —

Wenn das nicht wäre, wer würde die Mishandlungen und Staupenschläge der Zeit, die Gewaltthätigkeiten des Unterdrückers, die verächtlichen Kränkungen des Stolzen, die Quaal ver- schmähter Liebe, die Schi- kanen der Justiz, den Ueber- muth der Großen ertragen, oder welcher Mann von Verdienst würde sich von ei- nem Elenden, *) dessen Ge- burt oder Glück seinen ganzen Werth ausma- chen, mit Füßen stoßen las- sen, wenn ihm freystünde mit einem armen kleinen Federmesser sich Ruhe zu ver- schaffen? Welcher Tage- löhner würde unter Aech- zen und Seufzen sein müh- seliges Leben fortschleppen wollen? Wenn die Furcht vor dem Tode, wenn dieses unbekannte Land, aus dem noch kein Reisender zurück- gekommen ist, unsern Wil-

So macht uns alle das Gewiſſen feige.

Die Ueberlegung tränkt mit
bleicher Farbe

Das Angeſicht des feurigſten
Entſchlußes,

Dieß unterbricht die große
Unternehmung,

In ihrem Lauf und jede wicht-
ge That.

Erſtirbt.

Willen nicht beraubte, und uns riethe, lieber die Uebel zu leiden, die wir kennen, als uns freywillig in andre zu ſtürzen, die uns deſto furchtbarer ſcheinen, weil ſie uns unbekannt ſind. Und ſo macht das Gewiſſen uns alle zu Memmen, ſo entnervet ein bloßer Gedanke die Stärke des natürlichen Abſcheus von Schmerz und Elend in den großen Thaten. Die wichtigſten Entwürfe werden durch dieſe einzige Betrachtung in ihrem Lauf gehemmt, und von ihrer Ausführung zurück geſchreckt.

So reich an Umſchreibungen iſt Herr Wieland oft. Nicht das Genie ſondern der Fleiß fehlt ihm, der zu einem Ueberſetzer gehört. Ich weiß nicht, ob man es mehr bedauren, oder ſich darüber freuen ſoll, daß er es nicht unternommen habe die Weiber zu Windſor zu überſetzen. So ſind auch Cymbeline, Heinrich V. VI. VIII. Richard III. Koriolan, Troilus und Kreßida, Ende gut alles gut, die zahmgemachte Zankerinn unüberſetzt geblieben, ich weiß nicht warum, er müßte ſie denn noch nachholen. Denn daß er Perikles, Kromwell, Titus Andronikus, die Yorkſchire Tra-

gödie,

gödie, die Puritaner, Lokrin, Sir John Old-
kaßle, den Verschwender von London, die vergebliche Mühe der Liebe unübersetzt gelassen, wundert mich nicht, da man noch ungewiß ist, ob man diese
Stücke dem Shakespear beylegen soll. Um der deutschen
Leser willen muß ich anmerken, daß Gleiches mit Gleichen bey ihm Maaß für Maaß heißt, und daß die
zwölfte Nacht noch einen Titel hat: Was ihr wollt:
Auch dafür verdient Herr Wieland Dank, daß er uns
nicht mit allen Zweideutigkeiten, Wortspielen, Possen
u. s. f. des Shakspear beschenkt hat. Zuweilen hat er
uns einige Proben davon gegeben. Die Hexengesänge im
Macbeth, und ein Fragment von der Todtengräberscene
in Hamlet hat er uns gegeben, weil sie gar zu berühmt
sind. Das hätte ich aber nicht von ihm erwartet, daß er
sich den Kunstrichtern mit so einem plumpen Epiloge empfehlen würde.   Männer, die bey ihrem Abtritt gewiß
seyn können, daß ihnen das Publicum zujauchzen wird,
Genies, wie Herr Wieland, pflegen sonst nicht in der bit-
tersten Laune von Dummheit, Bosheit, Impertinenz,
hämischen Wesen ihrer Kunstrichter zu reden, sondern,
wie Klopstock, Geßner, Winkelmann, zu schweigen.
Eben so wenig berufen sie sich auf die Schwachheiten der
menschlichen Natur, oder bieten dem Troß, der es besser machen kann.   „Würde sich nicht jeder elende Scri-
„bent eben die Freiheit ungestraft zu sündigen ausbitten?
„So viel aber auch dieser in seinen Schönheiten unver-
„gleichlicher und selbst in seinen Fehlern bewundernswür-
„dige Dichter in jeder Uebersetzung verlieren muß, und
„in der Wielandischen wirklich verloren haben mag, so
„ist es doch unmöglich, daß Leser, welche Kopf, Herz
„und

„und Geschmack, oder auch nur von einem dieser Erforder-
„nisse zu einem Menschen so viel haben, als man
„braucht, um das wahre Schöne zu fühlen, von der
„Größe, Hoheit, Stärke des Genies, dem Feuer und
„der unerschöpflichen Fülle der Einbildungskraft, tiefen
„Kenntniß der menschlichen Natur, von dem edlen em-
„pfindungsvollen Gefühl für das sittliche Schöne gerührt,
„und eben so viel Bewunderung für seinen Geist, als
„Gewogenheit für sein Herz empfinden sollte.

Congreve.

Liebe für Liebe und der Betrüger unter dem Titel:
der Arglistige, sind von Gerstenberg übersetzt
worden.

Crown.

Ein guter dramatischer Dichter aus den Perioden
des Englischen Theaters unter Karl dem Zweyten. Er
ist nicht Original, nicht Genie, aber es fehlt ihm nicht
an Witz, Humor und Kunst, die Characters zu zeichnen. An das Trauerspiel hätte er sich nicht wagen sollen.
Die Lustspiele heißen: Sir Phantast, oder es kann
nicht seyn, der Landwitz, die Englischen Mönche,
der verheyrathete Stutzer. Das erste ist sein bestes,
die Uebersetzung desselben (Bremen, 1767.) gehört zu
meinen Uebereilungen.

Moore.

Diesen vortreflichen Dichter habe ich im Kapitel von
der Fabel nur im Vorbeygehn genennt, da er doch unter
den dramatischen Dichtern einen ansehnlichern Rang als
unter den Fabeldichtern behauptet. Jedermann giebt
dem

dem Spieler *) unter den bürgerlichen Trauerspielen den
Preiß. Lillo kann nicht schrecklicher, nicht rührender
seyn. In der Sprache übertrift er ihn weit, nur daß
sie zuweilen etwas zu poetisch wird. In England, —
sollte man es glauben, — fand der Spieler den Beifall nicht, den er verdient, weil er ein Modelaster der
Engländer bestraft. Ein Beweis, daß man dem Ein-
drucke, den es gemacht hat, nicht hat widerstehen können! Der Dichter, der fürs Trauerspiel gebohren war,
entsagte ihm aus Verdruß, und widmete sich der Komödie. Aber auch hier verfolgte ihn das Unglück. Ohnerachtet es seinen Lustspielen nicht an Vorzügen fehlt, hielt
man doch einige Aehnlichkeiten seines Fündlings mit
dem heimlich Liebenden, und seines Gilblas mit dem
artigen Betrüger für hinreichende Gründe, ihnen den
Beyfall zu versagen. Im Gilblas machte man ihm die
Beleidigung des Kostums zum Verbrechen, das er doch
vielleicht seiner Nation zu Gefallen übertreten hatte.

Cibber.

Ein Dichter, der als Acteur, als Geschichtschreiber
der englischen Bühne, als ein fruchtbarer Scribent, und
als ein Held der Dunciade berühmt ist. Es ist wahr,
in seinen dramatischen Arbeiten hat er oft andern Autoren viel zu danken, sein seltsamer Lebenslauf erlaubte
ihm nicht, an seine Werke die letzte Hand zu legen, viele
seiner Lustspiele sind Farcen, er läßt oft seiner ausschweifenden Einbildungskraft die Zügel schießen, aber Charactere
nach der Natur geschildert, unterhaltende Intrigue erhalten noch viele davon auf der Englischen Bühne.
Seine

*) Uebersetzt Hamburg, 1766.

Seine Lustspiele heißen: Der sorglose Ehemann, die komischen Liebhaber, der falsche Stutzer, der Lady letzte Zuflucht, oder die Weiberrache, die Liebe macht Männer, oder das Narrenglück, der Nonjuror, oder der Englische Tartuf, die abschlägliche Antwort, oder die Weiberphilosophie, die murrischen Nebenbuhler, sie möchte und möchte auch nicht, oder der artige Betrüger, Frauenzimmerwitz, oder die Lady nach der Mode, das Aeußerste der Liebe. Seine Trauerspiele verdienen nicht angezeigt zu werden.

Farqhar.

Einer von den niedrigkomischen Dichtern, die, wenn sie die Natur kopiren, sie gar zu getreu kopiren, und durch Ungezogenheiten sich den Beyfall der Gallerie erwerben. Doch muß man bey ihm, wie bey Dancourt, bedauren, daß ihn seine Umstände gehindert, sein Genie zu bilden, und nachher der Beyfall verdorben hat. Sein ausgearbeitestes Stück sind: Die Zwillinge als Nebenbuhler. Die übrigen: der rekrutirende Offizier, die Stutzerlist, das beständige Paar. In allen seinen Stücken, besonders aber in diesem, glaubte man, habe Farqhar seine eigenen Sitten geschildert, sein Leben war ein ganzer Roman von Ausschweifungen, Sir Harry Wildair ist der Hauptcharakter dieses Lustspiels. Reden die Engländer von einem liederlichen jungen Menschen, so wird gewiß auch Sir Harry Wildair angeführt. Der Verfasser soll die Idee von sich selbst abgenommen haben. Der Unbeständige, die Liebe und eine Flasche, eins seiner ungezogensten Stücke, Sir

Harry

Harry Wildair eine Fortsetzung des unbeständigen Paars hat weder das Verdienst noch das Glück des ersten Theils, ein gewöhnliches Schicksal der Fortsetzungen, die Landkutsche, eine Farce nach dem Französischen.

Fielding.

Von diesem Dichter wird man vielleicht Komödien zu lesen wünschen, wenn man seine Romane gelesen hat. Allein der Romanen Periode seines Lebens gieng für den dramatischen Perioden her. Die Noth trieb ihn fürs Theater zu arbeiten, viele Stück schrieb er in zwey bis drey Tagen. Nicht das Ganze, sondern einzelne Züge und komische Gemälde sind darinnen schätzbar. Und wie er überhaupt ein Meister in Küchenstücken war, so war er auch zur niedern Komödie gebohren. Seine Stück heißen: des Autors Farce, der Kaffeehauspolitiker, die Kopentgardentragödie, eine Farce, die Ausschweifenden, oder der ertappte Jesuit, ist die Geschichte des P. Girard mit der Kadiere, Don Quixote in England, Euridice, eine Farce, die ausgezischte Euridice, eine Farce, die Grubstreetsoper, das historische Register, hierinnen grif er sogar das Ministerium an, und zog dadurch der Bühne eine Parlamentsacte zu, das listige Kammermädchen, nach des Touchens Verschwender, die Briefe, eines seiner ausführlichen Lustspiele, folglich keines seiner besten, die Lotterie, der Geizige, eine Kopie nach Molieren, der Doctor zum Spaaß, nach dem Medecin malgre lui, der Ehemann nach der Mode, der bekehrte Alte, oder das entlarvte Mädchen, ohne allen Plan, voll der übertriebensten Character,

racter, Miß Lucie, der zweite Theil des vorigen,
Pasquin, voll lebhafter, aber auch persönlicher Satyre,
Plutus, eine Uebersetzung aus dem Aristophanes,
woran ihm Young geholfen, der juristische Stutzer
ward schlecht aufgenommen. Er setzte daher auf den Titel, statt, so wie es aufgeführet worden, so wie es ausgepfiffen worden, die Liebe unter mancherley Masken,
Tragödie der Tragödien, oder Leben und Tod Toms
Thumbs des Großen, eine der feinsten Parodien, eine
Art von Fortsetzung der Komödienprobe, der Hochzeit-
tag, sein letztes und sein schlechtestes.

Hoadly.

Der Verfasser eines einzigen Lustspiels: der *) arg-
wöhnische Ehemann, hat aber mehr Ruhm damit ein-
geerndtet, als viele Verfasser ganzer Bände. Doch gefällt seine Komödie mehr auf dem Theater, als im Lehn-
stuhl. Dort überraschen einige lebhafte Scenen, hier hält
es die Prüfung der kältern Kritick nicht aus.

Havard.

Ein noch lebender Schauspieler ist den Mittelweg
gegangen, der vor Tadel sichert, aber auch nicht zur Unsterblichkeit führt. Seine Trauerspiele heißen: Karl I.
Regulus, Scanderbeg.

Miller.

Ein Geistlicher. Seine komischen Talente würden
noch mehr entwickelt worden seyn, wenn er das Drama
nicht als sein Nebenwerk hätte ansehen müssen. Inzwischen

*) Deutsche Uebersetzung. Hamburg, 1767.

schen fehlt es seinen Lustspielen nicht an feinem Humor. Sie heißen: Kunst und Natur, nach dem Arlequin Sauvage, das Koffeehaus fand keinen Beifall, weil man glaubte, er habe darinnen ein Paar berühmte Schönheiten lächerlich machen wollen, das Narrenhospital, die Humors von Orford, sein bestes Stück, der Mann von Geschmack, die Stiefmutter, die allgemeine Leidenschaft, eigentlich nur das veränderte Shakespearische Stück. Viel Lerm um nichts.

Whitehead.

Der noch lebende Hofpoete. Sein Trauerspiel: Der römische Vater, oder die Horatier und Curiatier, kommt Korneillens Meisterstücke nicht gleich, besser ist die Tragödie Kreusa, Königinn von Athen. Seine Schule der Liebhaber, nach Fontenellens Testament, ist eine seltne Erscheinung für die Engländer, eine Komödie der Empfindung, Charactere, Verwicklung, einzelne seine Züge, alles ist schön.

Otway.

Ohnerachtet ich ihn selbst besitze, bin ich doch nachläßig genug gewesen, die Nachricht von ihm aus dem Gedächtnisse hinzuschreiben. Daher habe ich ihm Oronoko und Maria fälschlich beygelegt. Das erstere ist von Southerne, wie ich S. 474. selbst angezeigt habe. Scapins Betrügereyen ist eine Uebersetzung aus dem Moliere.

Maßinger.

Seine Verdienste haben, wie man aus der Vorrede zur neuesten Edition seiner Werke 1761. und aus dem

Arti-

Artickel in dem Companion of Playhouse steht, den Engländern selbst erst neuerlich wieder bekannt gemacht werden müssen. Jetzt räumen sie ihm in der ältesten Periode ihres Theaters die zweite Stelle nach Shakespear ein. Er scheint 1659. gestorben zu seyn. An Erfindung, Oekonomie, Kenntniß der Charactere und der Natur kommt er Beaumont und Fletcher gleich, mit denen er verschiedene Stücke gemeinschaftlich gearbeitet, kommt er ihnen nicht an Humeur gleich, so ist er doch gesitteter als sie. Johnsonen übertrift er an Pathos und Erfindung weit. Seine Stücke sind: Tragikomödien, der blöde Liebhaber, der orientalische Kaiser, das sittsame Mädchen, das Portrait, der Renegat, ein wahres Weib, oder der Prinz von Tarent. Tragödien der Sclave, eines seiner besten, der Herzog von Mayland, die unglückliche Mitgift, der Römische Schauspieler, ein Mädchen ein Märtyrer, der unnatürliche Streit sein Meisterstück, Komödien glaubt was ihr wollt, die Dame nach der Mode, der Großherzog von Florenz, das alte Gesetz, eine neue Methode die Schulden zu bezahlen. Historien der Vormund, der mächtige Favorit.

Quinault.

Der Artickel von ihm ist also zu berichtigen: 1) Opern, Fetes de l' Amour et de Bacchus, Perseus, Armide, Phaeton, Cadmus, Theſei, Atys, Alceſte, Proſerpine, Roland, Amadis, Iſis. 2) Ballets: Temple de l' Amour, Temple de la Poeſie. 3) Trauerspiele. La genereuſe ingratitude, le mariage de Cambyſe, Stratonice, les Coups de l' Amour et de la Fortune, le

seine Alcibiade, le Fantome amoureux, Agrippa ou le
faux Tiberinus. 4) Luſtſpiele, la mere coquette, les
Rivales, l'amour indiſcret ou le maitre etoerdi, la Comedie ſans comedie.

Foote

Ein noch lebender Acteur, der ſich durch die Nachahmung wirklicher Charactere viel Freunde und viel Feinde
gemacht hat. Seine Luſtſpiele ſind meiſtens kleine Stücke,
die mehr die Abſicht haben, den Zuſchauer im Lachen zu
üben, als Muſter vollkommner Komödien zu ſeyn. Sie
ſind mit aller der Flüchtigkeit geſchrieben, die ſolchen Arbeiten eine angenehme Nachläßigkeit giebt. Kühne Satyre, und glückliche Einfälle machen, daß man die un-
correcte Sprache überſieht. Sie heißen: die Morgen-
divertiſſements, die Gemäldeauction, der Autor,
der Engländer zu Paris, der aus Paris zurück gekommne Engländer, die Ritter, der Minorit, die
Redner, der Geſchmack, der Mayor auf dem Lande,
der Lügner, der Patron nach Marmontels Connoiſſeur,
der Kommißair, das Ebenbild des Bourgeois Gentil
homme.

Garrick.

Als Schauſpieler iſt er unſterblich, als Schriftſteller
trägt er wenigſtens zum Vergnügen ſeiner Nation ungemein viel bey. Außer einer Menge Prologen, außer der
Mühe, die er ſich gab, junge Genies aufzumuntern, hat er
beſonders die Meiſterſtücke der alten großen Dichter mit
den nöthigen Veränderungen wieder aufs Theater gebracht. Z. E. Romeo und Julie, das Weibermähr-
chen

chen, jedermann in seinem Humor, Cymbeline, die Spieler, u. s. f. Sonst ist er der Verfasser des lügenhaften Dieners, Miß in ihrem dreyzehnten, Lethe ein satyrisches Drama, der Mundel nach Fagan, Isabellens, eines Trauerspiels nach Southerne.

Kolman.

Einer der elegantesten Komödienschreiber, die jetzt in England leben. Außer daß er am Connoisseur Antheil gehabt, und den Terenz übersetzt, hat er allein die Ehre, daß er das feinere Lustspiel noch unter den Engländern erhält. Bis jetzo hat er geschrieben: die eifersüchtige Frau, ein rührendes Lustspiel, aus dem Tom Jones, die musikalische Lady, die honigsüße Pollia, eine Satyre auf die Romanenleserinnen, der Henker plagt ihn, eine Satyre auf die platonische Liebe, der Philaster, von Beaumont und Fletcher verändert, ein Feenmährchen, nach dem Johannisnachtstraum, die heimliche Heyrath in Gemeinschaft mit Garrick, eins seiner schönsten Stücke, der Englische Kaufmann, nach Voltairens Kaffeehaus. Er dialogirt gut, ist reich an komischen Situationen, und macht sehr verwickelte Plane ohne sich zu verwirren.

Hume.

Hat in seinen Trauerspielen: Duglas, Agis, die Belagerung von Aquileja, gute tragische Talente gezeigt.

Murphy.

Ein Verfasser, der seinen lebhaften Witz in einer Menge von Farcen gezeigt hat. Die Lehrlinge, eine

Satyre,

Satyre auf ihre Clubs, der Teppichhändler, oder was giebt es neues? Voll übertriebener Charaktere, die wüste Insel, des Metastasio Stück in dreh Acte ausgedehnt, das Mittel ihn zu fangen, nach des Moißn Weiberschule, alles verkehrt, oder die Eifersucht, die alte Jungfer, der Bürger, sein eigner Feind, wohin wir alle müssen. Ein Trauerspiel von ihm: die Chinesische Wayse hat mit Voltairens Stücke nichts als den Titel gemein. Sonst ist er auch der Verfasser des Kraftmanns, und hat Fieldings Werke mit einer Lebensbeschreibung heraus gegeben.

Miß Sheridan.

Die Verfasserinn des Romans: Miß Sibney Bidulph, und Ueberseterinn der Lenclos. Ihre Stücke haben das Verdienst gut gezeichneter Charaktere, eines natürlichen und correcten Dialogs. Sie heißen: die Entdeckung, *) eine der schönsten Komödien, die man seit Congveven und Vanbrugh auf dem Englischen Theater gesehn, man mag sie von Seiten der Fabel, der Charaktere, der Empfindung, oder des Dialogs ansehn, sie nähert sich der rührenden Art, die bisher in England wenig bekannt gewesen, der Betrug, es ist unbegreiflich, wie ein Frauenzimmer ihrer Feder Freyheiten hat erlauben können, die selbst dem Englischen Parterr anstößig gewesen sind.

Gay.

Seine Bettleroper eine der feinsten Parodien, ist wegen des unglaublichen Beyfalls merkwürdig, von dem man

*) Bibl. d. sch. W.

man wenig Exempel findet. In London erlebte sie 65.
Verstellungen, durch alle brittische Reiche bis nach Mi-
norka ward sie gespielt, die Damen trugen die bekanntesten Arien daraus auf den Fächern u. s. w. die
Actrize, die die Hauptrolle spielte, ward die Abgöttinn
der Stadt, so unbekannt sie vorher gewesen war. Der
Beyfall und die guten Einkünfte ermunterten den Dichter einen zweyten Theil Pollia zu schreiben, der den
ersten gar nicht gleich kommt. Seine übrigen Arbeiten
sind: Achilles, eine Oper, die Mohoks, eine Farce,
drey Stunden nach der Heyrath, eine Farce, Arbuthnot und Pope halfen ihm daran. Die schlechte
Aufnahme schreckte Popen auf immer von der Bühne
ab, wie man es nennen will, eine Parodie besonders
auf die Verschwörung von Venedig, Dione, eine Pastorale, die Frau von Bath, sein erster Versuch,
keine größere Närrinnen als das gelehrte Frauenzimmer, die bekümmerte Frau, die Gefangnen, ein
Trauerspiel.

Fenton.

*) War ein Mann von seiner Gelehrsamkeit, und
hatte ungemein viel Geschmack. Die Bücher, die er
für Popen in der Odyßee übersetzt hat, übertreffen
Bromens Uebersetzungen. In seinen vermischten
Schriften, sind einige Stücke merkwürdig, vornemlich
sein Brief an Southerne, die schöne Nonne, nach
la Fontaine, Olivia, ein Charakter, und eine Ode im
wahren Geist der lyrischen Poesie geschrieben. Sein

K 3

Trauer-

*) Warton.

Trauerſpiel Marianne, hat Verdienſte, ob ſchon ſein
Ausdruck zu figürlich und zu geſchmückt iſt.

Hill.

Verdiente nicht in der Dunciabe zu ſtehn, denn
ohnerachtet er in ſeinen Trauerſpielen zuweilen ins
Schwülſtige fällt, ſo ſind ſie doch nicht leer von erhabnen
Gedanken und rührenden Stellen. Sie heißen: Arhel-
wood, anfangs nennte er es Elfrida, oder die ſchöne
Unbeſtändige, das ſchreckliche Geſicht, oder der Fall
von Siam, ganz erdichtet, Heinrich V, der Bankerot,
oder die kindliche Liebe, die Römiſche Rache, oder Cä-
ſars Tod. Auch hat er freye Nachahmungen von Voltairens Alzire, Merope und Zaire, gemacht, ingleichen
einige Opern.

Hartſon.

*) Seine Gräfinn von Salisbury, ein Trauer-
ſpiel, iſt ſeit etlichen Jahren vielleicht ein Verſuch eines dramatiſchen Dichters, der Aufmunterung verdienet. Es hat gute Situationen, die Charaktere ſind
rührend und wohl ausgeführt, nur der Dialog iſt durch
allzupoetiſche Beſchreibungen und übelangebrachter Gleichniſſe oft fehlerhaft. Von Hugh Kellys falſcher Zärtlichkeit rede ich künftig.

Voltaire.

Ein neues Luſtſpiel von ihm: Charlot ou la Com-
teſſe de Givri, in drey Aufzügen, iſt mehr zum Vergnügen ſeines eignen Theaters, als zur Unterhaltung des
Publikums geſchrieben. Der Plan bedeutet nichts.
Komi

_____

*) Bibl. d. ſch. W.

Komisches und Tragisches, Scherz und Moral, Gesang
und Tanz wechseln darinnen ab.

Boißy.

Hat zwar meistens für das Italiänische Theater gearbeitet, doch sind unter der großen Menge seiner Lustspiele einige ausgeführte Charakterstücke. Wäre seine
Feder weniger fruchtbar gewesen, so hätte er sich neben
des Touches keine unrühmliche Stelle erwerben können.
Seine Dehors trompeurs ou l' homme du iour,*) sein
Meisterstück führet den Titel dehors trompeurs, weil sich
fast alle Personen darinnen durch den äußerlichen Schein
betrügen lassen, und daher die schönsten Situationen
entstehn. Der homme du iour scheint der eitelste Thor
zu seyn, und ist doch, was er ist, aus Grundsätzen,
er ist ein Tyrann in seinem Hause, aber der leutseligste
Mann im Umgange, er bezeigt wenig Zärtlichkeit gegen seine Geliebte, aber eine alte Coquette überhäuft er
mit Galanterie, er scheint ein Herz für Freunde zu haben, und opfert doch dem Vergnügen einen Virtuosen
zu hören, das Glück seines künftigen Schwiegervaters
auf, der ihm aus der größten Noth geholfen hat, einen
Abbe nimmt er mit Freuden auf, der Schwiegervater
bekömmt finstre Gesichter. Der Schwiegervater scheint
ein murrischer Mann zu seyn, und hat das vortreflichste
Herz, er verspricht sich ein Gleiches von seinem Eydam,
und betrügt sich sehr. Den Weltmann los zu werden
giebt sich seine Geliebte den Schein der größten Einfalt.

K 4

Die

*) In der zweyten Sammlung einiger französischer Lustspiele
für das deutsche Theater ist es unter dem Titel übersetzt:
der Schein betrügt, oder der Weltmann.

Die alte Coquette thut vertraut mit ihm, und lacht ihn am Ende aus. Der Marquis findet in seinem Freunde einen Nebenbuhler. Kurz, es geht in der Komödie zu, wie bey Hofe. Wie schön kontrastiren die Charaktere! Wie vortreflich ist der Dialog! Seine übrige Stücke, die wie dieses meistens in Versen geschrieben sind, heißen: der Schwätzer, der Franzose in London, (hat zu wenig Nationalschönheiten), der Ungeduldige, unser Leben ist ein Traum, eine heroische Komödie nach dem Spanischen, der Plagiarius, die Komödie ohne Namen, die Talente nach der Mode, die Tändeley, Pamela, der Arzt von ohngefähr, der Beschwerliche wider seinen Willen, die beyden Niecen, die Liebesbriefe, der gefällige Nebenbuhler, die kluge Dummheit, die Macht der Sympathie, die schwere Wahl, der Graf von Neuilli, der Liebhaber seiner Frau, der Triumph des Eigennutzes, der Ueberfall des Hasses, die verliebten Ungenannten, das Neujahrsgeschenk, der Mann ein Junggeselle, der Mann durch Betrug, die Apologie unsrer Zeiten, oder der bekehrte Momus, ich weiß nicht was, das Fest zu Auteuil, die Thorheit nach der Mode, die Eitelkeit, Admet und Alcest, ein Trauerspiel.

Fagan.

Gehört zu den Dichtern, die dem verwöhnten Geschmacke der Franzosen Nahrung verschaft haben. Sie verlangen heut zu Tage nur ein flüchtiges Vergnügen, und tausend Federn sind geschäftig, ihnen solche kleine Stücke zu geben, die man nicht scharf prüfen darf, wenn
sie

sie gefallen sollen. Fagans Vorzüge bestehen daher nur
in der angenehmen, muntern, feinen und witzigen
Ausführung. Das Uebrige der dramatischen Kunst
darf man bey ihm nicht suchen. Er ist kein Saint
Foir. Nicht einmal in der Intrigue ist er mit Ma-
rivaur zu vergleichen, aber sein Stil ist natürlicher.
Jedermann kennt sein kleines rührendes Lustspiel, die
Mündel, dieses macht auch jeden begierig, seine übrigen Arbeiten kennen zu lernen, aber keine derselben
kommt diesem gleich. Die übrigen sind: 1) die unvermuthete Eifersucht, 2) das verstellte Lächerliche, 3) die Insel der Talente, 4) die Pachte-
rinn hat zu viel Aehnlichkeit mit denen drey Muhmen
des Dankourt, 5) die Kalender, 6) Thaliens Charaktere, eine seltsame Art von Drama. Es sind drey
Komödien, die oft einzeln gespielt werden, und doch
nur eine. Es besteht nemlich aus drey Acten, jeder
Act ist eine Komödie für sich, und nur der Prolog
macht sie zu einem Ganzen. Der erste Act ist ein Charakterstück: der Unruhige, der zweyte ein Intriguen-
stück: einfältige Streiche, der dritte ein episodisches
Lustspiel, das ist ein solches, welches als eine Episode
in einem andern stehen könnte, und in dem also nur ein
Charakter von feinen verschiedenen Seiten in einigen Auftritten ohne Verbindung Plan und Intrique geschildert
wird, eine Gattung, die ihrem Ursprung der Bequemlichkeit und der Unfruchtbarkeit der heutigen Autoren
zu danken hat. Dieses hier heißt: die Originale,
7) der Ehemann ohne es zu wissen, 8) das Rens-
desvous, 9) die Zänkerinn, 11) die Freunde als
Nebenbuhler, sein einziges ausführliches Stück, ein

K 5

rüh-

rührendes Lustspiel, aber sehr langweilig und in Versen, das heißt nicht sonderlich). 12) Jokonde nach der bekannten Lafontainischen Erzählung. 13) Der Muselmann, und noch sieben komische Opern, an denen er meistens Panard zum Mitarbeiter gehabt.

Merville

Hat für beyde Theater sehr fleißig und mit Beyfall gearbeitet, aber sich wenig Dank und wenig Geld damit verdient. Sein Theater enthält 1) die verliebten Maskeraden, die erste Komödie in Molierischen Geschmack, die auf dem Italienischen Theater aufgeführt worden. 2) Die Liebenden verbunden, ohne es zu wissen. 3) Achilles zu Scyros. 4) Die Impromptus der Liebe. 5) Die Einwilligung wider Willen, ein schönes Nachspiel, (übersetzt in der zweyten Sammlung französischer Lustspiele für das deutsche Theater) 6) Das wiedervereinigte Ehepaar. 7) Der unnütze Reukauf, oder die eigennützigen Alten. 8) Die verkleideten Götter, oder Apollos Exilium. 9) Der Roman. 10) Der betrügerische Schein, sein bestes Stück für das italienische Theater. 11) Die unrechtangewandten Talente, sein einziges Charakterstück. 12) Die Kabalen, oder die vorgebliche Heyrath. 13) Der Triumph der Liebe und des Ohngefährs. 14) Das verwegne Urtheil. Uberhaupt interessiren seine Arbeiten mehr durch die Intrigue, als durch das Komische. In der Ausführung herrscht ein guter Dialog.

Von einem noch lebenden Merville ist das Trauerspiel; Die versöhnten Feinde, das im dritten Theile der theatralischen Belustigungen steht.

Piron.

Piron.

Ein einziges Lustspiel, hat diesen Namen berühmt gemacht: Die Reimsucht. Die Hauptperson dieser vortreflichen Komödie ist zwar ein schlechter Poet, aber einer von den wenigen, die mit Vernunft rasen, und ohnerachtet ihrer Schwachheiten doch ein gutes Herz haben. In meiner Uebersetzung desselben (in Walzens zweyter Sammlung einiger französischen Lustspiele für das deutsche Theater) habe ich die Scene nach Deutschland verlegt. Seine Schule der Väter hat viel Moral, und viel komische Scenen. In den Vorreden zu seinen Trauerspielen, die, wie alle seine Vorreden, unerträglich, schwaßhaft und pretiös sind, weiß er uns allemal eine Ursache anzugeben, warum sie auf der Bühne verunglückt sind, sollte es auch ein alter verrosteter Dolch gewesen seyn. Die wahre Ursache ist wohl der Mangel an Handlung, die langen Tiraden und das wenige Pathos. Sie heißen: Kortes, Gustav und Kallisthenes.

Kordier

hat sich durch seine Zarucma als ein großer Dichter angekündigt. Es ist ein ganz erdichtetes Trauerspiel. Pathos, Situationen und Ausdruck sind tragisch genug.

Colardeau

ein viel versprechender tragischer Dichter, versificirt sehr gut, aber seine Plane sind sehr unregelmäßig. Seine bekannten zwey Trauerspiele sind: Astarbe und Kaliße nach den Rowe.

Saurigny

der Verfasser einiger anakreontischen Lieder, der orientalischen Erzählungen und eines kleinen Romans, Histoire amoreuse

amoureuſe de Pierre le long et de ſa trés honoreé Dame
Blanche Bazu, darinnen er die Schreibart zu Franz I.
Zeiten nachgeahmt hat, iſt auch der Verfaſſer eines
Trauerſpiels, Sokrates, in drey Aufzügen. Diderot
und die Litteraturbriefe haben gezeigt, wie ſchwer es ſey,
ein Spiel auf die Bühne zu bringen, in dem Xenophon
und Plato ſo gut vorgearbeitet haben. Dieſer hat mehr
ein Gemälde als ein Drama daraus gemacht. Sein
neues Trauerſpiel: Hirza, hat rührende Situationen
und eine edle Poeſie der Stils.

Chateaubrun

hat mit ſeinen Trauerſpielen Aſtyanax und Philoctet
einigen Beyfall erhalten.

Dorat.

Auch er iſt von Tändeleyen zum Trauerſpiel übergegangen. Eine edle Verſifikation und gute Ausführung
der Charaktere ſind ſeine Verdienſte. Aber ſtatt der
Kunſt die Herzen zu rühren, befleißt er ſich mehr einer
glänzenden Deklamation. Sie heißen: Zulikah,
Theagenes und Chariklea, darinnen er die Einheit der Handlung ſehr übertreten hat, Regulus ſehr
arm an Handlung.

d'Arnaud.

Faſt alle witzige Köpfe in Frankreich wagen ſich heut
zu Tage auf die Bühne, wenigſtens aufs Operntheater.
Dadurch kommen viel Namen in die Jahrbücher des
franzöſiſchen Theaters, aber viele Fürſten, möchte man
hier auch ſagen, und kein regierender Oberherr. d'Arnaud,

naud, den man aus so vielen andern witzigen Arbeiten kennt, hat auch zwey Trauerspiele geschrieben: Coligny und der Graf von Comminges. Das letztere besonders ist schrecklicher und heftiger, als irgend ein französisches Trauerspiel, und nähert sich der britischen Manier. Der Verfasser nennt das Schaudernde solcher Trauerspiele in der Vorrede, die zur Vertheidigung desselben geschrieben ist: Le Sombre.

Sivry.

Sein Theater enthält zwey Trauerspiele: Ajax und Briseis, und ein Lustspiel: Aglae, in dem das griechische Kostüme besser beobachtet ist, als man von einem Franzosen erwarten sollte.

le Miere

ragt unter den jetzigen Trauerspieldichtern der Franzosen vorzüglich hervor. In seinem ersten Versuche der Hypermenstra hat er nach Voltairens Beyspiel, viel Pomp angebracht, daher ihm eine Dame gerathen, sein Stück lieber malen, als drucken zu lassen. Er ist oft sehr sentenzenreich, doch ist auch Interesse und glückliche Stellen darinnen. So haben auch seinem Tereus die Kunstrichter vorgeworfen, daß er mehr ein Schauspiel für die Augen als für das Herz und den Verstand sey, daß ohnerachtet der vielen Dolche und Mordthaten doch der Zuschauer kalt bleibe. Besser ist sein Jdomenes ein Sujet, in dessen Bearbeitung er Krebilonen übertroffen hat. Wilhelm Tell ist mehr eine Geschichte, als ein Trauerspiel. Rührende Scenen, und die edeln Gesinnungen der Freyheit haben ihm Beyfall erworben. Endlich noch Artaxerxes.

de la Harpe

de la Harpe.

Sein Graf von Warwick hat ausserordentlichen Beyfall gefunden, ja, die Engländer ziehen selbst dieses französische Trauerspiel einem andern vor, das sie erst neuerlich in ihrer Sprache erhalten haben. Unglücklicher ist er mit seinem zwoten Versuche Gustav Wasa gewesen.

Duolouron

hat aus Kronwels Geschichte eine gute Tragödie entlehnt, und Brooke's Gustav Wasa aus dem Englischen übersetzt.

Beaumarchais.

Seine Eugenie *) ist ein guter Versuch im ernsthaften Drama, über welches er seine Bemerkungen vorausgeschickt hat. Eugenie glaubt die Gemahlinn eines Grafen von Clarendon zu seyn, nur ihre Mutter weiß darum, der Vater will sie an einen andern verheirathen, sie erfährt die Untreue ihres ruchlosen Gemahls, entdeckt ihren Vater in der Bestürzung selbst das Geheimniß, ja, endlich hört sie, daß der Pfarrer, der sie getraut, der Intendant des Grafen gewesen sey, sie geräth ausser sich, die Mutter will den Grafen arretiren lassen, der Vater will sich mit dem Degen in der Faust an ihm rächen, aber sein Sohn, den er lange vermißt hat, und dem der Graf das Leben erhalten, entwaffnet ihn, und als dieser dennoch selbst die Schande seiner Schwester rächen will, wird er überwunden, Eugeniens Verzweiflung bringt dem Grafen zur Reue, sie verzeiht ihm. Aber ich kann ihr die leichtgläubigkeit nicht verzeihen, mit der sie dem leichtsinnigen Grafen vergiebt. Die Scene ist in England.

*) D. Müllers Uebersetzung.

England. Seinen ganz guten Einfall, die Zuschauer in den Zwischenacten mit der Pantomine zu beschäftigen, die mit dem Stücke selbst in Verbindung steht, haben die Schauspieler nicht gewagt auszuführen. Sonst schreibe er dem Schauspieler wie Diderot sehr oft die Pantomine und sogar den Anzug vor.

Nepsima eines Ungenannten ist ein nicht unglücklicher Versuch eines Franzosen im bürgerlichen Trauerspiel. Der Stof ist aus der Tausend und einen Nacht. Nur leget der Verfasser seinen Räubern die philosophische Sprache eines d'Alembert und Rosseau in den Mund.

Palißot.

Seinen Witz lernet man aus seinen Satyren. Er verleugnet ihn nicht in seinen Lustspielen. 1) Die Vormünder, denen eine Rede über das Lustspiel vorgesetzt ist, die viel wichtige Anmerkungen über die neuere Komödie enthält. 2) Das Mißverständniß, oder der Nebenbuhler durch die Aehnlichkeit gründet sich, wie die Menechmen, auf eine völlige Aehnlichkeit, und ist, wie viele Komödien dieser Art, so eingerichtet, daß ein Acteur beyde Rollen spielen kann. 3) Der Balbier von Bagdad. 4) Die Versammlung, oder die Originale. 5) Die Philosophen, diese boshafte Rache an den Encyklopädisten. 6) Ninus II. ein Trauerspiel.

Saurin

hat mehr in der Komödie, als im Trauerspiel Beyfall gefunden. Denn außer daß der Held seines Trauerspiels Spartakus, ein Sklave, ein Gladiator ist, ist sein

Charakter

Charakter viel zu gigantisch, als daß er intreßiren sollte.
An Handlung ist es ganz arm, nur dann und wann stechen einige Gedanken hervor. Blanca und Guiscard, ist freye Uebersetzung eines englischen Trauerspiels. Hingegen ist seine kleine Komödie: die Sitten unsrer Zeiten voller Witz, schönen Situationen, und Kenntniß der heutigen Zeiten. Seine vermachte Wayse hat einen schönen Plan, gute Charaktere und trefliche Züge. Aus dem Titel läßt sich doch der Inhalt nicht errathen. Die eigentliche Absicht ist, die Pseudophilosophen und abgeschmackten Nachahmer der Engländer lächerlich zu machen.

Moißy

ein Officier, einer der besten Dichter für das italienische Theater. Nicht sowohl Intrigue, als Situationen, Charaktere und Dialog machen seine Stücke angenehm. 1) Die neue Weiberschule. *) 2) Die neue Männerschule, lehrreicher als die alte. 4) Der Mann aus der Provinz zu Paris. 4) Die falschen Vertraulichkeiten. 5) Der Diener, Herr.

Sebaine

einer der berühmten dramatischen Schriftsteller hat sich vom Mauermeister zum Autor empor geschwungen. Man bemerkt daher in seinen Arbeiten oft mehr Natur als Kunst, viel Nachläßigkeiten, mit denen Zuschauer und Leser erst vertraut werden müssen, ehe sie seinen Stücken völligen Beyfall geben können. Seine komischen Opern sind der König und der Pachter, s. Dif-

*) Weißens Uebersetzung.

fels theatralische Belustigungen. Wer wird sich um alles bekümmern, Aline, Königinn von Golkonde, der Teufel ist los, Blaise der Seifensieder, die Auster und die Advokaten, der betrügliche Tausch, der Gärtner und sein Herr, Anakreon, Rose und Colas, der verlohrne und wiedergefundne Ring. Seinen Philosophen ohne es zu wissen, kann man nun auch im Pfeffel deutsch lesen. Es ist mehr ein Gemälde eines in seiner Sphäre edelhandelnden Bürgers, als ein regelmäßiges Drama voll Intresse. Abbt würde es in seinen Betrachtungen über das Verdienst des Privatmanns angeführt haben, wenn es damals heraus gewesen wäre.

Kolle

Ist der Verfasser 1) von Dupuis und de Ronais, eine sittliche Komödie, eine von den wenigen, die mit dem Misanthropen in Vergleichung kommen. Der Stof ist aus dem Roman: les illustres Françoises. Aus diesem schönen Lustspiel ist ein schlechtes deutsches: das Mißtrauen aus der Zärtlichkeit entlehnt. 2) Die Wittwe, ein rührendes Lustspiel, reicher an Empfindung als an Handlung, (Uebersetzt im ersten Theil von Pfeffels theatralischen Belustigungen.) 3) Die wüste Insel, die Erfindung des Metastasio ist nicht so genutzt, als sie hätte genutzt werden können. 4) Eine Jagd Heinrich IV. gründet sich mit dem König und dem Pachter auf einerley Tradition, die sie beyde aus Dodsleys King and Miller genommen haben. 5) Die Nachtigall Sonst hat man von ihm ein Epitre à Hymen.

le Bret

le Bret.

Folgende Lustspiele von ihm sind zusammengedruckt: 1) Die verliebte Schule. 2) Die doppelte Ausschweifung. 3) Der Eifersüchtige. 4) Der Eigensinnige. 5) Die Wanse, oder die falsche Großmuth. 6) Die unbescheidne Probe. In allen ist die Intrigue unterhaltender als die Sprache.

Marin.

Sein Theater enthält 1) Julie, oder der Triumph der Freundschaft. (Pfeffel Th. III.) 2) Agathons Blume 3) Federich, eine heroische Komödie. 4) Die verliebte Unschuld (Pfeffel Th. IV.) 5) Die glückliche Lüge, ein Possenspiel.

Anseaume

hat den Kaufmann von London sehr glücklich in ein Lustspiel l'Ecole de la jeunesse ou Barnevelt François geschaffen. Sonst schreibt er auch komische Opern.

Gellerts zärtliche Schwestern, den Triumph der guten Frauen von Schlegeln, und Kronegks Kodrus hat Bielefeld in seiner Encyclopedie sehr gut ins französische übersetzt.

Scheibe.

Seine Thusnelde ist ein Versuch einer Oper in Metastasios Geschmack mit dem Unterschied, daß der Verfasser die drey Einheiten strenger beobachtet hat, eine Sache, die 1749 noch für ein großes Verdienst gehaltenward. Wenn dafür die Poesie des Stils stärker wäre! Doch die Oper ist 1749 geschrieben, Die Handlung geht nach der Schlacht an und gründet sich auf die Voraussetzung daß nach den Gesetzen der Deutschen niemand sich mit der Familie eines Verräthers des Vaterlandes durch Heyrath verbinden dürfen, von welchem Gesetze man aber doch Dispensation erhalten können. Folgendes Stück aus der Sammlung vermischter Schriften scheint nicht so bekannt zu seyn als es verdient:

Herrmann und Thusnelde.

Thusnelde.

Ha! da kömmt er mit Schweiß und Römerblut,
Mit dem Staube der Schlacht bedeckt! So schön war
Herrmann niemals. So hats ihm
Noch nicht vom Auge geflammt!

Komm! Ich bebe vor Lust! Reich mir den Adler,
Und das triefende Schwerdt! Komm athme und ruhe
Von der donnernden Schlacht in
Meinen Umarmungen aus.

Ruh hier, daß ich den Schweiß der Stirne abtrockne!
Und der Wange das Blut! Wie glüht die Wange,
Herrmann! Herrmann! So hat doch dich
Noch nie Thusnelde geliebt!

Selbst nicht als du zuerst im Eichenhayne
Mit dem bräunlichen Arm mich umfaßtest,
Fliehend blieb ich und sahe dir
Schon die Unsterblichkeit an,

Die nun dein ist! Erzählts im dunkeln Hayne,
Daß Augustus nun bang mit seinen Göttern
Nectar trinket, daß Herrmann,
Herrmann unsterblicher ist!

Herrmann.

Warum lockst du mein Haar? Liegt nicht der stumme
Todte Vater vor uns? O hätt Augustus

Seine

Seine Reuter geführt! Er
läge noch blutiger da.

Thusnelde.

Laß dein fliegendes Haar mich, Hermann, lichten!
Daß es unter den Kranz in Kreise falle!
Siegmar ist bey den Göttern!
Besser gefolgt als beweint!

Weiße.

Schon oft haben wir diesen Dichter auf dem Theater walten gesehen, wenn er uns Auftritte zeigte, vor denen sich die Natur entsetzt. Atreus erregt Entsetzen, aber Romeo und Julie weckt jede sympathetische Empfindung weichgeschafner Seelen. Wo ist der Dichter mehr in seiner Sphäre? Zu beyden gehört die feurigste Einbildungskraft, das tiefste Kenntniß des menschlichen Herzens und der dramatischen Kunst. Aber der süße Enthusiasmus der Liebe, ihre phantasiereichen Schwärmereyen werden einem Krebillon mißlingen, sind einem Voltaire nicht gelungen. Von dem letztern heißt es, er verstehe nur die Kanzleysprache der Liebe. Nur Shakspearn hat man bishero als den Meister hierinnen erkannt. Von ihm hat Weiße nicht sein Feuer gestohlen, wie Voltaire, sondern Shakspears Funken haben die Glut des deutschen Dichters entzündet. Sollte man glauben, daß der Verfasser von Romeo und Julie ein Deutscher sey? Nicht Shakespear, wie man von einem Deutschen vermuthen sollte, sondern die Liebe, die jenem an seinen Stücke arbeiten helfen, hat es auch Weißen dictirt. „Du hast gewiß auch gelebt, daß du dieses weißt,„ muß man mit der Laura ausrufen. Ihr Mädchen! Ihr
Jünglinge!

Jünglinge! Otway! Richardson! Weiße! liebenswürdiges Triumvirat für euch! Keine kalte Beschreibungen! helt macht der schüchterne Lehrling, nicht der Dichter, der die deutsche Schaubühne als sein Eigenthum betrachten kann, das er fast mit niemand theilt. Mit warmen Herzen und naßen Augen gienget ihr von diesem Schauspiel weg, mit warmen Herzen und naßen Augen betraten die Acteurs die Bühne, ohne warmen Herzen und ohne naßen Augen kann es nicht geschrieben seyn. Nur solche Stücke können die gemißbrauchte Liebe wieder adeln. Die Liebe läßt sich so ungern belauschen als die Natur, ihre Mutter. Kaltes Geschwätz und langweilige Schilderungen sind die Strafe derer, die ihnen ihre Geheimnisse mit Gewalt entreißen wollen, nur, wem sie sich selbst überlassen, trägt den Preis davon. Es sey erlaubt, zwischen zwey so großen Dichtern, als Shakespear und Weiße eine Parallele zu ziehen, und man wird sehen, daß Shakspearen nur der Vorzug bleibt, zweyhundert Jahr eher gelebt zu haben. Der Dichter beruft sich in der Vorrede mit Recht auf die Thränen der Zuschauer, mit größern Recht, als Wieland in der Vorrede zur Johanna Gray. Der Zuschauer die Augen voller Thränen hat nicht Zeit Parallelen zu ziehen, aber der kältere Leser verlangt sie. In Ansehung der Quellen, aus denen die Geschichte geschöpft ist, hat Weiße sich mehr an die ächten gehalten als Shakespear. Im Plan ist er theils Garrick's Veränderungen gefolgt, theils hat er ihrer selbst gemacht. Shakespear zeigt uns die ganze Entstehung der Liebe, Schritt vor Schritt, Romeo liebt sogar noch eine andre, Rosalinde, Garrick und Weiße reißen uns mitten in die Geschichte selbst,

L 3

der

der Schmauß bey den sich Romeo einschleicht, Tibalds
Ermordung, die erste heimliche Zusammenkunft der liebenden, Romeos Verbannung, alles dieses, welches
wir bey dem Shakspear sehen, setzt Weiße voraus, und
fängt mit der Trennung der Liebenden an. Wie weit
besser hat er die Situation genutzt, als Shakespear! Die
Ohnmacht, in die Julie dabey fällt, wie glücklich ist sie
angebracht! Regelmäßigkeit des Plans ist man so beym
Shakspear nicht gewohnt, Weiße hat ihn regelmäßiger,
und doch natürlich gemacht. Beym Shakspear ist Julie nur die Braut. Bey Weißen Romeos Gemahlinn.
Des strengen Vaters Humor ist beym Shakspear unerträglich, bey Weißen vortreflich und ein Beyspiel zu
dem Grundsatze, daß das Trauerspiel nicht alles Komische verbannet. Die Zärtlichkeit der Mutter, die doch
dem Ansehn des Vaters nichts vergeben will, verursacht
einen angenehmen Kampf, sowohl von Seiten der Tochter als der Mutter, das bey dem Shakespear nicht ist,
und verstärkt das Intresse. Den Graf Paris, der bey
dem Shakspear unnöthiger Weise mit auftritt, läßt
Weiße gar nicht zum Vorschein kommen, und schont
dadurch seines unschuldigen Blutes, das bey dem Shakspear vergossen wird. Von der vortreflichen Monolog
vor dem Trank findet sich beym Shakspear keine Spur.
Die vortrefliche Schauspielerinn, die in der Rolle eine
allgemeine Bewunderung, erworben, die Demoiselle
Schulzinn ist von Oesern in der Stellung gemahlt,
wie sie den Trank zu sich nimmt. So sind Garrick
und Miß Bellamy in den Hauptrollen dieser Tragödie
von den größten englischen Künstlern gestochen worden!
Statt des Mönches hat Weiße schicklicher den Arzt vom

Haufe gebraucht. Daß er von der Würkung des Tranks bis zur Erwachung der Julie lieber zwölf, als zwey und vierzig Stunden hat verstreichen lassen, ist der Wahrscheinlichkeit gemäßer. Schon Garrick hatte eingesehen, daß die Katastrophe weit tragischer sey, wenn Julie noch vor Romeos Tode erwache. Weiße hat Garricks Veränderung angenommen, aber ungleich besser genußt. Home im dritten Theil S. 182. tadelt diese Katastrophe, auch so, wie sie beym Garrick ist. Das bloße Ungefähr, das an so vielen Unglücke Schuld ist, beleidige, glaubt er, die Zuschauer. Ich weiß nicht, ob er das Mitleiden vermehrt, und außerdem werden alle die traurigen Folgen dieses Ungefährs auf die Rechnung des tyrannischen Vaters gebracht, die letzten Scenen gehen, wie beym Shakespear, auf dem Gottesacker vor, und auch dieß äussere Mittel der Rührung thut seine Würkung. Bey Shakespear, und bey Weißen erfolgt die Aussöhnung beyderseitiger Eltern, ich weiß nicht, ob diese zur völligen Befriedigung des Lesers nöthig ist, zumal beym Weiße, da Montecchi selbst gar nicht im Stücke vorkömmt. In der Vorstellung werden daher die zwey letzten Auftritte ausgelassen. Der ganze vierte Aufzug enthält bey Weißen die Klagen und die Reden von Juliens Eltern, und wenn nicht Piedro noch dazu käme, so wäre es ganz von Handlung leer. Da der Zuschauer weiß, daß sie nur einen vermeynten Tod beweinen, und überdieß dem Vater seinen Schmerz gönnt, so macht die Ruhe, die ihm in diesem Aufzuge gelassen wird, auf die unaufhörlichen Erschütterungen, eben keinen guten Eindruck. Shakspear hat noch gewisse niedrigkomische Intermezzos eingeflochten, die man insgemein mit dem

L 4

Geschmacke

Geschmacke seiner Zeiter entschuldigt.   Merkutie, der
Hanswurst, die Amme, die bey ihm statt der Laura ist, eine Menge Bedienten,   sind reich an dem niedrigsten
Witz, Wortspielen, Zoten u. s. w.   So hat sich auch
in der Sprache der übrigen Personen, selbst Romeos und
Juliens viel unächter Witz eingeschlichen.   Pope behauptet, daß man alles dieses in einer sehr alten Ausgabe vom Shakspear nicht finde, und nur erst zu Dave-
nants Zeiten eingeflickt habe.   Denn damals spielte man
oft dieses Stück den einen Tag als eine Tragödie, den
andern, als eine Tragikomödie.   Die Sprache der beyden Liebenden hat man immer in Shakspear bewundert,
aber was Shakspear schönes hat, hat Weiße gewiß eben
so schön.   Mann weiß an der Befreyung von Theben,
wie Weißen die blühende Sprache gesinge, und man
vergleiche nur Weißens Julie mit Wielands Klemen-
tine.   Er hat nichts davon aus dem Shakspear entlehnt,
außer etwann die Stelle: Es ist die Nachtigall und nicht
die Lerche, alles aus seinem eigenen Genie geschöpft, neue
überraschende Gedanken und Bilder sind bey ihm in
Menge.   Nur mit Otway *) ist er hierinnen zuver-
gleichen.   Kurz, in Romeo und Julie möchte man auch
darüber weinen, daß dieß Trauerspiel das einzige in seiner Art bleiben wird, wenn sich nicht der Verfasser ent-
schließt, uns einen verneuten Shakespear zu schenken, um
den uns die Engländer beneiden würden.

Es ist eben so schwer, dem Shakspear seine dramatische
Kunstgriffe, **) als einem Herkules seine Keule zu entwenden.

*) In seiner Maske, nicht in seinem Cajus Marius, et q
gleich in diesem Romeo und Julie genutzt hat.
**) Litteraturbriefe.

den. So ein Ausspruch schreckt einen Weiße ab. Ich schließe mit Shakspears Worten. „Die späteste Nach-„welt möge das Gedächtniß von Romeos und Juliens „Liebe mit mitleidigen Thränen ehren.„

Die schöne marmontellische Erzählung, die Freund-schaft auf der Probe, ist der Stoff einer neuen rührenden Komödie, einer würdigen Schwester der Amalia. Die Handlung davon, wo Nelson durch einen Brief von der Zurückkunft seines Freundes Nachricht erhält. Ein Bösewicht von einem Bettmeister, der sich an Nelson sowohl für die Schärfe seiner Interimsregierung, als dafür rächen will, daß er ihm die Corally weggefischt, ist eingeflochten worden, um Blanforden auf die Spur der Wahrheit zu bringen. Die Entwicklung hat eini-gen Kunstrichtern nicht gefallen wollen, aber wie konnte sie anders gemacht werden? Im Dialog ist die Naivität der Corally, und der brittische Humor der Julie, die viel Aehnlichkeit mit der Lady G. hat, Blanfords und Woodbees meisterhaft ausgedrückt.

List über List, oder der durch seine Dummheit glückliche Liebhaber, ist eins der unterhaltensten Interi-quenstücke.

Ju Kurzem hat man auch dieses für unser Theater so patriotischen Dichters Operetten in einer Samm-lung von zwo kleinen Theilgen zu hoffen, der erste wird die, der Teufel ist los, und die der lustige Schu-ster, der zweyte Lottchen am Hofe, nach Favart, und die Liebe auf dem Lande, nach Marmontels Annette und Lübin — wornach auch schon Favart eine Operette gemacht — zu hoffen.

L 5   Pfeffel

Pfeffel.

Die beyden ersten Theile seiner theatralischen Belustigungen enthalten. S. 1) Serene, ein bürgerliches Trauerspiel in einem Aufzuge, 2) die Tochter des Aristides von der Mad. Gräfigny, 3) die Sklaveninsul von Marivaux, 4) die Wittwe von Kolle, 5) der Talismann von la Motte, 6) La Mottens Matrone von Ephesus, 7) die junge Indianerinn von Champfort, 8) die verliebte Unschuld von Macin, 9) den König und den Pachter von Sedánie, 10) Zelmire von Belloy. Nun ist auch ein dritter Band dazu gekommen. Er hat auch hier als Dichter und Kunstrichter übersetzt, nur wünschte ich, daß er seine Mühe auf bessere Stücke verwandt hätte. Ich weiß zwar, daß sein Motto heißt: Aus dem Guten das beste. Aber den mittelmäßigen Stücken der Ausländer widerfährt durch die Mühe, die er darauf verwandt, zu viel Ehre. Ich nehme Sedainens wahren Philosophen aus, wer hätte wohl gewünscht, Marins Triumph der Freundschaft, der nur zwey oder drey schöne Scenen, und wenig Handlung hat, das uns an die verheyrathete Pamele, und an den Kavalier und die Dame zu sehr erinnert, den wahren Philosophen von Araignon, dem unbedeutenden Rivah von Belloy und eben so unwichtigen Nebenbuhler des Sedaine, der es nicht verdiente, daß Pfeffel seine frostige deklamatorische Sprache in eine erträgliche umschuf, und des Merville versöhnte Feinde, worinne die Scene in Karls des Großen Zeiten verlegt wird, erwartet?

Eschenburg.

Eschenburg.

Eine Operette von ihm: Hännchen und Lukas in einem Aufzuge nach Marmontels Annette und Lübin steht im vierten Bande der Unterhaltungen.

Gerstenberg.

Zuverläßiger, als meine erste Anzeige, ist die Nachricht, daß dieser Dichter, auf dessen Trauerspiele das Publikum ungeduldig ist, an einem Trauerspiele aus der berühmten Episode im Dante vom Gräfen Ugolino arbeitet, ingleichen, daß er ein komisches Theater der Briten liefern wird, in dem von jedem komischen Dichter das beste Stück, nebst eine kritische Beurtheilung der übrigen Werke, übersetzt werden soll.

Brandes.

Fährt fort in die Fußstapfen eines Krügers zu treten. Seiner Miß Fanny fehlt es an Originalzügen, an einer guten Sprache. Vielleicht ist er im Komischen glücklicher. Verschiedene gute komische Züge, gut gezeichnete und kontrastirende Charaktere, ein guter Dialog herrschen in seinem neuen dramatischen Versuche: der Schein betrügt. Die Idee davon ist von Marmontel entlehnt, und ich weiß nicht, warum er nicht sein Lustspiel statt des unbestimmten Titels, der von den Funken von Tugend entlehnt ist, der noch im Herzen einer Coquette liegt, den Triumph des guten Ehemanns oder den zärtlichen Ehemann genennt hat. Den letztern Namen hätte es weit eher als Steelens Komödie verdient. Wenn ihn der rührende Ton, eben so, als der komische gelänge, so würde ich nicht zweifeln, dieses Stück unter

die

die besten sittlichen Komödien zu rechnen. Unter den Charakteren hätte ich die Verschwester heraus gewünscht. Gellert, Goldoni, und der ungenannte Verfasser des Lustspiels: die drey Schwiegermütter haben diesen Charakter schon erschöpft. Einige Scenen sind nur zur Ausfüllung und bloße Konversationsauftritte, wie sie Home nennt.

Ein andres rührendes Lustspiel: der Zweykampf, oder der vermeynte Mord findet jetzt auf den deutschen Bühnen einigen Beyfall. Der Verfasser soll ein Prediger zur Bergedorf im Hannöverischen

Johann Ludewig Schlosser

seyn. Er versteht Situationen anzulegen, und es ist zu bedauren, wenn ihn die Vorurtheile der Welt abhalten, ferner fürs Theater zu arbeiten. Nur Schade, daß die Entwicklung dieses Stücks, die man auch zu bald voraus sieht, etwas unwahrscheinlich ist. Der Dialog ist zwar nicht sehr gedankenreich, aber doch nicht deklamatorisch, noch viel weniger unedel. Das Trauerspiel, Julie, ist nicht von Störs, sondern Sturz.

ERDE.

I. Namenverzeichniß.

M.   R.

M 3   Julie

Sonneth

M 5   Muſäus

Parrival

* * *

II. Verzeichniß der eingerückten Gedichte.

Duschens Lob der Dichtkunst 12. u. f. 2) Zwey Fabeln von Gay. 124. 3) Die Zauberinn von Lichtwehr. 133. (steht hauptsächlich wegen der Moral hier.) 4) Die erste Fabel von Leßing. 136. (steht hier, weil es der Prolog zu den übrigen ist.) 5) Eine Fabel von Leßing in Versen. 138. (des Kontrasts und der Moral wegen.) 6) Zwey Fabeln von Willamov. 139. (die Willamovischen Fabeln sind noch nicht so bekannt, als sie es verdienen.) 7) Eine Fabel von Sucro. 141. (zum Spaas und dem Leser einen Eckel für den übrigen zu machen.) 8) Das Zauberschloß von Michaelis. 144. (dem Leser einen Vorschmack von diesem neuen Dichter zu geben.) 9) Die Dorfscene von Kästnern. 146. die berühmteste unter seinen wenigen Fabeln. 10) Withofs sinnliche Ergözungen, sechster Versuch. 158. 11) Eben desselben Sokrates. 163. 12) Stellen aus den moralischen Rezern. 175. 13) Horatzens Dichtkunst 192. (Indem ich zu jeder Beurtheilung Wendungen suchte, kam mir auch der Einfall ein, einmal, statt das Gedicht zu beurtheilen, das Gedicht selbst einzurücken, und bey einer Dichtkunst glaubte ich, sey es am schicklichsten, wenn alle Einfälle so viel Papier kosteten — —) 14) Popens Gedicht auf die Montagu. 216. 15) Stellen aus Michaelis Satyren. 242.) 16) Verschiedne Sinngedichte 240. 17) Einige Sinngedichte von Kästner. 253. 18) Gleims Lob des Landlebens. 275. 19) Rostens Thirsis und Corydon. 279. (eines von den unanstößigen Gedichten dieses Poeten. Die schöne Nacht ist kleiner, aber gewiß schön nur in allzuviel Händen.)

20) Schreibens

20) Schmidts Thirsis und Doris. 285. 21) Ramlers May. 287. (war damals selten.) 22) Eine Elegie von Müllern. 293. 23) Klopstocks Ode von der Fahrt auf der Zürchersee 329. (Ich hätte lieber eine von den einzeln herausgekommenen eingerückt, wenn ich sie gehabt hätte. Doch wir haben bald eine Sammlung der Klopstockischen Oden zu hoffen.) 24) Wielands Ode auf die Geburt des Erlösers. 333. (wird immer noch denen ein angenehm Geschenk seyn, für die dieses Buch geschrieben ist. Wieland ist nicht so gemein wie Gellert, Gleim u. s. w.) 25) Wielands Gedicht auf das Bildniß des Königs von Preußen von Willen. 340. 26) Gleims sieben Gedichte nach Anakreons Manier. 341. 27) Gleims Lied an die Kriegesmuse, das seltenste seiner Kriegslieder. 344. 28) Weißens Lieder für Kinder nach der alten Edition. 358. 29) Uzens Lied an ein ungebohrnes Kind. 370. 30) Gerstenbergs Ariadne auf Naxos. 374. 31) Eine Dithyrambe von Willamow 381. 32) Herders bardietisches [illegible]. 385. 33) Einige Lieder von Müllern. 390. 34) [illegible]n an Kallisten. 407. 34) Die Weinlese, eines der besten [...]schen Gedichte. Zusätze 18. 35.) Grays Elegie auf einem Kirchhofe. Zus. 86. 36.) Gleims Klagen Zus. 92. 37) Ein englisches Kinderlied. Zus. 115. 38.) Zwo Kantaten von Moses Mendelsohn. Zus. 116. 39) Gleims Siegeslied. Zus. 11. 40) Klopstocks Hermann und Thusnelde. 41) die berühmte Monologe aus dem Hamlet.

❖❖❖❖❖❖❖❖❖❖❖❖❖❖❖❖❖❖ ❖❖❖❖❖❖❖❖❖❖❖❖❖❖❖

III. Tabellarischer Plan des ganzen Werks.

Lowth

Vierzehntes

Racine, Gresset, Voltaire, Thomas, Boulogne, Sabatier, Pompignan, Savigny, seine anakreontischen Lieder hat er der Erzählung: Sidrel und Gilli angehängt, b' Urlaub. 320

Drollinger, ein Schweizer, heißt es in der schönen Geschichte der deutschen Dichtkunst im Hannöverischen Magazin, gieng Hallers Fußstapfen von ferne nach, und hätte sich anfangs beynahe mehr Beyfall erworben, weil er zwar philosophisch, aber schwächer, und also auch deutlicher. Er war gelehrt, und dachte von dem Wesen der Poesie gründlicher, welches auch in seine Poesien einigen Einfluß hatte. Sein Ausdruck war reiner und sanfter, als

Er starb, heißt es in der eben angeführten Geschichte, durch die heftigen Anfälle seines Gegners zu Tode geärgert.

Crowegl

 Klotzens

Anhang.

Verschiedne Verbesserungen habe ich in beyde [illegible] zuschalten gesucht. Einige Belehrungen, die [illegible] neuen Hamburger Zeitung zu danken habe, sind [illegible] schoben worden, wo es möglich war. Die [illegible] sind folgende: Der Verfasser von Guzmann de [illegible] Alemann, Cacklogallinien ist nicht von Swift, die [illegible] angegebenen Kleinigkeiten sind von einem gewissen [illegible]. Ich bin dem Kunstrichter um destomehr dafür verbunden, je weniger ich es verdient hatte, von ihm ein solches [illegible] zu erhalten.

Sollte ich einige Gedichte aus der Dodsleyischen [Samm]lung übergangen haben, so wird man sie aus folgendem alphabetischen Register über dieselbe nachholen können:

Akenside Hymnus an die Najaden, ganz in dem [illegible] der Alten B. VI. Ode an Huddington, [illegible] Winchester, auf Amouretten, einige [illegible].

Alsop Gespräch zwischen Strephon und [illegible], an Glorinden, die Fabel vom Irion, ein [illegible] im VI. B.

Arbuthnot Erkenne dich selbst, ein Selbstgespräch im I. Band.

Bedingfild Die Erziehe des Achilles eine Ode im III. Band.

Berayer an Garrick über Shakespears Tempel, auf Shalespears Geburtstag ein Cento aus seinen Werken, beydes im V. Band, an Grevillen über seine [illegible] im VI. Band.

Berkley über die Ausbreitung der Künste in Amerika im VI. Band.

Bollingbroke, Brief an Miß Lucien im VI. Band.

Bramston, die Kunst der Politik nach Horazens Dichtkunst im I. Band. -

Brown, John Gedichte über die Ehre, Versuch über die Satyre im III. Band.

Brown

Den

Taylor

Das wichtigste von den Gedichten angenannter Verfasser,
ist im Buche selbst angezeigt.

Von den neuen schönen komischen Gedichte, das uns
Musäus versprochen, Jorio sehe man das letzte Stück des
ersten

ersten Bandes der Klotzischen Bibliothek, wo auch von dem=
selben ein petrarchisches Gedicht an Chloen steht. Von der
neuen sehr verbesserten Auflage der komischen Erzählungen
rede ich künftig.

Möchte doch der Verfasser der Geschichte der deutschen
Dichtkunst, die seit Anfang dieses Jahrs in dem Hannöveri=
schen Magazine erschienen, sich entschließen, sie besonders
herauszugeben, und besonders den ältern Theil weiter
weiter auszuführen.

Noch zeige ich einige Meßneuigkeiten an: 1) Archiv der
schweizerischen Kritik, ein komisches Buch. 2) Ueber Abbts Schrif=
ten, ein Torso an seinem Grabe von Herder. 3) Schübler
Romanzen. Man hört den Verfasser gleich gerne, er mag sich
unter Ritter und Feen mengen, oder die spanische Theater
ergreifen. 4) Sonnenfelsens Briefe über die Wiener Schau=
bühne. 5) Jakobis rasende poetische Briefe. 6) Neue Aus=
gabe von Jselins Geschichte der Menschheit, so stark vermehrt,
daß sie wie ein Kommentar über die vorige ist. 7) l'Honnête
Criminel ein rührend Lustspiel von Fenouillot des Falbaire.
8) Neue umgearbeitete Auflage der Fragmente. 9) Der drit=
te Klotzische Versuch betrift auch den Kristophanes. 10) Der
dritte Theil der Uebersetzung des Goldoni enthält ein neues
Lustspiel von ihm: die neue Wohnung. 11) von Gruber
neuer Roman: Louise die Macht der weiblichen Tugend.
12) Homens Versuche über Sittlichkeit und natürliche Ver=
suche, übersetzt von Rautenberger. 13) Schlosser zwo
neue Lustspiele: Die Maskerade; die Komödianturnere das
Misverständniß. 14) Eine überraschende Erscheinung aus
dem Reiche: Proben dramatischer Gedichte, Abradate und
Lucia, Naemi und Seba, der Tod der Naemi. 15) Beßners
Trauerspiele. 16) Lindners Lehrbuch zweyter Theil, so ab=
scheulich als der erste. 17) Briefe von Wieland und Jakobi
voll eines liebenswürdigen Enthusiasmus.

Einem ungenannten Gönner habe ich folgende Verbesserungen zu danken, die leider zu spät eingelaufen sind: Der
Verfasser des Essay on Original Genius heißt Duff; Armand
hat ein neues Drama: Euphemie, geschrieben, besser als des
Maadelo Buch ist Andracci della Poesia Italiana, Crescenzi
Gedicht vom Ackerbau ist im Prosa, wie alle Lehrgedichte
und die meisten Trauerspiele der Italiäner, von eben demselben hat man auch zwey Heldengedichte: L'avarqueide nach
dem Homer und Giron Cortese eine Romanze, überhaupt theilen die Italiener ihre Poesie in Capitoli, Terze Rime, in die
epische und komische Romanze, und in das Pastoraldrama.
Piccolomini hat über Aristoteles commentirt, Castelvetro hat
außer dem Commentar über eben demselben auch Opere Cri-
tiche geschrieben, die Muratori edirt, des Tasso Controversie
hat Palmate herausgegeben; des Speron Speroni kritische
Werte bestehu aus fünf Quartanten: Pignas Leben von Ariost
ist das beste Werk über die epische Romanze; Graf Orsi hat
den Boubours widerlegt; Martella Buch della tragedia
antica e Moderna. Ebenderselbe hat eine poetische Poetik, so
wie auch Menzini geschrieben, des Fioretti Progimnasmati
poetici, die er unter dem Namen: Udeno Nisichin, sind selten,
aber vortreflich, aus Withofs alten Gedichten ist allenfalls
nur das Gedicht über die Redlichkeit merkwürdig; das Gedicht auf Hermann ist von Klopstock; Keate, der Verfasser
der Alpen, hat einen poetischen Brief: Ferney an Epistle to
Mr. de Voltaire edirt: Er enthält, heißt es in den Unterhaltungen, vortrefliche Schilderungen. Die reizende Beschreibung des dichterischen Landgutes, die seinen Lobeserhe-
bungen, die er dem Dichter ertheilt, die historischen Gemälde
die er von seinen Tragödien giebt, die Schilderung des angenehmen Umgangs des Verfassers mit Voltairen sind überaus
poetisch, voll Gefühl und Einbildungskraft. Des Hawkins
Browne Gedichte sind gesammelt, zur Dodsleiischen Sammlung ist ein Anhang erschienen: A Collection of the most estee-
med Pieces of Poetry that have appeared for several Years with
variety of originales by the late Moses Mendez and other Con-
tributors to Dodsleys Collection, in der die Wahl der Stücke
nicht die beste ist.